国家社科基金
GUOJIA SHEKE JIJIN HOUQI ZIZHU XIANGMU
后期资助项目

20世纪前期中国文学史写作编年研究

A Chronological Study on the Writing of Chinese Literary History in the Early 20th Century

付祥喜 著

北京师范大学出版集团
BEIJING NORMAL UNIVERSITY PUBLISHING GROUP
北京师范大学出版社

图书在版编目（CIP）数据

20世纪前期中国文学史写作编年研究／付祥喜著.— 北京：北京师范大学出版社，2013.7

（国家社科基金后期资助项目）

ISBN 978—7—303—16230—7

Ⅰ.①2… Ⅱ.①付… Ⅲ.①中国文学－文学史－研究 Ⅳ.①I209

中国版本图书馆CIP数据核字（2013）第094216号

营销中心电话　010–58802181 58805532
北师大出版社高等教育分社网　http://gaojiao.bnup.com
电子信箱　gaojiao@bnupg.com

出版发行：北京师范大学出版社 www.bnup.com
北京新街口外大街19号
邮政编码：100875
印　　刷：北京市易丰印刷有限责任公司
经　　销：全国新华书店
开　　本：165 mm × 238 mm
印　　张：40
字　　数：674千字
版　　次：2013年7月第1版
印　　次：2013年7月第1次印刷
定　　价：88.00元

策划编辑：王一涵　　责任编辑：王一涵
美术编辑：毛　佳　　装帧设计：毛　淳 毛　佳
责任校对：李　菡　　责任印制：孙文凯

国家社科基金后期资助项目

出版说明

后期资助项目是国家社科基金设立的一类重要项目，旨在鼓励广大社科研究者潜心治学，支持基础研究多出优秀成果。它是经过严格评审，从接近完成的科研成果中遴选立项的。为扩大后期资助项目的影响，更好地推动学术发展，促进成果转化，全国哲学社会科学规划办公室按照“统一设计、统一标识、统一版式、形成系列”的总体要求，组织出版国家社科基金后期资助项目成果。

全国哲学社会科学规划办公室

说　明

一、本书试图融学术性、实用性为一体。一方面，在梳理、呈现20世纪前期(1880～1949)中国文学史写作历时性面貌的基础上，回顾、总结中国文学史写作发生发展时期存在的优点与不足、经验与教训，为人们研究中国文学史提供思路和启发。另一方面，本书注重实用性，既可供统览，又可供检索，为中国文学史研究和高校中国文学史教学提供工具书，为文学爱好者了解中国文学史写作历程提供便捷的读物。

二、本书所收中国文学史著作，以中国人自著者为主，成书和出版时间，以1880年为上限，1949年为下限。其类型包括通史、断代史、专题史(民间文学、民族文学、抗战文学、妇女文学、宗教文学)、分体史(韵文、美文、骈文，或诗、词、赋、曲、小说、戏剧)，以1949年前获得出版(油印或出版机构印行)的图书为主，但也收录部分1949年以前成书却从未出版或1949年后才出版的文学史讲义、篇幅较大的毕业论文。

三、文学史写作研究主要关涉史观、史料和编纂，而这三者都在文学史著作中有很好的体现，故本书立足于文学史著作，以编年方法研究中国文学史写作。为了更好地凸显中国文学史写作发生、发展的背景，书中编入对中国文学史写作产生重要影响的文章、书籍以及重大事件。

四、本书的编排，以各类文学史著作出版时间为序，按年和月分别编入。凡是出版年月不详者，以其成书时间编入；出版年份确定但月份不明者，以“本年”为子目编入；成书时间和出版时间都不明者，不予编入。由此，本书在编排和内容方面具有两个特点：1.以年为纲，以月为子目，凸显中国文学史写作和史著出版在不同年代的发展状况；2.不但介绍史著的作者、版本和成书简况，还概述其传播史、接受史，并评述其特色，最后详录目次。

五、考虑到晚清以皇帝年号和农历纪年，故书中凡是涉及晚清时期的年份和日月，均换算为公元纪年；民国时期虽以“中华民国”纪年，但月和日均按照公元纪年方式，因而从民国元年(1911)开始，其月和日均直接对应公元纪月和纪日。

六、本书参考了《中国文学史书目提要》(陈玉堂编，合肥，黄山书社，1986)、《中国文学史著版本概览》(吉平平、黄晓静编，沈阳，辽宁大学出版社，1992)、《台湾出版中国文学史书目提要(1949～1994)》(附《中国文学史总书目(1880～1994)》黄文吉编撰，台北，万卷楼图书有限公司，1996)、《中国文学专史书目提要》(陈飞主编，郑州，大象出版社，2004)诸书，同时主要作了三个方面的增删、修正：一是新增史著；二是删去重复录入、出版时间不详、非文学史(如《中国音乐史》和《中国文学概论》)的著作；三是补正错漏和不确处。

目 录

绪 论

一、文学·文学史·中国文学史写作

“中国文学史”一词已为大家所熟悉，但“中国文学史写作”之名却还显得陌生，有必要加以界定，这还得从“文学”、“文学史”的概念说起。

(一)“文学”

从观念史的角度出发，容易发现“Literature”(“文学”)令人困惑的词义演变史。于是有了R. 威廉斯在《关键词：文化与社会的词汇》中考察“Literature”一词从14世纪至19世纪的源流①。受此启发，彼得·威德森在《现代西方文学观念简史》中勾画了“英语文学”(English Literature)在英美大学学术体制中的发展史②。毋庸置疑，这两部书对我们很有启发意义，但中国“文学”概念史恐怕无法像西方“Literature”那样梳理出清晰的根系图。在“文学”概念上，中国古代“文学”形成一个相对独立的体系，与深受西方文学观影响的中国现代文学之间，缺乏机体内部的生长点。③ 由此产生一个长期困扰学界的文学观念史难题：作为中国传统“文学”涵义的“文章博学”或“著于竹帛”，与作为Literature对译词的西方“文学”，在现代中国相遇时，是一方迁就另一方，还是相互融通？具体过程如何？

即使我们抛开上述文学观念史难题，也经常遇到一些相关的现实问题，如：钱南扬的《谜史》(民俗学会1928年7月出版)是不是文学史？朱谦之的《中国音乐文学史》(商务印书馆1935年出版)是不是文学史？“艺术史”、“文化史”当中的哪些部分属于文学史？究竟什么样的书可以称作文学史？类似这样的问题，是搜集整理文学史研究资料时经常面对的。

为了得到比较满意的答案，首先要弄清楚文学史的“文学”所指，这

---

① 〔英〕R. 威廉斯：《关键词：文化与社会的词汇》，刘建基译，北京，生活·读书·新知三联书店，2005，第268～274页。

② 〔美〕彼得·威德森：《现代西方文学观念简史》，钱竞、张欣译，北京，北京大学出版社，2006。

③ 中国现当代文学理论主要借鉴于西方，而古代文学理论的基础根植于中国自身以儒释道文化为主体的思想，两者在术语、概念、体系上缺乏血脉联系。对此，1997年年初《文学评论》杂志开辟的“古代文论的现代转换”专栏、2000年7月在北京召开的“文学理论的未来与中国古代文论的现代转换”国际研讨会，都有论及。

也就要求把“文学”的概念作为一种历时性变化来看待，而不能以某时期对“文学”的界定去衡量、评定之前或之后的文学。20世纪初期的中国文学史家大都不明白这点，以致作出偏颇的判断。

鉴于“文学”的概念在中国文学发展中会流变，我们应该以“了解之同情”的态度，依据不同时代、不同时期、不同文学史作者的“文学”观念来判定其著作是否属于文学史。换言之，我们可以从文学史写作的角度①，顺循中国“文学”一词指称对象之变，于纵横两端梳理“文学”概念，既揭示其历时性演变的轨迹，也展示共时交错并存的现象，力求将“文学”回归原有的历史文化语境，从而探索“文学”被塑造并定型的过程。

1. 晚清及之前——“泛文学”

整体而言，中国古代的“文学”概念沿着两条线索流变。一条是自从《论语》用“文学”指称与“德行、言语、政事”相媲美的学术文化之后，“文学”“几乎都是意味着学问或者经学”②。先秦时期已有强烈的学术分类观念，《庄子》所说的“道术将为天下裂”，意为先王之“道”分裂为诸子百家之学。但是先秦时期文史哲混沌不分，虽有百家之学但无独立的“文学”。直到汉武帝“罢黜百家，独尊儒术”，“文学”依然附于儒学。元嘉十五年(438)，宋文帝诏立儒、玄、文、史四馆，文学首次从政治体制上获得了与儒学相等的崇高地位③，文史哲分裂的痕迹也变得明显。受此影响，宋明帝泰始六年(470)诏立总明观，并设文学士十名；至隋、唐时代，所创立的科举取士制度中有以文学取士一途，这一举措不仅对文学之士的人生命运有着重要影响，更进一步提升了文学的地位。在这种背景下，唐初修撰的《隋志》，从《七略》演变出经、史、子、集“四部”分类法④，

① 中国“文学”概念在20世纪初期被塑造并定型，不是文学史写作一个因素所能决定，它还包括近代以来报刊风行、稿酬制度的建立、时代风云激变，等等。这些内容已有很多学者探讨过了，不是本书的关注重点。

② 〔日〕兴膳宏：《中国文学理论の展开》，东京，满文堂，2008。

③ 关于“元嘉四学”，史载语焉不详，兹摘录笔者搜集到文献史料如下。《宋书·雷次宗传》：“元嘉十五年，征次宗至京师，开馆于鸡笼山，聚徒教授，置生百余人。会稽朱膺之、颍川庾蔚之并以儒学，监总诸生。时国子学未立，上留心艺术，使丹阳尹何尚之立玄学，太子率更令何承天立史学，司徒参军谢元立文学，凡四学并建。”(《宋书》卷九十三 列传第五十三)《南史·宋本纪中》记载，宋文帝元嘉十六年(439)：“上好儒雅，又命丹阳尹何尚之立玄学，著作佐郎何承天立史学，司徒参军谢元立文学，各聚门徒，多就业者。江左风俗，于斯为美，后言政化，称元嘉焉。”(李延寿：《南史》卷二，北京，中华书局，1975，第45～46页)

④ 关于典籍分类由“七略”向“四部”分类演化，目录学家昌彼得说：“因为学术随时代不断变迁，古代的学术，有兴有替。名墨纵横之说，愈后而愈少；纪传、诗赋之文，则愈后而愈多。七略不能不变为四部，实势所必至。”(昌彼得、潘美月：《中国目录学》，台北，文史哲出版社，1986)

明确了文史哲分类独立，从而基本奠定了中国传统知识体系。集部对诗歌、辞赋、杂文的收集及其编纂方式，被以后历代学者奉为圭臬。如清代纪昀总编的《四库全书总目提要》不但以“四部”分类法为基本框架，还对集部作出若干细分。始于唐初的“四部”分类法对于“文学”流变的影响，不单在于它确立了文学(集部)与经、史、子并列的地位，更在于在这种知识体系下，“文学”脱离经、史而独立的倾向加强。到北宋时，逐渐出现所谓文章之学、训诂之学与义理之学的分野。程颐曰：“古之学者一，今之学者三，异端不与焉。一曰文章之学，二曰训诂之学，三曰儒者之学。”此处“文章之学”即为“文学”。至此，作为“文章之学”的“文学”已摆脱之前依附于其他的状态，此后其地位总体呈现逐渐上升趋势。但是，起初的形势并不乐观。程颐同时强调：“今之学者有三弊：一溺于文章，二牵于训诂，三惑于异端。苟无此三者，则将何归，必趋于道矣。”[①]他把“文章之学”看作当时学者从道学的三大障碍之一，属于被排斥的对象。到清初戴震那里，“文章之学”的地位稍有上升，他认为：“古今学问之途，其大致有三：或事于理义；或事于制数；或事于文章。事于文章者，等而末者也。”[②]虽为“末者”，总比被排斥要好。到清中叶桐城派勃兴时，“文章”一门基本上获得与其他学问同等的地位。姚鼐有云：“余尝论学问之事有三端焉：曰义理也，考证也，文章也。”[③]但即便在晚清，“文学”作为“文章之学”也只是通往经学的途径，而非学术主流。戊戌以前，梁启超认为：“词章不能谓之学。……若夫骈俪之章，歌曲之作，以娱魂性。偶一为之，毋令溺志。”又说：“所谓‘纯’之文，极所轻蔑。……其向文艺方面讨生活者，皆第二派以下人物，此所以不能张其军也。”[④]“文学”作为一门学问为何在晚清受此鄙薄？刘师培在考察近代中国文学变迁时一语道破：“是文学之衰，不仅衰于科举之业也，且由于实学之昌明。”[⑤]

中国古代“文学”概念流变的另一条线索是，“文学”始由“物相杂”(《易·系辞下》)之意发展到文献经典(班固《汉书·武帝纪》)，发展到“文辞、文章”之意(曹丕《典论·论文》)，再到“有韵者笔，无韵者文”(刘勰《文心雕龙·总术篇》)，即“文学”作为韵文和散文的合称的传统意义逐渐

① 程颢、程颐：《二程遗书》卷十八，上海，上海古籍出版社，2000，第235页。

② 戴震：《与方希原书》，《戴震集》，上海，上海古籍出版社，1980，第189页。

③ 姚鼐：《述庵文抄序》，《惜抱轩文集》卷四，同治丙寅年(1865)省心阁重刊本。

④ 朱维铮校注：《梁启超论清学史二种》，上海，复旦大学出版社，1985，第84页。

⑤ 刘师培：《论近世文学之变迁》，见舒芜等编选：《近代文论选》，北京，人民文学出版社，1981，第580页。

得到确立。虽然这种“文学”不包括小说、戏曲等“不登大雅之堂”的文类，但与近代以降的“文学”概念相比，它仍是广义的。人们一般认为，南北朝时期的“文笔之辨”认识到文学的审美特征，文学从过去的泛文学观念中独立出来，与非文学日益区分开来，从而与我们今天的美文、纯文学概念接近。其实，“这种看法是以偏概全的、不准确的。魏晋南北朝时期，尽管人们对文学中的部分文体的审美特征有所认识和强调，但并没有改变广义的泛文学概念这一传统。以刘勰为例，《文心雕龙》文体论中虽然分别论述到‘文’、‘笔’之分，但它们又是统属于《文心雕龙》之‘文’这一概念之下的，‘文’、‘笔’之‘文’是《文心雕龙》之‘文’下的一个子概念，并不代表刘勰基本的文学概念。易言之，《文心雕龙》的‘文’之概念，仍然是一个广义的文学概念”①。

大量文献资料显示，直到清末以前，不论从上述第一条线索还是第二条线索来看，中国“文学”概念一直是广义的，即“泛文学”。如刘熙载《文概》论“文”，广及儒学、史学、玄学、文学著作：“大抵儒学本《礼》，荀子是也；史学本《书》与《春秋》，马迁是也；玄学本《易》，庄子是也；文学本《诗》，屈原是也。”乃至指出：“六经，‘文’之范围也。”1910年章太炎在《国故论衡》中对“文学”的界说具有代表性，被后世学者广泛征引：

> 文学者，以有文字箸于竹帛，故谓之文。论其法式，谓之文学。凡文理、文字、文辞皆称“文”，言其采色发扬，谓之“彣”。……凡“彣”者必皆成“文”，凡成“文”者不皆“彣”。②

很少有人注意到，章太炎这个“文学”界说，其实是对中国古代两条“文学”流变线索的总结。第一句“以有文字箸于竹帛，故谓之文”，这是以“文字”定义“文学”，即“文学”包括一切文字；第二句“论其法式，谓之文学”，把一切学术都包括在“文学”内。可见，不论从文字方面还是学术方面，章氏所持都是“泛文学”观。

章太炎还提出“有韵为诗，无韵为文”，这与魏晋时期“有韵者文，无韵者笔”，在内涵上一致，换句话说，章氏的“文学”与魏晋时期的“文笔”大体相当，包括两部分，即无韵的“文章”和有韵的“诗”(以传统的诗歌、

---

① 祈志祥：《文章·情性·文采——〈文心雕龙〉的文学概念及情感美、形式美思想》，《东方丛刊》2006年第1期，第186页。

② 章太炎：《文学总略》，见舒芜等编选：《近代文论选》，北京，人民文学出版社，1959，第420页。

辞赋即所谓"雅文学"为主)。"诗"并不包括小说、戏曲这类"不登大雅之堂"的"俗文学",却包括有韵的应用文体,如"箴"、"铭"、"诔"、"像赞"、"史述赞"、"祭文"以及应用文《急就章》、《千字文》、《百家姓》、《医方歌诀》等。所以,"凡'彣'者必皆成'文',凡成'文'者不皆'彣'"。章太炎认为,《九章算法》、《齐民要术》、《千金要方》、《水经》等都可作为散文品鉴:"以上各种,文都绝佳,也非集部所具有的;所以我们的目光,不可专注于集部。"①这在我们今天可能是难以理解的。不过,既然明白清末以前占主导地位的是"泛文学",就可以理解章太炎有如此文学观,也不会感到奇怪,为何林传甲、黄人、曾毅等编写的《中国文学史》连经、史、子、集也包罗在内。当然,我们更不会像郑宾于、胡云翼等人那样把这几部早期的史书排除在"中国文学史"之外。

2. 清末民初——"大文学"

晚清时期的西学东渐,对中国传统的"文学"概念造成冲击。这种"冲击"大致来自三个方面:

其一,在寓华传教士翻译和编撰的书刊中出现了西方的"文学"观念。当年影响极大的森有礼编、林乐知(Young J. Allen)等译的《文学兴国策》,书中提到的"文学"都是教育问题,谈的是文学的社会功用,如"近查访美国文学成规,以为日本兴学之先导","美国广兴文学,百余年间,日新月盛"。② 就连"专以振兴中国文学为己任"的"文学会"(由泰西各国寓华教士组织)所说的"文学",也实指文化教育。但不能否认,正是这些传教士向中国人输入了"文学"作为文化教育的初始观念。"文化教育"开始作为"文学"的一种延伸意义进入中国人视野。钱颐仙选辑的《万国分类时务大全》,全书共四十卷,"文学类"占三卷(二十至二十二卷),内容包括"各国学校"、"各国文字"、"各国书院"、"各国学馆"、"各国算学"、"各国声学"、"各国光学"等。预计到读者会对此有疑惑,编者在"凡例"中予以专门说明:

> 一、是编所收光学、声学、电学、重学等类,其中所学,虽皆制造工艺之事,原与"文学"两字判若天渊,似不能附入文

① 参见章太炎主讲、曹聚仁记述:《国学概论》,香港,学林书店,1971,第79~84页。

② 〔日〕森有礼编:《文学兴国策》,〔美〕林乐知等译,上海,上海书店,2002。此书1896年由上海广学会初版。

学类。然编中所汇辑者，皆西国事西国学也。①

因为光学、声学、电学、重学等同文学一样，属于西方国家的学问，都可归入文化教育范畴，所以钱颐仙明知其“与‘文学’两字判若天渊”，仍“附入文学类”。他这个说明与《文学兴国策》把“文学”与文化教育混为一谈如此神似，可见《文学兴国策》的影响。

其二，日本学者编写的“中国文学史”对中国学人的示范性影响。中国文学史写作的开始，与日本的示范作用有密切关系。《奏定大学堂章程》云：“日本有《中国文学史》，可仿其意自行编纂讲授。”②林传甲的《中国文学史》遵从这个规定，“仿日本笹川种郎《中国文学史》之意以成书”③。黄人对“文学”的理解，是以日本汉学家太田善男的《文学概论》为基础(详见后文)。成之(吕思勉)的《小说丛话》，也是通过对太田氏该著的吸纳，植入西方小说艺术论④。而日本近代意义的“文学”概念来自英语“Literature”，这个词汇最初作为“百科之学”传入日本，因此，在明治初期，“文学”成为表示一般学问的意思。⑤ 由此影响到清末民初中国的“文学”概念，为其增添了一层新涵义，即“文学”作为一般学问。⑥

其三，一批眼界相对开阔的中国学人开始引介西方“文学”定义，并与中国“文学”作比较分析。1906年黄人所著《中国文学史》“文学的定义”一节中，转引烹苦斯德(Pancoast，Henry Spackman，1858～1928，今译朋科斯德)所著《英吉利文学史》解释“文学”之义，还将罗马时代达克士、苦因地仑、西在洛所用“文学”之义，与中国传统“文学”作比较。1908年，留学日本的周作人发表《论文章之意义暨其使命因及中国近时论文之失》一文，列举一些西方学者的“文学”定义，并作了简要评论。1918年，谢无量在《中国大文学史》中以两节的篇幅分别列举中西方代表性的“文学”定义，并略作评析。

上述三个方面“冲击”的综合性影响可归纳为以下几点：

① 《凡例》，见钱颐仙选辑《万国分类时务大全》卷首，清光绪二十三年(1897)申江袖海山房石印。

② 张百熙、荣庆、张之洞：《奏遵旨重定大学堂章程妥筹办法折》，见顾明远主编《中国教育大系·历代教育制度考(二)》，北京，人民教育出版社，1961，第1893～1894页。

③ 林传甲：《中国文学史·自述》，武林谋新室印行，1910，第24页。

④ 参见关诗佩：《吕思勉〈小说丛话〉对太田善男〈文学概论〉的吸入——兼论西方小说艺术论在晚清的移植》，《复旦大学学报》(社会科学版)2008年第2期。

⑤ 〔日〕铃木贞美：《文学的概念》，王成译，北京，中央编译出版社，2011，第13页。

⑥ 关于日本“文学”观念对早期中国文学史家的影响，可参见李群《早期中国文学史写作中的日本影响因素》，《苏州科技学院学报》(社会科学版)2009年第2期，第63～68页。

第一，清政府在颁布的三个大学堂章程中，先后设立“文学”、“中国文学”门，1904 年的《奏定大学堂章程》还对中国文学研究法科目所授内容作了详细规定。尽管距离现代意义的文学教育甚远，但是这种以官方规定的方式确认“文学”的学科身份，其意义不容轻视。要知道，在 20 世纪前夕出版的辞书如《时务通考》(杞庐主人编，1897 年上海点石斋石印)、《经济通考》(邵筱邨编，1901 年上海鸿宝斋第三次石印)中，还没有任何“文学”的影子。短短几年后，“文学”就被确认为一门有详细分日的学科。其原因何在呢？有人可能会以为，中国古代和近代西方都有视“文学”为学问的意识，这种相似性成为融通清末民初“文学”和西方“Literature”的中介。事实并非如此简单。

“文化异，斯学术亦异。”[①]尽管中西方的“文学”都曾有学问之意，二者却有本质区别。前文已述，晚清传入中国的西方“Literature”，相当于文化教育；而在中国传统学术中，“文学”常用来指称“词章”研究。那么，晚清入华的西方“Literature”，如何与中国传统学术体系融通？清末西学东渐处于“废中立西”阶段[②]，当时学者解决中西“文学”差异的方法，就是对传统学术中的“文学”的内涵作出全新的定性和定位。于是导致——

第二，“情感”和“美感”在清末民初时期成为受认可的“文学”特征和要素。在重情感的西方近代文学界义影响下，文学表达情感的功能被凸显出来，文学与情感的关系被放大加强。这对当时文学观念的转变产生了重要影响。1904 年黄人通过排比欧美各国文学界说，总结出“以广义而言，则能以言语表出思想感情者，皆为文学”[③]；1918 年谢无量也在庞科士的《英国文学史》中看到，广义的文学“兼包字义，同文书之属”，狭义的文学“惟宗主情感，以娱志为归者，乃足以当之”[④]。1920 年，胡适在谈到“什么是文学”时说：“语言文字都是人类达意表情的工具；达意达的好，表情表的妙，便是文学。”认为“文学的基本作用(职务)还是‘表情达意’”[⑤]。此后，“情感”作为“文学”概念的基本内涵被固定下来，成为区分“纯文学”与“杂文学”的一个重要依据。

---

① 钱穆：《现代中国学术论衡·序》，北京，生活·读书·新知三联书店，2001，第 1 页。

② “有清一代，对于西学的引进大致历经了‘西学中源’、‘中体西用’和‘废中立西’这样三个大的阶段。”(贺昌盛：《晚清民初“文学”学科的学术谱系——从“词章”到“美术”再到“文学”》，《学术月刊》2007 年第 7 期，第 115 页)

③ 黄人：《普通百科新大辞典》，见钟少华编：《词语的知惠——清末百科辞书条目选》，贵阳，贵州教育出版社，2000，第 50 页。

④ 谢无量：《中国大文学史》，上海，中华书局，1924，第 1～4 页。

⑤ 胡适：《什么是文学——答钱玄同》，见《胡适文存》，上海，亚东图书馆，1921。

另一方面，在西学尤其日本近代“文学”观影响下，王国维、梁启超、鲁迅等人对于“文学审美”的“精神”特性大力张扬，导致作为独立范畴的“文学”在其内涵、外延、功能及形式特征等方面的基本学术品质得到初步的确立。[①] 源自西方的有“美术”特征(审美经验)的具体规定进入中国“文学”概念，使其既与传统的“文学”、“词章”有根本区别，又接续了传统“文学”的学术品格。

然而，在当时的中国，“审美”是否会像在西方世界那样成为宗教信仰衰落后的精神生活必然替代品？自王国维、鲁迅等先贤以降，中国的宗教历史背景就从来不是考虑“审美”重要性的必备因素。大体而言，从清末到20世纪20年代，中国“文学”中的“审美”主要与个体争取心灵自由、文学学科争取独立的努力有更密切的关系[②]；30年代至今，中国“文学”概念建构过程中审美因素的加入，有着自身特殊的原因和背景，因而更多地表现为与政治因素之间的替代，由此具体表现为文学/政治之间的对立及此起彼伏[③]。不过，正因为如此，反而更突显出清末审美因素加

---

① 详见贺昌盛：《晚清民初“文学”学科的学术谱系——从“词章”到“美术”再到“文学”》，第115～116页。

② 蔡元培从1900年的《剡山、二戴两书院学约》到1918年《国立美术学校成立及开学式演说词》等一系列文章，都以“美术”一词包容文学，在前文中说“美术学”是“写性灵之作，如诗词绘事”，在后文中说“美术本包有文学、音乐、建筑、雕刻、图画等科”。王国维在《红楼梦评论》(1904)、《论哲学家与美术家之天职》(1905)、《古雅之在美学上之位置》(1906)等诸多文章里，都用“美术”包容诗歌、小说、戏曲。鲁迅从《摩罗诗力说》(1907)到《拟播布美术意见书》(1913)，同样用“美术”包容文学，在前文中说“文章为美术之一”，在后文中说“美术云者，即用思理以美化天物之谓……如雕塑、绘画、文章、建筑、音乐皆是也”。这些“文学”观，虽受到日本和西方文学理论资源的影响，但不可忽视当时中国积贫积弱、战乱频生的社会现实使得一些学人向文学艺术中寻找净土，希望通过文学艺术的熏陶，使人性向美向善。此外，把“文学”视为“美术”(艺术)之一种，也与清末民初以“审美”作为核心要素谋求文学学科独立性的诉求相关。(可参见贺昌盛：《晚清民初“文学”学科的学术谱系》，《学术月刊》2007年第7期)

③ 姑且不说20世纪30年代“左”翼文学的勃兴，即便从毛泽东《在延安文艺座谈会上的讲话》对此后中国文学产生的巨大而深远的影响，也可见政治因素在“文学”中的崇高地位。学界一般认为，中国20世纪80年代关于“纯文学”的讨论，标志着中国“文学”观“拨乱反正”。贺桂梅指出，这一时期中国“纯文学”理念的建构，同时运行于诗化哲学、美学关系领域(甘阳、刘小枫、周国平)、转向语言与符合批评的文学理论领域(以韦勒克、沃伦合著的《文学理论》，特里·伊格尔顿的《二十世纪西方文学理论》，佛克马、易布思合著的《二十世纪文学理论》为理论源头)以及以“重写文学史”思潮为代表的重构经典的现代文学研究领域等三个领域。这三个领域所共同建构起来的“纯文学”理念，一点也不“纯”，因为这种表述和文化建构具有的政治性诉求，不亚于其所要颠覆的当时和其前的政治话语体制。文学/政治的对立固然宣判了“纯文学”反叛的对象为非法，不过同时它也以“政治”的方式，返身定义了自身，“纯文学”替代了它批判的对象，而成为新的政治理想的化身。(参见贺桂梅：《“纯文学”的知识谱系与意识形态——“文学性”问题在1980年代的发生》，《山东社会科学》2007年第2期，第29～46页)

入“文学”的意义。“美”的经验或“美感”被设定为“文学”中固定不变的内涵，使“文学”从“文以载道”、“诗言志”的传统社会功能转向对文学本体的追求，这意味着“文学”有可能从物质实践、社会关系和意识形态的意义中拯救出来，实现文学的独立。

正是在这种文学独立倾向影响下，近代意义的文学学科体系逐渐形成。王韬1883年所作《变法自强》、郑观应1884年所作《考试》，按照西方“分科立学”原则所确立的“文学科”，“即经史掌故词章之学也”，尚与“美术”无涉。到了1901年，蔡元培出版题为《学堂教科论》的小册子，把“文学”列为十科之一。他从“美术”以及“玩物怡情”的角度来界定“文学”，因此文学包含音乐学、诗歌骈文学、图画学、书法学、小说学五个分支。蔡氏对“文学”的分科法虽然笼统，却既对“文学”指称文化教育的观念有承袭又有进步，也没有《奏定大学堂章程》中“中国文学门”规定的文字训诂等内容。当然，此言并非低估《奏定大学堂章程》在“文学”流变中的意义。陈国球曾考察了晚清设立的京师大学堂三大章程——1898年梁启超起草的《奏议京师大学堂章程》、1902年张百熙拟定的《钦定京师大学堂章程》、1903年张之洞主持的《奏定大学堂章程》，认为“在这个情势之下，‘文学’的内涵虽还是褊狭的‘词章之学’，但其学术位格已有相当现代化的规划。接下来的变革，就是‘美感’、‘虚构’等西来观念对‘文学’定义的改造，这又有待继起的文化政治的推移了”①。西来“美感”对清末民初“文学”的改造，上文已述；“虚构”(想象)进入“文学”，则有待于文学革命的激荡(下文详及)。

第三，“文学”的上述变化，及时反映在中国文学史写作中，显露出“泛文学”观发生了嬗变，“大文学”成为主要的对“文学”的理解。一方面，在具体的文学史写作中，“词章之学”的痕迹依然明显。刘师培撰于1917年的《中国中古文学史》承续阮元对“文学”的“文言”、“翰藻”的注重；钱基博在同年8月出版的《中国文学史纲》中以“考论”、“谭史”、“攻子”、“考文”为主要内容。另一方面，在文体叙述和材料遴选时开始以“情感”、“美感”为标准。例如1915年出版的张之纯《中国文学史》，被列为“师范学校新教科书”，虽然包括了文字、诸子、诏敕、疏议、书牍，却以比较

① 陈国球：《文学史书写形态与文化政治》，北京，北京大学出版社，2004，第30页。对这三个“章程”在中国“文学”学科地位确立中的作用的详细论述，还可参见胡鹏林《从京师同文馆到京师大学堂——晚清语言文学教育与文学学科建制之演变》(http://www.comment-cn.net/culture/chinaculture/2007/0129/article_21955.html)、贺昌盛《晚清民初“文学”学科的学术谱系——从“词章”到“美术”再到“文学”》(《学术月刊》2007年第7期)。

具有"情感"、"美感"的诗词、小说、戏曲为主。相同的情形还有1916年朱希祖编写的《中国文学史》、1918年出版的谢无量《中国大文学史》等。这说明，从"泛文学"到"大文学"，中国传统的"词章"知识体系已经发生根本性松动，"文学"概念的内涵开始缩小、加深，"情感"和"美感"成为文学本质。

3. 文学革命时期——"杂文学"

明治时期，日本的"文学"概念比较混乱。日本现代汉学家长泽规矩也对此深为苦恼："文学、文艺二词，本为中国所固有，并非起于西洋文化输入之后，而使用的方法，向来很暧昧，含义颇多，自从作 literature 的译语后，概念益觉含混。"①明治时期日本学界对"文学"理解的混乱直接影响到早期中国文学史家们的"文学"观。进入20世纪初期，英美学者对"文学"的各种界说纷纷涌入，对中国传统的"文学"观造成直接冲击。如此一来，日本的、欧美的和中国传统的"文学"界义混杂在一起，加剧了中国"文学"一词理解上的混乱，以至文学革命时期各种"文学"界说混行，呈现出驳杂、混沌的特征。当然，这个特征并不意味着对"文学"的理解没有形成大致统一的认识。实际上，多数人接受了以知、情、意为标准的西方现代"文学"界说，这从刘师培、黄人、罗家伦、郑振铎、卢冀野等学者的相关论述中看得出来。

文辞之工，是刘师培考察"文"的首要条件。因此在刘师培眼里，诏令、奏疏、书启尺牍、祝文、诔辞、墓铭、行状、碑志等这些应用文体，富有辞采，属于文学的范围。与传统"文学"观不同的是，他强调"文章"要表达作者之意，即"文章者，所以抒己意所欲言而宜之于外者也"②。有论者因此指出，刘师培"从训诂上和起源上考察'文学'、'文章'的含义，提出了与其他国学大师迥然有别的新见解，强调文学的特质……流露出另外一种意义上的纯文学观"③。所谓"另外一种意义上的纯文学观"，据笔者理解，指的是刘师培提出"文学"必须"抒己意以示人"。刘氏这种对文学表达人类思想情感的重视，体现了一种与传统"文学"界义不同的观念。

比刘师培要明确强调思想情感的同代学者，是黄人。他在所著《中国

① 〔日〕长泽规矩也：《中国学术文艺史》，胡锡年译，上海，世界书局，1943，第11页。

② 刘师培：《文章学史·序》，见汪宇编：《刘师培学术文化随笔》，北京，中国青年出版社，1999，第11页。

③ 付建舟：《中国传统文学观的现代余绪》，《浙江师范大学学报》(社科版)2008年第2期，第30页。

文学史》"文学之定义"中对"文学"的界说，包括审美特征、主情特征、主知特征(限历史科学知识)、可读性与表现技巧五个方面。然而，这个界说虽然指出了文学"主情"、"主知"特征，却仍是宽泛的，没有脱离"大文学"的范畴。

清末民初小说戏剧昌盛，这在当时是前所未有的新的文学现象。始于1917年的文学革命以语言(白话)为突破点，由此催发新诗和白话小说等新式文体，致使传统"文学"概念面临非破不立的境况。当时尚在北京大学读书的罗家伦敏感地察觉到这点。1919年他发表《什么是文学——文学界说》一文，先是批驳中国已有的"文学"界义要么过于狭窄，要么过于宽泛，"都是不合用的"，然后说："我于是不能不去找西文。"他罗列了胡思德(Worcester)、卜鲁克(Brooke)等十五位西方先贤的"文学"定义，予以比较、取舍、综合之后，对"文学"作出这样的界定：

> 文学是人生的表现和批评，从最好的思想里写下来的，有想象，有感情，有体裁，有合于艺术的组织。集此众长，能使人类普遍心理都觉得他是极明了，极有趣的东西。①

罗家伦以"思想"、"想象"、"感情"和"艺术"作为文学的基本规定。至少可以肯定一点，这个界说，把文学与个体性紧密地联系在一起，这与当时沈雁冰等文学研究会成员高扬"文学的目的是综合地表现人生"②的旗帜从而强调文学的群体性有所区别。自此以后，个体性的情感、思想和艺术价值迅速被确立为"文学"的基本要素。譬如1921年西谛(郑振铎)在《文学的定义》中提出："文学是人们的情绪与最高思想联合的'想象'的'表现'，而他的本身又是具有永久的艺术的价值与兴趣。"③但是当时对于"文学"这几个基本要素的排序问题，未能统一认识，约略而言，可分别以罗家伦和郑振铎的主张划作两类：一类是像罗家伦那样把"思想"排在第一位，偏重文学"为人生"的社会教化功能；一类像郑振铎那样强调"文学中最重要的元素是情绪，不是思想"④。两类主张在当时文坛各有支持者，大致而言，创造社和语丝派持第一类，现代评论派和新月派持

① 罗家伦：《什么是文学——文学界说》，《新潮》第一卷第二号，1919年2月。

② 沈雁冰：《文学和人的关系及中国古来对于文学者身份的误认》，《小说月报》第12卷第1号。

③ 西谛：《文学的定义》，《文学旬刊》第一号，1921年5月。

④ 西谛：《文学的使命》，《文学旬刊》第五号，1921年6月。

第二类。由此直接影响到中国文学研究形成了两种相应的学术倾向。从20世纪20年代后期开始，陆续有人试图调和二者。1926年，郑宾于"总合各家的说法而制成一个比较周遍的文学定义"："文学是基于感情的：有思想(无论好和坏)，有体裁，有想象，有趣味，有艺术的组织，有美的欣赏，有普遍性与永久性的特长，是人生的表现和批评。"[①]1932年，卢冀野在《何谓文学》一文中把文学定义为："动于中情参以思想，邃其想象，此三种隶属文学内部。施以文辞，修饰以辞藻，化以声乐，此三种隶属文学外部。是个性之表张，是人生之反映，此二种隶属文学之性德。"[②]难说这些调和的努力有多奏效，不过我们还是可以肯定，从文学革命初期罗家伦给"文学"下定义到1932年卢冀野的"文学"界说，情感、思想、想象、艺术价值，逐渐被确立为"文学"的基本要素，这为30年代中期"纯文学"观的确立奠定了基础。

罗家伦等人的"文学"界说明显参考了西方现代"Literature"的知、情、意标准。有人甚至机械照搬。热衷西学的胡怀琛在其著作《新文学浅说》中，直接移植西方的知、情、意："智的文，历史是代表；情的文，诗歌是代表；意的文，哲学是代表。"[③]当然，照搬西方的只是极少数。以罗家伦为代表的"文学"界说能够在20世纪20年代被普遍认同，其原因除了时人大都迷信西学，还应该考虑中国的"传统"因素和"现实"因素。所谓中国"传统"因素，主要指"文学"主情、主思观念的产生，受到中国古代"言志"、"载道"、"缘情"这三种文学观的驱动。但是强调文学的"想象"这个因素和提出"文学是人生的表现和批评"，却肯定取自西方。因为，罗家伦在文中坦陈，"文学是人生的表现和批评"一语出自韩德(Theodore W. Hunt)。那么，是不是可以说，罗家伦等界定"文学"时照搬西方呢？应该不是。罗家伦在界定"文学"概念后，紧接着指出，"中国文学里有几种同西洋文学根本不同，且同文学原理背谬的性质来"；"西洋文学是表现同批评人生的，而中国文学不但批评人生的没有，而且连表现人生的也很少"[④]。既然"中国文学"没有批评和表现人生的作品，为何他还在"文学"的界说里指出"文学是人生的表现和批评"呢？这是因为，他这里所谓"中国文学"指的其实是中国传统文学(从他后文对中西文学的比

① 郑宾于：《前论》，《中国文学流变史》上册，上海，北新书局，1930，第11页。郑氏此篇《前论》完成于1926年2月。

② 卢冀野：《何谓文学》，上海，大东书局，1932，第23页。

③ 胡怀琛：《新文学浅说》，上海，泰东书局，1921，第3页。

④ 罗家伦：《什么是文学——文学界说》，《新潮》第一卷第二号(1919年2月)。

较看得出)。也就是说，罗家伦并不认为当时已经出现的新文学没有表现和批评人生。他给“文学”下定义时没有照搬韩德之言，而是针对“五四”文学革命以来的“文学”状况作出自己的判断。“想象”被引入“文学”概念的经过也大致相同。小说、戏曲曾长期不登大雅之堂，其中一个原因就是几千年来中国“史传”实录文化格外发达，史传文体被奉为圭臬，在一定程度上遏制了文学想象的能力。晚清时期小说的崛起，扭转了人们对“想象”的偏见。所以罗家伦在“文学”界说中提出“想象”，这也有结合中国文坛现实的考虑。至于他还指出“文学”须有艺术价值，则显然承续了清末以来对“文学”美感特质的关注。因此，可以说，晚清小说崛起及此后发生的文学革命，为情感、思想、想象、艺术价值成为界定“文学”概念的要素创造了现实条件。

按照此时新的“文学”观，集的一部分和经、史、子理所当然从“文学”中剥离出去。这是盛行于清末民初的“大文学”观消退的表现。1920年朱希祖坦陈他从“大文学”向狭义文学转变：“《中国文学史要略》，乃余于民国五年为北京大学所编之讲义，与余今日之主张已大不相同。盖此篇所讲，乃广义之文学，今则主张狭义之文学矣，以为文学必须独立，与哲学、史学及其他学科可以并立”①。然而，尽管文学已“与哲学、史学及其他学科可以并立”，却距离建立起独立的学科体系尚远，因为“文学”的几个要素即所谓主情、主思、有想象、有艺术价值等，还没有统一、确定的衡量标准，对于什么样的作品才算有情感、思想、想象和艺术价值，每个人的理解各有千秋，倘若以之界定“文学”，难免歧义丛生甚至自相矛盾，于是这时期的“文学”呈现出驳杂、混乱的“杂文学”特征。这种情况，早在黄人的《中国文学史》里就已有所体现。

黄人对照太田善男在《文学概论》“文学の特质”一节中所述“人有知、情、意三方面”，发展出文学的“真、善、美”三义。但是在文学史写作实践中，他恪守“破成格而广取”的原则，看重中国文学自身复杂的现象，依据中国文学的传统与习惯，从形制体格入手，将历史形成的诸多文体一概收入，如第三编第一章包括命、令、制、诏、敕、策、论说、经义、谱录、谣谚、骚赋等，其中绝大多数为实用文体，有着浓厚的“大文学”色彩。而在另一方面，他又主张“纯文学”。他在《普通百科新大辞典》“文学”条中云：“注重在动读者之感情，必当使寻常皆可会解，是名纯文学。”②在《中国文学史》一书中，黄人试图借鉴西方现代文学分类，为传

① 朱希祖：《中国文学史略·叙言》，见陈平原辑：《早期北大文学史讲义三种》，北京，北京大学出版社，2005，第241页。

② 黄人：《普通百科新大辞典》，上海，国学扶轮社，1911，第106页。

统的诗歌、辞赋和散文设置专章。对于长期受传统“文学”观轻视的小说，黄人格外看重。他在“总论”之“文学史之效用”中说：“至若诗歌、小说，实文学之本色”，在“分论”中专门论述古小说、魏晋南北朝小说、唐代小说、明人章回小说。可见，黄人的“文学”观固然主要是“大文学”，但同时也流露出“纯文学”的倾向，处于“大文学”向“杂文学”过渡的状态。

说到中国“文学”由“大文学”向“杂文学”演变，不能不提20世纪20年代兴起的俗文学研究在其中起到的作用。

中国俗文学研究的兴起，主要是中国文学发展内在规律的历史必然，但同时既与晚清以后大量前所未闻或久已失传的俗文学文献再现于世有很大关系，也与“西学东渐、国外汉学的刺激以及科举制度的废除等外在因素”产生的直接或间接作用有关。① 先是日本汉学家为中国俗文学研究带来了“俗文学”一词及基本理念，接着以敦煌文献为代表的大量俗文学资料的发现，给当时的中国学者提出了一个新课题：“俗文学”到底属不属于“文学”？如果是的，是部分属于，还是全部？

后世认可的俗文学文类，几乎都不为传统的广义“文学”和清末民初的“大文学”所容。清人纪昀《四库全书总目提要》集部中，仅有少部分词和曲属于俗文学。1918年出版的谢无量《中国大文学史》，其明清戏曲小说，仅涉及白话小说和少数戏曲、弹词。这种情况从清末开始悄然发生改变。首先是近代以降的白话文运动将启蒙民众的时代使命与文学通俗化各得其所地结合在一起。这也就是陈子展在《最近三十年中国文学史》中所指出：“不避俗言俚语，使古文白话化，使文言白话的距离比较接近，这正是白话文学运动的第一步，也即是文学革命的第一步。”②有论者亦指出：“在近代白话文运动的洪流中，除了对小说、戏曲等文体的重视外，黄遵宪、蒋观云、刘师培、柳亚子等学者对民间歌谣、神话传说、民间戏剧等的重视和倡导，共同为俗文学、民间文学研究领域的拓展、地位的提升开创了一个宽阔的舞台。”③

从1902年梁启超振聋发聩地喊出“小说为文学之最上乘也”④，到清末文人惊叹“吾国人亦知小说之重要不可以等闲观也，乃易其浸淫‘四

① 关于“西学东渐、国外汉学的刺激以及科举制度的废除等外在因素”对“俗文学”产生直接或间接作用，可参见周忠元《论20世纪上半叶的“俗文学”研究》(上海，华东师范大学博士论文，导师谭帆，2008年通过答辩，第47～52页)。

② 陈子展：《最近三十年中国文学史》，上海，上海古籍出版社，2000，第207页。

③ 周忠元：《论20世纪上半叶的“俗文学”研究》，济南，山东人民出版社，2012，第56页。

④ 梁启超：《论小说与群治之关系》，《新小说》1902年第1期，1902年11月14日。

书'、'五经'者，变而为购阅新小说"①，"无不以小说家自命"②，这其中不仅仅是中国审美传统的重大转变，更是小说戏曲等俗文学从传统"文学"边缘走向中心，"文学"向平民化、世俗化滑进的历史过程。

但是直到新文化运动前夕，宝卷、变文、鼓词、弹词、子弟书等仍然不属于文学。它们进入文学研究者的视野，除了文学革命对传统文学观("大文学")的批判，还应归功于借了"敦煌文学"的东风。③ 在敦煌莫高窟发现的大量文献资料中，有不少文辞精美，叙事性强。这些文本，算不算文学？按照清末民初的"大文学"观，自然不算。到了文学革命时期，1920 年，王国维在《东方杂志》第 17 卷第 8 期上发表《敦煌发见唐朝之通俗诗及通俗小说》一文，首次提出"敦煌发见"的"通俗诗"和"通俗小说"这两个概念。该文将敦煌文献中的《秦妇吟》、《季布歌》、《孝子董永传》、《唐太宗入冥记》等作品分别归入"诗"和"小说"，也就承认了变文、话本小说的"文学"身份。此后，敦煌文献开始作为文学史料被学界认识，变文、话本等以文学作品的身份进入文学史，更新了学界对文学史的某些认识。胡适对此有过清楚的表述："敦煌石室的唐五代写本的俗文学，经罗振玉先生、王国维先生、伯希和先生、羽田亨博士、董康先生的整理，已有许多篇可以供我们的采用了。我前年在巴黎、伦敦也收了一点俗文学的史料。这是一批很重要的新材料。"随后又说："敦煌的新史料给我添了无数佐证，同时却又使我知道白话化的趋势比我六年前所悬想的还要早几百年。"④既然宝卷、变文等敦煌文献的"文学"身份得到承认，其他俗文学门类进入文学史著作也就顺理成章。1932 年，郑振铎出版的《插图本中国文学史》"大约总有三分之一以上是他书所未述及的"俗文学，"像唐、五代的变文，宋、元的戏文与诸宫调，元、明的讲史与散曲，明、清的短剧与民歌，以及宝卷、弹词、鼓词等等皆是"⑤。

综上，这个时期的"文学"是名副其实的"杂文学"，混杂了多种涵义：一是部分经、史、子、集的内容，二是作为一门学科的"文学"，三是以

① 老棣：《文风变迁与小说将来之位置》，见陈平原、夏晓虹编：《二十世纪中国小说理论资料》(第一卷)，北京，北京大学出版社，1989，第 206 页。

② 寅半生：《〈小说闲评〉叙》，见陈平原、夏晓虹编：《二十世纪中国小说理论资料》(第一卷)，北京，北京大学出版社，1989，第 182 页。

③ 日本汉学家的影响也不可忽视。例如，狩野直喜用"俗文学"这个具体的文类概念指称变文、鼓词、宝卷、弹词等时，就已经在事实上把它们纳入"文学"范围。这一点对宝卷、变文、鼓词、弹词等进入 1920 年代中国"文学"视野有积极影响。

④ 胡适：《白话文学史》，合肥，安徽教育出版社，1999，第 6～7 页。

⑤ 郑振铎：《插图本中国文学史·自序》，北平，北平朴社，1932。

情感、思想、想象和艺术价值为基本特征的“文学”，其中包括符合此标准的俗文学。经史子集虽然仍在这时期的文学史书中出现，其数量和出现的频率却大为减少，“纯文学”的篇幅占据主体。但此时的“纯文学”并非现代意义，它既包括古代诗词、小说、戏曲、散文等，也包括新文化运动激荡下出现的新文学以及“新发现”的俗文学。

4. 20世纪30年代中期——“纯文学”

“在近现代文学观念转型之交，新标准旧观念与新标准新观念的变化在一些学者身上同时发生。”①现代意义的“文学”即“纯文学”观的确立，在文学界，通过两种学术活动得以实现。

一是开展文学史批评。到1920年代后期，中国人自己的文学史写作已有二三十年历史，出现了近百部“中国文学史”。一些学者对于从传统角度写作或者以“大文学”、“杂文学”观编写的文学史著表示强烈不满，他们指责之前的文学史书所述对象远远超出文学的范围，只能算作“杂货铺式”的东西、“国学史”、“学术史”、“资料长编”，或者“实在不过是鬼簿和流水账一类的东西”。② 姑且不论这些评价是否公允、客观，我们可以肯定的是，这些学者已经注意到并开始思考中国文学史写作存在的问题，体现出了对文学独立性的追求，这是现代意义“纯文学”观得以确立的前提条件。

二是逐渐完成“纯文学”与“杂文学”的区分。“王国维最早提出了‘纯文学’的概念，是第一个强调文学独立的价值、肯定文学具有自身独立的价值的人。”③王国维1905年提出的“纯文学”观是在德国古典美学基础上建立起来的。1907年鲁迅在《摩罗诗力说》中对“纯文学”的界定，则明显受到日本影响。但他们都是将文学置于艺术的范畴，探讨文学本身的价值，探讨文学内在规律以及文艺美学。借助五四新文化运动，他们这种强调“美感”的“纯文学”观得到广泛传播，并出现了诸多对“纯文学”与“杂文学”的讨论。1908年，周作人试图划分“纯文学”与“杂文学”：“夫文章

① 付建舟：《中国现代纯文学观的发生》，《文学评论》2009年第4期，第145页。

② 1926年郑宾于将当时市面上的中国文学史著斥为“国学史”（郑宾于：《题语》，《中国文学流变史（上册）》，上海，北新书局，1930，第2页）、“杂货铺式”的东西，认为“简直没有一部配得上称为‘中国文学史’的作品！”（郑宾于：《前论》，《中国文学流变史（上册）》，第7页）。将之前的文学史书斥为“学术史”、“资料长编”的说法，参见前引1931年8月胡云翼撰文认为“谢无量、曾毅、顾实、葛遵礼、王梦曾、张之纯、汪剑余、蒋鉴章、欧阳溥存诸人编著的都是学术史”。（胡云翼：《新著中国文学史·自序》，上海，北新书局，1932，第3页）“鬼簿和流水账”的批评来自刘大白（刘大白：《中国文学史·引论》，上海，开明书店，1934，第8页）。

③ 旷新年：《现代纯文学观的发生》，《文学评论》2000年第4期，第12页。

一语，虽总括文诗，而其间实分两部：一为纯文章，或名之曰诗，而又分之为二，曰吟式诗，中含诗、赋、词、曲、传奇、韵文也；曰读式诗，为说部之类散文也。此他书，记论状诸属，自为一别，皆杂文章耳。"①周作人对"纯文学"和"杂文学"的划分，可能是最早的，在当时很少得到支持。直到民国初年，吕思勉才运用"纯文学"与"杂文学"的分类法来研究中国文学。到了文学革命时期，1917 年 5 月，刘半农在《我之文学改良观》一文中继承了周作人的"纯文学"、"杂文学"观念并加以发挥，表现出对"纯文学"概念的肯定和对"杂文学"的扬弃。他提出，"欲定文学之界定，当取法于西文，分一切作物为文字 language 和文学 literature 二类"②。他把"文学"界定为"The class of writings distinguished for beauty of style，as poetry，essays，history，fictions，or belles-letters"，也就是"纯文学"。当时"杂文学"观正方兴未艾，因而刘半农强调"文学"须有 beauty of style（风格之美）没有引起多少人注意。到 20 世纪 20 年代后期，情况发生改变。1929 年，曾毅在修订 1915 年初版的《中国文学史》时说："但至今日，欧美文学之稗贩甚盛，颇掇拾其说，以为我文学之准的，谓诗歌曲剧小说为纯文学，此又今古形式之迥异也。"③曾毅此言表明，受欧美"文学"观影响，"谓诗歌曲剧小说为纯文学"的观念在 1929 年已为学界人士普遍接纳。乃至，让"文学"去"杂"留"纯"，竟成为当时学者的共识。陈冠同在《中国文艺变迁论》"导言"中直言不讳地说："我们为保持文学的庄严和纯粹计，必先把文学的定义认清，把文学作品估价的标准认定，才不会让丝毫的传统的成见，搅杂在里头。"④进入 30 年代，这种现象更盛。胡云翼在 1932 年说："我们认定只有诗歌、辞赋、词曲、小说及一部分美的散文和游记等，才是纯粹的文学。"⑤1933 年，刘大白直接说："（文学）就是诗篇，戏剧，小说三种"，除此之外的都是"非文学的作品"⑥。1934 年，柳村任在辨析"文学"定义时强调"诉诸情感的美妙的作品（指诗歌、戏曲、小说——引者按），是近代最正确最进化的文学

---

① 周作人：《论文章之意义暨其使命因及中国近时论文之失》，《河南》1908 年第 4、5 号，第 69 页。

② 刘半农：《我之文学改良观》，《新青年》第 3 卷第 3 号，1917 年 5 月。

③ 曾毅：《订正中国文学史》，《中国文学史》，上海，泰东书局，1929，第 20 页。

④ 陈冠同：《中国文艺变迁论》，上海，商务印书馆，1930，第 2 页。

⑤ 胡云翼：《新著中国文学史 · 自序》，上海，北新书局，1932。

⑥ 刘大白：《中国文学史 · 引论》，上海，开明书店，1934，第 10 页。此书 1933 年 1 月由大江书铺初版。

观念”，坦言“我们主张的文学，便是这种狭义的，纯粹的文学”①。胡、刘、柳三位的“文学”界说存在不小的漏洞，据其意，不仅排除了散文，连当时已引起学界关注的俗文学中的宝卷、弹词也不属于“文学”。可见，虽然这三位给“文学”“瘦身”、往“纯文学”倾斜的热情很高，但他们对“纯文学”的理解不科学也尚不明确，因而不得要领。相比之下，金受申的说法要高明一些：“纯文学就是有情感的文学——活的文学，力的文学——中国文学的分类家，把讲哲理的文字、载道的文字——死文学，硬性文学，知的文学，杂文学——都拉入文学范围之内，这是一件极大的错误。纯文学是挚情流露，毫不文饰，毫不虚伪的。”②他看到了“文学”中的情感特质，由此将“纯文学”与“大文学”、“杂文学”区别开来。倘若金受申能看到并接受童行白对“纯杂文学”的区分，他的“文学”观可能会大不一样。1933年，童行白在其著作《中国文学史纲》中从“情”、“知”、“辞彩”、“内容”四个方面区分“纯文学”与“杂文学”，他说：

> 文学有纯杂之别，纯文学者即美术文学，杂文学者即实用文学也。纯文学以情为主，杂文学以知为主。纯文学重辞彩，杂文学重说理；纯文学之内容为诗歌，小说，戏剧；杂文学之内容为一切科学，哲学，历史等之论著；二者不独异其形，且异其质，故昭昭也。而其有一相同之点者，即皆必赖文字以传载之耳。③

童行白的区分十分细致，对“纯文学”与“杂文学”特点的分析也很具体，可惜他认为“纯文学”仅包括诗歌、小说和戏剧，把散文排除出“文学”，又把一切科学、哲学、历史等著作归于“杂文学”。如果他向前跨一步，把“纯文学”分为诗歌、小说、散文、戏剧四大类，再将科学、哲学、历史等著作归于非文学，那么中国的“文学”观念将提前许多年进入“当代”(21世纪)。虽然如此，取狭义的“文学”或“纯文学”界说已经成为当时学者的共识，如汪祖华明确提出“我们最好把它(广义的文学——引者注)推出于文学范围的外面，不承认它为文学”，而“狭义的文学，(或称纯文学)就是真正的文学”④。在文学史写作方面，早在1923年前后就出

① 柳村任：《中国文学发凡》，苏州，文怡书局，1935，第8、9页。

② 金受申：《中国纯文学史·绪言》，北平，文化学社，1933。

③ 童行白：《中国文学史纲》，上海，大东书局，1933，第1～2页。

④ 汪祖华：《文学论》，南京，拔提书店，1934，第13页。

版了凌独见《新著国语文学史》、胡怀琛《中国文学史略》、谭正璧《中国文学史纲》等几部明确标举"纯文学"观念的文学史著作。1928 年胡适《白话文学史》(上卷)出版以后的文学史家多以"纯文学"观念来编写中国文学史。有论者指出:"文学革命之后，以胡适的《白话文学史》为代表的新的文学史著作成为一种纯文学史。《白话文学史》不仅开创了文学史学科典范，而且重新厘定了文学的界线，确定了文学的内涵。"①到 20 世纪 30 年代中期，不但出现了直接以"纯文学"命名的史著(金受申《中国纯文学史》、刘经庵《中国纯文学史纲》)，而且此后的文学史写作，不再开篇就辨析"文学之定义"。这些情况表明，此时(20 世纪 30 年代中期)以"纯文学"为内涵的现代意义的"文学"观已经确立(见图 0-1-1)。此后，尽管中国"文学"曾长期在文学/政治之间此起彼伏，却一直保留"情"、"知"、"辞采"的基本特征。

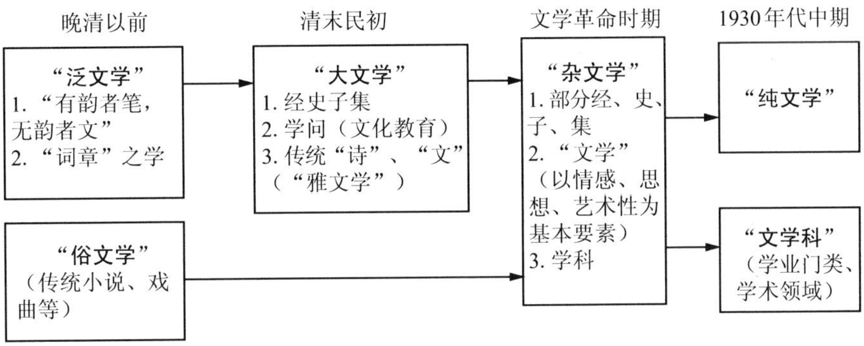

图 0-1-1 中国"文学"概念变迁流程

5. 余论

探讨现代意义"纯文学"观在 20 世纪 30 年代中期的确立，固然要考虑"西学东渐"等因素的影响，但主要还是"泛文学"、"大文学"、"杂文学"等多种"文学"观在不同时期发生碰撞、交锋和整合的结果。从纵的方面来看，这一过程是"纯文学"逐渐得到重视，最后占主导地位的演变历史。从这个角度说，经、史、子由于不符合"文学"内涵的新特征，逐渐从"文学"中剥离，"文学"的内涵加深，范围越来越窄。但是从横的方面来看，"纯文学"被塑造并定型，并不意味着其他"文学"观从此消失，也看不出文学明显"瘦身"的迹象。事实如此。例如，从文学革命后期开始，强调时代因素的"文学"定义就一直存在。1924 年李振镛编写了《中国文

① 旷新年:《现代纯文学观的发生与形成》,《文学评论》2000 年第 4 期，第 16 页。

学沿革概论》，该著突破狭隘的“纯文学”观主情论束缚，将文学界定为：“个人思想之表征、时代潮流之结晶。”[①]1934年郑作民在其所著《中国文学史纲要·绪言》中，把时代背景等“环境”视为界定“文学”的最重要因素[②]。除了类似这样的“文学”界说，我们还注意到，“文学”一词的外延扩大的现象——先是不被传统“文学”所容的小说、戏曲等文类加入进来，接着是以白话文为标志的新文学成为中国文学中受到重视的内容，差不多同时，由于珍稀俗文学文献的陆续发现和俗文学研究兴起，歌、谣、宝卷、变文、弹词、鼓词、曲子乃至民间传说、笑话、谜语，也成为“文学”的合理组成部分。就此而言，从古代“泛文学”到现代“纯文学”，其实是一个不断缩小内涵而扩大外延的概念设定过程。这也就要求把“文学”作为一个历时性变化的概念来看待，而不能以某时期对“文学”的界义去衡量、评定之前或之后的文学。20世纪初期的中国文学史家大都不明白这点，以致作出偏颇的判断。就此而言，现代意义的“纯文学”与近代“纯文学”并不相同。近代“纯文学”范围相对狭窄，清末民初时期“纯文学”指传统的诗和文，一般不包括小说、戏曲，文学革命时期“纯文学”仅包含传统的和现代的诗歌、小说、戏剧、散文。而现代意义的“纯文学”则不但包含传统的和现代的诗歌、小说、戏剧、散文，还把数量不菲的俗文学包括在内。根据这个认识似乎可以断定，有学者认为“‘文学之文’为现代纯文学”，应该把“应用之文”完全排除在“文学”之外[③]，这种观点仍须商榷。在现代意义的“文学”里，有些“文学之文”与“应用之文”其实可以相互渗透。比如，“音乐文学”属于“应用之文”，但它同样可以具有主情、主思的特征，更有艺术欣赏价值，它也属于“文学之文”。出于这种考虑，不论钱南扬的《谜史》还是朱谦之的《中国音乐文学史》，我们都应该归入“中国文学史”。

从传统的“泛文学”演变为现代意义的“纯文学”，是历代学者对文学本质的认识逐渐深刻、清晰的结果。尤其清末民初以来“文学”在不同时期的变化，与中国文学史写作从译介、仿作走向自创的历史过程同步。正是在此流变过程中，“文学”的“空间维度”、“学科维度”和“时间维度”在现代中国知识谱系中逐渐得到确立。最先是“空间维度”方面生成了“文学”的异域意识，出现了国别史，如周作人《欧洲文学史》(1918)；接着，受盐谷温等日本汉学家所著《文学概论》的影响，一方面“词章学”从“文

① 李振镛：《中国文学沿革概论》，上海，大东书局，1924，第1页。
② 参见郑作民：《中国文学史纲要·绪言》，上海，合众书店，1934，第5页。
③ 付建舟：《中国现代纯文学观的发生》，《文学评论》2009年第4期，第146页。

学”中剥离(后来演变为“语言文字学”)，与文学理论一起划归“文学概论”；另一方面，分体文学史写作自鲁迅《中国小说史略》(1923)之后成为时尚，开始建立起中国文学史分类体系；在“时间维度”方面，从1917年刘师培撰成中国人自己的第一部“断代文学史”(《中国中古文学史讲义》)，到20世纪30年代，断代文学史写作蔚然成风，不仅打破了文学通史一统天下的格局，而且其整体水平也高过通史。

“在中国文学史的编写中，以‘纯文学’代替‘杂文学’虽然是一个很大的进步，但也带来了新的弊端。这种弊端便是当时的文学史家对中国文学范围的界定往往过于狭窄，因而无法展现出中国文学史的全貌。”①对此，胡适早在1920年就否认“纯文学”与“杂文学”的区分：“我不承认什么‘纯文’与‘杂文’。无论什么文(纯文与杂文、韵文与非韵文)都可分作‘文学的’与‘非文学的’两项。”②周作人在《中国新文学的源流》中曾中肯地批评当时学界褊狭于“纯文学”③。1985年，学者金启华也在肯定按照“纯文学”观念来编写文学史的进步意义的同时，指出其不足：“由于中西文化的交流，促成中国文学史的撰写与逐步改进……不过又过于笃守西方的文论，抹杀了中国传统的优美的抒情写景富于形象的骈散文，又把历史上丰富的中国文学现象狭隘化了，不免走上了另一个极端。”④笔者认为，不论中西方的“纯文学”，都是一个在一定时期被塑造成型的“想象的共同体”。以“纯文学”来取代“非纯文学”，以“纯文学”来整合横亘几千年的中国文学，显然过于简单、片面，这种行为或多或少暴露出某些知识分子以“纯文学”夺取话语霸权的野心。值得庆幸的是，学界已经察觉到并开始重视“纯文学”问题。例如，由于认识到“杂文学”、“纯文学”的缺陷和不足，2001年，杨义先生提出了“大文学观”⑤。这种“大文学观”吸收了“纯文学”观学科知识的严密性和科学性，同时又兼顾了“杂文学”观所主张的那种博学深知和融会贯通。“虽然杨义尚未来得及对‘大文学观’做更深入、更细致、更系统的阐释，目前它还是一个带有伸缩性和模糊性的概念，而‘大文学观’的提出，已经显示了文学研究走向更广阔天地的可能性。”⑥应该相信，类似“大文学观”这样的新时期以来“纯文

① 杜治国：《文学观念的变革与“纯”文学史的兴起——论二三十年代的中国文学史编写》，《齐鲁学刊》2002年第2期，第70页。

② 胡适：《什么是文学——答钱玄同》，见《胡适文存》，上海，亚东图书馆，1921。

③ 参见周作人：《中国新文学的源流》，上海，华东师范大学出版社，1995，第4页。

④ 金启华：《建国前十三部〈中国文学史〉简评》，《芜湖师专学报》1985年第1期。

⑤ 参见杨义：《通向大文学观》，合肥，安徽教育出版社，2006。杨义先生关于“大文学观”的论述，主要见于该书“代序”(《认识“大文学”观》)。

⑥ 刘纳：《〈京派海派综论〉大文学观的生动范例》，《中华读书报》2003年5月13日。

学”面临的危机和挑战，恰恰反映了中国“文学”正在经历新的重大变化。

以上林林总总的讨论，归结起来只不过试图弄清楚20世纪上半叶及以前的“文学”何时、又是如何形成的。做这件事的直接目的，是为了帮助我们理解“文学”和“中国文学史”这两个概念。结合笔者研究心得，有必要就本书提出两点阅读建议：

1. 当我们看到文学史中的“文学”时，不要忘了我们今天的“文学”是作为过去的“文学”的反义词而存在的；

2. 如同中国文学的“中国”只是作为一种观念存在于人们的话语和思想中①，“文学”因其在不同时期发生流变，不能笼统称为语言艺术。

（二）“文学史”、“文学史写作”

鉴于上文对“文学”概念流变的考述，在本书中，“文学史”、“文学史写作”中的“文学”指的是一定历史时期占主导地位的文学，即晚清以前为“泛文学”、清末民初为“大文学”、文学革命时期为“杂文学”，20世纪30年代中期及后为现代意义上的“纯文学”。所谓“文学史写作”，主要指编写文学史书，基本上不包括文学史论文的撰写。在“文学史写作”前面冠以“中国”一词，则提示本书考察的是以中国文学历史演变为对象的写作，而且“中国文学史”书并非单指通史，也包括断代史和各类专史。看得出来，本书所谓“文学史写作”其实就是学者所说的“文学史编纂”（如黄修己《中国新文学史编纂史》），也有研究者称为“文学史编写”、“文学史编撰”或“文学史书写”。那么，为何笔者用“文学史写作”而不是其他呢？除了考虑到“文学史编纂”或“文学史编撰”容易被误认为属于纯粹技术层面的史料编排，而“文学史书写”有随便、口语化的嫌疑之外，笔者尚有更深层的思考。这还得从“文学史”一词的定义说起。

迄今为止，海内外学术界对“文学史”的定义，少说有几十种。海外学者的定义，韦勒克、沃伦在《文学理论》中提出的，乃众所周知，故不赘述。这里摘录近年对中国文学史研究影响很大的德国文学史家瑙曼对“文学史”一词的定义，他指出，“文学史”在德语里至少有两种意义：

> 其一，是指文学具有一种在历时性的范围内展开的内在联系；其二，是指我们的对这种联系的认识以及我们论述它的文本。②

① 参见付祥喜：《“中国文学史”：民族/国家想象——对“中国文学史”及其相关问题的思考》，《理论与创作》2010年第5期，第34页。

② 〔德〕瑙曼：《作品与文学史》，见瑙曼等著、范大灿编：《作品、文学史与读者》，北京，文化艺术出版社，1997，第180页。

瑙曼相信，在作家与作家之间、作品与作品之间，存在一种历时性的关联。有的文学理论家特别是作家，更相信作品和作家之间的独立性，并认为这种独立品性正是文学与其他学科的重要区别。比如，20世纪三四十年代的英美“新批评”及其追随者，比较怀疑作品和作家之间的历时性关联，强调文本的独立性和自足性。当然，这并不影响我们相信作品和作家之间存在一定的内在联系。我们甚至认为，这种内在联系是客观存在的，它的存在是构成文学史研究合法性的基础。瑙曼还指出“文学史”的另一种含义，是指对这种“内在联系”的认识，以及对它的阐述。这两种含义，其实指出了“文学史”的双重属性：一是作为客观存在的文学史；二是作为存在于人们的认识和叙述中的、以文本形式出现的文学史。遮言之，“‘文学史’就其最直接的涵义来说，一方面它是一种‘史’；另一方面它又是关于‘文学’的历史，应当是‘文学’和‘史学’的辩证统一”①。瑙曼区别了两种含义，把前一种以研究对象方式存在的称为“文学的历史”，而后一种以研究成果方式存在的称为“文学史编纂”。但他没有指出，“文学的历史”与“文学史编纂”之间的关系。笔者发现，一旦割裂“文学的历史”与“文学史编纂”之间的关系，将会形成两种“文学史”观：一是把文学史看作是一门“专门史”；另一种观点则认为文学史就是对文学历史的主观“建构”。“专门史”说的片面性在于，把人类对于文学历史规律的认识等同于人类对自然规律的认识，以至文学史的“历史性”掩盖了文学史的“文学性”；“建构”说的片面性在于以文学的主观可阐释性否认其生成流变本身也有客观规律可寻。其实，文学史的“历史性”与“文学性”相辅相成，不可分割。“文学的历史”是可以转化为“文学史编纂”的，这种转化的行为，就是“文学史写作”。使用“写作”而不是“编纂”或“编写”、“编著”，强调了这种转化行为的主观性和作为行为结果的预设性。它表明，从文学史的第一重属性到第二重，不是完整、准确再现第一重属性，不是对史料的简单编排，也不是对第一重属性的客观摹写，而是融合了预设和想象的“写作”。历史总是后见之明，我们只能从各种已有的残存的片段里获得证据，再通过必然纳入虚构或想象的叙事行为，获得对文学史的认识和了解。因此，用“文学史写作”而不是其他，可以“提醒着我们历史本身虚构的可能，它也提醒着我们，文学不必总是必须依附在所谓实证式社会科学的种种史观之下，成为一种好像总是次一等的历史叙事行为”②。

① 赵宪章：《文学史的概念与文学的历史规律》，《文学评论》1996年第2期，第53页。

② 王德威、许子东、陈平原：《想象中国的方法——以小说史研究为中心》，《当代作家评论》2007年第3期，第137页。文中所引之语出自王德威。

需要说明的是，就文学史写作的过程而言，“文学史写作”一词有广义和狭义之分。广义的“文学史写作”包括四个依次展开的阶段：第一阶段，研究者搜集和研读史料，通过甄别、分析理解等把握作品的思想、心理和艺术特色，进而评判其艺术价值，这里自然也包括纵横两方面的对照和对文学史规律的探索；第二阶段，研究者形成自己的文学史观和审美趣味；第三阶段，据第二阶段形成的观念，广泛搜集、遴选史料；第四阶段，用他认为恰当而比较完美的方式表达出来。研究者在此过程中对史料的处理是不同的：第一阶段是接触、认识原始史料，第三阶段是搜集整理史料，第四阶段则是表达史料。研究者在第四阶段表达的史料，已不是原始史料，而是他在第三阶段消化、理解并决定入选的内容。这一个阶段(第四阶段)就是狭义的“文学史写作”。本书中的“文学史写作”，如无特别说明，均取其广义。

(三)编年体研究方法及其他

文学史的“历史性”曾经赋予这门学科得以建立的科学依据。20世纪以前，人们一度对文学史的科学性深信不疑。进入20世纪，一些著名文学史家，如曾经撰写过《现代批评史》(*History of Modern Criticism*，1955～1965)和《文学理论》(*The Theory of Literature*，1948)的雷内·韦勒克(René Wellek)，对文学史写作提出了质疑。韦勒克在《文学史的衰落》一文中承认文学具有历史的特征，但对文学史写作只字不提。他“怀疑文学史是否能够解释文学作品的审美特点”，进而“认为文学作品的价值不能通过历史的分析来把握，而只能通过审美判断来把握”。① 在韦勒克看来，文学史写作并不能叙述真实的文学历史。美国学者阿明·保罗·弗兰克在为论文集《美国有共同的文学史吗?》(*Do the Americas Have a Common Literary History*?)一书所撰写的“序文”中，分别从哲学、语言、文学史的构成等几个方面对文学史写作的可能性提出质疑。他指出：“如果文学作品(它们是产品而非事件)是能够通过把一些关联、合并到在任何时间和任何地方写成的任何文本中的方式制造出来——它们就是这样制造出来的，那么，常识中的历史这个词语就不能在此使用。”显然，在他看来，因为文学作品是一种不能被证明的“产品”而非事件，所以“一部……占不到百分之三的已知文本，但同时又未能证明所选的这些为数极小的样本具有代表性”②的《美国文学史》便不能自称为文

① 〔美〕雷纳·韦勒克：《文学史的衰落》，见《国际比较文学协会第二次大会会刊》，1975，第27～35页。

② Armin P. Frank, “Introduction: Towards a Model of an International History of American Literature” in Barbara Buchenau and Annette Paatz (eds.), *Do the Americas Have a Common Literary History*?, Frankfurt am Main: Peter Lang, 2002.

学史。

就中国内地学术界来说，以20世纪90年代为分水岭，之前绝大多数人相信并强调“文学史”的“史”的一面，之后则越来越多的人注意到或强调“文学史”的“建构性”。20世纪初中国学人对文学“史”的信任，与“新史学”的崛起有很大关系。历史学的科学考据等方法被完整地移植到文学史写作中，于是中国文学史不仅成了历史的一部分，还通过出版和教育，成为权威的思想和话语，变成“一个历史主义的神话”①。到50年代，随着“中国现代文学”这门新兴学科初创，“文学史”成为一门探寻文学发展规律的学问。“数十年间，在文学史研究中占主导地位的倾向是：要探索‘规律’，表述‘规律’，用‘规律’来统领事实、选择事实甚至毫不可惜地删减有违于‘规律’的事实。”②寻找文学发展的规律性，成为几代学者的一个重要文学史情结。1980年，文学史家王瑶强调：“作为历史学科的文学史，就要讲文学的历史发展过程，讲重要文学现象的上下左右的联系，讲文学发展的规律性。”③直到2006年，於可训仍然相信他主持的国家社科基金项目成果《中国现当代文学编年史》能展现“中国现当代文学发生发展的规律性”④。这种对“文学史”的信任，随着90年代以来海登·怀特等“新历史主义”⑤进入学者视野而发生改变，不但文学的历史主义受到批评，即便是对文学史写作的合理性、可能性也持怀疑态度。钱理群在80年代后期编纂《中国现代文学三十年》时“思想比较单纯，也充满了自信心”，“到了90年代，思想就变得复杂了，脑子里充满了‘问题’与‘疑惑’。……我发现，对大至国家、民族、社会的现代化道路，具体到自己专业范围的文学的现代性，我都只能说‘不’——我拒绝、否定什么，例如我无法认同我们曾经有过的现代化模式，及其相应的文学模式，我也不愿全盘照搬西方的现代化模式，及其相应的文学模式”。之所以发生如此“剧变”，“是因为90年代中国与世界政治、经济、思想、文

---

① 参见戴燕：《中国文学史：一个历史主义的神话》，见《文学史的权力》，北京，北京大学出版社，2002，第46～71页。

② 陈文新：《编年史：“狐狸”与“刺猬”如何共处》，《南京师大学报》(哲学社会科学版)2007年第3期，第119页。

③ 王瑶：《关于中国现代文学研究工作的随想——在中国现代文学研究会学术讨论会上的发言》，《中国现代文学研究丛刊》1980年第4期。

④ 於可训：《国家社科基金项目成果〈中国现当代文学编年史〉内容简介》，《求是》2006年第18期。

⑤ 参见〔美〕海登·怀特：《元历史：19世纪欧洲的历史想象》、《形式的内容：叙事话语与历史表现》等著作。

化的变化太大了，我们所面临的问题太复杂了”。[①] 陈思和在为其主编的《中国当代文学史教程》所作的“前言”中，指出“无论‘五四’以来的新文学，还是1949年以来的当代文学，时间上都缺乏明确的下限界定”。这段文学史具有“不稳定性”。他承认：“我们今天并没有让这门学科完全脱离现实环境的影响，把它放在实验室里作远距离的超然的观察，对于这门学科的考察和研究，始终受到现实环境的制约。”[②]

韦勒克怀疑文学史能否解释文学作品的审美特点；弗兰克否认只选取作品总量百分之三的《美国文学史》具有存在的合理性；钱理群、陈思和都以自身实践说明文学史写作会受到文学以外因素的干扰。实质上，他们所触及的只有一个问题，即虽然文学史具有真实性的一面，但更应该注意到，文学史写作本质上是一种特殊的叙事。从文学史哲学的角度上说，强调文学史写作叙事本质，其实是重视治史主体的主观能动性，重视文学史观在文学史写作中的地位和作用。这有利于纠正中国早期文学史写作忽视治史主体、迷信实证研究的偏差。“但是，当人们过于瞩目文学史观时，问题就出现了。首先，无限地强调文学史观的支配地位，往往把撰史者的主观能动性置于历史事实之上，撰史者在历史叙事中的主导欲望随之扩张，凭借预设的文学史观念，他们可以任意调动历史遗留的客观事件为自己的‘洞见’服务，客观事件成为可定义的历史事件，随治史主体的需要，可以是某个故事的一部分，也可以是许多故事的一部分，这导致同一段历史在不同的史观烛照下呈现千差万别的形态，历史的确定性不在，历史的可知性也受到质疑。其次，因为文学史观大多具有很强的选择性和排他性，必然致使历史叙事是围绕特定文学史观选择而汰除史料，甚至导致‘以论带史’或‘以论代史’。这种方式的文学史叙事一旦形成，尽管述史逻辑清楚、明晰，但是，只能触及整体性历史的一个侧面，文学历史的丰富性就被牺牲掉了。”[③]

纵观中国文学史研究尤其文学史写作成果，笔者认为，有必要给方兴未艾的过于关注文学史观、片面强调文学史写作叙事性泼点冷水。在目前我们所处的这个学术周期内，所有的理由都不应当成为割裂“文学史”两重性、损害文学史客观性和丰富性的借口。当然，光指出这点是不够的，问题的关键在于要重建对文学史“历史性”的信心。就本书所及的

① 钱理群：《矛盾和困惑中的写作》，《文艺理论研究》1999年第3期，第49、50页。

② 陈思和：《中国当代文学史教程·前言》，上海，复旦大学出版社，1999，第1页。

③ 甘浩、张健：《编年史体例与中国当代文学史编纂》，《陕西师范大学学报》(哲学社科版)2011年第5期，第66页。

中国文学史写作而言，要完成重建信心的任务，最需要的不是相关理论，也不是文学史写作研究方面的论文和专著，而是正确的史实、丰富的史料。陆侃如在《中古文学系年》的“序例”中，将文学史的工作分为三个步骤：第一，朴学的工作；第二，史学的工作；第三，美学的工作。[①] 所谓朴学的工作，就是史料的搜集和考证。陆侃如把它列在第一位，这种观点是值得注意的。也就是说，搜集、整理和考证中国文学史写作的史料，应当是文学史研究中基础性、必要性的工作。但单纯的史料搜集整理显然不能满足当前中国文学研究的需要。综观各种著述，编年史是比较能够满足当下需求的“朴学的工作”。何况，编年体还“可以较为有效地阻止西方文学观念对中国文学事实的简单阉割。它在呈现中国文学发展历程方面可以比纪传体和纪事本末体更接近于原生态，更具有客观性和丰富性”[②]。因此，采用编年体方式，以较丰富翔实的史料，展现中国文学史写作的发展演变，进行一次历史的“还原”叙述，成为笔者案头的研究课题。

编年体是一种古老的史书编纂方式。先秦时期许多史书都用编年体写成。宋代司马光编成《资治通鉴》，标志着中国编年体史书已成熟，此后，以《资治通鉴》为范式，形成了一个庞大的编年体史书系统。近代以来的编年史著作往往沿袭传统惯例，按照严格的编年顺序来编排材料，以致那些材料及其反映的历史事件如同以时间为绳串在一起的珠子，彼此之间没有内在联系，因而被视为简陋的“史料长编”或按照时间编排的“史料汇编”。可见，编年体在近代以降受冷落不是没有原因的。鉴于此，笔者试图寻求一种“新编年体”来组织全书。

著名历史理论家海登·怀特的《故事性在实在表现中的作用》一文启发了笔者。海登·怀特指出：“缺乏一种叙事的结局往往是编年史的标志。与其说它没有结论，不如说它完全中断了故事(历史)。在编年史家自己眼前，它开始打算讲述一个故事，但一开头就被打断了；事情仍无法得到说明，或者说，事情无法以一种类似于故事的方式得到说明。”[③] 这就指出编年体的根本缺陷，在于缺少或没有历史叙事。但编年体一般具备时间—人物—地点这三个叙事要素，它缺少的是“情节结构的清晰展

① 参见陆侃如：《中古文学系年·序例》，北京，人民文学出版社，1985。

② 陈文新：《编年史：一种应运而兴的文学史范型》，《科学论坛》(学术评论卷)，2006年第6期。

③ 〔美〕海登·怀特：《故事性在实在表现中的作用》，见陈启能、倪为国编：《书写历史》，上海，上海三联书店，2002，第168页。

开”，即“缺少对历史事件进行系统而清晰地梳理，缺乏关于历史的整体性叙述及随之而来的、清晰的历史构形”①。事实上，关于编年体的这个“根本性缺陷”，中国史学家虽无理论概括，却早有察觉。编年体以时间为中心记叙历史事件，不易体现同一事件的前后联系。因此从宋代开始，史学家发明了三种叙述方法来改进编年体，这三种方法就是追叙法、预叙法和类叙法。这是三种往往被忽视却行之有效的方法。笔者在本书中灵活采用这三种叙述方法，以助读者把握文学史写作的历史源流，获取整体印象。对于同类的文学史著作或同一作者的不同著述，需要联系其前后因果，或追寻源流沿革，力求完整。例如，在叙述刘贞晦写作《中国文学变迁史略》时，提示他曾在林传甲任教的京师大学堂就读，而他编写该书时，胡适、鲁迅等文学史家在北京大学文科任教，由此，可大致梳理出一条北京大学国文科(后为中文系)文学史写作的线索。

材料的选取，对编年体极其重要。本书以文学史著作为主体，包罗作者生卒年、姓名、字号、笔名、籍贯、生平、著作、版本、书评、目次以及不少重要著作的前言、后记、附录、译者、插图，等等，以便全面呈现20世纪前期中国文学史写作的成果。以文学史著作为主体，体现了笔者对近年文学史研究转向的忧虑。由文学的“内部研究”向“外部研究”的转向，或曰由“语言论诗学”向“文化研究”的转向，固然有其必要性，也有其不容否认的积极意义，但过于关注“外部研究”，作品或文本反而成为附带品，这样的文学史研究，可谓舍本逐末，实应引起人们的警惕。

体例方面，鉴于传统的纪传体和编年体等史书体例各有优势和不足，笔者采用了若干与一般编年史不同的做法，以期在充分发挥编年史长处的同时，又能尽量弥补其短处。具体为以下两点：

其一，设计时间段。编年史通常以“年”为基本单位，“年”下辖“月”，“月”下辖“日”。这种向下的时间序列，可以有效发挥编年史的长处。本书在采用这一时间序列的同时，另外设计了一个向上的时间序列，即：以“年”为基本单位，“年”之上设“时期”。这种设计，旨在克服一般编年史在时间序列方面的不足。具体做法是：“时期”与“章”相对应，“章”下按“年”、“月”、“日”编次。

其二，书前有“绪论”、每章之前有“概论”，以便重点揭示文学史写

① 甘浩、张健：《编年史体例与中国当代文学史编纂》，《陕西师范大学学报》(哲学社科版)2011年第5期，第69页。

作的总体特征和不同时期的特点。如此，可补一般编年史过于零散、缺乏纵向联系的不足，既能体现总的特征，也可以辨明不同时期的特点。尤其是，“概论”追求宏观上系统展示文学史写作的社会环境，其中包括文学现象、文学机构以及重要文化政策、活动与事件的介绍，以便把握时代的社会和政治背景，展现整个文学史写作的真实时空。

（四）研究现状综述

在进入研究之前，有必要综述中国文学史写作的研究现状。

“中国文学史实际上是由史料史、史观史、史撰史三个层面有机构成的”[①]。作为中国文学史学的重要组成部分，中国文学史写作研究同样离不开史料、史观、史撰三个方面。从学科结构上说，“史料”是基础层次，“史观”属于理论层次，相当于文学史理论，而“史撰”是主体层次，即文学史著作。这三个部分比较起来，第二个层次即文学史理论研究，显得最充分，成果最多，仅新时期以来就产生了一大批具有创新意义的专著，如王钟陵的《文学史新方法论》（苏州大学出版社 1993 年版），陶东风的《文学史哲学》（河南人民出版社 1994 年版），陈伯海的《中国文学史之宏观》（中国社会科学文献出版社 1995 年版），陈平原和陈国球主编的《文学史》（共三辑，北京大学出版社 1993 年、1995 年、1996 年版），陈平原的《文学史的形成与建构》（广西教育出版社 1999 年版），钱理群的《返观与重构——文学史的研究与写作》（上海教育出版社 2000 年版），葛红兵、温潘亚的《文学史形态学》（上海大学出版社 2001 年版），董乃斌、陈伯海、刘扬忠主编的《中国文学史学史》（共三卷，河北人民出版社 2003 年版），陈国球的《文学史的书写形态与文化政治》（北京大学出版社 2004 年版），董乃斌的《文学史学原理》（河北人民出版社 2008 年版），葛红兵的《文学史学》（湘潭大学出版社 2008 年 8 月出版），温潘亚的《追寻文学流变的轨迹——文学史理论研究》（人民出版社 2009 年版），等等。此外，1983 年 7 月至 10 月《光明日报》开展的文学史编写问题的讨论、1990 年《文学遗产》开辟的“文学史与文学史观”专栏、1998 年《上海文论》开辟的“重写文学史”专栏等，刊发了一批具有影响的文学史理论文章。

相比之下，“史料”和“史撰”方面的成果，显得很单薄。这样看起来，加强中国文学史写作的“史料”建设和“史撰”研究，为当务之急。一方面，要开展相关史料的搜集整理和辨伪工作；另一方面，要在拥有广泛而可

① 董乃斌、陈伯海、刘扬忠主编：《中国文学史学史·导言》，石家庄，河北人民出版社，2003。

信的史料的基础上，回顾百年中国文学史写作的历史过程，总结几代人的经验、教训。毋庸讳言，迄今为止，这两方面的工作尚处于起步阶段，而且不大受重视，进展缓慢。就笔者所知，仅“史撰”方面出现了几种著作，如黄修己的《中国新文学史编纂史》(北京大学出版社1995年版)、徐敏的《中国现代小说史书写研究》(南京师范大学博士学位论文，导师何永康，2006年5月答辩)、黄修己和刘卫国主编的《中国现代文学研究史》(上下册，广东人民出版社2008年版)、罗云锋的《现代中国文学史书写的历史建构》(法律出版社2009年版)等，其中以黄修己的《中国新文学史编纂史》影响最大。遗憾的是，限于篇幅(也限于研究主旨)，这部论著只讨论了若干种有代表性的文学史著作，至于其他不具代表性但有特色的史著，以及非新文学史著作，都不曾涉及，颇有遗珠之憾。[①] 其实，黄先生没有涉及更多史著的重要原因，是它们实在太多了！经粗略统计，截至1994年，各类中国文学史著已有1600多种。[②] 如此庞大的数目，确实不可能一一论及。但从文献史料学角度搜集、梳理这些文学史著作，是可行的，也很有必要。事实上，自从上世纪80年代以来，一直有人在做这方面的工作，并且取得了不俗的成绩。例如，陈玉堂编的《中国文学史书目提要》(黄山书社1986年版)、吉平平和黄晓静编的《中国文学史著版本概览》(辽宁大学出版社1992年版)、黄文吉主编的《台湾出版中国文学史书目提要》(台北万卷楼图书有限公司1996年版)、陈飞主编的《中国文学专史书目提要》(大象出版社2004年版)。不过，仅从书名就能看出来，它们很大程度上只是对中国文学史著作做了编目，没有做贯穿历史意识的梳理。而且，这些书目提要存在以下遗憾和缺漏。

陈玉堂《中国文学史书目提要》，收录1949年前出版的各类中国文学史著作约350种，作为一部工具书，最大的遗憾，是该书有近五分之一

---

① 《中国新文学史编纂史》于1995年初版后，经黄修己先生修订，于2007年出版第二版。比较这两个版本，字数由第一版的460千字压缩为375千字，删减近十万字。此外第二版删去初版开头的“自序”和附录中的“中国新文学史著作编目”，并在章节设置上由原来的18章压缩为14章。在内容上，作者也作了不少修订。尽管如此，第二版仍给人遗珠之憾。

② 据黄文吉主编《台湾出版中国文学史书目提要》(万卷楼图书有限公司，1996)一书附录统计：从1880年到1994年(含部分1995年)，新加坡、韩国、日本、欧洲国家、美国、苏联、中国出版的中国文学史著作总数达1606种。另据新闻媒体报道，截至2004年共有中国文学史1600多种(参见朱自奋：《1600余部中国文学史——佳作寥寥》，《文汇读书周报》2004年11月12日；牛文怡：《1600部文学史背后的忧思》，《新京报》2004年12月15日；杨泽文：《中国文学史：与其高产不如优生》，《天津日报》2005年3月15日)。

的史著被列入“存目”，而这些史著大多数并不是绝版或断版的罕见书，可编者却一并将其归入“存目”不加介绍；此外，还有十几种系重复录入；更有《中国音乐史》之类明显不含文学内容的史著。这些，无疑影响了陈著的学术价值。该书缺漏现象也严重，每个类别的史著都有一些重要遗漏。比如，省市、地区的区域文学史著，不见录入。这些遗憾和缺漏现象，在吉平平和黄晓静的《中国文学史著版本概览》，黄文吉主编的《台湾出版中国文学史书目提要》，陈飞主编的《中国文学专史书目提要》中均不同程度地存在。

更须注意的，是上述几种书目提要各有侧重。陈玉堂的《中国文学史书目提要》按照通史、断代史、专题史等摘录 1949 年以前的史著版本；吉平平、黄晓静的《中国文学史著版本概览》收录的是 1949～1990 年的史著版本；黄文吉主编的《台湾出版中国文学史书目提要》仅录 1949 年后中国台湾地区出版的史著，书中附录的《中国文学史总书目(1880～1994)》极其简略且漏误较多；陈飞主编的《中国文学专史书目提要》只录入专史，无通史。也就是说，这几种书目各有侧重，“各自为政”，相互之间没有融通。它们都是按照史书类别简单编排的书目提要，缺乏对中国文学史写作的整体贯通，或者说，缺乏“史”的意识。从功用上说，它们都是辞典类型的工具书，并非论著。

陈飞主编的《中国文学专史书目提要》出版时间最近，吸纳了不少学界新观点。该书以实用性为编纂宗旨，在编目、行文等方面处处为读者便利着想。董乃斌称赞该书“是百年来文学专史第一次有意识的汇总，既可供统览，又可供检索，编者抱着切于实用的宗旨制定编写体例，使它成为一部很有用的工具书”①。但是，该书把专史划分为作者文学史、读者文学史、主题文学史、体法文学史、民族文学史、地域文学史、比较文学史七类。这种分类法的合理性有待讨论。而作为一部工具书的最大缺憾是，该书列入“存目”的 250 部专史(接近全书专史的四分之一)大多数并不是可遇不可求的罕见书，可编者却一并将其归入“存目”不加介绍，显得有些仓促和急躁。这个缺憾，在一定程度削弱了全书的学术价值。

综上，学术界对中国文学史写作的研究已有一定数量的成果，但都存在一些缺陷和不足，主要是较少从历史演变的角度探究中国文学史写作，尤其少见从学术史角度比较全面爬梳剔抉的中国文学史著作。人们熟悉的是单个、静止的文学史书籍，对中国文学史著作缺乏整体、动态

---

① 董乃斌：《序》，见陈飞主编：《中国文学专史书目提要》，郑州，大象出版社，2004。

的了解，对中国文学史写作缺乏深刻认识，对中国文学史写作形成如此述史模式的原因和过程的说明缺乏说服力，对中国文学史写作历程的经验教训缺乏总结。鉴于此，本书以 20 世纪前期(1880～1949)出版、排印的中国文学史著作为研究对象，采用编年研究方法，力图重现这一时期中国文学史写作发展轨迹，从文学史写作的历时性角度向世人展示更全面、更深邃的中国文学史写作史。

最后需要说明，本书选取 20 世纪前期(1880～1949)的中国文学史写作作为研究范围，主要出于几个方面的考虑：一、20 世纪前期是中国现代学术体系尤其中国文学史写作初步建立的重要时期；二、至今尚无全面、系统爬梳这一时期中国文学史写作的论著出现；三、1949 年以前即晚清民国时期出版的不少文学史书湮没于历史尘埃，发掘、整理这些文献史料很有必要，也有意义；四、20 世纪后期(1949～2000)中国文学史写作编年虽已在笔者计划中，但目前处于文献史料搜集、整理阶段，成书尚待时日。

二、基于量化研究的百年中国文学史写作轨迹分析

——以文学史写作分期为中心

下面谈谈本书的分期。

文学史分期是至今困扰中外学术界的难题。过去，文学史研究者曾热烈地讨论这个问题。争论的焦点是：文学史的分期和一般历史的分期是否完全一致？文学的发展是否有其特殊性？如果承认有，那么是否应该加以强调？如何强调才是适当的？经过讨论后，目前，中国文学史研究界已基本形成统一认识：中国文学史的发展符合一般历史发展的规律，但同时也具有文学史的特殊性；我们要结合社会发展的一般规律和中国文学史发展的实际情况来划定中国文学史的分期。要做到这点并不容易。在 1949 年以前，人们解决这个问题的办法，一般是借鉴西方文学史分期办法，比如把中国古代文学史分成上古、中古和近世三个宏观的时期。1949 年以后三十年里，曾一度按照阶级分析方法划定文学史分期，如中国科学院文学研究所中国文学史编写组编写的《中国文学史》(人民文学出版社 1962 年 7 月版)。1980 年以来，人们的解决办法是借助某种理论假设，由编者凭着自己对中国文学史的整体认知来确定分期及其时间界限。这三种分期方法主观性很强，未必符合文学历史发展的实际。文学史分期应该突显其不同于社会历史分期的“文学”特性。具体就中国文学史写作而言，划定其分期的依据，应该来自文学史写作发展史本身。也就是

说，通过中国文学史写作在发展过程中呈现的阶段性特征来划定其分期。鉴于此，依据相关统计数据[①]，绘制“20 世纪中国文学史写作轨迹图”如图 0-2-1 所示：

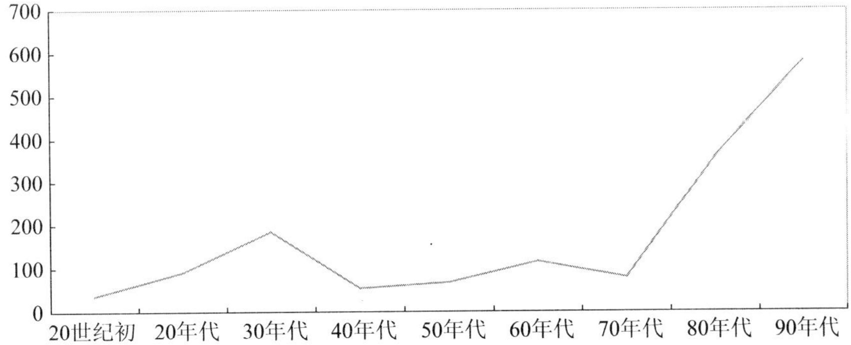

图 0-2-1　20 世纪中国文学史写作轨迹图

容易看出，20 世纪中国文学史写作有两个高峰期和两个衰落期：两个高峰期分别是 20 年代后期到 30 年代中期、70 年代后期到 90 年代；两个衰落期分别是 30 年代后期到 40 年代、60 年代后期到 70 年代中期。与第一个高峰期相比较，第二个高峰期出版的文学史著数量几乎呈直线增长，增长幅度是第一个高峰期的数倍，而第二个高峰期的时间跨度也更大。第一个衰落期与抗日战争、解放战争的时间吻合；第二个衰落期正是“文化大革命”十年。这说明，中国文学史写作经过世纪初的酝酿、探索之后，到 30 年代进入了蓬勃发展时期，但好景不长，受抗日战争和随后发生的解放战争影响，文学史写作、出版陷入低谷，直到 1949 年中华人民共和国成立后，才逐渐走上正轨，50 年代后期至 60 年代初甚至出现了文学史写作的“小高潮”，但很快被“文化大革命”打断，直到 70 年代后期“文化大革命”结束才重新出现编写和出版文学史的热潮，期间，以 80 年代中期提出“重写文学史”为界限，之前属于恢复调整期，之后则文学史写作空前繁盛，出现了第二个高峰期。据此，我们可以依据两个高峰期和两个衰落期，把 20 世纪的中国文学史写作历程划分为六个时期，

① 各类中国文学史著作数量的统计，主要依据《中国文学史书目提要》(陈玉堂编，合肥，黄山书社，1986)、《中国文学史著版本概览》(吉平平、黄晓静编，沈阳，辽宁大学出版社，1992)、《中国文学史书目提要(1949～1994)》(黄文吉主编，台北，万卷楼图书有限公司，1996)、《中国文学专史书目提要》(陈飞主编，郑州，大象出版社，2004)；同时，笔者增补了近百种。需说明：图 0-2-1 的纵轴表示的是各类中国文学史著作的数量(绝大多数已出版，且为初版本，再版、多次重版者不予计数)。

即：发轫期(20世纪初～20年代中期)、第一个高峰期(20年代后期～30年代中期)、第一个衰落期(30年代后期～40年代)、第一个恢复期(50年代～60年代中期)、第二个衰落期(60年代后期～70年代中期)、第二个恢复期(70年代后期～80年代中期)、第二个高峰期(80年代后期～90年代)。

把20世纪中国文学史写作划分上述六个时期，只能反映大概的情况。如果要概括每个时期的特征、主要成就及存在的问题等，就必须对每个时期作出详细考察，甚至有必要做进一步的分期。我们不妨以20世纪前期中国文学史写作为切口，试作管窥。之所以选择这个时期为切口，是因为它既包含了中国文学史写作的发轫期，也包括第一次高峰期和第一次衰落期，这一时期是中国文学史写作发生和现代转型的关键时期，具有特别的研究意义。

依据20世纪前期中国文学史著作数量①，绘制出20世纪前期历年中国文学史出版数量统计表(见表0-2-1)。

表0-2-1　20世纪前期历年中国文学史出版数量统计表

年份	1880	1881	1882	1883	1884	1885	1886	1887	1888	1889	合计
数量	1	0	1	0	0	0	0	0	0	0	2
年份	1890	1891	1892	1893	1894	1895	1896	1897	1898	1899	合计
数量	0	1	0	0	1	0	0	5	2	0	9
年份	1900	1901	1902	1903	1904	1905	1906	1907	1908	1909	合计
数量	1	3	1	1	1	3	1	1	1	3	16
年份	1910	1911	1912	1913	1914	1915	1916	1917	1918	1919	合计
数量	4	0	1	1	2	3	2	1	1	1	16
年份	1920	1921	1922	1923	1924	1925	1926	1927	1928	1929	合计
数量	3	3	1	5	7	10	10	13	11	17	80
年份	1930	1931	1932	1933	1934	1935	1936	1937	1938	1939	合计
数量	24	17	24	28	34	24	22	15	11	9	208
年份	1940	1941	1942	1943	1944	1945	1946	1947	1948	1949	合计
数量	6	7	4	12	12	8	9	10	9	4	81

说明：1. 上表据笔者收集和搜集到的20世纪前期中国文学史著作，经统计后制作；2. 多卷本如果分别在不同年份出版，计为多种而非1种，其合订本计为1种；3. 如初版本已计入，再版或重版的史著，不予计算，初版本未见者，再版或重版本仅计1种。

① 所需数据主要依据本书统计，同时参考相关资料，如《中国文学史著版本概览》(吉平平、黄晓静编，沈阳，辽宁大学出版社，1992)、《中国文学史书目提要(1949～1994)》(黄文吉主编，台北，万卷楼图书有限公司，1996)、《中国文学专史书目提要》(陈飞主编，郑州，大象出版社，2004)。

从表 0-2-1 来看，20 世纪前期出版文学史著 411 种，并且其数量在不同年份跌涨增减不同，似乎毫无规律可循，但仔细观察，不难发现其阶段性增长的现象：1880～1899 年共 20 年里，才出版史著 11 种；1900～1919 年增长至 32 种，每年平均有 0.8 种，数量最多的一年有 4 种；1920～1929 年这 10 年里有 80 种，每年平均出版书 8 种；1930～1936 年仅 10 年就达到 173 种，相当于 1920～1929 年这 10 年的 2 倍多；1937～1949 年共 116 种，且从 1937 年开始，数量锐减，基本上呈递减趋势，1942 年和 1949 年仅出版 4 种。为了直观地呈现阶段性特征，我们以 10 年为时段，绘图如下(见图 0-2-2)：

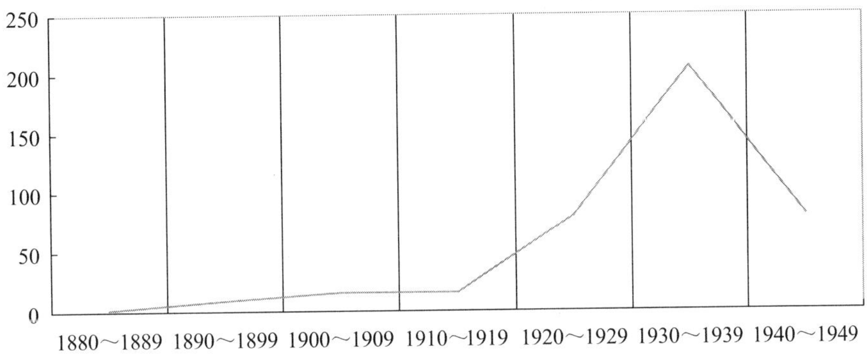

图 0-2-2　20 世纪前期中国文学史写作轨迹图

以 1949 年前中国文学史写作的数量呈现的上述阶段性特征为基础，我们结合具体的文学史写作状况，把 20 世纪前期中国文学史写作的历史分作五个时期。以下试作阐释：

第一部严格意义上的中国人自编的中国文学史是 1904 年林传甲的《中国文学史》，关于这点，尽管有异议，却已成为多数人的共识。1904 年以前的中国文学史写作重心在海外，俄国、英国、法国和日本等，主要是日本。这些海外的中国文学史写作对中国人编写文学史具有启蒙意义。因此，从世界上第一部中国文学史出版(1880)到 1903 年，尽管中国人尚未开始编写文学史，却已在酝酿中，即中国文学史写作的第一个时期为酝酿期(1880～1903)。

从 1904 年到 1921 年，先后出现了林传甲、黄人、谢无量等编写的中国文学史著作。这些史著大多以日本学者所著“中国文学史”为蓝本，总体上属于模仿之作，但几乎所有史著都体现出了某些探索的努力，如林传甲《中国文学史》虽以笹川种郎的史著为蓝本，却凭自己的学识和理解，实际上把中国文学史写成了“一部古代散文史”，谢无量的《中国妇女文学史》更是开创了中国性别文学史写作的先河。总而言之，这一时期，中国文学史写作虽以模仿为特征，其主要贡献在于开启之功，却也出现了某些探索性的萌芽，可谓中国文学史写作萌芽期。

从1922年开始，史著的数量大幅度增长。而更须注意到，1922年胡适的《五十年来中国之文学》开启了新文学史写作。虽然"早期的新文学史研究，大致上都类似胡适的《五十年来中国之文学》，多是中国古代文学史、近代文学史著作的一条尾巴"①，专门性的新文学史也直到20世纪30年代才出现(如朱自清《中国新文学研究纲要》、王哲甫《中国新文学运动史》)，但"在很长一段时间里，胡适这篇《五十年》，对不少新文学史著作中关于文学革命的述介，有很大影响"②。因此，以胡适写成《五十年》的1922年作为中国文学史写作第三个时期的开端，是比较合理的。第三个时期在1926年结束。因为1926年以后中国文学史写作发生了重大变化：(1)如图0-2-3所示，从1927年开始，文学史写作进入第一个高峰时期，史著数量飙升，直到全面抗战爆发前夕(1936)；(2)1927年出版的陈钟凡《中国文学批评史》、胡适《国语文学史》、胡云翼《唐代的战争文学》、齐如山《京剧之变迁》，开启了文学批评史、语体文学史、战争文学史、京剧史写作，标志着中国文学史写作进入了自觉的创作阶段。在1922～1926年期间，文学史家积极探索中国文学史写作的多种可能性，尤其是把中国文学史写作引向了与世界接轨，因而这段时期可称为"探索期"。

经过第三时期的"探索"，到了20世纪30年代，中国文学史写作进入繁荣时期(1927～1936)。但这种文学史写作的繁荣，很快被1937年全面爆发的抗战打断。如图0-2-2所示，1937年之后史书出版的数量急骤下降，大致呈递减趋势。这种状况一直持续到1949年中华人民共和国成立。这一时期，中国人民先后处在中日战争和本国内战的阴云下，文学史写作一方面，走向成熟，出现了各种自觉的创新之作，如林庚的《中国文学史》(1947年)；另一方面，政治式写作的倾向越来越明显③，我们把这一时期称为分蘖期(1937～1949)。

三、20世纪前期中国文学史写作主要成就及存在的问题

从1880年俄国汉学家王西里(Василий Павлович Васильев，1818～

① 黄修己：《中国新文学编纂史》，北京，北京大学出版社，1995，第9页。
② 黄修己：《中国新文学编纂史》，北京，北京大学出版社，1995，第7页。
③ 关于"政治式写作"及这一时期的主要特征，详见本书第五章第一节。

1900)出版世界上第一部中国文学史《中国文学史纲要》算起，中国文学史写作至今已有130多年了。这一百多年中国文学史写作的历史，从学科研究的角度看，到底给我们提供了哪些启示？近年来，人们谈论较多的是新时期以来"重写文学史"问题，而对于中国文学史写作从萌芽到初步发展的20世纪前期，极少有人注意。其实，中国文学史写作是在20世纪前期的怀抱中孕育、成长起来的，没有20世纪前期，也就没有现代意义上的"中国文学史"。鉴于此，有必要回顾、总结这一时期中国文学史写作的主要成就及存在的问题。

"文学史的撰写离不开史料、史观、史纂三个方面。"[①]要对20世纪前期中国文学史写作的成就和存在的问题作出判断，可以从这个时期史观创新、史料积累和述史体例上达到的程度这三个方面予以考察、分析。

(一)文学观由泛及纯，文学史观从退化史观、进化史观到唯物史观

文学史家的观念是影响、制约文学史写作的决定性因素，该观念由两部分组成：一是文学观，一是文学史观。这两个部分决定了文学史家对史料的取舍和评价，也就决定着文学史写作的态度和质量。就目前已有的文学史研究成果来看，学界对文学史观的重要性已有充分认识，却很少注意到文学观。其实，文学观是文学学科的核心概念，它解决的是文学史写作必然遇到的基本问题，即哪些文章和书籍属于文学，哪些是非文学？不弄清楚这个问题，就连文学史写作的准备工作(搜集史料)也无法开展。

1. 文学观由泛及纯

就中国的早期文学史编者而言，由于"文学史"是来自西方的舶来品，他们开始文学史写作时遇到的第一个难题，便是如何融通中国传统的文学观与西方文学观之间的差异。中国传统的文学观，如章太炎所言，"文学者，以有文字著于竹帛，故谓之文。论其法式，谓之文学"[②]。即一切文字皆文学。这是泛文学观。而在西方，文学一般包括诗歌、小说、戏剧、散文。最初传入中国的"文学史"是以辗转自日本的西方文学观为基础的。如何将中国文学历史纳入"文学史"？中国的早期文学史编者不约而同的做法，是在史著的开头用一定篇幅来辨析"文学"概念，然后根据自己对"文学"的理解遴选材料、组织篇章。回顾中国文学史写作的发展

---

① 董乃斌、陈伯海、刘扬忠主编：《中国文学史学史》第一卷，石家庄，河北人民出版社，2003，第8页。

② 章太炎：《国故论衡·文学总略》，见《中国现代学术经典·章太炎卷》，石家庄，河北教育出版社，1996，第45页。

过程，可以看到，中国人的文学观大致经历了四个发展阶段，即传统的“泛文学”阶段(晚清以前)、“大文学”阶段(清末民初)、“杂文学”阶段(文学革命时期)和“纯文学”阶段(1930年代中期及后)。关于这四个阶段的具体情况，前文(本章第一节)已述。容易注意到，在这四个阶段中，中国人的文学观由泛杂而至精纯，相应地，文学史著也由包罗经、史、子、集的混沌庞杂而趋于“纯粹”。一方面，缺乏思想和美感的应用性文字逐渐被剔除出去；另一方面，接纳了以往长期受轻视和排斥的小说戏剧等俗文学作品。

文学观由泛及纯，很大程度上是中国文学史写作以日本和欧美为师的结果。黄人、曾毅、谢无量等最初的几位文学史作者，简单罗列欧美学者和日本汉学家的“文学”定义，很少作出自己对“文学”的界说。“五四”以后，中国的文学史作者一方面把中西“文学”概念区分为广义和狭义；另一方面，普遍吸收西方“文学”中的知、情、义要素，认为文学须有美感和情感。到了20世纪30年代初期，他们接受了西方的“四分法”，认为唯诗歌、散文、小说和戏剧可算文学。这也就是当时学者言之凿凿的“纯文学”。甚至出现了以“纯文学”命名的两种文学史，即金受申《中国纯文学史纲要》(1934)和刘经庵《中国纯文学史》(1935)。

在新文化运动激荡下，绝大多数人并不认为照搬或有限度地接受西方文学观有何不妥。著有多种文学史的刘麟生甚至对西方文学观入华赞不绝口：“近来著中国文学史的困难，可以减少一半。因为自从西洋文学观念介绍过来，我们对于文学，渐有准确的观念，知道什么东西是文学？——不是一切好书都是文学。——什么是纯文学？并且对于文学批评、文学欣赏，也改正了不少观念。如此，可以用简单的方法，研究中国文学。”①当然，也有极少数人试图摆脱西方的影响，开始独立思考、探索文学本质。1927年，胡寄尘在为范烟桥《中国文学史》作序时提醒说：“因地理历史人民习尚的种种关系，(中国)文学自走了一条路，和西洋的文学走的路不同，我们不能拿研究西洋文学的现成方法，来研究中国文学，尤其是中国文学史。”②不过，当时似乎无人留意他这个提醒，到了20世纪30年代，现代意义的“纯文学”观支配了几乎所有文学史写作，以致1948年葛存悆忧心忡忡地说：“民国以远，竞尚欧美，继今以往，不患外国文学之不输入，惟患本国文学之日趋衰落。”③

---

① 刘麟生：《中国文学泛论·导言》，见《中国文学讲座》，上海，世界书局，1935。

② 范烟桥：《中国小说史·序一》，苏州，苏州秋叶社，1927。

③ 葛存悆：《中国文学史略·自序》，北平，大同出版社，1948。

文学观由泛及纯，固然顺应了中国现代知识谱系由“通人之学”转向“专家之学”的趋势，为中国文学学科专业化、精细化奠定了基础，但以“纯文学”观为指导来观照和编写中国文学史，则暴露出一些严重的问题。

首先，从文学的内涵来说，中国历代文字作品，都有一些既是明显的应用文，又有丰富的情感和较强的艺术感染力，如朝廷的某些诏诰敕文、官员的某些章表奏议、民间的某些墓志铭、状书序跋等。这类文字作品，在林传甲、谢无量等早期文学史家的史著中都有提及，却毫无例外地被“纯文学”观支配下的编者排除不论。排除具有“文学”属性的应用文的中国文学史，是否完整？像林传甲、谢无量那样以“大文学”观写作文学史，可不可以重来？如何重来？这些，都是值得深思的问题。

其次，从“文学”的外延来说，虽然文学的国家身份从文学史写作发生之时就得到认同，有了国别文学史的区分，但由于此后依据“纯文学”观，中国文学的民族身份被粗暴地理解为“汉民族文学”。杨义先生在近年指出：“一百年来以《中国文学史》命名的许多著作基本上都是汉语文学史，很少对诸多古民族和少数民族的文学进行融会贯通。”[①]杨义侧重文学史写作的语体，故称之为“汉语文学史”。如果侧重文学史写作对象的民族身份，就可以说，百年来的中国文学史著作，基本上可称为“汉族文学史”。这自然与文学史作者对作为“文学”外延的“中国”的认识有关。在古代，“中国”既为“天下中心”，那也就隐含了以统治“天下”的汉民族为正统的观念，由此不难理解为何“二十四史”写的几乎都是汉族历史。在现代中国，这种汉族正统观念导致中国文学史写作遮蔽或抹杀了少数民族文学史。中国民族文学史写作，直到抗战以后才出现，而且数量极少。遍观 20 世纪上半叶及之前的近 400 种各类“中国文学史”，只有两部半“中国民族文学史”[②]，至于单个少数民族的文学史著和地方文学史著，直到 1949 年中华人民共和国成立以后才出现。

最后，从文学体裁来说，那些不能与文学四分法对应的中国传统文字作品，大多被排除在文学史之外。比如骈文为中国独有，不能归入西方四大类文学中的任何一类，结果多数中国文学史著罕见有骈文。有的文学史作者意识到骈文无论数量还是影响都不可忽视，不能完全不顾。

① 杨义：《文学史研究与中华民族的精神谱系》，《徐州师范大学学报》(哲学社科版)2008 年第 1 期，第 8 页。

② “两部”民族文学史指陈遵统《中国民族文学讲话》(福州，永安建国出版社，1943)、梁乙真《中国民族文学史》(重庆，三友书店，1943)、卢冀野《民族诗歌论集》(重庆，国民图书出版社，1940)及其“续论”(1944)，以选编民国以来的民族诗歌为主，非严格意义的文学史，只能算“半部”民族文学史。

但按照文体四分法，又难寻骈文归属，于是将它安插在散文类中。姑且不论骈文与现代意义的散文属于不同范畴，即便安插骈文的举动，也使骈文史支离破碎，难窥全璧。由于无法归入“纯文学”，而骈文又是中国的特产，只好将其作为分体史单列。刘麟生在编写《中国骈文史》(1936)时，就曾面临这样的问题，他不得不以一章的篇幅论述骈文是不同于“正宗文学”的“别裁文学”。甚至连“骈文何以有史”这样的问题，刘麟生也不厌其烦地列举数条理由作为回答。

对于上述问题，其实早已有人指出。1932年周作人在界说“文学的范围”时说：“近来大家都有一种共通的毛病，就是……偏于狭义的文学方面，即所谓纯文学。”他认为“我们现在偏重的纯文学”只是文学的一部分，此外还有“原始文学”(民间文学)和“通俗文学”，文学史研究不能置它们于不顾。①

2. 文学史观从退化史观、进化史观到唯物史观

文学史观是统摄文学史写作的灵魂。不管史家有没有或多大程度上意识到它的存在，文学史观总是随时指导着史家的文学史实践活动。史家的文学史观与文学观有关，而且二者总是随着社会、时势的变化而变化。文学史家罗根泽观察到这一现象，他在1934年发表的一篇文章中说：

> 五四以前泰半是用观念论的退化史观与载道的文学观来从事著述，例如谢无量的《中国大文学史》和曾毅的《中国文学史》；五四以后则泰半是用观念论的进化史观与缘情的文学观来从事著述，例如陆侃如和冯沅君合编的《中国诗史》。郑振铎的《插图本中国文学史》以及本书(郑宾于《中国文学流变史》——引者按)。最近大出风头的是辩证的唯物史观与普罗文学观，本此以写成的有贺凯的《中国文学史纲要》和谭洪的《中国文学史纲》。②

罗根泽注意到，截至20世纪30年代，指导中国文学史写作的文学史观总体上经历了三个阶段的变化：从“五四”以前的退化史观，演变为“五四”以后的进化史观，到了30年代，“大出风头”的则是唯物史观与普罗文学观。他的观察是准确的。“由于进化的文学史观强调文学发展的运动和变迁、发展和进步、联系和规律，应该说就最初的文学史研究而言，

---

① 周作人：《中国新文学的源流》，北平，人文书店，1934，第13～15页。

② 罗根泽：《郑宾于著〈中国文学流变史〉》，原载《图书评论》1934年第2卷第10期，收入《罗根泽古典文学论文集》，上海，上海古籍出版社，1985。

进化的文学史观对文学史研究建立自己的学科品格起了重要作用。”也就是说，进化史观取代退化史观，是中国文学史写作乃至中国文学学科进步的重要表现。但进化史观指导下的文学史写作出现的问题也很严重。“由于对进化的文学史观念的过分强调，使文学史研究的目的论色彩过重，文学史研究似乎仅仅为了用来印证事物进化的普遍规律，而文学史研究自身的目的和意义却多少被忽略了。而且，进化的文学史观念本身在方法论上导致的线性思维和决定论思想方法，也给文学史研究带来了许多负面影响。”①因此，先是周作人、钱基博试图对进化史观作出反拨，接着伍启元、王丰园、谭丕模等以唯物史观替代进化史观。

周作人指出，进化史观“空想”出“文学上的一直的方向”②，即认为文学呈线性发展。而实际上，“诗言志—言志派”与“文以载道—载道派”这“两种潮流的起伏，便造成了中国的文学史”③。在今天来看，此论实质上回到了历史循环论，但他这种重视文学发展过程中的内部矛盾运动的思路，对“进化的文学史观”起到一种纠偏作用。

钱基博也对“进化的文学史观”提出质疑，不同的是，他不像周作人那样一方面质疑进化史观，另一方面试图寻找新文学在古代的远亲(力陈白话散文与桐城派之间的关系)。钱基博从文化保守立场出发，对“欧化之东”持消极看法，认为以进化史观指导中国文学史研究，如同削足适履。鉴于依照进化史观写作文学史，须按照时间先后循序渐进，钱氏的《现代中国文学史》反其道而行之，“由民国以来而略推迹往古”④。

在对进化论文学史观的缺陷有所认识的基础上，20世纪30年代出现了诸多依照唯物史观写作的新文学史著，如伍启元的《中国新文化运动概观》(上海，现代书局，1934)、王丰园的《中国新文学运动述评》(北平，新新学社，1935)、吴文祺的《新文学概要》(上海，亚细亚书局，1936)等。伍启元把“辩证法唯物论的引进”视为新文化运动的三个阶段的第三阶段，并指出它与第二阶段即实验主义的关系是：“实验主义者，对辩证法的唯物论者，常常施以攻击。这两派的学者，至今还常常互相争论。”⑤伍启元以实验主义和唯物论的文艺论战，构成全书的基本框架。

① 朱晓进：《二十世纪中国文学史观的反思》，《中国社会科学》2006年第1期。关于20世纪20年代文学史研究中的“进化的文学史观”，更详细的论述可参见陈平原《小说史：理论与实践》(北京，北京大学出版社，1993)中“进化的观念”一节。

② 周作人：《中国新文学的源流》，上海，华东师范大学出版社，1995，第35页。

③ 周作人：《中国新文学的源流》，上海，华东师范大学出版社，1995，第35页。

④ 钱基博：《现代中国文学史·绪论》，上海，世界书局，1933，第8页。

⑤ 伍启元：《中国新文化运动概观》，上海，现代书局，1934，第9页。

相比之下，王丰园的《中国新文学运动述评》具有更鲜明的唯物史观色彩，“无论是对文艺运动，或者是对作家作品，作者都明确地揭示其阶级实质”[①]。但他对阶级分析法的运用显然过于机械，以致造成一些判断失误。比如，他认为，“鲁迅和叶绍钧都是小资产阶级的文艺战士，是小资产阶级的意识的反映者”，郁达夫是“没落士绅阶级的最彻底最大胆的代言人”，而郭沫若则是“资产阶级的文艺战士”。[②] 吴文祺的《新文学概要》明显接受苏联弗里契的理论，认为“要从政治经济的变迁中，去探究近代文学的所以变迁之故”[③]。在这种思想指导下，他认为文学研究会和创造社都是资产阶级的流派。又由于新月派曾在1928年发表《新月的态度》一文，胡适等更以《新月》月刊为阵地，在1929～1931年间发起“人权运动”，吴文祺想当然地将之划归资产阶级文艺流派，严厉批评其颓废与唯美，全盘否定新月诗派的新格律诗。这种强加给新月派的标签，在此后的新文学史写作中时常可见，而更严重的后果，是新月派基本上从1949年后近三十年的新文学史著中消失。甚至直到1980年，有论者还以毋庸置疑的口吻说：“它(新月派)是资产阶级的政治和文艺流派”，“新月派政治倾向的基本面是反动的”。[④]

平心而论，20世纪30年代以辩证唯物史观来写文学史，打破了20年代进化史观一统天下的格局，而且唯物史观把文学史研究带入新的视界，使此后半个多世纪的文学史写作紧跟社会、时势的变化。但当时对辩证唯物史观的理解还很肤浅，往往只是从几个最基本的概念出发，缺少对唯物主义史观系统而深入的把握，所以成功之作不多，有影响的文学史著作不多见。

除了以上三种占主导地位的文学史观，各时期还存在其他的文学史观，其中有一种极少有人注意却不宜忽略，那就是现代女性文学史观。女性文学活动比较系统地进入文学史写作始自“五四”前后。自从1916年谢无量出版《中国妇女文学史》后，20世纪前期一度出现编写女性文学史的热潮[⑤]。这些著作“所取之‘妇女’概念朴实无华，所作的文学史工作草

---

① 黄修己：《中国新文学史编纂史》，北京，北京大学出版社，1995，第59页。

② 王丰园：《中国新文学运动述评》，北平，新新学社，1935，第107、118、148页。

③ 吴文祺：《新文学概要》，上海，亚细亚书局，1936，第1页。

④ 汤逸中：《新月派的政治倾向》，《华东师范大学学报》(社科版)1980年第6期，第49、44页。

⑤ 20世纪前期出版的严格意义上的女性文学史约有10余种，其中影响较大的有：梁乙真的《清代妇女文学史》(1927)、谭正璧的《中国女性文学史》(1930)、梁乙真的《中国妇女文学史纲》(1932)、陶秋英的《中国妇女与文学》(1933)、谭正璧的《女性词话》(1934)。

创扎实，为中国妇女文学史研究打下了坚实的基础，在质和量两个方面都堪称第一个高峰”[①]。但这些史著大都涉及的是古代妇女文学创作的历史，叙述至清代妇女文学止，“五四”后出现的冰心、凌淑华、丁玲等现代女作家尚未进入史家视野。其原因与史家的女性文学史观拘囿于现实的功利目标有极大关系。

谢无量这样来规定“妇女文学史”的基本研究范式：

> 兹编起自上古，暨于近世，考历代妇女文学之升降，以时系人，附其制作，合者固加以甄录，伪者亦附予辨析，固将会其渊源流别，为自来妇女文学之总要。[②]

“考历代妇女文学之升降”既是谢无量书写“妇女文学史”的基本出发点，也是目的。他试图通过“考历代妇女文学之升降”考察性别关系在中国文学史中的地位及其影响。他不是在文化内研究“妇女文学”，而是将之放进“上世”、“中世”以至“近世”的整个历史演进脉络中，“会其渊源流别”，以此凸显两性关系的演进。容易看出，进化史观在其中扮演了相当重要的角色。正是因为将男性和女性在历史中形成的关系理解为和历史同步螺旋式发展，因而两性关系由“女卑男尊”到“男女平等”的演进才获得合理性、科学性。据此看来，谢无量编写“妇女文学史”的思路清晰、目的明确，就是要以“妇女文学”的历史演变为切入口，以进化史观为指引，来论证“男女平权”的必然性、科学性。显然，尚在初步发展中的现代女作家创作缺少历史的沉淀，不能够担当此任，因此他的“妇女文学史”叙述至清代为止。

但谢无量及之后的女性文学史写作，其意图并非限于论证“男女平权”的必然性、科学性，也不只是弥补 20 世纪二三十年代文学史写作中女性文学的“缺席”。他们编写女性文学史的根本目的，是通过梳理女性文学史、振兴女性文学来重构国族想象。在“男女平权”背后的，是他们汲取、延续了晚清以来中国知识界关于妇女解放与国家存亡的讨论。从梁启超“妇学实天下存亡强弱之大原也”[③]到金天翮指出“欲新中国，必新女子；欲强中国，必强女子；欲文明中国，必先文明我女子；欲普救中

---

① 陈飞：《二十世纪中国妇女文学史著述论》，《文学评论》2002 年第 4 期，第 39 页。

② 谢无量：《中国妇女文学史·绪言》，上海，中华书局，1916，第 3 页。

③ 梁启超：《变法通议》，见《饮冰室文集》第 1 集，上海，中华书局，1936，第 40 页。

国，必先普救我女子，无可疑也”[1]。晚清以降的妇女问题被熔铸进了鲜明的民族国家建构的意识形态色彩。对此，高彦颐(Dorothy Ko)作出了令人信服的阐释：

> 从晚清到五四新文化时期(1915～1927)，有着落后和依从的女性身份，一直是一个与民族存亡息息相关的紧迫问题。当帝国主义侵略加剧时，受害女性成了中华民族本身的象征——被男性外国强权“强奸”和征服。对作为整体的中华民族的政治解放也对中国进入现代世界来说，女性启蒙成了一个先决条件。[2]

诚如斯言。当我们现在考察20世纪前期的中国女性文学史观时，不难发现其中隐含的强烈的政治功利色彩，即史家通过述史来重构国族想象。

谢无量提出的“妇女文学史”的基本研究范式，尽管有一部分在20世纪20年代以后的其他妇女文学史作者那里得到了延续，如梁乙真“取清代妇女文学，汇合成编，以诗为径，以史为纬，知人论世之外，兼广春秋笔削之意”[3]而成《清代妇女文学史》。但女性文学史观中的政治功利色彩却在此后的史著中淡化。取而代之的，是“男性/女性”二元对立思维中的性别文学观念。谭正璧直言不讳地说：

> 若问封建时代女性的作家在文学上的贡献有些什么？那真如近人辉群女士所说：“真是我们妇女界的一件耻事。”但是，这并不是女性内心的弱点，这是长期受了男子的束缚与社会上的不平等境遇所造成的结果。[4]

30年代的女性文学史写作，将妇女文学的羸弱归咎于男权文化对妇女才华的遮蔽。在此观念下，女性文学史写作担负的重构国族想象的任务减轻，甚至被卸下，相应地，史家更多地从社会文化视角观察女性文学史。“所谓女性文学史，实为过去女性努力于文学之总探讨，兼于此寓过去女

---

① 金天翮：《女子世界发刊词》，《女子世界》第1期，1904。

② 〔美〕高彦颐：《闺塾师》，李志生译，南京，江苏人民出版社，2005，第1页。

③ 王蕴章：《清代妇女文学史·王序》，见梁乙真：《清代妇女文学史》，上海，中华书局，1927，第1页。

④ 谭正璧：《中国女性文学史·叙论》，天津，百花文艺出版社，1997年7月影印，第13页。

性生活之概况，以资研究女性问题者之参考；成绩之良窳不问焉。故女性文学史者，女性生活史之一部分也。”①编写女性文学史，只不过是“以资研究女性问题者之参考”。

在二元对立的性别文学观念下，女性文学的艺术审美价值被遮蔽或忽视，“‘文学’在‘妇女文学史’中没能获得充分独立的地位。在谢史里，‘文学’过于宽泛，几乎与‘妇学’、‘文化’混为一谈；在谭史等著作里，‘文学’被理解为‘生活’；在梁史里，几乎是‘雅文学’的一统天下”②。从这个意义上说，谢无量等所著“妇女文学史”，也许称为“妇女文化史”更准确。此后的中国女性文学史研究，注重性别意识形态方面的文化批评而忽略艺术审美的情况仍时常可见。虽然这种女性文学史观指导下的史著“将五四以来的反思、批判的时代精神注入其间，批判男性中心主义，呈现了由传统到现代的演变轨迹”③。但“著者有意无意地将‘女’与‘男’对立起来，仿佛中国女性的所有不幸和不平都是中国男性一手造成的，于是女性的‘解放’就变成了向着男性的抗争，一部妇女文学史仿佛成了一部女性向男性屈服或抗争的历史”④。这种遗憾，犹如20世纪90年代以来出版的“中国女性文学史”一味张扬女权主义，令人扼腕叹息。

（二）文学史料不断丰富、拓展，促动文学史类型多样化

20世纪前期是中国社会经历剧烈动荡的历史时期。外敌侵略、国内战争和其他政治动乱、文化震荡，多次对历史文物和文献造成严重的破坏，给文献史料工作造成了极大困难。在这样的背景下，诸多有志学者不顾艰辛困苦，致力于文学史料发掘整理，取得了重要成绩。约略而言，可分作新史料的发现和对旧史料的整理出版两个方面。

1. 大批新史料的发现促使文学史料的来源和类型多样化。

1925年，王国维受清华学生会邀请作公开讲演时说：“今日之时代，可谓之发见时代，自来未有能比者也。”⑤20世纪前期中国文学史料研究最突出的成绩，就是新史料的发现。所谓新史料，据陈寅恪解说，“并非从天空中掉下来的，乃指新发现，或原藏于他处，或本为旧材料而加以新注意、新解释”⑥。也就是说，新史料分为两类：一类“原藏于他处”，另一类“本为旧材料而加以新注意、新解释”。

---

① 谭正璧：《中国女性文学史·初稿自序》，天津，百花文艺出版社，1997年7月影印。

② 陈飞：《二十世纪中国妇女文学史著述论》，《文学评论》2002年第4期，第39页。

③ 林树明：《现代学者的三位女性文学史考察》，《中国现代文学研究丛刊》2003年第1期。

④ 陈飞：《二十世纪中国妇女文学史著述论》，《文学评论》2002年第4期，第40页。

⑤ 王国维：《最近二三十年中中国新发见之学问》，《学衡》第45期，1925年9月。

⑥ 蒋天枢：《陈寅恪先生编年事辑（增订本）》，上海，上海古籍出版社，1997，第96页。

“原藏于他处”的史料原本不为人知，后被发现。这类文学史料在20世纪前期层出不穷，金毓黻总结了六种“最有价值者”：“一曰殷墟之甲骨文字，二曰敦煌及西域各地之汉、晋简牍，三曰敦煌石室之六朝、唐人所书卷轴，四曰内阁大库之书籍档案，五曰古代汉族以外之各族文字，六曰各地之吉金文字。”①当然这类史料不止六种，如1927年郑振铎在巴黎和伦敦发现的古代文学文献史料，不论数量还是价值，都弥足珍贵，却不在这六种之内。

还有一种“本为旧材料而加以新注意、新解释”的新史料。这类新史料原先大都为人们所知晓，但直到20世纪前期才被当作文学史料加以重视，其范围相当广泛，包括集部以外诸书、民间曲调、日常实物，等等。不止“集部之书”，“进入民国后，‘六经皆史’的观念更进一步发展到把过去的文字记录全部看成历史材料”。② 这样的文学史料在以往是不被留意的。

依据“新注意、新解释”，可以把旧材料转变为新史料，这体现了史料观念的更新。18世纪、19世纪的乾嘉学派，虽然识文字、通训诂、精校勘、善考证，其目光却从未离开中国历代文献典籍。在他们看来，即便最广义的“史料”也只包括过去一切文字记录。进入20世纪初，王国维创“二重证据法”，不仅使“地下之新材料”取得与“纸上之材料”并肩的地位，极大地丰富了文学史料的内容，拓展了文学史料范围，而且这两类史料相互印证为史料辨伪提供了方法论方面的保障。到30年代，“二重证据法”发展为“三重证据法”，即“取地下之实物与纸上之遗文互相释证”、“取异族之故书与吾国之旧籍互相补正”、“取外来之观念，以固有之材料互相参证”③。“地下之实物”、“异族之故书”以及“外来之观念”得到重视并加以利用，遂使20世纪前期文学史料的来源和类型比前代丰富多样。具体如下：

(1)文学史料的来源从国内档案馆、图书馆和私人藏书，扩展至海内外一切藏书场所；从地上的文献，扩展至地上和地下一切文献和文物。

如，郑振铎的《插图本中国文学史》(北平，北平朴社，1932)以丰富新鲜的史料著称。书中不仅使用敦煌文献，还大量引用本人及他人在海外发现的古籍善本和珍稀图片。

---

① 金毓黻：《中国史学史》，石家庄，河北教育出版社，2000，第382～383页。

② 顾颉刚：《当代中国史学》，上海，上海古籍出版社，2002，第90页。

③ 陈寅恪：《王静安先生遗书·序》，见《金明馆丛稿》二编，上海，上海古籍出版社，1980，第219页。

尤须提到的是，“五四”以后报纸杂志等新媒体成为重要的文学史料来源。

尽管晚清时期梁启超就发现“自报章兴，吾国之文体，为之一变”①，报纸杂志却长期被排除在文学史料之外。姑且不提五四新文化运动以前的文学史写作，即便1922年胡适撰写的《五十年来中国之文学》、1929年陈子展出版的《中国近代文学之变迁》，论述“文学革命”兴起的诸多原因时，都忘了报刊出现的意义。倒是英年早逝的历史学家张荫麟在1928年仔细讨论了报章作为新史料的重要性：

> 又近世有一种新史料，为古人所未能梦见，厥为报纸（中国在唐代已有朝报，然其性质不能与近日报纸比）。此种史料之重要，西方史家已深切感及，惟今日中国史家尚鲜注意之。②

张荫麟接下来讨论了报纸作为史料的三大优点，以及可能存在的九种弊病。可惜当时的中国文学史研究者似乎并未留意这篇论述报纸杂志文章之史料价值的宏文。当然，这么说并不意味着文学界无人把报章视为史料。大约从20世纪30年代初期开始，越来越多的文学史写作把报纸杂志作为新文学史料主要来源。文学史写作之倚重报刊，“很大程度上得益于阿英的积极尝试”③。阿英不仅编辑出版《晚清文艺报刊述略》（包括《晚清文学期刊述略》、《晚清小报录》和《辛亥革命书征》三种；前两种收集近现代文艺报刊史料），还将报刊史料引入文学史写作，编成《晚清小说史》（1937）。据统计，中国现代文学期刊大约有3504种。④ 这些期刊，在新文学诞生之后不久就成为新文学选本的主要来源。如1918年8月许德邻编的《分类白话诗选》（崇文书局出版，该书又名《新诗五百首》），收诗233首（组）。“此集为初期新诗之最完备的选集，各主要杂志、主要报纸上的著作，网罗靡遗。就资料言之，此集当为最佳。”⑤这些期刊还成为现代文学研究和文学史写作的主要材料。如朱自清的《中国新文学研究纲要》（1932），其材料主要来自《新青年》、《每周评论》、《小说月报》、《论语》、《语丝》、《晨报副刊》等期刊。

① 参见《清议报》第100册（1901年出版）。

② 张荫麟：《论历史学之过去与未来》，《学衡》第62期（1928年3月出版）。

③ 陈平原：《大众传媒与现代文学序》，见《假如没有“文学史”……》，北京，生活·读书·新知三联书店，2011，第127页。

④ 刘增人等纂：《中国现代期刊史论》，北京，新华出版社，2005，第3页。

⑤ 《中国新文学大系·史料索引》，上海，良友图书印刷公司，1936，第296页。

(2)出现了口述史料、分体史料、专题史料和书话等新的史料类型。

近代以来文学观、文学史观的流变，刺激了文学史料的类型不断拓展。最先是小说戏曲在清末民初成为多数人认可的史料类型，接着在五四新文化运动激荡下，民间的歌谣、说唱、鼓词等相继被列入史料范围。刘半农不但相信“歌谣中也有很好的文章”①，还与沈默尹、周作人等在北京大学面向全国征集歌谣，并予以公布、刊发。当时有人明确指出：“歌谣是民俗学中的主要分子，就是平民文学的极好的材料。”②歌谣运动在文学史料学上的意义，并非只意味着增添了一种新的史料类型。以往的史料仅限于文字形式的文献和非文字的实物，而刘半农他们征集的歌谣却有不少直接来自民间的口头流传。1920年8月郭绍虞撰文论及歌谣：“不管是田夫野老的所唱，是榜人渔父的所唱，或且出之于十三四女孩儿的口中，就歌辞来讲，情景总是很深，趣味总是很浓，声韵又是无不调和的”③。口头流传的歌谣被纳入文学史料，标志着一种新型史料开始被认识，这便是口述史料。

民歌等口述材料被确认为史料之一种，意味着在小说戏剧史料之外，出现了一种新的分体史料。在20年代末30年代初期，新诗史料、辞赋史料、骈文史料、韵文史料等分体史料都得到一定程度的整理出版。

这一时期还整理出版了一些专题性史料。妇女专题史料，如施淑仪编《清代闺阁诗人徵略》(1922)；宗教诗歌史料，如张仕章编《中国古代宗教诗歌集》(1926)。

除了上述所列的，现代作家和文学研究者写作的书话，也成为一种新的文学史料。与古人书跋和书事笔记不同，近代以来书话的版本目录色彩褪减，注重介绍现代书刊的内容、版本、流布和递传状况，是史料搜集、整理、辨析、阐释等方法的总结，属于掌故类、史料研究心得一类的文献。朱金顺谈论唐弢的书话写作时说：“写书话，既是他的散文创作，也是他的新文学版本研究。也许后者更被他看重，作为文学史家，他的研究是从原始资料的收集和开掘开始的。研究的笔记，获得新版本的题跋，就变成了一则则的书话。”④主要以新文学版本为研究对象的书话，其本身具有一定的史料价值。例如，唐弢的书话《线装诗集》详细描述《忆》、《志摩的诗》等集子的装帧形式，保存了新诗集装帧方面的史料

① 刘半农：《国外民歌译·自序》，上海，北新书局，1927。

② 常惠：《我们为什么要研究歌谣》，《歌谣》周刊1922年12月31日第3号。

③ 郭绍虞：《村歌俚谣在文艺上的位置》，《歌谣》周刊1923年4月1日第12号。

④ 朱金顺：《新文学书话叙考》，《中国现代文学研究丛刊》2005年第6期。

信息。除了唐弢，周作人、阿英、赵景深、周越然也出版过书话文集，另外，茅盾、老舍、郭沫若、叶圣陶、朱自清等新文学作家都有书话问世。虽然如此，书话作为一种新史料的价值，至今仍未得到学界充分认识。整理出版现代作家书话，仍是任重道远。

(3)小说戏剧史料成为主要的史料类型。

在新兴文学史料类型中，小说戏剧史料的数量最多、影响最大。20世纪以前小说戏剧属于“不登大雅之堂”的文类，直到20世纪之初中国古代小说和戏剧研究才在西方影响下草创。当时处于西学东渐、自新图强的特殊历史文化语境下，人们关注的是小说戏剧的社会启蒙功能，偏重于论的一面，即便在文学史写作中提及，也大多点到为止，因而小说、戏剧史料的收集未能受到应有的重视。进入20世纪，随着小说、戏剧在文学中的地位上升，小说、戏剧史料迅速成为重要的文学史料类型。期间，不仅涌现了一批文学史料名家，如戏曲史料名家王国维、董康、郑振铎，小说史料名家鲁迅、阿英，还出现了一批堪称经典的小说戏剧史料书籍。

王国维1909年出版的《曲录》共辑录曲目3178种，此书不仅为他以后的戏曲史写作奠定了坚实基础，而且成为后来戏曲史研究者必备的基础性资料；1916年王国维与罗振玉将从日本三浦将军处发现的《大唐三藏法师取经诗话》小字本影印出版，第二年，他们又将在日本发现的《大唐三藏法师取经诗话》编入《吉石盦丛书》影印出版。董康对古典戏曲史料的整理功不可没。他1917年所辑《诵芬室读曲丛刊》是“20世纪戏曲研究史上第一部古典戏曲理论史料和戏曲史料汇编”；1926年上海大东书局出版的《曲海总目提要》，汇录了自元至清代乾隆年间684出杂剧与传奇的剧情考证、故事来源和作者简历，其中颇多今已失传的作品，弥足珍贵，被誉为中国所有记载剧本的书籍中内容最丰富和详尽的一部。董康另著有《曲目韵编》2卷，计北曲588个，南曲1061个，成为研究中国南曲与北曲、古戏曲音乐不可或缺的参考资料。继王、董之后的郑振铎在发掘整理和出版戏曲史料方面的贡献尤为突出。如1938年郑振铎从苏州某书贾处买下《脉望馆钞校本古今杂剧》(又名《也是园古今杂剧》)64册，包括钞本173种，刻本69种，共计242种，其中136种是湮没了三百多年的孤本，像《破窑记》、《五侯宴》等29种元人杂剧系首次发现。书中的内府本杂剧每出后附有“穿关”，注明演出妆扮、服饰、道具等，为研究明代宫廷演出的舞台美术提供了详尽的资料。这个重大发现，“在近五十年来，其重要，恐怕是仅次于敦煌石室与西陲汉简的出世的”①。

小说史料方面，古代小说目录的编纂引人注目。作为一种学术专科，古代小说目录的编纂经历了三个时期：黄摩西、徐兆玮、鲁迅——准备期，郑振铎、董康、马廉——发轫期，孙楷第——创建期。② 鲁迅、郑振铎等先生钩沉、编纂的古代小说书目及其史料价值，今已众所周知。而孙楷第编纂的三种古代小说书目，却很少有人提及。这三种书目(1932年撰的《日本东京所见小说书目》六卷、《大连图书馆所见小说书目》一卷，1933年撰的《中国通俗小说书目》十卷)，“对于初研究小说的人是有益的”③。“孙楷第《中国通俗小说书目》的诞生，标志着中国古代通俗小说专科目录的成熟与正式建立”④，其在通俗小说书目研究史上具有里程碑意义。除了古代小说目录方面取得如许成绩，近现代小说目录的编纂也成绩突出。阿英成书于20世纪四五十年代正式出版的《晚清戏曲小说目》，收晚清戏剧161种，晚清小说1070种(创作小说462种、翻译小说608种)，1957年又出增补本，收创作小说478种，翻译小说629种，计1107种，较前增补37种。这个书目在20世纪80年代之前对于一般近代文学研究者具有引路人的作用。直到今天，许多研究近代小说和戏剧的人都以此书为参考资料，其史料价值和历史贡献不可抹杀。

2. 文学史料整理出版的热情空前高涨，成绩卓越，出现了相关方面的史料专家。

论及20世纪前期的文学史料工作，不能不提“整理国故”运动。胡适发起这场运动，固然与当时方兴未艾的新文化运动有关，但也与他本人对古籍整理工作的认识和态度不无关系。胡适在1922年9月1日的日记中写道：

> 从前我们以为整理旧书的事，可以让第二、三流学者去做。至今我们晓得这话错了。⑤

---

① 郑振铎：《跋脉望馆钞校本古今杂剧》，见《郑振铎文集》第7卷，北京，线装书局，2009。

② 参见潘建国《中国古代小说书目研究》(上海，上海古籍出版社，2005)“第七章　古代通俗小说专科目录的创建”。

③ 孙楷第：《日本东京所见小说书目·重印日本东京所见小说书目提要序》，北京，人民文学出版社，1991。

④ 潘建国：《中国古代小说书目研究》，上海，上海古籍出版社，2005。

⑤ 《胡适的日记》下册，北京，中华书局，1985，第445页。

这句话说明他开始改变以往轻视文献史料整理的观念。正因为认识到“整理旧书”并非只配“让第二、三流学者去做”，所以即便是像胡适这样的新式学者也觉得应该参与进来。

胡适不光是口头上呼吁“整理旧书”，他还身体力行，以研究白话小说的学术问题为切入点，完成《红楼梦》、《水浒传》、《醒世姻缘》等小说考证。在胡适从事小说考证之初，中国学术界对小说史料的发掘整理正处于起步阶段。蒋瑞藻的《小说考证》于1920年出版，所汇集的一些小说资料极为杂乱。鲁迅的《古小说钩沉》、《唐宋传奇集》、《小说旧闻钞》整理钩沉了若干种小说文本；1923年出版的《中国小说史略》在史料建设上的最大贡献，在于对明清小说分类。胡适在研究中也曾参考过这些资料，但多数资料是他通过各种方式和各种渠道获得的，更重要的是他采用了新的科学方法进行细密深入的考证，解决了许多学术难题。

“整理国故”不仅得到刘师培、吴梅等旧派学者响应，还受到新文学作家重视。文学研究会对“整理国故”做了积极的回应。他们强调说：“现在研究文学的人，往往把‘整理国故’和‘新文学运动’看作两件绝不相涉的事情，并且甚至于看作不能并立的仇敌。其实这是绝大的冤屈！因为他们俩在实际上还是各有各的位置，各有各的真价，尽有相互取证、相互助益的地方。”①“整理国故就是新文学运动当中一种任务，他的地位正和介绍外国文学相等。”②郑振铎主持的《小说月报》“整理中国旧文学”横跨了三个栏目——“论丛”、“整理国故与新文化运动”和“读书杂记”。此外，新文学作家还有过两次大规模的集体“整理国故”举动。第一次是1927年6月，《小说月报》第17卷以号形式出版“中国文学研究”专号，分上下两册，约80余万字。作者阵容集中了当时的精兵强将，除国学大师梁启超、陈垣外，大部分都是新文学作家，如郑振铎、沈雁冰、郭绍虞、俞平伯、朱湘、刘大白、台静农、滕固、陆侃如、许地山、胡梦华、谢无量和钟敬文等。第二次是赵家璧主编的《中国新文学大系(1917～1927)》，1935年到1936年间由上海良友图书印刷公司出版。全书分为10卷，阿英编选。《建设理论集》、《文学论争集》和《史料·索引》选辑近200篇理论文章。编选创作的7卷，共收小说81家的153篇作品，散文33家的202篇作品，新诗59家的441首诗作，话剧18家的18个剧本。这一套文集保存文献的用意及其史料价值，是毋庸置疑的。由各方面代

① 王伯祥：《国故的地位》，《小说月报》第14卷第1期。

② 余祥森：《整理国故与新文学运动》，《小说月报》第14卷第1期。

表作家参与编纂《中国文学新文学大系》，此后成为整理出版文学史料的一种传统，至今已出到第5辑(1976～2000)。

“整理国故”主要是用新的科学方法整理文献古籍，当时差不多与它并行的歌谣运动，则把文献史料的价值取向引至民间化立场，眼光从贵族转向平民，从雅致转向通俗。1918年，刘半农、沈默尹、周作人等以北京大学的名义向全国征集民间歌谣，1920年12月15日，沈兼士、钱玄同、周作人在《北京大学日刊》联名登出了《发起歌谣研究会征求委员》的启事；1922年，创办《歌谣》周刊。这一系列行动，虽然由北京大学的教师发起，却得到了民众的多方面的热情支持。“本是一校的刊物，而竟引起全国各省各地的爱好者，以至苏联、英、美、法、德、日的学者们的注意，购买《歌谣》周刊并通信访问。作文的也不只本校教授同学，甚至印刷工人，学校工友，都投稿写文章讨论。那时真是想不到的热闹。也真有爱好者而入了迷，每逢星期一，一早就跑到北大一院号房等着周刊(朱自清就是其中一位)……”①在歌谣运动引领下，来自民间的口头和书面形式的歌谣、传说故事、童话、谚语等都被纳入文学史料范围。

在20世纪20年代歌谣运动、“整理国故”运动的基础上，30年代出现了整理出版古代戏曲史料的热潮。其中，以京剧史料的搜集整理最引人注目。齐如山的《中国剧之组织》、《京剧之变迁》、《国剧身段谱》、《脸谱》、《国剧简要图案》等书，为京剧研究做出了重大贡献。周明泰著《几礼居戏曲丛书四种》(1932～1940)，收录《都门纪略中之戏曲史料》、《五十年来北平戏剧史材》、《道咸以来梨园系年小录》(后易名为《京剧近百年琐记》)、《清升平署存档事例漫抄》4种戏曲史料书籍等，均是研究京剧的重要参考资料。此外，还有张次溪所编《清代燕都梨园史料》(1934)和《清代燕都梨园史料续编》(1937)、王芷章撰《清代伶官传》(1936)、天柱外史撰《皖优谱》(1939)。

郑振铎在古代戏曲史料整理方面做出了杰出贡献。郑氏极为重视戏曲史料的发掘、收藏和刊印。他编订的最早的戏曲目录当属《中国的戏曲集》，收“所见过的戏曲选集”12种。接着编订了《关于中国戏曲研究的书籍》，收“所见过和所知道的关于中国戏剧研究的书籍”30种，为《重订曲苑》、《增补曲苑》、《新曲苑》、《中国古典戏曲论著集成》的编订提供了必要的目录依据。而《中国戏曲的选本》则收录个人所见所知、最流行

① 常惠：《回忆〈歌谣〉周刊》，《民间文学》1962年第6期，第135～138页。括号内的话系作者常惠所加。

的选本 16 种。此外，他还在戏曲作品、著作版本的收藏与鉴定，戏曲文献点校等方面取得瞩目的成绩[①]。郑氏还很重视史料运用。他的几种文学史著作，从 1927 年出版的《文学大纲》到 1938 年出版的《中国俗文学史》，莫不以史料（尤其珍稀史料）丰富著称。《插图本中国文学史》完稿后，他自豪地声称："本书所包罗的材料，大概总有三分之一以上是他书所未述及的"[②]。

如果说 20 世纪 20 年代的主要成就在于文献古籍的发掘、整理和出版，30 年代和 40 年代则以有意识地整理出版新文学史料为特色。关于新文学史料的整理出版，尚在新文学诞生不久就有人在做。但那时此类工作属于自发性质，直到 30 年代才有了自觉的意识。刘半农在"五四"前后搜集了 8 位诗人的 26 首白话新诗手迹，"当时所以搜集，只是为着好玩，并没有什么目的，更没有想到过了若干年后可以变成古董。然而到了现在（1933 年——引者按），竟有些像起古董来了"。冯沅君在 1933 年看到这批手迹，感慨地说："那已是三代以上的事了，我们都是三代以上的人了。"[③]第二年，张若英在《中国新文学运动史资料》"序记"里坦言，他也有刘半农、冯沅君那样的体会。张若英甚至感觉到新文学史料的整理和出版，已经非做不可。因为，"在不到二十年的现在，要搜集一些当时的文献，也真是大非易事。要想在新近出版的文学史籍里，较活泼较充实的看到当时的一些运动史实，和文献的片段，同样的是难而又难"。他进而意识到了整理出版新文学史料的重大意义："为着搜集的不易，与避免史料的散佚，择其主要的先刊印成册，作为研究的资料，在运动上，它的意义是很大的。"[④]正因为整理出版新文学史料的意识从自发到了自觉阶段，这一时期不仅有《中国新文学大系（1917～1927）》这样大规模的集体之作，有张若英《中国新文学运动史资料》那样由个人编纂的史料集，而且整理新文学书目也提上日程。例如，1933 年 9 月出版的王哲甫的《中国新文学运动史》一书附录《新文学创作书目一览》，其中有新诗集 100 种。1937 年 1 月《文学》第 8 卷第 1 号刊出新诗专号，这本厚达 299 页的带有总结性的专号除刊有茅盾的《论初期白话诗》、穆木天的《郭沫若的诗歌》、石灵的《新月诗派》等诗论外，还刊出曲鸿、韩学勤、柳倩合辑的《新诗集编目》，编目共收录诗集 400 余种。抗战期间，出现了记录抗

---

① 详见李占鹏：《论郑振铎戏曲典籍整理的学术成就与文献价值》，《求是学刊》2007 年第 2 期。

② 郑振铎：《插图本中国文学史·例言》，北平，朴社出版部，1932。

③ 刘半农：《初期白话诗稿·序》，北平，星云堂影印，1933。

④ 张若英：《中国新文学运动史资料·序记》，上海，光明书局，1934，第 2 页。

战文学的史料集，如阿英的《抗战期间的文学》(1938)、卢冀野的《民族诗歌论集》(1940)和蓝海的《中国抗战文学史》(1947)等。蓝海的《中国抗战文学史》"为中华人民共和国成立前最后一部新文学史类的著作，也是新文学研究中第一部阶段史"①，但作者有意做保存史料的工作。"写这本小册子的目的便是企图弥补一部分缺陷，保存一部分史料，使它不至全部失散。"②毋庸置疑，这些文学史料的整理出版，为新文学史写作奠定了基础。1930年左右编辑出版《中国文艺论战》、《鲁迅论》的李何林后来说："这两本资料性的书给我在十年后编写《近二十年文艺思潮论》打下了初步基础，也培养了我以后教学'中国现代文学'、'文学理论'、'鲁迅研究'的兴趣。"③

3. 文学史料的发掘、整理和出版促动文学史写作多元化、文学史类型多样化。

中国文学史著，多数是为了教学需要编写的讲义。由于是讲义，在具体编写时自然要切合教学实际需要。比如，教师不便也没必要口述或在黑板上抄写讲授中需要引述的材料，以免学生听不懂或占用课堂时间。所以，20世纪初期的文学史讲义以相当大的篇幅摘录作品原文。黄人《中国文学史》逞逞数百万字，摘录作品原文占去三分之二。刘师培的《中国中古文学史》，甚至几乎全是资料。据此我们可以说，重史料、少阐述是早期讲义型文学史写作的基本特征。

到了20世纪20年代，不断发现的新的文学史料格外引人注目。为了阐释新发现的文学史料，教师必须在讲义中作出分析、讨论，有时甚至还有必要考订新史料的真伪，这样一来，阐述在文学史著中的篇幅加大。另外有些编者，由于本人既有深厚的史料积累又有独到的文学见识，故难免在文学史写作中时而发表议论，如鲁迅编写《中国小说史略》。在此背景下，以阐述为主的专家型文学史写作应运而生，并且迅速成为主要的文学史写作方式。如胡适、胡怀琛、陈子展、罗根泽、杨荫深等人的文学史写作都如此。

一般的读者，既不需要大量阅读史料，也不需要了解专家对文学史的精深见解。也就是说，不论重史料的讲义型文学史写作还是重阐述的专家型文学史写作，都不能满足一般读者的需求。赵景深注意到这点，他说：

---

① 黄修己：《中国新文学史编纂史》，北京，北京大学出版社，2007，第108页。

② 蓝海：《中国抗战文艺史·后记》，上海，现代出版社，1947，第165页。

③ 李何林：《李何林谈他的生平经历和文学生涯》，见《李何林全集》，石家庄，河北教育出版社，2003，第504页。

> 从来编中国文学史的，有几点我不大满意：……(二)不合普遍阅读，许多现今出版的文学史，只可供文学专家的参考，不能当做普遍的读物。一则份量太多，二则列举太多，三则嫌其干燥。①

鉴于这种情况，赵景深决心写出一部“能当做普遍的读物”的文学史，这便是1928年出版的《中国文学小史》。这是一部普及型的文学史。赵景深认为，普及型文学史写作，必须“分量不可太多，只列举些重要的文人而有集子可读者，并附举易得的、价廉的书目”，“用较美的叙述，使人读起来略感到一点兴趣”②。不过他同时也指出，即便普及型文学史写作，也需要“新鲜的材料”，因为“新鲜的材料是普通读者希望读到的”。

讲义型、专家型、普及型三种文学史写作相继出现，体现了文学史写作多样化的趋势。在编者对史料发掘整理的影响下，这三种文学史写作方式经常互相转化或兼容。比如，当年鲁迅的初衷是编写《中国文学史略》讲义，由于他事前做过大量的古小说钩沉、考证，不知不觉间，就以专家的眼光和方式来编写这部书。

以今人的眼光来看，文学史写作方式的多样化，满足了不同读者的需求，是文学史写作步入成熟阶段的表现。但笔者所作的统计表明，在三种文学史写作方式中，专家型最常见，尤其在20世纪30年代以后，约占总数的三分之二。前文已述，专家型文学史写作以阐述为主。由于这种阐述是夹杂大量术语的专家之言而非日常用语，在专家型文学史写作成为主流的背景下，文学史写作离普通读者越来越远，文学史书籍越来越不“好看”。更严重的是，强调阐述在文学史写作中的地位，很容易把人引向“以论代史”的歧途。40年代之后的文学史写作，大多有这个毛病。

20世纪前期的文学史料工作，不但影响文学史写作的方式，还是文学史类型化的直接动力。

新史料对于中国学术可谓居功至伟。王国维说：“古来新学问起，大都由于新发现。”③陈寅恪也说：“一代之学术，必有其新材料与新问题。取用此新材料，以研求问题，则为此时代学术之新潮流。”④就20世纪前期文学史写作而言，不论小说戏剧史等分体史写作在30年代成为潮流，

---

① 赵景深：《中国文学小史·绪言》，上海，光华书局，1928年1月，第1～2页。

② 赵景深：《中国文学小史·绪言》，上海，光华书局，1928年1月，第2页。

③ 王国维：《最近二三十年中中国新发见之学问》，《学衡》第45期(1925年9月)。

④ 陈寅恪：《陈垣敦煌劫余录序》，见《金明馆丛稿二编》，上海，上海古籍出版社，1980。

还是妇女史、文艺思潮史等专题史的出现，都与相关新史料的发现有直接关系。试以小说戏剧史写作为例。

文学革命时期，无论小说戏剧自身的创作还是有关古代小说戏剧史的研究，都开始走向建立规范、形成学科的成熟阶段。这一时期发现的许多重要古代小说戏剧材料，迅速被史家自觉地吸收进史著中。连俗文学中的宫调、宝卷、弹词等，也被视为有价值的新史料。如柳村任的《中国文学法发凡》："采撷叙述了很多特殊的新材料：像五代的变文，宋明戏文宫调讲史散曲以及明清的宝卷弹词之类。"①这些新史料，成为中国小说戏剧史写作发展的原动力。敦煌文献对王国维写作宋元戏曲史的触动，鲁迅辑录《古小说钩沉》、《小说旧闻钞》为他编写《中国小说史略》所作的准备，乃众所熟知的实例。1923年胡适指出："古小说的发现，尤为这个时期的特色。《宣和遗事》的翻印，《五代史平话》残本的印行，《唐三藏取经诗话》的来自日本，南宋《京本通俗小说》的印行，都可以给文学史家许多材料。"②直到1932年郑振铎仍观察到："近几十年来，已失的文体与已失的伟大作品的发见，使我们的文学史几乎要全易旧观。绝不是抱残守缺所能了事的。"③郑氏因此不无感慨地说："研究中国小说史和戏剧史的人，真要觉得如今是一个大时代。假如你写了关于这方面的一部书，每过了一二年，准保你要将你的著作修改一下。因为新的材料一天天的出现，逼得你不能不时时刻刻的在搜集、在研究。"④新史料的发现，"逼得你不能不时时刻刻的在搜集、在研究"，迫使不愿抱残守缺的史家去"重写文学史"。

综上所述，20世纪前期的文学史料工作取得了不俗的成就，但也存在以下缺憾：

首先，是尚有大量海外文学史料未被发现和整理。由于历史原因，海外保存着大量珍贵的文献。19世纪以来，中国国内虽已陆续整理出版或公布了其中一部分，但由于20世纪前期处于民族危机和解放战争背景下，不仅民间学者无力大量复制、整理出版，政府部门也无暇顾及，以至尚有许多珍稀古籍不为中国文学史研究者所知。

其次，19世纪以来大量地下文献陆续出土，这对古典文学研究来说

① 柳村任：《中国文学法发凡·自序》，苏州，文怡书局，1935，第6页。

② 胡适：《日本译中国五十年来之文学序》，见《胡适学术文集·新文学运动》，北京，中华书局，1993，第161页。

③ 郑振铎：《插图本中国文学史·例言》，北平，朴社出版部，1932。

④ 郑振铎：《幻影》，见《郑振铎文集》第5卷，北京，人民文学出版社，1988。

是一个巨大的福音。但许多出土文献尚未公布，原始资料还掌握在考古发掘人的手中，已整理公布的出土文献在文字释读等方面还存在很多争论，导致研究和利用出土文献方面存在许多困难。

再次，民间流传的史料的重要性目前尚未得到学界的足够注意。包括谱牒、石刻、文书、日用杂书、剧本、唱本、民谣等在内的民间文学史料是学术研究的珍贵资料，但其流传范围相对狭小，收藏分散，有的一直口头流传，由于尚未得到整理，湮没失传的可能性很大。

最后，地区性、民族性文学史料基本上一片空白。地区文学史、民族文学史是中国文学史的分支，相关的文学史料是研究中国文学史写作与地域文化、民族文化之间关系的不可或缺的资料。遗憾的是，据笔者所知，仅1943年出版的徐梦麟《云南农村戏曲史》保存了一些云南民间剧本和曲目。

以上四点，可谓20世纪前期中国文学史料工作留给后人的未解之题。1949年以后，这四个方面的工作虽有长足进展，却仍是当今学术界及政府面临的刻不容缓的任务。

（三）章节体例的形成与僵化

文学史作者按照一定的文学观、文学史观搜集遴选史料后，剩下的问题就是用自认为恰当而相对完美的方式表达出来。这个“自认为恰当而相对完美的方式”就是文学史体例。史著体例就像人的体型和容貌，不同体例的史著展现出不同的面貌。人们对各种史著的辨别，往往首先通过其体例来判断。因此，历代史家都很重视史著的体例。唐人刘知几说：“史之有例，犹国之有法。国无法，则上下靡定；史无例，则是非莫准。”①清代史学家章学诚不仅肯定史书体例的重要性，还在前人基础上创制了一套完整的史书体例——“四体”、“三书”。进入20世纪，许多文学史作者在卷首的序或例言中标示自己著作的基本体例，其中有些还强调体例的独特之处，这表明部分作者具备了自觉的体例意识。但应该承认，多数编者在体例上沿袭前人，并无创新。而且，在20世纪前期，专门探讨文学史著体例的文章可谓寥寥无几。这一时期出版的多数中国文学史著作之所以差不多一副面孔，与史著体例缺乏创新以致形成僵化的述史模式有直接关系。

要探究僵化的述史模式的形成及其影响，还得从中国文学史写作的创始说起。

① 刘知几：《史通·序例》。

世界上最早出现的几部"中国文学史"，不论是1882年日本学者末松谦澄的《支那古文学略史》、1897年古城贞吉的《中国文学史》、1898年笹川临风的《支那历朝文学史》，还是1901年英国人翟理斯出版的《中国文学史》，都按照朝代顺序分篇分章叙述，这种体例做法，直接明了，容易让读者观察到中国文学演变发展的时空线索。1904年林传甲编撰其史著，以笹川临风《中国文学史》为范本，然而林传甲在设计文学史体例时，拘囿于《奏定京师大学堂章程》，更多地从中国传统史书的编纂方法中寻找资源，以致全书共十六篇，"每篇自具首尾，用纪事本末之体也。每章必列题目，用通鉴纲目之体也"①。最早采用章节体编写文学史的中国人，应该是黄人。他的《中国文学史》共30册(也有人说29册)，除第一、二册外，其余各册都分篇论章析节。1990年文学史家黄霖先生撰文指出，"在编史的方法上，黄人的《中国文学史》也有独创性"。因为黄人"既吸取了新的西方的治史方法，又学习了传统的编史体例，创立了一种既有近代特点，又具有传统色彩的新的文学史"②。在今天来看，这个评价仍是中肯的。黄人既采用了根源于西方的章节体例，同时也继承了中国传统的史书编纂方法。如第二十六册，"就综合运用了传统的时序体、纪传体、题辞、选录体的编写方法，叙述了自上古至明末的文学发展历史"③。那么，黄人如何融通西学中的章节体与中国传统的时序体、纪传体、选录体等史书编写方法？他的做法是，把中国传统的文苑传、诗品、艺文志按照时序安置在篇章节内。具体到章节，开头先予以总论，然后按文体分别列出作家传记，并附以代表作品。对于重点作家作品的思想内容和艺术特点加以分析，对于一般作家作品只就个别的略作题评。这导致黄史"在编史方法上显然超出了以往所有的文学史著作，使之史的条理更为清晰，作家、作品、评论合为一体，避免了传统文学史著作限于一体，顾此失彼的缺点，这无疑是一种进步"④。自黄人《中国文学史》以后，章节体例被中国的文学史编者普遍采用，如来裕恂《中国文学史稿》(1909)、王梦曾《中国文学史》(1914)等。郑振铎在1932年12月出版的《插图本中国文学史》"例言"中交代其体例："本书就文学史上的自然的进

---

① 林传甲：《中国文学史》，武林谋新室本，1910。

② 黄霖：《中国文学史上的里程碑——略论黄人的〈中国文学史〉》，《复旦学报》(社科版)1990年第6期，第83页。

③ 黄霖：《中国文学史上的里程碑——略论黄人的〈中国文学史〉》，《复旦学报》(社科版)1990年第6期，第83～84页。

④ 黄霖：《中国文学史上的里程碑——略论黄人的〈中国文学史〉》，《复旦学报》(社科版)1990年第6期，第84页。

展的趋势，分为古代、中世及近代三期……每期之中，又各分为若干章，每章也都是就一个文学运动，一种文体，或一个文学流派的兴衰起落而论述着的。”①事实上，他在当时没有必要作出这个交代，因为像这样以时代(朝代)为经、文体或文学流派、思潮为纬，按章节叙述文学史的体例，在20世纪30年代初期已经广为流行。有两个标志性的事件可为证：一个就是朱自清编写于20世纪30年代左右的《新文学史研究纲要》，不但采用章节体，而且这种体例后来成为中国新文学史编纂的传统②；另一个标志性事件是史家开始检讨以往的史著体例，思考文学史与章节体例的关系。1929年郑宾于在《中国文学流变史·前论》中，先是指出按照传统的文类写作的已有各文学史著，其实是“杂货铺式”的，随后指出已有的文学史体例“被从前的人用得‘繁滥’，而且太坏了。所以一概撇弃，何况人们自来对于体例之名，简直是弄不清楚呢!”同时指出以往史著以朝代为顺序不可取，“应当避免为是”，“因为它是国家政治改革上的名词，而文学的变迁却不能同政治一样地完全符合；用朝代之名来嵌在‘文学史’上，未免有些不伦”③。郑宾于在这里指出朝代之名与“文学史”实际不符，这个见解在半个多世纪后成为学界共识，但在30年代几乎无人注意，因为那时候以朝代为序的章节体述史模式已经形成。

需要指出，20世纪前期中国文学史编者普遍采用的章节体，虽然受到欧美和日本史书章节体的影响④，但绝不能因此忽略中国固有因素在其中起到的作用。甚至可以认为，与其说20世纪前期中国文学史编者吸纳西方章节体，不如说成是改造更符合事实。这主要体现在自黄人《中国

① 郑振铎：《插图本中国文学史·例言》，北平，朴社，1932。

② 参见黄修己：《中国新文学史编纂史》(第二版)，北京，北京大学出版社，2007。

③ 郑宾于：《中国流变史·前论》，上海，北新书局，1930，第14页。

④ 黄霖认为，中国文学史著的章节体源自日本。(参见黄霖：《中国文学史上的里程碑——略论黄人的〈中国文学史〉》，《复旦学报》(社科版)1990年第6期)而最近有研究者撰文指出：“最早的卷、章、段合成的史书体例出现于19世纪八十年代引进的外国史书体例中，其中第一环节为美国传教士谢卫楼编译的《万国通鉴》，该书卷章段体例是影响后来章节体史书的一个重要过渡环节，是最为接近于后来章节体的史书之一，为后来国人接受日本学者以章节体所编纂的中国通史作了重要的铺垫。第二环节为上海东文学社出版的那珂通世《支那通史》和桑原骘藏的《东洋史要》，两书引入了较为成熟的章节体史书体例和较早采用了历史分期法，首次向中国人展示了一种编写中国历史教材的崭新形式，即不仅可以章节体的形式，而且以历史时期划分来还原中国历史的本相。中国史家柳诒徵和夏曾佑等在重新思考与改造传统史书编纂形式的过程中，都直接或间接地借鉴了日本章节体中国通史的形式。”(邹振环：《晚清史书编纂体例从传统到近代的转变——以汉译西史〈万国通鉴〉和东史〈支那通史〉、〈东洋史要〉为中心》，《河北学刊》2010年第3期，第1页)

文学史》开始，纪传、文苑等中国传统的述史方式就一直不同程度地出现在章节体中，而且他们坚信这样做既有必要也有其独特的意义。郑宾于在《中国文学流变史》的“前论”中虽然指出“用朝代之名来嵌在‘文学史’上，未免有些不伦”，却为纪传体作辩护：

> 用这种“纪事本末体”（编制的系统）和归纳（材料的搜集）的方法来作“文学史”，虽然免不了人们的讽刺，但我自信它是惟一无上的妙法，而且也非用此方法去作，不能使读者得到“中国文学史”上一个具体的概念。①

纪事本末体作为中国传统的纂史体例，其优点是明显的，既适合展现文学历史发展的线索，“使读者得到‘中国文学史’上一个具体的概念”，也能够在西方章节体例之下循序铺叙。但它肯定不是编写文学史的“惟一无上的妙法”。中国传统的纪事本末体与源自西方的章节体并非无缝连接。我们还是以黄人的《中国文学史》为例。“第四编《分论》所展开的具体论述，则是整个章节体模式论述的薄弱环节。”“最大的问题在于，以章节体设置时代分期时，人为的切割痕迹太明显，过于注重进化的‘阶段性’，忽略了事物进化之延续一面。”②

章节体通过篇章节的设置，直观体现脉络，能收到线索明确、叙述清晰的效果。而且这种体例也方便编者按照章节体式搜集和铺展材料，为编写提供便利。但大致从20世纪20年代后期开始，一些编者在分章设节方面越走越远。朱自清的《中国新文学史研究纲要》，章下按时期设节，节之下按作家设分节，分节下又有更细的小节。由于分节繁杂，中文数字不够用，就用阿拉伯数字符号，还是不够用，只好用英文字母标序。如“各论”/第四章　诗/一、初期的诗论/1. 胡适的诗论/a. 历史的文学进化观念。如果只看目录，虽然章节编排稍嫌繁杂，尚能够直接看出各节内容之间的从属关系。但倘若要从书中理清楚各节内容之间的前后关系，却并非易事。分篇分章尚且存在“人为的切割痕迹太明显，过于注重进化的‘阶段性’，忽略了事物进化之延续”。如此章下设节、节又设节，姑且不论其往往令人眼花缭乱、失去方向感，仅从叙述内容而言，也无异于人为切断了文学史的连续性，层层肢解文学历史。比如，朱著在不同章节辟专节分别讲述徐志摩的诗歌、小说和戏剧创作。

---

① 郑宾于：《中国文学流变史·前论》，上海，北新书局，1930，第15页。

② 温庆新：《有关黄人〈中国文学史〉编撰体例与分期问题——兼论以章节体修撰文学史之利弊》，《中国论丛》第27辑，2010，第353～355页。

陆续有些学者认识到章节体的不足和缺陷，并试图予以弥补、改进。诗人林庚在写给朱自清的一封信中指出，已有的中国文学史著作存在“形式化”或“公式化”的毛病。又说“‘形式化’或‘公式化’也就是‘正统化’，是衰老和腐化的现象”。那么，如何才能让“形式化”或“公式化”的文学史述史模式走出困境呢？林庚反对模仿，“模仿传统固然不好，模仿外国也不好”。他主张创造。在写给朱自清的信里，他说：“要求解放，但是只靠外来的刺激引起解放的力量是不能持久的，得自己觉醒，用极大的努力‘唤起一种真正的创造精神’，而‘创造之最高标帜’是文学。”①林庚主张用“文学”突破当时已经僵化的文学史述史模式。朱自清很早就洞察到这一点，他在评价林庚的《中国文学史》时说：“著者用诗人的锐眼看中国文学史，在许多节目上也有了新的发现，独到之见不少。”②林庚在20世纪90年代末期回忆当年写作《中国文学史》时承认：“我那时是在写新诗的基础上，作为一个作家去写文学史的。”③正因为作者“用诗人的锐眼看中国文学史”“作为一个作家去写文学史”，所以他“在许多节目上也有了新的发现”，“更用诗人的笔写他的书”，从而使这部文学史具有独特的体例。全书把中国文学史划分作四个时期(“启蒙时代”、“黄金时代”、“白银时代”、“黑夜时代”)，时期下面设章，而每章都有一个新颖的题目，如“知道悲哀以后”、“文坛的夏季”、“旅人之思的北来”、“女性的演出”等。与当时流行的章节体不同，章在林著中是基本单位，章下不再设节。也就是说，林著的篇章体例比较简单。

在内容编排方面，林著也打破了以作家(文体、文艺思潮)为纬的模式。例如，以往的史著以“元代文学”、“明代文学”、“清代文学”为标题分别讲述元明清文学，这是典型的以政治朝代为序的体例。林庚把这三个朝代的文学合为一个时期，即“黑夜时代”，然后分章叙述。每章并非按照作家(文体、文艺思潮)编排，而是依照文学自身的发展铺叙。如“第卅六章 文艺曙光”，先后讲述“小品文的前哨——由《儒林外史》到《老残游记》——欧洲思想的介绍与文学作品的翻译——新思潮的起来——白话运动的初潮——报纸杂志开始出现——文艺曙光”。据此，清末民初的文学及其前因后果，一目了然。

遗憾的是，林庚这种试图突破章节体桎梏的努力，在学术界曲高和寡，鲜有同道者，以至僵化的述史体例在“文化大革命”时期愈演愈烈，直到20世纪80年代“重写文学史”，才有所发觉和纠正。

---

① 林庚：《朱佩弦先生序》，见林庚：《中国文学史》，厦门，厦门大学出版社，1947。

② 林庚：《朱佩弦先生序》，见林庚：《中国文学史》，厦门，厦门大学出版社，1947。

③ 张鸣：《林庚先生谈文学史研究》，《文史知识》2000年第2期。

第一章　中国文学史写作之酝酿期

第一节　概　论

直到 1904 年林传甲、黄人撰写《中国文学史》之前，中国只有传统的文学史著作，如晚清学者张维屏的《国朝诗人征略》、刘熙载的《艺概》，虽有一定的历史眼光，主旨却不在探索文学演变规律。对于中国人而言，具有现代意义的中国文学史写作是在 19 世纪末 20 世纪初才产生的。这是因为，在中国，文学史的概念及写法在 19 世纪末是作为舶来品从西方(主要是日本)传入的。这一时期，中国虽无现代意义的文学史写作，却开始译介日本所著中国文学史，尝试接受“文学史”观念，为仿作作准备，处于中国文学史写作的酝酿阶段。

世界上第一部中国文学史出现在何时？日本末松谦澄的《支那古文学略史》(1882)、英国人翟理斯的《中国文学史》(1901)都曾被认为是最早的。而据目前所知，世界上第一部中国文学史是俄国人瓦西里耶夫于 1880 年出版的《中国文学史纲要》。此后西方学者编写了数种有影响的“中国文学史”。虽然如此，外国学者编写的中国文学史，不论从数量上、质量上，还是篇幅上，乃至对中国本土的影响上，都以日本为最。换句话说，在中国文学史写作酝酿期，对中国人的文学史写作影响最大的，是日本相关著作。

从数量上看，在中国文学史写作的酝酿期，日本学者编写出版了约 17 种“中国文学史”，而西方只有俄国、英国、德国各 1 种。①

从篇幅上和质量上看，西方出版的“中国文学史”都是通史，而日本不仅有通史性质的古城贞吉的《支那文学史》(1897)、笹川临风的《支那历朝文学史》(1898)等，还出现了藤田丰八等人的断代文学史，甚至出版了专题文学史，如笹川临风的《支那小说戏曲小史》(1897)。更须提及的是，西方出版的“中国文学史”根本上是介绍中国文化的普及读物，其编者事前对中国文学并无精深研究，而日本的编者如儿岛献吉郎、笹川临风，

① 据本书收录的文学史著作统计而得，实际数量应该不止这么多，但也不会超出太多。

大多是明治时期著名的汉学家，他们长期致力于中国文学研究，对中国文学历史有着独到的理解。正因为此，西方学者编成的“中国文学史”，作品选介的篇幅远远多过对文学历史的叙述，其学术价值整体上不如日本。

至于对中国的影响，西方出版的“中国文学史”更不如日本。1903 年清政府颁布的《奏定大学堂章程》要求大学教员讲授“西国文学史”，并提醒说，应以日本的《中国文学史》为摹本。1904 年林传甲编纂的《中国文学史》，以笹川种郎的《支那历朝文学史》为蓝本。此后的情形正像周作人说的那样，“中国自编文学史大抵以日本文本为依据，自古城贞吉、久保得二以下不胜指屈”①。为何是日本？这里头有语言和文化方面的原因(由于历史渊源关系，日本的语言和文化更容易被中国人接受)，更有社会思潮的驱动。甲午战争后，中国创巨痛深，国人对日本刮目相看。了解日本、研究日本成为时势所需。为了救亡图存，一方面，青年学子相率东渡求学，人员数以千计。据统计，自癸卯(1903)三月起至九月止，全国赴日留学生总人数 1058 人②；1914 年至 1915 年，中国在日本的官费留学生有 1107 人③。另一方面，中国的学者相信“近代欧学东渐，日本汉学家亦受了科学的洗礼”，“都以科学的方法研究中国古代的哲学、文学、史学”，他们愿意通过日本的“重译”来接受西学，因此大批日文书籍被翻译成中文出版。日本每出一本新书，中国“译者动辄数家”，致使“新思想之输入如火如荼”。日俄战争后不久，仅商务印书馆一家所译日文法政书籍，见之于广告者即有 40 多种④。笹川临风、儿岛献吉郎“中国文学史”，在日文版出版不久之后，就被介绍给中国学人或译成中文出版。而俄文版或英文版的“中国文学史”，即便是受到郑振铎推许的翟理斯《中国文学史》，也直到百年后的今天仍未见译成中文。

关于这时期日本的中国文学史写作状况，黄霖、戴燕等学者已有专文论述。黄霖先生指出：“从总体上看，日本的这一批文学史的冒出，即标志着从传统的‘汉学’研究的框框中跳出来，真正把中国文学当作文学

① 见周作人 20 世纪 30 年代初为青木正儿《中国古代文艺思潮论》中译本所作的《序》(北平，人文书店，1933)。

② 参见浙江省政协文史资料协编委会：《辛亥革命浙江史料选辑》，杭州，浙江人民出版社，1981，第 67 页。

③ 沈殿成：《中华民国第三次教育统计图表》，见《中国人留学日本百年史 1896～1996》(上册)，沈阳，辽宁教育出版社，1997，第 297 页。

④ 参见《东方杂志》第 2 卷各期广告栏目。

来研究。"[①]这是颇有见地的论断。日本早期的中国文学史写作，也像日后中国的中国文学史写作那样，从"泛文学"观逐渐向"纯文学"观演变，经历了一个将"文学"史从"学术"史当中剥离出来的过程。最早出版的末松谦澄的《支那古文学略史》(1882)主要叙述学术著作和文章技艺，只是在论《诗经》、屈原和宋玉等个别篇章才侧重于论文。这是因为，"末松谦澄虽系英国留学生，但文学观念相当保守，他所谓的'文学'，实际上和'学术'同义，书中主要论述了中国群经和诸子(仅就此点，和林传甲的《中国文学史》倒有相同之处)，而对作为文学结构主体的诗、词、戏曲和小说，均未涉及，故此书其名虽曰'文学(略)史'，实际上是一部'儒学史'"[②]。随后出现的儿岛献吉郎《支那大文学史古代篇》(1909)也是从"泛文学"观出发进行写作。日本学者幸福香织认为，儿岛氏《支那文学史纲》是"从广义的'文学'定义出发"，"采用的是广义的'文学'概念"[③]。令人感到吊诡的是，古城贞吉1897年出版的《支那文学史》，全书从章节名目到具体内容，都扣紧了"文学"两字，无疑是一部"文学"的史，而不是"学术"史。尽管此书直到1920年代才被翻译成中文出版，但它紧扣"文学"的写作思路尤其以朝代为纲叙述历代文学史，对日本乃至中国的中国文学史写作有着重要影响，例如被林传甲等中国文学史编者视为摹本的笹川种郎《支那历朝文学史》，就可见古城此著的影子。

这一时期日本的中国文学史写作出现繁荣局面，与明治时期"汉文学"热潮[④]的推动有直接关系。在"汉文学"热潮下，明治十二年(1879)，东京大学文学部将汉文作文定为必修科目，明治二十六年(1893)又将"支那语言"、"支那文学"列为必修科目。[⑤] 汉文学教育科目的设置，构成了当时汉学家编写中国文学史的重要语境。

纵观这一时期日本的中国文学史写作，其主要成就或特点，可用周

---

① 黄霖：《日本早期的中国文学史著作》，《古典文学知识》1999年第5期。

② 郭延礼：《19世纪末20世纪初东西洋〈中国文学史〉的撰写》，见《文学经典的翻译与解读——西方先哲的文化之旅》，济南，山东教育出版社，2007，第159页。

③ 〔日〕幸福香织：《儿岛献吉郎·支那大文学史古代篇》，见川合康三：《資料篇·日本で刊行された中國文學史——明治から平成まで》，东京，创文社，2002，第29页。

④ 与明治初期西学昌盛而汉学衰落截然相反，大致从明治九年(1896)开始，日本出现了"汉文学"热潮，至明治二十七年(1894)中日甲午战争前夕达到顶峰。例如，明治十二年(1879)4月17日，末广铁肠在《朝野新闻》发表《文学论》，设问说："这一两年来，文学界中出现了洋学全盛的衰退而汉文再度兴起的风潮，这是为什么呢?"(引文转自柳田泉：《明治初期的文学思想》上，《明治文学研究》第四卷，文艺春秋社，1965，第375页)

⑤ 参见《东京帝大五十年史》，东京，帝国大学，1932，第692～694页；《东京大学百年史——部局史一》，东京，东京大学出版社，1986，第419～420页。

作人的话来总结：一是"方法序次井然有条"，二是"涉及小说戏曲，打破旧文学偏陋的界限"①。前一条说的是日本的中国文学史写作，在研究方法上形成了大致的惯例，在述史上也有相对固定的体例。后一条的意思更明白，不仅古城的《支那文学史》等通史以一定的篇幅介绍戏曲小说，还出现了对中国学者影响很大的戏曲小说专史——笹川临风的《支那小说戏曲小史》(1897 年)。周作人指出的这两点，是以同时期中国人自己的文学史研究为参照对象，说明当时日本汉学较先进，在将西方"文学史"意识及其叙述方式与中国文学历史相结合方面，作出了重大贡献，堪为表率。但从另一方面来看，他们也像俄国、英国汉学家那样，在解决中国文学如何进入"文学史"这一关键问题时力不从心。"且不说他们往往也不能自觉地将经、史、子从文学中'割爱'，难免流露出经学史家的腔调，就汉学宋学议长道短……如何引用西方的理论和研究方法，妥善解说中国文学的性质、分别中国文学的种类，在当时的日本学界，也正是一个悬而未决却充满魅力的课题。"②以至 20 世纪二三十年代，尽管中国学者积累了几十年自编文学史的经验，诸如怎样拿散文韵文、叙事议论文的概念，来归纳《文心雕龙》、《古文辞类纂》的文体分类，如何解决骈文无法按照文学四分法分类等问题，仍困扰当时的中国文学史写作。

第二节　编　年

1880 年(光绪六年)

〔俄〕王西里《中国文学史纲要》初版。

王西里(1818～1900)，著名汉学家，沙皇俄国科学院院士。"王西里"系这位院士自取的汉名，原名为瓦·巴·瓦西里耶夫(Василий Павлович Васильев，1818～1900)，1837 年毕业于俄国汉学的摇篮——喀山大学，1840 年即随东正教传教士团来华，在北京居留十年，学通汉、满、蒙、藏语，兼懂日、朝、突厥语和梵文。1850 年回国时，他已非常熟练地掌握了汉语的口语和文言体，阅读了不计其数的汉文著作典籍，收集了中国西藏和印度的大量佛教资料，为他的研究之路奠定了牢固的基础。他在《中国文学史纲要》的"开场白"中说："我所提到的著作，

① 见周作人 20 世纪 30 年代初为青目正儿《中国古代文艺思潮论》中译本所作的《序》，(北平，人文书店，1933)。

② 戴燕：《文学史的权力》，北京，北京大学出版社，2002，第 35 页。

没有一本不是亲自阅读的。”[①]他带回俄国的汉、满、藏、蒙等文字的书籍849种共2737册，成为日后研究的重要资料。回国后被喀山大学聘为汉、满文教授。从1851年起在喀山大学首创开设中国文学课程，后来转入彼得堡大学，讲授中国文学史。他在1855年和1857年分别出版了《关于喀山大学图书馆馆藏佛教史的书籍》和《东方书籍简介》，为此后写作中国文学史作了资料方面的准备。在出版《中国文学史纲要》之前不久，用石印发表了他长期教学积累的讲稿《中国文学史资料》。此外，还有《汉语文选》三卷本。

《中国文学史纲要》[②]由圣彼得堡斯塔秀列维奇印刷所于1880年印刷出版，大32开，共163页，译成中文约10多万字(至今尚无中译本)。

19世纪80年代，著名东方学家柯尔施计划出版一套世界文学史，邀请权威汉学家王西里撰写中国文学史部分，与古埃及和印度文学史合编为《世界文学史》第一卷，于1880年在圣彼得堡出版，后来中国文学史部分又以单行本出版。此书出版后，直到2002年经中国学者李明滨介绍，才逐渐广为中国学术界所知。[③]

《中国文学史纲要》是世界第一部中国文学史，正在被海内外越来越多的汉学家和文学史家所证实。俄罗斯科学院院士、当代著名汉学家李福清先生指出：“据我们所知道的，这是世界上第一部中国文学通史，这一点是它的不容争辩的价值。”[④]中国学者郭延礼否定了学术界长期来认为第一部中国文学史出自英国学者翟理思的迷信，认为“真正的破天荒之作还数不到翟理思的书，而是俄国人瓦西里·巴甫洛维奇·瓦西里耶夫

---

① В. П. Васильев，Очерк Истории Китайской Литературы，СДб，1880. стр. 4.

② 对于王西里这部文学史书的译名，学者们的译法不尽相同。《国外汉学史》(何寅、许光华著，上海，上海外语教育出版社，2002)一书第284页译作“《中国文学史纲》”，而同页注1则译作“《中国文学史纲要》”。陈福康先生译作《中国文学史纲要》(1980年8月18日《新民晚报》)，郭延礼译作“《中国文学简史纲要》”(郭延礼：《19世纪末20世纪初东西洋〈中国文学史〉的撰写》，《中华读书报》2001年9月26日)，此处依陈福康先生之译文。

③ 参见李明滨：《世界第一部中国文学史的发现》，《北京大学学报》(哲学社科版)2002年第1期。需要指出的是，最早公开发表文章提及并肯定王西里《中国文学史纲要》的并不是李明滨，而是郭延礼(详见郭延礼：《19世纪末20世纪初东西洋〈中国文学史〉的撰写》，《中华读书报》2001年9月26日)。1987年康文在一篇短文中说：“我最近见到的材料表明，最早撰写中国文学史的，应为俄国学者瓦西里耶夫——汉名“王西里”——的《中国文学史纲要》。”(康文：《再谈“外国人所写之中国文学史”》，《鲁迅研究动态》1989年第9期，第66页)

④ 〔俄〕李福清：《中国古典文学研究在苏联》，田大畏译，北京，书目文献出版社，1987，第2页。

写的《中国文学简史纲要》”①。2005年，文学史家黄霖也说：“据目前所知，最早的现代意义上的‘中国文学史’著作是俄国人瓦西里耶夫于1880年写的《中国文学史纲要》。”②苏联著名汉学家艾德林在纪念王西里《中国文学纲要》出版九十周年的文章中说，“《中国文学史纲要》影响了俄国汉学的发展……不仅对了解汉学发展史有重要的意义，对掌握中国文学也有一定的帮助”，并且评价本书是“对中国文学认识过程中的第一个里程碑”。③

全书共有15章，内容分为5个部分，第一部分为引言性质的概论，包括“几句开场白”、“中国人的语言和文字”、“古代汉语和文献问题”三章，说明中国古代书籍的产生背景、条件和作者的写作意图；第二部分为全书的重点，以儒学的发展为线索，以“儒学的第一时期”和“儒学的第二时期”分别阐述其起源发展的历史。其中“第一时期”讲述了“孔子及其贡献”、“儒家的宗教和政治”、“三部经书：《诗经》、《春秋》、《论语》”、“儒家的伦理道德基础”、“王氏文学史之特色《孝经》”、“体现儒家精神的治国理想的《书经》”和“《孟子》”；“第二时期”包括了《易经》、《中庸》以及宋明时期以来儒学新阶段“理学”的代表人物和著作。第三部分“同儒学不相容的道教哲学家”和“佛教”两章，介绍了道教与佛教的学说与书籍。第四部分为实用科学，有“中国人的科学发展”、“语言学、批评、古籍”、“中国人的农书、自然科学、兵书”。最后一部分讲的是“当代”中国文学，分别以“中国人的雅文学”和“民间文学：戏曲、小说、章回小说”介绍了中国文学中的高雅文学和俚俗文学。

作为目前所知的世界第一部“中国文学史”，此书有几个令人印象深刻的特征：

1. 以儒学作为中国文学的基础。这样做，出于两个原因：一是王西里认为，“儒学已经和中国人骨肉相连”，“儒学是整个中华文明和广阔多样的中国文学的基础”，“连反对者都不得不接受它创造的语言和表达方式”，“它没有宗教的形态，却比其他民族的宗教更深刻地影响了中国人”④。在他看来，不讲述当年在中国意识形态领域里占统治地位的儒家

---

① 郭延礼：《19世纪末20世纪初东西洋〈中国文学史〉的撰写》，《中华读书报》2001年9月26日。

② 黄霖：《谈谈1900年前后的三部“中国文学史”著作》，《古典文学知识》2005年第1期。

③ 转引自陈金鹏：《俄国汉学家王西里与世界首部中国文学史》，南开大学硕士学位论文，导师阎国栋，2005年5月答辩，第10～11页。此文现收藏于南开大学图书馆。本条目的撰写，多处参考该文，特予说明并致谢。

④ В. П. Васильев，Очерк Истории Китайской Литературы，СПб，1880.

道德伦理系统及思想体系，就说不清中国文学发展的源头和动力。二是王西里在中国住过 10 年，了解中国文学的实际情况，所以他不可能将西方文学史的编写模式照搬到中国文学史的写作中，他明确表示自己不会“把那些在一种文学中是主要而在另一种文学却是附属的著作摆到首位”。他这样说也是有依据的，在西方文学中，占据主导地位的是诗歌、戏剧、小说和话剧，文学史也是基本上围绕着它们展开。而在中国，民间文学一直处于被忽视的地位，甚至为人所不齿。只有儒家的四书五经才是历来官方和学术界推崇的正统教材，是儒生学者反复考证、训释的目标。①

2. 把文学看作一切文章典籍的总和。此书共 163 页，谈到文学的内容，加上不到一节谈《诗经》的部分，也只有三节，仅占全书五分之一。若从篇幅上看，则文学内容约 43 页，占全书的四分之一。即便加上书中同文学有密切联系的语言文字部分，也只有 73 页，勉强到全书的一半。尤其是，除了介绍儒学、道教、佛教，该书还涉及自然科学、语言学、农业、军事书籍。汉学家李福清于是指出：“王西里不是一个文学理论家，所以把文学看作是一切文章典籍的总和。”②之所以如此，与王西里采用的“文学”概念的含义有直接关系。俄语 Литературы 的含义有两层，一指“文学”，一指“文献、书籍”，王西里显然是取了第二层意义。书中涉及的自然科学、语言学、农业、军事书籍，与表现情感和想象力的文学毫无关系。然而，他弃当时西方关心的诗歌、戏曲、小说等雅文学，而取俄语中“文学”的“文献典籍”含义，除了他深谙中国并不视小说、戏曲为雅文学③，还因为他要编写的其实是一部“文化典籍史”，所以他在本书中，致力于向西方读者推荐展示尽可能多的中国文化典籍。王西里有这种动机，很可能因为他“是先成为汉学家再来研究中国文学的，而不是从研究文学才成为汉学家的，所以他习惯于从汉学的宏观角度想问题”④。

3. 不以朝代、文体为经纬。我们常见的文学史书的框架，绝大多数

---

① 陈金鹏：《俄国汉学家王西里与世界首部中国文学史》，南开大学硕士论文，2005，第 14、15 页。

② 〔俄〕李福清：《中国古典文学研究在苏联（小说戏曲）》，田大畏译，北京，书目文献出版社，1987，第 2 页。

③ 王西里对中国“雅文学”的定义相当宽泛，几乎无所不包：“任何议论、训诫、札记、指令、报告、献词、论文、书信、前言、墓志铭、祭祀文章，都属于雅文学”（В. П. Васильев，Очерк Истории Китайской Литературы，СПб.，1880. p. 153.），但其中没有戏曲和小说。

④ 李明滨：《中国文学在俄苏》，广州，花城出版社，1990，第 19 页。

以朝代、文体为经纬，即按照每个朝代对文学进行分期，在每个时期之下，按照文体分别叙述作家作品及与此相关的历史现象。而王西里这部文学史书没有依附于时代顺序，不是按朝代讲述，而是依据收集来的文学古籍资料，将其划分为儒学、道教、佛教、自然科学、人文科学、戏曲、小说等板块。吊诡的是，这种体例既与中国传统学术按照“经史子集”划分相暗合，也与早期中国人自著的“中国文学史”杂糅的体例异曲同工。

4. 重视民间文学并指出其价值。王西里在最后一章，用了 7 页的篇幅来叙述民间文学，称赞中国有成千上万名如普希金、涅克拉索夫那样的伟大诗人，以及题材多样、类似于俄国自由体诗歌的赋。他介绍了在中国地位不高的民间文学，包括小说、话本和改编的戏曲等“庸俗和荒诞的作品”。王西里对《西厢记》、《聊斋志异》、《红楼梦》的艺术性给予了很高的评价，认为在欧洲也很难找到这样完美的剧本和小说[①]。论述《诗经》时，他在附注中写道：“如果有人对中国今日的民歌也加以注意，那将是很有意义的……在中国不同地区，必定存在着富有地方色彩的歌谣”[②]。三十多年后，才有刘半农等“五四”时代人物在中国开展搜集民歌的活动。王西里对中国民间文学的评价很高，认为民间文学反映了“中国人的真实生活和思想”，展示了所有的细节。[③] 正是出于这种认识，他把弹词归入雅文学范畴，誉为“诗体小说”，如《再生缘》、《锦上花》、《来生福》。在 19 世纪末，这样的观点是有先见之明的。

当然，该书也存在一些明显的不足。

首先，作者过于独立的研究态度有时会使文学史写作陷入自我封闭、排斥异己的境地。他力图在学术研究中开辟一条新路，因此，“在书中不援引其他欧洲学者的著作，而是扼要地概括自己过去和现在备课写讲稿时的文章以及笔记”[④]。这本来没有错，但过犹不及，“王西里强调一切靠自己独立研究，不借鉴、援引他人的材料和结论。这有时会失之偏颇，导致同世界汉学相隔绝，走向自我封闭”[⑤]。

其次，体例杂糅，几乎无序。此后出现的“中国文学史”，不论 1882 年日本学者末松谦澄的《支那古文学略史》，还是 1901 年英国人翟理斯的

---

① В. П. Васильев，Очерк Истории Китайской Литературы，СПб.，1880. p. 156.

② В. П. Васильев，Очерк Истории Китайской Литературы，СПб.，1880. p. 33.

③ В. П. Васильев，Очерк Истории Китайской Литературы，СПб.，1880. p. 162.

④ В. П. Васильев，Очеркисторииктайскойлитературы，СПб.，1880. p. 4.

⑤ 李明滨：《中国文学在俄苏》，广州，花城出版社，1990，第 64 页。

《中国文学史》，都按照朝代顺序分章，这种体例做法，直接明了，更容易让读者观察到自古至今中国文学演变发展的时空线索。而王西里此书不以时间为序，故中国文学历史发展演变脉络较模糊。也许，这正是该书出版后没有引起中国学术界注意的原因之一。

第三，作为研究中国文学史的早期著作，书中对中国社会尤其文学历史的观察难免表面化，对一些重要文学现象和作家作品不予提及，有的论述也给人隔靴搔痒之感。例如，讲述民间文学时，竟然对元剧一字不提。

目次(略)。

1882年(光绪八年)

9月

〔日〕末松谦澄《支那古文学略史》初版。

末松谦澄(1855～1920)，幼名は千松，日本福冈县行桥市人，明治大政时代政治家、历史学家。《支那古文学略史》由东京文学社于1882年(明治十五年)9月30日初版，上、下册，共63页，1887年2月再版。

末松谦澄编写本书的缘由，在当时的外交官河田熙为《中国古文学略史》所作的"小引"中交代得很明确，即主要为了给日本人学习中国典籍提供方便。他说，他们这批"自幼苦读汉籍，稍长而习欧文"的日本学人，有感于西方学者编写的史书"导之有序、学之得要"，觉得这种编书的精神与方法有学习的必要。而"汉土之学"，本来就是日本"本邦文物之祖，苟志于学问者，固不可不讲究其书也"。但是，汉土之书，流行已久，"圣经贤传，残缺不全；诸子百家，各异门径；编纂之法，亦甚无秩序"，这就使学者"毕生孜孜鲜有所得，或至于以为无益而舍之"，因此有必要引进新的方法来编史，将中国古代典籍分类阐述，以期给后学提供帮助，"本邦后生，由是辨其方向，而得为学之要"。

《支那古文学略史》基本上以中国上古儒学家、文学家为贯穿的线索，每位人物单列一篇，首先是概述，其次是名篇、名句、段落拔萃，最后是对人物和作品进行评价。虽然这种以人物为主线进行论说的文学史叙述方式，如今看来不是很科学，但此后却对中国文学史写作影响很大，成为一种重要的叙史模式，1987年出版的钱理群等主编的《中国现代文学三十年》(上海文艺出版社出版)，仍以人物(重要作家)为主线。

末松谦澄将"古文学"的时间限定为中国的先秦到战国，但叙述的并非纯文学，而是学术著作和文章技艺。纯文学在书中所占比重不大，倒是儒家典籍占据了大部分篇幅。这是因为，"末松谦澄虽系英国留学生，但文学观念相当保守，他所谓的‘文学’，实际上和‘学术’同义，书中主要论述了中国群经和诸子(仅就此点，和林传甲的《中国文学史》倒有相同之处)，而对作为文学结构主体的诗、词、戏曲和小说，均未涉及，故此书其名虽曰‘文学(略)史’，实际上是一部‘儒学史’”①。

《支那古文学略史》的亮点是呈现出鲜活的文学观及独特的文学视角。比如书中摘录了五首《诗经》中的诗歌。第一首《唐风・绸缪》，中国此后出现的文学史书一般认为，《绸缪》是描写新婚之夜的缠绵与喜悦，用“三星”作背景，描写夜晚时光的流动，而末松谦澄却认为此诗描写的是乡下少男少女野合之事，并以格调古朴为由将它列在最前面。第二首《唐风・葛声》，末松谦澄对这首诗的评价很高，认为此诗写寡妇独居之情，愈读愈见其情思缠绵，是一首流露了真性情之作。第三首《魏风・陟岵》，末松认为此诗写的是游子的思乡之情，称“我们远国游子更深知此诗的妙处”。第四首《王风・黍离》，这是一首途经旧国废都时的感时伤世之作。最后一首《卫风・竹竿》，这是一首写女子远嫁思亲的诗歌。作者在点评这五首诗歌时只谈到人情，并不关乎政治民生，他似乎并没有在意《诗经》的缘起是具有政治色彩的，也并不十分推崇《诗经》所体现的现实主义精神。事实上，怨世、刺世与反抗类的诗歌在本书中并没有受到特别的重视，像《伐檀》、《硕鼠》等反映民生疾苦的诗篇均未见录入其中。②

本书是目前所知的日本第一部中国文学史，可谓开启了日本的中国文学史写作。此后，一大批中国文学史著作如雨后春笋般涌现，日本迎来了中国文学史写作的高潮。

目次：

全书分为上、下两卷。上卷分七篇，即《周官》(《周礼》)、《管子》、《老子》、《孔门诸书》、《晏子》、《杨朱墨翟》、《列子》。下卷分十篇，即《孟子》、《商子》(商鞅)、《公孙龙子》、《庄子》、《孙吴兵法》、《苏秦张仪》、《屈原宋玉》、《荀子 》、《申韩》、《吕氏春秋 竹书纪年 左传 国语 》。

1891年(光绪十七年)

本年

〔日〕儿岛献吉郎在《支那文学》杂志上发表《支那文学史》。

儿岛献吉郎(1866～1931)，字子文，号星江。明治二十一年(1888)

① 郭延礼：《19世纪末20世纪初东西洋〈中国文学史〉的撰写》，见《文学经典的翻译与解读——西方先哲的文化之旅》，济南，山东教育出版社，2007，第159页。

② 转引自赵苗：《日本第一部中国文学史》，《文学史知识》2010年第6期，第70页。

毕业于东京帝国大学古典讲习科，先后在熊本第五高等学校、东京高等师范学校、东京帝国大学、二松学舍、京城帝国大学等学校任教。他可以说是日本汉学界实现由汉文学向中国文学史研究过渡的先驱。

1891年，儿岛献吉郎在同文社刊行的《支那文学》杂志上以连载的形式发表《支那文学史》(第1～9、11号，时值1891年的8月至1892年的2月)，两年后又在汉文书院出版的《支那学》讲义中发表《文学小史》，尽管仅限于探讨上古文学，但已尝试用相对狭义的文学观念来梳理中国文学的发展历程。

1909年、1912年，儿岛献吉郎以《支那文学史》为基础，先后编成并出版《支那大文学史——古代篇》、《支那文学史纲》，后者对中国文学史写作影响较大，曾毅的《支那文学史》以此书为蓝本，予以编译并作部分改写而成。

儿岛的中国文学论著，尚有《汉文典》、《续汉文典》、《支那文学考·散文考》、《支那文学考·韵文考》、《支那诸子百家考》等。

1894年(光绪二十年)

本年

〔日〕儿岛献吉郎在题为“支那学”的讲义中发表《支那文学小史》。

1894年，儿岛献吉郎在由汉文书院出版的一套题为“支那学”的讲义中，发表他的《文学小史》，讲的是中国文学。但是跟末松谦澄一样，儿岛献吉郎此时发表的中国文学史著作，只写到秦汉。

儿岛献吉郎在此文中把中国文学史分为四个时期，即第一期上古(从文学创作至秦代焚书坑儒)，第二期中古(至唐初)，第三期近古(至明亡)，第四期今世(清世祖即位以来至今)。这很可能是对于中国古代文学史的最早有分期。此后出现的中国文学史分期，多循此例。

1897年(光绪二十三年)

5月

1.〔日〕古城贞吉《支那文学史》初版。

古城贞吉(1866～1949)，号坦堂，又称古城坦堂，日本明治时期中国文学史家。幼时在私塾研习汉学，19岁进入东京第一高等学校，翌年退学开始自修中国文学、经学，后历任东洋大学教授、东方文化学院研究所评议员。1895年，古城贞吉应黄遵宪之召受聘于《时务报》。自此到《时务报》终刊，古城贞吉主持“东文报译”栏目56册(期)，发表译文600

多篇，共计34余万字，其译稿内容具有明显的广泛性与时代性特点。所著《支那文学史》，1897年5月由经济杂志社(东京)发行，硬皮装订24开本，共734页。1892年12月由劝学会订正再版。卷首依次有长冈护美题字，木村弦雄、田口卯吉、井上哲次郎作的“支那文学史序”和著者所题“凡例”。另，此书于1902年12月由富山房、育英舍出版订正第二版。1913年，王灿将之译为中文，以《中国五千年文学史》为书名出版(详见该条目)。

据古城贞吉该书“凡例”及井上哲次郎为之所作“序”，这部书开始起草，是在1891年秋天。此后，日本对清朝开战(1895年)，古城贞吉“投笔从戎”，赴朝鲜、中国参战，直到1897年5月，该书才由东京的经济杂志社出版发行。“凡例”里说，书中多引“文例(文选)”，目的是“供中学、师范等学校的参考”。可见该书虽非学校讲义，编者却有意以中学、师范等学生为读者。

这是日本第一部中国文学通史，也是第一部以书的形式出版发行的中国文学史。虽然系仿三上参次、高津锹三郎的《日本文学史》而作，却也显示出当时日本的中国文学史写作出手不凡。在此之前，不论末松谦澄的《支那古文学史略》还是儿岛献吉郎的《支那文学史》，都是断代史，仅就四书五经等古籍加以论述，中间尚未眉目清楚地分章分节。而至古城贞吉的《支那文学史》，作为一部通史，全书的脉络与节目都很清楚。其体例之成熟，令人惊叹。

全书除“序论”之外，共分九编：“支那文学的起源”、“诸子时代”、“汉代文学”、“六朝文学”、“唐代文学”、“宋代文学”、“金元间文学”、“明代文学”、“清代文学”。每一编中，先设一节“总论”，概述每一时代文学发展的大势和特点；然后分体设“章”，如汉代分“议论体文”、“叙事体文”、“书牍体文”和“汉代的韵文”；“章”下再分“节”，“节”下按作家、作品依次而论，如汉代“叙事体文”下分“正史”与“传记”两节，“传记”节下，是“韩婴、刘向及其著作”；最后是“文例”，选录了一些代表性的篇章。这样，“时序”与“文体”相兼顾，“史论”与“选文”相结合。有研究者称此书为日本真正的第一部中国文学史，虽有些言过其实，但也不无道理。

除了比较成熟的章节体例，此书还有几个值得注意的地方：

一是重视环境对文学的影响，如“序论”从支那国民、支那文字的性质、四周环境与文学的关系、政体及儒教主义的影响、王家与文学、支那的文学者等几个方面，对中国文学的产生、发展及其性质作了总体上的论述。但他并非局限于讨论社会环境对中国文学的一般性影响，而是深入中国文化思想的内核，探究社会环境与中国文化精神之间的复杂关系。如认为中国文学独得之特色，全在其以象形为主的文字上，就诗歌文章而言，自是一种绘画之排列联合，故断定中国文学是一种美术文学。又如他指出，中国西北与东南风土人情、政治经济的差异，直接影响了文学出现地域上的差异，西北文学词气贞刚，音韵铿尔，东南文学雍容和雅，济济治平之音，而莺花骀荡，流连荒亡，哀歌怨音，于喉珠宛转间迸出，亦每在江南烟雨暗柳之境。这种对中国文学因地域差异而带来不同质性的关注，成为该书叙述中国文学史的一个重心。

二是重视儒学与文学的关系。如他将政体与儒教主义作为考察影响中国文学特征的主要因素，在“余论”中更通过儒家治国平天下之政治理想在各个时代发展的简要回顾，揭示出就中国文学而言，带有温故与保守性质。这种儒教主义开展的结果，于其文辞以儒雅切实为适用，于诗赋以温柔敦厚为教旨，而将戏曲小说摒斥于文学之外。

三是注意到宗教对文学的影响，如佛教对六朝文学、唐文学的影响。这在当时是了不起的认识。

四是在文体方面，偏重诗词和散文，而基本上不提戏曲、小说。这一点大致可说明，尽管古城此书导入了文学史构架，并试图寻求一条阐释主线，却未见有多大的突破，在文体方面因循了中国文史传统历来就有的轻视戏曲小说的观念。

本书出版后不久，久保天随撰文予以批评，认为古城之书是“作家小传和著书题解”。当代日本学者芳村弘道评议说：“久保天随对此前《支那文学史》如此严厉的批判，矛头直接指向的是三浦氏的《明治的汉学》、藤田丰八、古城贞吉、笹川种郎等人。久保的非难也并不过分，毕竟古城《支那文学史》始终给人以作家小传和著书题解的印象。”①

目次：

---

① 〔日〕芳村弘道：《久保天隨とその・支那文學史》，见川合康三：《資料篇・日本で刊行された中國文學史——明治から平成まで》，东京，创文社，2002，第69页。

第三章　唐虞时代的沿革及其开化一斑、尧舜禹汤及武王周公的事迹、三代的贤者、三代的国是、文华与柔弱的关系。

第四章　周代的学制：周代学制的大成、学校及其教育、教育的要旨、教习时期、成业的士。

第五章　诸子时代以前的文学：上古诗歌、商颂、周诗周颂、尚书。

第二篇　诸子时代

第一章　总论：诸子时代、春秋战国间的状况、当代文学的三期别及其主要区别、文学发达的原因、当代文学的短评。

第二章　儒家：第一节　孔子及其五经(儒家大要、孔子传、五经大要、春秋三传及其论语)；第二节　孔门弟子(孔子死后其弟子的行业、诸弟子小传)；第三节　孟轲荀卿及其著作(孟子及其学说、荀子及其学说、二子的文评及其文例)。

第三章　道家：第一节　老子及其著作(道家大要、老子传记、学说、与孔子的比较)；第二节　列御寇、庄周及其著作(列子及其学说、庄子及其学说、二子的文章)。

第四章　墨家：墨家大要、墨翟及其著作、墨翟学说一斑、墨翟的文章。

第五章　法家：法家大要、管仲商鞅申不害韩非及其著作、管商韩三子的文例。

第六章　名家：名家大要、公孙龙尹文及其著作、文例。

第七章　兵家：兵家大要、孙武吴起尉缭及其著作、二子的文例。

第八章　杂家：杂家大要、邓析慎到鹖冠鬼谷等杂家的著作、文例。

第九章　赋家：赋家大要、屈原宋玉及其赋、骚赋举例。

第三篇　汉代文学

第一章　总论：汉朝的创立、武帝之治、董仲舒的对策、汉儒的治学及其典籍、两汉文学之比较、本篇所引参考书目。

第二章　议论体文：贾谊晁错及其作品、陆贾董仲舒刘安及其著作、扬雄及其著作、东汉诸家。

第三章　叙事体文：第一节　正史(司马迁班固及其史书、批评及其文例)；第二节　传记(韩英刘向及其著作、文例)。

第四章　诏敕、上书及书牍体文学：诏敕、上书及书牍体概说、文例。

第五章　汉代韵文：第一节　古诗和乐府(乐府及其起源、乐府的解题、五言七诗、及无名氏的十九首、苏武李陵及其诗作七言诗和柏梁联句)；第二节 辞赋(司马相如与其他辞赋家、辞赋举例)。

第四篇 六朝文学

第一章 总论：六朝时期、曹魏文学、清谈文学、南北朝时期的学制概览、南北风气异同及其与文学的关系、六朝文学的特征、佛教的影响。

第二章 六朝诗歌：建安诗歌、晋代诸家的诗歌、南北朝诸人的诗歌。

第三章 六朝散文：第一节 著作分类(子类、历史类、地理类)；第二节 杂文(六朝诸家的杂文、批评及其文例)。

第四章 六朝词人传：第一节 邺都诸人；第二节 晋代词人；第三节 南北朝词人。

第五篇 唐朝文学

第一章 总论：唐太宗的政策、十八学士、唐朝文学的渊源、经术与诗文及其消长、天宝之乱及其对文学的影响、古文复兴、佛教的流布、文学发达的原因。

第二章 唐朝的儒学：皇家的鼓励措施、训诂、陆德明颜师古孔颖达小传。

第三章 唐诗：第一节 唐诗概说(初盛中晚时期的诗风、唐诗与汉魏六朝诗歌之比较、唐诗发达偏重的理由、诗人世次)；第二节 初唐诸家(初唐四杰、陈子昂及其诗作、沈佺期宋之问及其诗作、诗歌韵律的变化、初唐诗歌举例)；第三节 盛唐诸家(盛唐的诗运、李太白及其诗作、杜甫及其诗作、王维孟浩然高适岑参及其他诗人、诸家诗作举例)；第四节 中晚诸家(韩愈白居易元稹及其他诗人、诸家诗作举例)。

第四章 唐朝散文：第一节 唐朝散文概说(时文与古文、陆赞的奏议文、史笔)；第二节 古文家(韩愈及其古文辞、柳宗元及其文章)。

第五章 唐朝佛教文学：玄奘的译经、禅宗各派、禅家的文章及其举例。

第六篇 宋朝文学

第一章 总论：黑暗的五代十国时期、宋朝建国与赵普的立策、宋朝的文臣制度、朋党之争、科举与文学、宋儒的讲学与佛教。

第二章 宋朝的儒学：道统学说、宋儒的学风、儒学各派及其传略。

第三章 宋朝散文：第一节 宋初散文与欧阳修(宋初的文体、柳开穆修及尹洙、欧阳修传略、欧阳修的散文)；第二节 三苏(苏洵小传及其文章、苏轼传略、苏轼的人品与文章及其代表作、精华语录、苏辙小传及其文章)；第三节　曾王及其他作家(曾巩、王安石及其文章、范仲淹司马光李观等人的作品)；第四节　南宋诸人(王十朋吕祖谦陈亮及其他作家、谢枋得小传及其文章)。

第四章　宋诗：第一节　苏轼以前的诗(宋初的诗、梅圣俞苏子美及欧阳修的诗、二王之诗①)；第二节　苏轼的诗(东坡的诗风、各种评论、苏氏兄弟唱和之作、诗歌作品举例)；第三节　东坡以后的作家(苏门六子、南渡后四家、陆务观小传及其诗作、四家诗作举例、朱熹的诗、文天祥的诗)。

第七篇　金元文学

第一章　总论：本篇所涉及的时代背景、金元二朝的建国、金元文学的渊源及其发展、蒙古字与元朝文学的关系、二朝文学概评②。

第二章　金朝文学家：第一节　元好问以前的作家(辽宋的旧人、党英怀李纯甫赵秉文及其他作家小传、作品举例)；第二节　元好问及其诗文(元好问的地位、元好问略传、元好问的诗文)。

第三章　元代文学家：赵孟頫及其诗作举例、虞集小传、虞集的作品、杨载范梈揭傒斯及其诗作、马祖常萨都剌及其作品、儒学家诸人、杨维桢小传、杨维桢的诗。

第八篇　明代文学

第一章　总论：本编的时期、明朝的创立、明太祖的性格、当代儒风、文运概略③、当代作者的弊病、皇家的陋习及其对文学的影响。

第二章　明代散文：第一节　古文辞(宋濂及其文章、王祎方孝孺的文章、模拟派的兴起、王守仁及其学问文章、唐宋派与模拟派的对立、归震川的散文、散文的衰亡、诸家作品举例)；第二节　八股文(八股文的特征、八股文的起源及其发展、杰出的八股文作家)。

第三章　明代的诗：第一节　明初诗人及其作品(沈德潜的明诗评、刘基和他的诗、高启小传及其诗作、袁凯杨基和其他诗人)；第二节　永乐以后的诗(杨士奇的台阁体诗、李东阳和他的诗、七子及其诗、杨慎薛惠等、李攀龙王世贞及其一派的诗、明末诗歌、王世贞的明诗评)。

第九篇　清朝文学

第一章　总论：清朝的起源、清世祖兴学、蒙古字及其翻译、清圣

---

① 原书此处为“二姦の诗”，疑有印刷错误，笔者据宋初诗人情况和书中内容推断，应为“二王之诗”，“二王”即王禹偁、王安石。

② 原书此处为“槩评”。“槩”古同“概”。

③ 原书此处为“槩略”。“槩”古同“概”。

祖的文学鼓励措施及书籍编纂、康熙乾隆年间的文运及其发展的原因、嘉庆以来的世运与文学。

第二章　清朝的文章家：清初两大家、侯方域小传、侯方域的文章、侯方域对清人的评语、魏禧及其文章、汪琬及其文章、王光定及其文章、顾炎武小传、《日知录》精华语录、姜定英及其文章、朱彝尊小传及其文章、邵长卫及其文章会、方苞小传及其作品、桐城派作品、袁枚小传及其作品、嘉庆以后的作家、当代作品举例。

第三章　清朝诗人：钱谦益、吴伟业及其诗作、南施北宋的诗、陈其年和尤洞、王士祯及其诗作、朱竹垞的诗、颜亭林的诗、赵执信查慎行的诗、厉鹗袁枚蒋世铨赵翼等、张问陶及其他诗人、数篇作品举例。

2.〔日〕藤田丰八《支那文学史稿·先秦文学》初版。

藤田丰八(1869～1929)，号剑锋，日本德岛县人，文学家、史学家。1897年后发行《支那文学史》、《先秦文学》，后著有《中国文学大纲》。清末至民国在中国工作长达17年。他通过教授课程、编辑杂志、翻译书籍及参与教育改革，为中国引入和传播西方农学、物理学及教育管理模式做出了一定的贡献，对推动中国教育近代化和农业近代化发挥了一定的作用，同时为其日后从事中国文学史研究奠定了基础。藤田丰八与罗振玉、王国维等晚清学人关系密切，曾为王国维讲授日语。①

《支那文学史稿·先秦文学》由日本东华堂于1897年5月初版②，共239页。

在本书中，藤田丰八首先讨论“文学史之考核方法”，提出了在当时可谓“进步”的文学史观：

> 盖时为历史之经，外围为历史之纬，人类之特性缘此经纬织出一种历史现象。文学史亦然。对于文学现象加以历史性考核，单就此现象，不足以阐明国民思想感情的推移。……余对文学现象，观察时与外围与人，以叙述此想与形与其变迁，务发挥中国文学之幽光。

---

① 关于藤田丰八的详细事迹，请参阅李庆编著《日本汉学史》第二部(上海外语教育出版社2004年出版)。

② 文学史家黄霖认为藤田丰八此书出版于1895年(参见黄霖：《日本早期的中国文学史著作》，《古典文学知识》1999年第5期)。

藤田氏明确标举自家是“时”、“外围”、“人”三位一体的文学史观。根据日本有关研究者的解说，藤田氏在这里所说的“时”应指时代，“外围”则指地理环境，“人”当是群体的概念；至于“想”指思想，“形”指作品之构成。正因为他将文学视作国民思想感情的表述，所以要阐明中华“国民思想感情”，就必须对中华“文学现象加以历史性考核”。要做到这点，非人种、环境、时代交织的要素不足以阐释其变迁之迹。“运用这似乎是唯一的考核方法，在紧接其后的‘中国文学概观’中，他由汉人种的兴起及其南北自然条件的差异论起，探讨了最早定居黄河沿岸的汉人种为衣食奔走的实际性格所由来。”例如：“排他之念旺，使其文学成就其纯粹而妨碍他国文学侵入；崇古之心盛，使其文学具拟古性，妨害俗文学的发达；主亲情的结果，使其文学叙事诗贫乏；实用性使其文学多为实用性的文学，缺乏理想性的制作。而南方文学兴起、佛教传入，医治了其文学理想性的缺乏，而且注入了异思想，因而自宋末俗文学渐而勃兴。并且外在地理环境的壮大，令其国民思想亦壮大，雄伟夸大也就成为中国文学的性质之一；朝代革命、战乱间起，又令其文学发为慷慨激楚之音；象形文字使用之不便则导致其文学上的简净。”①

本书虽题为《先秦文学》，实际上仅限于讨论上古文学(作者此后数年间才有《两汉文学》、《魏晋文学的源流》等论文发表)。

目次(略)。

6 月

〔日〕笹川临风《支那小说戏曲小史》初版。

笹川临风(1870～1949)，本名笹川种郎，号临风，日本东京神田末广町人。东京帝国大学文科大学史学科毕业。他的《支那小说戏曲小史》，1897 年 6 月由东京的东华堂初版。约 24 开，共 191 页。

全书共四编，第一篇概述中国小说戏曲的发展，后三编分别谈的是元、明、清三朝的小说戏曲，又只是着重谈了《水浒》、《三国》与《西厢》、《琵琶》等几部重要的作品和几个重要的作家，故可谓十分简略。作者在“序言”中说：“吾以吾见而就各时代之三四名著，作批判绍介，欲以供世之未尝染指此鼎之士，尝一脔之味。至其叙述编纂之法，亦颇与世之所撰文学史相异。要乃使人知其性质已矣。”②

---

① 陈广宏：《泰纳的文学史观与早期中国文学史叙述模式的构建》，《中国文学》第 40 辑，韩国首尔大学出版。

② 〔日〕笹川临风：《支那小说戏曲小史·序言》，东京，华华堂，1897。

察此书篇幅，戏曲远重于小说。再看书中所论，则是以作品为中心，大略介绍梗概而已，唯对《西厢记》、《琵琶记》二剧探讨较为深入。由于该书第一编“中国小说戏曲的发展”勾勒了元朝以前小说戏曲的概貌，后三编的第一章又都用“概述”来梳理每一朝代的小说戏曲发展线索，所以总体上看，它还是一部“史”，描述了中国古代小说戏曲发展的流变。

目次：

7月

〔日〕大町桂月和笹川临风论争“中国小说戏曲是否有研究价值”。

7月10日，桂滨月下渔郎（大町桂月）在《帝国文学》第三卷第七号刊出书评《评〈先秦文学〉和〈支那小说戏曲小史〉》，对此二书之不足提出直言不讳的批评。他认为，笹川临风的《支那小说戏曲小史》一书“倾向于漫笔性质，流于漫评，类于中国人的文话、诗话，而未能贯以科学的、有序的、综合的以及批评的力量。一言以蔽之，高中时代或中学时代的习气尚多。故以为不如烧却此书，静而精读中国小说戏曲，然后执笔，则不再是小史，而可成大史”。进而提出质疑：“中国的小说戏曲，果有文学上之价值乎？中国之所谓戏曲，足以与西洋之戏剧等同视之乎？”

大町桂月提出“中国小说戏曲是否有研究价值”的疑问，可谓代表了明治时期日本学术界一种具有普遍性的心声。不久后，笹川临风就此发表公开答复。两位大学同学好友之间的学术争论，构成当时一桩较为引人注目的学案。

7月20日，笹川临风在《日本人》第四十七号上刊出《答大町桂月》，响应其批评。认为纵然中国戏曲在内容与形式上不足以与西洋戏剧等同视之，其文学上之价值也毋庸置疑。

11月，笹川临风的《支那文学大纲·李笠翁》由大日本图书初版发行。笹川临风在书中指出，戏曲小说“其大小虽非为无差，然皆关系当时文运者也”。

8月

〔日〕笹川临风等合著《支那文学大纲》(十六卷)开始初版。

《支那文学大纲》(十六卷)，笹川临风、藤田丰八、田冈岭云、白河洋鲤、大町桂月合著，大日本图书株式会社于1897年8月开始陆续初版。

从1896年开始，这五位东京帝国大学毕业的“文学士”，联手合撰《支那文学大纲》，欲以世界文学的眼光，为日本文学寻找新的养分。次年8月，由笹川临风为第一署名人的五人合著本《支那文学大纲》(十六卷)开始陆续出版。其中，笹川临风撰写的部分最多，他撰写了《李笠翁》(1897)、《元遗山》(1898)、《汤临川》(1898)、《曹子建》(1900)、《杜甫》(1899)、《孟子》共六册。

11月

〔日〕笹川临风《支那文学大纲·李笠翁》初版。

《支那文学大纲·李笠翁》，1897年11月由大日本图书初版发行，共192页。

1897年4月，笹川临风在《江湖文学》上刊出的《李笠翁戏曲论》，可谓其研究李笠翁的前期成果，亦为数月后出版研究李笠翁的专著奠定基础。而《支那文学大纲》卷二《李笠翁》堪称中国戏曲史中第一部作家研究专书。该书“凡例”称，既谓文学大纲，自不能无小说戏曲大家之传，乃编清朝著名作家李笠翁之传，并详述其著作之梗概、评论及文学技能。

目次：

第一章　清朝学界之趋势；第二章　笠翁之一生及人物；第三章　十种曲及十二楼；第四章　笠翁之戏曲论；第五章　笠翁之才人技能(一、文，二、诗，三、词，四、史论，五、修容论，六、住房和饮食，七、种艺及养生)。

1898年(光绪二十四年)

6月

〔日〕笹川临风《支那文学大纲·汤临川》初版。

笹川临风的《汤临川》系其与藤田丰八等合著的《支那文学大纲》丛书之卷五，于1898年6月26日由大日本图书株式会社初版发行，155页。

此书虽以汤显祖为题，实为一部汤显祖之前的中国戏曲发展简史。远溯戏曲之由来与唐代诗词之关系，并详列“群英所编杂剧”凡556本，开具出第一份元人杂剧作家及其作品的清单。

笹川临风在“绪言”中称：

余岂敢称能知中国之戏曲，唯稍稍爱读填词，曾聊叙其所知，以成《中国小说戏曲小史》之小著，今爰与同人合作，欲撰《支那文学大纲》，余则加以戏曲作家之传记而成稿，乃取汤显祖、李渔两家，各别立传，微意不过聊以提供中国文学别种之趣味。唯知中国戏曲甚浅，欲加说而多难，故此未敢逞臆测，今此姑省，或待异日补足。①

笹川临风一改之前日本汉学界轻视元代文学的态度，而对元文学推崇有加，认为元代小说戏曲可与唐诗宋词媲美。这是因为："盖元朝文学之为中国文学史所重者，乃在其小说戏曲于此时代显著地发达也。是于重视实际的中国人，岂非未曾有之奇观耶？辽金文学于是无颜色。且其得配享先秦、唐、宋而不逊色，洵为有此特色也。"②其论宋代小说戏曲之兴起，颇有独到之处："宋末诨词小说出，于小说发达上为一引人注目之现象。有才而不得志之士，去而隐于小说。宋时理学之盛行，在另一方面亦不无激励非实际性文学之倾向。小说气运之兴，或因此等原因也。元入主中国，朔漠地方之民，自苦于硬文学之理解，故其所欲在俗文学。俗文学之发达，自不能不顺应此等时势。且元之习俗，好乐喜舞。故戏曲伴随着宋末以降的风潮而于此时兴起，本非偶然。"③

尤须注意的是，笹川临风把中国戏曲置于世界戏曲史视野下予以观照，指出中国戏曲的不足："中国戏曲列于世界戏曲史上，显然逊色，固无可疑"④。一是中国向来无悲剧；二是"论词采虽不乏名篇，就其结构所见，若从戏剧意义上观之，中国戏曲犹是稚气纷纷耳"⑤。

目次：

① 〔日〕笹川临风：《支那文学大纲·汤临川·绪言》，东京，大日本图书株式会社，1898。

② 〔日〕笹川临风：《支那文学大纲·汤临川》，东京，大日本图书株式会社，1898，第18页。

③ 〔日〕笹川临风：《支那文学大纲·汤临川》，东京，大日本图书株式会社，1898，第55页。

④ 〔日〕笹川临风：《支那文学大纲·汤临川》，东京，大日本图书株式会社，1898，第47页。

⑤ 〔日〕笹川临风：《支那文学大纲·汤临川》，东京，大日本图书株式会社，1898，第70页。

8 月

〔日〕笹川临风《支那历朝文学史》初版。

1898 年 8 月，笹川临风编著的《支那历朝文学史》由博文馆作为"帝国百科全书"之一初版，共 316 页。

1904 年，此书经上海中西书局翻译成汉语，由中西书局印行(具体详见后)。

书中每章先"总说"然后分述代表作家，如此"先总后分"的体例，后来被中国的文学史写作广泛采用。1926 年 11 月出版的顾实《中国文学史大纲》，不仅采用"先总后分"的体例，连所述代表作家也同本书。到 20 世纪 30 年代，"先总后分"已成为约定俗成的学术文写作规范之一。

目次：

第一期春秋以前文学：总说，一、书，二、诗，三、易。

第二期春秋战国时代之文学：总说，一、孔子与老子，二、孟子与庄子，三、屈原，四、韩非子。

第三期两汉文学：总说，一、贾谊与扬雄，二、司马迁与班固，三、司马相如，四、诗与乐府。

第四期魏晋及南北朝之文学：总说，一、建安之诗人，二、陶渊明，三、南北朝。

第五期唐朝文学：总说，一、初唐之诗，二、李白与杜甫，三、韩愈与柳宗元，四、白乐天，五，晚唐之诗。

第六期宋朝文学：总说，一、苏东坡与其前后，二、陆放翁。

第七期金元之文学：总说：一、元遗山，二、小说与戏曲之发展(小说戏曲发展迟缓的原因，支那小说戏曲的特征、起源及其发展，水浒传，三国志，杂剧，西厢记，琵琶记)。

第八期明朝文学：总说，一、高青邱，二、李何七子与李王七子，三、小说与戏曲(西游记，金瓶梅，汤若士)。

第九期清朝文学：总说，一、诗人与文章家，二、小说与戏曲及批评(红楼梦，李笠翁，桃花扇，金圣叹)。

1900 年(光绪二十六年)

本年

〔日〕中根淑《支那文学史》初版。

中根淑(1839～1913)，日本重要的中国文学史家。著有《歌谣字数考》、《琉球立国始末》、《琉球形势略》等。所著《支那文学史》，1900 年由东京金港堂刊行，共168页。全书依“太古”、“唐虞”、“夏”、“殷”、“西周”、“东周”、“秦”、“西汉”，直至“元”、“明”、“清”分章叙述。其他待访。

1901年(光绪二十七年)

9月

梁启超在《清议报》卷二发表《中国史叙论》。

该文首次提出了“中国民族”的概念，并将中国民族的演变历史划分为三个时代：上世史、中世史和近世史。这种分期方法，对萌芽期的中国文学史写作有一定的影响，如黄霖先生认为，黄人《中国文学史》主要借鉴了《中国史叙论》：“他(黄人——引者按)接受了梁启超《中国史叙论》等观点，把整个中国历史分为上古、中古、近世三大时期，而文学有胚胎期、全盛期、华离期、暧昧期、反动期等不同发展阶段。”[①]龚敏同意这种观点。[②] 除了黄人《中国文学史》，还有谢无量《中国大文学史》、曾毅《中国文学史》、谢无量《中国妇女文学史》、郑振铎《插图本中国文学史》等也采用了这种分期法。

本年

1.〔英〕翟理斯《中国文学史》初版。

翟理斯(Herbert Allen Giles，1845～1935)，或译贾尔斯，出生于英国牛津，为英国著名汉学家、剑桥大学中文教授。从1867年开始，历任天津、宁波、汉口、广州、汕头、厦门、福州、上海、淡水等地英国领事馆翻译、助理领事、代领事、副领事、领事等职，直至1893年以健康欠佳为由辞职返英，前后历时25年。他曾翻译出版《庄子》、《洗冤录》、《聊斋志异》等中国古典文学作品，亦编著过大量与中国文学、中国文化相关的著作，如《华英词典》(*Chinese-English Dictionary*)、《古文选珍》(*Gems of Chinese Literature*)。《中国文明》(*The Civilization of China*)、《古今诗选》(*Chinese Poetry in English Verse*)、《中国神话故事》(*Chinese Fairy Tales*)等。

大约在1897年，伦敦威廉·海涅曼公司(William Heinemann Co.)准备出版一套《世界文学简史》(*Short Histories of the Literatures of the*

---

① 黄霖：《近代文学批评史》，上海：上海古籍出版社，2003，第806页。

② 参见龚敏：《黄人及其〈小说小话〉之研究》，济南，齐鲁书社，2006，第77～79页。

World)，主编为艾德蒙·高斯(Edmund Gosse，1849～928)。高斯邀请翟理斯撰写其中的中国文学史。翟理斯欣然接受了这个邀请。他说："从来没有一件比这更令我高兴的事了"[①]，原因是，"在过去25年的时间里，我一直都在翻译各种体裁的中国文学作品，我积累了大量足以完成这本著作的必要的素材"[②]。这年12月，翟理斯被聘为剑桥大学中文教授。但"在剑桥只有一名学生真正出于对语言(汉语)本身的兴趣而希望学习"，这使翟理斯意识到，他将要撰写的只能是 部读物型的文学史，而非论著型。他在《中国文学史》的"序言"中坦言，此书是引导英语读者进入广阔的中国文学领域的"导论"(introduction)，而非集大成的"定论"(conclusion)。他所面对的读者群体并不是文学研究者，更不是中国学者，而是学习中国语言与文学的英国或欧美学生，这一点从书中不断出现的"学习中国文学的学生(the student of Chinese literature)"[③]、"欧洲学生(European student)"这些字眼中不难看出。这种读者定位，一定程度上决定了全书以内容概述和作品译介为主，偶尔引用一点前人的评论，而很少有编者个人的高见。在每一章内，翟理斯大致按照生卒年代排列作家。在各个作家的名目下，简单介绍相关轶闻并附录翻译作品。翟理斯之所以选择这种著述体例，是因为"这样使得中国作者，在翻译之所能及的情况下，不辩自明"[④]。

1901年，翟理斯这部《中国文学史》由伦敦的威廉·海涅曼公司初版，32开本，共448页。此后多次再版：1909年纽约版；1923年纽约D. 阿普尔顿出版公司版；1928年版；另有1933年版、1958年纽约丛书出版社(Grove Press)版、1967年佛瑞德瑞克·安葛尔出版公司(Frederick Ungar Publishing Co.)版；直到1973年，佛蒙特州的查尔斯E. 塔特尔出版公司还在出版修订版[⑤]。

翟理斯本人对于此书在学术方面的开创性充满自信，他在"序言"开篇首句即道："这是用任何语言，包括中文在内，编写一部中国文学史的

---

① H. A. Giles, *Autobibliographical*. etc., Add. MS, 8964(1). Cambridge University Library, p. 75.

② Ibid.

③ 翟理斯解释为何以春秋战国为中国文学史开端时说："我们认为对于学习中国文学的外国学生而言，以公元前6世纪为开端是合适的。"(H. A. Giles, *A History of Chinese Literature*, New York D. Appleton and Company, 1909, p. 4.)

④ Ibid., p. 2.

⑤ H. A. Giles, *A History of Chinese Literature*, Rutand, Vermont & Tokyo, Japan: Charles E. Tuttle Company, 1973.

首次尝试。”[①]不少学者接受了翟理斯的说法，认为这部《中国文学史》是世界第一部中国文学史。这就涉及该书的初版时间。其实，关于此书初版时间，中外学术界一直有较大争议，主要有1897年、1900年、1901年和1911年等几种说法。经考证，此书实际初版于1901年[②]，比日本末松谦澄、儿岛献吉郎、笹川临风等人的“中国文学史”要晚数年。虽非“世界第一部中国文学史”，却是迄今所知第一部用英文撰写的中国文学史。

全书按朝代分八卷，每卷又分数章，分别介绍每个时期的经典、诗歌、戏剧、小说、散文、杂著等。第一卷封建时代，从公元前600年到前200年，从上古时代讲起，略述中国早期文明与书写历史的源头，其后分节重点介绍孔子与四书、五经与孟子、先秦诸子、先秦诗歌以及道家与《道德经》。第二卷汉朝，从公元前200年到公元200年，先叙述秦始皇与焚书的历史，然后介绍汉朝的诗歌、史传文学与辞书编撰方面的成就，还注意到佛教及其经典翻译对于中国文学的影响，并设专章论述。第三卷各小王朝，即魏晋南北朝，从公元200年到600年，分为“诗与各体文学”、“经典学问之道”两章，主要介绍建安七子、竹林七贤、陶潜、鲍照等人及一些研究典籍的学者。第四卷唐朝，从公元600年到900年，分诗歌、散文两章，介绍了从王勃到司空图之间的主要诗人，以及儒家经典研究、古文运动等。第五卷宋朝，从公元900年到1200年，除介绍诗歌、散文、史传方面的成

① H. A. Giles, *A History of Chinese Literature*, New York D. Appleton and Company, 1909, p. 1.

② 郑振铎先生指出，“Giles的这部书，可以说是中国文学史中的一部最初的著作”，他先是说此书出版于1901年，后又说出版于1911年。(参见郑振铎：《评Giles的中国文学史》，收入《郑振铎古典文学论文集》(上)，上海，上海古籍出版社，2009，第32页)张弘也曾认为，“翟理斯的这部著作开风气之先，是第一个从历史发展的角度，对中国文学进行考察与描述的结果”。[张弘：《中国文学在英国》，广州，花城出版社，1992，第84页。需要指出的是，张弘后来对这看法作出修正，他指出“此话有些不确，因为在此之前，俄国的瓦西里耶夫在1880年著有《中国文学史纲》……”(何寅、许光华主编：《国外汉学史》，上海，上海外语教育出版社，2002，第213页)]王丽娜在其《中国古典小说戏曲名著在国外》一书中称，“此书出版于1900年，列为‘世界文学简史’第十种”。王丽娜所依据的是“1923年纽约D. 阿普尔顿出版社出版的翟理斯译著《中国文学史》(*A History of Chinese Literature*)”。(王丽娜编著：《中国古典小说戏曲名著在国外》，上海，上海学林出版社，1989，第10页)郭延礼则指出：“除了日本古城贞吉的《支那文学史》外，在西方也有关于中国文学史的著作，那就是大家所提到的英国汉学家赫伯特·阿伦·翟理斯(Herbert Allen Giles, 1845～1935)写的《中国文学史》，但对此书的出版时间，目前学界或作1900年(陈伯海：《中国文学史学史编写当议》)或作1901年(黄鸣奋：《英语世界中国古典文学之传播》，第54页)，都是不准确的。其实，此书和古城贞吉的《支那文学史》都是同一年出版，即公元1897年。”(郭延礼：《19世纪末20世纪初东西洋〈中国文学史〉的撰写》，见《文学经典的翻译与解读——西方先哲的文化之旅》，济南，山东教育出版社，2007，第159页)

就以及历史学家、理学家、诗人之外，还设专章介绍活字印刷技术的发明、辞书编撰以及《洗冤录》一书。特别介绍了《广韵》、《集韵》、《太平御览》、《文献通考》，以及星象、植物、医药方面的“百科全书”。自第六卷开始，分别以“蒙古人之朝代”、“满族人之朝代”代称“元朝”、“清朝”。这种刻意强调封建王朝统治者之民族的行为，表明翟理斯注意到了民族政权对于中国文学发展的影响。第六卷蒙古人之朝代，即元代，从公元1200年到1368年，主要介绍文天祥及其后的一些诗人，还以不菲的篇幅介绍《赵氏孤儿》、《西厢记》等戏剧和《三国演义》、《水浒传》、《西游记》等小说。第七卷明朝，从公元1368年到1644年，主要介绍宋濂之后的一些诗人，《金瓶梅》、《今古奇观》等小说，《琵琶记》等戏剧，以及《永乐大典》、《本草纲目》、《农政全书》等。第八卷满族人之朝代，即清代，从1644年到1900年，主要介绍《聊斋志异》和《红楼梦》，还有《康熙字典》、《佩文韵府》等工具书，《日知录》、《皇清经解》等学术书，《小仓山房尺牍》、《花镜》、《感应篇》、《玉历钞传》等杂书，以及晚清的《申报》和翻译的《天路历程》、《教育论》、《基督山伯爵》、《伊索寓言》，此外还谈到中国传统中的幽默问题。最后三卷中，除叙述诗歌及其他各体文学的发展状况之外，还用大量的篇幅介绍了戏剧、小说的成就以及各种民间通俗文学的状况。

此书具有早期西方人编著中国文学史未能避免的几个特点：一是文学观念尚不明确，选译、介绍了不少后世文学观念认为显然不属文学范畴的天文、医学、园艺甚至饮食等方面的著作；二是将中国作家作品与西方作家作品相类比，如由《红楼梦》想到斐尔丁(Fielding，Glen D.)的作品，由《西游记》想起约翰·班扬(John Bunyan)的《天路历程》；三是以相当大的篇幅译介原文，有的几乎通篇都是译述，如此一来，导致翻译占去全书约二分之一篇幅。

尽管如此，翟理斯的《中国文学史》出版之后，英、美、欧洲报刊好评如潮，按翟理斯本人的说法，“事实上，我找不到一个持异议者的声音”①。1919年，这本书已经被译成西班牙文。此后，多次在英国、美国再版。波乃耶(J. Dyer Ball，1847～1919)在《中国评论》上撰文指出：“对于本书的问世，我们表示热烈欢迎；我们相信它能够激发汉学学生进一步探索中国文学之广袤领域的热情；同时，我们也希望它能够让那些对中国文学一无所

① H. A. Giles，*Autobibliographical*. etc.，Add. MS，8964(1). Cambridge University Library，p. 75.

知的人了解在中国'文学'这个词究竟意味着什么。"[①]在英语世界，"这本文学史在本世纪(20世纪)上半叶被视为中国文学标准的入门书"[②]。然而，此书出版后很长一段时间，在中国本土并未产生什么影响。因为，虽然三年后(1904年)林传甲、黄人开始编写《中国文学史》，他们的目光却集中在更早出版的日本笹川临风等编著的"中国文学史"。中国学者对翟理斯这部文学史的评价也不高，20世纪30年代郑振铎在《评Giles的中国文学史》一文中作了毫不含糊的批评，指出四点缺陷：甲，疏漏；乙，滥收；丙，编次非法；丁，详略不当。关于原书的优点，郑振铎只在结尾部分一笔带过："总之，Giles这本中国文学史，百孔千疮，可谈处极少。全书中最可注意处：一是能第一次把中国文人向来轻视的小说与戏剧之类列入文学史中；二是能注意及佛教对于中国文学的影响。……除了这两种好处以外，Giles此书实毫无可以供我们参考的地方。"[③]翟理斯的后学、曾就读于剑桥大学的学者卜立德(D. E. Pollard)认为，该书"由种种翻译片段组成，辅以相当琐碎的、有时无聊的轶闻"，同时，鉴于20世纪以来海外汉学的发展，"汉学已经细分为各专业学术学科，按照其标准，翟理斯只能算是个业余的"。[④]

翟理斯此书存在诸多缺陷，这是毋庸置疑的。但纵观上述评价，以下两个方面的情况显然被论者忽略：

第一，此书的性质。翟理斯明确表示，他的《中国文学史》是一部引导英语读者进入广阔的中国文学领域的"导论"，而非集大成的"定论"，翟氏甚至坦陈本书以那些"学习中国文学的外国学生"为读者定位。既然如此，以评价论著的眼光去看这样一部读物性质的文学史，难免苛刻。例如，郑振铎指责翟理斯介绍元代戏剧，同时上叙戏剧之发源，下及后代之发展，是"编次非法"。已有论者指出，"有些地方，恰恰是作者的匠心，郑先生却没有看出来。……其实这正是作者面向英国读者的有意安排。戏剧的起源前面几部分没有涉及。同样的道理，作者在叙述唐代诗歌时，就拨出一定篇幅介绍中国古典诗歌的格律，以便英国读者对唐代

① J. Dyer Ball，"Dr. Giles's A History of Chinese Literature"，*The China Review*，Vol XXV，p. 207.

② 陈才智：《西文中国文学史书目(附专题论文、文学选本)》，http://www.cssn.cn/news/273474.htm，此文发布时间2005年6月24日13:26:00。

③ 郑振铎：《评Giles的中国文学史》，见《郑振铎古典文学论文集》(上)，上海，上海古籍出版社，2009，第32～35页。

④ H. A. Giles and His Translations，Rendition，Autumn，1993，p. 103。转引自李倩：《翟理斯的中国文学史》，《古典文学知识》2006年第3期。

的格律诗有更逼真的了解”①。再如，此书以相当大的篇幅译介中国文学作品，这其实也是早期中国文学史写作的共同特征，何况在当时西方读者几乎没读过什么中国文学作品的情境下，译介作品以便满足读者需要是有必要的。

第二，不同国家和民族的读者对文学作品的感受和阅读品位有所不同，不同时代也有所不同。有的作品在中国被视为经典，在国外则被视为幼稚之作；相反，有的作品，国人不重视，外人却视为珍宝。例如，郑振铎认为“《笑林广记》多无稽猥琐之言，事实既不感人，文笔也不足列于文坛之上……”翟理斯却把《笑林广记》列入《中国文学史》，这显然与他对中国幽默文学的重视有关（他曾翻译《笑林广记》中的 242 则，汇成《中国笑话》一书，于 1923 年出版）②。他认为，《笑林广记》“展示中国人智慧与幽默的一面……除此之外，这些笑话还能真实地反映中国社会生活，反映中国的男男女女、老老少少的行为、语言和思想”③。

综上，尽管翟理斯《中国文学史》有不少疏漏或不当，但当时在没有任何相关中国文学史著作可资参照的情况下，此书能够以史学的眼光观照中国文学发展的历程，并且在体例方面采用朝代为经，文体为纬，辅以专章介绍作家、作品，其价值和文学史意义值得肯定，因此理应在中国文学史写作史上占有一席之地。此外，该书对元明清时期俗文学的重视，也是早期同类著作（如日本明治时期汉学家所著“中国文学史”）少有能及的。

目次：

---

① 张弘：《中国文学在英国》，广州，花城出版社，1992，第 95～96 页。

② H. A Giles(tans.), *Quips from a Chinese Jest-book*, Shanghai, Kelly & Walsh, 1925.

③ H. A. Giles, *Preface to Quips from a Chinese jest-book*, Shanghai, Kelly & Walsh, 1925, p. 2.

和总体文学。

第五卷 宋朝（A. D. 900～1200）：第一章　木版印刷的发明；第二章　历史——古典文学和总体文学；第三章　诗歌；第四章　词典——百科全书——法医学。

第六卷 蒙古人之朝代（A. D. 1200～1368）：第一章　各类文学——诗歌；第二章　戏曲；第三章　小说。

第七卷 明朝（A. D. 1368～1644）：第一章　各类文学——本草纲目——农政全书；第二章　小说和戏剧；第三章　诗歌。

第八卷 满族人之朝代（A. D. 1644～1900）：第一章　《聊斋》——《红楼梦》；第二章　康熙皇帝和乾隆皇帝；第三章　古典文学和各类文学——诗歌；第四章　揭贴——报刊文学——智慧与幽默——谚语与格言。

2.〔日〕高濑武次郎《支那文学史》初版。

高濑武次郎（1868～1950），日本明治时期著名哲学家，东京帝国大学文学博士，著有《支那哲学史》、《日本阳明学》等。其著《支那文学史》，1901年由东京哲学馆出版。

据说，高濑氏在书中试图界说“文学”：“文学是依循一定的法则，采用藻饰的字句，表达人的思想感情和想象，以达到让各社会里一般人的精神愉悦为目的，间接传达一些事实的活动”①。倘若此言却是出自高濑氏《支那文学史》，则可见他已开始摆脱日本传统的“泛文学”观的束缚，强调文学的情感和想象力因素以及文学的精神性功能。

目次（待访）。

1902年（光绪二十八年）

3～12月

梁启超陆续在《新民丛报》发表《论中国学术思想变迁之大势》。

此文对中国文学史写作的积极影响，主要体现在两方面：

一、以进化史观综论中国学术史。《论中国学术思想变迁之大势》，以学术思想的演变为依据，把截止到20世纪初期的中国学术思潮划分为八个时期，这八个时期，基本上都被黄人《中国文学史》采用，有的时段

① 〔日〕和田英信：《高濑武次郎・支那文学史》，见川合康三：《資料篇・日本で刊行された中國文學史——明治から平成まで》，东京，创文社，2002，第61页。

甚至连命名都相同，如胚胎期、全盛期、衰落期。梁启超这种主要源自西学的进化史观，对后世影响深远。胡适日后追忆说：梁启超的《中国学术思想变迁之大势》，“这是第一次用历史眼光整理中国旧学术思想，第一次给我们一个‘学术史’的见解”。胡适自称此文是他受到的梁启超的最大恩惠之一。[①]

二、提供了一种崭新的学术史写作模式。《中国学术思想变迁之大势》第一章“总论”概述中国思想演变历程的分期，全书以这八个时期依次分别论述。“这种纵贯全史的视野，配以分章分节的体例，使得《中国学术思想变迁之大势》纲目清晰，史论互证，分而不散、合而不乱，新意迭出，引人入胜。”[②]以至胡适多年后阅读印象犹新：“(《中国学术思想变迁之大势》)给我开辟了一个新世界，使我知道“四书”、“五经”之外中国还有学术思想。”并且因此埋下了“后来做《中国哲学史》的种子”。[③]

本年

〔德〕顾路柏《中国文学史》初版。

顾路柏(Wilhelm Gmbe，又译顾威廉，1855～1908)，德国早期著名的汉学家，精通汉语、蒙语、满语。生于俄国圣彼得堡，是嘎伯冷兹(Gabelentz)在莱比锡大学的高足，在完成哲学和语言学的学业之后，以对中国哲学经典的翻译取得博士学位和教授资格。顾路柏著述甚丰。他曾是德国研究女真文字的开创者，1896 年发表的《女真的语言和文字》(*Sprache und Schrift der Jucen*)一直受到西方学者的重视。但他的主要贡献在研究中国文化与文学方面，既发表文章研究《神仙传》，也翻译过《封神演义》。对中国民间文化和民间宗教也有浓厚的兴趣，1898 年至 1899 年在华旅行时，考察过厦门、北京的民俗，1901 年出版的《北京民俗学》(*Pekinger Volkskunde*)，即是作者此行的收获，颇获好评。另著有《中国的宗教礼俗》(*Religion und Kultus der Chinesischen*)一书。

《中国文学史》(*Geschichte der Chinesischen Literature*)，1902 年由莱比锡的阿梅朗斯出版社初版，共 470 页。1909 年再版。

该书引用了中国文学的大量译文，如《孟子》、《李太白全集》、《西厢记》等。材料非常丰富，使读者对中国文学的发展和内容有了一个相当直

① 胡适：《四十自述·在上海(一)》，上海，亚东图书馆，1933。

② 夏晓虹：《中国学术史上的垂范之作——读梁启超〈中国学术思想变迁之大势〉》，《天津社会科学》2001 年第 5 期，第 123 页。

③ 胡适：《四十自述·在上海(一)》，上海，亚东图书馆，1933。

观的认识。在该书的“前言”中，顾路柏称：鉴于“读者对中国学的兴趣明显增大”，书市上关于中国的书籍显著增多，“而关于中国文学和思想的作品却很少”，“作为中国精神生活的一个重要方面的文学至今没有得到足够的研究”，乃决定“写一部通俗性的中国文学史”。

顾路柏经常把中国的文学家和西方的文学家加以比较，这要算比较文学的先驱。比如，他把庄子化蝶和西班牙卡尔德隆慨叹人生如梦的诗加以比较；在顾路柏的眼里，道家的杨朱不啻是古希腊的伊壁鸠鲁。

关于中国的大诗人李白，他这样写道：“李白是个多产作家，作品多达三十卷。他的诗都是人生得意须尽欢之类的酒歌，但是我们不难发现，他的片刻的欢娱无非是悲观和失望的另一种形式。在他的酒歌中我们不时可以听到低沉悲凉的调子。”

关于宋代以后的文学，顾路柏评价道：“不仅是文学的创作力，而且整个精神生活和民风民俗都处于一种停滞状态。这主要是受朱熹的影响。对于儒家哲学的教条化的理解只能起阻碍精神发展的作用。人的个性完全消失了，活泼的道德被僵化的形式主义所取代。”①

书中介绍了一些中国古典小说。评述《红楼梦》时写道：“《红楼梦》是17世纪出现的一部小说，它的作者是名叫曹雪芹的人。这部小说无疑是中国小说文学中最重要的作品之一，是一部充满美妙细节的长篇爱情故事。小说篇幅十分庞大，即使概要地叙述它的内容，也会超过这一节的字数限制。”②

顾路柏的《中国文学史》代表了当时德国汉学的研究水平，该书出版以后，直到20世纪60年代，一直是德国权威模范的文学史专著。但顾路柏此书并非德国最早研究中国文学史的著作，威廉·硕特（Wilhelm Schott，1807～1889）早在1854年就出版了研究中国文学史的《中国文学述稿》一书。但《中国文学述稿》主要译介中国古典名著，很大程度上只是一部夹杂少量评论的文选。所以，顾路柏的《中国文学史》是德国第一部由专家写作的中国文学史。

目次：

① 此处及前引关于顾路柏《中国文学史》内容的介绍，主要出自国学网“海外汉学·汉学家·顾路柏”(2012年2月14日查阅，见 http://www.guoxue.com/xueren/sinology/hanxuejia/gulubo.htm)

② 转引自〔苏〕孟列夫：《长篇小说〈红楼梦〉的无名抄本》，李福清译，见宋柏年编：《中国古典文学在国外》，北京，北京语言学院出版社，1994，第542页。

老子和道家；第四章　屈原和《楚辞》；第五章　汉代文学；第六章　汉唐之间的文学；第七章　唐代文学；第八章　宋代文学；第九章　宋元戏剧；第十章　明清小说。

1903 年(光绪二十九年)

11 月

〔日〕久保天随《支那文学史》初版。

久保天随(1875～1934)，本名久保得二，号天随、号行，又号默龙、青琴、兜城山人、虚白轩、秋碧吟庐主人等，日本东京人，被誉为历经明治、大正、昭和的“三代诗翁”。1899 年 7 月，自东京帝国大学文科大学汉学科毕业。同年，进入同校大学院研究所就读。大学期间，即常在《帝国文学》发表汉诗作品及论文，并曾任《帝国文学》编辑委员；出版《汉文评释》、《汉诗评释》。1927 年以《支那戏曲研究》获颁文学博士学位；1928 年《支那戏曲研究》由东京弘道馆出版。另著有《四书新释》(博文馆，1901)、《日本儒学史》(博文馆，1904)、《近世儒学史》(博文馆，1907)、《柳宗元》、《韩柳》以及诗集《秋碧吟庐诗抄》、《关西游草》、《闽中游草》、《琉球游草》等。逝世后其藏书由台北帝大(今中国台湾大学)购入，共 894 部、7427 册，其中不少为罕见珍本。①

1902 年久保撰成《支那文学史》，1903 年 11 月由东京人文社出版，438 页。② 经增删、修订后，1907 年作为早稻田大学文学教育科第一学年讲义录，由东京平民书房出版。久保天随在作于 1906 年 9 月的“序言”中说道：“前半删减，后半增补，特别是把元明之后的部分补充得更加详尽，与世俗稍异，是我贯注心力之处。”③后世研究者多有将此两种版本混为一谈，实应区分并引起注意。

久保天随在该著第一讲中记述了撰写此书的意图及其文学史观：

> 文学史是涉及国民、有秩序的研究文学发展的活动……直至今日，有关支那文学史的著述已经出版了一些，有些著述为浅薄的学者们合著而成，其价值不值一文。有些人甚至连文学

---

① 周延燕：《近代日本汉学家久保天随及其藏书研究》，台北大学古典文献学研究所硕士学位论文，导师林庆彰。台北大学图书馆收藏号 HH8617714。

② 东京早稻田大学出版部收藏有此书(原版)。有的中国内地学者因故误记为“1903 年 11 月早稻田大学出版部出版”。

③ 〔日〕久保天随：《中国文学史・序言》，东京，平民书房，1907。

> 和文学史为何物都不知道，甚至有些文学史只不过是学者(不一定是文学家)的个人小传和著书的题解、无意义的列述或个人美好的心得体会罢了。有些著述虽没有前面的缺点，但不过是在尽力糊弄人罢了，出于便利考虑，这些著述者写作完全依据抄本，有关历代文人骚客的全集，从来就没有触及过，因而此类著述毫无客观的欣赏和精确地评判可言。这些著述大多充斥着套话空话，这些著述者可谓是学会的鼠贼。在此，我并非妄言，我想新编一套真正的支那文学史。①

在这里，须提到久保态度的一个重大转变。1904 年版署名为“久保得二述”，取述而不作之意，语义谦虚；1907 年版署“久保天随著”，并自负地说：“不惮公言，聊以东西文献研究第一人自期”，对以往日本的中国文学史著作提出了上述十分尖锐的批评。他批评的对象，所谓“有些著述为浅薄的学者们合著而成”显然指的是藤田丰八等五人合编的《支那文学大纲》(1898)，而“个人小传和著书的题解”指的是古城贞吉的《支那文学史》。

无独有偶，在久保天随的《支那文学史》出版两个月后，《太阳》报登载了大町桂月的《评天随的〈支那文学史〉》短评文章，大町氏在文中说：

> 如今从事日本及支那文学史撰写的人，已有十多人，却全不知文学、文学史为何物。有文学史著者视文学家为历史家、有的视文学家为擅长写文章之士，还有的视文学家为古典文学家或语言学家，还有的将文学与史传、文学与哲学混为一谈。就这样，这些文学史家撰写的一部文学史，只不过是文学家个人的传记及其著书梗概的列举，毫不涉及文学思想的追问、对影响文学发展的外在因素的诠释，以及对文学发展、变迁之轨迹详细描述，也不把文学发展视为一个有生命的有机体，而仅仅将其视为单个作品的简单胪列罢了。书写文学史，首要的是，要弄清文学及文学史为何物？②

---

① 均转引自李群：《早期中国文学史写作中的日本因素》，《苏州科技学院学报》(哲学社科版)2009 年第 2 期，第 64 页。也可参见黄仕忠：《明治时期日本之中国戏曲研究》，《戏剧研究》2009 年第 4 期，第 188 页。

② 〔日〕大町桂月：《评天随的〈支那文学史〉》，《太阳》(东京)10 卷 1 号(1904 年 1 月出版)。

久保氏和大町氏不约而同地对以往日本学者撰写的中国文学史提出严厉批评，表明日本的中国文学史写作从“泛文学”观向“纯文学”观转变。久保天随尊崇的是一种“纯文学”观，强调文学的艺术性和思想性的统一，追求无功利、客观自然的艺术观。他在所著《支那文学史》中说：

> 所有的艺术，是形式和内容的谐调，其中以将二者谐调的最上乘的为最，文学史研究也是如此，这其中的二者谐调的轻重至关重要。还有，所有的艺术的作品是时代共通的思想和个人的兴趣的统一，文学的内容和上述两者并无截然区别。我的研究主要依凭上述根本的原则进行，而且，我认为记述要极端简易明晰、精确的论理推断和公平的批判态度相统一，而且要坚持始终如一式样。①

久保天随在中国文学史研究方面的主要贡献在于中国古代戏曲研究，以《西厢记》研究尤为突出。但他撰写的《支那文学史》，也被后世学者看重：“久保先生的文学史虽然以今日的眼光来看也有各种各样的缺陷，但在当时轻视小说戏曲的风潮中，理应在众多的文学史中占有一席之地。先生高迈的见识于此充分展示，我相信其所体现出的价值应该获得更高的评价。”②

据说，久保此书的宋代文学部分谈道“小说戏曲的气运”。③ 而“第四期近世文学”第一编“金元文学”共十三章，其中七章为戏曲小说：五、剧之发达，六、戏曲的形式，七、杂剧，八、《西厢记》，九、《琵琶记》，十、《水浒传》，十一、《三国志》；第二编“明代文学”共十三章，十二、汤显祖，十三、《西游记》与《金瓶梅》；第三编“清代文学”共十五章，五、金圣叹，六、李渔，七、《桃花扇》与《长生殿》，八、《红楼梦》与《儿女英雄传》，十三、《红楼梦九种曲》与《吟风阁词曲谱》，十四、最近的小说。④

---

① 〔日〕芳村弘道：《久保天随とその・支那文學史》，见川合康三：《資料篇・日本で刊行された中國文學史——明治から平成まで》，东京，创文社，2002，第68页。

② 黄得时：《久保天随博士小传》，《中国中世文学研究》第2号，1962，第51～52页。

③ 仝婉澄：《久保天随与中国戏曲研究》，《文化遗产》2010年第4期，第56页。

④ 转引自黄仕忠：《明治时期日本之中国戏曲研究》，《戏剧研究》2009年第4期，第166页。

第二章 中国文学史写作之萌芽期

第一节 概 论

从1904年林传甲、黄人编写《中国文学史》到1921年，可以看成是中国文学史写作的萌芽期。这一时期出版的文学史著只有极少数以传统方式写成(如黄任恒《辽代文学考》、窦警凡《历朝文学史》、褚传诰《文学蜜史》)，多数是受日本影响而成的"中国文学史"如：来裕恂《中国文学史稿》(1905年2月完稿)；吴梅《中国文学史(自唐迄清)》(1907)；林传甲《中国文学史》(1910)；黄人《中国文学史》(1910)；王梦曾《中国文学史》(附中国文学史参考书)(1914)；曾毅《中国文学史》(1915)；张之纯《中国文学史》(1915)；朱希祖《中国文学史要略》(1916)；谢无量《中国妇女文学史》(1916)；钱基厚《中国文学史纲》(1917)；谢无量《中国大文学史》(1918)；刘贞晦、沈雁冰《中国文学变迁史》(1920)；等等。倘若用一个词概括这一时期的主要特色，便是"仿作"，即多数史著以笹川种郎等日本学者的"中国文学史"为蓝本。

虽然大多是仿作，却已经有了自己的特点。文学史家陈国球认为林传甲《中国文学史》是"一本'错体'的中国文学史"①，我们认为这时期的文学史写作，与其说著述体例"错乱"，不如说从文学观念、著述体例到史料剪裁，都体现出"杂糅"的总体特征：

第一，文学观念杂糅。开卷先讨论"文学"的定义，是早期文学史写作的"必修课"。那时候文学史作者这样做，除了"文学史"是新的舶来品，上场先论"文学"可标榜自己的文学见识，还有两个非常实际的原因。一是中国古代已有"文学"一词及其观念，但"古今文学变迁之形，至为繁赜，不略举之，转无以见文学史之范围"②；二是19世纪的欧美及日本对"文学"一词有多种解释，这种情形令模仿欧美、日本学术界文学史写作的早期中国文学史编者莫知适从。虽然19世纪末"文学史"中的"文学"

① 陈国球：《文学史书写形态与文化扫描》，北京，北京大学出版社，2004，第59～60页。
② 曾毅：《中国文学史·绪言》，上海，泰东书局，1915，第16页。

定义已基本统一，但是西方对“文学”的分类，仍旧令早期中国文学史作者头疼。在西方，“literature”有多层涵义，即便取其狭义，即专指小说、诗歌、戏剧、散文，也因为小说、戏剧在中国长期不受重视，早期中国文学史作者要从经、史、子、集那样浩瀚的材料中找出这两种文体的作品，也非易事。更何况，还要把诸如刘勰《文心雕龙》开列的 30 多种文体、姚鼐在《古文辞类纂》划分的 13 种古文辞那样纷杂的中国传统文类，分别填进西方文学史划出的四种文体的框框中，这样的工作，对于早期中国文学史作者来讲，难度实在高了点。而且，这项工作需要相当的时间和精力。由于这些缘故，中国人开始编写文学史之后相当长的时间里，纠缠在“文学史”和中国传统学术里头。其结果是，“新的文学观念仍未完全确立起来，反而受传统儒家文学观念的影响(极大)而主张文以载道，鄙弃小说、戏曲等文体；或循传统思想文化的文史不分的观念，而将文学与学术文化混淆起来”①，导致这时期的文学史著作，或成为经、史、子、集无所不包的“国学史”②、“中国学术史”③，或近于“批评材料书”④。

第二，著述体例杂糅。凡写史，不能不考虑著述体例。如果说文学史观是统摄文学史写作的灵魂，史料是骨肉，那么，著述体例则是骨架。从萌芽期开始，中国文学史写作就很重视著述体例，但早期中国的文学史作者毕竟对“文学史”这个新的舶来品认识不深也不多，至于什么样的著述体例才适合中国文学史，就更是既无前车可借鉴，也无经验可循。多数作者只好一方面在编次上照搬西方文学史的章节设计，另一方面在时序上以时代为经、以作家作品为纬。以时代为经不可避免涉及分期问

① 罗云锋：《现代中国文学史书写的历史建构——从清末到抗战前的历史考察》，华东师范大学博士论文，导师杨扬，2005 年 4 月，第 8 页。此论文现藏于华东师范大学图书馆。

② 20 世纪 30 年代初期，郑宾于认为：“像谢无量、曾毅……等辈所著的一类《中国文学史》，其实只是一部‘国学史’。”(郑宾于：《中国文学流变史·前论》，上海，北新书局，1930～1933 年出版；1991 年郑州中州古籍出版社影印 1936 年本)

③ 1929 年谭正璧评价说：“过去的中国文学史，因为根据了中国古代的文学定义，所以成了包罗万象的中国学术史”。(谭正璧：《中国文学进化史》，上海，光明书局，1929，第 2 页)

④ 傅斯年评价谢无量的《中国大文学史》说：“后来借到别人在上海买得的一部，仔细看了一遍，顿时失望，实在没有批评的必要。我们应当批评著作，很不必批评材料书。这部书并不是用文学史的做法去做的，不曾丝毫消化得来。若是舍去方法，但论材料，也不能使人满意。淳化阁帖里面荒唐无稽的上古书契，居然引据到‘字形之变迁’里来，还有什么可说？所以我现在想把原意扩充，不单评谢先生这部书，去做一篇《中国文学史的编制法》，在本志第四号上发表”。(参见《傅斯年启事》，原载 1919 年 3 月 1 日《新潮》第一卷第三号，收入《傅斯年全集》第一卷，长沙，湖南教育出版社，2003，第 159 页)

题，萌芽期的中国文学史作者一般依照历史上的朝代分期，郑振铎称之为“原始的或自然的分期法”①，也有少数师法日本，把中国文学史分为古代、中世、近代三个时期，如曾毅的《中国文学史》和谢无量的《中国大文学史》。以作家作品为纬，由于无先例可循，大都按照传统目录学编次。这是因为，“早期的中国文学史作者一般对于历代目录，特别像《四库全书总目》这样的目录书的依赖都非常大”②。以林传甲为例，林氏“描篆音义之变迁，经史子集之文体，汉魏唐宋之家法”③，从结论到文字，几乎都没有脱离《四库全书总目提要》，有些部分，如《集韵》、《匡谬正俗》的介绍，简直就是原文照搬，所以“有人说，他（林传甲——引者按）都是抄《四库提要》上的话”④。也有少数按照经、史、子、集的顺序论述，如窦警凡的《历朝文学史》，直接以“叙经”、“叙史”、“叙子”、“叙集”作为章目。

第三，史料剪裁杂糅。在文学史写作中，史料剪裁不但受制于文学史观，更受制于作者对作家作品的通体认识，因而难度较大，历来的争议和分歧也最多。曾毅对此深有体会：“文学史材料，不患不多，而多之弊，则在剪裁难工，串穿不易”⑤。中国古代虽无现代意义上的“文学史”，留存下来的文学史料却丰富无比。面对浩如烟海的史料，萌芽期的文学史作者并非不知剪裁之重要，而是以“大文学”观审视材料，经、史、子、集里凡是涉及“文学”者无不收罗，导致所选史料混乱，体类臃肿。胡云翼后来列举了20余部早期文学史著作，并予以评价说：“在最初期的几个文学史家，他们不幸都缺乏明确的文学观念，都误认文学的范畴可以概括一切学术，故他们竟把经学、文字学、诸子哲学、史学、理学等，都罗致在文学史里面，如谢无量、曾毅、顾实、葛遵礼、王梦曾、

---

① 1958年郑振铎在一篇论述文学史分期的文章中写道：“首先要说明的是，在过去的若干时期里，中国的学者们曾写出了不少部中国文学史。从林传甲写的《中国文学史》到一九五八年出版的好几部中国文学史，都曾提出了对于分期的看法和实际上的运用。在一九一九年以前出版的若干中国文学史，主要是依照历史上的‘朝代’即殷、周、秦、汉、三国、两晋、南北朝、唐、五代、两宋、元、明、清分的。他们并没有明白地说出文学的发展和历史上各个‘朝代’的兴亡具有如何的密切的关系，却按照着这个中国历史上的改朝换代的变革，而自然地划分着中国文学史的时代。这种分期法，可以称之为原始的或自然的分期法。”（郑振铎：《中国文学史的分期问题》，写于1958年2月12日，原载《文学研究》1958年第1期，收入郑振铎：《郑振铎古典文学论文集》，上海，上海古籍出版社，1984，第16～30页）

② 戴燕：《文学史的权力》，北京，北京大学出版社，2002，第15页。

③ 林传甲：《中国文学史》，武林谋新室印本，1910，第1页。

④ 郑振铎：《我的一个要求》，见《中国文学论集》下册，上海，开明书店，1934，第397页。

⑤ 曾毅：《中国文学史·凡例》，上海，泰东书局，1930，第2页。

张之纯、汪剑如、蒋鉴璋、欧阳溥存诸人所编著的都是学术史，而不是纯文学史。并且，他们都缺乏现代文学批评的态度，只知撅拾古人的陈言以为定论，不仅无自获的见解，而且因袭人云亦云的谬误殊多。”①郑宾于干脆不客气地将早期文学史著斥为“‘杂货铺式’的东西”②。

从今天来看萌芽期文学史写作在文学观念、著述体例、史料剪裁方面的杂糅，有两点值得深思：

其一，杂糅的根本原因。有论者认为，“这一时期之所以会出现文学史的撰述，和那个时代的社会现实文化思想氛围有着密切的关系，受到它们的直接影响”，并列举了四个方面的具体原因。③ 应该说，他观察细微，所指出的四个原因也是正确的，但尚未到达问题的深处。萌芽期文学史写作呈现出杂糅的特征，其根本原因在于，文学史作者对如何实现中国传统学术与西方文学史的科学、有效的对接，尚无多少认识，因而更多从中国传统学术尤其史学中寻找出路。早期文学史写作受日本的文学史著作影响很大，多数文学史作者曾参考、借鉴乃至在某些地方照搬日本的撰述，林传甲自谓《中国文学史》乃“仿日本笹川种郎《中国文学史》之意以成书”④，曾毅也承认自己“颇披拾东邦学者之所记”⑤。但是，切不可因此夸大外来因素在早期中国文学史写作中的作用。为了解中国传统学术中哪些部分，可以和由日本传来的新兴文学史接轨，他们必须寻找二者的共通处。首先找到也最容易想到的共通处，便是“文史”。“文史”最早出现于唐代吴兢《西斋书目》、刘勰的《文心雕龙》、严峻的《诗例录》和钟嵘的《诗品》、欧阳修的《唐书·艺文志》等都有列入，大抵指专门批评文人文章的著作，类似于后世的文学批评，而这与“文学史”确实有相通、相似之处。因此，谢无量说：“宋《中兴书目》曰：文史者，讥评文人之得失也。故其体与今之文学史相近。”⑥由于“文史”成为沟通文学史与中国传统学术资源的共通点，史学于是顺理成章成为文学史写作的重

① 胡云翼：《新著中国文学史·自序》，上海，北新书局，1932年4月初版、1933年9月五版，第3页。

② 郑宾于：《中国文学流变史·前论》，上海，北新书局，1930～1933年出版。

③ 罗云锋：《现代中国文学史著出版的历史建构——从清末到抗战》，北京，法律出版社，2009，第12页。他提出的四个原因分别是：第一，“文变染乎世情”，时代社会现实的推动，当时面临的社会现实的逼迫，致用之学的文化氛围，使得文学史本身也染上“经世致用”的色彩；第二，民族主义和爱国主义情感的趋使；第三，教育政策和体制的制约和影响；第四，中西文化比较下对传统的不满意，要求进行梳理整理。

④ 林传甲：《中国文学史》，武林谋新室印本，1910。

⑤ 曾毅：《修正中等中国文学史·弁言》，上海，泰东书局，1930，第1页。

⑥ 谢无量：《中国大文学史》，上海，中华书局，1918，第41～42页。

要学术资源。中国史学自汉代以来延续千年，积累了丰富的史学理论和实践经验。早期文学史作者依据各人对史学的理解，汲取不同的资源。林传甲发现文学史的章节编次体例，与中国目录学有相似处，因而其文学史写作中，较多仿照《四库全书总目》；黄人在中国文献中，找到几种与文学史相似的东西，认为“考文学之源流种类正变沿革者，惟有文学家列传入文苑传而稍讲考据性理者尚入别传，及目录如艺文志类，选本如以时地流派选合者，批评如《文心雕龙》、《诗品》诗话之类而已”[①]；谢无量则找出“古来关于文学史之著述”的七例：流别、宗派、法律、纪事、杂评、叙传、总集[②]。正是因为早期文学史作者在寻求如何实现中国传统学术与西方文学史的科学、有效的对接的方法的过程中，在史学为主的中国学术传统中找到的“相通处”各有不同，所以，这时期的文学史写作在文学观念、著述体例、史料剪裁等方面不统一，呈现出杂糅的特征。

其二，对杂糅的评价。早期文学史著的“杂糅”，历来广受批评，曾被后世学者斥为“国学史”、“中国学术史”、“批评材料”、“‘杂货铺式’的东西”、“错体史”等。尽管后世文学史家对早期文学史写作的批评，客观上有利于文学史学科发展，也属于学科建设的题中应有之意，但态度之苛刻，也是明显的。其实，萌芽期的文学史写作实践，对于中国文学史的筚路蓝缕之功不可磨灭。就杂糅特征来说，姑且不论有其产生的历史文化原因，仅就杂糅而言，也未必就是坏事。“杂糅”表明萌芽期的文学史写作具有多样性，比较有包容性。

首先，这一时期的史著，既有通史，也有断代史和专题史，说明中国文学史写作从开始就有意识地进行多种试验。尤其是在模仿西方文学史过程中，从一开始就延续了一条沿承中国学术传统及传世文献的思路，这无疑是中国文学史写作区别于西方、具有中国特色的重要保障。

其次，“杂糅”固然导致萌芽期的文学史写作杂乱无章、包罗万象，但这一点也说明，这时期的史著，包容了多种阐释的可能性。例如，谢无量的《中国大文学史》可谓这时期庞大、杂乱的典型，然而，正是这个“典型”，后来一二十年中成为文学史写作的重要参考书之一。譬如鲁迅的《汉文学史纲要》中就多次明确标出以谢无量的《中国大文学史》为参考书，他晚年在致曹靖华的信(1933年2月20日)中，重点表彰了几部文学史，其中就有谢无量的《中国大文学史》，将这部史书列为搜取“材料”的

---

① 黄人：《中国文学史》第一册，上海，国学扶轮社印行，约1906年出版，第2页。

② 谢无量：《中国大文学史》，上海，中华书局，1918，第42～43页。

渠道："至于史，则我以为可看(一)谢无量：《中国大文学史》……但这些材料都不过可看材料，见解却都是不正确的"①。鲁迅取其"材料"而弃其"见解"。在今天看来，谢无量的"大文学史"，比较能够反映早期中国文学史写作具有的包容性。

倘若以萌芽期文学史写作的"杂糅"，与此后逐渐形成的文学史述史模式相观照，似乎可以大致认为，"杂糅"更体现文学史写作的丰富性，文学史写作有可能遍地开花、异彩纷呈，而之后形成的述史模式则往往导致文学史写作千人一面。

在内容方面，萌芽期的文学史著作几乎包揽经史子集，这一点成为后世史家抨击的焦点，他们以"国学史"、"学术史"指称早期史著，正是就此而言。其实，虽然"五四"文学革命以后，经、史、子和部分集的内容从文学中剥离，不再属于"文学"，但这并不意味着文学革命之前的文学也须如此。就中国古代文学而言，包罗经、史、子或者从先秦诸子入手，反而更符合实际情况。正如钱穆所说：

> 中国文学中尤多道家言，如田园诗、山林诗，不深读庄子老子书，则不能深得此等诗中之情味。是故欲深通中国之文学，又必先通诸子百家。②

由于诸子百家与中国古代文学关系密切，儒释道三家更对文学发展有直接影响，在文学史写作中对其不置一词或者有意忽略，是否可行？进而言之，早期文学史写作谈文字训诂、谈诸子百家，对今人修史有何借鉴意义？值得我们深思。

或许，"杂糅"未必是缺陷，在当下中国文学史写作语境里反而成为优点。历史往往是复杂的、多样化的，对于萌芽期文学史写作的杂糅特征，乃至对于这一时期的文学史家及其文学史写作，我们不能以今天的眼光去求全责备和苛责，而应该给予"了解之同情"。

总的来说，萌芽时期的中国文学史写作，留给我们许多耐人寻味的思考。尤其它与所处时代背景之间的关系，复杂、吊诡。在中国社会半殖民地半封建化过程中诞生的中国文学史写作，从一开始就被赋予两个社会文化功能：一是抵制全盘西化，保留、挽救中国传统文学；二是彰

① 《鲁迅全集》第12卷，北京，人民文学出版社，1981，第299页。

② 钱穆：《现代中国学术论衡》，北京，生活·读书·新知三联书店，2001，第248页。

显中国文学尤其传统文学的优势，提升民族自信。从语言、文字构成的文学史中，树立民族精神的脊梁，建立国家文化的谱牒，以确立历史悠久、文学发达的“民族/国家”形象，并使之成为国民应有知识。有史为证。来裕恂感于“今者东西洋文明入中国，科学日见发展，国学日觉衰落”而“欲焕我国华，保我国粹”[①]，于是编成《中国文学史稿》；葛遵礼自述编写《中国文学史》的动机是：“文学日就陵夷，几有忘祖之虑。是编欲望使高小中学生粗知我国文学之源流”[②]；黄人的说法更明确：“文学史者，不仅为文学家之参考而已也”，“保存文学，实无异保存一切国粹，而文学史之能动人爱国、保种之感情，亦无异于国史焉”，“示之以文学史，稗后生小子知吾家故物，不止青毡，庶不至有田舍翁之俏，而奋起其继述之志，且知其虽优而不可深恃”。[③] 欲以文学史“焕我国华，保我国粹”，让世人了解中国文学，传统的典籍已经不够，必须按照西方的方式，撰写系列著述，普及文学史知识。这样的工作，日本已经在做，而且做得比中国人要好，如此则更刺激了有志于此的中国学人。所以，在学术积累并不充分的情况下，以西方学术观念为指导，仿效日本而撰的众多史著，应运而生。第一部中国文学通史、戏曲专史、小说专史，都是在这一背景下被催生出来。一些在大学承担了中国文学史课程的青年教师，以近乎无知者无畏的勇气，在极短的时间里完成此类讲义，有的甚至不做修改就交付出版，如林传甲、王梦曾等人的《中国文学史》。这不是在作了长时间的学术准备之后的“厚积薄发”，而是被社会的迫切需要、出版界的催生和日本中国文学史著作的蛊惑而结出的早熟的果子，所以难免青涩，“杂糅”的特征十分明显。他们当时几乎没有专门的学术职业，多数人撰写文学史的直接目的是授课。与其说他们是学者、是文学史家，不如说是“写手”。他们的史著，除了研究方法和视角是新的，所用的语言、材料以及遴选材料的文学观念都是传统的(顶多带有新意)。虽然如此，这项工作对于他们乃至同时代的其他中国人而言，都是前所未有的挑战，所以开创性十分突出。他们的文学史写作的意义与价值，不在于向后人提供有可读性的史著，而在于以其文学史写作实践宣告与中国传统学术分道扬镳。

---

① 来裕恂：《中国文学史稿・绪言》，长沙，岳麓书社，2008，第2页。

② 葛遵礼：《中国文学史・例言》，上海，会文堂新记书局，1920。

③ 黄人：《中国文学史・总论》第一册，上海，国学扶轮社印行，约1906年出版。

第二节　编　年

1904 年(光绪三十年)

1 月

1. 癸卯学制公布。

癸卯学制是中国近代第一个正式施行的学制。1902 年(清光绪二十八年)，管学大臣张百熙拟订《钦定学堂章程》即壬寅学制，未及实行。1903 年(光绪二十九年)7 月，清政府命张百熙、荣庆以日本明治时期学制为蓝本，重新拟订学堂章程，于 1904 年 1 月公布，即《奏定学堂章程》，是年为旧历癸卯年，故称癸卯学制。内容包括《初等小学堂章程》、《高等小学堂章程》、《中学堂章程》、《高等学堂章程》、《大学堂章程》、《蒙养院及家庭教育法》、《初级师范学堂章程》等。该学制规定学堂的立学宗旨是“以忠孝为本，以中国经史文学为基，俾学生心术壹归于纯正，而后以西学瀹其知识，练其艺能，务期他日成才，各适实用”。在癸卯学制中，虽然文学科仍然是涵括史部、子部、集部在内的史地文杂糅的“大文学”，中国文学仍然保持传统知识系统和中学之体观念的重要方式，但在中国文学门下设的科目中，文史哲不分的混沌状态已经得到了根本的改观，文学已经从壬寅学制的广义“文学”中独立出来，向具有现代分科性质的文学学科转变。由文学史、文学理论和文学批评所构筑的文学学科三位一体式结构框架初具规模。①

2.〔日〕笹川种郎《历朝文学史》中译本印行。

此书于 1897 年在日本出版(详前)。1904 年，经上海中西书局翻译生译成汉语，于 1 月 7 日(光绪二十九年十一月二十日)由中西书局印刷，26 日(光绪二十九年十二月初十日)发行，发行者有启文社、通社、新民书局、国文书局、广智书局、科学仪器馆等数家。作者署名“笹川种郎”，32 开本，油光纸铅印线装四册，共 147 页，约 11 万余字。此为迄今所知，最早被中国翻译过来的一部中国文学史。早期中国人自著的文学史，多受此书影响，如林传甲的《中国文学史》，直到 20 世纪 30 年代初期，童行白等编写《中国文学史纲》时，仍以之为蓝本。

① 详见李昕揆：《癸卯学制与中国现代文学理论学科品格的形成》，《文艺理论与批评》2006 年第 1 期，第 59～62 页。

目次(略)。

2月

28日，《奏定学堂章程》获准实行。

光绪三十年一月十三日(1904年2月28日)，张之洞、张百熙和荣庆向慈禧上《奏遵旨重定大学堂章程妥筹办法折》(即《奏定大学堂章程》，癸卯学制公布的诸章程之一)。慈禧当天就予以批准实行。这个章程一直使用到1911年清朝灭亡，它的颁布标志着中国现代学制雏形的建立，也为延续千年的科举制度敲响了丧钟(科举制度于次年正式废除)。

清末共制定三个大学堂章程。在《钦定京师大学堂章程》(1898年梁启超起草，1902年颁布)中，虽设有"文学科"，实际讲授的内容还是传统的"词章学"，《奏定高等学堂章程》(1902年张百熙拟定，1903年颁布)中设置了"中国文学"学科。1904年颁布的《奏定大学堂章程》规定，大学文学科设立"中国文学门"，在此之下开设"文学研究法"课程。关于"文学研究法"，对后世文学史写作产生影响的规定有：

> 一、古文籀文、小篆、八分、草书、隶书、北朝书、唐以后正书之变迁；二、古今音韵之变迁；三、古今名义训诂之变迁；四、古以治化为文、今以词章为文关于世运之升降；五、修辞立诚、辞达而已二语为文章之本；六、古今言有物、言有序、言有章三语为作文之法；七、群经文体；八、周秦传记、杂史文体；九、周秦诸子文体；十、史、汉、三国四史文体；十一、诸史文体；十二、汉魏文体；十三、南北朝至隋文体；十四、唐宋至今文体；十五、骈散古合今分之渐；十六、骈文又分汉魏、六朝、唐、宋四体之别；十七、秦以前文皆有用、汉以后文半有用半无用之变迁；十八、文章出于经传古子四史者能名家、文章出于文集者不能名家之别；十九、骈、散各体文之名义施用；二〇、古今名家论文之不同；二一、读专集、读总集不可偏废之故；二二、辞赋文体、制举文体、公牍文体、语录文体、释道藏文体、小说文体，皆与古文不同之处；二三、记事、记行、记地、记山水、记草木、记器物、记礼仪、文体、表谱文体、目录文体、图说文体、专门艺术文体，皆文章家所需用。①

① 张百熙、荣庆、张之洞：《奏遵旨重定大学堂章程妥筹办法折》，见顾明远主编：《中国教育大系·历代教育制度考(二)》，北京，人民教育出版社，1961，第1893～1894页。

9 月

林传甲完成《京师大学堂国文讲义》。

时任京师大学堂教习的林传甲，依据《奏定大学堂章程》写成《京师大学堂国文讲义》(1910 年出版后改书名为《中国文学史》，详见后)。

1905 年(光绪三十一年)

8 月

中国同盟会成立。

1905 年 8 月 20 日，中国同盟会在东京召开成立大会。大会通过孙中山起草的《同盟会宣言》和《同盟会对外宣言》以及黄兴起草的会章。

9 月

30 日，清廷废除科举制。

光绪三十一年九月二日(1905 年 9 月 30 日)，清廷上谕："自丙午科为始，所有乡会试一律停止，各省岁、科考试，亦停止。"自 1906 年开始，所有乡会试一律停止，各省岁科考试亦停止，并令学务大臣迅速颁发各种教科书，责成各督抚实力通筹，严饬府厅州县赶紧于乡城各处遍设蒙小学堂。中国历史上延续了 1300 多年的科举制度，突然结束，政治与学术开始分化，中国现代知识分子形成。而更重要的，是废科举、兴新学，新式教育开设中国文学史课程，要求担任此课程的大学教师编写文学史讲义，遂出现了讲义型文学史写作。

本年

1. 刘师培发表《文章原始》、《论文杂记》。

1905 年，刘师培在《国粹学报》发表《文章原始》。该文细考"文"之变迁，把中国文学发展分为 9 个阶段，即上古、中古、东周、西汉、魏晋六朝、唐代、明代以降以及近代。每一发展阶段，文学风气和文体上都有自己的特征。如东周时期，"直言者谓之言，论难者谓之语，修词者为之文"。西汉时期，"文区二体：赋、颂、箴、铭，源出于文者也；论、辩、书、疏，源出于语者也"。"东京以降，论辩书疏诸作，亦杂用排体，易于为文"。汉魏六朝，"崇尚排偶，而文与笔分"。唐代，"韩柳嗣兴，始以单行易排偶"。"明代以降，士学空疏，以六朝之前为骈体，以昌黎之辈为古文"，"近代文学之士，谓天下文章莫大于桐城，……则以经为文，以子史为文”。[①] 这里阐述的中国文学史分期及归纳的各时期特征，对早期中国文学史写作有一定的影响。

刘师培还在该文中提到文学进化之“公例”：

> 昔罗马文学之兴也，韵文完备，乃有散文，史诗既工，乃生戏曲(见涩江保《罗马文学史》)。而中土文学之秩序，适与相符，乃事物进化之公例，亦文体必经之阶级也。(事物之理，莫不由简而趋繁，何独于文字而不然乎？[②]

这一段话虽然是说唐代文章，但既谓“进化之公例”，自然不限于一个时代。刘氏更从日本人的《罗马文学史》中发现，中西文学的进化次序相同，可称为“公例”。刘氏同年发表的《论文杂记》之第二篇对进化论文学史观的表述更清晰：

> 英儒斯宾塞耳有言：“世界愈进化，则文字愈退化。”夫所谓退化者，乃由文趋质，由深趋浅耳。及观之中国文学，则上古之书，印刷未明，竹帛繁重，故力求简质，崇用文言。降及东周，文字渐繁；至于六朝，文与笔分；宋代以下，文词益浅，而儒家语录以兴；元代以来，复盛兴词曲。此皆语言文字合一之渐也。故小说之体，即由是而兴，而《水浒传》、《三国演义》诸书，已开俗语入文之渐，陋儒不察，以此为文字之日下也。然天演之例，莫不由简趋繁，何独于文学而不然？[③]

斯宾塞(Herbert Spencer)是英国社会学家，也是第一个把生物进化论应用于人类社会的学者。刘师培较早把斯宾塞的社会进化主义引进中国。刘师培的文学进化观其实是由文字(语言)体式的变迁而至文学进化。虽然混淆了文字进化与文学进化，但刘氏在《文章原始》和《论文杂记》第二篇中都提到了文学进化“莫不由简趋繁”，其实质是指出了文学变迁有一个固定的方向，即“由深趋浅，由简趋繁”，这一点可谓对中国文学史演

① 转引自黄霖：《近代文学批评史》，上海，上海古籍出版社，1993，第787～788页。

② 刘师培：《文章原始》，见陈中凡、刘文典编：《刘申叔遗书》，南京，江苏古籍出版社，1997年影印本，第1646页。

③ 刘师培：《论文杂记》，见钱玄同编目、南桂馨校印：《刘申叔先生遗书》，台北，京华书局，1970年影印本，第711页。

进特征的宏观概括。此后鲁迅、胡适等人的文学史写作，或多或少受到这种理念的影响。

2. 黄任恒《辽代文学考》铅印。

黄任恒（1876～1953），字秩南，号述窠，广东南海人。《辽代文学考》，1905年铅印，线装一册。1925年，作为《辽痕五种》之一由广州聚珍印务局初版；1934年7月增辑再印。

陈玉堂《中国文学史书目提要》载：“《辽代文学考》，黄任恒（字秩南，广东南海人）著，1925年刊，南海黄氏述巢杂纂本，其他情况待查原书。此据《七十六年史学书目》录存。黄氏尚撰有《辽代金石录》和《辽痕五楼》等。”①关于这段话，有几点需补正：一、黄任恒字秩南，而非秋南；二、黄任恒《辽代文学考》，叙目署光绪三十一年即1905年，后于“甲戌六月增辑再印”，“甲戌六月”即1934年7月；三、本书1925年属于正式出版，而非刊印；四、《辽痕五楼》应为《辽痕五种》，此乃黄任恒编纂的丛书，共五种，分别是《辽代年表》、《辽代文学考》、《补辽史艺文志》、《辽文补录》、《辽代金石录》。

本书分上、下卷。述及中国文学历史，而并未贯穿“史”的意识，又兼及中国古代各类典籍，故全书可谓一部中国文化论文集。虽非严格意义上的文学史书，但对中国文学史写作亦有参考价值。

目次：

上卷 总论、好学、能文；下卷 经籍、学校、试士、文字语言、艺术、释道。

3.〔日〕宫崎繁吉《支那近世文学史》刊行。

宫崎繁吉（1871～1933），字子寔，号来城、柳溪，日本九州久留米人，据清末留日文人陶报癖介绍：“宫崎来城者，东岛文坛之健将也，著有《西施》、《杨贵妃》、《虞美人》及多情之豪杰书，与往情来，淋漓浓艳，颇受一般社会之欢迎。”②另著有《支那小说戏曲文钞释》（东京：早稻田大学出版部，1907年）。所著《支那近世文学史》，日本东京早稻田大学出版部1905年刊行。

本书与久保天随的《支那文学史》同为早稻田大学出版的文学史讲义，

① 陈玉堂：《中国文学史书目提要》，合肥，黄山书社，1986，第156页。

② 〔日〕宫崎来城：《论中国之传奇》，陶报癖译，《月月小说》第14号（1908年3月17日出版），第11页。

在中国的影响却远不及久保氏之著。当然，作为明治时期为数极少的中国近世文学史(断代史)，本书至今仍有可称道之处。例如，在《绪论》中，宫崎繁吉这样阐述他以“近世”作为主要论述方向的写作动机：

> 征诸我国艺文史乘，所谓的汉学传来迄今已千余年，随着德川时代的文化而辈出的诸儒，如同他们所费心思索研究，可观之处应该相当之多，特别现在经由新进作家之手写就的支那文学史亦不只一二，以典据为基础研究的结果，将之撰述出来，即使有时不见全貌，但思考之下仍有所得。然而就其所述之处观之，大率唐宋以前的甚详细致密，元明以后的甚为疏漏，这也是我在此为了近世文学，大气一吐，想有所作为的缘故，我的叙述就从金元之间开始。①

有感于日本汉学界历来对于中国唐宋以前的文学研究相当充足，而之后的研究却很少，宫崎繁吉将研究的焦点放置在金、元以后的时代，也因此，本书在当时日本汉学界研究中国文学通史已成风气的背景下出现，应当是比较特别的一项成就。

据研究者透露的零星材料来看②，宫崎繁吉在本书中讨论金元以下的“近世”时，先以“总说”的方式告知欲讨论时期的重要特点，以及特殊文学成就，然后才进行各时期的具体分析，而具体分析部分大致上又按照作品和作家为分项讨论，最后，则以某时期重要作家作为总结。宫崎繁吉注意到了小说、戏曲在“近世”文学的重要性，尤其是论述明清时期的文学时，以小说、戏曲为主。宫崎对中国古代小说戏曲的重视，与同时代著有《支那文学史》的古田贞吉蔑视小说戏曲的态度，形成发人深省的对比。

目次(待访)。

1906年(光绪三十二年)

本年

窦警凡《历朝文学史》初版。

窦警凡(1844～1909)，字晓湘，号警凡，江苏无锡人。

---

① 〔日〕宫崎繁吉：《支那近世文学史·绪论》，东京，早稻田大学出版部，1905年，第1页。

② 参见林以衡：《日本旅台文人宫崎来城在台汉文学创作与评论初探》，《台湾学研究》(“国立中央图书馆”台湾分馆主办)第9期(2010年6月版)，第118页。

据刘厚滋《中国文学史钞》(上)，窦警凡《历朝文学史》可能是当年南洋师范的课本，此书脱稿于光绪二十三年(1897)。如果刘厚滋此说属实，则窦警凡《历朝文学史》为国人自纂的第一部文学史。

储皖峰编《中国文学史》"绪论"云：

> 我国人著的中国文学史，第一部当推窦警凡的《中国文学史》，见有光绪三十二年(一九〇六)铅印本，序末署光绪三十二年丙午梁溪振学主人窦警凡序。据可靠的传说，他的著作则甚早。次之为林传甲的中国文学史。

据中国国家图书馆所藏窦警凡《历朝文学史》，封面题"历朝文学史张祖翼署首"，油光纸铅印本，双面 53 页，每半页 12 行，行 33 字，全书约 6 万字。篇首有《读书偶得序》，末署"光绪三十二年丙午梁溪振学主人窦警凡氏序"。陈玉堂先生没有见过此版本，在《中国文学史书目提要》中据刘、储二位先生转录窦著，认为本书"实系国学概论，而非文学史"[①]。若就全书而言，总体上确实可归为一部国学概论，窦警凡自己也认为，该书是一部文明史。但倘若单就"叙集第五"来看，却可谓一部简略的中国文体史。由于本书原版稀见，知情人甚少，兹参考见过《历朝文学史》的周兴陆先生之言[②]，略述如下：

"叙集第五"约 6.4 千字左右，简略描述了历代文(包括散文和骈文)、诗、词、曲的流变轨迹。与"叙经"、"叙史"、"叙子"偏重于对内容的评说不同，"叙集"注重对作家创作风格的评论。按窦氏自己的说法就是："读经时当考经，此以文为主。"他以两千余字的笔墨，勾勒了从上古至近代桐城派、阳湖派骈散文章的沿革流变，提到的作家近 200 人。

"叙集第五"论诗部分亦近 2 千字，提到了 200 多位诗人，简要述及历代诗歌创作的基本面貌和不同诗人的创作风格，粗线条地勾勒了诗歌演变的历史流程。尽管较为粗略，却也不乏真知灼见，比如一般人批评元诗纤佻，窦警凡则指出其具有"喜于一首中著警策数句"的特点。

在"叙集第五"论词部分，窦警凡从创作风格倾向上给予明晰的梳理，虽然文字不多，但却较为切中肯綮。他认为词应以姜夔、吴文英为正宗。这正是清代浙西词派以来的基本立场。窦警凡把宋代词的风格倾向划为

① 陈玉堂：《中国文学史书目提要》，合肥，黄山书社，1986，第 4 页。

② 周兴陆：《窦警凡〈历朝文学史〉——国人自著的第一部中国文学史》，《古典文学知识》2003 年第 6 期。

以婉丽胜的秦柳派、以豪迈胜的苏辛派，陆游词则糅合二者为一。从这个角度来看清词，他认为只有蒋士铨为苏辛派，尤同、郑燮与陆游为近，多数词人则属于秦柳派，婉丽柔媚而无清刚豪迈之气。这是他对清代词风的基本认识。

尽管窦警凡也说“曲则其品益卑”，流露出轻贱之意，但他并没有忽略曲，而是把曲作为“叙集第五”的一个组成部分，虽只寥寥数语，却也是难能可贵的。他评说“曲”道：“至于曲则其品益卑，然元曲《西厢》、《琵琶》相传已久，明汤显祖《四梦》传奇、徐渭《四声猿》，国朝如洪昉思《长生殿》、孔云亭《桃花扇》亦既脍炙人口，又有《元人百种曲》，《六十种曲》之汇刻。其一人所著者，李笠翁渔之《十种曲》，杨笠湖潮观之《吟风阁曲》，而以蒋心余《九种曲》为最佳。”

窦警凡持大文学观，认为文学发展史就是文明发展史。既然文学史就是文明史，那么中国文学的开端，就应该从中国文明的起源开始。窦氏认为，中国文明从文字开始，为此他的《历朝文学史》不从《诗经》起笔，而将许慎的《说文解字》当作第一章，题为“志文字原始第一”。《说文解字》以下，他论及魏晋间的李登、吕静《声类》、《五音》、沈约《四声》、陆法言《切韵》以至司马光的《集韵》等。

第二章为“叙经”。窦警凡认为“文字以后，经学为最要”。依次论及《易经》、《书经》、《诗经》、《周礼》、《礼记》等，这就是通称的“十三经”。每论一经，先叙作者，次叙成书经过，后叙笺注，诠释此经的代表性著作及其作者，条理清晰。最后总论说：“以上十三部尊之曰经，内以治身，外以经世天下，承学之士无人不谈，为千古文学之宗，不可以著述工拙论也。”

第三章为“叙史”。作者大谈以史为鉴、古为今用的高论。此章论及《史记》、《汉书》以下列朝列代之史著，止于《明季北略》、《明季南略》等共23种史著。

第四章为“叙子”。此章论及诸子名家、兼及杂流。例如论及阴阳家、儒家、墨家、法家、名家、道家、纵横家、农家、杂家、艺术等。作者将《红楼梦》、《镜花缘》、《聊斋志异》、《阅微草堂笔记》等归类于杂家，“其功在一洗胸中之恶俗”，却把医书、占卜、命相书等归于艺术一类。

最后一章为“叙集”。如前述，不赘言。

他自述以经、史、子、集作为纲目的理由：

> 学必由文字始，兹叙文字为发端。立纪纲，厚风俗，使薄

海内外之人相协而不相离，可强而不可弱者，莫备于经，故次之以经。上下古今，成败得失之道，一览了然，得所依据，莫善于史，又次之以史。凡人情事理，以至农工商贾，虽世变日新，有百变而不能出其范围者，莫详于子，又次之以子。从古硕德通才，奇谋伟略，以至文人学士，亦各有著作，以抒其见，悉载文集，又次之以集。兹择其恒见而切要者录之，间附末议，虽所见孤陋，然窃谓会而通之，有益之学，大致备矣。

目次：

叙文字原始第一[①]；叙经第二；叙史第三；叙子第四；叙集第五。

1907年（光绪三十三年）

本年

吴梅《中国文学史（自唐迄清）》出油印本。

吴梅（1884～1939），字瞿安，号霜臣，江苏长洲人。《中国文学史（自唐迄清）》，1907年由京师大学堂油墨印刷，黄色毛边纸；双面折叠，共294页，每页10行，每行20～24字，全书约6万字；骑缝上写“中国文学史文科国文门三年级 吴梅”字样，共三册，封面署名“吴”，内文则是“中国文学史——自唐迄清”，署“吴梅辑”。此原稿现藏法国法兰西学院汉学研究所图书馆。陈平原先生复印后，收入《早期北大文学史讲义三种》一书，由北京大学出版社于2005年9月影印出版。

本书作为大学文学史课程讲义，长期被埋没，乃至吴梅本人和他的友人、学生都不曾提及，其原因可能是该书在当时众多文学史著作中成就不高。考究“文章之运与世运递迁，一代体制，有因由创，道在自然，初非矫异”，确非吴梅所长。[②] 书中错谬之处颇多。

虽书中标明“由唐迄清”，其实只讲到了明代；而且，三册中有一册半是作品选。文学史论述分三部分：（一）唐代文学总论，共68页；（二）宋元文学总论，共35页；（三）明代文学总论，共45页。其中（一）（二）合为第一册，（三）和“中国文学史附录”的唐代篇（共81页）合为第二册，“中国文学史宋元篇附录”加上“附录的附录”（“明人传奇目”、“明人杂剧目”），共95页，独立成为第三册。

体例方面，大致上以朝代为经、以文体为纬，但第二部分把宋元文

① 陈玉堂《中国文学史书目提要》第4页所抄目录写为“文学原始第一”，实误。

② 转引自陈平原：《不该被遗忘的“文学史”——关于法兰西学院汉学研究所藏吴梅中国文学史》，见《早期北大文学史讲义三种》，北京，北京大学出版社，2005，第620页。

学合在一起讲，以致朝代之“经”显得混乱。各时代之文学主要述文、诗、词、小说，却在第一、二部分列入“史”，第三部分甚至列入“道学”。这些情况说明，此时中国文学史写作在体例方面尚幼稚，而吴梅所持的是广义的文学观。从另一个角度来看，本书体例有些“混乱”，也反映出吴梅文学观较为明显的新旧杂糅的过渡特点，即既有传统文人的印记，又有现代学人的特点。就吴梅的个人兴趣而言，如果不是为了教学的需要，他是不会编写这样的文学史著作的，即使写了，其结构框架和表述方式也会与这本《中国文学史》讲义存在着很大的差异。

目次：

唐代文学总论：甲、文；乙、诗（一、初唐；二、盛唐；三、中唐；四、晚唐）；丙、词；丁、史；戊、小说；己、缁徒文学

宋元文学总论：甲、文；乙、诗；丙、词；丁、曲；戊、史；己、语录；庚、小说；辛、时文

明代文学总论：甲、文；乙、诗；丙、词曲；丁、道学（一、崇仁之学；二、河东之学；三、白沙之学；四、姚江之学；五、甘泉之学；六、整庵之学；七、蕺山之学）；戊、制艺；己、小说。

1908年（光绪三十四年）

本年

松平康国等合著《支那文学史谈》出版。

松平康国（1863～1950）等合著《支那文学史谈》，东京早稻田大学出版部约1908年出版。

关于此书的编著者，日本学界及中国学者都认为是松平康国一人。据笔者从日本早稻田大学图书馆检索的目录来看，该书标注“松平康国述《国文学史》/ 永井一孝讲述《 支那文学史》（下）/久保得二、松平康国、永井一孝，久保天述”，故此书应为松平康国等合著。

据说，此书分作上古期（三代至战国）、中世期（秦汉至唐宋）、近世期（宋以下至清），但近世没有写。①

1909年（宣统元年）

1月

张德瀛《文学史》初版。

张德瀛（1861～?），字采珊，号山阴道上人，广东番禺人。《文学

① 黄仁生：《中国文学古今演变研究绪论》，《湖南文理学院学报（社会科学版）》2009年第5期。

史》，1909年1月广东政法学堂初版，铅印线装一册。封面居中隶书“文学史”3字，右上方行书“宣统元年正月刊行”，署“禺麓张德瀛采珊编纂”，框高18公分，阔12公分，每页13行，每行37字。内文每页版心细鱼口印“中国文学史”5字，与封面“文学史”稍异，鱼口下印“广东法政学堂出版”。全书共4篇66章，计9万余字。

此书有完整的版权页，著录定价、出版印刷机构，并且有版权贴花，这在中国文学史写作萌芽期现存史著中，实属罕见（林传甲、黄人等诸人之史著，均无此完整版权页）。这是广东籍学人编写的第一部中国文学史著作。

张德瀛于光绪十七年（1891）中举，有词集《阮俞笛谱》、《空中语》、《画禅外篇》、《击剑录》、《纫兰剩稿》，总名《耕烟词》；另有词学专著《词徵》六卷。张氏事迹见《番禺县续志》及《味天和室笔记》等，但并无其任教广东法政学堂的记录。鉴于广东法政学堂1906年正式开学，而本书由该校出版，可推断本书为张德瀛任教广东政法学堂时所写的讲义。据学者考证，此书写作于1906～1909年间。①

张氏在《文学史序录》开卷就说：

> 有文字而后有人群，有进化之机、国运之维新、社会之发达、礼乐兵刑之因革、艺术之日出而日精，佐以文字，则流传益远，是所谓不朽盛业。

这里以“文字”来界定“文学”，属于传统的“文学”界说方法，与章炳麟、林传甲等对“文学”的认识与界说相似。因此，在张德瀛笔下，文字、字学、声韵、文体、经学都被写进文学史中。他说：“兹篇所录，肇自上古，迄于皇朝，以集为主，而经、史、诸子亦备甄采。”

需要注意到，张德瀛将文字“误读”为文学，除了因为当时人们普遍取“大文学”的定义，还有借此阐发中国文学史中的文化意义和政治意义的意图。阐发中国文学史中的文化意义和政治意义。张德瀛将汉字文献（文学作品）当作“国粹”，提到了国家盛衰、民族存亡的高度来加以阐述：

> 盖有以专门名家、卓然而成独至之诣者，所关甚巨，范围

① 参见闵定庆：《张德瀛著文学史：一部值得关注的早期中国文学史》，《中山大学学报》（社会科学版）2006年第4期，第32～37页。本条所述，部分摘自闵定庆此文，特致谢意。

> 愈广，盛衰倚伏咸寓其中。曩者泰西列强略地殖民，每迫令其所属之国改用己之语言文字。波兰者，泰西千余年之古国也，后为俄军所败，并取诸部，尝禁其士民用波兰语文矣。英墟印度，凡有土著，不令读书识字，是以流风善政、丰功伟业阒寂而无闻。文不在兹，国已灭亡。望古遥集，能无太息？吾中国亦已老矣，著于载籍，历千百祀而菁华弗掩者，非即今之所谓“国粹”者乎！

这段话“蕴含着满腔的忧患意识和世界眼光，从波兰和印度亡国废文的悲剧中读出了弘扬汉字文明的重要性和迫切性”①。他相信，叙述汉字文献构成的“中国文学史”，是担当起传承中华文明、捍卫国家独立、确保民族不朽的重任的重要举措，“世运虽变，未尝绝也”，“继此者亦必绳绳乎靡有艾也”。

对文字文献的重视，赋予本书一个鲜明的特点，那就是作者依靠文献而不是像后世文学史家那样依靠文学史观念和理论，来建构中国文学史的书写。为了突出经书、史书和史书文体的中心地位，书中专设“群经文体”、“周秦传记杂史文体”、“诸子文体”、“诸史文体”乃至“骈散离合”。他乃至认为，后世“文章”都由先秦文体发端：“文章者，原出五经。诏命策檄，生于《书》者也；序述论议，生于《易》者也；歌咏赋颂，生于《诗》者也；祭祀哀诔，生于《礼》者也；书奏箴铭，生于《春秋》者也。”据此，称本书为一部广义的中国散文史，也未尝不可。

全书始自上古、迄于清朝。

目次(待访)。

3月

1. 来裕恂《中国文学史稿》完稿。

来裕恂(1873～1962)，字雨生，号匏园，浙江萧山县长河镇人。《中国文学史稿》，以楷体抄写，三册，每册一卷，上卷(含“绪言”)61页，中卷60页，下卷49页。其中，上卷无第10页，可能系作者修订时抽去；中卷无第52页，可能系抄写时忘记编此页码。故，原稿本实为169页，现存168页。每版10行，每行25字，故全书约8万字。原稿本藏于广东省中山图书馆。来氏著作，大多只有家印本，近年来，由于其长

① 闵定庆：《张德瀛著文学史：一部值得关注的早期中国文学史》，《中山大学学报》(社会科学版)2006年第4期，第35页。

孙、著名史学家来新夏的推动，先后得以出版。原稿本有杭州市萧山区方志办影印本(2005)，数年后，岳麓书社据原稿本影印件整理出版(2008年8月出版，王振良整理编次，陈平原作序，来新夏作后记)。

来裕恂《匏园诗集》卷十七(编年为"乙巳")内有《暑日，予著〈文学史〉，内子尝伴予至夜分，或达旦》(卷前目录为《著文学史》)诗一首，可知光绪三十一年(1905)至迟已经开始编纂《中国文学史稿》一书。本书"绪言"末署"宣统元年二月萧山来裕恂叙于海宁中学堂"，故本书编写于1905年夏至1909年二月之间。由于书稿完成的准确时间无法确定，今以作者撰写《绪言》的时间(宣统元年二月，即公元1909年3月)作为完稿时间。1905年来裕恂受聘于浙江海宁中学堂。清末，不仅大学而且中学教师也可以自行编写教材。本书原稿本，应为来氏执教时的讲义。

来裕恂在《中国文学史·绪言》中指出，"远而希腊，近而欧美"，均"撷文学之精义，焕政治之明光"，因此"欲焕我国华，保我国粹，是在文学"，"盖文学者，国民特性之所在，而一国之政教风俗，胥视之为盛衰消长者也"。认为文学可以转移政治风气，可以起到"焕我国华，保我国粹"的作用，并把文学与"国民性"紧密联系起来。尤其是，他把文学提升到学术高度，认为近代中国的落后，是因为"泰西之政治，随学术而变迁，而我国之学术随政治为之旋转"，因此要改变近代中国落后的局面，就必须专心学术、振兴文学，而少谈政治。文学能否改变近代中国落后面貌，大可商榷，但来氏这种愿望，是他写作本书的动机，表明中国文学史写作自早期开始，就体现出了振兴民族国家的使命感。

目次：

第一编[①] 中国文学之起源

第一章 总论；第二章 文字之起源[②]及构成[③]；第三章 黄帝之学术；第四章 五帝三代之文学及沿革[④]；第五章 尧舜之学术[⑤]；第六章 禹之学术[⑥]；第七章 殷之学术[⑦]；第八章 周代学术[⑧]；第九章 周代

① 修订本改"编"为"篇"。下同，不赘言。

② 原稿本正文目录与每卷前目录略有出入。此处原稿本正文写作"文字之缘起"。

③ 作者修订时在此第二章后加上第三章《伏羲之文学》和第四章《神农之文学》，此处目次以原稿本目次为准。

④ 修订本删去此章。

⑤ 修订本改此章为"第六章"，改"学术"为"文学"。以下第六章改为"第七章"，依次改订，直到最后第十二章改为"第十三章"。

⑥ 修订本改为"夏代文学"。

⑦ 原稿本正文写作"殷之文学"，修订本改为"殷代文学"。

⑧ 原稿本正文与修订本都写作"周代文学"。

之学制；第十章　诸子以前之文章[①]；第十一章　诸子以前学术[②]之本原；第十二章　旧说破而新说立[③]。

第二编　诸子时代[④]

第一章　总论；第二章　老子之道[⑤]；第三章　孔子之道；第四章　墨子之道；第五章　三家总论[⑥]；第六章　老孔墨演变为九家；第七章　诸子之派别；第八章　先秦文学之评议；第九章　诸子之文章[⑦]；第十章　孔子之六经；第十一章　儒学[⑧]之势力；第十二章　秦代焚书坑儒[⑨]；第十三章　秦改定新文字。

第三编　汉代之文学

第一章　总论；第二章　武帝以前之文学；第三章　武帝以后之文学；第四章　儒学[⑩]之统一；第五章　两汉之经师；第六章　汉代至大著作[⑪]；第七章　两汉之文辞；第八章　汉代之韵文；第九章　汉代谶纬之书有益于文学。

第四编　汉以后之文学

第一章　总论；第二章　三国时代之文学；第三章　汉魏文章之变迁；第四章　晋代之文学；第五章　晋以后始有文笔之分；第六章　六朝之文学；第七章　南朝之儒学及梵学；第八章　北朝之儒学及道教佛教；第九章　隋之文学。

第五编　唐代之文学

第一章　总论；第二章　唐代之经学；第三章　唐代之尊老子学；第四章　唐代之古文学；第五章　唐代之韵文；第六章　唐代之诗学；第七章　唐代之佛学；第八章　唐以后之文学。

第六编　宋朝[⑫]之文学

第一章　总论；第二章　宋代之道学；第三章　宋儒之学派；第四

---

① 修订本改为“诸子以前之文学”。
② 修订本改“学术”为“文学”。
③ 修订本改为“旧文学破而新文学兴”。
④ 修订本改为“诸子时代之文学”。
⑤ 修订本改“道”为“文学”。第三、四章同此。
⑥ 修订本改为“老孔墨三家总论”。
⑦ 修订本改为“诸子之文学”。
⑧ 修订本改为“儒家文学”。
⑨ 修订本改为“秦代焚书坑儒，废古代文学”。
⑩ 修订本改为“儒家文学”。
⑪ 修订本改“大著作”为“大文学家”。
⑫ 修订本改为“宋代”。

章 宋代[①]学派之争；第五章 宋代之文学；第六章 宋代之诗词。

第七编 宋以后之文学

第一章 总论；第二章 金之文学；第三章 元代之儒学；第四章 元代之诗学；第五章 元代之古文学；第六章 小说戏曲之发达；第七章 欧洲学术之输入；第八章 正历为元代之功；第九章 元代之医学发达。

第八编 明代之文学

第一章 总论；第二章 明代道学派之纷争[②]；第三章 明代之古文学；第四章 明代之诗学；第五章 明代采用欧洲历学；第六章 明季东林学派之影响。

第九编 国朝之文学

第一章 总论；第二章 "国朝之"[③]经学；第三章 "国朝之"性理学；第四章 "国朝之"地学；第五章 "国朝之"算学；第六章 "国朝之"古文学；第七章 "国朝之"韵文；第八章 "国朝之"诗家；第九章 "国朝之"小说戏曲；第十章 "国朝之"考证学之拘泥；第十一章 近今之文学；第十二章 "国朝"诸儒之学派。

2.［日］儿岛献吉郎《支那大文学史·古代篇》初版。

儿岛献吉郎《支那大文学史·古代篇》，1909年2月由日本东京的富山房印行。本书系是儿岛氏计划编写的"支那大文学史"中的古代篇，迄于六朝。

目次(待访)。

10月

改元宣统

21日(农历九月初八)，年仅三岁的爱新觉罗·溥仪正式登基，并改元为"宣统"。

1910年(宣统二年)

5月

黄节《文学史概》排印。

黄节(1873～1935)，字晦闻，广东顺德人，近代著名诗学家。《文学

---

① 修订本改为"宋儒"。

② 原稿本写作"明代道学派"，修订本改作"明代学派"。

③ 原本无双引号，因修订本将"国朝"改为"清代"，故以双引号予以标注。下同。

史概》，1910 年 5 月（宣统二年四月）由两广优级师范学堂排印，线装一册。

学界多传黄节曾出版《中国文学史》一书，而语焉不详，似乎无人亲自见过该书。近年程中山在考辨黄节《诗学源流》一书成书年代及版本时说：

> 同年（宣统二年——引者按）四月，黄节亦有《文学史概》一书出版，此书为两广优级师范本科中国文学讲义，凡二册，分十编各述太古自清朝历代文章之流变，如第一编述自太古迄周季之文章，第二编述秦两汉之文章，如是者每编细分成若干章。①

目次及内容（待访）。

7 月

林传甲《中国文学史》初版。

林传甲（1877～1922），字归云，号奎藤，福建闽侯人。林传甲《中国文学史》一书版本甚多，据笔者所见有关资料，大致有以下几种版本：

一、讲义本：京师大学堂讲义，署名林归云，1904 年初印，210 页，1906 年再印；

二、《广益丛报》连载本：1910 年 4 月 19 日起；

三、武林谋新室本：武林谋新室印行兼发行，日本宏文堂印刷，上海科学书局和广东、天津、奉天、北京科学分局发行，宣统二年六月（1910 年 7 月）朔校正再版；

四、广东育群书局本：石印线装两册；

五、汪剑余改本：改名《本国文学史》，1925 年初版。

经查考，第一种，目前属传说中版本，至今未见实物出现过；第二种版本与第三种版本同；第三种版本，是目前最常见的版本，陈玉堂《中国文学史书目提要》（1986）仅录“发行者上海科学书局和广东科学分局”，其实，还有天津科学分局、奉天科学分局、北京科学分局。陈玉堂《中国文学史书目提要》又记录第三种版本为“初版本”，实际上是“校正本”，关于这点，林传甲在书中第一篇有陈述。此外，第三种版本版权页还标出

① 程中山：《黄节〈诗学〉的成书年代及版本考略》，《学术研究》2006 年第 10 期，第 134 页。

“宣统三年起至中华民国三年六版”，也就是说，自从1910年7月校正再版后，到1914年出版第六版。这个第六版，1986年台湾学海出版社影印过，1999年再版；2005年陈平原编、北京大学出版社影印的《早期北大文学史讲义三种》的底本，也是这个版本。另外还有一种1914年广东存珍阁印本，为谋新室本之盗印本，版权页注“民国甲寅年二月重校正印行”。第四种广东育群书局本，中国国家图书馆有收藏，根据该馆书目著录，出版时间为光绪三十年即1904年。如果这个记录可靠的话，那么这个版本很可能就是第一种版本(即陈玉堂先生所说的1904年印讲义本)。第五种汪剑余改本，笔者将在后文述及，此处不赘言。

留传最广的武林谋新室本，为24开本，“光绪甲辰季冬之望弋扬江绍铨序”①，序目24页，正文210页，约7.7万字。

武林谋新室本系林传甲为京师大学堂预备科中国文学目教学而编写的教材。林传甲依据《奏定大学堂章程》，仿照日本早稻田大学《中国文学史》讲义②，耗时仅百余日而成十六篇讲义，结集为《京师大学堂国文讲义》，出版时改名为《中国文学史》。此书初成时间，历来有争议，兹试作考证如下：

“戈扬江绍铨序”中说：

> 吾友林子归云……甲辰夏五月来京师主大学国文席，与余同舍居。每见其奋笔疾书，日率千数百字。不四阅月，中国文学史十六篇已杀青矣。
>
> 林传甲在该书第一篇中记道：
>
> 传甲不才，今置身著述之林，任事半年，所行止此。昔初编讲义时，曾弁短言为授业豫定书，今已届一学期。爰辑期内所授课，为报告书，由教务提调呈总监督察核焉。光绪三十年十二月朔侯官林传甲记。

① 陈飞主编《中国文学专史书目提要》(大象出版社2004年版)云：“《中国文学史》，江绍玲著，京师大学堂，1904年版”。此“江著本”，不见于陈玉堂《中国文学史书目提要》。其实，这个所谓“江绍玲著，京师大学堂，1904年版”本，就是林传甲《中国文学史》，因为“江著本”卷首有“光绪甲辰季冬之望弋扬江绍铨序”。光绪甲辰，即1904年；江绍铨，即江亢虎，林传甲编写《中国文学史》时的友人。《中国文学专史书目提要》编著者把“江绍铨”误为“江绍玲”，误把作序者当作著书者。

② 林传甲写作此书时，显然有两个根据：一个是《奏定大学堂章程》中有关文学史的学科规范，另一个是日本人笹川种郎的《支那文学史》。林氏自己表示，他主要依据后者，而世人也多谓林氏《中国文学史》乃模仿日人《支那文学史》之作。然，从林氏之书的目录就可看出，该书更多的是受到《奏定大学堂章程》影响。

由上可见，林传甲于1904年6月（农历五月为公历6月）开始编写《中国文学史》，约于9月初步完成，并同时开始在课堂讲授，1905年1月（农历十二月为公历次年1月），为提交校方核查而编订印刷。编订时间为“光绪三十年十二月”，即1905年1月。所以，林传甲初次编纂完成《中国文学史》一书的时间约为1904年9月。

据林氏自述，他本人在编写本书时，“查大学堂章程”，“取以为讲义目次，又采各科关系文学者为子目”，“甄择往训，附以鄙意”，并且，“仿日本笹川种郎《中国文学史》之意”①，最后共得十六篇，每篇十八章，总二百八十八章，每篇自具首尾，用纪事本末之体，每章必列题目，用通鉴纲目之体。在林传甲的时代，中国人对“文学”的认识还相当模糊，没有与传统的史学、经学等区分开来。文字、音韵和训诂，这些被称为“小学”的内容，在20世纪初期以前，长期被视为学术入门的基础知识，林传甲秉承这种思维惯性，在书中第一至三篇先讲小学。在第四篇，他把自皇古唐虞到清代的文学，分成治化之文与词章之文两大类，并以为，这两类文学的此起彼伏，“关于世运之升降”。这其实注意到了文学与社会发展之间的关系。第五篇叙述的是很具体的修辞之法，尽管其“修辞”与现代汉语修辞有较大差异，但将之笼统称为语法可也。讲过语法后，接着在第六篇就该讲作文之法了。第七至第十一篇，按照《资治通鉴》、《四库全书》的目录之学，分别讲经、子、史。第十二至第十六篇，依次讲汉魏到唐宋的“文”。这个“文”，相当于现代的散文，也就是说，这部分内容实为中国散文史。为何只有“文”而无其他文体呢？林传甲对小说、戏剧深恶痛绝，在书中不予提及，这尚可理解。为什么在中国传统文学中享有较高地位的诗歌，也没能在林氏的文学史写作中占得一席之地？存疑。

上面讲到，林传甲对小说、戏剧深恶痛绝，这是有据可查的。他在《元代文体为词曲说部所紊》中写道：

> 元之文格日卑，不足比隆唐宋者，更有故焉，讲学者即通用语录文体，而民间无学不识者，更演为说部文体：变乱陈寿《三国志》，几与正史相混；依托元稹《会真记》，遂成淫亵之词。日本蓰川氏撰《中国文学史》，以中国曾经禁毁之淫书，悉数录

① 林传甲：《中国文学史·自述》，武林谋新室印行兼发行，1910，第23页。

> 之，不知杂剧、院本、传奇之作，不足比于古文之《虞初》。若载于风俗史犹可。笹川载于《中国文学史》，彼亦自乱其例耳。况其胪列小说戏曲，滥及明之汤若士、近世之金圣叹，可见其识见污下，与中国下等社会无异。而近日无识文人，乃译新小说以诲淫盗，有王者起，必将戮其人而火其书乎！

在他写作本书的1904年，梁启超发起的"小说界革命"、"戏剧改良"业已影响较大，多数人的文学观念正在发生巨大变化，而林传甲却痛斥小说戏曲"诲淫诲盗"，期望"有王者起，必将戮其人而火其书"。这固然与《奏定大学堂章程》等规定"以学生购阅稗官小说，垂为禁令"不无关系，但主要还是因为林氏持蔑视小说戏曲的传统文学观念。

林传甲在书中将文章分作"治化之文"和"词章之文"两类，描述了这两种文类的或分或合，形成各时代为文风气的过程。近年学者戴燕以当代"文学"观考察林氏此论之后，得到结论："林传甲对文学史的理解，真正是一种片面的误解，他所接受的只是表面的、形式上的那一点点东西。"①如果明白在中国古代受到重视的只有以经学为中心的学术、以政治为中心的载道文学，就能理解林传甲对文学史的理解也许"真正是一种片面的误解"，但他将古代的文章分作"治化之文"和"词章之文"两类，并叙述其或分或合的过程，其实还是抓住了中国文学的某些特征，而非"表面的、形式上的那一点点东西"。比如，他说"治化之文"与"词章之文"是从汉代以后开始分化，曹植和南朝的一些文士，都属于"词章派"，而到了唐代，则是"治化"与"词章"并举，这个看法，与后来文学史家公认的魏晋为文学自觉时代，极其相似。

这部书在过去一段时期被视为国人自著最早的文学史②，因此广受关注，影响很大，至今仍是早期中国文学史著的代表。但后世史家或研究者对该书并不看好，总体上批评指摘多过赞誉。郑振铎批评它"简直不能说是'文学史'，只是经史子集的概论而已"③。类似这样的批评大多出自"五四"以后的史家，他们依据现代文学史观念检查林传甲《中国文学史》，发现许多"不符合"文学史写作规则之处。他们没有考虑到，在林传甲编写本书时，至少绝大多数中国人不知道中国文学史为何物，林传甲

① 戴燕：《中国文学史的早期写作——以林传甲〈中国文学史〉为例》，见《文学史的权力》，北京，北京大学出版社，2002，第174页。

② 例如：郑振铎和容肇祖就较早这么认为。

③ 郑振铎：《插图本中国文学史》，北平，北平朴社，1932，第10页。

只能根据自己的学识和理解来探索文学史写作。也许这种探索，在后人看来就像幼儿学走路一般可笑，却无疑应该肯定，林传甲较早开启了中国文学史写作的探索历程。

目次：

第一篇　古文籀文小篆八分草书隶书北朝书唐以后正书之变迁

一、论未有书契以前之世界；二、论书契创造之艰难；三、论书契开物成务之益；四、论五帝三王之世古文之变迁；五、古文藉许书而存；六、六书之名义区别；七、六书之次第；八、古文籀文之变迁；九、籀文以后之变迁；十、大篆小篆之变迁；十一、传说文之统系；十二、篆隶之变迁；十三、篆隶与八分之区别；十四、隶草之变迁；十五、北朝南朝文字之变迁；十六、唐以后正书之变迁。

第二篇　古今音韵之变迁

一、群经音韵；二、周秦诸子音韵；三、汉魏音韵；四、六朝音韵；五、经典释文音韵；六、广韵；七、唐韵；八、集韵；九、宋礼部韵；十、平水韵；十一、翻切；十二、字母；十三、双声；十四、六朝反语；十五、三合音；十六、东西各国字母；十七、宋元明诸家音韵之学；十八、国朝顾炎武江永戴震段玉裁王引之诸家音韵之学。

第三篇　古今名义训诂之变迁

一、虞夏商周名义训诂之变迁；二、列国风诗名义训诂之变迁；三、春秋战国名义训诂之变迁；四、尔雅兼收周秦诸子之名义训诂；五、秦始统一名义训诂之变迁；六、方言之训诂名义变迁最緐；七、释名考经藉名义可据；八、广雅萃集汉儒笺注名义训诂；九、唐颜师古匡谬正俗；十、南唐徐铉说文新附字；十一、陆佃埤雅之名义；十二、朱子究心名义训诂之据；十三、宋儒名义训诂之疏密；十四、骈雅之润色词章；十五、天算家名义训诂之变迁；十六、地舆家名义训诂之变迁；十七、制造家名义训诂之变迁；十八、古人名义训诂不可拘执。

第四篇　古以治化为文今以词章为文关于世运之升降

一、皇古治化无征不信；二、唐虞治化之文；三、夏后氏治化之文；四、殷商治化之文；五、治化之文；六、文武治化之文；七、阙里治化之文；八、邹孟治化之文；九、荀子治化之文；十、秦始皇治化之文；十一、汉以后治化词章之分；十二、六朝词章之滥；十三、唐人以词章为治化；十四、五代之治化所在；十五、辽金治化之文不同；十六、宋元治化之广狭词章之工拙；十七、明人之治化词章误于帖括；十八、论治化词章并行不悖。

第五篇　修辞立诚辞达而已二语为文章之本

一、孔门教小子应付之法；二、六年教以数与方名之法；三、闻一知二之捷法；四、举一反三之捷法；五、反言以达意之法；六、虚字联络实字达意法；七、虚字承传实字达意法；八、虚字分别句读以达意法；九、虚字以为发语词达意法；十、虚字为语助词达意法；十一、虚字语助词用为疑问法；十二、虚字用于形容词法；十三、虚字用为赞欢词法；十四、修辞分别雅俗异同法；十五、修辞必求明密法；十六、修辞当知颠倒成文法；十七、修辞引用古人成语法；十八、修辞勿用古字古句法。

第六篇　古经言有物言有序言有章为作文之法

一、高宗纯皇帝之圣训；二、言有物之大义；三、总论篇章之次序；四、初学章法宜分别纲领条目；五、初学章法宜先明全章之义；六、初学章法宜立柱分应；七、初学章法宜因自然次第；八、初学章法宜知层叠进退；九、初学章法宜知承接收束；十、初学章法宜知首尾照应；十一、初学章法宜知引用譬喻；十二、初学章法宜知调和音节；十三、初学扩充篇幅第一捷法；十四、初学篇法宜一意贯注；十五、初学篇章宜分别文之品致；十六、治事文之篇法；十七、记事文之篇法；十八、论事文之篇法。

第七篇　群经文体

一、经籍为经国经世之治体；二、周易言象数之体；三、周易文言之体；四、周易支流之别体；五、尚书今古文辨体；六、尚书家为古史正体；七、禹贡刱地志之体；八、洪范为经史之别体；九、诗序之体；十、三百篇兼备后世古体近体；十一、淫诗辨证；十二、周官为会典之古体；十三、仪礼为家体之古体；十四、礼记刱丛书之体；十五、春秋刱编年之体；十六、三传辨体；十七、经学随时而变体；十八、皇朝经学之昌明。

第八篇　周秦传记杂史文体

一、逸周书为别史刱体；二、大戴礼为传记文体；三、周髀创天文志历志之体；四、国语创戴记之体；五、国策兼兵家纵横家与地家诸体；六、世本创族谱之体；七、竹书纪年仿春秋之体；八、山海经与禹贡文体异同；九、穆天子传非本纪体；十、七经纬文体之大略；十一、神农本草创植物教科书文体；十二、黄帝素问灵枢创生理学全体学文体；十三、司马法创兵志之体；十四、家语与论语文体之异同；十五、孔业子创世家之体；十六、晏子春秋创谏疏奏议之体；十七、吕氏春秋创官局修书之体；十八、汉以来传记述周秦古事之体。

第九篇　周秦诸子文体

一、管子刱法学通论之文体；二、孙子刱兵家测量火攻诸文体；三、吴子文体见儒家尚武之精神；四、九章算术文体之整洁；五、墨子发明格致新理之文体；六、老子创哲学家卫生家之文体；七、庄子文体真伪工拙之异同；八、列子创中国佛教之文体；九、文子之文体冗杂；十、商君书创变法条陈之文体；十一、韩非子创刑律之文体；十二、公孙龙子刱辨学之文体；十三、鬼谷子创交涉之文体；十四、鶡冠子不立宗派家之文体；十五、屈子离骚经文体质奇奥；十六、诸子伪书文体之近于古者；十七、诸子佚文由近人辑录之体；十八、学周秦诸子之文须辨其学术。

第十篇　史汉三国四史文体

一、史记为经天纬地之文；二、史记通六经自成一家之文体；三、史记本纪世家文体之辨；四、史记世家列传文体之辨；五、史记十表创统计学之文体；六、史记列传文体之奇特；七、褚少孙裴骃司马贞张守节诸家增补史记文体；八、归震川评点史记之文体；九、汉书仿史记之文体；十、汉书地理志之文体；十一、汉书艺文志之文体；十二、汉书西域传文体；十三、班昭续成汉书八表并天文志之文体；十四、后汉书纪传后附论赀之文体；十五、司马彪续汉书志之文体；十六、三国志文体并列及正统所在；十七、裴松之注三国志之并列；十八、读史勿为四史所限。

第十一篇　诸史文体

一、晋书文体为史臣奉勅纂辑之始；二、宋书文体皆因前人之作；三、南齐书文体多谀辞；四、梁书陈书文体成一家之言；五、魏书文体惟官氏志最要；六、北齐书文体自成一家规模独隘；七、北周书文体欲复古而未能；八、隋书文体明备十志尤称精审；九、南北史仿史记纪传之文体；十、新旧唐书文体之异同；十一、旧五代史文体仿三国志新五代史文体仿史记；十二、宋史文体之繁舛；十三、辽史文体之简要；十四、金史文体中交聘表最善；十五、元史文体多舛；十六、明史文体集史裁之大成；十七、编年文体温公通鉴似左氏朱子纲目似公谷；十八、三通文体之异同。

第十二篇　汉魏文体

一、贾山至言为上皇帝书之创体；二、贾谊陈政事疏之文体为后世宗；三、晁错言备边诸书文体近似管子孙武子；四、枚乘七发与谏吴王书文体异同；五、董仲舒明经术文体为策封正宗；六、淮南子文体似吕览；七、汉武帝时文学之盛；八、汉宣帝时书疏之文体；九、元成哀平之文体匡衡刘向刘歆扬雄为大宗；十、光武君臣长于交涉之文体是以中兴；十一、明章以后之文体；十二、张衡天象赋两京赋文体之鸿博；十三、马融郑康成经学家之文体；十四、汉末党锢诸贤之文体；十五、蔡邕中郎集多碑志为谀墓之始；十六、曹魏父子兄弟及建安七子文体；十七、诸葛武侯出师表之文体；十八、孙吴文体质实非晋宋以后可及。

第十三篇　南北朝至隋文体

一、西晋统一蜀吴之文体；二、东晋搬迁江左之文体；三、五胡仿中国之文体之关系；四、晋徵士陶潜文体之澹远；五、苏蕙创迴文之体；六、南朝宋室颜谢鲍三家之文体；七、南齐永明体之纤丽祖冲之精实；八、萧梁诸帝皆能文；九、昭明文选创总集之体；十、刘勰文心雕龙创论文之体；十一、钟嵘诗品创诗话之文体；十二、萧梁文士之盛文体之缛；十三、徐陵玉台新咏创诗选之体；十四、北魏文体近于朴质；十五、北齐文体颜之推出入释家；十六、北周苏绰六条诏书文体之复古；十七、隋李谔论文体书之复古；十八、隋王通中说之文体。

第十四篇　唐宋至今文体

一、总论古文之体裁名义；二、唐宋八家文体之区别；三、唐初元结独孤及诸家始复古体；四、韩昌黎文体为唐以后所宗；五、柳子厚文体与昌黎异同；六、韩门张籍李翱皇甫湜文体；七、杜牧文体为宋之苏氏先导；八、五代文体似南北朝而不工；九、宋人起五代之衰柳开王禹偁穆修诸家文体；十、宋文以欧阳修为大宗；十一、苏氏父子兄弟文体同异；十二、王安石曾巩之文体；十三、有宋道学家文体亦异于语录；十四、南宋文体宗泽岳飞陈亮文天祥谢枋得之忠愤；十五、辽金文体至元好问而大备；十六、元人文体为词曲说部所紊；十七、明人文体屡变宋濂杨荣李梦阳归有光之异同；十八、国朝古文之流别。

第十五篇　骈散古合今分之渐

一、唐虞之文骈散之祖；二、有夏氏骈散相合之文；三、殷商氏骈散相合之文；四、周初骈散相合之文；五、逸周书骈散相合之文；六、周髀骈散相合之文；七、左传骈散相合之文；八、国语骈散相合之文；九、战国策骈散相合之文；十、孔孟荀诸子皆骈散相合之文；十一、老庄列诸子皆骈散相合之文；十二、管晏诸子骈散相合之文；十三、孙吴诸子骈散相合之文；十四、墨子骈散相合之文；十五、韩非子创连珠之体；十六、屈宋骚赋皆骈散相合之文；十七、吕氏春秋骈散相合之文；十八 李斯骈散相合之文。

第十六篇　骈文又分汉魏六朝唐宋四体之别

一、总论四体之区；二、汉之骈体至司马相如而大备；三、扬雄仿司马相如之骈体而益博；四、后汉班固张衡之骈体；五、后汉蔡邕之骈体；六、潘勋册魏公九锡文之体；七、魏曹植之骈体；八、六朝骈体之正变；九、徐庾集骈体之大成；十、唐初四杰之骈体；十一、燕许大手笔之骈体；十二、李杜二诗人之骈体；十三、陆宣公奏议为骈体最有用者；十四、元白温李之骈体；十五、宋初西昆骈体步趋晚唐及北宋诸家异同；十六、南宋骈体汪藻洪适陆游李刘诸家之异同；十七、元明以来四六体之日卑；十八、国朝骈文之盛及骈文之终古不废。

8月

黄节《诗学源流》初版。

黄节《诗学源流》，1910年8月由粤东编译公司铅印，线装本，一册，共19页，约2万余字。此书实际上是黄节代表作《诗学》(北京大学出版部出版)的初版本，北大版的版本依次有：1918年10月初版，1919年9月再版，1921年9月三版，1922年12月四版，1925年3月五版，1929年10月六版及1930年修订版。① 1947年美国学者E. Huff将1925年版《诗学》翻译为英文，并附以简单的注释。② 1949年以后，此书在中国大陆、港台地区多次重印出版，如1964年香港龙门书局据1930年版以线装方式影印出版，而中国大陆地区的版本大多将《诗学》与《律学》合编为一册，如天津古籍出版社2007年出版的《黄节诗学诗律讲义》。

初版本《诗学源流》现藏于广东省中山图书馆，封面无书名，首页首行为"诗学讲习所讲义录"、次行为正文"诗序曰……"，版心处印有"诗学讲习所讲义【第一编　论诗学源流】粤东编译公司承印"。故有人将本书定名为《诗学讲习所讲义录》③。书中没有标注出版印刷时间，但书首有庚戌七月所作的序言，故据此推断，《诗学源流》出版的时间大致为宣统二年七月(1910年8月)。当时黄节38岁，主讲于两广优级师范学堂。书的序后印有"第一篇论诗学源流"，可见此书实为黄节当时所拟"诗学讲习

① 学界一般认为黄节《诗学》系其在北京大学的讲义(完成于在北京大学任职期间)，由北京大学出版部出版(目前仅见1919年再版本，估计初版于1918年)。近年程中山以令人信服的考证指出，1918年出版的《诗学》最早以《诗学源流》为书名初版于1910年。(参见程中山：《黄节〈诗学〉的成书年代及版本考略》，《学术研究》2006年第10期)

② Elizabeth Huf，Shih—Hsueh，Harvard. Yenching Institute，1947。(转引自程中山：《黄节〈诗学〉的成书年代及版本考略》，第133页)

③ 李默：《黄节先生著作知见录》，见广东炎黄文化研究会编：《岭峤春秋——黄节研究论文集》，广州，中山大学出版社，2003，第163页。

所讲义录”的第一编。依照常理，应该还有第二编、第三编……但至今未见。可能黄节完成第一编后没有继续这项计划[①]。

“《诗学》版本的修订经过了从《诗学源流》(1910 年版)到《诗学》(1918/1919 年版)再到《诗学》(1921 年版)三个阶段，1921 年后，黄节再没有对《诗学》进行修订，《诗学》遂成为定本，风行海内外。”[②]《诗学源流》虽是 1918 年版《诗学》的原版本，但二者的不同处并非仅将前书中的“国朝”改为“清朝”、“两广优级师范学堂”改为“国立北京大学”，实际上，黄节在 1918 年版中有多处删改[③]。通过对比分析不同版本，“不仅可以见出该书集中论诗、渐趋完善的修订倾向，也约略反映出作者反对外在政治标准论诗和中正、客观的批评精神”[④]。

《诗学源流》出版后虽有学者知晓，如马以君《黄节年谱》于 1910 年著录《诗学源流》[⑤]一书，李韶清《顺德黄晦闻先生年谱》亦于 1910 年著录《诗学源流》一书[⑥]。但广为人知、被视为黄节代表作的还是《诗学》。黄节的《诗学》虽不以“诗歌史”为书名，却是近百年来颇为传统学界所推重的一本中国古典诗学批评史，比陆侃如《中国诗史》早 20 年面世，可以说是近代最早的一部诗学史。朱自清在《论诗学门径》一文中曾举清代诗话代表作叶燮《原诗》与黄节《诗学》并提，后世学者也说：“《诗学》是近代研究中国诗歌的开创性著作，它与林传甲的《中国文学史》、王国维的《宋元戏曲考》、鲁迅的《中国小说史略》一样具有学科建设的奠基意义。”[⑦]

---

① “据《诗学源流》第三章的‘汉魏间源流’章末所论：‘总斯而论诗，以五七言源流为大，馀则间有为之者，别详《体制》一篇，兹不具论已。’可知继《诗学源流》后，黄节拟撰《诗学体制》一篇。此则引文亦见于 1919 年再版的《诗学》，亦知黄节到北京后，仍有续撰之意，只是到 1921 年三印其书时，‘别详《体制》一篇’六字才被删去。因此《诗学源流》只是黄节研究中国诗学的首篇，而馀篇之撰写计划，惜未续之，诚为憾事。”（程中山，《黄节〈诗学〉的成书年代及版本考略》，第 134 页）

② 程中山：《黄节〈诗学〉的成书年代及版本考略》，《学术研究》2006 年第 10 期，第 137 页。

③ 关于《诗学源流》与 1919 年版《诗学》之异同以及《诗学》各版本之修订详况，可参见程中山《黄节〈诗学〉的成书年代及版本考略》和王晓东《黄节〈诗学〉考辨》(《暨南学报(哲学社会科学版)》2008 年第 5 期，第 100～103 页)。

④ 王晓东：《黄节〈诗学〉考辨》，《暨南学报(哲学社会科学版)》2008 年第 5 期，第 103 页。

⑤ 马以君编：《黄节年谱简编》，见黄节著、马以君编：《黄节诗集》，北京，中国人民大学出版社，1989。

⑥ 李韶清编：《顺德黄晦闻先生年谱》，见黄节著、广东炎黄文化研究会编：《蒹葭楼自订诗稿原本(附录)》，广州，广东人民出版社，1998。

⑦ 毛庆耆：《黄节〈诗学〉研究》，《北京大学学报(哲学社科版)》2000 年第 3 期，第 121 页。

目次：

序①、诗学之起源 、周秦间诗学②、汉魏诗学、六朝诗学③、唐至五代诗学 、宋代诗学④、金元诗学、明代诗学⑤。

本年

黄人《中国文学史》初版。

黄人(1866～1913)，字摩西，原名振元，字慕庵，江苏常熟人。《中国文学史》由国学扶轮社印行，约1910年前后初版，有光纸铅印，线装本，开本20cm×13.2cm，每面12行、行29字，共2378页(张)，约160万字。苏州大学图书馆藏有两套，一套二十九册(缺一册)，另一套三十册(其中一册为抄本)，后者很可能是海内外现存的唯一全帙。每册首页右侧均题“中国文学史　东吴大学堂课本”。未印出版时间。

东吴大学堂正式成立于清光绪二十七年(1901)⑥，首任校长为美国人孙乐文(David Lawrence Anderson)。同年，黄摩西即受聘为该校“国学教习(教授)”。据其同事徐允修云：

> 光绪三十年，西历1904年，孙校长以本校仪式上之布置略有就绪，急应厘定各科学课本；而西学课本尽可择优取用，唯国学方面，既一向未有学校之设立，何来合适课本，不得不自谋编著。因商之黄摩西先生，请其担任编辑主任，别延嵇绍周、吴瞿安两先生分任其事。一面将国学课择要编著；一面即用誊写版油印，随编随课。故编辑之外，又招写手四五人，逐日写印。如是者三年，约计所费已达银元五六千，所编《东亚文化史》、《中国文学史》、《中国哲学史》等五六种。孙先生以此事着

① 1919年版删去了初本序言末的“庚戌七月既望顺德黄节序”，并对“学堂”作了相应修改。

② 1921年及之后《诗学》版本删去此章。

③ 1919年版在此章章末依照钟嵘《诗品》增列了诗人源流表。

④ 1919年版修改了本章结语的内容；1921年及之后的《诗学》版本在《宋代诗学》章增加了“永嘉四灵”部分。

⑤ 1919年版删去了初版中本《明代诗学》章末对岭南诗人的介绍。

⑥ 关于东吴大学的创办时间，历来说法不一，约略说来有二：一为1900年，一为1901年。(参见张圻福主编《苏州大学校史》第一章，南京，江苏人民出版社，1992；《世纪春风——东吴大学建校百年纪念特刊》，台北，财团法人私立东吴大学，2000；张曼娟等主编《坎坷与荣耀：东吴大学建校百年纪念文集》，书林出版公司，2000；王馨荣《天赐庄：西风斜照里》，南京，东南大学出版社，2004)笔者认为，1901年说较可信，具体考辨可参见王国平《东吴大学的创办》(《苏州大学学报》2000年第2期)。

> 手业经三年，理应择要付印，因由黄先生将《文学史》整理一过。此书系其自己手笔……惟发抄各家程式文时，致涉繁泛。书虽出版，不合教课之用。正欲修改重印，先生遽归道山，遂致延搁多年。今春，有王均卿先生(系先生之老友，在中华书局任编辑者)，愿负修改之责，完成合适之本，付诸铅印，不日即可出版矣。①

根据以上及其他相关记载，黄人《中国文学史》应有三种版本：(一)“随编随课”，“逐日写印”的油印本，属于当年用于教学的内部讲义；(二)由黄人“整理一过”，且已“出版”，但“不合教学之用”的一种版本；(三)黄人死后，由王均卿修改整理的“合适之本”。现存的国学扶轮社本当然不是油印本，但也不可能是王均卿整理本(这两种本子至今均未发现)，因为国学扶轮社本的内容具有“发抄各家程式文”“致涉繁泛”、作品选读的其他部分也相当庞杂、章节体例不够统一等粗疏特征，故可断定：国学扶轮社本正是黄人在逝世之前“整理一过”，“虽出版”但“不合教学之用”的那个版本。黄人卒于民国二年(1913)，国学扶轮社成立于宣统三年(1911)，黄人即为创办人之一，由他主编的《普通百科新大辞典》亦由国学扶轮社出版(1911 年 5 月印行)。由此可知黄人《中国文学史》的正式出版时间，应该略迟于林传甲本。但是据王永健先生介绍，光绪丁未(三十三年)四月(1907 年 6 月)出版的《东吴学报》第十一期和同年年底由东吴大学出版的《学桴》第二年第一期上，曾经连载摩西《华离期及暧昧期横决力及反动力》一文，注曰：“节录正科第一年讲义”，属于这部《中国文学史》的重要部分。所以，黄人《中国文学史》“节录”的公开发表时间，早于《广益丛报》1910 年 4 月 19 日起连载林传甲的《中国文学史》。

黄人此书的完成时间上限为 1906 年 9 月，因为，书中第四编“分论”第一章第一节“文学的定义”中引用了 1906 年 9 月日本东京博文馆出版的太田善男《文学概论》中的解释。而 1907 年，该书部分章节发表在《东吴学报》、《学桴》上，并注“节录正科第一年讲义”，说明此时已成书。所以，该书编写于 1904～1907 年间。

然而，此书很可能并非黄人独立完成，书中讨论戏曲的内容，部分出自吴梅之手。理由如下：

第一，黄人《中国文学史》中讨论戏曲的段落，后来被原封不动地塞进大东书局 1926 年版的吴梅著《中国戏曲概论》。很难想象，吴梅一而

① 徐允修：《东吴六志・志琐言》，利苏印书社铅印本，1926 年印行。

再、再而三地抄袭黄人，合理的解释只能是，这些被原封不动“抄袭”的段落，原本就是吴梅当年在东吴大学时撰写。

第二，钱仲联在《梦苕庵诗话》中说：

> 金丈叔远(鹤冲)曩在东吴大学，与摩西为同事，且同乡，交尤契。丈告余曰：《中国文学史》一书，非摩西一人之作。属于古代者，出摩西手。汉以后则他人所续也。①

这段话颇为可信，除了黄人、金鹤冲之间有很深的交往，金氏作为黄人在东吴大学的同事兼好友②，理当了解黄人编著《中国文学史》的情况，而且钱仲联是严谨的学者。

第三，1905年，经黄人引荐，吴梅进入东吴大学任助教，经常出入黄人府邸。据王文濡回忆：“犹忆三十年前，余在吴门办学，与黄子摩西订忘形交，休沐之暇，借茗寮为谈话所。黄子广交游，庄士狎友，不介自来，团坐放言，间及时事。一少年手拍案，足踏地，时而笑骂，时而痛哭，寮之人佥目为狂。询诸黄子，则吴其姓，瞿庵其字，枕胙经史外，癖嗜词曲，英雄肝胆，儿女心肠，往往流露于文字间。所著《血花飞》传奇，乃其出手之初着也。心异其人，因与定交。”③王文濡曾与黄人、吴梅熟稔，所记应当无误。通过其回忆，可知两点：一是黄人和吴梅是忘年交，关系非同寻常；二是当时吴梅“枕胙经史外，癖嗜词曲”。也就是说，由于两人关系甚密，黄人让吴梅发挥对戏曲研究的特长，帮助编写《中国文学史》中的戏曲内容，这是合情理的。何况如徐允修所言，吴梅本来就是东吴大学课本编委会成员。

本书虽体例庞杂，叙述粗疏，但影响很大，后世研究者颇多。相关研究论文和著作主要阐述黄人在书中体现的新颖的“文学”观、“文学史”观和研究方法④，也有人注意到书中关于中国文学史的新颖、独特的学

---

① 钱仲联：《梦苕庵诗话》，济南，齐鲁书社，1986，第49页。

② 参见王永健对黄人交游的稽考与描述(《“苏州奇人”黄摩西评传》，苏州，苏州大学出版社，2000，第50～70页。)

③ 王文濡：《中国戏曲概论·序》，见吴梅：《中国戏曲概论》，上海，大东书局，1926年版。

④ 例如，黄霖等论述了黄人《中国文学史》的“文学”观念、以进化论为主的“文学史”观以及用比较文学法研究中国文学史(参见黄霖《中国文学史上的里程碑——略论黄人的〈中国文学史〉》，《复旦学报》(社科版)1990年第6期；孙景尧《首部〈中国文学史〉中的比较研究》，《复旦学报》(社科版)1990年第6期；曹培根《中国文学史的一部重要著作——黄人的〈中国文学史〉》，《东南学术》2011年第3期；徐斯年《黄摩西与〈中国文学史〉》，《鲁迅研究月刊》2005年第12期；龚敏《黄人及其〈小说小话〉研究》，济南，齐鲁出版社，2006)。

术见解[①]。而该书编写体例，近年引起一些研究者深思。黄霖指出，黄人接受梁启超的观点，把中国历史分为上世、中世、近世三大时期，分章节加以叙述，因此"在编史的方法上，黄人的《中国文学史》也有独创性"[②]。温庆新则探讨了按章节编撰史书的体例和"三段式"分期的来源及其体现的思想观念，并分析了章节体撰史的利弊，认为"《中国文学史》第四编《分论》所展开的具体论述，则是整个章节体模式论述的薄弱环节"，"最大的问题在于，以章节体设置时代分期时，人为的切割痕迹太明显，过于注重进化的'阶段性'，忽略了事物进化之延续一面"[③]。

本书的前面有"总论"、"略论"、"分论"，其后即为上世、中世、近世文学史，迄于明代。每一历史阶段以及章节多有绪论、结语；但全书重史料而少论述，皇皇160万余字，大量篇幅为作品选，其间杂有按语、点评、注释。

全书不标明卷册，也无目录，每册大多按年代或类别独立成册。前三册为绪论，四、五、六三册为上册，主要叙述文学从胚胎到全盛期，第七册至第二十二册为中世，从三国起，历叙南北朝、隋唐、两宋及辽，其中唐代分骈文、散文、诗及闺秀诗凡六册。第二十二册至终册为近世，所述全系明代(缺清代)。

另有一册《中世文学史》，应为《中国文学史》完成后续补中世的部分。这一部分叙述"文学华离期"，不分篇目，增添了一些当时文坛出现的新情况。

目次：

(第一册)

第一编　总论：文学之目的、历史文学与文学史、文学史之效用、结论。

第二编　略论：文学之起源、文学之种类、文学全盛期、文学华离期、暧昧期、第二暧昧期、文学之反动力。

(第二册)

第三编　文学之种类：

第一章　(叙文体33种，自"命"、"令"至"经义"等；附50种，自

① 除黄霖、曹培根上述之文，可参见戴燕：《文学史的力量——读黄人〈中国文学史〉》，《文学史的权力》，北京，北京大学出版社，2002，第195～197页。

② 黄霖：《中国文学史上的里程碑——略论黄人的〈中国文学史〉》，《复旦学报》(社科版)1990年第6期，第83页。

③ 温庆新：《有关黄人〈中国文学史〉编撰体例与分期问题——兼论以章节体修撰文学史之利弊》，《中国论丛》第27辑，2010，第353～355页。

“告身”、“内批”等至“下火文”、“撒帐词”等；前有“正义”)；

第二章　诗(叙诗体8种，前有“正义”)；

第三章　诗馀(叙词体4种，前有“正义”)；

第四章　馀(叙曲、通俗小说及南北宫调，前有“正义”)。

(第三册)

第四编　分论：

第一章　学之起源：第一节　文学定义；第二节　文字之起源；第三节　音韵；第四节　书体；第五节　文典

(第四、五、六册)

(上世文学上之上——此题原位于第四册开端)

第二章　文学之胚胎：第一节　诗歌；第二节　神话；第三节　格言

第五编　文学之全盛上期(上世文学史上之上)

第一章　六经：第一节　诗之文学(附琴操)；第二节　书之文学(附逸周书、国语)；第三节　礼之文学；第四节　乐之文学；第五节　易之文学；第六节　春秋之文学(附文献)

第二章　儒家：第一节　儒之名义；第二节　儒之品类；第三节　儒之源流；第四节　儒教之所以无力之由；第五节　儒之文学

第三章　道家：第一节　老子；第二节　庄子；第三节　列子；第四节　墨子

第四章　其他：第一节　法家；第二节　兵家；第三节　古小说

第六编　文学全盛中期(上世文学史上之中)

第一章　南方文学：第一节　楚辞概论；第二节　离骚；第三节　其他

第二章　秦汉文学：第一节　秦之文学；第二节　西汉文学(概述)

第七编　文学全盛末期(上世文学史上之下)

第一章　史学文学——史记：第一节　史记之大旨；第二节　史记之特色；第三节　史记之文学(附司马迁自序)

第二章　西汉司马迁以前文学家代表并文：第一节　贾谊及其吊屈原赋；第二节　司马相如及其大人赋；第三节　董仲舒及其士不遇赋；第四节　淮南王刘安及其招隐士一首；第五节　邹阳及其狱中上梁孝王书；第六节　枚乘及其复说吴王、七发八首

第三章　西汉司马迁以后文学家代表并文：第一节　王褒及其“僮约”；第二节　刘向及其《请雨华山赋》、《上战国策叙》；第三节　扬雄及

其《太玄赋》、《博士箴》、《酒箴》

第四章　东汉文学家代表并文：第一节　桓谭及其上世祖表；第二节　衍及其与妇弟任武达书；第三节　班固及其封燕然山铭；第四节　崔駰及其《博徒论》、《酒箴》；第五节　张衡及其《周天大象赋》、《髑髅赋》；第六节　马融及其《樗蒲赋》；第七节　蔡邕及其《青衣赋》、《短人赋》、《陈太球丘碑》、《陈太球丘庙碑》、《篆势》、《隶势》；第八节　孔融及其《荐祢衡表》、《肉刑议》；第九节　祢衡及其《鹦鹉赋》；第十节　王充及其《无形篇选录》；第十一节　戴文让及其《失父零丁》

第五章　两汉诗：第一节　西汉诗(选7人34首)；第二节　东汉诗(选2人5首)(上古终)

（第七、八、九册）

（中世文学史上之上——此题原位于第八册开端）

第八编　文学华离期上(中世文学史中之上)

第一章　概述晋至宋元文学之弊

第二章　两晋六朝文学：第一节　因于前代之文体；第二节　特创及分裂之文体(每类均有绪论、结语)；第三节　魏晋文(共选76人140篇，每类均有绪论)；第四节　两晋诗赋(共选18人84首)附晋窈眇文

（第九至十三册）

第三章　南北朝文学：第一节　南北朝文学家代表(共选55人)；第二节　南北朝杂文(自宋至隋，选80人187篇)；第三节　南北朝诗赋(自宋至隋，选44人365首)；第四节　魏晋南北朝小说(选5种54则)

（第十三至十九册）

第九编　文学华离期中(中世文学史中之中)

第一章　唐代文学：第一节　唐初盛文学家代表(共选66人)；第二节　唐中晚期文学家代表(共选87人，含方外5人)；第三节　唐骈文(共选15人58篇)；第四节　唐散文(共选20人59篇)；第五节　唐诗(内含少数歌词，共选202人1821首，其中“闺秀”17人35首、“方外”12人36首)；第六节　唐新文体(共选56人87篇)

第二章　五代文学：第一节　绪论；第二节　五代文(选2人2篇)；第三节　五代诗(共选41人，内含闺秀、方外；188首，内含歌词)；第四节　五代诗馀(共选24人146篇，含闺秀1人)

（第二十至二十二册）

第三章　两宋文学：第一节　两宋文学绪论；第二节　北宋文学家代表(共选53人)附北宋诗派之分；第三节　北宋散文(共选40人46

篇)；第四节　南宋文学家代表(共选64人)；第五节　南宋散文(共选11人12篇)；第六节　两宋新文体(共选46篇)；第七节　两宋诗(共选200人364首，人有重复)；第八节　两宋诗馀家人名表(共选56人，含闺媛3人)

(第二十三册)

第十编　文学华离期下(中世文学史中之下)

第一章　辽、西夏、高丽文学：第一节　辽诗(选10人14篇)；第二节　西夏诗(选1人4篇)；第三节　高丽诗(选3人8篇)；第四节　辽诗馀(选2人2篇)；第五节　高丽诗馀(选1人9篇)

第二章　金代文学：第一节　金文学家代表(共选19人)；第二节　金文(选1人7篇)；第三节　金诗(共选49人208篇)；第四节　金诗馀(选12人17篇)

第三章　元代文学：第一节　元文学家代表人名(共选46人)；第二节　元文(选3人8篇)；第三节　元诗(共选81人103篇)；第四节　元诗馀(共选26人32篇)；第五节　金元曲(录金元乐府曲目，并选元曲作家187人，皆以四字评其人之势格)

(第二十四至三十册)

(中国文学史近世——此题原位于第二十四册开端)

第十一编　文学暧昧期(近世文学史)

第一章　绪论；

第二章　明代文学(第一暧昧期)：第一节　绪论；第二节　明前期文学家代表上(共选37人)；第三节　明杂文(洪武至正德)(选11人22篇)；第四节　韵语(共选65人402首)；第五节　明前期文学家代表下(共选54人，含方外9人)；第六节　明杂文(共选42人103篇)；第七节　明次期诗录附诗馀(共选231人1034首，含闺秀7人15首、妓5人7首)；第八节　明之新文学——曲、制艺、小说(节选曲本31部120折，散曲7人18首；制艺家152人，杂论32条；列述最流行之章回小说八类)

——下阙清代文学史(第二暧昧期)

1912年(民国元年)

7月

〔日〕儿岛献吉郎《支那文学史纲》初版。

儿岛献吉郎的《支那文学史纲》，日本东京富山房1912年7月初版，382页。

该著是儿岛氏诸作中第一部完整地从上古至清代的通代文学史，较之《支那大文学史·古代篇》这部代表性论著，更简明扼要，故从初版到昭和三年(1928)，印行了13版①。此书对中国学者编写文学史的影响很大，曾毅《中国文学史》直接以之为蓝本。

全书设为五篇，分别为“序论”、“上古文学”、“中古文学”、“近古文学”、“近世文学”，计九十二章。

目次基本上与曾毅《中国文学史》(1915)同，详见该条目。

1913年(民国二年)

本年

1. 壬子癸丑学制颁布。

辛亥革命后，民国临时政府成立教育部，蔡元培出任中华民国临时政府第一任教育总长，主持起草了一系列教育法令和规程，并于1912年7月召开中央临时教育会议(蔡元培会中辞职)。9月，教育部根据临时教育会议的决议，公布了教育宗旨：“注重道德教育，以实利教育、军国民教育辅之，更以其美感教育完成其道德教育”②，同时公布了教育会议所决定的学制系统，称为“壬子学制”，其后又陆续颁布了各种学校法令，1913年将其综合，称“壬子癸丑学制”。壬子癸丑学制中关于大学的法令法规主要有：《专门学校令》、《大学令》、《法政专门学校准暂设别科至四年七月停止令》、《法政专门学校规程令》、《工业专门学校规程令》、《公立私立专门学校规程》等。其中《大学规程》第一章第一条规定文理分科，第二条规定文科分为哲学、文学、历史学、地理学等，第二章第七条“文科之科目”将文学门分为国文学、梵文学、英文学、法文学、德文学、俄文学、意大利文学、言语学共八类，除言语学之外，其他七类开设的课程都有“中国文学史”。③

“中国文学史”在壬子癸丑学制中首次明确作为文学门各类学科的主干课出现，这既表明中国文学史在现代知识谱系中的位置得到认可，也表明中国文学史开始具有了明确而自觉的学科意识；同时，中国文学史作为一门专门性的知识在文学门各学科进行课堂讲授和学术研究，为中

---

① 参见川合康三编《中国の文学史观》“资料篇”第一部中幸福香织有关该著的解说，创文社2002年版，第31页。

② 《中华民国档案资料汇编》第三辑教育，第22页。舒新城：《中国近代教育史料》(下)，北京，人民教育出版社，1979，第1033页。

③ 参见《教育部定大学规程》，《申报》1913年2月28日第八版。

国文学史写作从生产、传播和评价向新的范式转换创造了条件。

2.〔日〕古城贞吉著、王灿译《中国五千年文学史》刊印。

古城贞吉《中国五千年文学史》，1913年开智公司铅印，王灿(字承粲，号粲君，江苏松江人，南社社友姚光之妻，亦社员)译，二卷，线装本二册。本书一部分曾在《说报》(1913年第二期)刊载，且另有1976年台北版。

此书即古城氏于1897年出版的《支那文学史》。

1914年(民国三年)

8月

王梦曾《中国文学史》初版。

王梦曾(1873～1959)，字肖岩，浙江东阳人。所著《中国文学史》由(上海)商务印书馆印行，1914年8月初版，24开本，98页，约2.6万字。蒋维乔校订。1926年8月第二十版，1928年10月第二十一版。

本书系民初中学四年级国文科的兼授课本，为"教育部审定"的"共和国教科书"之一种，这说明王梦曾在书中的文学史写作，符合"教育部"的要求，具有示范性。仅举一例。当时虽然已是民国初年，大学国文系在课程规则方面，却仍然遵循《奏定大学堂章程》，该章程规定"中国文学门"的"主课"之一是"文学研究法"。"文学研究之要义"第二十七至三十二则规定了"文学"与外部各种环境关系的研究。这六则依次为：文学与人事世道之关系，文学与国家之关系，文学与地理之关系，文学与世界考古之关系，文学与外交之关系，文学与学习新理新法、制造新器之关系。这六则规定要求教员把文学与外部环境放在一起展开综合研究，而不要把文学孤立起来考察。受到这种规定的影响，此后的许多文学史著作都注重文学与外部环境关系的研究，而不限于文学自身。王梦曾的《中国文学史》也不例外，他在《凡例》中说："文学之变迁升降，尝与其时代精神相表里。学术为文学之根柢，思想为文学之源泉，政治为文学之滋补品。本篇于此三者，皆力加阐发，使阅者得知盛衰变迁之所由。"①他把学术根柢、思想源泉和政治环境三大要素作为考察文学史的准则。

王梦曾在"编辑大意"中说："编纂方法以文为主体，史学、小说、诗

---

① 王梦曾：《中国文学史·凡例》，上海，商务印书馆，1914。引文中标点，均系笔者所加。下同。

词、歌曲等为附庸，文字为文章之源，亦著其因革，其他经学理学等只旁及焉。”①这是一部包罗经史子集、以散文为主体的文学史已无疑，但在当时能做到“小说、诗词、歌曲等为附庸”，已属难能可贵。又说：“凡文章、诗词、歌曲之源流，悉博考精稽，著之于册。其有一时异制，如唐末皮陆等之诗、宋世白话之诗词、元世白话之文告，亦刺取其精华，列入以明歧趋，并以博读者之趣。”这也是可称道的。

全书按照文体演变叙述，尤为难得的，是在没有先例可循的情况，能做到述史体例眉目清晰。日本汉学家青木正儿称赞其“理晰而事简”，“简净得体”②，特施以点注后于1918年在日本出版，作为中国文学研究入门书，介绍给日本的初学者。

全书分四篇，十一章，七十二节，叙述从先秦至清代之文学史。

目次：

第一篇 孕育时代

第一章 六经之轫作：文字之创制、记载文之滥觞、韵文之发轫、论理文之导源、典制文之椎轮、记载文之进步；

第二章 诸子百家之朋兴：儒家之文学、道家之文学、法家之文学、纵横家之文学、余子之文学、词赋家之文学、诗歌之体变、文学之统一；

第二篇 词胜时代

第三章 词赋昌盛时期：汉初文学之概况、文景朝词赋之初兴、武帝朝词赋之全盛、词赋兴后论理文之状况、史家纪传体之成立、五言诗及乐府之倡始；

第四章 由词赋入骈俪之回翔时期：回翔之第一期、论理文之格变、断代为史之托始、回翔之第二期、字体之变更、回翔之第三期、古史学之发明、诗学之复振；

第五章 骈俪成立时期：成立之第一期、第二期、记事文之体变、成立之第三期、诗格之变迁、北朝文学之大概；

第六章 由骈俪转古文之回翔时期：回翔之第一期、史学之复盛、古今体诗格之成立、回翔之第二期、唐诗之极盛、回翔之第三期、诗体之渐衰、词学之兴起；

第三篇 理胜时代

第七章 古文昌盛时期：宋初文学之状况、古文之兴盛、骈俪文之

① 王梦曾：《中国文学史·编辑大意》。引文中标点，均系笔者所加。下同。

② 〔日〕青木正儿：《点注〈中国文学史〉卷首序》，京都，汇文堂刊行，大正七年(1918)，第2页。

体变、记事文之体变、诗格之变迁、词之昌盛；

第八章　古文中衰时期：古文之式微、骈文之九衰、记事文之就衰、时文之兴起、小说文之体变、诗之就衰、词之就衰、曲之兴盛；

第九章　古文复盛时期：古文之复振、骈俪文之复兴、诗之复兴、词之复盛；

第四篇　词理两派并胜时代。

第十章　驰骛时期：古文家之驰骛、骈文家之驰骛、史学家之驰骛、诗家之驰骛、词家之驰骛、曲之复盛；

第十一章　改进时期：古文家之改进、骈文家之改进、史学家之改进、诗家之改进、词家之改进、结论。

11月

王梦曾编《中国文学史参考书》初版。

本书系王梦曾为其《中国文学史》一书所编写的教学参考书，1914年11月出版，1916年10月第三版，1925年10月第四版，24开，198页，共11万余字。蒋维乔、许国英校订。

此参考书也分四篇，十一章，七十二节，标题同王氏《中国文学史》。凡是王氏《中国文学史》讲述的诗词文章，参考书都援引。有些事全文引用，有些事片段引用，但不引六经和唐宋八大家。诸史及小说南北曲之类，则取一二段略予说明，其他不援引。

1915年(民国四年)

9月

1. 曾毅《中国文学史》初版。

曾毅(1879～1950)，字松甫，湖南汉寿人。《中国文学史》，1915年9月上海泰东书局初版，24开，336页，约14万字。1918年10月再版，1922年3月第三版，1923年4月第四版、1923年10月第五版，1924年11月第六版，此后作者又作了修正，分为两册，1929年9月出版上册，1930年7月出版下册，仍由泰东书局出版，24开平装，共406页，约15万字。修正本多次重版，且另有上海教育书店版。

据本书《凡例》第六条："本篇以诗文为主，经学、史学、词曲、小说为从，并述与文学有密切关系之文典、文评之类。"从这一条陈述来看，编者的文学观念，显然属于包括经、史、子在内的一切学术的"大文学"观，但又与林传甲在《中国文学史》中的文学观不尽相同。曾著以诗文为文学之正统，同时包括林著撇弃的词曲和小说，因而曾毅的文学观，处于中国传统的"泛文学"观向近代西方输入的与"literature"相对应的新文学观转换的过渡阶段，这在当时的中国学术界已经算是相当进步了。此外，"本篇以诗文为主"即以诗文流变为叙述线索，这在中国文学史述史体例上是一个创新。

编者在 1929 年 9 月的修正本《修正中国文学史弁言》中说："余于民国四年，始造为文学史，时亡命日本……漫从友人怂恿而为此书，故颇掇拾东邦学者之所记，不足，则凭向日之所诵读而一二知者，于图书馆中，参稽而涉猎之，故体段稍相彷佛，而议论援据，则忧乎不同。"1932 年出版的胡云翼《新著中国文学史》说曾毅此书（初版本）"系完全抄自日人儿岛献吉郎之原作，又未能更正儿岛献吉郎氏错误之处，故亦不足取"①。将曾著初版本与儿岛献吉郎之相关论著比较，发现曾著初版本确实以儿岛献吉郎《支那文学史纲》为蓝本，不论基本框架还是章节设置，多有雷同或改编痕迹。如曾著第一编第一章至第五章、第七章，都与儿岛氏的著作标题相同或略同，内容大同小异。但胡云冀说"系完全抄自日人儿岛献吉郎之原作"，又言过其实，如第六章"文学之分类"系曾毅所撰。此后各编，曾毅都在儿岛氏的基础上有所改写和增添。曾毅在《凡例》中声明自己"博征往策"，"意搜众长"，但他并未列出参考书目。据查，他参考的日人史著，除了儿岛氏的《支那文学史纲》，应该还参考了久保得二的早稻田大学版《支那文学史》、藤田丰八的东京专门学校文学科讲义录《支那文学史》或东华堂版《支那文学史稿・先秦文学》、高濑武次郎的哲学馆讲义录《支那文学史》、笹川种郎的博文馆版《支那文学史》、笹川种郎等五人合著的《支那文学大纲》、儿岛氏的《支那大文学史古代篇》乃至古城贞吉的经济杂志社版《支那文学史》等。后来曾毅鉴于此书初成时"借鉴"日著颇多，故予以修正，凸显自己的见解，这便是初版本与修正本的最大不同。

在分期方面，曾毅显然受笹川种郎等日本学者的"中国文学史"影响，采用了把中国文学史分为上古、中古、近古、近世的分期法。这种分期，既免除了林传甲等《中国文学史》以中国传统目录学为纲目之不足，也不同于当时已经逐渐流行的按政治朝代分期。但是，在断代方面，曾毅的一些主张值得商榷。他把"秦之文学"断为上古文学，而两汉文学为中古文学，又把隋朝文学与南北朝文学一起放在中古文学讲，这是不符合秦

① 胡云翼：《新著中国文学史・自序》，上海，北新书局，1932，第 3 页。

汉文学、隋唐文学之间存在密切关系的事实的。曾毅很注意文学与外部环境的关系，在“绪论”中，先后讨论了“文学与学校”、“文学与科举”、“文学与儒释道”。其他各编的许多章节也有不少涉及对文学与外部环境之关系，如第三编中“汉初文学之状况与高祖之遗谟”、“佛教之势力与缁徒之文学”、“宋之学术与文学之影响”、“宋之政治与文学之影响”等。他根据不同时代文学发展的具体情况而展开与之相关内容的研究，这使得他的文学史写作比同时代多数文学史著作更能体现文学的丰富性与文学发展的复杂性。

此书在早期出版的“中国文学史”著作中有着良好的评价，影响也较大。胡怀琛、郑振铎、胡云冀都认为曾著是自己所见各种“中国文学史”中比较好的一部。[①] 该书不仅多次重版，而且每版的销量也不菲，至1929 年已销行二三万册[②]，这在当时是可观的销售量。

本书分五编，共九十章，起于上古，迄至清代；修正本分五编，共七十七章。

目次：

第一编　绪论（修正本改为总论）

第一章　文学史上之特色；第二章　文学与文字；第三章　文学与学校（修正本为“文学与科学”）；第四章　文学与科举（修正本为“文学与学校”）；第五章　文学与儒释道三教（修正本为“文学与思想”）；第六章　文学之分类（修正本为“文学之种类”）；第七章　文学史上之时代区画（修正本无此章）。

---

① 胡怀琛在其所著《中国文学史概要》中说：“中国有正式的文学史，是在二十年前。第一部《中国文学史》，是前清京师大学教员林传甲做的。出版于宣统二年。民国以来，也出过几部文学史：计谢无量一部，曾毅一部，张之纯一部，王梦曾一部。其中以曾毅的比较的最好，谢无量的比较的最博。”（胡怀琛：《中国文学史概要·总论》，上海，商务印书馆，1931，第 13 页）郑振铎在《我的一个要求》一文中列举了在各图书馆所搜寻到的已刊九种中文版文学史著作之后论道：“只有谢无量与曾毅的二书，略为可观。曾毅的较谢无量的还好些。”（郑振铎：《我的一个要求》，见《中国文学论集》下册，上海，开明书店，1934，第 397 页）胡云翼在其《新著中国文学史》中，对之前近十余年来出版的二十部文学史著作进行了梳理与反省，在概述“实有多数不能令我们充分的满意”的同时，指出：“就中以曾毅的《中国文学史》为较佳。”（胡云翼：《新著中国文学史·自序》，上海，北新书局，1932，第 3 页）

② 曾氏在修正本《中国文学史》卷首《修正中国文学史弁言》中说：“初刊行之时，国内之有此项作品者，仅商务馆之一小册子（按：当指王梦曾所著），其后著者渐日以众，而拙撰乃谬蒙社会嘉许，销行至二三万册之多，是固为余之所感愧，亦以表见出版界之犹属沉沦也，不然，供人覆瓿久矣，岂得幸邀明者之一顾哉。”（第 1 页）

第二编　上古文学

第一章　概论(修正本无此章，只有一至七章，即以下二至八章)；第二章　唐虞文学；第三章　三代文学(一、二)；第四章　春秋战国文学(一、二、三)；第四章　秦之文学。

第三编　中古文学(共二十七章，修正本为十九章)

第一章　两汉文学总论；第二章　汉初文学之状况与高祖之遗谟(修正本无此章)；第三章　文景时代之文学(修正本无此章，而将第二、三章改为"第二章汉初之文学")；第四章　武帝时代之文学极盛(一、二)；第五章　司马相如与司马迁；第六章　郊祀歌十九首与古诗十九首；第七章　小说之发展；第八章　昭宣时代之文学(修正本将第六至八章改为"第六章汉初之文学")；第九章　刘向父子与扬雄；第十章　光武之中兴与文学之遗谟；第十一章　班氏父子(修正本为"第九章班氏父子与张衡")；第十二章　东汉之诸子者流(修正本为"第十章东汉至专门著述")；第十三章　训诂学之风行(修正本无此章)；第十四章　建安文学(修正本为"第十一章建安七子")；第十五章　魏晋之非儒教主义(修正本为"第十二章魏晋间文风之嬗变")；第十六章　八代文章之始衰；第十七章　正始文学；第十八章　太康文学；第十九章　东晋之诗杰；第二十章　南北朝之佛教思潮；第二十一章　元嘉文学；第二十二章　永明文学；第二十三章　梁陈间作者；第二十四章　大邢小魏；第二十五章　六朝之乐府；第二十六章　文集与文史之兴衰(修正本改第二十一至二十六章为"第十八章文集与文史之递兴")；第二十七章　隋之统一与文运之更始。

第四编　近古文学(共四十六章，修正本为三十二章)

第一章　唐之文化及思潮；第二章　唐之文化及思潮；第三章　古今体诗格之成立(修正本为"声律之完成")；第四章　十八学士与唐之经学；第五章　史学；第六章　初唐四杰与沈宋二家；第七章　陈子昂(修正本无第四至七章，改为"第四章初唐之文学")；第八章　开元天宝间诗学之极盛(修正本为"开元天宝之极盛")；第九章　李白杜甫；第十章　大历十三才子；第十一章　元和长庆之中兴(修正本将第十、十一章改为"大历元和间之风气")；第十二章　晚唐诗学；第十三章　韩柳以前文章三变(修正本为"唐初文章三变")；第十四章　韩愈柳宗元；第十五章　韩柳以外之文家；第十六章　佛教之势力与缁徒之文学；第十七章　唐代小说之盛兴；第十八章　词学之发展；第十九章　宋之学术与文学之影响；第二十章　宋之政治与文学之影响；第二十一章　西昆体；第二十二章　欧阳修与文运拓新；第二十三章　曾巩王安石；第二十四章洛党与道学；第二十五章　川党与文学(修正本将第二十四、二十五章改作“第十七章洛党与川党”)；第二十六章　江西诗派；第二十七章　南渡后之文；第二十八章　南渡后之诗；第二十九章　鹅湖之会与朱陆异同；第三十章　记事文之发达；第三十一章　词学之极盛(修正本为“宋代词学之极盛”)；第三十二章　文史与文料；第三十三章　辽金文学；第三十四章　元之建国文学；第三十五章　元代之作者；第三十六章　小说戏曲之勃兴(修正本为“小说戏曲之盛兴”)；第三十七章　明之国势与文运；第三十八章　宋濂方孝孺；第三十九章　吴中四杰(修正本将第三十八章、三十九章改为“第二十七章明初作者”)；第四十章　台阁体；第四十一章　八股文；第四十二章　弘治文学；第四十三章　王守仁(修正本将第四十至第四十三章改为“第二十八章台阁体与复古派”)；第四十四章　嘉靖文学(一、二)；第四十五章　公安派与竟陵派；第四十六章　明末文学。

第五编　近世文学(共十五章，修正本为十三章)

第一章　前清文学之概观(一)；第二章　前清文学之概观(二)；第三章　明季遗老(一)；第四章　明季遗老(二)；第五章　清初之文学；第六章　王渔洋朱竹垞；第七章　方苞刘大櫆；第八章　神韵派之反抗者(修正本为“神韵派之反对者”)；第九章　骈体文之兴盛；第十章　桐城派与阳湖派；第十一章　折衷派与曾国藩；第十二章　史学之昌盛；第十三章　词学之复兴(修正本为“词学之复盛”)；第十四章　清之戏曲小说；第十五章　结论。

2. 王国维《宋元戏曲史》初版。

王国维(1877～1927)，字伯隅、静安，号观堂、永观，浙江海宁盐官镇人。《宋元戏曲史》由(上海)商务印书馆印行，1915年9月初版，32开本，199页，7万余字。

从1907年起，王国维开始从事戏曲研究。到辛亥革命之前，他已写出多种有影响的专著和论文，如《曲录》(六卷)、《戏曲考源》(一卷)、《宋大曲考》(一卷)、《古剧角色考》(一卷)、《曲调源流表》(一卷)等。辛亥革命爆发以后，王国维携眷东渡，移居日本，并在之前戏曲研究专著和论文基础上，用三个月时间，完成《宋元戏曲考》。由于他之前已有相当的戏曲研究基础，王国维对这部三个月成书的论著充满自信，他在“序”中说：“凡诸材料，皆余所搜集；其所说明，亦大抵余之所创获也。世之为此学者，自余始；其所贡于此学者，亦以此书为多。非吾辈才力过于古人，实以古人未尝为此学道也。”果如其言，这部著作发表后，掀起一股中国戏曲研究热，而此后大凡研究中国戏曲史者，莫不以王国维此书为始祖。

此书完稿后，先是在《东方杂志》第九卷第十、十一号及第十卷第三、四、五、六、八、九号共分八次刊完[①]，始自1913年4月1日，迄于1914年3月。1915年9月，由商务印书馆出版单行本，印行时以《宋元戏曲史》为书名，列为“文艺丛刻甲集”丛书之一。1921年12月再版，1924年8月第四版，1927年7月第六版；1930年4月列为“万有文库”第一集一千种出版；1933年3月“国难后”第一版、1934年“国难后”第二版、1935年5月“国难后”第三版，列为“国学小丛书”之一；1944年赣县第一版。此外，还有一种很少为世人所知的版本，即六艺书局1932年7月版，列为“增补曲苑革集”，书名为《中宋元戏曲考》，无标点和断句，24开本，147页。1949年后的版本更多，如：1957年11月中国戏剧出版社版；1982年台湾商务印书馆版；1984年中国戏剧出版社重版；1996年3月东方出版社版（“经典学术”丛书之一）；1996年3月华东师范大学出版社版；1998年12月上海古籍出版社版（叶长海导读）；2006年1月团结出版社“插图珍藏本”版；2007年10月江苏文艺出版社版（“北斗丛书”之一）。

本书完稿的时间，一般认为是在1912年，而近年有学者经考证后认为，完稿于1913年1月。其主要证据系两封王国维的信。一封是壬子十一月十八日即公历1912年12月28日（实为12月26日）致日本友人铃木虎雄信，其中云：

> 前闻大学藏书中有明人《尧山飞堂外纪》一书，近因起草宋元人戏曲史，颇思参考其中金元人传一部分，能为设法代借一阅否？[②]

信中的“大学”指的是铃木虎雄当时所在的京都高等师范学校。经查，该校至今仍藏有《尧山飞堂外纪》一书，可资证实王国维信中所述之事非

① 《东方杂志》第九卷第十号刊载《宋元戏曲考》的目录作“第一至第三章”，误，实则只刊登第一章；其第十一号目录作“第四至第七章”，误，实则只刊登第二章；第十卷第三号刊三、四两章，第四号刊第六、七两章，第五号刊第八、九两章，第六号刊第十、十一两章，第八号刊第十二、十三、十四共三章，第九号刊第十五、十六两章及附录。

② 原载《艺文》杂志十八年八号，收入吴泽主编，刘寅生、袁英光编：《王国维全集·书信》，北京，中华书局，1984。

虚。于是可断定，1912年年底，《宋元戏曲史》正在撰写中。另一通书信致学界前辈缪荃孙，时在壬子十一月廿八日即公历1913年1月5日，其中云：

> 近为商务印书馆作《宋元戏曲史》，将近脱稿，共分十六章。润笔每千字三元，共五万余字，不过得二百元。但四五年中研究所得，手所疏记心所储藏者，借此得编成一书，否则往再不能刻期告成。惟其中材料皆一手蒐集，说解亦皆自己所发明。将来仍拟改易书名，编定卷数，另行自刻出。①

论者据“将近脱稿”、“共分十六章”、“共五万余字”，连可得稿酬都能大致算出，断定成书时间为1913年1月。考虑到1月5日王国维在信里只是说“将近脱稿”(说明章节已定，但尚未写完)，以致该书直到4月1日才开始在《东方杂志》连载(按照当时一般的杂志出版速度，排字、校对、印刷等至少要半个月)，则成书时间应该在1913年2月。至于信中提到的稿酬，很可能是预支，因为当时王国维经济很拮据。

王国维在第二封信中提到“将来仍拟改易书名，编定卷数，另行自刻出”。看来他对东方杂志《宋元戏曲史》这个书名不满意，打算以后再改名。王氏辞世后，其友人于1927年编辑《海宁王忠悫公遗书》，其弟及门人于1934年编辑《海宁王静安先生遗书》，内收此书时，均题为《宋元戏曲考》。王氏亲友此举，很可能才是王国维的本意。有研究者考析说：

> 王氏以前的戏曲研究，书名均喜欢用“考”；如曰《唐宋大曲考》、《戏曲考原》、《古剧脚色考》等，而且一律分卷而不分章节。《宋元戏曲史》虽加强了史的论述，但总的风格依然是“考”胜于“史”，“考”显而“史”隐，诚如王氏在致缪函中所言乃“材料”加“说解”，改称《考》亦十分合适。②

斯言极是。曰“史”曰“考”，一字之差，意义有别。该书对历代戏曲史料的考证用力犹勤，多有独到发现，如对“诸宫调”的考证，对“董解元《西厢记》诸宫调”的认定，对“赚词”乐曲体式的考定等。“考”实为本书引

---

① 原件藏故宫博物院，收入《王国维全集·书信》，北京，中华书局，1984。

② 叶长海：《中国戏曲史的开山之作——读王国维的〈宋元戏曲史〉》，《戏剧艺术》1999年第1期，第72页。

人注目的特色。

与繁复的史料爬梳、考证相比，书中的“论”虽显得单薄，但言简意赅，对中国戏曲本质、起源和发展演变过程的归纳阐述，极其精准。关于这一点，已有众多研究成果予以指出，这里不再赘述。

本书的价值和学术史地位，今已成为共识。梁启超称此书为“空前创作”，认为虽体例尚有可议处，“然为史界增重既无量矣”。郭沫若曾将此书与鲁迅《中国小说史略》并举，称为“中国文艺史研究上的双璧”，认为“不仅是拓荒的工作，前无古人，而且是权威的成就，一直领导着百万的后学”。今人亦视之为“划时代的学术名著”、“研究中国古代戏剧的里程碑式菱”、“第一部科学的完整的戏曲史专著”、“文学专史中的名作”、“一部前无古人的各朝代戏曲的分析研究”、“学术介公认的经典之作”、“戏曲史研究领域的开山之作”、“中国戏曲学这门学科创立的标志”、“古典文学研究中具有方法论意义的代表性著作”，等等。当然，异议也是有的。日本学者狩野直喜把此书看成是王国维“业余的著述”[①]。近年有论者指出，该书“有一些材料问题亦值得再斟酌”[②]。

目次：

第一章　上古至五代之戏剧；第二章　宋之滑稽戏；第三章　宋之小说杂戏；第四章　宋之乐曲；第五章　宋官本杂剧段数；第六章　金院本名目；第七章　古剧之结构；第八章　元杂剧之渊源；第九章　元剧之时地；第十章　元剧之存亡；第十一章　元剧之结构；第十二章　元剧之文章；第十三章　元院本；第十四章　南戏之渊源及时代；第十五章　元南戏之文章；第十六章　余论。附录

12月

张之纯《中国文学史》初版。

张之纯（江苏江阴人）的《中国文学史》，蒋维乔校订，（上海）商务印书馆印行，1915年12月初版，1924年12月第六版，32开本，上下册，108页，约9万余字。

本书系遵照教育部部定师范学校课程而写作，供三、四年级师范生用，扉页有“师范学校新教科书”字样。

① 〔日〕狩野直喜：《忆王静安君》，原载《艺文》第18年第8号（昭和二年八月）。收入陈平原、王枫编《追忆王国维》，北京，中国广播电视出版社，1997年1月版。

② 叶长海：《中国戏曲史的开山之作——读王国维的〈宋元戏曲史〉》，《戏剧艺术》1999年第1期，第72页。

全书分四编，共三十五章、一百六十四节，叙述由伏羲时代至清代之文学史。其中既包括传统文学中的文字、诸子、诏敕、疏议、书牍、诗词，也有新兴的小说、戏曲。

目次：

1916年(民国五年)

10月

谢无量《中国妇女文学史》出版。

谢无量（1884～1964），字大澄，号希范，后易名沉，字无量，别署啬庵，四川梓潼人①。《中国妇女文学史》由（上海）中华书局印行，1916

---

① 关于谢无量的籍贯，有两种说法，一为四川乐至，一为四川梓潼。在谢氏《中国大文学史》第十三版（中华书局1928年8月出版）版权页标出一行字“编辑者 梓潼谢无量”，说明谢氏为四川省绵阳市梓潼县人。

年 9 月印刷、10 月发行，24 开精装本，346 页，约 17 万字。封面署名“梓潼谢无量”。1928 年再版，1931 年 6 月第八版，1933 年重印，《民国丛书》第二编第 60 册收录 1933 年影印本，1992 年 9 月中州古籍出版社出版了据中华书局 1916 年版影印本。

本书为中国妇女文学史开山之作，影响甚大。谢无量此书初步勾勒出中国古代妇女文学史的脉络，把历来被传统士大夫视为陪衬和点缀的妇女文学创作列为研究对象，从此“妇女文学”成为多数中国文学史写作不可缺少的内容之一。尤其本书出版后，梁乙真《清代妇女文学史》、谭正璧《中国女性的生活》（后改为《中国女性文学史》）等相继出版，后者的立意和内容都受到谢著的影响。

全书分上古、中古、近世三编，共四十章，由上古迄于明代。由此，其体例体现出“三编六阶段”的形式，即“绪论”之下设立三编，每编基本上分上、中、下三个阶段，实际上，把中国古代妇女文学史划分为三个时期、六个阶段。这种分期法，不仅成为此后妇女文学史写作的主要方法，而且也影响到了非妇女文学史写作的分期。每编之下都设立了章。除个别章下设立节外，其他均不设节，书中叙述于是常常显得冗长、杂乱，这一点，体现了早期中国文学史写作在章节设置方面尚不成熟。

谢无量持的是“大文学”观，在本书中亦不例外，几乎穷尽能搜集到的所有妇女写成的文字，连伪作也不放过，“伪者亦附”，而且，多数良莠不分，以至其书被后人认为是“妇女文学资料长编”。其实，谢无量对材料的处理，还是贯穿了“史”的意识的。他自述：“考历代妇女文学之升降”，“固将会其渊源流别”。① 其“史”的意识，体现在对材料的分类、排比之中，只不过由于大多述而不作，容易给人“资料长编”的印象。

谢无量在书中贯穿了女性文学史观，并据此确立起“妇女文学史”基本研究范式，对此后出现的女性文学史写作（如梁乙真的《清代妇女文学史》）产生了影响。②

书中专辟章节叙述娼妓文学（“第五章　薛涛与唐代娼妓文学”、“第九章　明代娼妓文学”），这在当时是需要勇气的，体现了作者非凡的眼光。

目次：

---

① 谢无量：《中国妇女文学史·绪言》，上海，中华书局，1916，第 3 页。

② 详见本书“绪论”第三节相关内容。

第二章　周之妇女文学：第一节　总论，第二节　诗经与妇女文学，第三节　春秋时妇女杂文学，第四节　战国妇女文学。

第二编上　中古妇女文学——两汉（中国妇女文学史二）

第一章　汉之宫廷文学：第一节　唐山夫人，第二节　班婕妤，第三节　后汉马皇后，第四节　后汉邓皇后，第五节　汉之宫廷杂文学。

第二章　妇女与五言诗之渊源；第三章　班昭；第四章　徐淑；第五章　蔡琰；第六章　汉代妇女杂文学。

第二编中　中古妇女文学——魏晋南北朝（中国妇女文学史三）

第一章　魏之妇女文学；第二章　晋世妇女之风尚；第三章　左九嫔；第四章　子夜与乐府诸体；第五章　苏蕙回文诗；第六章　晋之妇女杂文学；第七章　宋齐妇女文学；第八章　梁陈妇女文学；第九章　北朝妇女文学。

第二编下　中古妇女文学——唐五代（中国妇女文学四）

第一章　唐之宫廷文学；第二章　武则天；第三章　五宋与鲍君徽（附牛应贞）；第四章　唐之女冠文学；第五章　薛涛与娼妓文学；第六章　唐志妇女杂文学；第七章　五代妇女文学与花蕊夫人。

第三编上　近世妇女文学——宋辽（中国妇女文学史五）

第一章　宋之宫廷文学；

第二章　李易安：第一节　李易安事略，第二节　李易安与词学，第三节　李易安之诗，第四节　李易安杂文与四六；

第三章　朱淑真；第四章　宋妇女之词；第五章　宋之妇女杂文学；第六章　辽之妇女文学。

第三编下　近世妇女文学——元明（中国妇女文学史六）

第一章　元之妇女文学；第二章　明之宫廷文学；第三章　朱妙端（附陈德懿）；第四章　陆卿子与徐小淑；第五章　文氏之拟骚；第六章　沈婉君与叶氏诸女；第七章　方维仪；第八章　明代闺阁文学杂述；第九章　明之娼妓文学；第十章　许景樊。

12月

谢无量《中国六大文豪》初版。

谢无量《中国六大文豪》，（上海）中华书局印行，1916年12月初版，1929年10月第五版，24开本，101页，约4.5万字。

作者认为屈原、司马相如、扬雄、李白、杜甫、韩愈“足以代表一国之文学”，为“中国六大文豪”，因为，除了并非文学家者的司马迁、班固等人，其余作家都师源于这六人，例如，所谓“唐宋八大家”中，“韩可以兼柳，欧、苏、曾、王皆承韩公之绪焉”①。

本书虽以“六大文豪”为叙述主体，但不仅考其渊源所自，论述受其影响之作家，还考察六位作家之间文学理念的相互关系。通过本书，“学者既深观六家之神理，即又可由是以辨古今文学之源流也”②。由于这个缘故，本书可大致视为一部以作家为纲的中国古代文学史。

目次：

绪言

第一编　屈原

第一章　屈原传略；第二章　屈原在文学上的价值；第三章　离骚经；第四章　九章之自述；第五章　屈原之狂及其天才；第六章　屈原之后学。

第二编　司马相如

第一章　司马相如传略；第二章　赋体之大成；第三章　司马相如之事功及其文学；第四章　封禅文；第五章　司马相如与乐府；第六章　司马相如与并世文人。

第三编　扬雄

第一章　扬雄传略；第二章　扬雄与屈原；第三章　扬雄之赋与司马相如；第四章　太玄经；第五章　法言；第六章　扬雄之杂文体。

第四编　李白

第一章　李白传略；第二章　李白与前世之诗体；第三章　李白之拟古诗；第四章　李白之乐府及长句；第五章　李白之近体诗及其他杂著。

第五编　杜甫

第一章　杜甫传略；第二章　杜甫之古体；第三章　杜甫之近体；第四章　杜甫与李白；第五章　杜甫与并世诗人。

第六编　韩愈

第一章　韩愈传略；第二章　六朝骈体之反动及古文之渊源；第三章　韩愈之儒略；第四章　韩愈拟古文及其心得；第五章　文笔合辙及实用文体；第六章　杂文及游戏；第七章　韩愈之诗体；第八章　韩愈与并世文人；第九章　韩门诸子。

---

① 谢无量：《中国六大文豪·绪言》，上海，中华书局，1916，第3、4页。

② 谢无量：《中国六大文豪·绪言》，上海，中华书局，1916，第5页。

1917 年(民国六年)

1 月

1 日，胡适在《新青年》第二卷第五号(1917 年 1 月 1 日出版)发表《文学改良刍议》[①]，主张破除旧的文学规范，创造一种全新的文学面貌，由此拉开文学革命序幕。

4 日，蔡元培任北京大学校长，实行大学改制。

2 月

1 日，陈独秀在《新青年》上发表《文学革命论》一文，挥起文学革命大旗声援胡适。

5 月

1 日，胡适在《新青年》第三卷第三号(1917 年 5 月 1 日出版)发表《历史的文学观念论》，主张“以历史的眼光论文”。所谓“历史的文学观念”，“一言以蔽之，曰：一时代有一时代之文学”。尽管进化论文学史观并非由该文开始，但受该文影响，此后绝大多数中国文学史写作都贯注了进化论史观，而退化论史观迅速淡出文学史写作的舞台。

8 月

钱基厚《中国文学史纲》初版。

钱基厚(1877～?)，字孙卿，号孙庵，江苏无锡人。钱基博之弟、钱锺书之叔父。《中国文学史纲》，1917 年 8 月初版，锡成公司代印，油光纸线装，仅 9 页，5 千余字。

本书为作者 1914～1915 年间授课时的讲义，原名为《中国文学史》。

目次：

第一节　正名；第二节　原始；第三节　考论；第四节　谭史；第五节　攻子；第六节　阐经考文[②]；第七节　完体。

---

① 本文作于 1916 年 11 月，用复写纸抄了两份，一份给《留美学生季报》，一份寄给陈独秀。原载 1917 年 1 月 1 日《新青年》第二卷第五号；又载 1917 年 3 月《留美学生季报》春季第 1 号。

② 讲义本第六节为“考文”，共六节，无第七节。

1918年(民国七年)

10月

谢无量《中国大文学史》初版。

谢无量《中国大文学史》由(上海)中华书局印行，1918年10月初版，24开，精装本，640余页，约34万字。吴兴王文濡撰序。1928年8月第十三版，到1932年9月已印至第十七版。1992年中州古籍出版社据初版本影印。

本书是早年有影响的第一部由上古至清代的文学通史。全书共分五编，六十三章，一百六十节。范围扩及文学、经学、文字学、诸子哲学乃至史学和理学；体例上融流派、宗派、法律、纪事、杂评、叙传、总集七种体例为一体；论述上，远溯起始，述其源流，叙其盛衰，对作品，其人其事其作相结合；材料上，多引史传、笔记、文评、诗话等基本史料作为评价与立论的依据。本书是中国率先出版的一部体制庞大、内容广博的文学史，初步建构起中国历代文学发展的历史进程，具有开创意义。

本书采用与黄人、曾毅《中国文学史》相同的分期法，即把中国文学史分作上古、中古、近古、近世四个时期，每个时期又以朝代为序，以每一时段典型作家或常见流派为中心与重点展开论述。与谢无量之前出版的《中国妇女文学史》相比较，尽管《中国妇女文学史》与本书都按照上古、中古、近世来分期，具体的分期的时间界限却完全不同。见下表：

分期 史书	上古	中古	近世
《中国妇女文学史》	周代——汉代	魏晋——唐五代	宋代——明朝
《中国大文学史》	三皇五帝——秦朝	汉代——明朝	清朝

不论《中国妇女文学史》还是《中国大文学史》，作为通史著作，它们叙述的中国文学历史是相同的，不同的只是专注的内容不同。但是在谢无量那里，不同种类的文学史著的分期界限不同。类似的情况，在其他文学史作者那里也有存在。这是因为，文学史分期的主观性很强，它可以而且总是随着文学史写作专注的内容而作出调整和改变。或者说，中国文学史作者很早就注意到了文学史分期与文学史类型之间的吻合问题。

中国的早期文学史写作开卷都要先辨“文学的定义”。谢无量在“绪论”中先是辨析了中外“文学之定义”，然后指出“文学者，或分知之文、情之文二种，或用创作文学与评论文学对立，或以实用文学与美文学并举。顾文学之共，亦有主知而情深，利用而致美者”。这话虽是关于文学分类的，却指出了文学具有“知”、“情”、“美”的特征。一年后，罗家伦进一步发展了这一观点，指出“文学”须具有思想、想象、情感和艺术价值。①但谢无量并未解释何谓“大文学”。从其论述大体可知，谢氏的“大文学”分为有句读之文和无句读之文两大类，下分十六科，例如有句读之文分为韵文和无韵文，韵文包括赋颂、哀诔、箴铭、古繇、古今体诗和词曲，而无韵文包括学说、历史、公牍、典章、杂文、小说。其中，《诗经》等诗歌属于“赋颂”类，“词曲”包括戏曲、弹词等，而“小说”类仅指“文言俗语诸体”。因此，本书在叙述中侧重传统诗文，而对于元明清之戏剧、小说，叙述极为简略。这反映了谢氏注重传统诗文，轻视戏剧、小说等通俗文学的文学观。而他的文体分类，也其实是经史子集的具体化。与“五四”以后的中国文学史著相比较，谢著体系庞杂，文类界限模糊。

此外，谢著也存在类似黄人《中国文学史》那样引证过多过繁的问题。谢著往往先引证前人相关言论，再摘录欲介绍的文学作品，自己很少发言。有时候甚至整篇抄录，而不加剪裁、修饰。再有就是全书前详后略，结构很不匀称。“五四”以后出版的文学通史，大都近详远略，而本书却相反，大谈传说中的邃古五帝文学，上古、中文学叙述详细，而宋元明清文学则极其简略。作者曾说：“清之文学，不逮于明，明文不逮于宋元”②。可见，造成本书结构失衡是作者厚古薄今的文学史观所致。

本书在20世纪二三十年代遭到一些文学史家的激烈批评。其中，以胡云翼的批评最详细，也相对有道理。他逐条列举了谢无量此书存在的问题，如把“文学史”当“学术史”、“文字学史”，“不懂文学原理”，导致“取舍不当”，“不辨作品真伪”，“缺乏现代的眼光”，不知“文学进化”观念，“篇幅不适比例”，等等。

目次：

① 参见罗家伦：《什么是文学——文学界说》，《新潮》第一卷第二号(1919年2月出版)。

② 谢无量：《中国大文学史》第10卷，郑州，中州古籍出版社，1992，第41页。

七、战国文学，八、秦文学。

第三编

中古文学史：一、汉高创业与楚声之文学，二、博士派之文学，三、贵族之倡导，四、武帝时代文学之全盛，五、昭宣以后之文学，六、经术变迁与文学之影响，七、二班与史学派，八、东京之词赋与诗体，九、王充与评论派之文学，一〇、佛教之输入，一一、建安体与三国文学，一二、魏晋老庄学派及名理之影响，一三、太康文学、一四、晋之历史家与小说家。一五、永嘉以后之文学，一六、南北朝佛教之势力及文笔之分途，一七、元嘉文学，一八、永明文学，一九、梁文学，二〇、陈文学，二一、北朝文学，二二、隋之统一及文学。

第四编

近古文学史：一、唐初文学与隋文学之余波，二、上官体与四杰，三、武后及景龙时文学，四、开元天宝之文学，五、大历文学，六、韩柳古文派，七、元和长庆间之诗体，八、晚唐文学，九、五代词曲之盛，一〇、宋文学之大势及五代文学之余波，一一、庆历以后之古文复兴，一二、黄庭坚及江西诗派，一三、道学派与功利派之文体，一四、南渡后之诗体，一五、宋四六，一六、宋之词曲小说，一七、辽金文字，一八、元文学及戏曲小说大盛，一九、明初文学，二〇、台阁体，二一、弘正文学，二二、嘉靖万历文学，二三、明之戏曲小说。

第五编

近世文学史：一、清初遗臣文学，二、康熙文学，三、乾嘉文学，四、清代之戏曲小说，五、道咸以后之文学及八股文之废。

1919 年(民国八年)

5 月

4 日，具有划时代意义的五四运动爆发。五四运动是新文化运动的继续和发展，开创了中国文学的新时代。“五四”以后，各种文学社团流派、文学报纸杂志纷纷出现，鲁迅、周作人、沈雁冰(茅盾)、郭沫若、郁达夫、沈从文等著名现代作家也在这时期登上文坛。

12 月

1 日，胡适在《新青年》第七卷第一号(1919 年 12 月 1 日出版)发表《新思潮的意义》一文，提出要“整理国故”，由此揭橥整理国故运动的大旗。“整理国故”对中国文学史写作的主要影响有二：一是引考据法入文学史写作，促进文学史写作科学性；二是为文学史写作发掘了大量新材料。

本年

褚传诰《文学蜜史》初版。

褚传诰(1860～1940)，字九云，号仲宣，晚号石桥老人，浙江天台人。《文学蜜史》，1919年初版，为铅印本，1976年台北广文书局出版影印，25开，513页。

褚传诰少入天台文明书院、西湖崇文书院就读。光绪二十年(1894)以廪贡生任《台州府志》采访。次年，参与编纂《天台县志》(至民国四年总纂成书，油印行世)。光绪二十七年(1901)后，执教于三台书院、浙江高等学堂。光绪三十二年(1906)襄助金文田创办天台中学堂，任国文教习。后应聘为广东方言学堂国文教习，至宣统二年(1910)初冬去职。民国二年(1913)，执教于浙江省第六中学，至民国二十五年(1936)退休。任教期间，编撰了《新定中国历史》和《文学蜜史》。

本书原为作者在两广方言学堂主讲时所著。所谓"蜜史"，据作者自述："蜜史者何，取裴世期注三国志语也，而文网罗古今，足以自成一史，窃用其义，以名是编"。

此书以朝代为经、各朝代表作家为纬，分甲至辛共八集。卷前刊有《略例》长文一篇。成书时，作者尚有"壬"、"癸"未脱稿，但其目录已列于本书。卷首有张蓬镳、袁之球作的序言，门人张广荫作后跋。

目次：

甲集：左传略、公谷略、国语略、国策略、檀弓略、周秦诸子略；

乙集：西汉文略、东汉文略；

丙集：魏晋南北朝文略；

丁集：隋唐文略、五代文略；

戊集：两宋文略；

己集：辽金元文略；

庚集：明文略；

辛集：清文略；

壬集：历朝文派图说、风雅遗篇、古今谣谚、俗语所本；

癸集：金石文存、目录之学、杂存补遗、自叙。

1920年(民国九年)

6月

张静庐《中国小说史大纲》初版。

张静庐(1898～1969)，原名张继良，化名吴齐仁，笔名张卒，民国五年(1916)开始用笔名“静庐”，浙江镇海人。《中国小说史大纲》由(上海)泰东书局发行，1920年6月初版，1921年3月经订正增删后再版，32开本，60页(另有序文18页)，约2万字。卷首分别有王无为、王靖、周剑云、蔡晓舟的序及作者自序。

本书为新潮丛书(文学系)第2种，是最早出版的中国小说史，但其整体水平和学术影响远不及鲁迅《中国小说史略》(1923)。

全书分五卷：小说的定义与性质、小说的沿革、现代的小说思潮、小说的派别与种类、传奇与弹词略言。次年3月修订再版，篇幅增加，改为十章，即“小说名称之由来”、“小说之由来”、“小说之定义、诗赋与小说”、“小说之创始时期”、“小说之演进时期”、“小说之发达时期”、“欧美小说入华时期”、“现代小说之潮流”、“小说进化之历程”、“传奇与弹词略言”。

本书是作者拟写小说史五编系列之一的第一编《总论》。

目次(略)。

9月

罗家伦发表《近代中国文学思想的变迁》一文。

当新文学运动尚在进行中，就有人开始把新文学置于中国文学史的发展流程中予以定位考察，这便是罗家伦。罗家伦(1897—1969)，字志希，笔名毅，浙江绍兴柯桥镇人。1920年9月出版的《新潮》第二卷第五号刊载了北京大学学生罗家伦的《近代中国文学思想的变迁》，从文学思想变迁的角度描述新文学的发生过程。

本文虽然不是“文学史”，却在许多方面为后来的新文学史写作作了准备。

罗家伦的一个基本思路是：“文学的思想最足以代表时代的精神，因为文学的思想，也决不是无缘无故生出来的，必定有种人类的生活，做他的背景。”从这个思路出发，他认为同一时期的近代中国社会和文学的特征是对应的。他把近代中国社会分为四个时代(闭关时代、兵工时代、政法路矿时代、文化运动时代)，每个时代都有与之对应的文学，分别是：尊华攘夷文学、策士文学、逻辑文学和国语文学。罗家伦叙述的重点，在于"文化运动时代"及"国语文学"。由于罗家伦在论述中贯穿了进化论史观，前三个时代自然成为第四个时代的铺垫，似乎它们的存在只为证明文化运动和国语文学的必然性。这种写作思路，被后来的新文学史写作吸收。

以上提到罗家伦在叙述前三个时代时，贯穿了进化论史观。尽管罗家伦当时对进化论史观的认识还很模糊，而且他描述的文学演进线条过于简单，排斥了文学发展的复杂性、偶然性因素，但他运用进化论来解释新文学的发生，却是中国文学史写作中进化论文学史观的滥觞。

罗家伦还强调社会变动对文学的影响，总结出新文化和新文学运动发生的四个原因："第一是由于经济生活的改变"；"第二是由于世界大战的影响"；"第三是由于国内政治的失望"；"第四是由于学术的接触渐进"。所谓"学术的接触的渐进"，主要指的是"留学生的加多了"，"所以首倡文学革命的不在研钻故纸的老先生，而在乎兼通西籍的新学者"。

10月

朱希祖《中国文学史要略》初版。

朱希祖(1879～1944)，字逷先，又作迪先、逖先，浙江海盐人。《中国文学史要略》，1916年为北京大学文科一年级所编之讲义(铅印)，24开，1920年10月印刷线装铅印本，共37页，作为学生参考书。北京大学图书馆、南京大学图书馆藏有1920年版。2005年9月北京大学出版社《早期北大文学史讲义三种》，影印的就是1920年版，由陈平原辑。

本书卷首有朱希祖撰写的《中国文学史要略叙》，简述该书成书时间、缘由及付印诸事。文末标示"民国九年十月朱希祖自叙"。该书无篇次、章节之分，将上古至清末文学分六期叙述。

目次：

第一期　上古至夏商；第二期　周至三国；第三期　晋至陈；第四期　隋唐李五；第五期　宋至明(原书题为"第四期　宋至明"，应为"第五期　宋至明")；第六期　(原书为"第五期"，无标题，其内容为清代文学)。

本年

刘师培《中国中古文学史讲义》初版。

刘师培(1884～1919)，字申叔，号左盦，辛亥期间改名光汉，别号光汉子，江苏仪征人。《中国中古文学史讲义》由国立北京大学出版部印行，1920年初版，1923年9月再版[①]，铅印线装本，64页，卷首题《中国中古文学史讲义》，正页中书名为《中古文学史》。1936年出版宁武南氏校印本(南桂馨、钱玄同、郑裕孚等编)，大字刻印，线装，不标点，250页。1957年7月，人民文学出版社据1920年版标点后出版，书名《中国中古文学史讲义》，24开本，106页，约7.8万字。后由郭绍虞、罗根泽主编的"中国古典文学理论批评专著选辑"，将本书连同作者原发表于《国粹学报》(1905年)各期的《论文杂记》收入，并参阅了《刘申叔先生遗书》，互校整理，于1959年11月仍由人民文学出版，书名为《中国中古文学史·论文杂记》，1984年5月北京第3次印刷，大32开，146页，约10万字。1997年，江苏古籍出版社据1936年宁武南氏校印本收入《刘申叔遗书》影印出版。2000年12月上海古籍出版社将之收入"蓬莱阁丛书"出版简体本(程千帆等导读)；2006年该社将此书列为"世纪文库"之一出版；2004年将《中国中古文学史》作为"刘师培经典文存"之一出版。2008年4月，江苏文艺出版社将《中国中古文学史讲义》、《附 搜集文章志材料方法》、《汉魏六朝专家文研究 》合为一本书出版。2009年时代文艺出版社将之作为"老北大讲义"之一出版。

本书完成于1917年，这一年刘师培始任国立北京大学教授。据蔡元培《刘君申叔事略》，刘师培"是时病瘵已深，不能高声讲演，然所编讲义，元元本本，甚为学生所欢迎"。[②] 所指应当是《中古史讲义》。前面两课《概论》和《文学辨体》成稿时间最早，1913年2月题为《论文五则附文笔诗笔词笔考》在《四川国学杂志》第三期发表；随后《论文五则》改题为《文说五则》发表于《中国学报》第一期；《文说五则》后来成为《中古中国文学史讲义》一书的总纲，即《概论》。

全书共分五课十节讲述，侧重于汉魏和魏晋。作者在《搜集文章志材料方法》一文中说："文学史者，所以考历代文学之变迁也。古代之书，莫备于晋之挚虞。虞之所作，一曰《文章志》，一曰《文章流别》。志者，以人为纲者也；流别者，以文体为纲者也。"1919年他辞世之前说："挚氏之书久亡，而文学史又无完善课本，似宜仿挚氏之例，编纂《文章志》、

---

① 有研究者认为此书初版于1923年，又引鲁迅1924年5月23日日记"买《中古文学史》、《词余讲义》、《文字学形义篇》及《音篇》各一本"(《鲁迅全集》，第14卷，第498页)为证。其实，鲁迅这天购买的是刘师培《中国中古文学史讲义》的再版本。

② 蔡元培：《刘君申叔事略》，见陈中凡、刘文典辑：《刘申叔遗书》，南京，江苏古籍出版社，1997年影印本。

《文章留别》二书，以为全国文学史课本，兼为通史文学传之资。”[①]可见《中国中古文学史讲义》的体例类似《文章志》、《文章流别》，是考魏晋南北朝文学变迁之书，在叙流别中论人。因此，第二课《文学辨体》并非阐述“文学是什么”，而是“‘文’是什么”。此后三课论述魏晋宋齐陈的文学变迁，是该书主体部分。本书第一次把中古文学作为独立的研究对象，但最引人瞩目的特点是广征博引，从政治、思想、风俗、时尚等方面将文学发展变迁的大势和文体文风的演变脉络梳理得格外清楚。本书体例亦值得注意，先辑录胪列相关史料，其间杂以己说，再选录相关文章，呼应前文。表面上看，是以资料为主，以论为客，让史实说话，其实大抵是“六经我注”；书中资料的选录和排列都可谓煞费苦心；案语评点画龙点睛，不时有真知灼见，启人心扉。

本书虽为纲要性讲述，以史料为主，却历来为学界所推重。鲁迅对该书评价极高，尤其在《魏晋风度及文章与药及酒之关系》一文中称述最详。[②] 而鲁迅此文，明显受到刘师培该书的影响。例如，刘师培概括出魏晋文风有“清峻”、“通脱”、“骋词”、“华靡”四个特点，直接影响了鲁迅。鲁迅说：“汉末、魏初的文章，可说是：‘清峻’，‘通脱’，‘华丽’，‘壮大’。”尤其刘氏在书中提出的“建安文学，革易前型”观点，首开“建安文学自觉说”。“‘建安文学，革易前型’，在某种意义上成为1927年鲁迅《魏晋风度及文章与药及酒之关系》的源头”，“鲁迅以曹丕时代为‘文学的自觉时代’应该就是来自刘师培的‘建安文学，革易前型’，这一观念由于鲁迅的重新表述成为当今中国文学史观的一部分，建安朝也被普遍用作上古文学与中古文学的分界点。似乎这也就是刘师培浩繁文学论述中唯一被继承的遗产。”[③]

---

① 刘师培：《搜集文章志材料方法》，见陈中凡、刘文典辑：《刘申叔遗书》，南京，江苏古籍出版社，1997，第1665页。

② 鲁迅在该文中说：“我今天所讲，倘若刘先生的书里已详的，我就略一点；反之，刘先生所略的，我就较详一点。”《致台静农》(1928年2月24日)又说：“中国文学史略，大概未必编的了，也说不出大纲来。我看过已刊的书，无一册好。只有刘申叔(师培)的《中古文学史》，倒要算好的，可惜错字多。”两文见《鲁迅全集》，北京，人民文学出版社，1981，第11卷，第609页；第3卷，第502页。

③ 王风：《刘师培文学观的学术资源与论争背景》，载夏晓虹、王风等著《文学语言与文章体式：从晚清到五四》，合肥，安徽教育出版社，2006，第261～262页。值得一提的是，孙明君认为日本汉学家铃木虎雄才是最早提出“文学的自觉时代”者。(参见孙明君：《三曹与中国诗史》，台北，商鼎文化出版社，1996，第113～114页)然而戴燕却认为林传甲《中国文学史》说治化之文和词章之文从汉代以后开始分化，“跟后来文学史家津津乐道的魏晋为文学自觉时代的结论，就及〔极〕其相似”。(参见戴燕：《文学史的权力》，北京，北京大学出版社，2002，第175页)

目次：

第一课　概论

第二课　文学辨体

第三课　论汉魏之际文学变迁(第三课附录)

第四课　魏晋文学之变迁：甲 傅嘏及王何诸人；乙 嵇阮之文；丙 潘陆及两晋诸贤之文；丁 总论。

第五课　宋齐梁陈文学概略：甲 宋代文学；乙 齐粱文学；内 陈代文学；丁 总论(甲)声律说之发明，(乙)文笔之区别。

1921年(民国十年)

1月

葛遵礼《中国文学史》初版。

葛遵礼(浙江萧山人)的《中国文学史》[①]，上海会文堂新记书局印行，1921年1月初版，1921年11月第三版，1928年12月第十二版，1930年4月第三十版，1939年3月增辑出版。有24开、32开两种，平装，24开旧版152页，增辑本180页，约6万字。笔者所见为第三版，24开平装本，152页，谢湰、葛陛纶、陈选庠校订。

陈玉堂《中国文学史书目提要》将本书录为"1920年12月初版"[②]。此乃误记。据葛遵礼《中国文学史》第三版版权页，该书于1921年1月初版。此外，书前有绍兴寿孝天、章琢其作的序，落款分别为"民国九年庚申至日"和"民国九年庚申冬"，证明此书初版时间只可能在1920年12月之后。

作者葛遵礼在"例言"中说："参考书兼及东籍，有集思广益之意。"书中并未明言参考了哪种日本人写的文学史书，但据本书写作年代及书中内容，可推断参考的是笹川种郎《历朝文学史》和古城贞吉《中国五千年文学史》。作者又自述写作本书，是因为"文学日就陵夷，几有忘祖之虑"。此书大约编成于1920年，当时新文学已取得一定的成绩，展现出了蓬勃生机，显见葛遵礼之言，是站在新文学对立面，视当时的新文学为"陵夷"，故有"忘祖之虑"。

本书是高小、中学生课外读物，共分十三编(旧版共十二编)，按代

---

① 此书初版本封面和正文都署"萧山葛遵礼著"，但有论者乃至出版机构将之写成"葛遵礼、谢湰编"。查第三版、第三十版版权页都有"著作者 萧山葛遵礼 萧山谢湰"字样。细看却可知，萧山谢湰系校订者。

② 陈玉堂：《中国文学史书目提要》，合肥，黄山书社，1986，第16页。

讲述，不分章节，上起三代，下迄清季，增辑现代。书中每节论述完毕，就附录相关考证，以资阅读。全书叙述由尧舜禹三代至清末，1939年增辑本至新文学(在原书基础上增加“第十三编　现代文学”)。

目次：

5月

〔日〕盐谷温著、郭希汾译编《中国小说史略》初版。

郭希汾(1893～1984)，即郭绍虞，江苏省苏州人，译编的《中国小说史略》，(上海)中国书局1921年5月初版，1933年7月新文化书社再版，32开本，96页，约3万字。

本书是据盐谷温所著《支那文学概论讲话》第六章译编而成，分作四章，共八节。(盐谷温该书的全译本，参见盐谷氏原书或者陈彬龢译《中国文学概论》、孙俍工译《中国文学概论讲话》)

本书虽是译作，但出版较早，因而被胡怀琛《中国小说的起源及其演变》一书列为“研究中国小说参考的书目”之一。

目次：

12月

刘贞晦、沈雁冰《中国文学变迁史》初版。

刘贞晦(1881～1960)，名景晨，初名鳌，字冠三，1918年取“韬贞隐晦”之意，改字为“贞晦”，嗣以字行，人皆称之“贞晦先生”，浙江温州人。沈雁冰(1896～1981)，笔名茅盾，浙江桐乡人。二人合著《中国文学变迁史》[1]，版权页署“闻野鹤校”，“鲁承庄、抱恨生”校订，新文化书社

---

① 本书由两部分组成(刘贞晦《中国文学变迁史略》和沈雁冰《近代文学体系的研究》)，封面的书名为“中国文学变迁史”，但正文部分题为“中国文学变迁史略”。

(上海)发行，集成公司印刷，中华图书集成公司代发行，1921 年 12 月初版，新文学研究会发行，列为“新文学丛书之一”。平装，32 开，114 页，约 3.8 万字。

1923 年 9 月上海新文化书社出版第四版，1931 年 8 月第十版，封底改为闻野鹤(1901～1985，名宥，江苏松江人)编辑，其他同前。1933 年 10 月第十一版。1936 年达文书店再版，封面署名改为闻野鹤编，32 开本，110 页。

《中国文学变迁史》由两部分组成，正文著者为“北京大学教授刘贞晦”，这一部分为《中国文学变迁史略》，共十一编，上始唐虞，下迄民国，分篇叙述，大约 2.5 万字；附录部分《近代文学体系的研究》著者为沈雁冰，分两章，约 1.3 万字。

刘贞晦就读于京师大学堂(1904～1906)时，林传甲、黄人等在该校任教；刘氏写作本书时，与胡适同为北京大学文科同事。本书初版的第二年，胡适写成《五十年来中国之文学》(1923 年出版)，其中，对新文学的论述调子，与刘贞晦大体相同。虽然《中国文学变迁史略》中“民国成立以来的文学”的内容多数是近代文学，但毕竟提到了白话文运动尤其是新旧文学之争，因此本书很可能是最早书写新文学的史著，比胡适《五十年来中国之文学》要早近两年。

在清代文学之后讲述新文学，必须解决的一个问题，即旧文学如何向新文学转变。刘贞晦特别强调清末废除科举、西学东渐在其中起到的“思想解放”作用。他说：

> 自从清季废八股文试士的制度，文学思想才解放了。再加那时候陆海交通已经便利，欧美新学说输入渐多，不但文学界的人思想开通起来，就是一般人民的思想也改变了。所以从科举停废之后，不到十年，革命成功，我国文学的丕变，从此真要相始经营。①

他还从清末思想变迁的角度和学理角度阐释新文学的出现，有比较独到的认识：

> 原来清季治诗古文辞的人，本已不多。后来废科举，设学

① 刘贞晦、沈雁冰：《中国文学变迁史》，上海，新文化书社，1921，第 69 页。

> 校，各种科学列为课程。学者兼修并进，当然不能照从前的老样子，专治文学。就是先觉的几位学者，意在导进文化，著书立说，或刊行杂志，或登载报章，文应共解，势须急就，也当然不能给古文的法度拘束。民国初立，百端未整，不但文学没有成绩可观，在这过渡时期，虽尚有前清科举旧人，诗古人辞，本是功深养到的。又有羽翼古文的志士，提倡保存国粹，结社集会，要作个大雅扶轮。不过文化进步，要在通变制宜，现在种种新思想，须叫一般人民共同了解，若用古文去发表，不但著述的人不易图功，就是受读的人也难领悟。所以近一二年来，有人提倡改用白话文，传达文化。可以收个因利乘便的功效。这算民国文学变迁的一种动机。①

与20世纪20年代初期新旧文学两大阵营用偏激的言辞互相攻讦不同，刘贞晦对新旧文学有着比较清醒的认识。他说：

> 可不免有火色太过的人，因此排诋古文，说旧文学简直可以废了。但是旧文学的本身，实有种种不可废的功能。单就译书一方面说，从前译著出来天演论群学肄言种种书，学理虽是新的，文词原来是旧的，一般读过这书的人，何尝不用旧文学的功能，得新学理的感化。现在已经有用白话文译的书，却不见得那译笔就一定比用旧文词好。不过新文学现在还是个草创的，原也不可求全责备罢了。谈旧文学的人说，文章要有理趣，有情味，有音节。新文学何独不然。做到好的地步，那理趣、情味、音节也自然都有了。要在有志文学的人，下一番切实研究的功夫，或是旧文学本有根柢的人，来参预这新文学的改造，这纂拿旧的蜕化出新的，或是主张新文学的人，去摘发那旧文学的弊病，这纂拿新的去矫正了旧的，能够这样并力向前做去，民国的新文学就有完全成立的希望了。②

但刘贞晦并非对新旧文学持不偏不倚的态度，而是在感情上倾向新文学，肯定其成绩。他明确把民国以后的新文学纳入了整个中国文学史的框架，

① 刘贞晦、沈雁冰：《中国文学变迁史》，上海，新文化书社，1921，第69～70页。
② 刘贞晦、沈雁冰：《中国文学变迁史》，上海，新文化书社，1921，第70～71页。

指出新文学"是中国文学变迁史上一种进步的现象"：

> 我们中国自秦以后，文学的变迁，就现在的眼光看起来，成绩实是有限，只有察看那历代文学变迁的机势，无非在少数文人的社会中，一起一落。现在的变迁，都是要扩大范围，造成全体国民易知易能的文学了，这不能不说是中国文学变迁史上一种进步的现象。有志保存国粹的人，也要明白这一点。不好说改造新文学是不该提倡的呢。①

刘贞晦对于小说、新诗、戏曲和话剧（文明新戏）等新的文学形式，都给出了肯定的评价，而且对这些新形式的发展有清醒的认识。他说："诗歌一类的文学，我国历代有人讲究，本来有个渊源，将来只要打破那芜的秽藩篱，向自然美好的境界进行，就用白话，何尝不可登大雅之堂。不过要叫这新诗体真个成立，须不是旦夕的功夫。现在只算个试验的时期了。"

沈雁冰的《近代文学体系的研究》，其实是世界近代文学概论。他在书中指出，近代文学因为关注、反映平民及其生活而重要。书中以烂漫主义和写实主义界定近代文学，这在当时也算得上是不俗的见识。

目次：

中国文学变迁史略

第一篇：唐虞以前的文学；第二篇：唐虞夏商文学；第三篇：周秦文学；第四篇：汉代的文学；第五篇：魏晋及南北朝的文学；第六篇：隋唐五代的文学；第七篇：宋文学；第八篇：辽金元的文学；第九篇：明文学；第十篇：清文学；第十一篇：民国成立以来的文学。

附　近代文学研究体系的研究

第一章　总论：（甲）近代文学何以重要，（乙）近代文学的界说，（丙）近代文学的渊源。

第二章　近代文学主要的几类（1936年达文书店再版时删去此章）：（甲）说部，（乙）诗，（丙）剧本，（丁）结论。

① 刘贞晦、沈雁冰：《中国文学变迁史》，上海，新文化书社，1921，第72页。

第三章 中国文学史写作之探索期

第一节 概 论

1922年到1926年是中国文学史写作的探索期。以1922年作为起点，不但是因为五四新文化运动对此后文学史写作有着非常重大的影响①，更因为1922年11月颁布了对文学史写作进入探索阶段影响很大的壬戌学制，而且这一年胡适完成了“最早出现的、影响重大的叙述新文学发生历史的文章”②，即《五十年来中国之文学》。

大约在1930年，容肇祖注意到晚近以来的中国文学史写作取得了很大的进步，具体表现在四个方面：

> 一、对于文学的意义与范围之限定，由泛说中国学术，而到一定范围。
>
> 二、对于旧材料的考核与新材料的发现，由无辨别的而到谨严的，由偏畸的而到普遍的。前者如先秦两汉的伪文伪书，后者如敦煌的写本与流出海外的戏曲小说，在初期著述的文学史中是不注意的。
>
> 三、对于研究方法的进步，由宽泛的而到实证的，由主观的而到客观的。
>
> 四、对于说明方法的进步，由散漫的而到系统的，以成演变的活的历史。③

容氏总结的这四个“进步倾向”，如实地反映了探索期中国文学史写作取得的重要成绩。中国文学史写作在前几个阶段存在的问题，在这一时期，经过一番探索之后基本得到解决：“文学”“文学史”的定义虽仍有

---

① 郑志明：《五四思潮对文学史观的影响》，见中国古典文学研究会主编：《五四文学与文化变迁》，台北，学生书局，1990。

② 黄修己：《中国新文学编纂史》，北京，北京大学出版社，1995，第4页。

③ 容肇祖：《中国文学史大纲》，北平，北平朴社，1935，第23页。

一些争议，但迅速取得大致统一的认识；文学史料的发掘与整理，经过整理国故运动后获得越来越多的重视，并陆续发掘整理了大量新的文学史料；取得文学正宗地位的新文学，开始以附翼方式出现在文学史中；新式学校的广泛兴办，也为文学史写作提供了庞大而旺盛的市场需求①。所有的这些，促成了“五四”后这段时期文学史写作发展迅速，共出版文学史著作近百种②。总的来说，这时期的文学史写作在探索中迅速形成中国文学史写作的一些特色。具体如下：

第一，进化论文学史观成为主流。一般认为，进化论文学史观始于胡适把赫胥黎进化论引进中国文学，提出“历史的文学观念”(1917年)和“文学进化观念”(1919年)，而实际上，胡适此论更多是汲取了中国传统文学史观的营养。在胡适之前，龚自珍、魏源、王韬、梁启超、焦循、王国维等，都曾为进化论文学史观的形成作出过贡献③。近代中国学人之所以乐于接受进化史观，与中国传统学术资源中的佛教学理性不无关系。佛教讲求事物的“流转相”，分生、住、异、灭四期，事物总是按照“流转相”往复循环。佛教关于事物“流转相”的观念，与进化论关于事物发展变迁的认识有异曲同工之妙，因此中国学人对于进化史观并不觉得难以接受。早在1902年，梁启超已用佛教“流转相”来阐释中国学术思想变迁的轨迹。④ 虽然如此，胡适对进化史观的提倡确实对后来的文学史写作影响十分巨大，以至在短短几年间里取得广泛共识，成为对中国文学史写作影响最大的文学史观。胡适之论发表后，刘大白明确表示“不敢赞同”“退化论史观”，认为“文学史群化之一，它底演进，跟各种群化一

① 自林传甲为京师大学堂编写讲义《中国文学史》开始，此后出现的文学史著多数出于教学需要。据张隆华记载，当时初中课程的必修科就有“文学史略”，高中必修科亦有“文学史”。由于就学人口急剧增加，“文学史”著作的市场愈见庞大。(参见张隆华主编：《中国语文教育史纲》，长沙，湖南师范大学出版社，1991，第177页)

② 有研究者认为这时期的文学史写作是“一个高潮”。倘若以这时期共出版50部书与萌芽期的不足20部相比，当然可谓“高潮”，但若将之置于20世纪中国文学史写作的整体格局下观察，则可知，以“高潮”称之，实属夸张。

③ 参见袁进：《从“逆变说”到进化论——中国传统文学史观的蜕变》，《江淮论坛》2001年第3期，第78～84页。

④ 1902年，梁启超在《论中国学术思想变迁之大势》一文中，草略运用佛教学理性思维探讨中国学术思想变迁的模式及过程。1920年出版的《清代学术概论论·时代思潮》亦云：“佛说一切流转相，例分四期，曰：生、住、异、灭。思潮之流转也正然，例分四期：一、启蒙期(生)，二、全盛期(住)，三、蜕分期(异)，四、衰落期(灭)。无论何国时代之思潮，其发展变迁，多循斯轨。”(梁启超：《清代学术概论·时代思潮》，上海，上海古籍出版社，2000，第1～2页)

样，所以编文学史者底任务，在乎就文学演进的历史”①。苏雪林的说法更干脆：“我们研究文学史的人，只宜讨论进化的作品，而将那些退化的作品束之高阁。”②郑宾于甚至把书名定为《中国文学流变史》，并解释说：“这种‘一代有一代之所胜’底‘时代文学观’‘创造文学观’，在‘五四运动’之时，胡适先生尤其主之最力。他认为这是一种文学革命……(《尝试集》自序引)懂得了这个，便知道文学之所以有‘变’，完全是前人对于它的努力改造精神之实现，也便懂得了本书所以命名为《中国文学流变史》的意义与旨趣了。”③

进化史观最初显示的对中国文学史写作的贡献，在于给予文学史写作一根贯穿材料的线索，使不同时期的材料呈现出“历史的观念”，因而在一定程度上弥补了萌芽期中国文学史写作中历史意识欠缺的不足。早期文学史著作如黄人《中国文学史》，简单摘录大量材料，而不注意梳理材料之间的内在联系，给人“资料长编”的印象。胡适引进化论入文学史写作，使文学史写作以“文学进化观念”为指导，形成方法论的自觉意识。1918 年，胡适谈到张之纯的《中国文学史》时，批评张之纯以及“现在谈文学的人大多没有历史进化的观念”④。后来胡适回忆说：

> 我特别注重这个历史的看法，这固然是我个人的历史癖，但在当时，这种新的文学史见解不但是需要的，并且是最有效的武器，国内一班学者文人并非不熟中国历史上的重要事实，他们所缺乏的只是一种新的看法。⑤

问题是，这种“新的看法”作为统领文学史写作的观念，必然引起史家在文体选择、材料裁剪、作品评介等方面的根本性变革。国内一班“学者文人”一旦拥有这个“新的看法”，掌握了“最有效的武器”，引发的不只是观念的改变，更在中国文学史学中具有颠覆传统的意义。当胡适把进化论文学史观落实到文学史写作中的时候，首先需要的是为他一直致力于提倡的白话文寻找古代的“亲戚”，于是在《五十年来中国之文学》中，一些不受重视甚至早已湮没在历史瓦砾中的作家被挖掘出来，相反，清末影

① 刘大白：《中国文学史·引论》，上海，开明书店，1934。

② 苏雪林：《中国文学史·导论》，武昌，国立武汉大学，1932 年排印本，第 13 页。

③ 郑宾于：《前论》，《中国文学流变史(下册)》，上海，北新书店，1930，第 19～20 页。

④ 胡适：《文学进化观念和戏剧改良》，《新青年》第 5 卷第 4 号，1918 年 10 月 15 日。

⑤ 胡适：《〈中国新文学大系〉第一集导言》，见姜义华主编：《胡适学术文集·新文化运动》，北京，中华书局，1993，第 247～248 页。

响极大的桐城派受到指摘。胡适诸种行为的最终目的，只是为了让白话文运动“自然”地浮出历史的表面。这种颠覆传统文学史结构，用一套全新的历史规律来叙述“文学史”的举动，“推翻向来的正统，重新建立中国文学史的正统”[①]，对之后的中国文学史写作产生了两种导向：

一是提供了一种崭新的非主流文学史写作的思路——关注的是被以往史家忽视或尚未被发现的作家作品——并在以后的文学史写作中风行一时，从而书写非主流文学成为这时期的新现象，并在20世纪30年代成为文学史写作的重要特征。比如郑振铎等人的俗文学史写作。

二是把材料选取引向“各取所需”的歧途。胡适主观地按照白话文的标准，在文献资料中选取所需，并据此得出结论：白话文学并非现在才有，而是源远流长，只不过长期受“文言文学”压抑，直到现在才浮出历史地表。《国语文学史》发表后，获得盛誉、广受欢迎，胡适这种取材方法被许多文学史写作者纷纷模仿。陆侃如、冯沅君甚至在由两人合著的《中国诗史》(1931)中声称，他们在取材上采用“人弃我取”“人取我弃”的极端做法。

根据进化论文学史观，新文学自然优胜于传统的文学。为了争取新文学在中国文学史上的正统地位，新文学入史势在必行。于是，在这一时期，新文学史写作开始流行。先是1922年胡适写成《五十年来中国之文学》，最后一节简略述评当时尚未结束的文学革命，成为新文学史写作的滥觞。1927年以后，涌现了《白话文学史》(胡适)、《三十年中国文学之变迁》(陈子展)、《中国新文学运动史》(王哲甫)等一批新文学史著作。

第二，史学对文学史写作的影响空前显著，文学史写作出现考据化的趋势和特色。学者戴燕在一篇文章中系统、深入论述了史学对20世纪二三十年代文学史著出版的巨大影响，指出“给文学史的叙述以最重要影响的，正是同时代的历史学。这个时代，中国文学史的叙述者们酝酿出了他们理想的叙事方式，他们不断地用历史来解释文学的存在，用历史学的观念、方法、技巧来编织和丰富文学史的‘故事’”[②]。所论甚是。不过，戴燕的论述忽视了当时史学界重视发掘整理史料及其对文学史写作的影响。20年代前后，殷商考古的重大成就、敦煌藏经洞卷子的发现，在整个学术界引起震动，由此重新激发人们对考据学的兴趣。加上治学偏重考据训诂的章太炎把持北京大学国学门，以及胡适等整理国故运动

① 胡适：《〈中国新文学大系〉第一集导言》，见姜义华主编：《胡适学术文集·新文化运动》，北京，中华书局，1993，第247页。

② 戴燕：《中国文学史：一个历史主义的神话》，《文学评论》1998年第5期，第5页。

的推波助澜[①]，在二三十年代，考据成为一时风尚，因而这时期的文学史写作不可避免呈现出考据化的特色。需要指出的是，所谓"考据化特色"，并非专指纯粹技术层面的考证、校勘，而主要指文学史写作对史料的重视。关于这点，最典型的例子，莫过于郑振铎的文学史写作。郑氏出版的几部书，如《文学大纲》、《插图本中国文学史》、《中国俗文学史》，不仅大量引征新发掘的文献史料，经常不惜篇幅予以考证，还附录许多珍稀图片。重视史料、保存大量珍稀史料，无疑是郑氏文学史写作的一大特色，难怪鲁迅会认为郑氏的史著"乃文学资料长编"，并批评说："郑君治学，盖用胡适之法，往往恃孤本秘笈，为惊人之具，此实足以炫耀人目，其为学子所珍赏，宜也。"[②]

需要注意的是，文学史写作出现考据化趋势，是史学与文学史写作结缘的一个结果，它赋予这时期文学史写作以史学的科学主义品性，由此推动了文学史写作的合法性建设。[③] 这么说，当然无意于遮蔽或忽视史学因素的强化给文学史写作带来的负面影响。实际上，固然史学与文学之间有着天然的不可割断的联系，但毕竟文学及文学史具有独立的学科品格。史学对文学史写作的影响过大，往往导致文学史写作过于关注文学与社会的关系，缺乏应有的文学审美性。浦江清批评胡适目光"专注于实用之方面，而无暇及于美术也；专注于语言之方面，而无暇及于文学也"[④]。后来的论者更有清醒认识："在关于白话是否为中国文学史的主流这一问题的论争中，胡适已体现出他根据文学的'工具'而非文学本身来治文学史的特色；白话文的走向引起的争议更提高到文字表述的形

① 罗志田就胡适整理国故对文学史研究的影响，有过精辟的论述："在某种程度上可以说，整理国故对文学和文学史研究的最大影响就是考据化成为风尚，其中又以《红楼梦》研究表现特别明显。从根本上言，胡适开创的'新红学'与其反对的'索隐派'都偏于考据化，只是所考的对象和考证的方法不同。'新红学'及其相关的小说考证促成了文学研究的史学化，并长期占据大学讲堂，最终强化了'文学'本身在文学研究中失语"。"由于胡适在当年学界思想界声威的显赫，加上《红楼梦》素得文人青睐，他对《红楼梦》的考证影响了很多人，反过来进一步发展和强化了'以考证之眼读小说'的传统。更因胡适大力提倡的整理国故一度风靡，他的其他小说考证文字也反响热烈，这些因素形成的合力对文学史甚至整个文学研究的最大影响是考据化成为风尚。"(罗志田：《裂变中的传承：20世纪前期的文化与学术》，北京，中华书局，2003，第287、290页)

② 鲁迅：《鲁迅书信集·致台静农》(1932年8月15日)，北京，人民文学出版社，1976。

③ 限于篇幅，笔者不能就此展开讨论，不过已有学者做过相关研究，请参阅戴燕《文学史的权力》和程光炜《知识·权力·文学史——关于中国现代文学史观的再思考》(《南京大学学报(哲学·人文·社科版)》2005年第1期)。

④ 浦江清：《王静庵先生之文学批评》(1928年6月)，见《浦江清文史杂文集》，北京，清华大学出版社，1993，第8～14页。

式(工具)与内容是否统一、表述是顺应民众还是改造民众，以及怎样处理文字甚至思想的提高与普及的关系等非文学层面；这就揭示出一个或隐或现的倾向：许多提倡新文学者相当注重诗外的功夫而忽视了文学本身的研究[①]。"过于强调文学工具性、忽视文学审美性而造成某种程度的文学"失语"，后来竟然成为1949年以后一段时期里文学史写作的重要特征。

第三，文学史写作的主体意识日益加强。文学史主体是"以批判性为本质的主体存在"[②]。文学史写作的主体意识，具体表现为文学史作者的批判精神。其批判的对象，既包括对文学史研究对象(文学史观、文学史学科建设以及文学史里头的作家、作品、文学思潮等)的批评，也包括对文学史写作主体自身的反省和批判。此外，作为知识分子，文学史写作主体同样具备社会批判精神和人文关怀。据此观照中国文学史写作，不难看出，直到探索期，中国文学史作者才逐渐表现出较为明确的主体意识。这不仅具体表现在"文学"的两种定义(广义和狭义)达成了统一认识，确立了文学史学科的合法地位，强调了文学史写作的审美要求，还表现在鲁迅、郑振铎等文学史家对当时文学史写作的批评。当然，更重要的，是文学史写作逐渐摆脱了以往"述而不作"、简单摘录作品的写作范式，形成了以述评为主的叙事特色。

文学史写作的主体意识加强，是文学史研究和学科建设的必然要求，但它也难免带来负面影响。董乃斌等在叙述20世纪20年代文学史学时指出：

> 与此同时，和整个社会思潮同步，文学史撰著者的主体意识日益加强，他们不但致力于在著作中贯彻自己的文学观和文学史观，有时更借文学史宣扬一种社会思想，有意用尖新锋利的话语张扬"片面的深刻"，借以向根基深厚的思想文化传统挑战。这样所写出来的文学史，往往更"有思想"，旗帜更为鲜明，冲击力也更强，但若仔细推敲，则不免主观色彩较浓而科学性不够。[③]

① 罗志田：《裂变中的传承：20世纪前期的文化与学术》，北京，中华书局，2003，第286页。

② 董乃斌主编：《文学史学原理研究》，石家庄，河北人民出版社，2008，第179～185页。

③ 董乃斌、陈伯海、刘扬忠主编：《中国文学史学史》第三卷，石家庄，河北人民出版社，2003，第605页。

第二节 编 年

1922年(民国十一年)

3月

陈钟凡在《文哲学报》发表《中国文学演进之趋势》。

虽然早在1904年，黄人已在《中国文学史》一书中体现出了模糊的进化论思想，而“五四”前夕，又有胡适提出“历史的文学观念”“文学进化观念”，但直到陈钟凡(1888～1982，字觉元，号觉元，后改名中凡，江苏盐城人)在《文哲学报》第1期(1922年3月出版)发表《中国文学演进之趋势》一文，才出现明确用进化论分析中国文学。通过对诸夏文学演进趋势的考察，陈钟凡指出：“诸夏文学，原于风谣，进为诗歌，更进而为散体，斯固世界文学演进之趋势，无间瀛海内外，莫能外是例也。”(第8页)在此文中，陈钟凡不但对中国古代文学文体演进进行宏观描述，开创了运用进化史观宏观分析中国文学的先河，而且体现出了把中国文学纳入世界文学演进趋势的自觉意识。

10月

施淑仪《清代闺阁诗人徵略》初版。

施淑仪(1878～?)，字学诗，上海市崇明人。《清代闺阁诗人徵略》，崇明女子师范讲习所发行，崇明第一图书馆代售，各省商务印书馆寄售，1922年10月初版，大32开本，铅印线装本，四册，共329页(序目占16页)，22万余字。卷首有易顺鼎序，童大年题写书名。

本书虽云“闺阁诗人”，其实以叙述女诗人事迹为主，偏重文艺，而兼顾词赋、书画及其考证。所采录的诗文以有专集行世或作品入选文集、总集者为限，书画家则以已经论定者为限，杂著以有传本者为限。共录入清代女诗人等1200余人，其年限，由顺治至光绪。

全书十卷，书末为补遗，另附作者小传两篇。

目次：

卷一：录入沈云英、刘淑英等87人；卷二：录入徐灿、徐文琳等141人；卷三：录入卓瑮、俞桂等118人；卷四：录入陆凤池、曹锡珪等143人；卷五：录入曹柔和、申元善等104人；卷六：录入席佩兰、屈秉筠等126人；卷七：录入王韵梅、王谢等93人；卷八：录入汪端、席慧文等164人；卷九：录入陈兰君、程芙亭等117人；卷十：录入夏鞠初、秋瑾等68人；补遗：录入宗室兰轩、熙春等102人。

11月

壬戌学制颁布。

1922年11月，中华民国北洋政府以大总统令颁布《学校系统改革案》，所规定的学制系统，史称壬戌学制，又称新学制。

壬戌学制所遵循之原则和依据之标准共七项，分别为：(1)发挥平民教育精神；(2)适应社会进化之需要；(3)谋个性之发展；(4)注意国民经济力；(5)注意生活教育；(6)使教育易于普及；(7)多留各地方伸缩余地。① 这七项标准鲜明地反映了当时欧美新教育运动，尤其是美国实用主义教育思想和进步主义教育运动的精神实质，不仅对中国社会教育发展和人才培养影响极其深远，对中国文学史写作也有直接的影响。例如，将中学的国文课改为国语课，这是白话文运动成果在教育内容上的直接体现。这一转变，标志着中国文学史写作由文言文一统天下的局面宣告结束，反映了中国语文课教学目的、内容以及教材的重大改变。顺应此对白话语体的教学要求，此后出现的中国文学史著，多数以白话文写作。

1923年(民国十二年)

2月

1. 胡适《五十年来中国之文学》初版。

胡适(1891～1962)，原名胡洪、嗣穈，字希疆，后改名适，字适之，安徽绩溪人。《五十年来中国之文学》，1923年2月收入申报馆五十周年纪念特刊《最近之五十年》，约5万字。1924年3月申报馆印刷发行单行本，同年11月收入上海亚东图书馆出版的《胡适文存二集》卷二；1927年文化社出版的《国语文学史》列之为附录；1930年2月《五十年来中国之文学》第十节单独成篇，收入亚东图书馆初版《胡适文选》，题为《文学革命运动》；又收入1935年10月15日良友图书印刷公司出版《中国新文学大系·史料索引集》。1924年后的版本，一般加上胡适1923年3月7日撰写的《日本译〈中国五十年来之文学〉序》。

本书系胡适应邀为申报馆五十周年纪念而作。其标题出现了两种写法，一为《五十年来之中国文学》；一为《五十年来中国之文学》。据《胡适

① 《大总统令·学校系统改革案》，《教育杂志》卷14号(1922年11月1日出版)。

日记》，1922年2月6日："开始做《五十年来的中国文学》一文。"3月3日："回家，作文，到十二时，居然把《五十年的中国文学》做完了。"3月7日："《五十年之中国文学》抄成了，又改作一节。"3月10日："孑民先生有信，他很赞许我的《五十年的中国文学》。"[①]可见，在胡适那里，多数时候题为《五十年来的中国文学》。1923年2月，该书被收入申报馆五十周年纪念特刊《最近之五十年》由申报馆初版时，题为《五十年来中国之文学》。1924年3月，收入"五十年来之世界文学"由申报馆出版单行本，其封面标题为《五十年来之中国文学》，而正文中的页眉却写为"五十年来中国之文学"。很可能由于这个缘故，上海良友图书印刷公司1935年出版的阿英选编《中国新文学大系·史料·索引》中，"论文集"所列《胡适文存二集》的目录中，写为"五十年来中国之文学"，而"专著"所列目录中却作"五十年来之中国文学"。据查，1924年上海亚东图书馆出版《胡适文存》时，此文标题为《五十年来中国之文学》。后来，此文标题大都写作"五十年来中国之文学"，比如安徽教育出版社(合肥)2003年9月出版的《胡适全集》。

本书的重要价值，尚未被学术界充分认识。胡适为该书日译本写序时说："我的目的只是要记载这五十年新旧文学过渡时期的短历史，以备一个时代的掌故，算不得什么著作。"这话表明，胡适的初衷，只是"记载这五十年新旧文学过渡时期的短历史"，然而，"这五十年"(1872～1922)恰好是中国文学新旧交替之际，于是胡适此著，毋庸置疑要解决新旧文学如何沟通、如何评价新旧文学等重大问题。胡适通过该书，在史的描述中为尚处幼年时期的新文学进行历史定位，并且在编写体例上，开新文学入史、如何入史之先河。而其偏重白话文学的述史立场，也可见后来著名的《白话文学史》之端倪。

与黄人等早期文学史写作"述多论少"甚至强调"述而不论"截然不同，本书之叙述，总体上"以论带史"。钱基博说："胡适《五十年来之中国文学》不为文学史，何也？盖褒弹古今，好为议论，大致于扬白话而贬文言，成见太深而记载欠翔实也。"[②]此后的中国新文学史写作，大多沿袭了胡适这种"以论带史"的倾向。

本书发表后，反响很大，胡先骕迅速发表文章予以批驳[③]，引发罗

---

① 《胡适日记》，1922年2月6日、3月3日、3月7日、3月10日，见《胡适全集》第29卷，合肥，安徽教育出版社，2003，第511、528、534、537页。

② 钱基博：《现代中国文学史》，长沙，岳麓书社，1986，第4～5页。

③ 参见胡先骕：《评胡适〈五十年来中国之文学〉》，《学衡》第18期，1923年6月版。

家伦等撰文反驳，遂构成白话文运动时期蔚为大观的一场论战。但随着胡适《国语文学史》尤其是《白话文学史》面世，本书的光彩很快被后者遮盖，从此本书很少被人们提及。1993年罗岗先生发表的《论胡适〈五十年来中国之文学〉》①一文虽属少见的宏文，关注此文者却少而又少。这篇论文将当时刚从国外传入的福柯“知识考古”方法引进文本，分析了胡适阅读文学历史的策略和所运用的语言伦理，最后得出结论：胡适的《五十年来中国之文学》只不过是再造了一个不可能降临于现实的“历史神话”。

《五十年来中国之文学》的作者胡适和书中倡导文学革命的“胡适”同为一人，“也就是说，语言行为的实行者与历史事件的实行者合二为一，行动者成为了叙述者”。“这样，叙述者面临着一个问题：如何来处理历史中的‘我’和历史叙述中的‘我’的关系”②。胡适在《五十年来中国之文学》中采取的办法是，凡涉及自己的段落，统统冠以“胡适如何如何”。这种貌似客观的叙述策略，其实是非常表面化的，只要稍加转换，就面临瓦解的危险。胡适和当时的其他人都没有发现或留意这点，以至胡适对文学革命的这种叙述策略，在之后的《白话文学史》、《建设的文学革命论》、《我的自传·逼上梁山》中也有采用，并且被20世纪二三十年代的新文学史写作继承，由此在一定程度上成为“阐释型文学史”的滥觞。

目次：③

2. 凌独见《新著国语文学史》初版。

凌独见(名荣宝，浙江人)《新著国语文学史》，(上海)商务印书馆印行，1923年2月初版，同年6月再版，32开本，平装，356页，约21万字。夏敬观、马叙伦、黎锦熙分别作序。

本书是作者从国语讲习所毕业后，应浙江省教育会开办的“国语传习所”邀请讲授“国语文学史”而编写。作者自述，本书与胡适在国语讲习所授的《国语文学史》在国语分期问题上不同(书名冠以“新著”二字，显然有

① 罗岗：《论胡适〈五十年来中国之文学〉》，《文艺理论研究》1993年第4期。

② 罗岗：《论胡适〈五十年来中国之文学〉》，《文艺理论研究》1993年第4期，第56页。

③ 1923年2月《五十来中国之文学》首发时，首页有目次。正文中有编号。自1924年以单行本出版后，无目录，正文按照标题分为十部分，每部分依秩序编号。

以示区别于胡著之意)，但本书显然以胡适的讲稿为蓝本，例如“第二编本论”之“第二章为什么要研究国语文学史”，明显承袭胡适的说法，认为“文学要用国语做的，才有生命，才有价值，才受世人的欢迎”①。尽管如此，胡、凌二著仍有明显区别。例如，二者的上下年限不同。胡适的讲稿《国语文学史》从汉朝写到南宋中止，而凌著从唐虞写到民国。就编纂体例而言，胡适的讲稿相对散乱，而凌著比较规范、眉目清楚。从行文上看，胡著对作家作品多有评价，而凌著强调把重要作家的代表作“抄些下来，平铺在书里，让读者自己去赏识，去评判”。凌独见甚至劝告读者，不要把他这部书“当《国语文学史纲》看，最好当作《古今白话诗选》去读”②。

有趣的是，凌独见在杭州第一师范学校就读时，曾独自创办《独见》杂志，反对白话文，事隔才几年，他不仅编写《新著国语文学史》，还对白话文学推崇有加。然而，该书错漏颇多，胡云翼在《新著中国文学史·自序》中，谓“其错误可笑之处触目皆是”。

共分七编，三十三章，收入白话诗词1200余篇。

目次：

第一编 通论

第一章 文学的定义；第二章 文学的起源；第三章 文学的用处；第四章 文学史的目的。

第二编 本论

第一章 国语文学史的范围；第二章 为什么要研究国语文学史；第三章 国语文学与专制政体；第四章 国语文学与科举制度；第五章 国语文学与古代文明；第六章 国语文学与文法；第七章 国语文学的分类；第八章 国语文学的史料；第九章 国语文学从哪里说起；第十章 国语文学史的时期区分。

第三编 从唐到周

第一章 唐虞(一、唐；二、虞)；第二章 三代(一、夏；二、商；三、周)；第三章 春秋；第四章 战国；第五章 小结。

第四编 从秦到唐

第一章 秦；第二章 汉；第三章 三国；第四章 晋；第五章 南北朝；第六章 隋；第七章 唐；第八章 五代；第九章 小结。

---

① 凌独见：《新著国语文学史》，上海，商务印书馆，1923，第5页。

② 凌独见：《新著国语文学史·自序》，上海，商务印书馆，1923。

第五编 从宋到清

第一章 宋；第二章 元；第三章 明；第四章 清；第五章 小结。

第六编 中华民国

第七编 结论

10 月

胡怀琛《中国文学通评》初版。

胡怀琛（1886～1938），原名有怀，字季仁，又字寄尘，别号秋山，安徽泾县人。《中国文学通评》，上海大东书局发行，1923 年 10 月初版，1924 年 7 月再版，32 开本，136 页，约 4.7 万字。

本书名为“中国文学通评”，其实文献资料引录远多过评论——仅略取历代若干名家之诗文，或全引，或节录后加以简短的评论。不过，该书在编写的时序上独树一帜，它一反传统的由远及近的编年体例，采取由近及远的编写方法，由清代桐城派起，上溯至孟庄，共五章、三十五节。

“通评第四”述“左国史汉”、“通评第五”讲“孟轲庄周”，在作者看来，这些就是春秋战国文学和秦汉文学的代表，可见他秉承中国学术传统，重视史和集。又，虽以“中国文学”为书名，却仅述“文”，未及诗词和小说戏曲，故本书实为一部“中国散文史”。

目次：

通评第一 桐城文

一、桐城派之源流；二、史记；三、欧阳永叔；四、归震川；五、方望溪；六、刘海峰、姚薑坞；七、姚姬传；八、姬传弟子及其他桐城派文家；九、曾涤生；十、吴南屏；十一、曾文正弟子。

通评第二 清初三家

一、清初文学之大概；二、侯魏汪三家；三、侯朝宗；四、魏叔子；五、汪钝翁。

通评第三 唐宋八家

一、八家之名称之来历；二、八家文与唐宋两代文学之关系；三、八家文之总评；四、韩退之；五、柳叔永；六、欧阳永叔；七、苏明允；八、苏子瞻；九、苏子由；十、曾子固；十一、王介甫。

通评第四 左国史汉

一、总论；二、左传；三、战国策；四、史记；五、汉书。

通评第五　孟轲庄周

一、总论；二、孟轲；三、庄周。

12月

鲁迅《中国小说史略》(上卷)初版。

鲁迅(1881～1936)，原名周树人，浙江绍兴人。《中国小说史略》，新潮社(北京)发行，1923年12月初版上卷，164页，1924年6月初版下卷，190页(由第165页～354页)。24开道林纸精装本。

本书系作者1920年至1924年在北京大学、北京女子师范学院讲授中国小说史时的讲义。起先是由十七篇构成的油印本，后增至二十六篇，刊成排印本讲义，书名为《中国小说史大略》(中国国家图书馆收藏此书线装本)；此后，经稍微修改并增至二十八篇，先后于1923年12月、1924年6月由北京大学第一院新潮社分上、下卷初版此排印本，书名为《中国小说史略》。此书1949年前各种版本如下：

①油印本讲义，实物现存两件，一为单演义藏，题名《小说史大略》，一为北京鲁迅博物馆藏，系常惠捐赠，题《中国小说史》，北京大学国文系教授会印行，两件之文字基本相同，都为十七篇；

②排印本讲义有两种，一为《中国小说大略》，中国国家图书馆藏，共二十六篇，另一种为《中国小说史》，北京女子师范学院讲义，二十八篇，周海婴藏；

③北京大学第一院新潮社初版本，1923年12月出版上卷、1924年6月出版下卷，题名《中国小说史略》，共二十八篇，此新潮社初版本，比排印本增加了“序言”、“后记”、“目录”、“正误表”，文字上稍有修改；

④1925年2月(上卷)新潮社再版，“勘订了初版的误文和补正了脱文，页数也多出两页。下卷再版日期待查”①，另外，还改正了初版本中的错误，且删去初版本中的“正误表”；

⑤1925年9月，北新书局出版合订本，增加“再版附识”；

⑥1926年年初，北新书局出版合订本再版，11月第三版，1927年8月第四版，1929年1月第五版；

⑦1931年7月北新书局订正本出版，1930年鲁迅将第十四、十五、二十一编“稍施改订”(《题记》)；

⑧1931年9月北新书局订正本第八版，增加“题记”，删去“再版附

① 陈玉堂：《中国文学史书目提要》，合肥，黄山书社，1986，第234页。

识”，1933 年 3 月第九版，1935 年 6 月第十版，1936 年 10 月第十一版；

⑨1941 年 10 月 10 日，作为鲁迅纪念委员会编纂的“鲁迅三十年集”之一，由鲁迅全集出版社出版上海版，1947 年出版大连版；

⑩1943 年 9 月，作家书屋出版的渝一版。

尽管本书曾被指为抄袭盐谷温《支那文学概论讲话》[①]，但它无疑是研究中国小说史的开山之作，材料丰富，见解精辟。后世对本书的推重，大多喜欢强调“中国历来鄙视小说的氛围”，以此凸显鲁迅独具慧眼。实际上，晚清时期小说创作蔚然成风，尤其是梁启超等发起“小说界革命”之后，国人对小说的鄙视已大为改观。经文学革命，至鲁迅编写讲义之时，所谓“中国历来鄙视小说的氛围”已难见。因而，就本书而言，鲁迅先生的过人之处不在于他顶着“中国历来鄙视小说的氛围”编写本书，而在于率先把小说作为一门专门的学问加以系统的研究，开创了中国古代文学研究的新领域，为中国小说史研究奠定了坚实的基础。鲁迅为撰写本书作了大量史料钩稽、考证工作，并据此在书中作了许多精辟、富有启发性的评论。

《中国小说史略》的开创之处大致有这样几点：

第一，在文学史观上，首次用进化史观研究中国小说。进化论的文学史观，早在黄人的《中国文学史》中已清晰可见，至胡适的《五十年来中国之文学》更以进化论文学史观作为贯穿文学发展的主线。但鲁迅不是简单、机械地套用进化论的文学史观，而是对其进行适当的修正，这是鲁迅的创新处，也是高明之处。在他的文学演进理念中，小说史被看作不断发展的变化进程，但他同时注意到“中国进化的情形，却有两种很特别的现象”，一种是反复，一种是羼杂。小说史的发展，并非直线前进，而是有反复，即旧的并不因为新的来临就立即消退，有时会出现“新的来了好久之后而旧的又回复过来”，有时“新的来了好久之后而旧的并不废

---

① 陈西滢在 1926 年 1 月 30 日《晨报副刊》指出鲁迅的《中国小说史略》抄袭了日本学者盐谷温的《支那文学概论讲话》，鲁迅在《不是信》(《华盖集序编》)一文中进行了义正词严的驳斥。但是关于本书的“抄袭”之说，仍不断流传。鲁迅逝世后，苏雪林在给胡适的信中重提此事，而胡适在复信中谈及陈西滢指责鲁迅剽窃一事时给出了客观公允的论述：“凡论一人，总须持平。爱而知其恶，恶而知其美，方是持平。鲁迅自有他的长处。如他的早年的文学作品，如他的小说史研究，皆是上等工作。通伯先生当日误信一个小人张凤举之言，说鲁迅之小说史是抄袭盐谷温的，就使鲁迅终身不忘此仇恨！现今盐谷温的文学史已由孙俍工译出了，其书是未见我和鲁迅之小说研究之前的作品，其考据部分浅陋可笑。说鲁迅抄袭盐谷温，真是万分的冤枉。盐谷一案，我们应该为鲁迅洗刷明白。”(1936 年胡适致苏雪林信，见《胡适来往书信选》(中)，北京，中华书局，1979。)

去”，于是出现新旧羼杂。[1] 显然，鲁迅看到了小说史演进过程中的复杂性，比黄人、胡适那种直线型的进化论文学史观要符合实际。遗憾的是，后来的史家似乎很少有人注意到鲁迅这种认识与胡适为代表的进化论文学史观之间的差异。

第二，在具体研究思路上，鲁迅的文学史研究比较注重外部研究。所谓外部研究即所谓的史论或社会历史学方法，注重对社会思潮和文人心态的论述，这在鲁迅的文学史著作中体现得尤其明显。在《魏晋风度及文章与药及酒之关系》中，他开门见山地说："想研究某一时代的文学，至少要知道作者的环境、经历和著作。"[2]他认为文学是某一时代的文学，具有时间性和历史性，因此要了解文学的历史境遇；同时还要理解作家的环境、经历和其他的著作。鲁迅总是联系政治、文化、社会习俗等文学发展的历史境遇来进行研究。在《中国小说史略》中，每章起首处都以精简的语言精辟地介绍出当时的文化思潮。不同的历史时期和社会状况，会对文学产生不同的影响，鲁迅抓住每个历史时期对文学影响最重要的特点进行分析，突出了政治和经济因素对文学的影响。他认为，汉末魏初文学发生的重大变化，与当时的社会急剧动荡和政治变革紧密相关。在鲁迅看来，曹操文章"清峻的风格"与他政治上"尚刑名"有关；而"尚通脱"的风格又是对当时的"自命清流"的社会风气的反驳；"建安七子"的"慷慨"，是因为当时天下大乱，亲朋在战乱中纷纷毙命，他们作文不免会带有悲凉、激昂和慷慨的特色。阮籍的"饮酒不独由于他的思想，大半倒在环境"；正是黑暗压抑的政治环境逼迫阮籍沉湎于酒以避免与社会发生直接、正面的对抗，也正是这种险恶的现实环境的压迫，使他的许多诗文的意义"隐而不显"。

鲁迅比较注重外部研究，尤其对作家的环境、经历的重视，既暗合了中国传统学术"知人论世"的要求，又赋予其新的意义，即他注重寻找社会环境对作家及其创作的影响。此后的中国文学史尤其文艺思潮史写作，可明显看到鲁迅此种研究思路的影响。例如，谭丕模《中国文学史纲》、吴文祺的《近百年来的中国文艺思潮》、刘大杰的《中国文学发展史》等。

第三，在体例上，鲁迅《中国小说史略》的重大创举，就是小说分类。

① 详见鲁迅：《中国小说的历史的变迁》，此文作为附录收入鲁迅《中国小说史略》(《鲁迅全集》第9卷，北京，人民文学出版社，1980)。

② 鲁迅：《魏晋风度及文章与药及酒之关系》，见《鲁迅全集》第3卷，北京，人民文学出版社，1981，第501页。

鲁迅对内容丰富、体裁庞杂、当时还是混沌一片的小说进行梳理、分类，并为一些小说类型命了名。其中，“志怪”、“传奇”的命名与界说，受到了明人胡应麟的影响[①]；“话本”的命名，采纳了宋元时期已有的说法。虽然并非独创，但在小说史中对流传已久的成说予以确认，其功亦不可没。明清说部发达，数量众多，并且还出现一些“志怪”、“传奇”、“话本”不能涵括的小说新类型。鲁迅对其予以分类的办法，是既有自己的综合、独创，又融进西方小说的类型概念。由此，鲁迅命名的明清小说类型，构成了《中国小说史略》一书的重头戏，加上书中的研究思路、方法和观念，形成了内在的小说类型体系。这个体系尤其所采用的分类名称，对后世的小说史研究影响极大，乃至直到今天有些仍是众所周知的术语。

作为中国小说史研究的开山之作，《中国小说史略》的地位和作用毋庸置疑。时至今日，我们对中国古代小说的认识，就整体而言，基本上没有超出鲁迅《中国小说史略》的层面，仍然停留在粗线条的把握上。就此而言，这部经典著作在一定程度上束缚了后世学者研究中国小说史的思维和视野[②]。其实，虽然鲁迅事先在小说史料方面作过扎实的准备，他具体编写本书的时间却是短促的，而且直到 1931 年最后一次修订，一直没有做过大的修改。书中出现一些缺漏、失误，在所难免。

例如，书中对一些重要概念的使用存在失误。在《中国小说史略》第二十三篇“清之讽刺小说”中，鲁迅以《儒林外史》作为代表和论述重点，却又在第二十八篇“清之谴责小说”中说：

> （《官场现形记》）头绪既繁，角色复多，其记事遂率与一人俱起，亦即与其人俱讫，若断若续，与《儒林外史》略同。[③]

鲁迅明确指出作为“讽刺小说”的《儒林外史》与作为“谴责小说”的《官场现形记》“略同”。这容易给人造成一种印象，即《儒林外史》既是“讽刺小说”，也可视为“谴责小说”。鲁迅提出上述说法，是因为他在书中对“讽刺小说”与“谴责小说”这两个概念的表述很模糊，他甚至没有对“谴责

---

① 陈平原：《小说史理论与实践》，北京，北京大学出版社，2010，第 217 页。

② 近年某著名大学教授公开说：“鲁迅写了中国第一部小说史《中国小说史略》，今天所有研究古典小说的人必须看它，看完之后只有佩服，因为确实超过不了它……读完鲁迅的东西，我只觉得他说的是板上钉钉。”此言透露出鲁迅《中国小说史略》对一些当代学者思维和视野的束缚。

③ 鲁迅：《中国小说史略》，见《鲁迅全集》第 9 卷，北京，人民文学出版社，1980，第 289 页。

小说"作出界定，就让它直接出场。

鲁迅提出"讽刺小说"的命名不久，就有人提出异议。1926年文学史家郑振铎以笔名西谛发表文章，认为：

> 中国的讽刺作品，自古就没有；所谓《何典》不过是陈腐的传奇，穿上了鬼之衣而已，《捉鬼传》较好，却也不深刻，《儒林外史》更不是一部讽刺的书，《官场现形记》之流却是破口大骂了；求有蕴蓄之情趣的讽刺作品，几乎不见一部。①

郑氏之言固然有可讨论之处，但他批评鲁迅把《儒林外史》、《官场现形记》当成"一部讽刺的书"，是有一定道理的。而且鲁迅以"蕴蓄之情趣"作为"讽刺小说"的重要特征，也欠妥。②

目次③：

第一篇　史家对于小说之著录及论述：《汉书·艺文志》说；《隋书·经籍志》说；《唐书·经籍志》始无小序；《新唐书·艺文志》始退鬼神传人小说；明胡应麟分小说为六类；清《四库书目》分小说为三类；《四库书目》又退古史人小说；书目之变例。

第二篇　神话与传说：小说之渊源：神话；中国阙原始神话；神话之成传说；多含神话及传说之书(《山海经》,《穆天子传》,《楚辞·天问》等)；中国神话散亡之故。

第三篇　汉书艺文志所载小说：《汉志》所录小说今俱佚；《伊尹说》；《鬻子说》；《青史子》；《师旷》；《虞初周说》；《百家》；《务成子》及《宋子》。

第四篇　今所见汉人小说：见存汉人小说皆伪托；东方朔《神异经》；《十洲记》；班固《汉武故事》；《汉武内传》；郭宪《汉武洞冥记》；刘歆《西京杂记》；伶玄《飞燕外传》及汉人《杂事秘辛》。

第五篇　六朝之鬼神志怪书(上)：文士之传神怪；魏文帝《列异传》；张华《博物志》；干宝《搜神记》；陶潜《搜神后记》；刘敬叔《异苑》；刘义庆《幽明录》；吴均《续齐谐记》；志怪书中之印度影响。

第六篇　六朝之鬼神志怪书(下)：释家之明因果；王谈《冥祥记》

① 西谛(郑振铎)：《呐喊》，见《郑振铎全集》，石家庄，花山文艺出版社，1998。

② 对鲁迅《中国小说史略》缺漏、失误处的论述，可参见欧阳健《中国小说史略批判》(太原，山西出版集团、山西人民出版社，2008)。

③ 为保持完整性，这里录入的是全书(上下卷)的目次，而仅非1923年版上卷目次。

等；方士之行劝诱；王浮《神异记》；王嘉《拾遗记》。

第七篇　世说新语与其前后：释道互扇而流为清谈；裴启《语林》；郭澄之《郭子》；刘义庆《世说》及刘峻注；沈约《俗说》；殷艺《小说》；《世说》之一体；邯郸淳《笑林》；侯白《启颜录》；历来模仿《世说》者之多。

第八篇　唐之传奇文(上)：唐人始有意为小说；唐人小说影响于曲为大；王度《古镜记》；无名子《白猿传》；张文成《游仙窟》；开元天宝以后作者蔚起；沈既济《枕中记》等；沈亚之《湘中怨》等；陈鸿《长恨歌传》等；白行简《李娃传》等。

第九篇　唐之传奇文(下)；第十篇　唐之传奇集及杂俎；

第十一篇　宋之志怪及传奇文；第十二篇　宋之话本；

第十三篇　宋远之拟话本；第十四篇　元明传来之讲史(上)；

第十五篇　元明传来之讲史(下)；第十六篇　明之神魔小说(上)；

第十七篇　明之神魔小说(中)；第十八篇　明之神魔小说(下)；

第十九篇　明之人情小说(上)；第二十篇　明之人情小说(下)；

第二十一篇　明之拟宋市人小说及后来选本；第二十二篇　清之拟晋唐小说及其支流；

第二十三篇　清之讽刺小说；第二十四篇　清之人情小说；

第二十五篇　清之以小说见才学者；第二十六篇　清之狭邪小说；

第二十七篇　清之侠义小说及公案；第二十八篇　清末之谴责小说。

本年

冰心《论元代的戏曲》出抽印本。

冰心(1900～1999)，原名谢婉莹，笔名冰心女士等，原籍福建长乐，生于福州。《论元代的戏曲》，1923年燕京大学抽印本，又刊载于《燕京学报》1927年6月第1卷第1期，署名谢婉莹。

本书是冰心在燕京大学时的毕业论文。冰心晚年给陈子善的一封信里说："关于周作人先生，我实在没有什么话说，我在燕大末一年，1923年曾上过他的课，他很木讷，不像他的文章那么洒脱，上课时打开书包，也不看学生，小心地讲他的，不像别的老师，和学生至少对看一眼。我的毕业论文《论元代的戏曲》，是请他当导师的，我写完交给他看，他改也没改，就通过了。"①尽管冰心在信中流露出对周作人不满和不屑，却仍可见：一、冰心此文或多或少受到周作人影响；二、周作人虽为冰心

① 陈子善编：《闲话周作人》，杭州，浙江文艺出版社，1996。

论文导师，但“他改也没改，就通过了”，说明周作人对此文的主要观点是赞同的。

目次：

一、元曲的分类：（甲）戏曲（乙）杂剧（丙）套数（丁）小令。

二、元曲的渊源：（甲）演作方面（一）觋巫歌舞，（二）俳优戏扮；（乙）歌词方面（一）乐府（二）诗（三）词。

三、元曲的作家：（甲）四大作家（一）关汉卿，（二）白朴，（三）马致远，（四）郑光祖；（乙）三期作家（一）蒙古时代，（二）一统时代，（三）至正时代。

四、元曲的结构：（甲）折数；（乙）乐调（一）大曲（二）唐宋调（三）诸宫调；（丙）声韵。

五、元曲的脚色：（甲）杂剧；（乙）院本；（丙）北曲；（丁）南曲。

六、元曲的思想：（甲）背景（一）政治环境，（二）社会环境；（乙）派别（一）和平派，（二）激烈派。

七、元曲的艺术：（甲）意境（一）真挚，（二）潇洒，（三）深刻；（乙）修辞（一）不避骈律，（二）不避俗语，（三）善用形容字。

八、元曲与新文学：（甲）时代关系；（乙）工具关系。

1924年（民国十三年）

2月

李振镛《中国文学沿革概论》初版。

李振镛（1897～?），字真用，号枕蓉，江苏宜兴人。《中国文学沿革概论》，上海大东书局1924年2月初版，32开本，42页，约1.3万字。

本书内容极其简略，虽分十八章，每章却寥寥千字，且多数文学史实点到为止。始于唐虞以前，迄于现代。其中的现代文学部分即“第十七章　二十年来文学之趋势”，深受胡适《五十年来中国之文学》的影响。

目次：

第一章　总说；第二章　唐虞以前之文；第三章　唐虞夏商文学；第四章　周秦文学；第五章　前汉之文学；第六章　后汉之文学；第七章　三国之文学；第八章　两晋之文学；第九章　南北朝之文学；第十章　隋之文学；第十一章　唐五季时代之文学；第十二章　两宋之文学；第十三章　辽金之文学；第十四章　元之文学；第十五章　明之文学；第十六章　清之文学；第十七章　二十年来文学之趋势；第十八章　结论。

3月

胡怀琛《中国文学史略》初版。

胡怀琛《中国文学史略》，初为油印讲义，线装一册，52页，并附有"二十四史一览表"。1924年3月梁溪图书馆初版，1927年8月第五版。1931年7月慧记书斋又版，32开，正文150页，附文50页，约6万余字(附文约近2万字)。台北广文书局1980年版署名"佚名编"，其目次与1931年上海慧记书斋版完全相同。另有台北广大书局1980年12月印行本，32开，149页，附录50页。

本书共十一章，从上古至清代，共三十二节，末为附录八节。自第三章周秦起，每章均分"此时代文学变迁之大势"、"此时代文学特点"、"此时代文学之作家小传"三节。

目次：

4月

徐嘉瑞《中古文学概论》初版。

徐嘉瑞(1895～1977)，号梦麟，云南邓县人。《中古文学概论》，上海亚东图书馆1924年4月印行，1930年3月第三版，32开本，178页，约5.4万字。

本书与其他史著最大的不同，在于"认定中古文学史上最重要的部分是在那时间的平民文学，所以他把平民文学的叙述放在主要的地位，而这一千年的贵族文学只占了一个很不冠冕的位子"①。所谓"平民文学"，

① 胡适：《〈中古文学概论〉序》，见徐嘉瑞编《中古文学概论》，上海，亚东图书馆，1934，第8页。

就本书而言，主要指曲舞，因而本书“亦可作为音乐文学史视之”①。这是徐嘉瑞编写的第一本书，胡适看过书稿后，主动为其作序，并认为是“一部开先路的书”、“指出大趋势和大运动的书”。由于其独特处，也由于胡适的推崇，本书在当时文坛影响较大。

全书分五编，共十八章，二七节。

目次：

第一编　绪论：第一章　贵族文学与平民文学；第二章　平民化之文学；第三章　音乐与文学(第一节　音乐与文学之心理的关系，第二节　音乐与文学之历史的关系)；第四章　中国音乐与西域文化之关系；第五章　诗与散文。

第二编　平民文学：第一章　汉魏平民文学；第二章　鼓吹曲与横吹曲(第一节　鼓吹横吹与相和之比，第二节　乐器及音调，第三节　乐词，第四节　鼓吹曲横吹曲指特点)；第三章　相和歌辞(第一节　相和歌辞之历史，第二节　相和歌辞之内容，第三节　相和歌辞之文章；第四节　分类)；第四章　六朝平民文学(第一节　南方文学—清商曲，第二节　外族文学—北方文学，第三节　南北朝文学之比较，第四节　六朝平民文学之廋词，第五节　六朝平民与汉魏平民文学，第六节　汉魏六朝平民文学与唐代之关系)。

第三编　舞曲：第一章　舞之发生之心理的关系；第二章　舞之发生之历史的关系；第三章　中国舞曲(第一节　莫公舞，第二节　巴渝舞，第三节　四舞)；第四章　外国舞曲(第一节　霓裳羽衣舞)。

第四编　贵族文学：第一章　汉代贵族文学(第一节　总论，第二节　贵族文学之劣点)；第二章　魏晋贵族文学(第一节　魏，第二节　晋)；第三章　南北朝贵族文学(第一节　南朝，第二节　北朝，第三节　隋)。

第五编　唐代平民化之文学：第一章　唐代文学之背景；第一章　唐代文学之分类。

8月

刘毓盘《中国文学史略》初版。

刘毓盘(1867～1927)，字子庚，号椒禽，浙江江山人，系清代浙西词派主要代表刘履芬之子。《中国文学史略》，上海古今图书店1924年8月初版，32开本，62页，约2万字。卷前有刘毓盘门生查猛济和钱恂的序言。

---

① 陈玉堂：《中国文学史书目提要》，合肥，黄山书社，1989，第139页。

刘毓盘于光绪廿三年(1897)登拔贡榜，授陕西候补知县。辛亥革命后，与学界名流李叔同、鲁迅、陈望道、朱自清、俞平伯等同时执教于浙江第一师范学校(原浙江官立两级师范学堂)。1920年，受蔡元培校长之聘，任北京大学国文系教师，主讲词史与词曲学；1922年，根据授课讲义编定《词史》一书(1931年出版)。毓盘先生平生所著，除《词史》外，尚有骈体散文若干卷及《濯泽宧词》、《椒禽记》、《唐五代宋辽金元词辑》、《诗心雕楷》、《词话》等。

本书可能编成于刘毓盘任教浙江第一师范学校期间(约1915年左右)。全书依文体分论，为文略、诗略、词略、曲略四编，各编按时代顺序叙述，从文体初兴到发展成熟乃至衍变为它体。对各类文体发展衍变的历史脉络，叙述清晰，条理分明。诚如查猛济所说："《中国文学史略》书……钩元体要，无美不备，时或采别醇驳，间亦参以己见。其论断之眼光，则尤合现代文学批评之旨焉。"[①]各编中，以"词略"最精。既追溯词体之源，更着力于阐述词体之流变，较准确地呈现出词史发展的基本脉络和发展衍变的复杂性。"词略"为刘氏后来在北大讲授词史并编写《词史》一书打下了坚实的基础。

目次[②]：

文略：文字之肇端、文体之初起、学术之竞争(包括儒家、道家、阴阳家、法家、小说家等共十家)、骚赋之钊作、刻石之踵兴、子余之初见、提倡之得人、文学之极盛(经赋之盛、辞赋之盛、诗歌之盛、杂文之盛、史才之盛、采撰之盛)、西京之为东、后起之杰出、谶纬之盛行、文体之一变、文苑之定名、国史之起、文学之通儒、文士之不幸、七子之所长、书表之杰作、古意之渐漓、文体之一振、科学之发明、诸胡之文学、大乘之译经、南朝之文学、北朝之文学、周隋之文学、唐骈之各家、韩柳之文学、五代之文学、两宋之文学、四六之各家、语录之一种、辽金之文学、元人之文学、八比之风行、小说之日众、文学之中衰、文学之全盛、骈体之各家、散文之三派。

诗略：古音之初起、歌谣之初起、诗体之初起、诗教之初起、诗乐之异同、文章之趋势、七言之初起、乐府之初起、联句之初起、五言之初起、文纲之感言、长篇之首出、四言之就衰、继响之佚作、回文之所兴、排句之发现、律诗之先声、诗体之日下、雅语之复闻、诗学之极盛、

① 查猛济：《刘子庚先生的词学》，《词学季刊》1933年第一卷第三期，第43页。

② 此书无目录和章节编次，笔者据正文中的小标题依次抄录，作为目次。

韵学之昌明、变体之叠出、宋派之互争、唐宋之大别、诗史志微词、元音之复振、风雅之式微、诗选之论定、余事之所为、集句之工者、诗话之必传、各体之备考。

词略：乐府之钩元、协律之改字、歌辞之流行、字义之索解、借题发舒、句法之变易、词体之初起、小令之初起、变叠之初起、词集之初起、近词之初起、慢词之初起、大晟之正宗、词家之别派、白话之入词、诗词之分界、闺阁之多才、词学之极盛、国外之采风、中声之仅见、正规之将亡、弹词之别出、新体之纷更、图谱之妄作、变雅之未成、词律之考正、倚声之名家、音节之略说。

曲略：歌声之初起、律吕之初起、谣谚之稽疑、曲文之鼻祖、倡优之由来、排场之考古、今乐之异名、大曲之传本、乐语之通行、剧本之历溯、旧谱之相沿、北曲之极盛、长剧之开宗、宫调之订定、北曲之渐衰、南曲之初起、集部之外编、南曲之极盛、北曲之中兴、合套之初起、遭际之各殊、道情之臆楙、命意之甄微、南派之极盛、法部之正声。

9 月

胡毓寰《中国文学源流》初版。

胡毓寰编《中国文学源流》，1924 年 9 月商务印书馆印行初版，1925 年 10 月再版，1926 年 10 月三版，1930 年 5 月四版，1933 年 6 月又出"国难后"一版，1935 年 5 月二版。32 开本，有 344 页和 338 页两种，约 17 万字。台湾商务印书馆 1971 年 12 月影印一版，1976 年 10 月二版，40 开本，344 页。

本书自文字创始起，至新文学与新诗出现止，以文体为目，共二十五章。其中选录古今文章约有百篇，诗词约二百题，作者自称这是一本"文学史"和"文学读本"的混合书。卷前有江亢虎作的序，其次是编者撰写的一篇例言，介绍了本书的简要内容。"国难后"版的第二版，有胡朴安序文一篇。

目次：

文字之创始、诗歌谣、记事文之发展、理论文之渐兴、字体之变迁、辞赋、乐府及古诗、骈俪文、近体诗、诗之极盛时代、古文、忠孝的色彩、非攻的色彩、达观的色彩、香奁的色彩、词、小说之盛、戏曲之兴、白话文之渐、诗文之分派、诗体举要、文体举要、八股文、古典之敝、新文与新诗。

11 月

陈景新《小说学》初版。

陈景新，号警心，浙西人。《小说学》，明星社(上海)发行，1924 年 11 月初版，32 开线装本，201 页(另有序等 30 余页)，约 6 万余字；1927 年 6 月再版。另有 1926 年 4 月泰东书局版，应该是据 1924 年明星社版重印(1926 年版仅无 1924 年版卷首的于右任、江亢虎手书的题词)。

本书原为作者在南方大学、上海大学授课时的讲义，全书分五篇、三十章，仅第一篇可视为文学史，其余各篇可视为文学史参考资料。卷首有：海上漱石生序一、徐卓呆序二、张舍我序三、不肖生序四、董修甲序五、狄侃序六、许天随序七、张冥飞序八、高冠吾序九、汪了翁序十、康烛天序十一、詹联芳序十二、邓登泰序十三、朱勤序十四、余大雄序十五、吴听德序十六、胡朴安序十七，自序，及胡寄尘、陈飞等人题词。

目次：

绪论。

第一编　小说底沿革：第一章　小说底起源；第二章　周秦底小说；第三章　汉魏底小说；第四章　晋代和六朝底小说；第五章　唐宁底小说；第六章　元明底小说；第七章　清代和民国底小说；第八章　小说和历史底关系；第九章　小说和诗歌底关系；第十章　小说和戏剧底关系；第十一章　小说底变体。

第二编　小说底体裁：第一章　小说底派别；第二章　杂记体底分类；第三章传奇和弹词体底小说；第四章　章回体底小说。

第三编　小说底本旨：第一章　小说底定义；第二章　言情小说底种类；第三章社会小说底条件；第四章　侦探小说底特征；第五章　译述小说底责任；第六章　新旧小说底竞争。

第四编　小说上要件底观察：第一章　小说存在底主因；第二章　小说底美观；第三章　小说底参考书；第四章　小说作者和读者；第五章　小说底批评；第六章中西小说底比较。

第五编　小说作法：第一章　绪论；第二章　长篇小说底作法；第三章　短篇小说底作法；第四章　长篇和短篇底异点。

本年

易树声《中国文学史》印行。

易树声《中国文学史》，金陵大学 1924 年印行，线装本共三册，正文合计 538 页，23 万余字。全书分四编，七十六章，若干小节。据说，该书对清代词学有精深研讨，惜未见。

1925年(民国十四年)

4月

1. 汪剑余《本国文学史》初版。

汪剑余，湖南益阳人。《本国文学史》，上海历史研究社1925年4月初版，新文化书社总代销，32开本，248页，约7万字。后改由新文化书社印行，抱恨生校阅，1934年10月第七版。

本书系林传甲《中国文学史》一书的删改本，多数篇幅照抄原书，篇目稍有增删，例如本书删去林著中的第五、六篇，而第一章增添“文艺之概论”，故该章前十六节与林著相同，而第十七节至二十二节叙述诗歌、小说、戏剧等文艺之发展演变，为林著所无；再如第十二章“唐宋至今文体”，林著分十八节讲述，本书增添一节，即第十九节“民国之文学革命”。

汪剑余系江亢虎的学生，江亢虎认为“林制(林传甲《中国文学史》——引者按)甚佳，惜作于清时，多与现代潮流不合”，于是命汪剑余将林著“盍加笔删，重刊问世”[①]。江亢虎还为此书题写书名并题词。

全书十四章，二百四十余节。

目次：

第一章　文字学之变迁及文艺之概论；第二章　古今音韵之变迁；第三章　古今名义训诂之变迁；第四章　以治化为文以词章为文说；第五章　群经文体；第六章　周秦传记杂史文体[②]；第七章　周秦诸子文体；第八章　史记汉书三国志四史文体；第九章　诸史文体；第十章　汉魏文体；第十一章　南北朝至隋文体；第十二章　唐宋至今文体；第十三章　骈散古合今分之渐；第十四章　骈文又分汉魏六朝唐宋四体之别。

2. 徐敬修《词学常识》初版。

徐敬修，江苏吴江人。《词学常识》，大东书局(上海)1925年4月初版，同年6月第二版、8月第三版，1926年6月第四版，1933年第八版，32开，116页，约7万字。

---

① 汪剑余：《本国文学史·绪言》，上海，新文化书社，1934，第1页。

② 陈玉堂《中国文学史书目提要》漏录此第六章(第23页)。

本书系作者“国学常识”丛书(共十种)之一，其中第二章叙述由唐代至清代的词学发展；其他两章可视为词学史参考资料。

目次：

第一章　总说：第一节　词之意义及其起源；第二节　词调之渊源及词之沿革；第三节　词之体例；第四节　词与诗乐曲之关系。

第二章　历代词学之变迁：第一节　唐代之词学；第二节　五代之词学；第三节　宋代之词学；第四节　金元之词学；第五节　明代之词学；第六节　清代之词学。

第三章　研究词学之方法：第一节　填词之入手法；第二节　填词之格式；第三节　词韵；第四节　词书之取材。

3. 徐敬修《诗常识》初版。

徐敬修《诗常识》，大东书局(上海)1925年4月初版，同年即再版，1928年11月第五版，1933年第八版，32开本，190页，约5.2万字。

本书系作者“国学常识”丛书(共十种)之一，其中第二章叙述由春秋战国至近代的诗学之发展；其他两章可视为诗史参考资料。

目次：

第一章　总说：第一节　诗之意义；第二节　诗之起源；第三节　诗与赋及文之区别；第四节　诗之种类；第五节　诗之体例。

第二章　历代诗学之变迁：第一节　三代之诗学；第二节　春秋战国时之诗学；第三节　两汉之诗学；第四节　魏晋时之诗学；第五节　南北朝时之诗学；第六节　隋唐时之诗学；第七节　宋代之诗学；第八节　金元之诗学；第九节　明代之诗学；第十节　清代之诗学；第十一节　近代诗学之趋势。

第三章　研究诗学之方法：第一节　研究诗学之要点；第二节　作诗之入手法；第三节　诗之格式，第四节　诗之取材。

4. 徐敬修《说部常识》初版。

徐敬修《说部常识》，大东书局(上海)1925年4月初版，当年第三版，次年第四版，1928年11月第五版，1933年第八版。32开本，108页，约5万字。

作者在卷首“说部常识提要”中说：“小说可以广见闻、资考证，助劝诫，其有功于社会者非渺，故于子部中提出另编一集焉。本书关于小说起源及其流派与种类，既已详言之，又凡有名之著作，皆为述其缘起，标其作法，以资读者取舍。并论近代小说家之趋势，与研究小说之方法。”

本书系作者“国学常识”丛书(共十种)之一，其中第二章叙述由周秦战国至近代的小说之发展；其他两章可视为小说史参考资料。

目次：

第一章　总说：第一节　小说之意义及其价值；第二节　小说之起源；第三节　小说发达迟缓之原因；第四节　小说之类别；第五节　小说与传奇弹词；第六节　小说与戏剧。

第二章　列代小说之变迁：第一节　周秦时之小说；第二节　两汉时之小说；第三节　六朝时之小说；第四节　唐代之小说；第五节　宋代之小说；第六节　元代之小说；第七节　明代之小说；第八节　清代之小说；第九节　近代小说之趋势。

第三章　研究小说之方法：第一节　研究小说之要点；第二节　作小说之方法；第三节　重要之小说书籍。

5. 徐敬修《文学常识》初版。

徐敬修《诗常识》，大东书局(上海)1925年4月初版，同年即再版，1928年11月第五版，1929年第六版，1933年第八版，1934年10月第十版，32开本，159页，约5万字。

本书所谓“文学常识”，仅指骈散文，诗歌、词、小说等因另书已叙述，此处从略。而对于文学起源、历代文学的变迁以及文章宗派等，则叙述甚详。

本书系作者“国学常识”丛书(共十种)之一，其中第二章叙述由上古至近代的文学之发展；其他两章可视为文学史参考资料。

目次：

第一章　总说：第一节　文学之意义；第二节　文学之起源；第三节　文学之范围；第四节　文学之分类；第五节　文学之沿革。

第二章　历代文学之变迁：第一节　上古之文学；第二节　周代之文学；第三节　秦代之文学；第四节　两汉之文学；第五节　魏晋时之文学；第六节　南北朝之文学；第七节　隋唐之文学；第八节　宋代之文学；第九节　辽金元之文学；第十节　明代之文学；第十一节　清代之文学；第十二节　近代文学之趋势。

第三章　研究文学之方法：第一节　研究文学之要点；第二节　作文之方法；第三节　重要之文学书籍。

8 月

朱谦之《音乐的文学小史》初版。

朱谦之(1899～1972)，字牵情，福建闽侯人。《音乐的文学小史》，(上海)泰东书局印行，1925 年 8 月 5 日初版，1929 年 6 月再版，32 开本，134 页，5 万多字。

本书是作者 1924 年在长沙第一师范等学校所作的演讲稿汇集，同年应厦门大学之邀，出任教职，在厦门南普陀寺写成"序言"和"后记"。作者认为，最真情流露的文章，"正是表情最自然最美的声音"，"中国的文学应以'音乐的文学'为正宗"。①

虽然本书仅由三篇谈中国文学与音乐关系的演讲稿组成，并不具有文学史著作的常见形式，但无疑最早研究音乐文学史，显示了开辟一种全新的中国文学史类型——中国音乐文学史的可能。1931 年，作者编写的《中国音乐文学史》脱稿，并于 1935 年 10 月由商务印书馆出版(详后)。

目次：

中国文学与音乐之关系(在长沙第一师范的讲演)。

平民文学与音乐文学(在长沙平民大学的讲演)。

《诗经》在音乐上的位置。

音乐文学史用书要目。

9 月

1. 谭正璧《中国文学史大纲》初版。

谭正璧(1901～1991)，字仲圭，笔名谭雯、佩冰、璧厂、赵璧等，上海市嘉定县黄渡镇人。《中国文学史大纲》，上海光明书局 1925 年 9 月初版，24 开本，约 5 万字。

从本书初版到抗日战争前，几乎年年有重版，大体如下：1926 年 11 月第二版；1927 年 4 月订正第三版；1929 年 8 月第六版；1930 年 12 月改订第八版，据自序，此版第一、九、十、十一章几乎完全重新编写；1932 年 5 月第九版；1935 年 9 月第十三版；1936 年 9 月第十四版。各版本的开本和页数不同，有的有序、附记和后跋。

第一章"叙论"，先辨"文学"概念，后"论文学史"，尽管作者基本上没有提出自己的看法，只是取众家成见，但其"纯文学"(即取狭义的"文

---

① 朱谦之：《中国文学与音乐之关系》，见《音乐的文学小史》，上海，泰东书局，1925，第 9、10 页。

学”概念）的意思是明确的。此后的章目，按照朝代先后排列，不见作家和作品，此为本书缺陷。不过，以每两个相邻的朝代为一章，其划分大体上符合中国文学史的实际。例如，两汉文学与之前的秦文学、之后的三国两晋文学，都有明显不同，因而书中把“两汉文学”作为一章，是比较能够凸显其特征的。再如，辽、金、元是少数民族统治的王朝，其文学与汉族统治下的宋文学、明文学，亦有显著不同，因而以“两宋文学”为一章，也是合理的。

与已出版的通史性质的文学史著作不同，谭正璧很看重“现代文学”，专辟一章叙述当时仅十年的新文学。

目次：

2. 胡怀琛《中国民歌研究》初版。

胡怀琛《中国民歌研究》，（上海）商务印书馆1925年9月初版，32开本，122页，约4万字。1991年，上海书店将其收入“民国丛书”第三编第56种影印出版。

作者在第一章“总论”卷首对“民歌”作出如此定义：“流传在平民口上的诗歌，纯是歌咏平民生活，没染着贵族的彩色；全是天籁，没经过雕琢的工夫，谓之民歌。”并提出“一切诗皆发源于民歌”的观点，为其把民歌纳入文学范畴提供理论支撑。姑且不论这一观点是否正确，应该承认，相对于“五四”文学革命之前的文学观来说，是不小的进步。

本书系王云五主编的“百科小丛书”之一。作者于1924年10月动笔编撰，1925 年 6 月脱稿，是一部出版较早的中国民歌研究专著。全书共八章，四十一节。卷首列有参考书目 21 种。

目次：

第一章 总论：一、民歌是什么；二、一切诗皆发源于民歌；三、中国的诗与民歌。

第二章 古谣谚：一、谚；二、谣。

第三章 古代抒情的短歌及其他短歌：一、国风；二、吴风；三、越风；四、楚风；五、胡笳十八拍及其他胡歌；六、子夜歌及其他吴声歌曲；七、月节折杨柳歌及其他西曲歌；八、竹枝词；九、莲花落；十、道情。

第四章 古代叙事的长歌：一、孔雀东南飞及其他五言的叙事诗；二、木兰诗及其他七言的叙事诗；三、长短句的叙事词①。

第五章 叙事长歌递变为戏剧：一、变迁的关键；二、竹枝词；三、弹词；四、元曲；五、昆曲；六、京戏。

第六章 近代抒情的短歌及其他短歌：一、北京俗歌；二、凤阳花鼓；三、扬州小曲；四、苏州山歌；五、江浙间的民歌；六、粤讴；七、两广山歌；八、苗瑶等民族的情歌。

第七章 近代叙事的长歌：一、唱体；二、鼓儿词；三、大鼓书；四、摊簧；五、龙舟歌②。

第八章 补遗：一、孔雀东南飞的疑问；二、孟姜女梁山伯木兰的考证；三、已失传的古代民间歌谣的目录；四、民歌与非民歌的优劣。

本年

1. 龚道耕《中国文学史略论》初版。

龚道耕(1876～1941)，字向农，一字君迪，别署蛛隐，先世浙江会稽人，宦游入蜀，着籍四川成都。《中国文学史略论》，1925 年 12 月成都薛崇礼堂刊刻，石印，一册。据陈玉堂《中国文学史书目提要》，龚氏此书直到 1945 年秋才有成都薛崇礼堂刊本，线装一册。而近年坊间出现成都镂梨斋本，民国十八年(1929)再版，石印，一册，可见 1929 年成都镂梨斋本系 1925 年薛崇礼堂刊本的“再版”。但，1945 年秋另有成都薛崇礼堂刊本，仍为石印，一册。据庞俊《记龚向农先生》记述，龚氏《中国

① 陈玉堂《中国文学史书目提要》此处录为“长短句的叙事诗”(第 248 页)；实应为“长短句的叙事词”。

② 陈玉堂《中国文学史书目提要》此处录为“龙船歌”(第 248 页)，实应为“龙舟歌”。

文学史略论》还有民国二十九年(1930)成都建国中学印本[①]。

本书是龚氏1912年执教于成都高等师范时，应文科主任刘师培的叮嘱而编写的，未半而辍。1919年，龚氏复任教该校，完成此稿。据作者作于"乙丑十有二月"[②](约1925年12月)的《自序》所说，书稿完成后，"诸生为之印行"，此诸生印行本，应为1925年成都薛崇礼堂刻本。

作者虽为经学家，却注重通识，反对过分狭隘的文学史观。他反对"近世言文学者，或以诗歌戏曲小说为干，而摈经史诸子，以为非类"。(《自序》)指出他们这样作，盖"仿据远西"，不合乎中国文学的具体实际。因此他的《中国文史略论》，先明其学术大势，再详其经学源流，接着叙述诸子以及史学之盛衰，然后才是文体的变化，诗词歌赋小说戏曲之创作。但，所述以经史、文集、诸子百家为主，行文通篇采用文言。在本书结尾处，作者极力诋毁白话文学，称响应白话文学者为"黄口小生"。对《红楼梦》、《水浒传》两书评价很低，痛骂将二书编入文学史，为"狗吠驴鸣，偏于天下"，哀叹如此则"文学不可复问矣"。

全书分作"上古三代"、"秦汉"、"后汉魏晋"、"南北朝"、"唐"、"宋元明附辽金"、"清"共七卷。

详细目次略。

2. 黄任恒《补辽史艺文志》初版。

黄任恒《补辽史艺文志》，广州聚珍印务局1925年初版。此后，本书收入开明书店《廿五史补编》出版。

本书系黄氏《辽痕五种》之一，列于广州聚珍印务局1925年出版的《辽痕五种》之二。仅一卷。目次待访。

1926年(民国十五年)

1月

莫尔顿《文学之近代研究》发表于《小说月报》。

郑振铎主编的《小说月报》第十七卷第一号(1926年1月出版)刊登了

① 庞俊：《记龚向农先生》，《国文月刊》第五十八期，开明书店，1947，第31～33页。按，初稿曾载《志学月刊》1942年第6期，第12～14页。

② 陈玉堂认为，"农历乙丑是公历1925年，这里的'十有二月'已跨年"(《中国文学史书目提要》，第120页)。陈氏此言谬。龚道耕在序中标记"乙丑十有二月"，此时间是作序的日期。他怎么可能作成一篇不足两千字的序，竟耗时近半年(1925年10月～1926年2月)！其次，"十有二月"大多指农历十二月，如"冬，十有二月，祭伯来。"(《左传·隐公》)，国画大师吴昌硕在其作品《兰蕙图》中曾题记"辛亥十有二月"。因而，"十有二月"指十二月。

美国莫尔顿(R. G. Moulton)的《文学之近代研究》。莫尔顿强调文学研究的科学性方法，即“文学的统一”、“归纳的观察”和“进化的观念”。其实在《小说月报》发表莫尔顿此文之前，所谓“归纳的观察”和“进化的观念”已为中国学者熟知，如早在1917年胡适就提出了“历史的文学观”，但不曾像莫尔顿此文这样从理论上总结文学研究方法和观念。

2月

梁实秋《现代中国文学之浪漫的趋势》发表于《晨报副镌》。

新文学创建初期，新文化运动的推动者不约而同操起进化论的利器，为新文学撑腰打气，致使文学势必“新旧更替”成为不容他人分说的强势舆论。在此情形下，1926年2月初梁实秋在纽约写成长篇论文《现代中国文学之浪漫的趋势》，发表在2月15日出版的《晨报副镌》。

此文反对以进化的观点看待文学，主张把古今文学放到一个平面上考察评判。这是因为，梁实秋考察文学史并不看重“时间”的范畴，而看重文学自身的品性，换言之，他采用的是“共时”的而非“历时”的视角。由此，他提出一个十分大胆的观点：“文学并无新旧可分，只有中外可辨。”所谓“中外可辨”，具体落实在文学，无论古今中外都有两个主要类别或倾向，一是古典的，一是浪漫的。他说的“古典”，指的是健康、均衡，受理性制约的作品；“浪漫”即是病态的、偏激的，不受理性制约、有违常规的作品。这种来自新人文主义的批评标准，被梁实秋用来评判中国文学，于是“五四”新文学被定性为“浪漫”趋向的文学，不合常态的文学。

文章还进一步指出，新文学“浪漫”趋向的病根在于进化的文学史观。他指责“浪漫主义者有一种‘现代的嗜好’，无论什么东西，凡是‘现代的’，就是好的。这种‘现代狂’是由于‘进步的观念’而生”。他在另一篇文章中明确写道：“晚近文学把进步的观念已经推论得过分，以为宇宙万物以及人性均可变迁，而变迁即认为进步。假如文学全部有一个进步的趋向，其进步必非堆积的，而是比较的。”①他实际上是用人性论打破进化论文学史观的线性思维，于是文学史研究的任务和方法不再是叙述文学“新旧更替”“今必胜古”的历程，而在品味确定各时代文学距离“人性”的远近程度。

梁实秋此文不是一部文学史，但文章依据新人文主义述评“五四”新

---

① 梁实秋：《文学批评辩》，《晨报副刊》1926年10月27～28日。

文学，对进化论指导下的中国文学史写作起到警示、纠偏的作用，即便在今天，文中某些观点也不无启示价值。

3月

1. 胡云翼《宋词研究》初版。

胡云翼(1906～1965)，原名耀华，字号南翔、北海，笔名拜苹女士，湖南桂东人。《宋词研究》，1926年3月初版，1927年1月再版，1928年5月订正第三版，24开本，198页，约11万字。

本书为"少年中国学会丛书"之一。作者鉴于"本书行世前，尚无此类专著"，而编写本书，但其直接目的在于使读者知道：词的内包外延，宋词的发展和变迁状态，宋词作家的作品及其生平。

全书分上、下两篇，上篇为"宋词通论"，下篇为"宋词人评传"，共二十八章。书末附录"词的参考书"，收入词类参考书目70余种。

目次：

上篇　宋词通论

一、研究宋词的绪论；二、词的起源；三、何谓词；四、宋词的先驱；五、宋词发达的因缘；六、宋词概观(上)；七、宋词概观(下)；八、论宋词的派别及其分类；九、宋词之蔽。

下篇　宋词人评传

一、引论；二、词人柳永；三、晏殊、晏几道的小词；四、张先的词；五、六一居士的词；六、东坡词；七、词人秦观；八、苏门的词人；九、北宋中世纪的五词人；十、词人周清真；十一、李清照评传(附录朱淑贞)；十二、词人辛弃疾；十三、辛派的词人；十四、南渡十二词人；十五、词人姜白石；十六、姜派的词人；十七、词人吴文英；十八、晚宋词家；十九、宋词人补志。

附录：词的参考书。

2.〔日〕盐谷温著、陈彬龢译《中国文学概论》初版。

盐谷温著、陈彬龢译《中国文学概论》，北平朴社1926年3月初版，1929年12月再版，24开本，104页，约3.5万字。卷前有译者之妻汤彬华所作"序"。

盐谷温于1919年初版的《支那文学概论讲话》对中国学者影响很大，早在中译本出现之前，鲁迅编写的《中国小说史略》以之为主要参考书。《支那文学概论讲话》在1920年代有三种译本，陈彬龢译本是最早的。不过陈彬龢并没有按照原著全章照译，而是“择要译之”，以致原本很厚重的一本书，变成了仅仅104页的译本。最后的戏曲小说两章，陈彬龢除了将原著的概述和结论部分进行压缩，还对重点作品的文本分析予以大幅度删略，这就使得以小说戏曲部分为重要特征的原著，失去其特色，且前后文线索模糊。此外，原著当中盐谷温的“序”被删略。

第二种中译本，是《小说月报》本。1927年6月《小说月报》发行“中国文学研究专号”，其中君左的《中国小说概论》是盐谷温《支那文学概论讲话》的第二个中译本。君左的译本由于只是《讲话》的节译，加上刊载于《小说月报》“中国文学研究专号”(并未单独出版)，所以流传不广。但是，君左的翻译远比陈彬龢本忠实于原著。

第三种是1928年孙俍工完成的译本，1929年6月初版(详后)。

全书分六章，起自传说中的尧舜禹时期，迄于清代，每章始自远古，终于近代，循序而述。

目次：

第一章　音韵：一、中国语之特质，二、四声及百六韵。

第二章　文体：一、总说，二、辞赋类，三、骈体类。

第三章　诗式：一、总说，二、古体，三、近体。

第四章　乐府及词：一、乐府，二、绝句之歌法，三、词。

第五章　戏曲：一、叙说，二、唐宋之古剧，三、金之杂剧(弹词、连厢词)，四、元之北曲，五，明之南曲。

第六章　小说：一、古代神话传说，二、两汉六朝小说，三、唐代小说，四、宋代小说，五、元代小说，六、明代小说，七、清代小说。

6月

朱光潜《中国文学之未开辟的领土》发表于《东方杂志》。

朱光潜(1897～1986)，笔名孟实、盟石，安徽桐城人，中国美学家、文艺理论家、教育家、翻译家。《中国文学之未开辟的领土》发表于《东方杂志》第23卷第11号(1926年6月出版)，后收入安徽教育出版社出版的《朱光潜全集》第八卷(1993年2月第一版)。

此文明确提出建设中国文学批评史这一课题。指出，中国文学批评史的建设一方面在文学观念上应借鉴于西方，“借助于它山之石”；另一方面要努力搜集中国古代自身的文学批评材料，“研究各时代各作者的文学见解”。后来(20世纪上半叶)中国文学批评史写作所走的正是这条道路。以下段落被后世频繁引用，影响很大：

> 总之，我们把研究西方文学所得的教训，用来在中国文学上开辟新境，终久总会使中国文学起一大变化的。……受西方文学洗礼以后，我国文学变化之最重要的方向当为批评研究(Literary criticism)，在这个方向，借助于他山之石的更要具体些，更可捉摸些。尤其重要的是把批评看作一种专门学问，中国学者本亦甚重批评。我们第一步工作应该是把诸家批评学说从书牍劄记、诗话及其他著作中摘出。如《论语》中孔子论诗、《荀子·赋篇》、《礼记·乐记》、子夏《诗序》之类，搜集起来成一种批评论文丛书，于是再研究各时代各作者对于文学见解之重要倾向如何，其影响创作如何，成一种中国文学批评史。

8月

曹聚仁《中国平民文学概论》初版。

曹聚仁(1900～1972)，字挺岫，号听涛，笔名陈思、阿挺、尾生、丁舟等，浙江浦江人。《中国平民文学概论》，梁溪图书馆印行，黄济惠发行，上海新文化书社代售，1926年8月初版，1935年5月新文化书社重排出版，32开本，188页，约5.5万字。

作者把历代文学分为贵族文学、病态文学和平民文学三类。书中使用数十种图表以佐论述。这种叙述方式，显然吸收了历史表解体。

本书分为“诗歌”、“戏曲”、“小说”三篇，论述中国历代迄于清的平民文学。无前言或序，也无目录。上篇共八章；中篇仅第九章，题为“文学(三)——平民文学(中)”；下篇也只有一章，为第十章，题为“文学(四)——平民文学(下)”。

9月

1. 佟晶心《新旧戏曲之研究》初版。

佟晶心(1900～?)，名赋敏，蒙古族。《新旧戏曲之研究》，(上海)戏曲研究会1926年9月初版，戏曲研究会总发行，北京东安市场、文华书局分发行，1927年3月再版，32开本，335页，约14万字。

本书作者热爱戏曲，既上舞台演过青衣、小生，编导过戏剧，还曾研究过欧美歌剧，故书中叙述古今戏曲，没有一般论者的隔靴搔痒之感。

全书分八章，若干节，卷首有舒又谦作的序、作者照片、1805年日本重印的明朝查楼、明朝顾虎头所绘之花鼓戏图。

目次：

引言一、引言二

第一章　第一节　昆曲：(一)中国戏的来源，(二)昆曲的来源，(三)昆曲的组织法及表演法，(四)昆曲改造论；第二节　皮簧：(一)皮簧的由来，(二)皮簧的组织，(三)皮簧的改造方法，(四)时下皮簧改造的批评；第三节　杂剧：(一)秦腔，(二)高腔，(三)大鼓，(四)荡调，(五)半班戏，(六)莲花落，(七)小曲，(八)歌谣，(九)道情，(十)花鼓戏，(十一)摊簧，(十二)丐歌；第四节　社剧及赛会：(一)社剧的解释，(二)北京赛会简记，(三)怎样创造社剧，(四)露天剧院。

第二章　第一节　话剧：(一)话剧的起源，(二)话剧的组织，(三)舞友脚本的要求，(四)乐友的团体，(五)写实剧的改造计划，(六)写实剧的排演法；第二节　文明戏；第三节　说书。

第三章　傀儡剧　第一节　宫戏：(一)宫戏的由来，(二)宫戏的表演法，(三)赞成傀儡的理由；第二节　哑剧。

第四章　影剧　第一节　中国影剧：(一)中国影剧的由来，(二)影戏的表演法，(三)中国影戏的改造。

第五章　戏院杂谈：(一)戏院，(二)舞台，(三)露大舞台，(四)光，(五)布景，(六)服装，(七)要演戏的几件重要事，(八)戏本编作法，(九)戏剧种类之分析，(十)前台。

第六章　表演杂谈：(一)音，(二)动作，(三)化装，(四)乐队长与乐队位置及完全乐谱，(五)编演剧戏本人的要求，(六)对于观众的要求，(七)评剧家的眼光，(八)艺术院的提倡，(九)演员常识，(十)度曲须知。

第七章　辞曲范本：(一)昆曲，(二)高腔，(三)二簧，(四)秦腔，(五)大鼓，(六)半班戏，(七)小曲，(八)鼓儿词，(九)摊簧，(十)什不闲彩唱，(十一)花鼓戏，(十二)旱船，(十三)荡调，(十四)道情，(十五)夯歌，(十六)数来宝，(十七)影戏，(十八)串居氏。

第八章　创作脚本：(一)古装话剧，(二)创造新皮簧乐剧，(三)新歌剧，(四)结论。

2.〔日〕波多野乾一著、鹿原学人编译《京剧二百年之历史》印行。

波多野乾一著、鹿原学人编译《京剧二百年之历史》，启智印务公司印刷，上海大报馆、北京顺天时报馆、东方时报馆总发行，1926 年 9 月初版，同年 10 月再版，32 开本，424 页，约 20 万字。

本书原著书名《支那剧及其名优》(1925 年初版)，经译者改定今名译成中文，内容有所增益，但取材庞杂。本书虽名为二百年历史，实则自皮黄纪元起，至成书日止，总共才160多年。

全书按京剧脚色行当分为十一章，若干小节，从京剧的创成时代开始(徽班进京)，梳理了近二百年间，京剧各种行当的名伶先后继起、传承门派、艺术特征、擅长剧目的变化，并将这些变化与传人的身世、遭际、时迁事变编织在一起，构成了一部完整的演剧史。时人说这部书既显示出这位日本学者“致力之勤 ，用心之深”，又可以借助此书“研究我国社会状况，洞悉我历史民族性”(徐朗西序)。

本书成书时间较早，对前辈京剧名家介绍详细，附有剧照及演员便装照甚多，卷前为程长庚等剧照若干幅，书末附载《剧话》、《鞠部拾遗》等数篇。作为民初的三部戏曲史著作之一，对京剧史的研究具有重要的参考价值。

书中凡各艺人之事迹涉及以后情况者，以及书内加“按”之处，均为译者所增，此外还增补了不少女演员方面的情况。凡书中艺人之年岁均从1925年折算。

目次：

王鸿寿、双克庭、德建堂、韦久峰、贵俊卿、刘景然、王又宸、谭小培、谭富英、郭仲衡、贯大元、马连良、余胜荪、祝荫亭、孟小如、陈子田、孟朴斋、崇鹤年、王少芳、陈葵香、叶春善、鲍吉祥、朱天祥、陈福胜、张春彦、雷喜福、陈喜星、谭春仲、汪金林、陈福寿、德仁趾、白蓉普、安俊卿、杨宝忠、刘荣升、高百岁、李荣升、赵凤鸣、陆凤山、马俊卿、梁一鸣、万万元、支鹤卿、吴少霞、唐静庵、彭桂珊、张雨庭、吴昆芳、葛玉庭、宋玉珊、王福连、潘月樵、吕月樵、小达子、麒麟童、杨四立、罗小宝、林树森、吴铁庵、王斌芬、五龄童、杨宝森、黄智斌、王少楼、孙盛铺、贾少棠。

第十三节，票友老生：傅侗、周子衡、包丹庭、恽毓鼎、乔荩臣、王君直、言菊明、吴炳南、恩禹芝、马振卿、孙化成。

第十四节，女伶老生：恩晓峰、小兰英、翁梅倩、李桂芬、金桂芬、张喜芬、王玉如、双兰英、金凤英、王福宝、郭小芬、李伯涛、孟小冬。

第十五节，秦腔老生：郭宝臣、魏联升、杨宝珍、薛固久、孙佩亭、王喜云。

第二章，小生。

第一节，徐小香。

第二节，物故小生：王桂官、沈莲芬、江春山、鲍福山、陆连桂、陆佩香、陆双玉、陆阿五、陆小芬、陆华云、陆杏林。

第三节，现存小生：德珺如、朱素云、程继仙、李桂芳、金仲仁、张宝昆、姜妙香、王又荃、李艳侬、程连喜、陈嘉祥、邓兰卿、张云青、张锦文、盖俊卿、张彩林、杜富隆、金燕平、钱鳞夫、胡子延、舒子宽、庄荫芝。

第三章，武生。

第一节，武生三派之开祖：俞菊笙、黄月山、李春来。

第二节，物故诸伶：汪连宝、姚增禄、李寿峰、范福泰、田雨农。

第三节，活子龙杨小楼。

第四节，现存诸伶：尚和玉、俞振庭、李吉瑞、盖叫天、周瑞安、高福安、瑞德宝、沈华轩、薛凤池、夏月恒、夏月润、杨瑞亭、马德成、于德芳、康喜寿、韩长宝、小宝义、何月山、赵如泉、俞赞庭、王俊卿、张桂轩、小孟七、迟月亭、朱湘泉、阎兰亭、常春恒、刘砚芳、张国斌、茹锡久、茹富兰、小振庭、马春樵、张顺来、张德禄、张淇林、张八十、沈韵秋、沈月来、小菊笙、张德俊、李顺来、李玉奎、李德奎、盖春来、小福安、余小琴、应宝莲、孟鸿群、张瀛洲、王菊芳、李菊笙、陆金奎、姚喜成、小小桂芳、吕月来、苏月楼、夏德升、王景山、七岁红、王三黑、方洪涛、何连涛、殷连瑞、赵连升、小双喜、俞华庭、俞少庭、高月秋、杨幼朵、裴云亭、小小宝义、茹玉麟、小菊仙、小菊笙、路凌云、小明海亮、赵盛璧、沈富贵、程富恩、李万春、其他各角。

第四章，青衣。

第一节，余紫云至王瑶卿：余紫云、时小福、胡喜禄、梅二琐、张芷荃、阎金福、吴顺林、陆玉凤、罗巧福、王彩林、王桂林、乔郑香、叶忠兴、戴韵芳、孙棣棠、孙怡云、孙喜云、张子仙、陈子芳、旧派青衣泰斗陈德霖、新派青衣领袖王瑶卿。

第二节，剧坛明星梅兰芳。

第三节，现存诸伶：陈德霖之后继者尚小云，王瑶卿之后继者程艳秋，吴彩霞、王琴侬、杨韵芳、朱幼芬、欧阳予倩、姚玉芙、李连贞、胡素仙、伍月华、律喜云、律佩芬、小喜禄、石蕴玉、陈碧云、李素云、沈飘香、李琴仙、伍凤青、赵芝香、赵菊芳、徐碧云、吴富琴、程丽秋、俞步兰、胖宝琴、杜富兴、章小山、蒋君稼、樊杏初、李伴琴、赵剑禅、田少俊、林钧甫、郭效汾。

第四节，秦腔青衣：崔灵芝、盖陕西、周咏棠、金灵芝、芙蓉草、小香水、小荣福、金刚钻、孙桂秋、杜云卿、杜云红、刘凤仙、张喜铃。

第五章，花旦。

第一节，梅巧玲至路三宝：梅巧玲、张宝亭、魏长生、王湘云、王长桂、田桂凤、侯俊山、田际云、杨桂云、杨小朵、朱霞芬、朱小芬、秦稺芳、郭际云、一汪水、姚佩秋、姚佩兰、姚佩霞。

第二节，现存诸伶：王蕙芳、贾璧云、毛韵珂、冯子和、赵君玉、刘玉琴、林颦卿、小杨月楼、高秋颦、刘筱衡、王佳楣、小翠花、白牡丹、绿牡丹、黄润卿、朱琴心、诸茹香、陆凤琴、刘凤林、高月霞、王芸芳、蔡连卿、小桂花、小马五、周蕙芳、李荔秋、潘海秋、郭小兰、韩世昌。

第三节，女伶月旦：杨翠喜、小灵芝、曹桂芬、林凤仙、王克琴、金月梅、小兰芬、小桃、林黛玉、刘喜奎、鲜灵芝、金玉兰、小月英、金桂莲、马素珍、陆菊芬、张文奎、张文艳、小素梅、刘昭蓉、金少梅、琴雪芬、碧云霞、恩佩贤、于紫仙、十三旦、苏兰舫、任绛仙。

第六章，老旦：谭叫天、周老旦、谢宝云、龚云甫、罗福山、文亮臣、陈文启、文荣寿、邓丽峰、卧云居士、尚俊卿、陈云涛、陈小贤、郭瑞卿。

第七章，武旦：杨二、张芷芳、余玉琴、朱小喜、朱小元、朱文英、八仙旦、两阵风、九阵风、朱桂芳、荣蝶仙、元元旦、云中凤、飞来凤、张莲凤、张莲芬、方连元、刘连湘、邱富棠、赵斌忠、龚云仙。

第八章，正净。

第一节，净之说明。

第二节，何桂山以后之诸伶：汪正士、何桂山、金秀山、刘永春、李穆子、刘寿峰、讷绍先、郎德山、裘桂仙、董俊峰、工连浦。

第九章，副净。

第一节，黄润甫前后：徐宝成、庆春圃、钱宝峰、叶忠定、活曹操黄润甫、李连仲、麻穆子、李寿山。

第二节，活孟德郝寿臣。

第三节，现存诸伶：侯喜瑞、福小田、普世亨、陈富瑞、马俊山、梅荣斋、蒋少奎。

第十章，武净：钱金福、范宝亭、许德义、何佩亭、刘凤奎。

第十一章，丑：刘赶山、黄三雄、罗百岁、赵仙舫、姜永泰、李百岁、陆金桂、李敬山、张文斌、夏月珊、高士杰、萧长华、慈瑞全、迟子俊、茹富蕙、马富禄、曹二庚、郭春山、贾多山、刘义增、麻德子、张黑、王长林、草上飞、傅小山、王福山。

附录：剧话(三江村人著)、鞠部拾遗(东邻著)、跳加官考(傅惜华著)、京班规则(三十三条)、后台术语注解(六十九项)。

10 月

1. 徐珂《清代词学概论》初版。

徐珂(1869～1928)，原名昌，字仲可，别号纯飞馆主，浙江杭州人。《清代词学概论》，(上海)大东书局 1926 年 10 月初版，浙江海宁人陈乃乾校阅，吴兴葆作序，24 开本，82 页，约 2 万余字。

全书七章，叙述相当简约。

目次：

第一章　总论；第二章　派别(一、浙派，二、常州派)；第三章　选本；第四章　评语；第五章　词谱；第六章　词韵；第七章　词话。

2. 吴梅《中国戏曲概论》初版。

吴梅《中国戏曲概论》，(上海)大东书局 1926 年 10 月初版，24 开本，142 页，约 5 万字。1989 年，上海书店将之列入“民国丛书”第一编第 63

种影印出版；2000年1月，河北教育出版社将该书收入《吴梅全集·理论卷》出版；2000年5月，上海书籍出版社将之与《顾曲尘谈》合二为一，列为“蓬莱阁丛书”之一整理出版简体横排本(江巨荣导读)。此外还有：2004年9月中国人民大学出版社版(冯统一点校，列为“国学基础文库”之一)；2008年4月江苏文艺出版社版；2010年1月岳麓书社版。

王交濡在《中国戏曲概论·序》中说：“去岁(1925年——引者注)冬，困事至苏，邂逅于茗寮桂芳园，故地重逢，互相惊喜。……既而询问君近作，出示《曲学概论》(即《中国戏曲概论》——引者注)一编，自金元至清代……”据此可断定，《中国戏曲概论》脱稿于1925年冬，是时吴梅任教于东南大学。

本书是吴梅代表作，与王国维《宋元戏曲史》同为民国时期研究中国戏曲史的经典著作。该书从中国戏曲史的全局角度，理清了金元、明、清各朝代杂剧、散曲、传奇的发展脉络，梳理其衍变的阶段性，概括了各流派的个性，使这段时期中国戏曲史演变的历史得到全面清晰的展现。作者有补《宋元戏曲史》的动机，不单把戏曲史研究跨度延伸到明清，还把明清戏曲作为研究的重点，着重讨论明清传奇和杂剧，为明清传奇史研究作了许多开创性的工作。例如，王国维把“一代之文学”的下限定到“元之曲”，认为明清戏曲是“死文学”，殊不知“今歌场中，元曲既灭、明清之曲尚行，则元曲为死剧，而明清为活剧也”①。吴梅认为明传奇和明代戏曲的成就非但不亚于元剧，在某些方面还要超过前者：“有明承金元之余波，而寻常文字尤易触忌讳，故有心之士，寓志于曲。则诚《琵琶》，曾见赏于太祖，亦足为风气之先导。虽南北异宜，时有凿内，而久则同化，遂能以欧、晏、秦、柳之俊雅，与关、马、乔、郑之雄奇相调剂，扩而充之，乃成一代特殊的乐章，即为一代特殊之文学”②。吴梅认为明曲是继元杂剧后的又一高峰。这种观点把被王国维腰斩了的“一代有一代之文学”的流脉接了起来。

吴梅在书中采用的是传统的曲学研究方法，即以剧作的评点、题品、校勘、整理为中心，由此旁及作家生平、题材源流等。采用这种研究方法，必然多从知人论世的角度用传统诗学的研究方法评论作品的高低。在书中，吴梅几乎对每一种录目的作品有所品评，定其优劣。与前人不同的是，吴梅不是就作品作“纯文艺”式的审读，而是往往顾及社会生活、

① 〔日〕青木正儿：《中国近世戏曲史序》，上海，商务印书馆，1926，第1页。

② 吴梅：《顾曲尘谈、中国戏曲概论》，上海，上海古籍出版社，2000，第151页。

政治经济和文化对作家作品的影响。诚如研究者所言："吴梅的戏曲史观更具有联系社会生活、政治、文化情况，联系其他文艺形式的横的特点。他在论述史的过程中，更注意对作家作品作艺术上的深入探讨，注重戏曲本身的特征，不是纯以文字作为艺术衡量标准。"①

吴梅还首开传奇史流派研究的先河。流派研究是文学史研究的重要内容之一。"他在传奇史研究中，第一个梳理了明清传奇的各个流派及其各自的师承关系，总结了各流派的风格特征和成员，也勾勒了各曲家的分工和所属流派，其筚路蓝缕之功不可埋没。"②吴梅最早提出明代曲家分为三个流派："有明曲家，作者至多，论其家数，实不出吴江、临江、昆山三家。"③然而，"昆山一席，不尚文字……吴中绝技，仅在歌伶"④。昆山派绝大多数属于歌唱家，作家作品少见，传世的似乎只有梁辰鱼的《浣纱记》，因此划分这一派的标准只能是唱腔。而吴江和临江两派，以创作理论和实践为标准。既然昆山与其他两派的标准不同，把它划为一个流派，并与其他两派相提并论，是否合适？后世研究者就此争论不休。尽管如此，吴梅提出"三派"说的学术意义是显见的。

对花部评价过低，体现了本书以及吴梅戏曲史研究的局限。他认为清代戏曲总体逊色于明代，原因之一是宣宗以后花部流行。吴梅在下卷《清总论》中写道："光宣之季，黄冈俗讴，风靡天下，内廷法曲，弃若土苴，民间声歌，亦尚乱弹，上下成风，如饮狂药，才士按词，几成绝响。"又说，"故论逊清戏曲，当以宣宗为断。咸丰初元，雅郑杂矣。光宣之际，则巴人下里，和者千人，益无与文学之事矣"⑤。吴梅把深受群众喜欢的花部比作"如饮狂药"，把花部剧本排除在"文学之事"的外面，他如此贬低花部，是因为他受轻视民间文学的传统观念影响，只看到花部未经整理以致粗糙的表面，而看不到其中不乏优秀作品。

全书分上、中、下三卷，分别为金元、明、清，共十三章，卷前有王文濡作的序。

目次：

① 平颖：《吴梅戏曲理论研究》，福建师范大学硕士学位论文，导师游小波，2003年5月答辩，第24页。此文现收藏于福建师范大学图书馆。

② 范红娟：《世纪初的建构——王国维、吴梅和传奇史研究》，《南阳师范学院学报》(社科版)2005年第7期，第34页。

③ 吴梅：《顾曲尘谈、中国戏曲概论》，上海，上海古籍出版社，2000，第106页。

④ 吴梅：《顾曲尘谈、中国戏曲概论》，上海，上海古籍出版社，2000，第163页。

⑤ 吴梅：《顾曲尘谈、中国戏曲概论》，上海，上海古籍出版社，2000，第176页。

五、元人散曲。

卷中：一、明总论，二、明人杂剧，三、明人传奇，四、明人散曲。

卷下：一、清总论，二、清人杂剧，三、清人传奇，四、清人散曲。

11月

顾实《中国文学史大纲》初版。

顾实(1878～1956)，字惕生，江苏武进人。《中国文学史大纲》，(上海)商务印书馆1926年11月初版，1928年1月再版，1929年9月第四版，24开平装本，331页，约14万字。海宁陈乃乾校阅。

顾实早年攻习法科，曾在东南大学执教，后转至无锡国专任教，讲授中国古代文学。本书为顾实任教东南大学时所作，列为“东南大学丛书”之一出版。

本书体例值得注意。全书以朝代为经，但作为纬的部分，有两种情况，既有以文体为纬(第二章、第六至九章、第十一至十二章)，也有以作家为纬(第三至第五章、第十章)。可以说，凡是文体发达的朝代，以文体为纬，而文体相对不发达或特征不明显但重要作家突出的朝代，以朝代为纬。可见作者在著述体例方面，已经开始考虑到体例与文学史的搭配问题。这在中国文学史写作上，是一个进步。

每章先总后分，眉目清晰，然将之与笹川临风《支那历朝文学史》对照，可以看出二者在目次编排上相似处不少，故似可断定本书曾较多参考《支那历朝文学史》。不过，本书亦有特色，比如说，重视地理环境对文学的影响。在论及《诗经》之题材时，作者说：“北方之天然，以无诗材，故《诗经》之诗人不赞赏天地之美者，当然之事也。”① 因南北地理环境之不同，第三至五章将周代文学分作北方文学、中部思想、南方文学讲述。周代文学是否已有明显的南北地域之分，尚可讨论，但顾实在书中强调地理环境对文学的影响，恰是民国时期多数文学史家缺少的。

全书共分十三章，七十五节，叙述从太古至清代之文学史。

目次：

第一章　太古文学：第一节　总说；第二节　华夏民族；第三节　文字；第四节　坟典及遗文。

第二章　三代文学：第一节　总说；第二节　易经；第三节　书经；第四节　诗经。

① 顾实：《中国文学史大纲》，上海，商务印书馆，1926，第40页。

第三章 周末(其一——北方)文学：第一节 总说；第二节 孔子；第三节 孟子；第四节 荀子；第五节 左丘明。

第四章 周末文学(其二——南方)：第一节 总说；第二节 老子；第三节 列子；第四节 庄子；第五节 屈原。

第五章 周末文学(其三——中部思潮)：第一节 管子；第二节 韩非子；第三节 战国策；第四节 西方文学。

第六章 两汉文学：第一节 总说；第二节 汉代诸子；第三节 论策家；第四节 史家；第二节 赋；第六节 诗及小说。

第七章 魏晋文学：第一节 总说；第二节 魏诗；第三节 晋诗；第四节 陶渊明；第五节 魏晋文。

第八章 六朝文学：第一节 宋诗；第二节 齐诗；第三节 梁诗；第四节 陈诗；第五节 北朝诗及隋诗；第六节 六朝乐府；第七节 六朝文。

第九章 唐代文学：第一节 总说；第二节 初唐诗；第三节 盛唐诗；第四节 中唐诗；第五节 晚唐诗；第六节 方外及女诗人；第七节 唐古文；第八节 唐小说。

第十章 宋代文学：第一节 总说；第二节 北宋初诗文；第三节 欧阳修；第四节 三苏父子；第五节 曾巩王安石；第六节 苏门六君子；第七节 南宋诗文；第八节 两宋词。

第十一章 元代文学：第一节 辽金文学；第二节 元文学总说；第二节 杂剧；第四节 传奇；第五节 小说；第六节 诗。

第十二章 明代文学：第一节 总说；第二节 明初诗文；第三节 明中世以后诗文；第四节 戏曲；第五节 小说及游记。

第十三章 清代文学：第一节 清初文学；第二节清初诗；第三节 清初文；第四节 清初批评家；第五节 乾嘉诗；第六节 桐城派阳湖派古文；第七节 传奇小说；第八节 后清诗文。

本年

1. 鲁迅编成《中国文学史略》。

《中国文学史略》，是鲁迅1926年在厦门大学讲授中国文学史课程时编写的油印讲义，题为《中国文学史略》，次年在广州中山大学讲授同一课程时又曾使用，改题《古代汉文学史纲要》。本书在作者生前没有正式出版，1938年编入《鲁迅全集》时改用此名。1941年“鲁迅先生纪念委员会”编《鲁迅三十年集》时，书名改作《汉文学史纲要》，后多从此名。

本书虽名为《中国文学史略》，但因为迄于汉代，后来不曾继续，实为断代史。详细目次见鲁迅《汉文学史纲要》。

2. 吴芳吉《中国文学史附文学发凡》完稿。

吴芳吉(1896～1932)，字碧柳，自号白屋吴生，世称白屋诗人，重庆人。《中国文学史附文学发凡》，国立西北大学国学专修科讲义，油印本，约成稿于1926年。其他待访。

第四章　中国文学史写作之繁荣期

第一节　概　论

1927年到1936年是20世纪前期中国文学史写作的繁荣时期。1927年之所以成为起点，是因为从这一年开始出现了专题文学史（文学批评史、语体文学史、战争文学史）和分体文学史（韵文、词学、小说、京剧）写作。众多文学史新类型的出现，表明中国文学史写作已经摆脱对日本和欧美的模仿，开始走上学术创新的阶段——对此后文学史写作影响极大的胡适《国语文学史》（1928年改为《白话文学史》出版）、陈钟凡《中国文学批评史》都在1927年出版。迄于1936年，一是因为1937年中国人民开始全面抗战，文学史写作和出版的生态环境发生巨大变化；二是因为1936年是中国文学史著作出版的一个拐点，之前史著数量基本上呈直线上升，此后迅速下降。

称这十年（1927～1936）为繁荣期，有充足的理由：

（1）出版文学史著的总量较多，共214种，平均每年21种，是1949年前（包括1949年）出版史著数量最多的时期，约占1949年前总量的二分之一。其中，1934年出版史著34种，1933年28种，平均每月出版新的文学史著作2～3种。这一现象，当时已引起学者注意。1932年，郑振铎注意到"中国文学史的编著，今日殆已盛极一时"①。

（2）已出版的文学史著作重版频繁，速度也很快。赵景深的《中国文学小史》于1928年1月初版，到1930年2月，已出至第六版，1936年7月订正第十九版，1937年3月订正第二十版。胡适的《白话文学史》（上卷），1928年6月由新月书店初版，1928年12月第二版，至1933年2月印行第六版，1934年10月由商务印书馆出版，1938年5月商务印书馆第四版。

（3）不论通史、断代史还是专史写作，成书数量都不菲，呈现出各种体裁全面开花的局面。例如，这一时期出版的通史有122种，断代史有

① 郑振铎：《插图本中国文学史·例言》，北平，北平朴社，1932，第1页。

64种；专史中，几乎各种文体史都出版有2种以上。

总体而言，这一时期的文学史写作呈现出以下特征：

第一，胡适的文学史观和述史方式，影响继续扩大，成为主要的文学史述史模式。胡适的《白话文学史》(上卷)以更加成熟、相对完整的方式，诠释了他的进化论文学史观。该书对后来的文学史写作影响极大，带出一批仿效者：一者效其专为白话文学作史，如凌独见有《国语文学史》；一者效其以治"汉学"的方法治文学史，如谭正璧《中国文学进化史》之第十二章"新时代的文学"之所云。[①] 著有《中国诗史》的陆侃如直到20世纪50年代还对胡适的影响记忆犹新："这书(《中国诗史》——引者注)初稿是在一九二五～三零年间写成的。……胡适在《白话文学史》里的谬论，我们不止一次地移植过来。"[②]须注意到，陆侃如、冯沅君编写《中国诗史》时，"也一知半解地浏览了一些一九二七年后翻译出版的左翼文艺理论书籍"[③]，在写作中还引用了马克思和布哈林的著作。这说明，当时胡适不仅影响了那些赞同进化论文学史观者，即便尝试唯物史观的作者也受到影响，如谭丕模《中国文学史纲》(1933年)、王哲甫《中国新文学运动史》(1933年)都如此。

胡适的文学史写作还带来了一系列基于价值判断的二元对立。正如美国学者宇文所安观察胡适《白话文学史》时看到的："这样一种对于文学史的建构容许我们讲述一个这样的故事：'低俗'的文学体裁和语言符号不断在和'高雅'的文学体裁、语言符号进行较量、竞争，有时被打败，有时又取胜。革命的结果，是产生了我们和他们，现代和传统。而在书写文学史的方面，传统的多样性和复杂性也被简化成二元对立的。"[④]这种二元对立对后世文学史写作的影响，并不仅仅是确立了"双线文学史观"与"白话文学正宗"，而且还带来了"后见之明"的历史观念。在这种观念指引下，文学史写作不再是"被动的"，而是"主动的"，文学史不再是"过去的"，而是为当下而生，充当证明变革的工具。其影响之深远，超出人们一般的估量和想象。可以说，此后的中国文学史就变成了某种观念的文学史，比如"白话文学史"、"战争文学史"、"流派文学史"、"政治"文学史、"审美"文学史，等等。这样，中国文学史变得可以"预设"，

① 董乃斌、陈伯海、刘扬忠主编：《中国文学史学史》第二册，石家庄，河北人民出版社，2003，第53页。

② 陆侃如、冯沅君：《中国诗史·自序》，北京，作家出版社，1956，第1～2页。这篇《自序》系作者在中华人民共和国成立后修订《中国诗史》时补作，写于1955年4月。

③ 陆侃如、冯沅君：《中国诗史·自序》，北京，作家出版社，1956，第1页。

④ 〔美〕宇文所安：《过去的终结：民国初年对文学史的重写》，《中国学术》2001年第1期。

乃至服从安排、调配。当我们强调"白话文学正宗"的时候，"白话文"便成为文学史的中心和纲领，语体不仅是关注的中心，也是整个文学史的隐性线索和尺度，"白话文学"被突显出来，而"文言文学"则被否定、压抑或者曲解。"相反，'政治'文学史则会突显文学史中的时代、阶级、政治等因素，强调文学与社会生活之间的关系，'真实性'、'政治标准第一，艺术标准第二'就成为文学史的写作尺度，在这样一种尺度下，'人性'的文学就被定性为'小资产阶级'文学从而被否定和压抑。"①由此，隐约可见20世纪40年代出现政治式文学史写作的因缘。

此外，这一时期的新文学史写作面临一个必须解决的问题，即新文学史的作者往往同时是新文学的建设者，如何才能做到述史的客观性？作为最早面临并解决这个问题的范例，胡适在《五十年来之中国文学》中采取的做法是，凡涉及自己的段落，统统冠以"胡适如何如何"。这种貌似客观的叙述策略是非常表面化的，只要稍加转换，就面临瓦解的危险。其实，胡适对文学革命的这种貌似客观的叙述策略，在之后的《白话文学史》、《建设的文学革命论》、《我的自传·逼上梁山》中也有采用，并且被20世纪二三十年代的新文学史写作继承，由此在一定程度上构成了政治式文学史写作的滥觞。

第二，多种文学史观、文学史类型、文学史语体并存。

1. 虽然进化论文学史观成为主流，但并不意味着只有这一种声音存在。传统的退化论文学史观，在评析古代文学作品时仍然有效；周作人在《中国新文学的源流》中提出的循环论文学史观，获得一些喝彩。尤其在这个时期，唯物论文学史观开始出现在文学史写作中，并迅速扩大其影响。

新文化运动以来，"左翼"作家郭沫若、蒋光慈、成仿吾、瞿秋白等人发表过一系列介绍和宣传马克思主义文艺理论的文章。到20世纪20年代末，马克思主义在文艺理论界已占据不容忽视的地位。一些有识之士开始运用马克思主义唯物史观来研究中国文学现象，揭示文学发展的规律。1931年出现了第一部运用马克思主义唯物史观写作的中国文学史，即贺凯的《中国文学史纲要》(北平文化学社出版)。1933年6月出版的《读书杂志》"社会学观中国文学史专号"，刊载了李华卿《中国文学史轮廓引论》、丁迪豪《中国古代文学史论》、胡秋原《秦汉六朝思想文艺发展

① 高玉：《中国现代文学史书写方式批判》，《华中师范大学学报》(人文社科版)2010年第4期，第86页。

草书》、张玉林《魏晋南北朝的文学》四篇运用普列汉诺夫的社会学史观研究中国文学史的文章。这种"以集团的方式"运用唯物史观研究中国古代文学，在中国还是第一次。受弗里契的机械唯物史观在中国传播的负面影响，20世纪30年代用唯物史观指导中国文学史写作尚存在诸多问题，譬如钱锺书就对当时的唯物观或社会学观文学史研究提出过疑虑："每见文学史作者，固执社会造因之说，以普通之社会状况解释特殊之文学风格，以某种文学之产生胥由于某时某地。盖时地而外，必有无量数影响势力，为一人所独具，而非流辈之所共披焉。故不欲言因果而已，若欲言之，则必详搜博讨，而岂可以时地二字草草了之哉！"①钱锺书这种担心，表明当时唯物论文学史观已成为一种重要也比较时髦的文学史观。

2. 文学史类型多样化。以前常见的通史、断代史，与文体史交叉，产生各文体的通史、断代史，如李维的《诗史》(诗歌通史，1928)、鹿原学人的《昆曲皮簧盛衰变迁史》(戏曲通史)、贺昌群的《元曲概论》(戏曲断代史，1930)、李浚之的《清画家诗史》(诗画断代史，1930)、刘毓盘的《词史》(词学通史，1931)、朱谦之的《中国音乐文学史》(音乐文学史通史，1935)，等等。此外，还创造了新的文学史类型，如刘宇光的《中国文学史表解》(表解体通史，1933)。

3. 白话文成为文学史写作的主要语体，但文言文写作尚存一定数量。自从1922年胡适用白话文写成《五十年来中国之文学》以后，白话文迅速成为主要的文学史写作语体。曾毅在1929年订正其《中国文学史》时注意到"今人叙述，多用白话文学，以为时髦"。但他的《中国文学史》修订本仍"以浅显之文言行之"。因为，"文学史与他种不同，欲明文学史，必须晓读古书，若于文言以为难，可无庸再讲文学史也"②。白话文写作虽成为主流，文言写作仍有存在的合理性，占一定数量。以1933年、1936年为例。1933年共出版文学史著27种，其中以白话文和文言文写成的分别有20种、7种；1936年共出版文学史著20种，其中用白话文和文言文写作的，分别为18种、2种。即便白话文或文言文写作，也不纯粹：白话文写成的史书又可分为书面语和口语两种，前者如胡适《白话文学史》(上卷)，后者主要是文学史普及读物写作，如赵景深的《中国文学小史》(1928)、胡行之的《中国文学史讲话》(1932)；文言文写成的史书可分为古雅文言和浅显文言两种，前者如钱基博的《现代中国文学史》

① 钱锺书：《中国文学小史序论》，《国风》半月刊第8卷第8期。

② 曾毅：《中国文学史(修订本)·改编大言》，上海，泰东书局，1930。

(1933)，后者如童行白的《中国文学史纲》(1933)。

第三，创新文学史体例俨然成为一时风气。以往的文学史作者在文学史体例方面，大都直接从外来史体和中国传统学术中获取资源，要么偏取一方(窦警凡《历朝文学史》，直接按照经史子集编目)，要么杂合中西(如，后来被约定俗成的章节编目，以朝代为经、文体为纬)；到了中国文学史写作的第三个时期，多数文学史作者不再满足于捡取现成的文学史体例，而是有所创新。比较具有自觉的史体创新意识的，是罗根泽。他在《中国文学批评史》(1934)"绪言"中专论"编著的体例"，倡言要在中国传统史学的基础上，兼揽众长，创立一种"综合体"。他还在比照外国文学史的基础上，综合各家之长，对文学史体例作了新的思考和设计，强调文体专史和"分类叙述法"，并计划以之编写《中国文学史类编》。[①]尽管他这个由八编(一、歌谣，二、乐府，三、词，四、戏曲，五、小说，六、诗，七、赋，八、骈散文)组成的《中国文学史类编》的庞大计划，最后似乎未能完成，但《乐府文学史》确实体现了他在编著体例上的创新，即"以类为经，以时为纬"、"以类为编，以时为章"[②]。同样体现这种创新的《中国文学批评史》，后来博得朱自清的称赞："编制便渐渐匀称了"，"罗先生的书除绪言(第一册)似乎稍繁以外，只翻看目录，就教人耳目清新，就是因为他抓得住的原故"。[③]"以类为经，以时为纬"很快成为一种常见的体例，如钱基博的《现代中国文学史》(1933)、刘经庵的《中国纯文学史纲》(1935)等。

以上三个特征，反映了中国文学史写作在经过二三十年的探索之后，不仅拥有了相当的文学史著作成果，而且发展到了自觉变革创新的阶段——既形成了一种主要的述史模式，同时也允许多种文学史观、文学史类型、文学史语体并存，尤其是出现了一些文学史作者自觉反思和总结中国文学史写作，在此基础上探索创新。总之，中国文学史写作在这一时期呈现出繁荣、健康的多元发展景象。

---

① 罗根泽：《乐府文学史·自序》，北平，文化学社，1931。

② 罗根泽：《乐府文学史·自序》，北平，文化学社，1931，第8页。

③ 朱自清：《诗文评的发展》，《朱自清全集》(第三卷)，南京，江苏教育出版社，1988，第25页。

第二节　编　年

1927 年(民国十六年)

2 月

1. 陈钟凡《中国文学批评史》印行。

陈钟凡(1888～1982)，后改名中凡，字斠玄，号觉元，江苏盐城人。《中国文学批评史》，(上海)中华书局 1927 年 2 月印行[①]，24 开红漆布面精装本，178 页，约 7 万字。1929 年 12 月第三版，1934 年 7 月第五版，1940 年 2 月第六版(32 开本)。

陈钟凡“以远系学说，持较诸夏”，兼采中西关于“文学”之义界，把“文学”定义为“抒写人类之想象、感情、思想，整之以辞藻、声律，使读者感其兴趣洋溢之作品也”。然后根据英人森次巴力(Saintsbury)的《文学批评史》，把文学批评派别分作十二类：归纳的、推理的、判断的、考订的、历史的、比较的、解释的、道德的、审美的、印象的、欣赏的、科学的。他认为，“归纳、推理、判断三者，为一切批评之基础；历史的批评则又最适宜于研究”。“故本书于此编外，拟再用此四种方式，对于古今各派文艺，略事衡量。”[②]书中叙述历代文学批评家时，多引《四库全书书目提要》之言，但也有少量自家评论。除了自汉代起每章都有诗文评之外，还为两宋之后的章节设立词曲评。据统计，全书述及批评家 90 余人。陈钟凡此书对中国文学批评史的理解和表述尚显得生疏、粗糙，缺漏之处不少，但已初具批评史的规模，此后，文学批评史逐渐成为一种重要的文学史类型。罗根泽的《中国文学批评史》(1934 年 8 月出版)曾受到此书较大影响。

在材料方面存在单薄和选择不当的问题。朱自清尖锐地指出：“那似乎随手掇拾而成，并非静心结撰。取材只是人所熟知的一些东西，说解也只是顺文敷衍，毫无新意，所以不为人所重。”[③]朱自清的批评似嫌严苛。不管怎样，都不能否认陈钟凡此书是中国第一部文学批评史，不该

---

① 陈玉堂《中国文学史书目提要》录为“1927 年 4 月出版”(第 26 页)。据笔者查看陈钟凡《中国文学批评史》初版本版权页，标注有“民国十六年二月印刷、民国十六年二月发行”。

② 陈钟凡：《中国文学批评史》，上海，中华书局，1927，第 6～8 页。

③ 朱自清：《郭绍虞〈中国文学批评史〉上卷》，《清华学报》第九卷第四期(1934 年 10 月)，第 1011 页。

忘记陈钟凡对于中国文学批评史写作的筚路蓝缕之功。

本书列为中华书局"文学丛书第一种"。第一章卷前有"盐城陈钟凡述"字样。

目次：

2. 梁乙真《清代妇女文学史》初版。

梁乙真《清代妇女文学史》，(上海)中华书局1927年2月初版，24开精装本，360页，约18万字。王西神与秋瑾之女王灿芝分别撰序。

---

① 初版本目次中写为"批平"，后面均同。

② 陈玉堂《中国文学史书目提要》录为"孔子传说"(第27页)，初版本写为"孔子诗说"。

作者在"自序"中称，感于谢无量《中国妇女文学史》叙述至明末止而无清代，故编写本书以补其缺。作者显然在书中贯穿了进化论文学史观，不但以"蝉蜕"描述由明到清的妇女文学，而且把清代妇女文学分为极盛和衰落两个时期。与谢著不同的是，梁乙真在本书中，以相当多的篇幅叙述男性作家对妇女文学的影响，比如第二至四章，以三章的篇幅讲袁枚亲授或影响下的女作家。

全书分明清两朝文学之蝉蜕、清代妇女文学极盛时期、衰落时期等五大编，共二十三章，各章若干节；编著体例方面，以诗为经、以史为纬，分别叙述。书末附录作家表及人名索引。

目次：

第一编　明清两朝妇女文学之蝉蜕

第一章　遗民文学：第一节　会稽商祁，第二节　秀水黄皆令，第三节　当涂吴严子母女，第四节　歙县毕著，第五节　钱塘顾氏。

第二章　蕉园七子：第一节　林以宁，第二节　顾姒，第三节　柴静仪，第四节　冯娴，第五节　张昊，第六节　毛媞。

第三章　风尘三隐：第一节　周羽步，第二节　柳如是，第三节　顾横波。

第四章　血泪文学：第一节　贺双卿，第二节　阚玉，第三节　陆小姑。

第二编　清代妇女文学之极盛时期（上）

第一章　王渔洋与妇女文学：第一节　王璐卿，第二节　朱中楣与吴若华，第三节　纪映淮与倪仁吉，第四节　赵慈，第五节　荔乡九女。

第二章　袁枚与妇女文学(上)：第一节　席佩兰，第二节　归佩珊，第三节　陈淑兰，第四节　吴琼仙，第五节　金逸，第六节　王倩，第七节　廖云锦，第八节　骆绮兰，第九节　卢元素，第十节　汪玉轸，第十一节　孙氏三妹。

第三章　袁枚与妇女文学(中)：第一节　袁素文，第二节　袁绮文，第三节　袁秋卿。

第四章　袁枚与妇女文学(下)：第一节　张于湘与毕氏女媳，第二节　甘茶老人钟令嘉，第三节　长离阁主王采薇，第四节　胡氏三才女，第五节　织云楼叶氏女媳，第六节　种竹斋闺秀联珠集。

第五章　方芷斋与当时妇女之唱和：第一节　钱浣青，第二节　徐淑则，第三节　定水老人杭筠圃，第四节　徐冰若。

第六章　阮元与妇女文学之关系：第一节　唐古霞与阮媚川，第二

节　梁楚生，第三节　李秀真，第四节　金文沙。

第七章　吴中十子：第一节　张滋兰，第二节　张紫蘩，第三节　陆素窗，第四节　李婉兮，第五节　朱翠娟，第六节　席兰枝，第七节　江碧岭，第八节　沈惠孙，第九节　尤澹仙，第十节　沈持玉。

第三编　清代妇女文学之极盛时期（下）

第一章　陈文述与妇女文学(上)：第一节　吴规臣，第二节　张襄，第三节　江逸珠，第四节　钱莲因，第五节　王仲兰，第六节　吴苹香。

第二章　陈文述与妇女文学(下)：第一节　秋雁诗人，第二节　琴清阁主，第三节　白云洞天诗主，第四节　秋红丈室，第五节　小鸥波馆。

第三章　妇女著述家：第一节　选政家之恽汪，第二节　汉学家之王照圆，第三节　诗论家之沈郭。

第四编　清代妇女文学之衰落时期

第一章　曾国藩俞月与妇女文学：第一节　何慧生，第二节　曾纪燿，第三节　周贻蘩与左又宜，第四节　俞米裳，第五节　江湘芬与沈绮。

第二章　毗陵四女与一王二左：第一节　王采苹，第二节　左氏姊妹。

第三章　翠螺阁稿与当时妇女之关系。

第四章　林敬纫与鉴湖女侠：第一节　智全广信之林敬纫，第二节　排满革命之鉴湖女侠。

第五章　满洲文学：第一节　太清春之词，第二节　科德氏与其他作者。

第六章　清代妇女词学之盛：第一节　常州词派之女作家，第二节　浙江词派之女作家。

第五编　清代妇女文学杂述

第一章　闺阁诗拾：第一节　梯仙阁稿之陆凤池及其他，第二节　翦愁吟之姚栖霞与丁月邻母女，第三节　寿花轩老人与萝湘楼母女及其他。

第二章　妇女题壁诗：第一节　清初之吴王与石帆楼歌之魏琴娘，第二节　延平女子与德州旅壁之琅干。

第三章　清代之倡妓文学与其他：第一节　叶素南李香君董小宛与其他，第二节　女道士卞赛王微，第三节　当垆女冯二与盲女王三姑。

附录：清代妇女著作家表、本书人名索印表。

3. 张仕章《中国古代宗教诗歌集》初版。

张仕章，浙江海宁人，少年时曾与徐志摩为杭州府中同学。《中国古代宗教诗歌集》①，(上海)广学会1927年2月印行，32开本，145页，约7万余字。张树森、许家怡分别作序，朱起凤作跋。

本书为“中国古代宗教丛书第一种”。从作者“自序”来看，本书脱稿于1925年秋。

全书分作两部分，第一部分简述宗教诗歌之定义、范围、体例、沿革、地位；第二部分选编唐虞至汉代有关宗教的诗歌，并加以注释。

目次：

导言

第一节　宗教诗歌之定义；第二节　宗教诗歌之范围；第三节　宗教诗歌之体例；第四节　宗教诗歌之沿革；第五节　宗教诗歌之地位。

中国古代宗教诗歌集

3月

佟晶心《新旧戏与批评》初版。

佟晶心《新旧戏与批评》，(北京)隆华书社1927年3月初版，336页。目次与作者《新旧戏曲之研究》基本相同。

4月

1. 郑振铎《文学大纲》初版。

郑振铎(1898～1958)，字西谛，书斋用“玄览堂”的名号，有幽芳阁主、纫秋馆主、纫秋、幼舫、友荒、宾芬、CT、郭源新等多个笔名，生于浙江温州，原籍福建长乐。《文学大纲》，(上海)商务印书馆1927年4月初版，1931年4月第三版，1933年8月“国难后”第一版(此版被列为“大学丛书”)。24开道林纸本，四册，有精、平装两种，有些版本有三种颜色的彩色插图，有些无彩色插图。全书共2168页，约82万字，黑白插图638幅，彩色插图33幅。

这是一部世界文学史，也是20世纪20年代杰出的中国文学史和比

---

① 陈玉堂在《中国文学史书目提要》中将记录为“1926年上海广学会出版”(第318页)，而实际上，该书版权页标明“中华民国十六年二月出版”。

较文学史专著。全书不仅涉及文学(包括诗歌、散文、小说、戏曲、文学理论)，还兼及史学、古籍、文字、绘画等诸多领域。所述上起人类开化史之初叶，下迄20世纪前期中国新文学运动风起云涌之时，涉及古今中外诸多作家诗人的名篇大作。且首次把东西方文学史平等而紧密地结合在一起，是一部真正意义上的世界文学通史。此书把中国文学史按时段穿插在世界文学发展的潮流中，中国文学史部分共约25万字，若是将其单独编成书，可自成一部“中国文学史”。

此书印行前，曾在1924年1月的《小说月报》第十五卷连载，后来陆续有补正、增添材料，直到印刷出版。据陈玉堂《中国文学史书目提要》中记述，“书中关于日本文学的一部分，大多为谢六逸手笔。部分校对及年表是徐调孚助其完成”①。

目次：

① 陈玉堂：《中国文学史书目提要》，合肥，黄山书社，1986，第29页。

世纪的南欧文学；第四十一章 19世纪的荷兰与比利时文学；第四十二章 爱尔兰的文艺复兴；第四十三章 美国文学；第四十四章 19世纪的中国文学；第四十五章 19世纪的日本文学；第四十六章 新世纪的文学。

跋；年表(一)；年表(二)；译名对照表；插图目录。

2. 胡适《国语文学史》初版。

胡适《国语文学史》，北京文化学社1927年4月初版，24开本，340页，约9万字。版权页上标示"重印胡适国语文学史讲义"。书前有黎锦熙所作《代序 致张陈卿李时张希贤等书》，长达万言，讲述了本书从讲义到印行的全过程，对于了解本书版本流传等，颇有史料价值。钱玄同题写封面书名。

本书原系胡适在1921年11月至次年1月间所写，是胡适在教育部主办的第三届国语讲习所主讲"国语文学史"课程时所用讲义的石印本。讲义本分为十五篇，全文约八万字。讲义本之目次如下：

一、我为什么要讲国语文学史呢(此讲在本书付印时删去，后来作为"引子"补入《白话文学史》)；二、古文是何时死的；三、汉朝的平民文学；四、三国、六朝；五、唐代(上)；六、唐代(中)；七、唐代(下)；八、五代十国的词；九、北宋文与诗；十、北宋词；十一、白话散文(以上作为全书"第一期"，后面的作为"第二期")；十二、总论 第二期的白话文学；十三、南宋的诗；十四、南宋的词；十五、南宋的白话文。

因国语讲习所两个月即毕卒业，胡适的讲义，写到南宋的白话文就中止了。1922年3月，胡适在南开讲演时，将上述讲义稿删改几处，归并作三讲，即《国语文学史》的三篇(删去第一讲)。同年暑假又在南开讲课一次，并印有一册油印本。同年12月，第四届国语讲习所开课，又以南开油印本为底本，另行刊印油印本。之后，胡适出国。曾长期担任国民教育部国语统一筹备会、国语推行委员会常委的黎锦熙，将上述油印本予以改订、增补，交北京文化书社印行，这便是1927年版的《国语文学史》。在该书印行前，黎锦熙将改订、补充后的《国语文学史》作为临时讲义，在北京师范大学等学校讲授。

1927年春，胡适在国外接到家信，得知讲义由黎锦熙交北京文化书社印行出版。同年回国后，结合新发现的文学史料，重新改写而得《白话文学史》，交新月书店于1928年出版(详后)。

胡适这部史书自问世以后，既享有盛誉，也遭受众多批批评、指摘。[①] 关于此书对中国文学史写作的重要贡献，可参见后文“胡适《白话文学史》”。考察其弊，比较不为后世研究者注意的地方如下：

既然胡适写作本书目的在于为“五四”白话文运动寻找历史渊源，就必然以白话作为批判文学优劣的标准。例如，全书十五章，他以三章讲述晚唐五代、北宋、南宋的“白话词”，这是较早的词史写作，其中不乏真知灼见，但由于他的标准是“白话”，对词人的选择和词作的评价，难免有偏见。比如，为了“单选柳永的白话词”，对于脍炙人口的《雨霖铃》(寒蝉凄切)、《望海潮》(东南形胜)等篇章，只能放弃。由于执行“白话”标准，那些口语、平民特征明显的作品，就比文辞古朴的要优胜。于是，在胡适那里，一面肯定“苏轼是个绝顶聪明的人，他的词的意境比柳永高得多”——这个评价本来也没有什么新意，但胡适又惋惜：“他的词没有柳永那样通行民间”，“苏轼的究竟是文人的词，柳永的却是平民的词”，于是他最终得到结论，即柳永的词比苏轼的要好。在《国语文学史》中，由于胡适执行“白话”标准批判作家作品，得出的别出心裁乃至惊世骇俗的结论还有很多，不一一指出。总之，为了达到通过写史的方式为新文学张目的目的，“托古改制”[②]，胡适在作家选择和作品评价方面执行“白话”标准，导致不少优秀作家漏选，许多名篇被放弃或评价过低。

目次：

① 以近年学界对《国语文学史》的评价为例，有研究者称，此书为第一部具有现代学术眼光的中国文学史专著(参见骆玉明《关于胡适白话文学史》，载于胡适《白话文学史》，上海，上海古籍出版社，1998)；另外有学者却指出，胡适《国语文学史》有着明显的“六经注我”的倾向，“在客观性、科学性上存在诸多缺失”(尹康庄：《胡适两部文学史的缺失》，《深圳大学学报》(人文社科版)2008 年第 3 期)；也有研究者的看法，可谓折中，他认为，胡著既有成绩，也有不足，“难以简单地肯定或否定”(刘石：《关于胡适的两部中国文学史著作》，《文学评论》2003 年第 4 期)。

② 1927 年黎锦熙在为《国语文学史》写的“代序”中说，胡适之所以写这部史著，“这是因为这是‘文学革命’之历史的根据，或者也含有一点‘托古改制’的意味”。

唐五代的词(孙光宪的《浣溪沙》一首和张泌的《江城子》一首，被黎锦熙删去)。

第三编　两宋的白话文学：第一章　绪论；第二章　北宋诗；第三章　南宋的白话诗；第四章　北宋的词；第五章　南宋的白话词；第六章　两宋白话语录(原改订油印本中无此章，系黎锦熙根据第一次的油印本割裁而成)；第七章　南宋以后国语文学的概论(原改订油印本中无此章，系黎锦熙根据第一次的油印补入)。

6月

郑振铎《研究中国文学的新途径》、郭绍虞《中国文学演进之趋势》发表于《小说月报·中国文学研究》。

受《小说月报》第十七卷第一号刊载的莫尔顿《文学之近代研究》一文影响，郑振铎、郭绍虞分别写成《研究中国文学的新途径》和《中国文学演进之趋势》，发表于《小说月报》第十七卷号外《中国文学研究》[郑振铎编，(上海)商务印书馆1927年6月初版，7月再版]。

郑振铎批评说，自《文赋》以来中国文学批评就没有走上过正确的轨迹。他提出，研究文学史的新途径与新观念要建立在"近代的文学研究的精神"基础之上。所谓"近代的文学研究的精神"，即莫尔顿在《文学的近代研究》中所说"文学的统一研究"、"归纳的考察"和"进化的观念"。郑氏将之具体为：文学史研究要以文学为单位，不应以"国"或"时代"为单位；要用"归纳的考察"方法，即文学史研究要用证据证实结论。文章最后还主张用现代文学观念和科学方法整理"一般批评"、"诗话"、"词话"、"曲话"、"文话"等文学材料，建设中国的文学批评史。对于"进化的观念"，郑振铎评价极高："文学史上的许多错误，自把进化的观念引到文学的研究上以后，不知更正了多少。达尔文的进化论，竟不意的会在基本上改革了人类的种种错谬的思想。"①

郑振铎此文发表后，引起一些反响，包括反对的意见。比如，他指出开辟文学史研究的新途径共有三：(一)外来的影响(古代是印度，近现代是西洋)，(二)新材料的发现，(三)中国文学内容的分类整理。张荫麟对此不以为然，认为：

① 郑振铎：《研究中国文学的新途径》，《小说月报·中国文学研究》第十七卷号外上册(1927年6月)，第9页。

> 此三项非不当注意，然尚有更重要于是者。仅从此三方面发展，决不能得完满之中国文学史。且第(二)固有非人力所能强为者，吾人以为整理过去之中国文学，当从下列三方面入手。(一)作品之阐明，即主要作品之校勘注释、鉴别真伪、考定时代及评判价值是也；(二)作者之阐明，即文学家传记之精细研究是也；(三)文学与时代之交互影响之研究。若夫文体之源流，文家之派别，又其次要者矣。①

平心而论，郑振铎在文中提出的研究中国文学史的三个新途径，并非都很重要，但客观上为中国文学研究指明了一些方向。尤其把中国文学分作九大类，其中还包括长期受轻视的弹词、鼓词，这种见识在当时是很新颖的，为中国文学的学科建设奠定了基础。

郑振铎在文末宣称，一个文艺的大时代即将到来，"文艺复兴的预示，已隐隐的现于桃红色天空的云端了"②。20 世纪 30 年代中国文学史研究和写作进入繁荣时期，验证了他这个预言。

1925 年，郭绍虞在《中国文学演化概述》一文中提出，中国文学演进的趋势是自由化、散文化、语体化，中国文学起源于早期歌谣，歌谣分化为叙事诗、抒情诗和剧诗。在两年后发表的《中国文学演进之趋势》中，分析了中国叙事诗、抒情诗和剧诗各自的演化。文章最后总结说：

> 由是可知无论何种文体，实在都有三个共同的倾向，即是(1)自由化，(2)散文化，(3)语体化。中国文学演进的趋势无论如何曲折迂回，却总是向着这三个目标以进行。③

郑、郭的上述文章发表在同一期的《小说月报》，并且刊载的秩序前后相继，在客观上形成互补关系。如果说郑文讨论进化论观念在文学史研究中的运用，属于理论研究，则郭文是进化论史观在中国文学研究中的具体实践，郭绍虞试图以进化论史观梳理出新文学与传统旧文学之间一脉相承的关系。

---

① 张荫麟：《续评〈小说月报〉中国文学研究号》，《大公报》1928 年 2 月 27 日。

② 郑振铎：《研究中国文学的新途径》，《小说月报·中国文学研究》第十七卷号外上册(1927 年 6 月)，第 20 页。

③ 郭绍虞：《中国文学演进之趋势》，《小说月报·中国文学研究》第十七卷号外上册(1927 年 6 月)，第 17 页。

7月

傅东华《文学常识》初版。

傅东华(1893～1971)，本姓黄，过继母舅，改姓傅，又名则黄，笔名伍实、郭定一、黄约斋、约斋，浙江金华人。《文学常识》，(上海)商务印书馆1927年7月初版，1931年4月再版。32开狭长本，54页，约2万余字。

作者自称本书的目的，“在供给普通人以一点文学上的常识，或者中学的学生也还尽够用得着”。而作者编写本书的动机，乃因为感于近代中国文学之落后，“这才感到文学常识的灌输方是首务”(《序》)。1926年9月作者仅花六天时间就编成本书，故内容极其简略，但并不草率，其中多处涉及历代文学观念，可作文学史资料参考。

本书是王云五主编的“百科小丛书”之第一辑第一百二十三种。

目次：

第一章 文学常识；第二章 文学与非文学；第三章 文学之“何以有”与“何必有”；第四章 怎样讲文学书？第五章 文学批评；第六章 什么是鉴赏？

9月

1. 胡云翼《唐代的战争文学》初版。

胡云翼《唐代的战争文学》，(上海)商务印书馆1927年9月初版，32开本，88页，约3万字。

本书为王云五主编的“国学小丛书”之一。胡云翼针对当时创造社作家鼓吹非战争文学，提出相反的看法，认为：“我们所需要的，是革命的、主战的文学，应该反对卑怯的非战文学，反对那妨害国民性的鼓吹非战思想的文学。……现在的文坛，应该提倡主战的非战争文学。”①

本书所述都是唐诗，因而实际上是一部唐代诗歌方面的专史。无序言，书末附录“谈谈非战争文学”，说明作者编著本书的动机。

目次：

第一章 时代的背景；第二章 初唐诗人的壮歌；第三章 中唐诗人的非战文学；第四章 杜甫的非战思想；第五章 祈祷与诅咒；第六章 晚唐诗人的血；第七章 出塞曲；第八章 宝刀与战马。附录 谈谈非战争文学。

---

① 胡云翼：《附录 谈谈非战争文学》，见《唐代的战争文学》，上海，商务印书馆，1927，第88页。

2. 陈钟凡《中国韵文通论》初版。

陈钟凡(1888～1982)，字斠玄，号觉元，别名少甫、觉玄，后改名中凡，江苏盐城人。《中国韵文通论》，(上海)中华书局 1927 年 9 月初版，1936 年 3 月第四版，32 开硬皮精装本，417 页，约 17 万字。

书中的“韵文”，包括诗、词、曲、赋各类，上起《诗经》，接着为《楚辞》、《诗》、《骚》之比较、汉魏六朝赋、乐府诗、汉魏讫隋唐古诗、唐人近体诗、唐五代及两宋词、金元以来南北曲，共九章、六十六节。

刘勰《文心雕龙·总术》篇曰：“今之常言，有文有笔，以为无韵者笔也，有韵者文也。”可见“韵文”乃押韵之文，以此特点区别于不押韵的“笔”。刘师培认为，《文心雕龙》从第六篇至第十五篇，即《明诗》、《乐府》、《诠赋》、《颂赞》、《祝盟》、《铭箴》、《诔碑》、《哀吊》、《杂文》、《谐隐》，所论均为韵文。[①] 如此，再加上《文心雕龙》中《辨骚》(此篇显然是韵文)，韵文便总共有 11 个大类、数十个子类。陈钟凡在本书中所论及者为诗、骚、赋、词、曲五个大类，虽然这五个大类已经涵盖了中国古代文学史上最重要的韵文体类，但相对于一部韵文通史而言，难免有遗珠之憾。

本书是中华书局“文学丛书第二种”，为陈钟凡代表作之一，影响较大，很可能是最早出版的韵文史。书前有陈钟凡的学生赫立权于 1926 年 7 月所作的跋语。据说本书源自陈钟凡平时授课的讲义。

目次：

① 参见刘师培：《中国中古文学史》，北京，人民文学出版社，1959，第 102 页。

府诗之歌法，八、乐府之派别，九、余论；

第六章 论汉魏迄隋唐古诗：一、引言，二、古诗体制，三、五古起原，四、七古起原，五、古诗之流变，六、古诗之修词，七、古诗之艺术；

第七章 论唐人近体诗：一、近体诗之起原，二、近体诗之韵律，三、近体诗之修词及其艺术，四、近体诗之派别，五、各体之品藻，六、五七言之比较；

第八章 论唐五代及两宋词：一、词之起原，二、词之体制，三、词之声律，四、词之修词，五、词之艺术，六、词家之派别，七、余论；

第九章 论金元以来南北曲：一、曲之原流，二、曲之体制，三、南北曲之声律，四、曲之修词，五、曲之艺术，六、南北曲之派别，七、余论。

12月

1. 范烟桥《中国小说史》初版。

范烟桥(1894～1967)，乳名爱莲，学名镛，字味韶，号烟桥，别署含凉生、鸥夷室主、万年桥、愁城侠客，江苏吴江同里人。《中国小说史》，苏州秋叶社1927年12月初版，苏州小说林书社总经销。32开本，340页，20万字。包天笑作“弁言”、胡寄尘作“序一”。1967年中国香港的华夏出版社据1927年版重印，道林纸，32开本，340页。

鉴于古今“小说”定义众多，范烟桥将其分为“旧定义”和“新定义”两类，在引述众家的基础上，借鉴西学，把“小说的定义”宽泛地界定为：“小说者，文学之倾于美的方面之一种也。”按照这个定义，作者认为“小说实包含戏曲弹词也”①，因此历代戏曲弹词也被列入书中。他在《我的感想》中说：

> 我以为做小说，是抒情的一种表现。做小说史，是整理学术的一种手腕。中国的小说，很多很多，就是真有文学上地位的，也是不少。独独小说史的著作，是十分缺少。可见，抒情是极容易的事，整理一种学术，从散漫而编成系统，不是普通人在短促的时期，浅薄的经验中，所敢轻易动手。②

① 范烟桥：《引》，见范烟桥：《中国小说史》，苏州，秋叶社，1927。

② 范烟桥：《我的感想》，见范烟桥：《中国小说史》，苏州，秋叶社，1927。此文附与该书卷首序文之后，系范氏作于1927年7月29日。

范烟桥认为，小说是抒情的一种表现，因而抒情色彩浓厚的通俗小说，理当成为小说的重要部分。范著《中国小说史》追流溯源，把民国初年以来便盛行不衰的鸳鸯蝴蝶式通俗小说正式纳入中国本土小说发展的“全盛时期”，大书《玉梨魂》和《广陵潮》的承前启后，同时只字不提“五四”以来方兴未艾的新文学。考虑到范烟桥被视为“鸳鸯蝴蝶派”的“十八大金刚”之一，此举可谓给了新文学运动健将们针对“鸳鸯蝴蝶派”发出的种种责难攻击一个不亢不卑的回应。

再来看范氏对作小说和小说史的比较，可见出他对小说史写作存在的问题的认识比较到位：

> 关于小说史和小说的评论，小说的写法一类著作，坊间也有十多种可买。但是有的支离讹误，有的收罗不广，有的门户之见太深，有的竟以日人所著的为蓝本①。能虚衷逻辑，成为完善的很少很少。②

结合上一则材料来看，可见在范烟桥看来，小说史写作是一种学术行为，就是要“从散漫而系统”，要收罗广泛，要客观而有逻辑性。我们从范氏在书中体现的开放性的小说观，可管窥这一点。首先，范烟桥注重小说的抒情特质，放逐文言与白话的区别，将中国传统小说和受西方影响的新小说纳入统一的“中国小说史”范畴。其次，采用极具开放性的小说类型划分。明代胡应麟把小说划分为：“志怪、传奇、杂录、丛谈、辩订、箴规”六类，而其后清人纪昀将小说类型划分为：“杂事、异闻、琐语”三类。鲁迅先生在《中国小说史略》中，标明了中国小说的几个大致类型：神话、寓言、志怪小说、志人小说、传奇、话本、长篇章回小说；历史演义、英雄传奇、神魔小说、人情小说、讽刺小说、才子佳人小说

① 此处所谓“有的竟以日人所著的为蓝本”，显然指鲁迅的《中国小说史略》。陈西滢在1926年1月30日《晨报副刊》指出鲁迅的《中国小说史略》抄袭了日本作家盐谷温的《支那文学概论讲话》，鲁迅在《不是信》(《华盖集序编》)一文中进行了义正词严的驳斥。范烟桥在《我的感想》中不点鲁迅名，仅称“以日人所著的为蓝本”，态度谨慎，也比较符合实际情况。此前，鲁迅在《中国小说史略》中批评范烟桥所在的“鸳鸯蝴蝶派”，认为这一文学流派“并没有什么好成绩，学到的大抵是糟粕”，其小说是溢恶、媚俗的垃圾场、十里洋场的“堕落”(参见鲁迅：《中国小说史略·中国小说的历史的变迁》，《鲁迅全集》第9卷，北京，人民文学出版社，2005，第344、301页。)。范烟桥没有因为鲁迅对“鸳鸯蝴蝶派”的抨击而借机报复，这多少体现了他作为史家的理性和冷静。

② 范烟桥：《我的感想》，见范烟桥：《中国小说史》，苏州，秋叶社，1927。此文附与该书卷首序文之后，系范氏作于1927年7月29日。

等。范烟桥在《中国小说史》中，将中国小说划分为杂记小说、演义小说、传奇小说、弹词小说、翻译小说五种类型，并且指出：

> 其后时代变迁，作者因环境之不同，小说之体裁屡变不一变，所得而概论者：杂记小说始于汉—散文；演义小说始于宋—白话；传奇小说始于元—韵文；弹词小说始于明—韵文；翻译小说始于清—散文与白话。此就其已成格局而言，至于伏流滥觞，别有时会，俟详论焉。①

范烟桥的小说分类，虽不如鲁迅那样建构起中国小说体例，却更具开放性，它既顾及中国传统小说流派繁多，作品芜杂的历史情况，也能融和新旧小说。

范烟桥在书中把中国小说史分为混合时期、独立时期、演进时期、全盛时期共四个时期。这种分期方法具有两个特点，一是按照小说在不同时期的总体发展特征来划分时期，二是暗含了进化论史观。虽然书中具体的时间界线以及按照进化论规范小说史，未必合理，但这种纯粹按照小说自身发展特征来分期的思路，却是有启发意义的。

本书编写开始于1925年冬，完成于1927年夏。“以时代为纲，以著作为目，而以作者经纬之。其间条缕，详于目次，既便检阅，又眉清目秀，此例域外著作恒有之”。此种体例，给人以提纲挈领之感。全书共六章，约十四节、三百五十小节（书中目录存在缺节和小节编次错乱的现象）。范烟桥在当时条件下能将广漠的中国小说材料纳入体例之中，虽不及鲁迅著《中国小说史略》，亦难能可贵。

目次：

① 范烟桥：《中国小说史》，苏州，秋叶社，1927，第3页。

第三章　小说独立时期：第一节　《汉书》(十四、班固于《艺文志》提出小说，十四、东方朔之《神异经》、《海内十洲记》，十六、班固之《汉武故事》、《汉武内传》，十七、汉书内涵之小说，十八、郭宪之《洞冥记》，十九、刘歆之《西京杂记》，二十、伶玄之《飞燕外传》、《杂事秘辛》，二十一、《史记》内涵之小说，二十二、《越绝书》，二十三、《汉书艺文志》之汉人小说书目，二十四、诗的小说《孔雀东南飞》；第二节　魏及六朝(此后各节小说书目，因其繁杂，略去不录)；第三节　元。

第四章　小说演进时期：第一节　唐及五代；第二节　宋；第三节　清；第四节　明。

第五章　小说全盛时期：第二节　最近之十五年。

第六章　结论。

2. 吴梅《词学通论》初版。

吴梅(1884～1939)，字瞿安，号霜厓，江苏长洲人。《词学通论》，(广州)国立中山大学出版部1927年12月初版，32开本，无标点、无断句，223页，9万余字。吴梅此书在1912年已由东南大学排印铅字本，但未正式发售。1927年版由国立中山大学出版部印刷也由其公开发售，故实为初版本。可惜当时发行量甚少，如今很少有人知，而学界所悉知的，是1932年12月“初版本”，(上海)商务印书馆印行，24开本，断句、无标点，185页，列为“国学小丛书”之一；该“初版本”于1933年5月再版，1934年5月第四版；1988年台湾商务印书馆曾影印出版；1990年代，收入上海书店“民国丛书”第五类第54种影印出版；1997年3月华东师范大学出版社、2005年复旦大学出版社、2006年4月上海古籍出版社、2006年5月中国书籍出版社、2008年4月江苏文艺出版社都曾校订、标点出版。此外，本书还曾被列为商务印书馆出版的“万有文库”第一集一千种之一，于1933年出版。

本书是吴梅在东南大学、国立中山大学等院校执教时的讲义。所谓“通论”，含综论、统论之意，即从各个方面、各个角度来研究词。它是宏观研究与微观研究的结合。“本书先论平仄四声，次论韵，次论音律，次论作法。于《论音律》章内，又附《八十四宫调正俗名对照表》、《管色杀声表》、《古今雅俗乐谱字对照表》、《中西律音对照表》，最为本书特色。自第六章以下，论列唐五代以迄清季词学之源流正变，与诸大家之利病得失。”①概括地说，主要论词与音乐的关系、词的作法、词的发展史，以

① 《词籍介绍》，《词学季刊》第一卷第二期(1933年8月出版)。

及对著名词人及其代表作的评价。《绪论》溯词之源，第二章至四章，分别为“论平仄四声”、“论韵”、“论音律”，皆围绕音乐问题而论词；后四章(第六章至第九章)按朝代梳理词之流变，实为历代作家作品论。把全书贯串起来，便是一部词史。但本书显然不是一般的词史，吴梅沿袭了古代重体制的学术习惯，在书中并非专注于梳理、考究词的源流、演进，而是尤重辨体——全书九章，前五章实际上都是词体之辨。

后四章概论历代词家及其作品，也有值得注意的地方：一是对历代词的综论，颇有高屋建瓴般的见识。如论唐代词：“大抵初唐诸作，不过破五七言诗为之，中盛以后，词式始定。迨温庭筠出，而体格大备，此唐词之大概也。”再如论北宋词：“词至赵宋，可云家怀隋珠、人抱和璧，盛极难继者矣。”“柳永失意无憀，专事绮语；张先流连歌酒，不乏艳辞。惟托体之高，柳不如张，盖子野为古今一大转移也。前此为晏、欧，为温、韦，体段虽具，声色未开；后此为苏、辛，为姜、张，发扬蹈厉，壁垒一变。而界乎其间者，独有子野，非如耆卿专工铺叙，以一二语见长也。迨苏轼则得其大，贺铸则取其精，秦观则极其秀，邦彦则集其成，此北宋词之大概也。”二是对历代词家及其作品的叙述既详略有别，又能巨细不遗。后四章就每一朝代的代表性词家作简论，每一词家又大多简评一首代表作——关于这一点，也许是多数文学史家具备的，然而不同的是，吴梅还在书中对一些词家列名引词，于是每代词家及其作品，呈现出详略有别而巨细不遗，既突出了每代词的特点，也使读者能领略词家及其作品之况味。

本书既是吴梅词学研究的代表作，也是最重要的现代中国词学专著之一。

目次：

3. 赵平复编成《中国文学史略》(未完稿)。

赵平复(1902～1931)，笔名柔石，浙江宁海人。《中国文学史略》，是他任教浙江宁海中学时的讲义，未出版。以行草誊写在24开稿纸上，共50页，约1.65万字。扉页除题写书名外，还有作者签名“平复”。稿本现藏浙江省博物馆。

赵平复(柔石)此稿鲜为人知，坊间出版的《柔石文集》多未收入。

1925 年赵氏到北京大学旁听，1926 年春因生活无法维持离京南下，是年秋到浙江镇海县镇海中学任教，1927 年回到家乡宁海中学任教。1928 年初，在中共地下组织和进步力量支持下，任宁海县教育局局长，仅数月，因参与该县暴动，被迫离开家乡去上海。据此推断，《中国文学史略》讲义的编写开始于 1926 年秋柔石在镇海中学任教时，完成于在宁海中学任教时期即 1927 年。

此讲义稿之叙述，从《诗经》至汉代止，显然属于未完稿。

目次：

第一章　绪论；第二章　《诗经》与《楚辞》；第三章　《古诗十九首》与汉魏乐府；第四章　汉之赋家及散文家。

4. 齐如山《京剧之变迁》初版。

齐如山（1875～1962），名宗康，字如山，河北高阳人。《京剧之变迁》，北平国剧学会 1927 年初版，1935 年 5 月增订再版（卷首有余叔岩题写"齐如山剧学丛书之二"，另有自序，赵尊岳、哲维氏序），24 开本，122 页，5 万余字。20 世纪 90 年代初期，上海书店据 1935 年版本影印出版，收入"民国丛书"第二编第 69 种，书名为《鞠部丛刊·京剧之变迁·古剧说汇》（《鞠部丛刊》系周剑云编，交通图书馆 1918 年出版；《京剧说汇》系冯沅君著，商务印书馆 1947 年出版）；2008 年 11 月，辽宁教育出版社据 1935 年版本重排出版，大 32 开，390 页。

关于本书初版本的时间，世人大都以为是 1935 年 5 月，如陈玉堂《中国文学史书目提要》[①]。其实，1935 年 5 月为增订再版。虽然 1927 年初版本至今未见，但仍有两点可实证它的存在：一是 1935 年 5 月版封面上以小字标注"增订再版"；二是齐如山在再版本"序"中说："《京剧之变迁》一书，乃余十余年前应友人之请，书以刊登日报者也。后余主讲女子文理学院时，当事者即以之付印。仓卒出版，毫未校雠而出版月馀，即行售罄。"齐如山"主讲女子文理学院"在 20 世纪 20 年代后期，这一时间，与《京剧之变迁》初版时间 1927 年吻合。[②]

齐如山毕生致力于中国戏曲研究，早年留学欧洲，曾涉猎外国戏剧，归国后不仅作戏剧理论研究，还曾给梅兰芳编剧，因此他编写的《京剧之变迁》等著作，是自身在京剧理论与实践方面的结晶。

---

① 陈玉堂：《中国文学史书目提要》，合肥，黄山书社，1986，第 275 页。

② 后来，齐如山在回忆录中也谈及《京剧之变迁》的出版经过。（详见齐如山：《齐如山回忆录》，北京，中国戏剧出版社，1998，第 192～193 页）

本书主要叙京剧史实及剧评，出版前曾陆续发表于《北京画报》、《民言剧刊》等报刊，成书后，由于所述琐碎、错杂，“有若干则，都是连类混合记之，不易分析，故亦未能详列子目，书中亦未分章节。”但书中叙述，或者是著者目睹，或者听长辈口述，“都是信而有征之谈”①。

1928年(民国十七年)

1月

1. 赵祖抃《中国文学沿革一瞥》初版。

赵祖抃(字希献)《中国文学沿革一瞥》，(上海)光华书局1928年1月初版，1933年3月第三版，32开本，128页，约3万字。

本书始于陶唐前之文学，迄于民国成立以前，并不严格依次按代分述，共二十七章，叙述极其简略。

目次：

第一章　缘起。其余各章依次是：文学原义、总论、陶唐前之文学、唐虞夏商之文学、周之文学、秦之文学、秦前小论、前汉之文学、后汉之文学、两汉后论、三国之文学、魏晋递嬗间之文学变迁、晋之文学、南北朝之文学、佛教对于南北朝之文学影响、南北学派之源流、隋之文学、唐之文学、五代之文学、宋之文学、辽金之文学、元之文学、明之文学、清之文学、民国成立以来之文学、结论。

2. 赵景深《中国文学小史》初版。

赵景深(1902～1985)，字旭初，笔名邹啸、陶明志等，祖籍四川宜宾，生于浙江兰溪。《中国文学小史》，(上海)光华书局于1928年1月初版，32开，220页，约8万字。1930年2月第六版；1931年秋第十版时作了一些补充修正；1932年9月第十一版。1936年7月订正第十九版时，作者增加了“诗经”和“南北朝乐府”两章，合为三十五章；1937年3月订正第二十版。台北中新书局有限公司1977年7月据1928年初版本重印本，32开，198页。本书不仅版次甚多，且分道林纸本和报纸本，又有毛边(未裁切)和光边之别；各版次的页码也不同，有212页的，220页的，198页的。

本书是作者1926年在绍兴第五中学任教时所编，但并非出自讲义。作者自述编写本书是因为对当时出现的中国文学史书，“有几点我不大满

① 齐如山：《齐如山回忆录》，北京，中国戏剧出版社，1998，第193页。

意”：“(一)范围不甚严紧，每每将经，史，子，集也当做文学。……又，民间文学本是另一系统，他的价值与创造文学是绝对不同的，也列入文学之中。……(二)不合普遍阅读，许多现今出版的文学史，只可供作文学专家的参考，不能当做普遍的读物。一则分量太多，二则列举太多，三则嫌其干燥”。因为这两个缘故，作者“便发下一个愿心，来自编一本初学用的中国文学史”。①

由于作者有意识地针对自家“不人满意”的那两点，本书便在内容上，不包含经史子和民间文学；篇幅上力求精简扼要，“只列举些重要的文人而有集子可读者，并附举易得的，价廉的书目，以便自学”；语言上，“用较美丽的叙述，使人读起来略感到一点兴趣”②。这三点，应该是此书很受读者欢迎，在十年内出到第二十版的重要原因。

全书以作家为纲目，按所处时代先后依次叙述，共三十五章。

目次：

3 月

周群玉《白话文学史大纲》初版。

周群玉《白话文学史大纲》③，上海群学社印行，1928 年 1 月付印、3

① 赵景深：《中国文学小史》，上海，光华书局，1928，第 1～2 页。

② 赵景深：《中国文学小史》，上海，光华书局，1928，第 2 页。

③ 陈玉堂注：“周群玉(版权页为周君玉)”(《中国文学史书目提要》，合肥，黄山书社，1986，第 32 页)。查周群玉《白话文学史纲》(1928 年版)之版权页，标注“編輯者 周羣玉”，其中“羣”为“群”的繁体字，陈玉堂先生误读为“君”。

月出版，24 开本，190 页，约 7 万字。

书前有作者的“序言”，文末云：“一五，四，二七，作者自识”，说明此书完成于 1926 年 4 月底。版权页标注“校对者 胡云翼”，但胡氏后来在他自己编写的《新著中国文学史》的“序”中，批评周群玉此书“错误可笑之处触目皆是”。

作者在“序言”中说，本书取名为《白话文学史大纲》，并非指书中内容和材料都是白话文，而是该书以白话写成。全书分上古、中古、近古、民国四编，按代分述，共二十章，二十一节。书末为附录。据作者概括，第一期即上古文学“是创造的文学；是纯粹的文学”，第二期即中古文学“是模仿的文学；是脂粉的文学”，第三期即近古文学“是专有时文学；是玩意的文学”，第四期即民国文学“是普遍的文学；是故意的文学”①。

目次：序言

---

① 周群玉：《白话文学史大纲·绪论》，上海，群学社，1928，第 4～5 页。

② 据此书目录，写为“乃太康文学”，而书中第三章晋代文学中标为“太康文学”，故“乃”字系排字之误。

5 月

〔日〕铃木虎雄著、孙俍工译《中国古代文艺论史》(上册)初版。

孙俍工译《中国古代文艺论史》(上册)，北新书局印行，分上下两册，上册于 1928 年 5 月初版，下册于 1928 年 10 月初版，次年 4 月全书再版。32 开道林纸毛边本，共 314 页，约 13 万余字。

本书系日本铃木虎雄所著《支那诗论史》的中译本。《支那诗论史》1925 年年初由日本京都弘文堂书房出版，共分三篇，分别论说先秦各家有关诗的见解，魏晋南北朝的文学理论和明清诗论中的格调、神韵、性灵三种诗说。此书通常被看作是现代日本学者研究中国古代文论的嚆矢。1927 年，孙俍工将该书一、二篇译出，易名为《中国古代文艺论史》，次年由北新书局出版，分为"论周汉诸家对于诗的思想"、"论魏晋南北朝的文学论"、"论格调神韵性灵的三种诗说"三编。孙俍工起先只译前两编，改为《中国古代文艺论史》出版上册，分两编，共十三章。尔后又将第三编译成中文，出版下册，共六章。

铃木虎雄著、孙俍工译《中国古代文艺论史》的出版是中国古代文论研究史上的一件大事，尽管该书存在体例混乱、详略不一之病，却是影响较大的中国文学批评史著作，为后来中国学者撰写文学批评史提供了借鉴。

目次：

（上册）

第一编，周汉诸家对于诗的思想：一、尧舜及夏殷时代；二、周时代；三、孔子对于诗的意见；四、孔子及孔门诸子底谈诗；五、子夏底诗说；六、诸子底诗说；六、汉时代。

第二编，魏晋南北朝时代底文学论：一、魏时代——支那文学上的自觉期；二、晋时代；三、宋时代；四、齐梁时代；五、北朝底文学论；六、总结。

（下册）

一、用语底意义及三说关系底大要，二、三说发生以前的诗说梗概，三、论格调之说，四、论神韵之说，五、论性灵之说，六、结论。

6 月

胡适《白话文学史》(上卷)初版。

胡适《白话文学史》(上卷)，1928 年 6 月新月书店初版，24 开，分精平装两种，正文 478 页，"序"、"目"各 16 页，"引子"7 页，"勘误"6 页，约20万字。封签为钱玄同手笔。1928年12月第二版，至1933年2月印行第六版，1934年10月商务印书馆重排出版，1938年5月商务印书馆第四版，408页。岳麓书社1986年1月影印出版，大32开，478页。1969年中国台湾“胡适纪念馆”以1928年新月书店版为底本影印出版。此后，本书在中国大陆有近十种简体排印本。

胡适原先想彻底修改《国语文学史》一书，但几年中新发现了很多文学史料，有些新史料甚至推翻了原先的某些论断，如该书断定唐朝一代的诗，由初唐到晚唐，是一段逐渐白话化的历史，而据新发现的敦煌石窟的唐五代写本的俗文学，可见白话化要比设想的早几百年。这需要对《国语文学史》进行大改动，于是胡适索性把原稿全部推翻，重写后定名为《白话文学史》。按最初规划，《白话文学史》的上编偏重韵文(即本书的第二编唐朝上)，下编从古文运动讲起，偏重散文方面的演变，并计划写中、下两卷，但后来中、下卷最终没有完成。这部仅有上卷的书，和他那本著名的《中国哲学史大纲》上卷一道，为胡适赢得了“上卷先生”的称号。后来虽然他几次打算完成该书剩余部分，却最终不了了之。于是胡适为何未能完成此书，成为学界一大悬念。

胡适《白话文学史》无疑是20世纪影响最大的文学史著之一，它用现代科学方法对中国白话文学进行了比较全面、系统的总结，对各个领域的白话文学均有阐述。但它也是引起争议最多的著作之一，自问世以来，人们就对它褒贬不一。其中，张荫麟在该书正式出版后不久发表的《评胡适〈白话文学史〉上卷》比较公允，观点也有代表性。张氏首先指出，此书的主要贡献有三方面：

> (一)方法上，于我国文学史之著作中，开一新蹊径。旧有文学通史，大抵纵的方面按朝代而平铺，横的方面为人名辞典及作品辞典之糅合。若夫趋势之变迁，贯络之线索，时代之精神，作家之特性，所未遑多及，而胡君特于此诸方面加意。
>
> (二)新方面之增拓。如《佛教的翻译文学》两章，其材料皆前此文学史上作家所未曾注意，而胡君始取之而加以整理组织，以便于一般读者之领会也。
>
> (三)新考证，新见解。如《自序》十四及十五页所举王梵志与寒山之考证、白话文学之来源及天宝乱后文学之特别色彩等，有极坚确不易者。至其白话文之简洁流畅，犹余事也。①

① 张荫麟：《评胡适〈白话文学史〉上卷》，《大公报·文学副刊》第四十八期，1928年12月3日。

接着，张氏指出该书有三点须商榷，其中尤须注意的，是对书名“白话文学史”的质疑。确实，这个书名容易让人误解为指的是一部用白话写成的文学史。其实，它是一部讲述中国白话文学历史的书。也就是说，这个书名，容易授人以柄。“白话”只是一个语言学上的概念，用它来划分文学批评范畴犹如牛唇对马嘴，也就是张荫麟所指出：“将语言学上之标准与一派文学评价之标准混乱为一”。此外，本书还存在一些观点自相矛盾之处(如，第一章中声称“汉武帝时古文已死”，第四章中却又说汉初的诏令是很朴实的，直到昭宣年间，其诏令仍是“很近于白话的”)。虽然如此，胡适无疑是中国现代文学史上开风气的人物，他的《白话文学史》在中国文学史上具有开创性的、里程碑的地位。该书以全新的思路与结构框架，揭示中国文学发展的规律和特质，其突破性的成就具体表现在：(一)打破了前人文学史研究的狭隘框限，把视野伸展到了经典作家作品以外的广阔领域，拓阔了中国文学史的内涵；(二)研究方法上，注重纵向的考查与横向的比较；(三)跳出传统的思维偏见，以全新的审美观和价值观评判中国古代文学。

总之，这是一部在中国文学史上具有划时代意义的文学史。

目次：

王充的文论。

第五章 汉末魏晋的文学：西汉止有民歌、东汉中叶以后才有文人仿作乐府、建安时代文人旧曲作新词、曹操、曹丕、曹植、他们同时代的文人、白话诗人应璩、阮籍。

第六章 故事诗的起来：中国古民族没有故事诗、故事诗的背景、蔡琰的《悲愤诗》、左延年的《秦女休行》、傅玄的《秦女休行》、《孔雀东南飞》的时代考。

第七章 南北新民族的文学：中国分裂了四百年、南方的儿女文学、北方的英雄文学。

第八章 唐以前三百年中的文学趋势（三〇〇～六〇〇）：一切文学的骈偶化、左思与程晓、说理诗、大诗人陶潜、元嘉文学无价值、天才的鲍照、惠休与宝月、用典的恶风气、当时的声律论、反对的声浪、仿作民歌的风气、律诗的起来。

第九章 佛教的翻译文学（上）：总论、第二世纪的译经、三世纪的译经——维祇难论译经方法、维祇难与竺将炎的《法句经》、法护——《修行道地经》里的"擎钵"故事、四世纪的译经——赵整、鸠摩罗什（传、论译经、《维摩诘经》、《法华经》里的"火宅"之喻、他的译经方法）、附陈寅恪论鸠摩什译经的艺术。

第十章 佛教的翻译文学（下）：五世纪长安的译经状况、昙元忏——他译的《佛行所赞》、宝云译的《佛本行经》、《普曜经》、五世纪南方的译经事业、《华严经》、论佛教在中国盛行之晚、译经在中国文学上的三大影响、"转读"与"梵呗"、"唱导"是什么、道宣《续僧传》记这三项、综论佛教文学此后的趋势。

第二编 唐朝（上）

第十一章 唐初的白话诗：白话诗的来源、唐初的白话诗从嘲讽和说理出来、和尚与谐诗、白话诗人王梵志、王绩、带着论四杰、寒山、附录《桂苑丛谈》记王梵志。

第十二章 八世纪的乐府新词：帝王贵公主的提倡文学、宫殿上的打油诗、唐明皇与乐府新词、"力追建安"制作乐府、颓放的人生观与解放的诗体、高适、岑参、王昌龄、王维、李白（传、他的乐府歌词、李杜优劣论）。

第十三章 歌唱自然的诗人：歌唱自然是那个时代的人生观的一种表现、孟浩然、王维裴迪储光羲、李白、元结、评论。

第十四章 杜甫：文学史上一个新时代、杜甫的传、杜甫的诗——

第一时期的诗(他的滑稽风趣、他的爱国忧时、《丽人行》与《兵车行》、《自京赴奉先县咏怀》)、第二时期的诗(《哀江头》、《哀王孙》、《北征》与《羌村》、《新安吏》、《石壕吏》、《无家别》、仿作乐府与创作乐府、他对于政治的失望)、第三时期的诗(贫贱不能移的诙谐风趣、他的悲哀、他的"小诗"、他的律诗)。

第十五章　大历长庆间的诗人：天宝乱前与乱后、沈千运等不满意于当时的文学、元结的新乐府、杜甫赞叹元结、顾况的新乐府与诙谐诗、孟郊、乐府大家张籍、白话诗人卢仝(传、《月蚀诗》、"怪辞惊众"、与民间俗文学的关系、他的白话诗)、韩愈(传、作诗如作文、他何以走上魔道)。

第十六章　元稹 白居易：元稹的传、白居易的传、白居易的文学主张、元稹《叙诗》、元氏论李杜优劣、"文章合为时而著，歌诗合为事而作"、他们理想中的"民意政治"、文学应当写实、元白论诗的分类、他们的新乐府、做诗要老妪能解、元白的诗的风行、白居易评他们自己的诗、白居易学杜甫、元白的诗。

7 月

钱南扬《谜史》初版。

钱南扬(1899～1987)，名绍箕，字南扬，以字行，浙江平湖人。《谜史》，1928 年 7 月(广州)民俗学会出版，中山大学语言历史研究所印行，32 开本，120 页，约 5 万字。

本书为"民俗学会丛书"之一，卷首有顾颉刚作的序。

目次：

8 月

1. 杨振声出任清华大学文学院院长兼国文系主任，促使"中国文学系走上一个新的方向"；自此之后，杨振声先后在青岛大学、西南联大、北京大学积极推进新文学进入大学课堂。

杨振声(1890～1956)，字今甫，亦作金甫，笔名希声，山东蓬莱人，现代著名教育家、作家，先后任清华大学教务长、文学院长，青岛大学校长，抗战时曾任西南联大常务委员兼秘书长、西南联大叙永分校主任，抗战胜利后飞北平接管北京大学。

由于多数文学史著作的编写出自授课需要，中国新文学进入大学课堂的过程便与新文学史写作有着十分密切的关系。谈到新文学进入大学课堂，人们一般推崇朱自清的工作，尤其是1982年王瑶先生主持整理的朱自清《中国新文学研究纲要》发表后，更是如此。的确，1929年春朱自清在清华大学开设“中国新文学研究”课程，是了不起的创举，可很少有人知道，背后的“推手”其实是文学院长兼国文系主任杨振声。

1928年8月17日，南京政府决议将清华学校改为国立清华大学，成为有文、理、工科的综合性大学，派罗家伦出任首任校长。罗家伦为顺利接掌清华，请其北大同学、时任燕京大学教授的杨振声、冯友兰和他的秘书组成4人班子。杨振声后来在文章中说：“那时清华国文系与他校最不同的一点，是我们注重新旧文学的贯通与中外文学的结合”，使“中国文学系走上一个新的方向”。杨振声被教授会议推选，受聘文学院院长兼任中文系主任。他提出：“中国文学系的目的，很简单的，就是要创造我们这个时代的新文学”①。为了达到这一明确的目标，“我们的课程的组织，一方面注重研究我们自己的旧文学。一方面更参考外国的现代文学”②。杨振声不但亲自讲授“当代比较小说”，还由朱自清讲授“中国新文学研究”。1930年春夏，杨振声离清华赴青岛大学任校长后，朱自清任中文系主任，他在1931年发表的《清华大学中国文学系概况》中说：“本系从民国十七年由杨振声先生主持，他提供一个新的目的，这就是‘创造我们这个时代的新文学’。”③1933年以后，朱先生不再开设新文学课程。原因是，“当时大学中文系的课程还有着浓厚的尊古之风，所谓许(慎)、郑(玄)之学仍然是学生入门的向导，文字、声韵、训诂之类课程充斥其间，而‘新文学’是没有地位的”④。虽然如此，据杨振声说，“我们商定的中国文学的新方向始终未变”⑤。后继的系主任罗莘田(常培)、罗膺中(庸)、闻一多保持和发扬了这一“新趋势”。

杨振声主持青岛大学期间，仍力推新文学上讲台，他自己在文学院讲授“小说作法”，把新文学课提到了与“楚辞研究”、“诗经研究”等主干课程同等的地位，还聘请沈从文讲授新文学课程。他特别强调新文学的作用和意义：“我们若没有新文学，不可能有新文化与新人生观，没有新

① 杨振声：《为追悼朱自清先生讲到中国文学系》，《文学杂志》3卷5期，1948年10月。

② 杨振声：《为追悼朱自清先生讲到中国文学系》，《文学杂志》3卷5期，1948年10月。

③ 朱自清：《清华大学的中国文学系概况》，《清华周刊》第35卷第11、12期(1931年6月1日出版)。

④ 王瑶：《王瑶全集》5卷，石家庄，河北教育出版社，2000，第608页。

⑤ 杨振声：《为追悼朱自清先生讲到中国文学系》，《文学杂志》3卷5期(1948年10月)。

文化与新人生观，也就不可能有个新中国。因为新文学，在一种深刻的意义上说，就是来创造新文化与人生观的。先有了这个，咱们也才能有个新中国。”①

到了西南联大时期，教育界就中国文学系要不要开设“新文学”或“现代文学”课程有较大分歧。即便是早已声名远扬的新诗人闻一多、散文家朱自清，也都对新文学课程不感兴趣；“真正推动西南联大的现代文学教学的，还是杨振声先生”②。首先是杨先生主持编选《大一国文课本》，这部书把反映新文学运动业绩的现代文学作品——散文、小说、戏剧文学引进大学国文教材，这是在中国现代教育史和文学史上具有划时代意义的创举。其次，他在西南联大开设“大一国文”、“中国新文学简史与创作实习”、“现代中国文学“、“现代中国文学讨论及习作”、“文学概论”、“文学名著选读及试译”等课程。吴宏聪这样描述了杨先生在西南联大教“现代中国文学讨论及习作”的细节：“他的教学方法是全新的，每次上课都由先生提出一些问题让大家讨论。……讨论后跟着要交习作，讨论小说交小说，讨论散文交散文，训练很严格，要求也很高，作业批改更详尽，每次作业都批改得密密麻麻……”③萧乾在《我的启蒙老师杨振声》中，曾谈及1929年杨振声在燕京大学讲“现代文学”时的情景：“在班上，杨先生从来不是照本宣科，而总像是带领我们在文学花园里漫步，同我们一道欣赏一朵朵鲜花，他时而指指点点，时而又似在沉吟思索。他都是先从一部代表作讲起，然后引导我们去读作者旁的作品并探讨作者的生平和思想倾向。”④孙昌熙在《把中国新文学抬上大学讲坛的人——追忆在抗日战争期间接受恩师杨振声教授教诲的日子》中，满怀激情地写下这样一段话：“先生在西南联大为中国新文学披荆斩棘地开辟道路，或者说‘打天下’，是胜利的。那标志，就是新作家群的不断涌现。”⑤

此外，杨振声还力荐著名新文学作家沈从文到西南联大讲授新文学课程。但沈从文早期主要讲授“各体文习作”和“中国小说”，1944～1945

---

① 杨振声：《为追悼朱自清先生讲到中国文学系》，《文学杂志》3卷5期(1948年10月)。

② 陈平原：《六位师长和一所大学——我所知道的西南联大》，《21世纪经济报道》2007年11月13日。

③ 吴宏聪：《忆恩师杨振声先生》，《现代教育报》2004年3月19日。

④ 萧乾：《代序》，见孙昌熙等编选：《杨振声选集》，北京，人民文学出版社，1987。

⑤ 孙昌熙：《把中国新文学抬上大学讲坛的人——追忆在抗日战争期间接受恩师杨振声(今甫)教授教诲的日子》，《泰安师专学报》1989年2期。

年度才接手讲“现代中国文学”[①]。“换句话说，支撑着西南联大的现代中国文学课程的，是杨振声先生”[②]。

抗战胜利后，北大返回北平复校，杨振声一直在北大中文系任教。1950年他讲授的中文系必修课“现代文学名著选”，主要讲述鲁迅、叶绍钧、茅盾、巴金、老舍等小说家和郭沫若、闻一多等诗人。[③]

综上所述，杨振声对于中国现代文学学科的开拓之功，对于中国现代文学史写作的影响，无疑是值得追怀并予以特别提出的。

2. 李笠《中国文学述评》初版。

李笠(1894～1962)，曾名作孚、乐臣，字雁晴，浙江瑞安人。《中国文学述评》，雅宬学社初版，上海中华书局印刷，瑞安集古斋书社总发行，上海开明书店总经销，1928年8月出版，16开本，108页，约7万字。

本书为“雅宬丛书”之一，是作者1924年在广东大学讲授“文学概论”的教材。严格地说，本书属文学理论书籍，但书中对相关文学史叙述较详，可作为文学史参考书。全书分六编，共三十二章。

目次：

---

① 参见《国立西南联合大学史料》第3卷，昆明，云南教育出版社，1998，第117、149、175、205、135、270、305、338、373页。

② 陈平原：《六位师长和一所大学——我所知道的西南联大》，《21世纪经济报道》，2007年11月13日。

③ 杨振声教授于1950年度第一学期在北京大学中文系开设《现代文学名著选》，据其填写的“国立北京大学课程内容进度表”，“现代文学名著选”是当时北大中文系学生必修课，6个学分，每周教学的具体安排是：第一周，导论，讨论教学计划如何与学生学习计划相配合以及教学方法等。二至九周，略论中国小说在五四前后发展的情形。研究、分析、讨论鲁迅的《呐喊》与《彷徨》、叶绍钧(叶圣陶)的《圣陶短篇小说集》、茅盾的《子夜》、巴金的《家》、老舍的《骆驼祥子》、艾芜的《南行记》、萧军的《八月的乡村》。十至十一周，略论新诗的发展情形。研究、分析、讨论郭沫若的《沫若诗选》、闻一多的《红烛》。十二至十四周，略论散文在“五四”前后一般的发展情形。研究、分析、讨论鲁迅的杂感选集、瞿秋白的《乱弹及其他》。十五至十七周，略论“五四”前后新剧的发展。研究、分析、讨论曹禺的《日出》。第十八周，教学总结。——转引自程陶庵、佟鸿举：《见证中国现代文学进大学课堂》，《光明日报》2012年2月17日。

第三编　文学之修养：第一章　摹拟与因袭；第二章　法式与鉴赏；第三章　俗嫌与文情；第四章　时尚与文格；第五章　文章奇僻；第六章　文章繁简。

第四编　文学与个性：第一章　人格之表现；第二章　天才之发挥。

第五编　文学与情感：第一章　迷溺之境；第二章　傲兀之气；第三章　涸竭之候；第四章　颖悟之机。

第六编　文学与环境：第一章　方舆之色彩；第二章　时代之印象；第三章　境遇之影响。

10 月

1. 胡云翼《中国文学概论》初版。

胡云翼《中国文学概论》，上海启智书局 1928 年 10 月印行，毛边纸，1934 年 5 月再版，32 开本，146 页，约 6 万字。

本书是作者在武昌高等师范大学读书时编写，虽为一本中学生的课外读物，却是中国人撰写的较早的《中国文学概论》。陈玉堂在《中国文学史书目提要》中说："本书原分上、下两卷，上卷为'古代文学概论'(即本书)。下卷为'近代文学概论'，但未见出版。本书出版时，封面上原有'上编'字样，再版时被出版者抹去。"①

全书共九章，始自文学的起源，迄至六朝，主要论述诗三百篇、楚辞、赋、诗等。

目次：

第一章　导言；第二章　中国文学的起源；第三章　诗三百篇；第四章　屈原与楚辞；第五章　两汉的古典赋；第六章　古代的五言诗论；第七章　建安文学；第八章　汉魏的叙事诗；第九章　六朝的抒情诗。

2. 鹿原学人《昆曲皮簧盛衰变迁史》初版。

鹿原学人《昆曲皮簧盛衰变迁史》，(上海)泰东书局总发行，太平洋印刷公司印刷，1928 年 10 月 10 日初版。24 开本，49 页，约 19 万字。

本书为鹿原学人编译的《京剧二百年之历史》之"总论"。此书版权页注明"编纂者及著作权所有者 鹿原学人"，其实是日本汉学家青木正儿 1926 年所作《自昆曲至皮黄调之推移》论文(后与《南北曲源流考》合编为《中国近世戏曲史》)中"花部之勃兴"一节的中译本。

① 陈玉堂：《中国文学史书目提要》，合肥，黄山书社，1986，第 38 页。

目次：

一、花部之诸腔(附有花部主腔系统示意图)；二、蜀伶之跳梁；三、徽班之勃兴。

3. 李维《诗史》初版。

李维《诗史》，(北平)石棱精舍发行，1928年10月初版，狭长形24开本，258页，约11万字。沈伊默、梁启超分别题内外封签。

本书列为“国学丛书之一”、“石棱丛书之一”，系作者读过刘毓盘《词史》一书并受刘鼓励后所编，故本书文学史观、著述体例等与刘毓盘《词史》基本相同。作者自述本书主旨为“综吾国数千年之诗学，明其传统、穷其体变，识其流别，详其作者，而为一有统系之记述之作也”①。

全书分三卷，上卷十五章，中卷十三章，下卷十七章，各章分若干节，叙述始自诗三百篇迄于文学革命时期新诗诞生。

目次：

卷上

第一章　中国诗之起源；第二章　三百篇为中国诗学志渊薮；第三、四章　楚辞代兴与春秋战国诗学之中断(上、下)；第五、六章　两汉诗体衍进及乐府之特盛(上、下)；第七章　魏诗为六朝诗学之先导；第八、九章　两晋诗学极盛与中兴之后作者之玄思(上、下)；第十章　宋诗再振为六朝诗学之极峰；第十一至十三章　齐梁陈诗风绮靡与六朝诗体之蜕化(上、中、下)；第十四章　北魏北齐北周诗学之终局。

卷中

第一至三章　初唐诗体与沈宋(上、中、下)；第四至六章　盛唐诗学鼎盛及诗体之大成(上、中、下)；第七至九章　中唐诗风一变与元和长庆间诗人之体别(上、中、下)；第十至十二章　晚唐诗人之别致与诗学衍变后流派之分传(上、中、下)；第十三章　五代小词代诗。

卷下

第一至三章　诗势尽后北宋各派作者之天才(上、中、下)；第四至六章　南宋四大家与永嘉四灵(上、中、下)；第七章　诗学降落中辽金两代之朔角孤星；第八、九章　元四大家诗体与铁崖乐府(上、下)；第十至十三章　明诗再降与复古声中各派之起伏(上、中一、中二、下)；第十四至十七章　清诗极衰为旧诗之终局(上、中一、中二、下)。

---

① 李维：《序》，见《诗史》，北平，石棱精舍，1928。

本年

〔日〕儿岛献吉郎著、黄玉斋译《中国文学概论》初版。

黄玉斋，中国台北市人，1923 年考取厦门大学法科预科，1927 年 6 月毕业于厦门大学法律系[①]，他所译的《中国文学概论》，1928 年由厦门国际学术书社初版。

此书是目前所知最早的儿岛献吉郎《支那文学概论》中译本，之后有张铭慈译本（1930 年出版）、胡行之译本（1930 年出版）、隋树森译本（1931 年出版）。

目次（待访）。

1929 年（民国十八年）

4 月

陈子展《中国近代文学之变迁》印行。

陈子展（1898～1990），原名炳文坛堃，以字行，湖南长沙人。《中国近代文学之变迁》，（上海）中华书局印行，1929 年 4 月初版，1931 年 8 月再版，32 开道林纸本，194 页，约 7 万字。本书另有群治大学讲义本（其章目略有不同）；此外，1936 年，本书作为中华书局编“初中生文库”之一出版。

本书原是作者 1928 年春在上海应田汉之邀请，在南国艺术学院讲授“中国近代文学之变迁”时的讲稿。后来，作者将此书进行扩充、深入，编成《最近三十年中国文学史》，于 1930 年 11 月出版。

把“近代文学”的开端断为“戊戌维新运动”（1898），这是陈子展的首创，影响甚大。为何近代文学以 1898 年为开端？他在第一章“近代文学从何说起”中说，戊戌变法虽因守旧党的反对，不久即归消灭，“但这样政治上的革新运动，实在是中国从古未有的大变动，也就是中国由旧的时代走入新的时代的第一步。总之，从这时候起，古旧的中国总算有了

---

① 关于黄玉斋的生平事迹，目前资料比较匮乏。根据《厦大周刊》、《厦大通讯》中的零散记载，黄玉斋毕业后先是在上海贸易公司工作，后回厦门经商，后赴台在台湾大学任教。另据黄新宪发表于 2000 年第 1 期《河北师范大学学报（教育科学版）》的《日据时期的闽台教育关系》记载，黄玉斋毕业后赴美国留学。他在 1925 年曾以“汉人”为笔名写了一本《台湾革命史》，由上海泰东图书局出版。为写作此书，黄玉斋曾回台湾搜集资料，因而引起日本情报机关注意。黄玉斋后曾当选为台湾省参议员。黄玉斋后期主要从事台湾抗日史和明郑政权史研究，著述颇丰。（参见“厦门大学法学院校友网”http://law.xmu.edu.cn）

一点近代的觉悟。所以我讲中国近代文学的变迁，就从这个时期开始。”

全书共九章，始自戊戌变法，迄于革命文学。

目次：

自序 一、近代文学从何说起；二、诗界革命运动；三、宋诗运动及其他旧派诗人；四、词曲价值的新认识（群治大学讲义本为“词曲价值的新估定”）；五、小说界革命之前后；六、桐城派古文及其他；七、从时务文学到政论文学（群治大学讲义本为“从时务文学到政纪文学”）；八、翻译文学；九、十年来的文学革命运动。

5月

1. 刘麟生《中国文学ABC》初版。

刘麟生（1894～1980），字宣阁，笔名春痕，安徽无为人。《中国文学ABC》，世界书局印行，1929年5月初版，32开，124页，有精、平装铅印两种，约4万字。多次重版，如1934年8月出至第五版。

本书为徐蔚南主编的世界书局“ABC丛书”之一。所谓“ABC丛书”，就是要使各种学术通俗化，以普及读物的方式出版一系列科学书籍。于是可知，本书是一部中国文学普及读物，适用于大中学生。

与其他已出版的文学史著作相比，本书在体例上有所创新，即以各种文体为经，以作家所处时代为纬，经纬交错，分别叙述明清及以前的散文与韵文、诗、词、戏曲和小说。因此，本书可谓一部“中国古代文体史”。这种“以文类为经、时代为纬”的著述体例，经罗根泽强调、发扬后，广泛运用于文体史写作。

共六章，十七节；书前有“序”和“例言”各一篇。

目次：

第一章 导言：一、文字与文学；二、如何研究中国文学。

第二章 散文与韵文：一、古文与非古文；二、辞赋；三、骈体文。

第三章 诗：一、诗经；二、汉魏六朝诗；三、唐诗；四、宋诗。

第四章 词：一、唐五代词；二、宋词。

第五章 戏曲：一、戏曲之渊源；二、元之北曲；三、明清之南曲。

第六章 小说：一、晋唐小说；二、宋元小说；三、明清小说。

2. 草川未雨《中国诗坛的昨日今日和明日》初版。

草川未雨（1905～1944），原名张毓坤，后改名张秀中，河北定兴人。《中国诗坛的昨日今日和明日》，（北平）海音书局印行，1929年5月初版，大32开毛边道林纸本，276页，约11万字。1985年3月上海书店影印出版。

这是一部新诗史。书中比较有价值的，是对新诗集的评析，基本包括了从胡适《尝试集》到20世纪30年代的重要诗集和诗人。不过，其不足之处也是明显的。比如，把胡适《尝试集》和郭沫若《女神》、冰心、宗白华的“小诗”，笼统归入“草创期”，抹杀了二者的区别，也无异于在一定程度上否定了作为新诗第二期的郭沫若《女神》和“小诗运动”的成绩。“第三章　进步时代”中居然没有闻一多的《死水》，这是一个缺憾。再有就是，草川未雨作为海音社重要成员，对海音社多有偏袒，不但特别推崇海音社成员白采等人的作品，还在“第三章　进步时代”中专辟一节谈“海音社的‘短歌丛书’”。这种刻意替海音社张目的行为，非史家所为。

全书共分四章，若干节。

目次：

第一章　新诗坛的萌芽期：一、论打破旧诗与提倡新诗，二、新诗内部诸问题。

第二章　草创时期：一、鸟瞰中的昨日的新诗，二、诗集的分评：胡适《尝试集》、康白情《草儿》、郭沫若《女神》、汪静之《蕙的风》、徐玉诺《将来之花园》、冰心《繁星》和《春水》、谢采江《野火》、宗白华《流云》、胡思永《胡思永遗诗》。

第三章　进步时代：一、鸟瞰中的今日的诗坛，二、诗集分评：徐志摩《志摩的诗》、刘半农《扬鞭集》、李金发《微雨》和《为幸福而歌》、焦菊隐《夜哭》、白采《白采的诗》、海音社的“短歌丛书”、谢采江《荒山野唱》。

第四章　将来的趋势：一、外形方面，二、内容方面。

6月

1. 冯瘦菊《新诗和新诗人》初版。

冯瘦菊，广东潮州人，冯铿的哥哥。《新诗和新诗人》，（上海）大东书局1929年6月初版，32开本，126页，约17.5万字。

本书分三卷，共十五章。上卷介绍诗的组织、价值、功能、定义等理论问题；中卷介绍新诗产生的原因、小史及中外诗的历代革新运动；下卷论述新诗人的作用。

目次：

引言

上卷　诗：第一章　总论；第二章　中国诗和欧洲诗的分类；第三章　诗的组织；第四章　诗的意义和价值功能；第五章　我之诗的定义。

中卷　新诗：第六章　欧洲诗的历代的革新运动；第七章　欧洲诗的历代的革新运动；第八章　新诗产生的小史；第九章　新诗产生的原因；第十章　新诗的要素。

下卷　新诗人：第十一章　诗人与新诗人；第十二章　新诗人就是创造者；第十三章　新诗人就是天才者；第十四章　新诗人就是大情人；第十五章　新诗人就是平民诗人。

2.〔日〕盐谷温著、孙俍工译《中国文学概论讲话》初版。

孙俍工(1894～1962)，原名孙光策，又号孙僚光，湖南省隆回县人，他所译的《中国文学概论》，(上海)开明书店印行，1929年6月初版，1930年9月第三版，1931年10月第四版，32开本，分精装和普及本两种，共572页，约24万字。台湾开明书店1970年12月台一版，平装，1976年3月台二版。

1924年孙俍工赴日本留学，在上智大学专攻德国文学，课余致力于中国文学研究。感于盐谷温《支那文学概论讲话》的影响日增，孙俍工决定予以翻译，最终于1928年2月完成。正如他自己所说："我在一面自己煮饭，洗衣，扫地工作，一面照常去上智上课的时境中，以积日累月的工夫译成日本盐谷温先生这部大著，自己看了，觉得很喜悦，对于这种有意义的收获。"①

译者在"自序"中指出本书有两个特色：

一是"这书主张杂剧传奇为国民文学，戏曲宜以俗人为对象，可算把向来那种迂腐的见解完全打破了。只这一点已足为本书最重要的特色"。

二是"纵的文学史一类的书近年虽出版了好几部，但求如盐谷先生这种系统的横地的说明中国文学底性质和种类的著作实曾未见"。②

本书1929年6月初版，到1931年10月已出到第四版，可见在当时影响很大。事实上，本书是孙俍工对中国文学研究界乃至中日文化交流的一大贡献，直到今天我们对盐谷温的《支那文学概论讲话》的接受仍然以孙译本为基础。个中原因，与孙译本远胜1926年出版的陈彬龢译《中国文学概论》有关。

孙译本比陈译本要忠实于原著，内容也更丰富，具体如下：

---

① 孙俍工：《译者自序》，见盐谷温著、孙俍工译《中国文学概论讲话》，上海，开明书店，1929，第9页。

② 〔日〕孙俍工：《译者自序》，见盐谷温：《中国文学概论讲话》，孙俍工译，上海，开明书店，1929，第10页。

（1）孙译本依照原著，“以周密的用意逐句翻译，虽片言只语，亦不忽略”[①]。陈译本无盐谷温“自序”，而孙译本予以翻译并列卷首；陈译本对最后两章的评议等内容予以删略，孙译本照原书全部翻译；孙译本有原著的附表。

（2）孙译本有日本汉学家、盐谷温的学生内田泉之助写的“内田新序”。内田述及盐谷温《支那文学概论讲话》在日本学界的影响，曰：“在当时底学界叙述文学底发达变迁的文学史出版的虽不少，然说明中国文学底种类与特质的这种述作还未见，因此举世推称，尤其是其论到戏曲小说，多前人未到之境，筚路蓝缕，负责开拓之功不少。”内田氏指出盐著在戏曲小说方面的“开拓之功”，后来常被中国学者引征。

（3）孙俍工翻译完成后曾面请盐谷温指正，同时得内田泉之助的帮助。

（4）按照盐谷温的意思，孙译本将盐氏的两篇重要论述《论明之小说三言及其他》与《宋明通俗小说流传表》附在书后，“以补成全书全璧”，不仅使该书内容有所扩展，而且弥补了原著的缺漏，较全面地反映了盐谷温在中国通俗文学研究领域的成就。

从目次来看，孙译本之不同于陈译本处有三：其一，分上下两篇（第一至四章为“上篇”，第五至六章为“下篇”；陈译本不分篇）；其二，第四章作“乐府及填词”（陈译本作“乐府及词”），第六章第一节作“神话传说”（陈译本作“古代神话传说”），第四节作“诨词小说”（陈译本作“宋代小说”）；其三，书末有附录《论明之小说三言及其他》、《宋明通俗小说流传表》以及《二百六韵表一》、《二百刘韵表二》、《元曲作者年代别表》、《元曲作者地方别表》、《红楼梦贾家系谱表》。其他与陈译本相同。

目次（略）。

7月

1. 段凌辰《中国文学概论》（卷上）初版。

段凌辰《中国文学概论》（卷上、卷下），瑞安集古斋书社发行，上海中华书局印刷，1929年7月初版，16开本，142页，约8万字。

陈玉堂《中国文学史书目提要》中记载：“本书为‘掇英楼丛书’之一，原是作者执教中洲大学时之教本。全书十二篇，每篇均列有纲目，卷首有黄侃序言”[②]。陈先生的这段著录，有几处需加以补正：一、“掇英楼

① 〔日〕内田泉之助：《内田新序》，见盐谷温：《中国文学概论讲话》，孙俍工译，上海，开明书店，1929，第8页。

② 陈玉堂：《中国文学史书目提要》，合肥，黄山书社，1986，第39页。

丛书”应为“掇英楼文学丛书”；二、“中洲大学”应为“中州大学”。

本书实为上、下两卷，1926年至1928年段凌辰任教国立中山大学期间有油印本上、下卷，卷首无黄侃的“序言”，1929年7月出版的为卷上，卷下于1933年由北平著者书店出版，也是作为“掇英楼文学丛书”之一种，16开本，176页。

目次（卷上）：

第一篇 文学之定义；第二篇 历代文学观念概述；第三篇 文学之范围；第四篇 文学之功效；第五篇 文学之特质；第六篇 文学之起源；第七篇 文学之进化；第八篇 文学与时代；第九篇 文学与地域；第十篇 文学家之个性；第十一篇 文学家之创造；第十二篇 文学与道德。

卷下分六篇，讲述中国文学的特点、实质、分类、源流派别等。

2. 吴瞿安《元剧研究ABC》初版。

吴瞿安(即吴梅)《元剧研究ABC》，(上海)世界书局印行，1929年7月初版，32开道林纸本，有平装、精装两种，125页，约5万字。1934年世界书局编印《中国文学讲座》一书时，将《元剧研究ABC》改题为《元剧研究》辑入，署名“吴瞿安”。

本书为徐蔚南主编的“ABC丛书”之一，该丛书以给大中学生得到优良的教科书或参考书为宗旨，是适合大中学生的参考书。书的内容主要为，研究元剧来历、作者历史、曲文的格式、剧情的结构以及戏剧里的动作等。

仅见上册(可能下册并未出版)。据作者在“例言”中所言，全书分上下两卷，共十章，上卷研究元剧的来历、元剧数目以及为187名元剧家作考略，下卷解剖元剧及元曲方言。

目次：

第一章 元剧的来历；第二章 元剧现存的数目；第三章 元剧作者考略(上)；第四章 元剧作者考略(下)。

9月

1. 钱振东《中国文学史》(中编上卷)初版。

钱振东《中国文学史》(中编上卷)，无出版者，系其师友资助自印，刘半农题签，1929年9月初版，24开本，382页，约15万字。

据作者在序中说，原本计划全书分上、中、下三编，上编一卷，中、下编各两卷，本书为中编上卷，其余各卷将会续印。但，后来其余各卷没有续印。

本书开始于西汉，迄于东汉灵帝末，约四百年。名为《中国文学史》，因未出齐，只能算是一部断代史——《两汉文学史》。全书共十四章，六十二节。前五章总论两汉文学背景、文艺思想等；接下来的四章，从贾谊至荀悦，分述两汉主要作家；后五章则从乐松等的文艺革新运动起，分述赋、诗、乐府文学、小说。

目次：

第一章　两汉文学之背景：一、朝廷方面；二、侯王方面；三、社会方面；四、思想及文字学方面。

第二章　两汉文艺思想。

第三章　两汉在文学史上之位置。

第四章　两汉文学南北之区别及混合。

第五章　两汉文学之分类及分期。

第六章　第一期：一、贾谊；二、晁错；三、贾山；四、枚乘；五、邹阳；六、淮南王刘安。

第七章　第二期：一、司马相如；二、董仲舒；三、东方朔；四、枚皋；五、司马迁；六、刘向；七、王褒；八、匡衡；九、谷永；十、刘歆；十一、扬雄。

第八章　第三期上：一、冯衍；二、班彪；三、班固；四、王充；五、傅毅；六、崔骃；七、李尤。

第九章　第三期下：八、张衡；九、马融；十、崔瑗；十一、崔实；十二、王逸；十三、王延寿；十四、赵壹；十五、蔡邕；十六、荀悦。

第十章　乐松等之文艺革新运动。

第十一章　赋之演变：一、赋之导源及分类；二、骚赋；三、辞赋；四、结论。

第十二章　诗：一、杂诗；二、四言；三、五言；四、七言。

第十三章　乐府文学：一、乐府诗之导源；二、实质分类；三、文学分类；四、声调分类；五、贵族的乐府文学；六、平民的乐府文学。

第十四章　小说文学：一、汉代小说流行之状况；二、汉人对于小说之观念；三、汉人小说之著作。

2. 谭正璧《中国文学进化史》初版。

谭正璧《中国文学进化史》，光明书局 1929 年 9 月初版，1930 年第二版，24开本，402页，约18万字；1931年第三版，改为25开本，392页。

本书是作者在《中国文学史大纲》(1925)一书基础上改写而成，适合于大学使用。以各文体发展为纲目，不叙“载道”的古文。尤须注意的，是本书辟了一节专门论述弹词，这在同时期各种文学史著中不多见，而且其中不乏作者对弹词的卓越见识。

全书十二章，六十九节，从中国文学开端的“诗三百篇”开始，依次至文学革命后的新文学及“整理国故”。于右任题封。

目次：

10月

1. 陈钟凡《汉魏六朝文学》初版。

陈钟凡《汉魏六朝文学》，(上海)商务印书馆1929年10月初版印行，32开本，119页，约5万余字。1964年9月，中国香港商务印书馆影印出版；1967年9月，中国台湾商务印书馆整理出版，改为48开本。

本书居然有三种初版本，详列如下：

(1)1929年10月，作为王云五主编的"万有文库"第一集第一千种由商务印书馆出版；

(2)陈玉堂《中国文学史书目提要》载："《汉魏六朝文学》，陈钟凡著，商务印书馆印行，1931年8月出版"①。经核查，商务印书馆确实在1931年8月"出版"过此书，系王云五主编的"百科丛书"之一；

(3)九一八事变后，此书再次出版，故依照当时习惯称为"国难后出版"，也就是1932年9月版，这个"国难后出版"的版本，到1935年7月已出第三版。

全书分六章、十八节，讲述汉魏六朝文学在文学史上的地位、背景、派别、嬗变以及各体文学等，系通俗普及读物。

目次：

第一章　绪论；第二章　两汉文学；第三章　建安文学；第四章　魏晋文学；第五章　南朝文学；第六章　北朝文学。

2. 胡怀琛《中国小说研究》初版。

胡怀琛《中国小说研究》，(上海)商务印书馆1929年10月初版，32开本，144页，约6万余字。2006年6月中国书籍出版社出版横排本，182页。

作者在书中表述的观点有些值得注意：

> 小说和非小说，没有确切的分别。
>
> ……
>
> 我们要研究中国小说，是要拿我们自己的眼光去看，什么是小说，什么不是小说。不管他经也好，史也好，子也好，集也好，只要我们认为是小说的，就拿他来当小说看……所以，作者以为第一步就是要从经、史、子、集中去找小说材料。第

① 陈玉堂：《中国文学史书目提要》，合肥，黄山书社，1986，第141页。

二步，再把来自晋、唐以后的小说，和宋、元以后的小说，清以来的小说，和那从经、史、子、集中取来的材料，并在一起研究。①

作者在书中致力于从经史子集中选取“小说的材料”，然后从中国小说的实质、形式和时代三个方面展开分类研究。就此来看，本书可谓最早出版的“中国小说类型史”。

本书初版时列为“万有文库”和“百科小丛书”之一，分为四章，共十五节。

目次：

12 月

1. 许之衡《戏曲史》(合订本)初版②。

许之衡(1877～1935)，字守白，室号饮流斋，祖籍浙江仁和，即今杭州，出生于广东番禺。《戏曲史》(合订本)，1929 年 12 月北京大学出版组初版，油印本。现藏中国国家图书馆。

由于笔者未能寻见本书，只能根据李岩《许之衡生平及其音乐戏曲著述的研究》③及相关论著考订如下：

一、本书缘由及内容。1922 年秋，任教北京大学的吴梅举家南迁，行前推荐许之衡继任北大教席。在 1923 年 9 月 29 日，北大注册部通告：

① 胡怀琛：《中国小说研究》，上海，商务印书馆，1929，第 7、10 页。

② 陈玉堂《中国文学史书目提要》著录：“《曲史》(《戏曲史》)，许之衡(字守白，广东番禺人)著，北平师大讲义，约于 1935 年 6 月以前印行。原书待访，存目备考。”(第 278 页)此语有两处不确：一、此书稿为许氏任教北京大学时的讲义，而非“北平师大”；二、许氏病逝于 1935 年 2 月 25 日(1935 年 2 月 26 日《华北日报》曾报道许氏逝世消息)，既然如此，“约于 1935 年 6 月以前印行”不确。

③ 李岩：《许之衡生平及其音乐戏曲著述的研究》，《中国音乐》1999 年第 1 期。

"吴梅教授因事一时不能到校，所有戏曲、戏曲史、中国古声律三种功课，由吴教授请许之衡先生代授上课，日期俟许先生到校再行通告。"[①]但，此时许之衡并未开始授课。同年10月4日，该部又出通告："许之衡先生所授国文系功课，因讲义未齐，由下星期二起来校授课。"[②]则许氏为了讲授"戏曲史"课程而编讲义的时间，应该在1923年10月。1924年10月11日，北大注册部通告："许之衡先生本学年拟定讲授范围如下：……戏曲史(隋以前俟补讲)隋唐宋之戏曲及其曲词结构法、元明清曲家事略、戏曲作曲法及戏曲名著选"[③]。说明，许之衡此时编写的《戏曲史》讲义，由隋唐至明清。

2. 初版时间。1929年11月至12月，许之衡陆续将其所著《戏曲史》、《曲选及作曲法》(后改为《曲学及曲选》)送北大讲义课付梓刊印[④]，合订本为一册，书名为《戏曲史、作曲法、曲选》。

3. 版本流变。1930年许之衡应上海商务印书馆之邀，于同年4月在《戏曲史》等几部书的基础上，编成《中国音乐史》。1933年起，许之衡将戏曲史课程更名为曲史，讲义亦随之更名《曲史》刊印，中国国家图书馆收藏有此书。

目次(待访)。

2. 许之衡《戏曲源流》印刷。

许之衡《戏曲源流》，(北平)中法大学弗尔德学院于1929年12月内部印刷。线装本，道林纸石印，70余页，约4万字。

本书系中法大学弗尔德学院为许之衡印刷，并未出版，许氏著录中不见此书。1922年至1933年间，许氏受聘北京大学，同时在北京多所学校兼课，本书应为其在中法大学弗尔德学院兼课时的讲义。中法大学弗尔德学院成立于1924年秋；1926年1月22日，奉民国政府第112号指令，该学院正式被认可；1930年3月15日，奉国民政府教营部第651号指令，暂时准予其备案。同年，遵照教育部令、停办各学院的预科，改设中法大学附属高级中学，甲、乙、丙三部。1931年，改弗尔德学院为文学院。以许之衡当时社会地位与威望，当国民政府下令停办中法大

① 《北京大学日刊》1302号，民国十二年九月二十九日。

② 《北京大学日刊》1306号，民国十二年十月四日。

③ 《北京大学日刊》1540号，民国十三年十月十一日。

④ 据北大出版组启事及印刷讲义周期表。(详见李岩：《许之衡生平及其音乐戏曲著述的研究》，《中国音乐》1999年第1期，第41页。)

学及弗尔德学院之际，他不可能在该校兼课，故断定他在弗尔德学院兼课是在1926年至1929年期间。也就是说，《戏曲源流》应在此期间由中法大学弗尔德学院印刷。考虑到许氏其他著作都在1920年末期及之后印刷出版，因而将《戏曲源流》的印刷时间断为1929年。

目次(待访)。

3. 陈虞裳《中国文学史概论(上卷)》初版。

陈虞裳(四川华阳人)《中国文学史概论(上卷)》，岷江大学1929年12月初版，230页，约9.5万字。

作者在“导言”中开篇先点明文学有四个要件，即文字、情、意、组织力。所谓组织力，指的是对抒情达意的思想观念上的组织能力。此论虽未必精准，但相对于当时的中国文学史作者大都对“文学”作字面的诠释或简单排比外国定义而言，陈虞裳从文学内部结构探讨“文学”概念，确有新意。接着，陈氏提出文学史研究的方法和步骤，分别是：取材(选取史料)、察变(察看文学史的变迁)、求因(把变的原因找出来)、贯通(使变迁及其原因贯串起来)、评判(即评估文学的价值，分为历史的价值和当代的价值两种)、创见(有两层含义，一是“创造我们现在适用的文学”，一是得出文学的普遍规律)。他还指出，“文学革命者”和“文学史研究者”对待文学史的态度不同，“文学史研究者”应该“用客观的方法平心静气的去讨论”。

本书在文学史分期上，“本着文学进化的痕迹，以区分他的时期”，仿照生物演进的秩序，分为胚胎时期、滋长时期、迈进时期。

原书分上下卷，但仅见上卷，可能下卷未曾出版。上卷分为四编，十一章，叙述唐虞夏商至魏晋南北朝时期的文学。

目次：

其作者，第四节　汉代的小说，第五节　汉代的散文，第六节　文学原理建设家之王充）。

第四篇　中国文学之迈进时期：第一章　魏晋南北朝文学产生的背景；第二章　魏晋南北朝的诗歌（第一节　曹氏父子，第二节　建安七子，第三节　正始诸人与竹林七贤，第四节　太康诗人，第五节　力挽永嘉诗坛颓废的刘郭，第六节　义熙诗人陶潜，第七节　刘宋朝的三诗人，第八节　竟陵八友，第九节　萧梁父子及诸臣，第十节　阴徐及陈后主，第十一节　庾信与王褒，第十二节　南北新民族的新歌词）；第三章　魏晋南北朝的辞赋；第四章　魏晋南北朝的小说；第五章　魏晋南北朝的散文；第六章　魏晋南北朝的骈文。

附言。

本年

1. 刘咸炘《文学述林》出刻印本。

刘咸炘（1896～1932），字鉴泉，别号宥斋，四川成都人。《文学述林》，1929年自费刻印，四卷。本书为作者"推十书"之一。1996年成都古籍书店影印，2007年广西师范大学出版社出版黄曙辉校理本。

目次：

卷一 文学正名；论文通旨；文变论；文选序说；文体演化论辨正；辞派图。卷二 宋元文派略说；明文派略说；传状论；曲论；四书文摘；语文平议。卷三 故事比观；弹词讲本考；寓言偶录；谜考；辛稼轩词说。卷四 陆士衡文论；袁中郎论文语钞；魏氏论文钞；文学史纲目；南雷学案。

2. 罗根泽《中国诗歌史》出油印本。

罗根泽（1900～1960），字雨亭，河北直隶深县人。《中国诗歌史》，河南大学1929年油印。

1929年秋罗根泽应河南中山大学之聘，讲授中国文学史及其他课程，并编纂"中国文学史"讲义，1931年出版《乐府文学史》一书。

罗氏在《乐府文学史》的"自序"中，详述编纂《中国文学史类编》的计划：

> 我拟分的类别：1. 歌谣 2. 乐府 3. 词 4. 戏曲 5. 小说 6. 诗 7. 赋 8. 骈体文……我的分类叙述法，固然以类为主，但是也

> 不能不分时代。……我的《中国文学史类编》是“以类为经，以时为纬”；“以类为编，以时为章”。①

在他这个编纂《中国文学史类编》的宏大计划中，1949年前正式出版的只有《乐府文学史》，此外就是出了《中国诗歌史》油印本②。通过《乐府文学史》“自序”，可大体了解《中国诗歌史》的著述体例，其目次待访，但书中散篇如《中国诗歌之起源》、《〈古诗十九首〉之作者及年代》、《五言诗起源说评录》、《绝句三源》等，后来曾陆续发表（详见《罗根泽古典文学论文集》，上海古籍出版社1985年版）。

3. 朱炳熙《唐代文学概论》初版。

朱炳熙（1895～1952），字耀球，又名毓秀，浙江青田人。《唐代文学概论》，（上海）群众图书公司印行，1929年初版，32开本，302页，约11万字。

本书版权页不标出版时间，当时印数为1500册。据卷首“庄序”（庄紫林），作序的日期是“1929.3.30”，而作者“自序”作于“1929.4.8”，故可推断初版于1929年。

陈玉堂《中国文学史书目提要》云：“本书另有光华书局版（1929年、1931年），分作二卷出版，《唐代文学概论》上卷（290页）至‘唐诗’止，下卷后来未见出书。”③

光华版《唐代文学概论》确实只出了上卷（288页），但出版时间并非“1929年、1931年”，而是1933年。与群众版《唐代文学概论》相比，光华版少了庄（紫林）“序”和“自序”；正文至“唐诗”第一节“唐诗的演进”止，少了“唐诗的分类”这一节。下卷确实未见出版。

全书不分编章，先述唐代文学整体状况，随后按文类分述。

目次：

唐代文学发达的原因；唐代文学的特点；唐代文学的派别；唐代文学之后世的影响；唐代文学在历史上之地位及其价值；唐文（1. 唐文的演进，2. 唐文的分类）；唐诗（1. 唐诗的演进，2. 唐诗的分类）；唐词（1. 唐词的演进，2. 唐词举例）；唐代小说（1. 唐代小说的概况，2. 唐代

---

① 罗根泽：《〈乐府文学史〉自序》，北平，文化学社，1931。

② 1954年罗根泽还编写了《魏晋南北朝文学史》，1957年由南京大学中文系作为内部交流本自印。

③ 陈玉堂：《中国文学史书目提要》，合肥，黄山书社，1966，第146页。

小说的分类，3. 唐代小说举例，4. 沈既济的枕中记）。附录 唐代艺术（书、画、乐）

1930年(民国十九年)

2月

陆晶清《唐代女诗人》初版。

陆晶清(1907～1993)，原名陆秀珍，笔名小鹿、娜君、梅影，云南昆明人。《唐代女诗人》，1930年2月上海神州国光社印行，32开本，144页，约4.3万字。王礼锡作序。1931年8月第二版，1933年3月第三版。

本书系作者在北平女子师范大学读书时编写。作者当时是许广平的同学、好友，即《鲁迅日记》中提到的“小鹿”。本书编于作者和王锡礼恋爱期间：

> 每天清早，晶清抱着一大包书来，做她写唐代诗人的参考，有时还为我带些写李长吉评传的参考书，每天写一个上午，对坐在破方桌的两旁，低着头一声不响地写，倦了时又来作上大下地的漫谈。①

王礼锡称这段日子为“愉快的光阴”。恋爱和做学问相得益彰，这确实是历来青年学人梦寐以求的。当时王锡礼决定编写出版“物观文学史丛书”，这套丛书后来出了四本，较早出版的是王礼锡的《李长吉评传》和陆晶清的《唐代女诗人》。作者以女性之思、感性之笔叙述唐代女诗人史事，虽书中有些观点有商榷余地，但不失为中国女性文学史中精良之作。此书无疑是最早用唯物史观研究中国女性文学史的专史著作。

陆氏有感于“有唐一代，是文学的极盛时，尤其是诗的极盛时……(唐代女诗人)在中国文学史上自有其相当的地位，尤其是在颓形销沉的中国妇女文学史上，是值得传述的一页”，而“在中国我们很少看到真正女性的文学”，所以决定“把唐代女诗人，作一次比较详细，比较有条理的叙述”②。

本书是中国第一部断代妇女文学史，对唐代妇女创作以及女诗人事

---

① 王礼锡：《序》，陆晶清《唐代女诗人》，上海，神州国光社出版，1931，第3页。

② 陆晶清：《唐代女诗人·引言》，上海，神州国光社出版，1931，第4、6页。

迹做了详细、系统的梳理，展现了唐诗的别样光彩。

作者在书中把唐代的女诗人分作四类分别论述：宫廷妇女、家庭妇女、女冠、娼妓。这个分类大致准确，但没有被之后的妇女文学史写作采用。

全书不分章节，按专题分述。

目次：

引言：唐代是诗的极盛时期、唐代女诗人在中国妇女文学史上的价值、唐代女诗人的几个阶级、真正的女性文学。

唐代女诗人与时代背景：怎样去描画时代背景、女诗人在各阶级的分布、阶级分布的两个阶段、初盛是宫廷女诗人的时代、中晚是家庭妇女娼妓女冠的时代、帝王的提倡、乐调的便利。

唐代女诗人的代表作家：一、宫廷代表作家上官婉儿，二、女冠代表作家鱼玄机，三、娼妓代表作家薛涛。

女诗人及其作品考略：一、宫廷妇女，二、家庭妇女，三、女冠，四、娼妓。

3月

1. 胡小石《中国文学史讲稿》(上编)初版。

胡小石(1888～1962)，文字学家、文学家、史学家、艺术家，名光炜，字小石，号倩尹，又号夏庐，斋名愿夏庐，晚年别号子夏、沙公，出生于江苏南京，原籍浙江嘉兴。《中国文学史讲稿》是胡氏在北京女子高等师范学校任教时编写的讲义，直到1930年3月，才以其弟子苏拯的笔记，题名《中国文学史讲稿上编》，由上海人文社股份有限公司发行，32开本，分精、平装两种，292页，约9万字。1962年胡氏逝世后，其任教的南京大学成立胡氏遗著整理委员会，其中一项就是重印此书，但未能实施；后来，金启华根据当年的讲义笔记，增补第十二章“宋代文学”，把本书收入《胡小石论文集续编》，由上海古籍出版社于1991年出版。

目次：

第一章　通论：引言、文学的意义之各种解释；什么是文学；文学史之研究。第二章　上古文学。第三章　周代文学：总论；一、北派代表作品诗经；二、南派代表作品楚辞；古代散文。第四章　秦代文学。第五章　汉代文学：总论；一、高帝至景帝；二、武帝至昭帝；三、成帝哀帝至桓灵；四、建安；两汉之散文。第六章　魏晋文学：总论；一、正始；二、太康；三、永嘉；四、义熙——陶诗；晋代之文学批评。第七章　南朝文学：一、宋代；二、齐梁——声律说；三、陈。第八章　北朝文学：总论；一、魏开国至孝文帝太和中；二、太和迁洛至北齐；三、西魏迁长安至北周。第九章　隋代文学。第十章　唐代文学：总论；一、唐代文学分期说；二、唐词；三、唐代文学批评。第十一章　五代文学：总论；一、南唐词人；二、南唐二主。第十二章　宋代文学(1930年版无此章，1991年版增补)。

2. 穆济波《中国文学史》(上卷)初版。

穆济波(1895～1978)，语文教育家，号世清，晚年自号孟然，四川合江人。《中国文学史》(上卷)，上海乐群书店和北平分店发行，1930年3月初版，24开本，精装，214页，约10万字。

据"凡例"："本书为著者教授大学预科所编辑之教本，同时适合文科高级中学之研究。"又说："本书现分上下两册，共约二十五万言，全部十章"。但迄今未见下册。

与同时期多数中国文学史著作一样，本书遵循进化论文学史观，作者声称："本书著者以治民族文化史之眼光，于一般的社会进化现象之立场上，解释吾华文学进展之因果的关系，对于每一时代多比较论列，与过去治文学史但知搜罗史料者蹊径不同，编次自异。"与众不同的是，"本书著者认为诗歌为文学之脊柱，全书以诗歌文学之进展为进展之主题"，所以，"凡涉及学术范围之学派或著述，概从删削不加叙录，即非纯文艺之骈散文，历代争持为文学正宗者，亦只附带论列，不予偏袒以扫除门户之见"。①

全书(上卷)共五章，三十六节。

目次：

第一章　总论：第一节　文学史界说；第二节　中国文学史上之时代；第三节　中国文学迁变之大势。

第二章　上古文学：第一节　中国诗歌文学之起源；第二节　古史与散文学；第三节　上古文学之传说；第四节　夏商二代仅存之杂文学。

第三章　周秦文学：第一节　周秦文学总论；第二节　周初诗歌文学之始盛；第三节　史诗之发达；第四节　东迁前后之风诗；第五节　诗之衰亡及其传述；第六节　孔子六艺之教及诸子学术之兴；第七节

① 穆济波：《中国文学史·凡例》，上海，乐群书店，1930，第1页。

屈原与楚文学；第八节　周秦间之古史与文学；第九节　周秦间之杂文学；第十节　小说文学之始导。

第四章　两汉文学：第一节　两汉文学总论；第二节　汉代四言诗之绝响；第三节　辞赋之极盛；第四节　汉代歌谣；第五节　汉之新声乐府；第六节　五言诗之始创；第七节　司马迁与班固；第八节　两汉之诸子文学；第九节　两汉文章及骈体文之始导；第十节　汉代小说之传疑。

第五章　魏晋南北朝文学：第一节　魏晋南北朝文学总论；第二节　三国文学；第三节　两晋文学及文学家；第四节　陶渊明；第五节　南北朝民众文学之比较；第六节　南方文学与声律之肇兴；第七节　文集文选与文学论评之初创；第八节　北方文学及其复古运动；第九节　魏晋六朝之小说。

4 月

1. 蒋鉴璋《中国文学史纲》(上编)初版。

蒋鉴璋(璋也写作章，字镜湖)《中国文学史纲》(上编)，上海亚西亚书局1930年4月初版，1933年第三版(现藏于山东大学图书馆)，32开本，106页，约2万字，孙叔民题签封面。1936年4月中国文化服务社发行第十版。

本书系据作者任教开封第一女子师范时的讲义稿印行。作者原计划写上下两编，本书为上编，从太古至清末，下编拟写民国时期文学，但后来始终未见下编出版。

本书共十章，六十四节，体例无特色，内容简略，且谬误甚多。

目次：

第一章　文学与文学史；第二章　太古至唐虞文学；第三章　夏商周秦文学；第四章　两汉文学；第五章　魏晋文学；第六章　南北朝文学；第七章　隋唐文学；第八章　两宋文学；第九章　辽金文学；第十章　明清文学。

2. 张世禄《中国文艺变迁论》印行。

张世禄(1902～1991)，字福崇，浙江浦江人。《中国文艺变迁论》，(上海)商务印书馆印行，1930年4月作为王云五主编"万有文库"第一集一千种出版，32开本，136页，约6万字。1933年3月，此书作为王云五主编“国学小丛书”之一印行[1]，亦为32开本、136页；1934年1月再版。所以，张世禄此书实际上有1930年版和1933年版两个初版本。1960年4月，中国台湾商务印书馆以1930年版为底本重印出版，列入“万有书库”。

作者认为当时已有的文艺研究存在两个偏弊：一是“偏重于文艺体制形式……而于其内容之变迁如何，其受于时代思潮之影响者如何，其关于文艺本身外之事实如何，则罕有论及”。二是“诸述文艺史者，大都仅罗列文学家作品与身世，以及各代史料而已；至于其相互间递嬗交替之关系，与受于时代变化之原因等等，则略而不讲”。为了矫正此二弊，作者编纂本书，“供给读者以吾国文艺变迁之系统概念”。[2]

综合英美学者波斯涅特（Posnett）、韩德（Theodore W. Hunt）等对“文学”的界说，作者对“文艺”作出如此界定：

> 文艺乃一种以文字为工具之艺术；其作用由于感情想象与兴趣，而不由理智；其要素重于内容，而不重形式；其效力乃及于一般人，而非少数人所得据为私有者也。[3]

他这个“文艺”界说，注意到了文艺的思想性、虚构性特征，而且注意到了内容比形式重要，以及文艺功能的普遍性，这在当时是比较先进的认识。但偏重文艺的内容而轻视形式，导致《中国文艺变迁论》沦为一部中国文艺思潮史论。

全书分三十五章，第一二章为总论，最后一章为结论。其余各章，大都依照文艺变迁的时代顺序。具体为：第三至五章论《诗经》以前的文学，第六至十一章论《诗经》，第十二至十五章论《楚辞》，第十六至十九章论汉赋，第二十至二十五章论汉魏隋唐间之诗与乐府，第二十六至二十八章论宋词，第二十九至三十二章论元曲，第三十三、三十四章论明清小说。据作者自述，之所以分章论述，而不分篇，是因为不分篇可以“明其相互间连续交接之关系”。显见他开始探索篇章体例与中国文学史的衔接问题，并认识到了设卷、设篇可能割裂章节之间的“连续交接之关系”。这在当时是不俗的见识。

---

① 据陈玉堂《中国文学史书目提要》，张世禄《中国文艺变迁论》初版于1933年3月（第65页）。并未提及1930年版。可知，陈先生未见1930年版。

② 张世禄：《中国文艺变迁论·自序》，上海，商务印书馆，1930。

③ 张世禄：《中国文艺变迁论》，上海，商务印书馆，1930，第2页。

此书叙述从上古到近代的各种文体变迁，其中对多种文体之间关系的阐述颇有见地。

目次：

一、国人对文艺旧观念之谬误；二、中国文艺变迁之痕迹与公例；三、上古传疑之诗篇；四、古代文艺发达之推测；五、中国古无史诗之原因；六、诗经作述之渊源；七、诗经文辞之由来；八、诗经之时代的地域；九、诗经声律与音乐之关系；十、诗经与周代社会之关系；十一、诗经对于后代文艺之影响；十二、战国时代与楚辞之关系；十三、诗乐之衰歌与楚辞之发生；十四、楚国地理民族语言与楚辞之关系；十五、诗骚赋三者之递嬗及其区别；十六、汉赋之渊源与派别；十七、汉代词赋发达之原因；十八、汉赋与文字学之关系；十九、汉赋与六朝骈文之关系；二十、骈文利弊对于中古诗歌之影响；二十一、中古诗歌写实与写景之二大潮流；二十二、印度文化之输入与中古文艺思潮；二十三、声律之发明与中古诗体之变迁；二十四、唐代政俗与其文艺之关系；二十五、音乐之变迁与乐府诗词之递嬗；二十六、宋词之渊源于派别；二十七、宋词之语体化与散文化；二十八、宋词与元曲之关系及其区别；二十九、元曲发达之由来；三十、南北曲之异同；三十一、元曲之派别；三十二、元曲与小说之关系；三十三、明清小说发达之由来及其派别；三十四、近代戏曲小说与古文八股文之关系；三十五、中国过去文艺界之得失及今后之趋势。

3. 贺昌群《元曲概论》初版。

贺昌群(1903～1973)，字藏云，四川乐山人。《元曲概论》，(上海)商务印书馆1930年4月初版，32开本，184页，约8.5万字。本书列为王云五主编的"万有文库"第一集一千种之一；1933年3月列为王云五主编的"国学小丛书"之一出版。①

本书试图从外国乐舞的角度探讨宋元戏曲，以求另辟蹊径。第四、第八章比较有新意。第一、九章曾先后在《小说月报》(第二十卷第一期)、《文学周报》(第四卷)上发表过。

全书九章，卷首有"引论"。

目次：

第一章　汉代乐舞与外国音乐的关系；第二章　隋唐间的乐舞；第

① 陈玉堂《中国文学史书目提要》将此书出版情况录为"商务印书馆印行，1930年4月出版"，并且列为"国学小丛书"之一(第261页)，显然弄混淆了。

三章　宋辽金的杂剧院本；第四章　元曲的渊源及其与蒙古语的关系；第五章　元曲的作法；第六章　元曲的艺术；第七章　元曲的作家(列入作家传略38人)；第八章　元曲对于明清小说戏剧的影响；第九章　元明杂剧传奇与京戏本事的比较。

4.〔日〕青木正儿《支那近世戏曲史》初版。

青木正儿《支那近世戏曲史》，(东京)弘文堂1930年4月初版。此书后来有多种中译本(详后)。

此书奠定了青木正儿作为中国元明清戏曲专家的地位。该书对中国古代戏曲研究的贡献约略有以下几点：

一是将戏曲研究的重点从曲辞转向了情节和剧场，从"读曲"转向了"观剧"。在本书中，无论是杂剧作品，还是传奇作品，青木都详细考证了它们的情节，如介绍汤显祖的作品《还魂记》时，对《还魂记》情节的介绍占据了全部研究篇幅的七分之四有余。此外，他还关注剧场构造，详细考证了戏场的各个组成部分，如"报条"、"客座"、"桌子"、"散座"、"池心"、"钓鱼台"、"茶票"、"前台"、"鬼门道"、"后台"等的位置和作用，并以形象的图示法画出了剧场平面略图，使读者一目了然。

"把戏曲的情节作为研究对象，并以此建立学术规范，是青木正儿对昭和初年尚未摆脱旧汉学影响的中国古典戏曲研究的重要贡献。"①青木是狩野直喜教授的直系弟子兼得意门生。"狩野直喜作为近代日本中国古典戏曲研究的奠基人，为这一门学科定下了背景分析与曲词品鉴两大基调。"②狩野曾说过："在剧当中最重要的部分是曲。"③显然，狩野直喜的戏剧研究路向，同王国维先生乃至继王国维之后另外一位曲学大师吴梅一样，他们都偏重"曲"而忽略了"戏"。青木正儿一改重曲轻戏的传统研究路径，既有纠正研究路向偏差的主观意图，也是受胡适影响的结果。④

二是依据戏曲形态的演变划分文学史分期。本书以不同时期戏剧形态的纵向演变为纲、横向发展为目，如此则打破了众多史著作中常以"历史"替代、淹没甚至割裂文学史的分期法。"文学史的分期问题不仅仅是一个历史时间段落的切割问题，更重要的是，这种划分的依据体现了文

① 孙歌：《国外中国古典戏曲研究》，南京，江苏教育出版社，2000，第332页。

② 孙歌：《国外中国古典戏曲研究》，南京，江苏教育出版社，2000，第325页。

③ 〔日〕狩野直喜：《清朝的制度与文学》，东京，平民书房，1984，第123页

④ 有论者认为，如果参阅青木与胡适之间的往来书信，"就可以知道对青木'俗文学'研究更有精神启发作用的，不是王国维，而是胡适"。(蔡毅：《日本汉诗论稿》，北京，中华书局，2007，第309页)

学史家的文学观念。”[1]本书的分期体现了青木重视文学自身发展规律的观念。

三是填补王国维《宋元戏曲史》留下的空白。王著面世后，国内许多学者受其影响，萌发了写作明清戏曲史乃至完整的中国戏曲史的念头。如顾颉刚“读王静安先生的《宋元戏曲史》时，便想继续他的工作，做成一部《明清戏曲史》”[2]。但一直到1930年，青木正儿《支那近世戏曲史》出版，这才填补了王国维先生《宋元戏曲史》“止于今元代”的学术空白。

青木正儿此书对民国学者的影响很大。最早注意到此书并撰文评议的，是陈子展于1930年6月在《现代文学》杂志上发表的题为《青木正儿氏的〈支那近世戏曲史〉》一文，他说：“总之，他这部分虽还有好些缺点，但在目前，就不能不算的叙述中国近代戏曲之变迁的第一部好书。”陈子展在这篇文章中露出一种受到刺激的情绪。有趣的是，当时抱有这种情绪的远不止他一人。1933年2月，岑家梧在杂志上看到盐谷温《中国文学概论讲话》和青木正儿《中国近世戏曲史》的片段译文后，发出了这样的感叹：“像这样中国的东西，要赖人家来为我们作史，我们一班学者，在国家的意义上，宁无疚愧？——这层并不是借学问来争意气，而确是一件值得提及的大笑话。”[3]1933年9月，文学史家卢前也很感慨：“我们就以局部来说，在中国一部专门论元杂剧，或明传奇，或皮黄戏，或这二十年话剧运动的书籍，都还没有，这是很可耻的事。譬如从昆腔到皮黄的这一节还要日本青木正儿先生来考证。当我在成都接到青木先生赠与这几篇论文的时候，我很感觉到惭愧和愤恨。”[4]当时的中国学者不但因为青木此书“很感觉到惭愧和愤恨”，在痛定思痛之余，还越发意识到由国人自己编著戏剧史的必要性。1934年11月，程砚秋坚定地说：“中国的问题需要中国人自己来解决，同样地，中国的戏剧史还非中国人自己来着手编著不可！”[5]此后，果然涌现了一批中国人自著的戏曲史。据说，这些史著或多或少受到了青木《支那近世戏曲史》的影响。[6]

---

① 〔日〕青木正儿：《中国近世戏曲史》，王古鲁译，北京，中华书局，1954，第528页。

② 顾颉刚：《九十年前的北京戏剧》，见朱肇洛编：《戏剧论集》，北平，文化学社，1932。

③ 岑家梧：《元代的杂剧》，《现代史学》第1卷第2期，1933。

④ 卢前：《中国戏剧概论·序》，见卢前：《中国戏剧概论》，世界书局，1934。

⑤ 程砚秋：《清代燕都梨园史料·序》，见程砚秋：《程砚秋文集》，北京，中国戏剧出版社，1959。

⑥ “20世纪三四十年代，冯沅君作《古剧四考》，《古剧四考跋》，五十年代，胡忌著《宋金杂剧考》，六十年代，陈万鼐著《元明清剧曲史》、孟瑶著《中国戏曲史》，七十年代钱南扬写《谈吴江派》都受到《中国近世戏曲史》的影响。”（汪超宏：《一个日本人的中国戏曲史观——青木正儿的〈中国近世戏曲史〉及其影响》，《戏剧艺术》2001年第3期，第108页。）

目次：

第一篇　南戏北剧的由来：第一章　宋以前戏剧发达的概略；第二章　南北曲的起源；第三章　南北曲的分歧。

第二篇　南戏复兴期的：第四章　南戏的复兴；第五章　复兴期的南戏；第六章　元曲保持杂剧的余威。

第三篇　昆曲昌盛期：第七章　昆曲的兴隆和北曲子的衰亡；第四章　昆曲崛起时代的戏曲；第九章　昆曲极盛时代(前期)；第十章　戏曲昆曲极盛时代(后期)的剧本。

第四篇　花部崛起期：第十二章　花部的崛起和昆曲的衰退；第十三章　昆曲衰落时代的戏曲(附录)明清剧本作者地区分布表。

第五篇　余论：第十章　南北曲的比较；第十一章　剧场的构造及南戏的夸大；第十六章　沈璟的南九宫十三调曲谱"和蒋孝的"九宫"，"十三调"二谱。

春

李劼人《中国文学史讲义》油印。

李劼人(1891—1962)，原名家祥，笔名老懒、菱乐，四川成都人，原书待访。本书为作者1926年至1930年间任教成都大学国文系时编写的讲义。李劼人曾给在成都大学国文系任教的同事吴虞介绍盐谷温的《中国文学史概论讲话》。据吴虞在日记中记载："李劼人言盐谷温《中国文学概论讲话》，孙俍工译，一厚册，开明书店出版，二元五角。盐谷留学欧洲，与蔡孑民同时，在法住十余年。又与叶德辉拜门，专研究中国学"(1929年12月5日)；"李劼人借与予《中国文学概论讲话》一册"(12月6日)。[①] 是时李劼人自己编写的《中国文学史讲义》已在课堂上使用。由李劼人对盐谷温之书的推崇可断定，他在编写此书时曾受到盐谷温之书的影响。1930年春，李劼人辞去成都大学教职，推荐郑宾于任教该校。郑宾于在《中国文学流变史》下册"序"中说，自己"继续他(李劼人——引者按)所编印的《文学史讲义》而讲授"[②]。此言证明，李劼人确实编写了《中国文学史讲义》，并且曾付印用于授课，估计是油印本。

---

① 中国革命博物馆整理、荣孟源审校：《吴虞日记》下册，成都，四川人民出版社，1984，第484页。

② 郑宾于：《序》，见《中国文学流变史》下册，上海，北新书局，1933。

5月

1. 郑振铎《中国文学史(词史)》初版。

郑振铎《中国文学史(词史)》,(上海)商务印书馆印刷兼发行,1930年5月初版,32开道林纸本,339页,约21万字。卷首有彩色插图,正文中配有黑白插图。王伯祥、叶圣陶、徐调孚等人校勘。

本书名为《中国文学史》,其实主要叙述的是唐至南宋期间词的历史,因而只能把它视为断代的专史。据作者自述,他原本打算编写一部显示中国文学史真实面目的文学史,每年出两册,五六年后完成,因故只出了这一册。

本书共分五章,若干节,述及的词人有二百多人。第三章是全书的亮点。作者在这一章中把"敦煌的俗文学"列为词史的重要阶段,介绍、评析了敦煌文库新发现的数种俗文学及其对中国文学的影响。

目次:

第一章 词的启源:词的消长;词与诗的区别;词非"诗余";歌词产生的原因;胡夷之曲与里巷之曲;词的四个时代;回波乐;李隆基;李白元结;张志和;调笑令与三台;刘禹锡与白居易;谪仙怨曲;闲中好;温庭筠。

第二章 五代文学:五代的文艺中心;温庭筠的影响;"花间派";词牌名的演变;中原的新文学(李晔、韩偓、皇甫松与司空图、和凝、李存勗);蜀中词人(王衍、孟昶、韦庄、秦妇吟、牛峤与牛希济、薛昭蕴、毛文锡、魏承班、尹鹗、波斯人李珣、顾夐、鹿虔扆、欧阳炯、毛熙震、阎选);南唐诗人(李璟、李煜、冯延巳、张泌、成彦雄);荆南词人(孙光宪);五七言诗的作者(司空图、诗品、罗隐、罗邺、罗虬、杜荀鹤、曹唐、胡曾的咏史诗、方干、韩偓、和凝与王仁裕、冯道、李涛);南唐诗人(韩熙载、李建勋、左偃、章泌、沈彬、伍乔、陈陶、李中、徐铉与徐锴、孟贯等);西蜀诗人(欧阳炯、牛希济、花蕊夫人的宫词、贯休);闽荆南诸地的诗人(齐已);五代的散文作家;《稽神录》;《虬髯客传》;谭峭《化书》;《钓矶立谈》;《唐书》。

第三章 敦煌的俗文学:敦煌文库的发现;敦煌写本的价值;敦煌的诗歌(《叹五更》与《禅门十二时》、《太子赞》、《孝子董永》、《季布歌》);杂曲子;散文的俗文学;中国小说的启源;句道兴的《搜神记》;《唐太宗入冥记》;《秋胡小说》;敦煌俗文的最大发现;俗文与变文;俗文非"佛曲";俗文与变文的区别;《佛本行集经》俗文;《八相成道》俗文二种;《维摩诘经》俗文;《有相夫人生天》俗文;《舍利佛与六师斗法》俗文;俗文的三体裁；变文的作者为民间文人；《舜子至孝》变文；《大目犍连冥间救母》变文；《列国传》；《明妃曲》；俗文与变文的影响。

第四章　北宋词人：歌词的流行；词的黄金时代；北宋词的三个时期(第一时期的词人徐昌图等、晏殊范仲淹、欧阳修、张先、晏几道、宋祁张升等、王安石、林逋、韩琦等，第二期的词人柳永、苏轼、苏门四学士、黄庭坚、秦观、晁补之、张耒、贺铸、李之仪、陈师道、毛滂、程垓、谢逸、周紫芝、晁冲之、陈克等、葛胜仲与张舜民、赵令畤、王诜、王安礼、安国及王雱、苏过、秦观、魏夫人、米芾等；第三期的词人周邦彦、三英集、晁端礼、万俟雅言、吕谓老、向子諲、曹组等、汪藻与李邴、向镐、朱敦儒、王灼、刘一止、陈与义、吴则礼、李吕、徐伸等、赵佶、李清照)。

第五章　南宋词人：南宋词人的三个时期(辛陆以前的作家赵鼎、岳飞、张元干、曾觌、康与之、张孝祥、辛弃疾、陆游、张抡、范成大、葛立方、杨万里、朱熹、陈同甫、岳珂、刘过、赵端彦、胡铨等、黄公度、吴儆、李光等、姜夔；第二期的词人卢祖皋、高观国、史达祖、吴文英、黄机等、吴潜等、杨冠卿、韩淲、张辑、王炎、程泌等、戴复古、赵以夫、魏了翁、姜特立、李好古、郭应祥、朱淑真、吴泳等；第三期的词人蒋捷、周密、张炎、王沂孙、陈允平、刘克庄、赵孟坚、赵崇嶓、何梦桂、卢烘、许棐、汪元量、柴望、陈著、刘学箕等、刘辰翁、李彭老、莱老、陈德武、汪梦斗、文天祥、邓剡、唐珏、石孝友等、赵必象等)。

2.〔日〕儿岛献吉郎著、胡行之译《中国文学概论》初版。

儿岛献吉郎著、胡行之译《中国文学概论》，(上海)北新书局印行，1930年5月初版，道林纸毛边本，1933年4月三版，报纸本，32开，340页，约14万余字。

本书据儿岛献吉郎《支那文学概论》译成，分四篇，共三十四章，若干小节。书后“附录”为译者所著，自贵族文学与平民文学起，至“整理国故”运动止，分十一节叙述。据译者言，原著偏重于古文、侧重于贵族文学，故而译者自己作了若干补述，刊作“附录”。

隋树森曾在《晨报副刊》发表书评，认为胡行之此书“译得最糟”。以隋、胡二人翻译的儿岛氏《支那文学概论》而言，隋著确实比胡著忠实于原著，而且语言更流畅。

全书第一至四篇属于文学概论；“附录”由十一篇论文组成，系胡行之所著，分别论述了1917～1930年期间的新文学史。倘若仅从文学史写作的角度而言，“附录”反倒比正文出色，其论述虽简要，却叙述新文学史大致无误。

目次：

第一篇　序论：一、文学底本质及实体；二、文学底价值及功用；三、文学与时代；四、文学与政治；五、文学与道德；六、文学与宗教；七、文学与气候风土。

第二篇　内容论：八、九、理智与感情；十、主观与客观；十一、悲观与乐观；十二、十三、理智文学；十四、十五、十六、感情文学；十七、诗人底人格；十八、诗人底态度；十九、诗人与大自然；二十、诗人与雪月花；二十一、诗人与酒；二十二、诗人与美人。

第三篇　形式论：二十三、形式底区别；二十四、诗人同轨；二十五、诗人殊途；二十六、二十七、句法；二十八、篇法；二十九、诗底三体；三十、文底三体；三十一、赋与骚；三十二、词与曲。

第四篇　结论及余论：三十三、结论；三十四、余论。

附录：一，贵族文学与平民文学；二，死文学与活文学；三，文学革命与白话文学；四，新诗；五，短篇小说；六，散文与小品；七，政论文与宣传文；八，革命文学；九，介绍及翻译；十，“整理国故”运动；十一，结论。

3. 卢冀野《近代中国文学讲话》印行。

卢冀野《近代中国文学讲话》，1930年5月上海会文堂新记书局印行，横排32开，142页，约5万字。

据“序言”，1927年夏，作者卢冀野在南京的金陵暑期学校讲授“中国新兴文艺评论”课程，从同光时期讲起，其中第一章“文学革命之先声”叙述清末新文学的萌芽状态甚详，但因故这门课程没有讲完。1929年，作者在光华大学讲授“近代中国文学”课程，便在之前的基础上增补而成讲义稿，这便是本书原稿。由于讲义稿据几位学生的课堂笔记整理而成，多有遗漏，比如诗歌里漏了王紫诠的翻译、戏剧里漏了张韬的杂剧。

本书无疑是一部近代中国文学史，但作者似乎不单是讲“史”，还有着一般史家没有的文学批评的眼光。他在书中既有对不同时期诗歌、散文、戏剧代表作家作品的点评，更有对各文学派别的评论。例如，他在第一讲中把近代诗人分作保守派和改进派，指出保守派诗人没有大成就，是“因为他们以模拟为唯一能事”，所谓模拟主要指复古，以至于“故步自封”“不求长进”。而改进派，“第一，胡适之主张用白话写诗，这决不是彻底的办法，要晓得所谓白话，文言，只是作诗的工具。现在把文言改作白话，只是把工具换了，诗的本质自己，还是不会更动。……这便是新诗革命终于不成功的缘故。第二，中国陈腐的诗之需要改革，是毋庸讳言，可是我们记得清，现在我们所要创造的是中国的新诗体，可绝不是中国字写的外国诗”。① 所谓“中国字写的外国诗”指的是徐志摩、闻一多等新月诗派的新格律诗。在今天看来，卢冀野虽然看出了中国诗歌中的保守派和改进派的某些不足、缺陷，但终究只能看见表面，而没能洞穿其本质。胡适提倡的白话诗，其实并非“把文言改作白话”那么简单，新诗不单是改变了语言工具，更改变了思想观念。徐志摩和闻一多等倡导的新格律诗，也不是简单的形式方面变革（“中国字写的外国诗”），他们还主张以理性节制情感，以便反拨浪漫主义导致的新诗创作中的滥情倾向。

从总体上说，本书基本上以胡适《五十年来中国之文学》、鲁迅《中国小说史略》为蓝本，参考、摘录之处颇多。值得注意的是，作者但凡有引用他著，一般以页下注方式标明出处，甚至页码；又在每讲结束时标出“主要参考书”。这在当时的文学史著作中，实不多见。

目次：

第一讲　诗歌革命之先声：金和蒋春霖之诗史、巢经《巢集》与现代中国人之生活、黄公度之新体诗、丘逢甲《岭海云日楼》中之纪事诗、苏玄瑛等之译西洋诗、新旧诗坛之分野。

第二讲　乔那律士姆与现代散文：魏晋文体之遗留、桐城派回光返照、梁启超之新文体、严复之翻译、章士钊之逻辑文、文体改革之呼声。

第三讲　同光以来之小说家：《红楼梦》之余响及其反响、《三侠五义》之流行及公案之模拟、李吴两家之崛起、刘鹗的《老残游记》、东亚病夫之《孽海花》、小说界之曙光。

第四讲　剧坛之厄运及幸运：李蒋的戏剧、几位无名作家的杰构、吴瞿安先生对于戏曲的贡献、皮黄、话剧的产生及其影响。

8 月

欧阳溥存《中国文学史纲》初版。

欧阳溥存，字仲涛，江西丰城人。《中国文学史纲》，1930 年 8 月商

① 卢冀野：《近代中国文学讲话》，上海，会文堂新记书局，1930，第 42 页。

务印书馆印行初版，1938 年 11 月第五版，32 开平装本，236 页，约 8 万字。1976 年 9 月台湾学生书局据此出版本重新印行，大 32 开，236 页。

封面印有“中等以上学校用”字样，可见是供中等学校讲习用的教材。著述体例比较成熟，采用了完整的章节体，每章先总后分；纲目清晰，以朝代为经、文体为纬。

全书分上下两卷，上古、中古、近古、近世共四编，起唐虞，迄清代，共十九章，七十五节；卷首为“绪论”，所述范围，上自诸子百家，下至小说词曲，总之，中国古代文学中各种主要的文体都有述及。

目次：

卷下

第三编　近古文学史

第十三章　唐文学(第一节　诗文体格之变迁及各种学术之发达，第二节　注疏之文，第三节　史籍类书小说，第四节　骈文古文，第五节　诗家，第六节　佛教文)；第十四章　五代文学；第十五章　两宋文学(第一节　道学与文学之关系，第二节　宋人征实之学，第三节　古文六大家，第四节　诗三大家，第五节　词家，第六节　宋人于文学上之创作)；第十六章　辽金文学；第十七章　元文学(第一节　元人诗文总集及史部名著，第二节　元代作家，第三节　南北曲章回小说)；第十八章　明文学(第一节　总论，第二节　古文家，第三节　诗家，第四节　戏曲，第五节　八股文)。

第四编　近世文学史

第十九章　清文学(第一节　清代文学昌盛之由，第二节　古文家，第三节　诗家，第四节　骈体文家，第五节　词曲小说，第六节　考证及翻译)。

9月

黄天鹏《新闻文学概论》初版。

黄天鹏(1904～1982)，名鹏，别署天庐主人、消遥居士，广东普宁人。《新闻文学概论》，(上海)光华书局印行，1930年8月印刷、9月发行，32开本，257页，约11万字。为商务印书馆“新闻学丛书”之一。

作者区分了新闻文学与一般文学体裁：“新闻纸上的文字自然也是文学中的一种，但他不只为智的文学，也不是纯为写情的文学，要说他是应用的文学，他却也含了不少美术的文学性。比较上他于记述方面近了，但他的体裁及时间性又不同，这可就是他能够成为独立的一种文学的原因。”①作者是中国现代著述最丰富的新闻学学者，从他对新闻文学与一般文学的区分，不难明白为何后世研究者誉之为“中国新闻学术史观的第一阐述者”②。

本书系作者1930年2月在日本东京时所编写，故可供参考的资料很少，书中颇可见错漏之处。除了“新序”外，通篇采用文言，对此，作者表示，再版时将改为“国语”。

---

① 黄天鹏：《新序》，《新闻文学概论》，上海，光华书局，1930，第2页。

② 李秀云：《黄天鹏：中国新闻学术史观的第一阐述者》，《新闻知识》2006年第11期。

目次：（与新闻文学史无关者，仅录其章目）

第一章　新闻文学导言；第二章　新闻文学之成立；第三章　新闻文学之特质；第四章　新闻文学之体裁；第五章　新闻文学之演进(第一节　政论时代：梁启超一派之政论文章、保皇革命两派之笔战文章、章士钊一派之议论文章，第二节　新闻时代：黄远生一派之写实通信、徐彬彬一派之浪漫通信、王一之一派之古典通信，第三节　副刊文字：副刊小品文学之滥觞、现时之三大分野、自由谈式之即兴文字、快活林式之滑稽文字、晶报式之小报文字，第四节　结论：舆论精神之失堕、特约通信之绝响、学艺刊物之勃兴、通俗文化之倾向)；第六章　新闻文学之变迁(文学革命之预言、革命运动之经过、新闻文学所受影响之种种)；第七章　新闻文学之分类；第八章　新闻文学之势力；第九章　新闻文学之将来(新闻文学之通俗化、新闻文学为大众的文学、新闻纸文言白话问题讨论、国语化之新趋势)。

10月

1. 张宗祥《清代文学》初版。

张宗祥(1882～1965)，名思曾，后改名宗祥，字阆声，别号冷僧，别署支那志士、铁如意馆主，浙江海宁人。《清代文学》，(上海)商务印书馆1930年10月初版，32开道林纸本，65页，约3万字。1989年，上海书店将之收入“民国丛书”第五编影印出版；2001年，将之收入《中国大文学史》(下册)出版。

本书为“万有文库”之一，叙述自清初至宣统，以朝代为纲、文类为纬。第一章“绪论”论历代文学变迁大势及规律，认为文学发展变化既与时俱进，又受文学内部自身规律制约，还与“特立不受拘束者”的创作密切相关。此外，作者还指出了历代文学发展过程中存在的一些普遍规律，如“文章之士必以学问为根据”，“自唐以下，文始有派”①。第二章“清初文学概述”，先述明末清初士风与文风，指出明代遗民实为“清代文学开国之元勋也”②，接下来分别介绍顾炎武、黄宗羲、王夫之、侯方域、魏禧、钱谦益等代表作家的简要生平与文学实绩。作者表彰顾炎武、黄宗羲“眷念故国”的遗民精神，却对钱谦益有褒有贬：“牧斋天才卓越，学力充实。诗文雄深哀艳，无奇不备；侪辈又居国初诸士之先，奉为一代正

① 张宗祥：《清代文学》，上海，上海书店，1989年影印本，第1页。

② 张宗祥：《清代文学》，上海，上海书店，1989年影印本，第3页。

宗，当之实无愧色。徒以晚节猖披，贻讥士林；且乾隆帝列之《贰臣传》中”①。作者在评价钱谦益时，如此褒其诗文而贬其行为，既实事求是，也体现了辩证眼光，确实难得。第三章“乾隆文学概述”认为，乾隆帝“专尚华辞，独喜赋颂，且去清初渐远，文习渐以华丽”②。由于乾隆的提倡，上行下效，乾隆朝的文学以华丽为特色，如袁枚“惊才侧艳”、胡天游“尤擅骈丽”、洪亮吉“亦尚骈丽”③。除了崇尚华丽骈偶的一派，还有“薄之而不为”的戴震、段玉裁、王念孙，“正之思复古”的桐城派方苞、刘大櫆、姚鼐等。难得的是，作者还介绍了独立于这些派别之外、具有文学个性的一些作家，如“贯穿事理，成一家之言”的唐大陶、“以良史之才，擅文章之能事”的全祖望，等等。尤须提及，作者认为“文字鼓吹之力，亦足以左右世变，而光绪之季实乃文体解放之发动期”④。以光绪后期作为“晚近文体解放之发动期”，这显然受到了陈子展以戊戌维新作为近代文学开端的影响。但，与胡适、陈子展等对晚近文学评价较低不同，张宗祥推许梁启超“行文充裕畅达，略无遗义”，“为清代文学改革之功臣”⑤，而林纾的翻译“精彩奕亦，自标风味”⑥，其人“能为古文辟一种新境界，非特可为介绍西洋近世文学之第一人，实足以开中国古文学应用之新纪录”⑦。这些评价，在今天看来，仍是妥切的。

本书虽论及骈文、古文、诗、词，却以大量篇幅叙述文章，戏曲仅在清词部分附带述及，故实际等同于一部清代散文简史。全书以作家生平介绍和创作风格概括为主，作为文学史，既缺少对作品的深入分析评价，更缺乏对各时期文学发展渊源的探讨及其过程的梳理。尽管如此，本书却是民国时期出版的唯一一部比较全面的清代文学史。⑧

目次：

---

① 张宗祥：《清代文学》，上海，上海书店，1989年影印本，第12页。

② 张宗祥：《清代文学》，上海，上海书店，1989年影印本，第16页。

③ 张宗祥：《清代文学》，上海，上海书店，1989年影印本，第16、17页。

④ 张宗祥：《清代文学》，上海，上海书店，1989年影印本，第45页。

⑤ 张宗祥：《清代文学》，上海，上海书店，1989年影印本，第48页。

⑥ 张宗祥：《清代文学》，上海，上海书店，1989年影印本，第50页。

⑦ 张宗祥：《清代文学》，上海，上海书店，1989年影印本，第51页。

⑧ 民国时期共出版过两种通论性质的清代文学史论著，即张宗祥《清代文学》、钱基博《清代文学纲要》。其中，钱著叙述极其简略，仅五千字。另有清代诗、词等分体史和专题史数种。

2. 郑宾于《中国文学流变史》(上册)初版。

郑宾于，字孝观，四川酉阳人。《中国文学流变史》，北新书局印行，分上中下三册。上册1930年10月初版，次年再版，1936年8月第三版；中册1931年2月初版，1936年8月再版；下册1933年11月初版，1938年8月再版(卷前增加经过修改的原载于上册的"前论")。三册均为24开本，三册之正文共1295页(上册322页，中册484页，下册489页)，总计67万字。每册卷首都有作者的"序"和写于1926年2月的"前论"。

本书系北新书局"文学史丛书"之一，上册"前论"末注"一九二六年二月于国立中俄大学"，"序"末标注"十七年四月七日我宾于于上海"，说明上册的编纂开始于1926年2月，完成于1928年4月上旬；中册的"第一页"末注"一九二九，五，七。宾于在上海善钟路。"说明中册完成于1929年5月；下册的"序"中说："民国十五年的夏天，初在福建写成了第七章中的第一节"，说明下册动笔于1926年夏天。又说："直到昨天，此项工程始完全告竣"，而此"序"作于"一九三二年二月16日"，说明下册完成于1932年2月16日。编者曾先后以此讲义在北平中俄大学、福建协和大学、成都大学讲课。上、中两册偏重于战国两汉之间的秦、六朝及五代，下册着重于词。作者原来打算全书分四册，但仅见前三册，第四册未见出版。

本书在编写过程中具有明显的问题意识，作者带着对中国古代文学史流变的若干问题进入写作，因而该书在体例上"重在文学本身的系统之流变，而不以朝代的更替划分"(《题语》)。书中颇有新奇乃至骇人之语，比如"题语"中指出，当时流通于坊间的多数文学史是"国学史"或"国故史"；又，第一章中认为"孔子不曾删诗"、"风雅颂是声乐部分之名，或者竟是汉初众人自以己意分别之名目"、"《周南》、《召南》都是'楚风'"，第二章提出"春秋战国时代的文学有南北二派：北派的代表是荀卿李斯，南派的代表之屈原宋玉之徒"，所以"书中特地标出'荀卿的赋'和'荀卿的诗'两个题目来一新文学史上的耳目，这是前人从未见到过的"，第三章致力于解决"汉代的三四五六七言诗究竟是怎样的产出?"、"古诗十九首的作者到底是谁?"等问题。在第六章(中册)，作者为唐代蜀中女诗人薛涛翻案，不仅纠正了历来认为薛涛是"妓女"的"错误"，还对她的诗歌给予很高的评价。

当然，书中也存在不少认识上的错误，比如，论辞赋只及北赋即荀赋、南赋即屈宋赋，论汉代文学只论诗而不论赋，显示了作者对赋及其作家的轻视。而更严重的错误，是作者片面依循进化论文学史观，由“文学的源流派别是有变迁和因革的”，把中国文学的流变，简单地视为“诗之流为赋，演为唐律，再变而为宋词元曲；散文之演为各家各派的古文以及杂文小说之类”的过程，因而书中“叙诗止于唐，词止于宋，曲止于明而流于清”，甚至得出“文学本是时代的产物，当前的便是活的，以往的便是死的”的结论①。此外，书中还有不少排印错误，详见第三册即卷三附录“中国文学流变史前两册之‘正误’”。

目次：

题语、例言、前论

古代的诗与赋(第一章及第二章)——公元前 1783 年至 207 年即商汤元年至秦二世三年

第一章 荀屈以前的诗

第一节 谣辞与逸诗：一、谣辞；二、论逸诗(孔子不删诗)

第二节 诗三百——引言 风雅颂的区别：一、论颂诗：三颂的时代问题：商颂非殷代之物乃周代宋人所为，总说；二、论雅诗：小雅与大雅之别，小雅之文，大雅之文；三、论国风：论周南召南是楚风，论周南召南的文学，其他的国风；四、总论三百篇：诗二百的文学批评及其应用，诗经的选集，诗的意义和范围；五、诗经中的“赋”、“比”、“兴”；六、三百篇的入乐问题：诗与“乐”，从歌变为乐歌，诗的唱奏；七、三百篇的用韵和其辞句底形式；八、附论此时其他的韵文。

第二章 论诗赋之消长——词赋之兴起与诗赋之混合及诗之顿绝

(序引)论诗赋之渐及其混合

第一节 北派的诗与赋(由荀卿到李斯)：一、论荀卿(A. 荀卿的赋，B. 荀卿的诗)；二、论李斯。

第二节 南派的赋和诗(楚辞)——由屈原而宋玉景差唐勒：一、楚辞名称的讨论及其渊源(A. 论楚辞的名称不起于武宣之世与刘向，B. 论楚辞之渊源)；二、屈原及其作品(A. 屈原到底有无其人?：a. 屈原的身世，b. 对于怀疑屈原说的判决，B. 屈原的讨论：a. 屈赋的篇数问题，b. 招魂的作者问题，c. 篇数的先后问题和真伪问题，C. 论天问，D. 论离骚，E. 九歌九章与远游：a. 九歌，b. 九章，c. 远游)；三、宋玉景差唐勒(A. 宋玉：a. 假托的宋玉赋，B. 九辩与招魂：a. 九辩，b. 招魂，c. 余说，C. 景差的大招与唐勒：a. 景差与大招，b. 唐勒与其作品，

① 郑宾于：《中国文学流变史·题语》上册，上海，北新书局，1930。

D. 楚辞的文艺，E. 本章的综结)

附录：一、论三百篇的风诗问题；二、读诗辨说——写在《论三百篇的风诗问题》之后

诗的原委(第三章、第四章、第五章、第六章)

第三章　诗的再造时期

第一节　西汉的徒歌：一、论三言四言五言六言七言诗之产生出底先后(A. 自然产生出的徒歌，B. 形式整齐的徒歌：a. 唐山夫人的三言四言及三七杂言，b. 韦孟的四言，c. 拍梁台和乌孙公主的七言，d. 苏李和卓文君的五言，e. 赵飞燕的六言)；二、论三言四言五言六言七言诗的继起(A. 三言(苏伯玉妻的盘中诗)，B. 四言(王昭君怨诗及傅毅迪志诗……)，C. 五言(班婕妤的团扇、赵壹的疾邪、张衡的同声、蔡邕的翠鸟……)，D. 六言(孔融的"汉家中叶道微"……)，E. 七言(王逸的琴思楚歌……))；三、古诗十九首(附《兰若生春阳》一首)(A. 十九首的作者问题，B. 十九首产生的时代，C. 西门行与生年不满百的关系(采诗入乐的又一证)，D. 十九首自身的文学价值)；四、其他的古诗(A. 古诗与汉代社会，B. 玉台新咏的古绝，C. 孔雀东南飞：a. 诗的评价与本事，b. 孔雀东南飞底时代，c. 孔雀东南飞的字句问题，d. 前人对于孔雀东南飞的评价)；五、西汉的歌谣与时俗。

第二节　西汉的乐歌：一、乐府之成立；二、乐府之类别(A. 郊庙歌辞，B. 鼓吹曲辞，C. 相和歌辞：a. 相和曲，b. 叹吟曲，c. 平调曲，d. 清调曲，e. 瑟调曲，f. 楚调曲，g. 大曲，D. 舞曲歌辞，E. 杂曲歌辞，F. 杂说：a. 什么是歌谣，b. 乐府中亡失曲调的四调，c. 司马相如的琴歌)

(以上为上册)

第四章　诗的拓展期——南北朝迄隋

约当西历纪元四二〇至六一七年，即宋武帝永初元年至隋恭帝义宁元年也

第一节　建安黄初和正始——曹操与曹丕：一、建安体与黄初体(1. 曹植，2. 王粲，3. 陈琳，4. 徐干，5. 刘桢，6. 阮瑀，7. 应玚)；二、正始体(应璩何晏：应璩，何晏；竹林七贤：嵇康，阮籍，刘伶)；三、吴蜀的诗人和三国的谣词(蜀诗人：1. 诸葛亮，2. 秦宓；吴诗人，谣辞：曹魏的谣辞，吴的谣辞；曹魏诗坛的总结)。

第二节　两晋的诗坛：一、两晋的太康体——三张二陆两潘一左(张陆潘左：张载，张协，张亢，陆机，陆云，潘岳，潘尼，左思；张华傅玄：张华，傅玄)；二、刘琨郭璞与陶潜(东晋)[刘琨(卢谌附)，郭璞，

陶潜]；三、魏晋的女诗人和谣曲(女诗人，谣辞)。

第三节　魏晋的乐歌：一、演奏的乐府(郊庙的歌辞，燕射的歌辞，鼓吹曲辞，横吹曲辞，相和歌辞，清商曲辞，舞曲歌辞，琴曲歌辞，杂曲歌辞)；二、形式的乐府(曹家父子，陈琳，傅玄与陆机)。

第五章　诗的迭变与翻新

第一节　北朝的诗系：一、北魏宗室的诗商(孝文联句和诸宗室篇章，北魏的新旧两诗派：旧派的扬固，新派的萧统温子昇，北魏的对偶与律绝)；二、北齐的邢魏及其他诗人(邢子才，魏收，其他诗人)；三、北周的诗人王褒庾信(王褒，庾信)。

第二节　南朝的诗系：一、宋代的元嘉体(颜延之，谢灵运，谢宪运，汤蕙休，鲍照，鲍令晖)；二、齐梁的永明体与宫体(萧梁父子：梁武帝，梁简文帝，湘东王；永明体：谢朓，王融，沈约，范云，江淹，周颙，何逊，刘孝绰，张率，王筠，吴筠；宫体诗：徐擒，庾肩吾)；三、陈隋宫体之变本加厉与起伏之状态(齐梁宫体的余势：徐陵，阴铿，张居见，周弘正，陈后主与江总：陈后主，江总，其余的作家，宫体诗的繁演：杨素的复古，统一文学的反动，宫体诗的作家)。

第三节　南北朝及隋的乐府：一、郊庙歌辞；二、燕射歌辞；三、鼓吹曲辞；四、横吹曲辞；五、相和歌辞；六、清商曲辞(吴声歌曲，西曲歌，齐梁的共戏乐和杨叛儿，梁武帝的改制与创作——《江南弄》与《襄阳踏铜归》，陈后主的新声——《玉树后庭花》，隋炀帝的新声——《泛龙舟》和《春江花夜月》)；七、舞曲歌辞(宋的，齐的，梁的，北齐的，隋的)；八、杂歌谣辞(南北歌谣的特质，总结——南北朝及隋)。

第六章　诗之隆替时期

一、唐诗兴盛的原因；二、四唐与三唐。

第一节　唐的初期诗派：一、六朝的余势(李百乐、长孙无忌、李义府、王绩、唐太宗、武则天，魏征与十八学士)；二、四杰的“当时体”；三、上官宫体与沈宋的诗律(唐律是怎样起的？上官主孙的试卷诗，成就律诗的沈宋)；四、所谓珠英学士与陈子昂。

第二节　盛唐诗业的郁茂：一、三个古董诗人——张说苏颋张九龄；二、集大成的李白杜甫；三、盛唐的北方诗人(所谓田园诗人？岑参高适及其流辈)。

第三节　大历元和的诗人：一、矫古的诗人——论沈千运等；二、后期的田园诗人；三、大历十才子的台阁体(十才子的台阁体，台阁体的例外)；四、诗的白话化。

第四节 晚唐诗的终了——小论 诗到晚唐所以终了的原因：一、浅近作家的诗风；二、香奁体的作者和格律诗人(香奁集与香奁体，格律诗人)；三、温李与许郑(温庭筠与李商隐，许混与郑谷)。

第五节 乐府歌与木兰诗：一、古诗与乐府；二、唐诗与乐府；三、木兰诗——木兰是否果有其人？和木兰诗的时代底决定。

(以上为中册)

词(新体诗)的历史——约当于西历纪元九〇七年至一二七六年，即梁太祖开平元年至宋恭帝德佑二年。

第七章 词的创始时期

第一节 词的胚胎：一、什么是词；二、“词”与“诗”的区别(关于格式方面的区别，关于原理方面的区别)；三、词的起源；四、六朝时的长短句；五、唐词的演化及其长大。

第二节 词的酝酿于进展：一、晚唐五代之词观(词的评价，时势与环境，题词调名缘起的讨论)；二、北方的中原(总五代言之)；三、西方的西蜀(前蜀后蜀)；四、东南的闽越；五、中部的荆南；六、南方的淮南(吴暨南唐，此为南方之一)；七、南方的楚与南汉(此为南方之二)。

第八章 词的光大及衰歇

第一节 总论：一、宋词大成的原因；二、宋词发达的普遍现象；三、两宋词与唐末五代词的区别；四、宋词时代区分的讨论。

第二节 宋北派词之豪放及其流行——引论 北派豪放词的价值：一、北宋时期(绪说，北派词之始大：苏东坡之开山，调启东坡之王安石，苏门词人之接武，时人之倡诱，北派词之中兴)；二、南宋时期(南渡后北派词之继兴，南渡后北派词之极盛，南渡后北派词之回光返照：晚宋称霸之刘后付，日落西山之余势)，宋亡以后的呼声。

第三节 宋南派词之婉约及其流衍——引论 南派婉约词之评价：一、北宋时期 北宋南派词之蓬勃代表作 初期承渐之概略……钱维滨等(晏氏父子之继往开来，欧阳修之雅览，张先词之承启，慢词大倡之柳永，步武柳七之秦观，抗衡秦观之贺铸，提举大晟乐府之周美成，其他的词人)；二、南宋时期 引论 论到赵鼎与向镐(功盖清真之姜夔——南宋词坛之宗匠，规模周姜之高史，词的厄运，词运衰歇以后突起之宗师——张炎，其他的词人)。

第四节 论宋词之所以亡：一、由于“寿词”之流行；二、由于歌法之失传；三、由于音律之牵拘；四、由于词调之“有题”；五、由于铸就型范之弊；六、由于曲调之代兴。

11 月

1. 陈炳堃《最近三十年中国文学史》初版。

陈炳堃(子展)的《最近三十年中国文学史》，上海太平洋书店 1930 年 11 月初版发行，次年 5 月再版[①]，24 开本，274 页，约 10 万字，赵景深作“序”。

本书继胡适《五十年来之中国文学》(1922)和作者《中国近代文学之变迁》(1929)而作，陈子展自称“仍袭十分之二”[②]，其实本书内容远比前面两种书详细、丰富，相同点仅在于文学史观和框架设置、取材方面。区别主要在于《最近三十年中国文学史》的分类更集中，阐述更具体深入，且内容上还增加了“敦煌俗文学发见与民间文艺研究”，显示了当时文学史研究的新动向。书中对胡适《五十年来中国之文学》忽视的旧诗词(如宋诗运动、同光体代表诗人、近代四大词人等)作了专门论述，体现了独创旨意。

作者的意图是“为三十年来之中国文学结一总账，遍读诸家名作，归纳多人评述，而自缀长编”[③]。这种写作意图与当年胡适撰写《五十年来中国之文学》时基本一致，因而陈子展像胡适《五十年来中国之文学》那样，用主要篇幅论述晚清以来文学之变迁，重点讲“变迁”。一般认为陈氏也像胡适那样用进化的眼光讲“变迁”，以证明新文学运动发生的必然性与合理性。事实上，陈氏力图证明的是文学大众化的趋势。他总结“最近三十年文学之变迁”，得出结论说：“从今以后，文学成为替民众喊叫，民众替自己喊叫的一种东西，这样的时期，快要到了。”[④]他还对当时正勃兴于文坛的“革命文学”表示出向往，认为其“显示着中国文学再生的活力”。看得出来，陈子展此书受到了唯物史观的影响，这使得本书既深受胡适文学史写作的影响，却又在研究方法和部分结论上超越了胡适。

书中最精彩的内容是论述新旧文学之间如何演变。第二、三章讲晚清同光体等旧体诗衰落，“新派诗”因时而发，又指出诗歌新变的原因，是旧体诗的艺术形式“已经发展到了一定的限度，不能一直向前发展了，

---

① 陈玉堂《中国文学史书目提要》云：此书“1930 年 11 月初版，12 月再版，次年 5 月三版”(第 166 页)。但笔者所见该书版权页标注“二十年五月再版”。以当年情况，次月再版一本“文学史”的情况十分罕见，何况遍寻未得“12 月再版”本，故陈玉堂云“12 月再版”为误记。

② 陈炳堃：《最近三十年中国文学史·例言》，上海，上海太平洋书店，1930，第 2 页。

③ 陈炳堃：《最近三十年中国文学史·例言》，上海，上海太平洋书店，1930，第 1 页。

④ 陈炳堃：《最近三十年中国文学史》，上海，上海太平洋书店，1930，第 2 页。

须得另求新的发展”。这是对新诗发生原因的深刻描述，直到今天仍被学者引用。作者把晚清词曲研究、翻译小说、讽刺小说视为晚清文坛的重大实绩，尤其是把王国维、吴梅等人的戏曲研究写进文学史，兼顾了文学研究对文学发展的影响，这些都启发了后世研究者对晚清文学的研究。

本书自问世以来，一直在学术界有良好反响。赵景深在“序”中说：“这本书是我极爱读的。”他认为，该书文笔流畅而条理清晰，令人爱不释手。直到今天，人们只要讲到近代文学研究，就必定要提到本书和《中国近代文学之变迁》。近年有论者评价说：“从某种程度上说，陈子展先生的这两部著作是近代文学研究领域起到了开山作用。”①

全书叙述了从中日甲午战争至文学革命期间中国文学的演进及其详细状况，共八篇，若干章。最后两章即“文学革命运动”，颇多引用、摘录赵景深的《中国文学小史》(1928)。

目次：

① 徐志啸：《陈子展先生与近代文学研究——试析他的两部文学史》，《北方论丛》2011年第1期，第72页。

世难言之恫、李思纯、仙河集、译诗方式的讨论、以上略述新派诗。这个时期诗界的共同倾向、生活的激变、生活上新的要求、诗界的求新之倾向、旧派求新的走入歧路、字面问题、新派异于旧派的地方、新派的将来。

四、古文的演变与新文体的发生(上)：姚鼐曾国藩的影响、桐城派、阳湖派、湘乡派、桐城派的中兴、古文大师吴汝纶、古文辞类纂与六经、桐城派不振的原因、空招牌与空架子、古文义法是什么、此之谓桐城谬种、桐城派的长处与短处、两个译书的古文家、严复、译书的用心与郑重、骎骎晚周诸子相上下、吾译正待中国多读古书之人、林纾、茶花女遗事、翻译写情小说的心情、他的尝试西洋文学、直斗老先生咋舌的批评、桐城派的嫡传、林严并称、严复的贡献。

五、古文的演变与新文体的发生(下)：章炳麟、上天以国粹付余、神经病者、对于林严的贬辞、文的雅俗、王闿运的所谓雅、摹古的方法和理论、何谓假古董、俞樾之文、章炳麟之文及其见解、刘师培、仪征派、黄侃胡适讹古伪新之争、政论文学的发生、梁启超、古文体的解放、新文体、旧派文人之评新文体、外来语的输入、俚语之人、笔端扰乱甲会、梁启超文字的魔力之大、政治上的笔战、近代文言散文(新体文)的成熟、章士钊、谨严莹洁之文、文论、同时的政论家、欧化的古文、政治与文学、与一般人生来交涉、综论这一时期文言散文的变迁。

六、词曲的提倡和小说的发展(上)：小说词曲、附庸蔚为大国、四库全书词曲类、曲海、剧说、戏曲取得学术界的公认、吴梅研究旧戏曲、作曲不可我难、王国维研究戏曲的志愿及其成绩、戏曲被看为一种专门的学问、人间词话、词有境界说、词有隔与不隔说、人间词、作者的自负、这个时期的著名词人、王鹏运、词界的泰山北斗、朱祖谋、疆村丛书为词的最大结集、律博士、梦窗派、况周颐、诗余的新话、词学史上大功劳、蕙风词话与人间词话、词曲的研究和提倡、词曲研究的新方向。

七、词曲的提倡和小说的发展(下)：小说的起源、小说最初取得学术上的地位、小说史上的一个新时期、分几个方面来说(A. 小说界革命、政治与小说；B. 小说的翻译和创作、林纾以外之翻译者、讽刺小说、谴责小说、它的时代背景、几个代表作家、李宝嘉、吴沃尧、他们的影响、黑幕小说的发生、刘鹗、曾朴、古文小说、林纾的时事小说、苏曼殊的自传、这个时期小说之特色；C. 古佚小说的发现和翻印、游仙窟、宋人平话小说、三国志平话和三国志通俗演义；D. 旧小说的整理和研究、俞樾删改三侠五义、近人的校读标点、考证批评、小说史的创作；E. 小说的定期刊物纷纷出现、小说杂志的初祖、日报附刊小说之始、小说最流行的时代)。

八、敦煌俗文学的发现和民间文艺的研究(上):最近中国新发现的学问、唐五代的俗文学、发现的经过、这种俗文学的散文方面、唐太宗入冥记、秋胡小说、列国传、伍子胥的故事、茶酒论、舜子至孝变文、韵文方面、太子五更转五更难、十二时、杂曲子、孝子董永传、季布传、明妃传、无题的残曲、何谓佛曲、文殊问疾、维摩诘经唱文、作者及其时代的考证、二三万字的记事诗、目连缘起、王梵志诗、韦庄秦妇吟、结论(第一,唐五代产生这种俗文学的原因;第二,佛教和这种俗文学的关系;第三,这种俗文学和后来俗文学的关系)。

八、敦煌俗文学的发现和民间文艺的研究(下):民间文艺的性质、平民文学与贵族文学的分野、研究的发端、外国的搜集中国歌谣、卫泰尔的北京歌唱、何德兰的孺子歌图、平泽平七的台湾之歌谣、前人对于歌谣之态度及其贡献、近人的研究歌谣、北京大学的歌谣研究会、歌谣周刊、广州中山大学的民俗研究会、个人方面的这种工作、周作人的提倡、顾颉刚的研究之目的、其他诸人在歌谣上的贡献、研究歌谣在文学上的影响、可供创作新诗的参考、民间文艺的韵文散文两方面、材料丰富、过去研究者的成绩、将来的希望。

十、文学革命运动(上):文学革命的酝酿及其发动、鼓吹的刊物、新青年杂志、语言文字解放的要求、国语运动与文学革命运动、最初文学革命者的主张、陈独秀的三大主义、胡适的八不主义、四条主张、十个大字的宗旨、根本理论、文学上新旧两派正式冲突的序幕、林纾致蔡元培书、古文不废说、古文白话消长观、严复的古文不亡论、文学上的天演观、容忍的态度、学衡派的继起及其宗旨、胡先骕的文学改良论、所谓白话的意义、第一部白话诗集的出现、胡先骕的批评及其主张、吴宓的诗说、李思纯的论汉字诗、章炳麟的论白话诗、白话诗必得引起的一些的反响、田汉的论新诗。

十一、文学革命运动(下):章士钊的反新文学运动、甲寅周刊的宗旨及其影响、他的根本理论、他一生的大不幸、论新旧、论开倒车、论反动、倔强的态度、和它驳论或开玩笑的人、吴敬恒的放屁文学论、章士钊的所谓立言、友丧、前甲寅和后甲寅的评价、文学革命和整理国故、胡适的捉妖打鬼、半文半白的白话文之来源、新文学出的成绩、两种统计、十部著作、胡适曾朴对于新文坛的观察、新诗的过去与将来、戏剧运动的各方面、小说家的概况及其“左”倾、散文的发达、尾论。

2. 胡怀琛《中国寓言研究》初版。

胡怀琛《中国寓言研究》，（上海）商务印书馆 1930 年 11 月初版，32 开本，84 页，约 3 万字。

全书分“何谓寓言”、“寓言的效用如何”、“全世界寓言的产生地：印度、希腊、中国”、“中国寓言产生的时代”、“战国前后寓言产生的传播”、“汉魏以后寓言的变迁”、“汉魏以来的韵文的寓言”和“近二十年来寓言的复活”共八章。篇幅不大，所描画的中国寓言文学史的轮廓也很粗糙，却内容丰富，涉及世界范围内的寓言、中国古代寓言及民初二十年的寓言。

该书自觉运用跨文化的比较研究法来研究中国寓言，通过比较来凸显中国寓言发展过程的特征及其变迁轨迹。如第三章“全世界寓言的产生地：印度、希腊、中国”，作者从文化交流的角度考察、追溯印度寓言、希腊寓言和中国寓言相互之间的具体交流和影响，这一思路在第八章也有体现。作者在该章提到林纾翻译的《伊索寓言》对当时文坛的影响。“我们说到中国寓言的复活，不得不说是受了《伊索寓言》的影响”①；“这二十年中间，希腊的寓言，趁海舶到中国来了，长眠在深山古寺里的印度寓言，被人们唤醒了，沉埋在旧书堆里的中国古代语言，被人们扑去灰尘，从蠹鱼窝中挖出来了。真可谓盛极一时。”②

虽然本书在运用跨文化的比较研究法时，显得生涩，尤其归纳总结各国寓言特点及其彼此影响时力不从心，对中国寓言发展历程的描述也十分粗糙，但“这本书所具有的开先河的作用及其对此后中国寓言研究的影响是不容忽视的。尽管中国 20 世纪三四十年代经历了战火，但新中国成立以后相继出现的中国寓言研究的专著基本继承了前人跨文化研究的思路和方法，走的仍然是这条路子”③。

目次（略）。

3. 谭正璧《中国女性的文学生活》初版。

谭正璧《中国女性的文学生活》，（上海）光明书局 1930 年 11 月初版，1931 年 8 月补正再版，32 开道林纸本，分纸面和布面两种，554 页（补

---

① 胡怀琛：《中国寓言研究》，上海，商务印书馆，1930，第 83 页。

② 胡怀琛：《中国寓言研究》，上海，商务印书馆，1930，第 84 页。

③ 杜慧敏：《谈建国前伊索寓言汉译本中的中外文学比较研究》，《中文自学指导》2004 年第 5 期。

正64页），约24万字(补正的内容约3万字)。

作者在“自序”中说，写作本书缘于“女性地位之窳弱”，“为男性者，当本‘同为人类，悲乐与共’之旨而扶掖之，赞勉之。”又说：“女性文学史者，女性生活史之一部分也。但历来人人均知女性生活之殊异于男性，独对于文学乃歧视之”，故作者希望本书能引起人们对女性文学生活的注意。

在本书之前，已有谢无量《中国妇女文学史》和梁乙真《清代妇女文学史》，但二者的文学观念未能脱旧有藩篱，主要叙述辞赋和诗词，不以小说戏曲弹词为文学，故其所述，褊狭、遗漏较多。本书持20世纪30年代初期的“纯文学”观，除了诗赋、乐府、词，还用比较多的篇幅叙述宋代以后的戏曲和小说弹词。

全书分七章，从汉晋诗赋迄于明清，共五十一节。1931年8月，以出版纸型重印，补正十七节，是为“补正再版本”；1935年7月，作者增删若干篇幅，改书名为《中国女性文学史》由光明书局印行(详后)。

目次：

第一章　叙论：一、女性生活；二、女性与文学；三、中国的女性文学。

第二章　汉晋诗赋：一、诗赋的来源；二、卓文君；三、塞外哀鸿；四、班门两圣人；五、蔡琰；六、徐淑；七、左芬。

第三章　六朝乐府：一、乐府的来源；二、子夜；三、华山畿；四、包明月与王金珠。

第四章　隋唐五代诗人：一、律诗的来源；二、侯夫人；三、宫闱诗人；四、武曌；五、红叶与纩衣；六、李冶；七、鱼玄机；八、杨容华与步非烟；九、薛涛；十、刘采春；十一、花蕊夫人。

第五章　两宋词人：一、词的来源；二、萧皇后；三、李清照；四、魏夫人与孙夫人；五、吴淑姬；六、朱淑真；七、严蕊；八、张玉娘；九、管道升。

第六章　明清曲家：一、曲的来源；二、黄夫人；三、叶小纨；四、梁夷素；五、阮丽珍；六、林以宁；七、王筠；八、吴藻；九、姜玉洁与吴逸香。

第七章　通俗小说与弹词：一、通俗文学的来源；二、汪端；三、陶真怀；四、陈端生与梁德绳；五、侯芝；六、邱心如；七、程蕙英。

4. 〔日〕儿岛献吉郎著、张铭慈译《中国文学概论》初版。

〔日〕儿岛献吉郎著、张铭慈译《中国文学概论》，(上海)商务印书馆1930年11月初版。

目次(详见儿岛献吉郎《支那文学概论》或其他中译本)。

12月

1. 胡云翼《唐诗研究》初版。

胡云翼《唐诗研究》，(上海)商务印书馆1930年12月印行，1933年1月“国难后”第一版，32开本，203页，约9万字。

本书为王云五主编“国学小丛书”之一。严格说，本书不是文学史著，但其中部分章节可视为文学史。第八章附录的“诗人小传”，据《全唐诗》收录600多名诗人，篇幅占全书三分一强。

目次：

第一章　导言；第二章　唐诗的来源及其背境[①]；第三章　唐诗的第一时期；第四章　唐诗的第二时期；第五章　唐诗的第三时期；第六章　唐诗的第四时期；第七章　唐代妇女的诗；第八章　附录。

2. 胡云翼《宋诗研究》初版。

胡云翼《宋诗研究》，(上海)商务印书馆1930年12月印行，32开本，240页，10万余字。1933年4月“国难后”第一版，1935年5月“国难后”第二版。书末有跋。

本书是作者继《唐诗研究》之后，应商务印书馆王云五之约而编写的又一本专著，也是“国学小丛书”之一。书稿已成一半后毁于战火，本书系作者重写而成。关于此书写作目的，据作者说，是因为：“摆在历史上七百年了的宋诗，除了诗话家照例加以一些支离破碎的所谓批评，和文学史家照例在他们的大著里面搁这么一章人云亦云的宋诗外，关于宋诗的系统的整个的研究著作，据我所知，似乎还没有。”[②]

全书按两宋时期分成上、下篇，共二十章。上篇十二章，论宋诗特色及北宋诗，下篇八章，总论南宋诗及宋诗之弊。全书述及两宋三百多年的重要诗人、诗派及其地位、作用，可谓中国第一部宋诗发展简史，与钱锺书《谈艺录》、梁昆《宋诗派别论》并为民国期间学术价值和影响最

---

① 原书目录和正文均写为“背境”，今作“背景”。

② 胡云翼：《宋诗研究·跋》，上海，商务印书馆，1930。

大的三部宋诗研究著作。

上篇对宋诗特色与成就的评价，总体上客观公允。如第一章“唐诗与宋诗”，比较唐宋诗歌优劣，这是宋诗研究无法绕过去的一道坎。作者认为，宋诗消失了唐诗的许多特色，如“宋诗消失了唐代那种悲壮底边塞派的作风了”，“宋诗消失了唐代那种感伤底社会派的作风了”，“宋诗消失了唐代那种哀艳底闺怨诗的作风了”，“宋诗消失了唐代那种缠绵活泼底情诗的作风了”①。这种把握令人耳目一新，也与事实大致不差，但宋诗并未绝对“消失了唐代那种……的作风了”。如北宋使辽诗、南宋使金诗都可视为边塞诗，并不像作者说的宋代没有了“边塞派的作风”。

作者述评宋代诗人时，既突出名家、重点介绍，也不忽视中小诗人及其流派。上篇以四章篇幅论述“北宋诗坛的四大权威”，下篇以三章篇幅分别介绍“爱国诗人陆游”、“田园诗人范成大”、“白话诗人杨万里”，同时辟专章介绍“苏门诗人”、“反江西派诗人”。其中不乏精准的归纳。如第十九章“宋诗之弊”将宋诗的缺陷和不足归因于模拟、诗话与诗派三个方面。这是很有见地的。

由于成书时间仓促，作者对宋诗的研究尚不成熟，书中有一些立论比较轻率武断。如作者认为，“宋人诗话十之八九是零碎无章地胡说”，“完全束缚了诗人创作的自由，不让他们的才气充分发展”②。又说，“诗派在中国文学史上实在是一个很坏的现象”，“这实在是诗坛最堕落的表现，宋诗不幸发生这么多分歧的诗派，实在是宋诗发展的大障碍，也实在是宋诗的大厄运”③。对江西诗派的评价比较主观偏激，如“所谓江西诗派也者，完全是个虚名，并不足以名世”，“江西诗派好的特点实在是没有，坏的特点倒有了一个，就是学着‘黄山谷生涩瘦硬，奇僻拗拙’而变本加厉”④。

目次：

上编

① 胡云翼：《宋诗研究》，上海，商务印书馆，1930，第7～9页。

② 胡云翼：《宋诗研究》，上海，商务印书馆，1930，第198页。

③ 胡云翼：《宋诗研究》，上海，商务印书馆，1930，第199～120页。

④ 胡云翼：《宋诗研究》，上海，商务印书馆，1930，第98页。

苏门的诗人(秦观、张耒、晁补之、文同)；第十章　北宋诗坛的四大权威(四)黄庭坚；第十一章　江西诗派；第十二章　北宋诗人补志。

下编

第十三章　南渡的诗坛；第十四章　爱国诗人陆游；第十五章　田园诗人范成大；第十六章　白话诗人杨万里；第十七章　反江西派诗人；第十八章　晚宋诗坛；第十九章　宋诗之弊；第二十章　南宋诗人补志。

本年

1. 朱星元《中国近代诗学之过渡时代论略》初版。

朱星元《中国近代诗学之过渡时代论略》，(无锡)锡成印刷公司 1930 年初版。

作者自谓："此题全采文学史之性质，故不烦多抄录征引，而于梁任公《饮冰室诗话》尤多采录。"(《序》)

本书的价值，主要在于选题有新意。作者从中国近代诗歌的新旧过渡切入，这种对文学转捩点的关注，使本书获得考察中国文学的新鲜而特别的视角。

目次：

绪论　何谓过渡时代：一、过渡时代之定义；二、中国文学之过渡时代。

本论：一、中国近代诗学过渡时代之人物 二、及其评论 。

结论：一、当时之所谓新学之诗 二、及其特采与流弊。

2. 沈从文、孙俍工《中国小说史讲义》印行。

沈从文(1902～1988)，原名沈岳焕，笔名休芸芸、甲辰、上官碧、璇若等，乳名茂林，字崇文，湖南湘西凤凰人。孙俍工(1894～1962)，原名孙光策，又号孙僚光，湖南隆回人。两人合著的《中国小说史讲义》，(上海)暨南大学 1930 年初版，16 开本。

陈玉堂《中国文学史书目提要》把沈、孙二人所著之书分开录入："沈从文《中国小说史讲义》，暨南大学出版，16 开本，其他情况尚不详。本目据上海书店内部记录。""《中国小说史纲》，孙俍工著。原书未见，此据胡怀琛《中国小说的起源及其演变》一书的书目附录录存。"①事实上，两人所著之书为同一本。20 世纪 30 年代初期，沈、孙都受聘于上海暨南

① 陈玉堂：《中国文学史书目提要》，合肥，黄山书社，1986，第 241、237 页。

大学，故校方将其文学史讲义合并刊印。沈从文所著部分，先后收入1981年3月至1984年11月由广州花城出版社和三联书店香港分店联合出版的《沈从文文集》(12卷本)和北岳文艺出版社2002年出版的《沈从文全集》(32卷本)。

目次：

绪论(沈从文)、神话传说(沈从文)、汉代的小说(孙俍工)、魏晋南北朝的小说(孙俍工)、唐代的小说(孙俍工)、宋代的小说(孙俍工)、元代的小说(孙俍工)、明代的小说(孙俍工)、清代的小说(孙俍工)。

3. 李浚之《清画家诗史》初版。

李浚之(1868～1953)，号响泉，山东宁津县田家乡人。《清画家诗史》，来熏阁印行，1930年初版，木刻线装本，共十册，1000页，约30余万字。书内每册卷首附珂罗版插页。1983年中国书店再版，启功题序；1985年台北文成书局分三册影印出版；1990年7月，中国书店整理后作为"海王村古籍丛刊"之一重版，大32开精装本，550页。

李浚之是近代著名书画家，也是著名的美术史学家。李浚之历经二十五年心血，寻师访友，广事搜集，四易其稿，于1930年辑成《清画家诗史》二十卷(正续两集，30万字)，广泛辑录清代2000多名画家小传及题画诗4000余首。并自己出资由来熏阁雕刻成木板10行版711块，付诸印刷成本书，花费300两黄金。本书以天干编次，由甲至癸，共二十卷，所辑清代画家，既有成名者也包括妇女、释道等为他书所不录者。1983年启功先生为本书再版题序说："响泉先生特立独行，表率近世艺林数十年。昔曾求教，诲示拳拳。所著画家诗史，以人存诗，以诗存画，权衡精密，寄托乃弥。于张浦山、秦谊芬著述之外，别开蹊径，自树风标。论六德于三百年间者。不读此书，不足为知人，又何有于论世、论艺乎?"

目次(略)。

1931年(民国二十年)

1月

1. 陈彬龢《中国文学论略》初版。

陈彬龢(1897～1945)，曾用名乐素素、昌蔚，号松轩，江苏吴县人。《中国文学论略》，(上海)商务印书馆1931年1月印行，1933年10月第二版，32开平装本，122页，约4.6万字。

本书为"国学小丛书"之一，由王五云任编辑主任。主要论述中国文章、诗、楚辞、赋、骈文、辞、曲以及小说等各种文体的起源、特点、分类、派别和修辞手法，因而本书实际上是一部“中国文体史”。用文言文写作，言简意赅，内容简要。

目次：

第一章　绪论：第一节　文章之分类；第二节　文章之体裁；第三节　文学之界说；第四节　文章之运用。

第二章　诗：第一节　诗之起源；第二节　诗之分类；第三节　诗之格律；第四节　诗之修辞；第五节　诗之宗派；第六节　诗之流变；第七节　古体诗；第八节　四言古诗；第九节　五言古诗；第十节　七言古诗；第十一节　乐府；第十二节　近体诗；第十三节　律诗；第十四节　绝句。

第三章　楚辞：第一节　楚辞之来历；第二节　楚辞之篇第；第三节　楚辞之流变；第四节　楚辞之修辞。

第四章　赋：第一节　赋之定义；第二节　赋之起源；第三节　赋之分类；第四节　赋之流变；第五节　赋之派别；第六节　赋之修辞。

第五章　骈文：第一节　骈文之起源；第二节　骈文之沿革；第三节　骈文之分类；第四节　骈文之修辞。

第六章　词：第一节　词的起源；第二节　词之体裁；第三节　词之声调；第四节　词之流别；第五节　词之修辞。

第七章　曲：第一节　曲之起源；第二节　词与曲之别；第三节　戏曲之沿革与派别；第四节　南北曲之体例；第五节　曲之修辞。

第八章　小说：第一节　小说之起源；第二节　小说之沿革；第三节　小说之分类；第四节　小说之修辞。

2. 陆侃如、冯沅君《中国诗史》初版。

陆侃如(1903～1978)，原名侃，字衎庐，笔名小璧，祖籍江苏太仓，出生于江苏海门。冯沅君(1900～1974)，河南唐河人。《中国诗史》分上、中、下三册，大江书铺印行，1931 年 1 月初版上册，同年 7 月初版中册，12 月初版下册，32 开道林纸本，共 1429 页，约 50 万字。1956 年，经两位作者修改校阅，由作家出版社出版了《中国诗史》修订本；1983 年人民文学出版社重版；1996 年山东大学出版社印制了精装本；1999 年百花文艺出版社列为 20 世纪经典学术史之一出版。

本书最显著的特点在于取材方面，作者采取“人取我弃”、“人弃我取”的方针，这一点多为后世所非议。其实，作者所谓“人取我弃”的材料有两种，一种是常被其他文学史家选取的后人伪作，比如《诗经》以前的"古逸"材料，另一种是每一时代的"劣作"，例如汉以后的"骚"、近百年来的部分诗词；"人弃我取"，指的是"取"那些被一般文学史家认为不重要或非诗的材料，比如作者认为，古往今来的韵文都可视为诗，这也就把一般史家认为非诗的材料(如词和曲)也收入本书。当然，作者扩大了"诗"的范围，并不意味着把有韵的散文(如赋、赞等)、有韵的小说(如佛曲、弹词等)也包括在内。

全书分三卷，上卷为古代诗史，由中国诗的起源迄于汉代；中卷为中代诗史，由汉末至唐代，以五七言古近体为主；下卷为近代诗史，由唐末迄清代，以词及散曲为主。卷首"导论"略述本书的材料及分期等问题，卷末有"附论"，略述现代白话诗及无产诗运动。"导论"、上卷和中卷为陆侃如编写，下卷为冯沅君编写；原稿均为两人在大学任教时的讲义。

目次：

词人；章四 十国词人；章五 李煜。

篇二 苏轼时代：章一 导论；章二 宋初词人；章三 苏轼及其他；章四 周邦彦及其他；章五 晏几道、秦观等。

篇三 姜夔时代：章一 导论；章二 辛弃疾；章三 刘过、朱敦儒等；章四 姜夔；章五 史达祖、吴文英等。

篇四 散曲及其他：章一 导论；章二 马致远、冯惟敏及其他；章三 张可久、王磐及其他；章四 梁辰鱼、沈璟及其他；章五 附论小曲、歌谣等。

附论 现代的中国诗。

3. 罗根泽《乐府文学史》初版。

罗根泽《乐府文学史》，（北平）文化学社1931年1月印行，24开本，290页，约11万字，黎锦熙题签。1991年12月上海书店影印出版，与刘经庵《中国纯文学史纲》合为一册，作为“民国丛书”第三编第54种出版，32开本，精装。1996年东方出版社重版。

本书为罗根泽计划编纂的《中国文学史类编》第二编，因要印单行本，故题名《乐府文学史》。1929年秋，罗根泽在河南中山大学讲授中国文学史时，曾打算以外国文学史的编著体例编纂一部《中国文学史类编》，分为歌谣、乐府、词、戏曲、小说、诗、赋、骈散文共八种类别。之所以这样按类别分开叙述，是因为罗根泽相信，“一种文学的变迁的原因，和并时的其他文学的影响，终不及和前代的同类文学的影响大”①。同样因为这个缘故，《乐府文学史》一书仅考察乐府文学的历史本身，不考虑其他文类与乐府的关系。

作者声称本书“以类为经，以时为纬”、“以类为编，以时为章”②。这种著述体例相对于当时流行的“朝代为经、作家为纬”，可更清晰地呈现文类的发展脉络，也避免了对文学史作“录鬼簿”式的简单介绍。“以类为经，以时为纬”、“以类为编，以时为章”是中国文学史写作体例的一个重要创新。不过，罗根泽的《乐府文学史》并未很好地贯彻这一体例，而且他也不是这种体例的创始人。盐谷温1919年出版的《支那文学概论讲话》很可能最早运用这种体例，1929年5月出版的刘麟生《中国文学ABC》也是用此体例编写。据此推断，罗根泽在1931年提出“以类为经，

① 罗根泽：《乐府文学史·自序》，北平，文化学社，1931，第2页。

② 罗根泽：《乐府文学史·自序》，北平，文化学社，1931，第8页。

以时为纬"、"以类为编，以时为章"，应该受到了前面两种书的影响。

全书分六章，十三节，语言简洁，材料丰富，其中不少今已稀见。书中采用他人说法最多的，两汉则有梁启超《美文史》中"两汉乐府"一章，唐代则有胡适《白话文学史》"八世纪的新乐府"一章。

目次：

第一章 绪论：一、乐府之义界；二、乐府之类别。

第二章 两汉之乐府：一、三大乐府(房中歌、郊祀歌、铙歌)；二、乐府古辞及其他(非五言者、五言者、疑非汉歌者)；三、汉代乐府源流变迁表。

第三章 魏晋乐府：一、魏——附吴蜀；二、晋；三、魏晋乐府源流变迁表。

第四章 南北朝乐府：一、南朝(平民创作乐府、文人仿古乐府、附木兰诗作于唐代考)；二、北朝(平民创作乐府、文人仿古乐府)；三、南北朝乐府之异同及其在文学史上之地位(异同、地位)。

第五章 隋唐乐府：一、隋；二、唐(唐代君王之提倡乐府、唐代乐府概论、唐代乐府词人及其乐府词)。

第六章 结论。

2月

1. 刘毓盘《词史》初版。

刘毓盘(1867～1928)，字子庚，号椒禽、刘履芬子，浙江江山人。《词史》，(上海)群众图书公司发行，1931年2月初版，32开本，216页，约9万字。1944年11月中国联合出版公司以本书原纸型重版；1985年5月上海书店影印出版。

据书末曹聚仁所作之"跋"，本书原为刘毓盘在北京大学执教时的讲学手稿，曾先后刊印数次，随刊随有更改，至作者晚年才定稿。1928年作者去世后，其门人查猛济、曹聚仁合校付梓(1944年版无序跋)。卷首有查猛济所作"叙"和刘毓盘"自序"。

1919年，刘氏应蔡元培之邀，任北京大学国文系教师，主讲词史课程，开词史研究之先河，据讲义编成本书，虽未正式出版，其抄本在1920年代颇有影响，据曹聚仁说："时人论起中国文学史，必定把先师之《词史》与鲁迅先生之《中国小说史略》相提并论。"①

① 曹聚仁：《跋》，见刘毓盘《词史》，上海，群众图书公司发行，1931。

目次：

江山刘先生遗著目录叙、自序

第一章　论词之初起[①]由诗与乐府之分；第二章　论隋唐人词以温庭筠为宗；第三章　论五代人词以西蜀南唐为盛；第四章　论慢词兴于北宋[②]；第五章　论南宋词人之多；第六章　论宋七大家词；第七章　论辽金人词以汉人为多；第八章　论元人词至张翥而衰；第九章　论明人词之不振；第十章　论清人词至嘉道而复盛；第十一章　结论。

2.〔日〕儿岛献吉郎著、隋树森译《中国文学》印行。

隋树森（1906～?），字育楠，山东招远人。他所译的《中国文学》，世界书局印行，1931 年 2 月初版，次年 6 月再版、12 月三版，32 开精装，274 页，10 万余字。1933 年 11 月年改名《中国文学概论》印行新一版，仍由世界书局出版，平装，204 页。。

本书系日本儿岛献吉郎《支那文学概论》的中译本。全书分序论、内容论、形式论、结论和余论四篇，共三十四章。1933 年出版的《浙江省立图书馆馆刊》曾有过评介，认为该书译笔较严谨。

目次（略）。

5 月

夏敬观《词调溯源》初版。

夏敬观（1875～1953），字剑丞，号映庵，江西新建人。《词调溯源》，（上海）商务印书馆 1931 年 5 月印行，1933 年 1 月“国难后”第一版，32 开本，232 页，约 7 万字。1990 年代，收入上海书店“民国丛书”第五类第 54 种影印出版。

本书所录唐宋词牌名，以见于旧籍者为限。作者认为，金元以后的词，大多与曲子夹杂，而明代《九宫谱》，“多不可据，均不采录”。而对于像《唐羯鼓录》、《宋史・乐志》等珍稀古籍中的词牌名，“尽数录取”[③]。

本书为王云五主编“国学小丛书”之一，共十七章。严格地说来，本书并非文学史，但可作为词史的参考材料。

---

① 陈玉堂《中国文学史书目提要》此处录为“初期”（第 220 页），应为“初起”。

② 陈玉堂《中国文学史书目提要》此处录为“论慢词于北宋”（第 220 页），应为“论慢词兴于北宋”。

③ 夏敬观：《词调溯源・叙例》，上海，商务印书馆，1931，第 2、3 页。

目次：

一、词体得名之始；二、词与音乐密切的历史；三、词所配的音乐始于隋代；四、腔调与律调；五、律之名称；六、七音八十四调；七、郑译演龟兹乐的真相；八、郑译的图；九、事林广记所载的律谱即南宋谱；十、古今谱字表；十一、沈朴笔谈的二十八调谱字与事林广记谱字的比较；十二、图与谱的作用；十三、凌廷堪燕乐考原所论谱字十声衹是七声；十四、谱字配律唐宋不同；十五、令慢引近等等的分别；十六、凡词言犯有一定的规则；十七、二十八调的词牌名(宫商角羽各七调)。

夏

苏雪林编成《中国文学史略》讲义。

苏雪林(1899～1999)，乳名瑞奴、小妹，学名小梅，字雪林，笔名瑞奴、瑞庐、小妹、绿漪、灵芬、老梅等，出生于浙江瑞安，祖籍安徽太平县。她的《我的教书生活》载：

> 时为民国二十年。学校叫我承担的功课，是中国文学史。每周三小时，一年级基本国文每周五小时。文学史我从来没有教过，现在不但教，还须编讲义发给学生。发讲义比口授笔记难得多，只好常跑图书馆，搜寻参考材料，一章一章撰写下去。开始一年，讲义只编到六朝，第二年，编到唐宋。一直教到第六年止，我才将已编成的讲义，加以浓缩，每章限六七千字左右，自商代至五四，一共二十章，成为一部《中国文学史略》。①

苏雪林于1931年夏受聘于国立武汉大学，讲授中国文学史，直到1949年3月才离开武汉大学；1956年，苏氏复于台南大学中文系讲授中国文学史。② 可见，苏氏编成《中国文学史略》讲义一事非虚。

8月

1. 胡怀琛《中国文学史概要》初版。

胡怀琛《中国文学史概要》，(上海)商务印书馆1931年8月印行，

① 苏雪林：《我的教书生活》，《传记文学》第10卷第2期。

② 石楠：《苏雪林年表》，《安庆师范学院学报》(社会科学版)2006年第5期，第62、63页。

1933 年 3 月国难后第一版，1934 年 9 月第二版，1935 年 4 月第三版，32 开道林纸本，319 页，约 18 万字。

本书浅显易懂，是一本文学史普及读物。全书按朝代叙述从先秦至清代的中国文学变迁的大势和特点，概括还算准确。最后两章讲述文学家的故事。共十二章，三十二节。卷首有“序”。

目次：

2. 胡朴安、胡怀琛《唐代文学》初版。

胡朴安(1878～1947)，名韫玉，字仲明，号朴安，胡怀琛之兄，安徽泾县人。胡朴安、胡怀琛的《唐代文学》，(上海)商务印书馆 1931 年 8 月初版，1933 年 3 月“国难后”第一版，32 开本，70 页，约 3 万字。

本书为王云五主编“百科小丛书”之一。作者自称本书“是供给初步研究文学的人”，“是给读者知道唐代文学全体的大概情形”，“一方面是矫正沿袭的错误，一方面也不故意的创立新说，动人听闻”①。

关于唐代文学的分期，作者认为“四唐说”(初唐、中唐、盛唐、晚唐)只针对诗歌而言，不包括散文，不妥。故提出“三唐说”(初唐、盛唐、晚唐)，“把诗与散文及小说等一切文学作品，都包括在内”②。而唐代文学的文体，作者也认为不是三种(诗歌、小说、戏曲)，而应该包括五种，即诗歌、小说、戏曲、抒情散文、杂文。该书便按照这五种文体分别叙述。对于那些不能归入这五种文体的唐人文章，作者予以剔除在“文学”之外。如韩柳集中的论说、序、跋、传记，刘知几的《史通》，陆羽的《茶经》，李商隐的《杂纂》，科举应试的诗赋，等等，都“不能说是文学”③。作者显然是根据 1930 年代的“纯文学”观来遴选唐代文学作品。

全书十章，不分节。

目次：

3. 吕思勉《宋代文学》初版。

吕思勉(1884～1957)，字诚之，江苏常州人，(上海)商务印书馆 1931 年 8 月初版，1933 年 3 月“国难后”第一版，32 开本，120 页，约 5.7 万字。

吕思勉是著名的历史学家，早年学术视野兼及文学和美学。历史学家编写文学史，势必与文学专业科班出身者有所不同。吕思勉把中国文学史分作四个时期：“第一期断自西周以前，第二期自东周至西汉，第三期自东汉至南北朝，第四期自隋唐至清。”④本书虽主要叙述宋代文学，吕思勉却并非就事论事，而是将宋代文学置于中国文学发展脉络上予以

① 胡朴安、胡怀琛：《唐代文学》，上海，商务印书馆，1931，第 2 页。

② 胡朴安、胡怀琛：《唐代文学》，上海，商务印书馆，1931，第 8 页。

③ 胡朴安、胡怀琛：《唐代文学》，上海，商务印书馆，1931，第 10～11 页。

④ 吕思勉：《宋代文学》，上海，商务印书馆，1931，第 1 页。

观照，这种学术视野致使全书具有强烈的“历史”感。例如，论宋代小说，将之与唐代小说相比较，并探究二者各具特征的原因：

> 笔记文言体小说，在古代实用以志琐事，至唐乃有寓意之作，而仍与前二者相杂，宋代因之……然宋小说亦有与唐异者。大抵唐小说崇尚词采，而不甚借以说理；其记事，亦不如宋小说之质。此由唐为骈文盛行之时，宋为散文盛行之时也。①

本书为“百科小丛书”之一，也是王云五主编“万有文库第一集一千种”之一，是一本普及读物。全书共六章，按文体叙述。

目次：

9 月

18 日，日本驻中国东北地区的关东军突袭沈阳，以武力攻击东北，挑起九一八事变。此后，日军迅速占领东北三省。这次事件，对包括中国文学史研究者在内的广大中国知识分子触动很大，这一天被称为“国难日”、“国耻日”。

10 月

周毓英《文学常识》(上)初版。

周毓英《文学常识》(上)，(上海)神州国光社印行，1931 年 10 月初版，24 开本，71 页，约 1.7 万字。

本书系供初中生课外阅读之参考书，目的在于使读者了解中西文学之概要、培植国学及新文学之根基。

全书分上下两册，“上册专门讨论中国文学之特质、内容、变迁及研究方法，下册叙述西洋文学常识”(《例言》)。因而，上册大半部分内容属于“中国文学史”。

目次：

① 吕思勉：《宋代文学》，上海，商务印书馆，1931，第 118～119 页。

第二章　经与散文：第四节　经；第五节　散文；第六节　辞赋及骈体文。

第三章　史学与子学：第七节　史学；第八节　子学。

第四章　诗词：第九节　诗的起源；第十节　汉魏六朝诗；第十一节　唐诗及宋诗；第十二节　词。

第五章　小说及戏曲：第十三节　小说；第十四节　戏曲。

11月

陈冠同《中国文学史大纲》初版。

陈冠同《中国文学史大纲》，上海民智书局印行，1931年11月初版，32开本，200页，约8万字。

由书中称北伐胜利(1929年张学良宣布“东北易帜”标志着南京国民政府形式上完成全国统一，可谓北伐胜利)以前为“今日以前”，可推断该书完成于1929年前夕。

本书编写体例比较独特，不按朝代叙述，而是以文学自身演进系统为顺序。所收材料，凡是文学概论、国学概论之类一概弃之不用，而“捉住时代，注重创造的文学”。“本书立论，多取中正和平；一切涉及诡异偏颇的主张，或未能确立的见解，概不采入。”①

由于本书以文学自身演进的系统为顺序，作者对中国文学史的分期方法，在普遍按照朝代分期的众多文学史著作中，格外引人注目。其所谓“风谣时代”、“诗歌时代”等七个时期的划分，显然过于笼统，概括不精确。例如，称先秦时期为“诗歌时代”显然遮蔽了诸子散文的成就；同理，称元以前为“古文时代”，也遮蔽了唐诗、宋词、元曲的巨大成就；称民国以前为“大众化时代”，虽然突出了晚清小说戏剧的勃兴，但此时显然并非大众化时代。虽然如此，应当承认，作者的分期法，确实凸显了每个时期的重要文学特征。

全书共七编，三十二章，自唐虞以前的风谣时代至国民革命军北伐成功以前止。卷首为导言，书后有附表三张：第一、第二张为《摩尔登文学分类演进表》，第三张为《我国历代文学家地理的分布表》。第三张表对于作家地域研究颇有价值。原稿为高中文学史课程教学大纲。

书中观点多有偏差，如将“南京条约以后——五四以前”的中国文学称为“日本化时期”。

---

① 陈冠同：《中国文学史大纲·编辑说明》，上海，民智书局，1931。

目次：

第一编　风谣时代——唐虞以前：风谣。

第二编　诗歌时代——秦以前：诗歌第一期，历史第一期，哲理文和演说文

第三编　辞赋时代——晋以前：短赋与骚赋、汉赋，诗歌第二期——叙事诗、抒情诗和剧诗，历史第二期，哲理文和论文。

第四编　骈俪时代——唐以前：骈文，诗歌第三期——晋代诗人、乐府、民歌。

第五编　古文时代——元以前：古文——唐、宋古文，诗歌第四期——初唐盛唐、中唐晚唐诗、宋诗，词——唐和五代的词、宋词。

第六编　大众化时代——民国以前：戏曲——元代以前的戏曲、元代的北曲、明清两代的南曲，小说——元以前的小说、元明清小说之一、元明清小说之二，唐宋以后的古文和六朝以后的骈文，唐宋以后的诗和词之一，唐宋以后的诗和词之二。

第七编　世界化时代——今日以前：革命文学——三民主义文学，日本化时期(南京条约以后——五四以前)，欧美化时期(五四以后——北伐成功以前)。

12月

贺凯《中国文学史纲要》初版。

贺凯(1899～1978)，名文玉，字胜旋，山西定襄人。《中国文学史纲要》，北平文化学社印行，1931年12月初版，24开平装本，396页，约16万字。

1922年，贺凯经在北京的高君宇介绍加入中国共产党，并担任北京师范大学党支部书记。在此期间，他积极开展学生运动，编辑出版了《政治生活》、《教育与革命》两个进步刊物，组织了当时北师大党支部的外围组织“鏖尔读书会”，积极学习和宣传马克思主义。大革命失败后，贺凯编写了《中国文学史纲要》一书，从中国社会经济基础的变化反映在上层建筑这一角度，探讨中国文学发展的规律。这部书的最后一部分，最早以马克思主义观点论述中国新文学的“普罗文学运动”。1953年周扬视察贺氏所在的山西大学时评价说：“贺教授在30年代师大时，写了一本《中国文学史纲要》，这本书是我们中国第一部用马克思主义观点分析我国现代文学的、具有划时代的价值的书”。

本书在文学史叙事方式方面，具有开创性。作者认为对作家的研究

应该先分析作家的时代。从表面看，这一点与当时已开始流行的社会批评模式无异，其实，他是在社会经济基础决定文艺的理论观念下展开论述的。在这一理论指引下，贺氏把“五四”时期定性为“离经叛道”的资产阶级思想革命时代，然后指出当时抨击封建势力最勇敢而有力的作家是鲁迅，认为《狂人日记》是鲁迅最早向封建社会投掷的一枚炸弹。这是在文学史中首次对鲁迅及其《狂人日记》进行“史”的衡量和定位。据此推断，这本书很可能是最早以唯物史观建构中国文学史的著作。

全书分上、下两编，共十章，四十九节。卷首有何晓光作的序，卷末为附录。

目次：

诗；六、郁达夫颓废的文学；七、张资平的恋爱小说；八、徐志摩的诗；九、冰心女士；十、熊佛西丁西林田汉的戏剧。

余论。

本年

1. 许啸天《中国文学史讲座》初版。

许啸天(1886～1946)，名家恩，字泽斋，号啸天，浙江上虞人。《中国文学史讲座》，上海红叶书店1931年初版。此为许氏“中国文史哲学讲座”系列之一。

目次大体为：概论；先秦文学；两汉辞赋；魏晋文学；唐文学；宋文学；元文学；明清文学；近世文学；结论。

2. 任讷《散曲概论》初版。

任讷，字中敏，号二北，江苏江都人。《散曲概论》，中华书局1931年印行。两册。本书系任氏编著“散曲丛刊”(中华书局1931年刊行，共15种)之一。

作者自谓本书“乃于全部散曲，求得一概观也……可以作简要之散曲史观”。其中，下卷“派别”部分论及小曲颇有新意，为他书所罕见，兹录如下：

> 此外当时有所谓才士之曲者，如王世贞、汪道昆、屠隆等之散曲皆在内，则全非当行，王骥德已辟之，无足论矣。惟尚有小曲一派，为不可不述者。小曲之音调兼源于南北曲，而文字则得于北曲者独多，其声所及，昆腔以后之各家小令，无一不受其影响者，即康冯辈之小令中，亦每存小曲面目也。陈宏绪《寒夜录》纪卓珂月之言，曰我明诗让唐，词让宋，曲让元，庶几吴歌、《桂枝儿》、《罗江怨》、《打枣竿》、《银绞丝》之类，为我明一绝耳。此言大有识见。就散曲言，梁沈之所谓南词，固绝不足以与元人北曲对峙，即冯施之业，亦承元人余绪，未足以云分庭抗礼也。若明人独创之艺，为前人所无者，只此小曲耳。王骥德《曲律》云：小曲《桂枝儿》即《打枣竿》，是北人长技，南人每不能及。昨毛允遂贻我吴中新刻一帙，中如《喷嚏》、《枕头》等曲，皆吴人所拟，即韵稍出入，然措意俊妙，虽北人无以加之，故知人情原不相远也。可见小曲精神，虽因缘北地

> 而来，而南人固亦优为之。甚至所以优为之者，不仅在小曲本身，且侵入南北小令之中矣。此前人所未言及者。

全书分上、下卷，共十节，述散曲之历史颇精简。

目次：

上卷　序说、名称、体段、用调、作家。下卷　作法、内容、派别、余论。

3. 万曼《中国文学史》排印。

万曼(1903～1971)，原名万礼黄，笔名万曼、匡术、徐蒙，天津人。《中国文学史》，无出版者，石印线装，大32开，222页。

本书是万曼20世纪30年代初期供职于山东省立第一师范学校时编写的讲义，书末附录有1930年5月初版的胡行之译儿岛献吉郎《中国文学概论》中叙述新文学的部分篇章。另有中国现代文学作品目录。

书中的中国文学史分期比较特别。作者按照社会经济发展水平，把中国文学史划分为“原始经济时代”、“自然经济时代”、“殖民经济时代”等。强调社会经济和政治对文学的影响，是本书的重要特点。

目次(仅录部分)：

原始经济时代：史前的冥索——卜辞时代；术数迷信——巫辞中的文学胚胎。

自然经济时代：封建制度下的神官诗歌、周民族的史诗、没落了的贵族底鹅歌、封建制度分解期间的诗歌、南国的民歌和周颂的模拟。

1932年(民国二十一年)

1月

28日夜间，日本侵略军由上海租界向闸北一带进攻，挑起一·二八事变。上海在此次事变中失守。上海是当时全国经济文化中心，全国著名出版机构大多在此地。一·二八事变致使许多待出版的文学史著作连同出版机构毁于战火。

29日，商务印书馆遭日军炮火炸毁，损失惨重。为铭记此辱，商务印书馆在此后几年出版的书籍版权页都加印“启事”，称：

> 民国二十一年一月二十九日，敝公司突遭国难，总务印刷所、编译所、书机房均被炸毁。……尽付焚如。三十五载之经

营，于一旦迭蒙。

自“五四”以后，近半数中国文学史著作由商务印书馆出版。一·二八事变致使该馆损失惨重，影响了此后几年中国文学史著作的出版，并且一些事前即将由商务印书馆出版的文学史著作，也随之毁于战火。

1. 沈达材《建安文学概论》初版。

沈达材《建安文学概论》，（北平）朴社出版发行，北京书局印刷，1932年1月初版，32开本，199页，约7.3万字。沈炳华作序。

本书为“栖霞丛书著第一种”。作者以进化论文学史观叙述建安文学，认为建安文学在文学史上，“它是完全独立的，不属于任何方面的”①。

全书共十部分，不分编次章节。

目次：

2. 周明泰《都门纪略中之戏曲史料》初版。

周明泰（1896～1994），字志辅，别号几里居主人，安徽至德（即现今安徽东至）人。《都门纪略中之戏曲史料》，1932年1月初版，光明印刷局代印，北平商务印书馆、直隶书局代售，32开本，170页，约5万余字。刘半农题签。

本书为“几礼居丛书第一种”，并非文学史专著，而是从各种版本的《都门纪略》中辑出戏曲史料，按各种版本分戏班、角色等编辑成书。多数篇幅为表格。

目录：

4月

胡云翼《新著中国文学史》初版。

胡云翼《新著中国文学史》，1932年4月（上海）北新书局初版，1936

① 沈达材：《建安文学概论·引言》，北平，朴社出版发行，北京书局印刷，1932，第3页。

年8月印至第七版，江应龙校订，24开本，约10万字。

本书1931年上海教育书店版，书名为《中国文学史》(详前)。1941年日本井东宪将之译成日文，由东京高山书院出版。1957年10月台北第一书店曾翻印此书，无署名，略去“自叙”及“附录”，第十编的“当代文学”则全部被删去。1966年8月台北三民书局重版，所删部分与第一书店版本相同；1970年10月再版。1974年8月台北顺风出版社印行，书名为《中国文学史》，署名胡云翼，32开，207页。1974年10月至1975年2月江应龙写成《胡著中国文学史校评》一文，发表于台北《国文学报》第4期及台北《文坛月刊》第181、182、184期，1975年2月江应龙和台北华正书局合作，印行《校订本中国文学史》，将《胡著中国文学史校评》印在书前，作为“序言”，署名“胡云翼编著，江应龙校订”，大32开，352页，精装本。之后江应龙发现此书仍有许多错误及可议之处，于是又撰写了一篇校评，以《增订本胡著中国文学史序》为题印在书前。由于江应龙对胡著作了两次重大修订，认为书的版权已属于自己。本书另有1979年10月台北三民书局精装本，大32开，326页。

胡云翼在本书“自序”中指出，最初的文学史家“他们都缺乏明确的文学观念，都认为文学的范畴可以概括一切学术，故他们竟把经学、文字学、诸子哲学、史学、理学等，都罗致在文学史里面，如谢无量、曾毅、顾实、葛遵礼、王梦曾、张之纯、汪剑如、蒋鉴璋、欧阳溥存诸人所编著的都是学术史，而不是纯文学史。并且，他们都缺乏现代文学批评的态度，只知摭拾古人的陈言以为定论……就中以曾毅的《中国文学史》为最佳，然系完全抄自日人儿岛献吉郎之原作，又未能更正儿岛献吉郎氏之错误处，故亦不足取”。又论及新近出版的几种文学史著作，肯定“其对于文学观念之明了，自较前大有进步，编著文学史的方法亦较能现代化”。同时也指出存在的问题：“著者对于中国文学多未深刻研究，编著时又多以草率成之，卒至谬误百出，如凌独见、周群玉之所著，其错误可笑之处处皆是。”胡云翼评价说，在新近出版的文学史中，比较好的是赵景深的《中国文学小史》，该书“自有见解，行文隽美，但可惜只叙及文人的文学，而忽视最有价值的民间文学”，谭正璧的《中国文学进化史》“能将近代最进步的中国文学的著述，编辑成书，内容颇完善，但其叙述的体例似嫌未妥……”此外，他还以极其简略的语言评价了胡小石《中国文学史》、胡适《白话文学史》。对这两部书，胡云翼的评价比较高，认为胡小石《中国文学史》的特色是“叙述周密，持论平允”，缺点是“忽视民间文学的发展”，而胡适《白话文学史》，“论其眼光及批评的独到，是最进步的文学史；只可惜过于为白话所囿，大有‘凡用白话写的作品读是杰作’之概，这未免过于偏了”。最后，胡云翼总结说：“中国到现在还没有一部理想完备的文学史。”①胡氏对之前文学史写作的这些评价，言辞刻薄，有失客观、平允，但他对中国文学史写作的批评，却是文学史写作的健康发展所必须的。

胡云翼认为，“过去的文学史所偏重于死板的静物叙述，只知记叙作家的身世，批评其作品。”因此，他在本书中“要把各时代散漫的材料设法统率起来；在可能的范围内，要把各种文体，各种文派，作家作品，寻出它们相互间的联络的线索出来，作为叙述的间架；同时，我注意各个时代文学思潮的形态及其优点与缺点，注意各种文体的发展及其流变”②。由此，本书有一个特点，即叙述历代文学时，先纵观其文学思潮、文学运动，然后分述文体流变。尽管尚未真正做到使本书“成为一部活的脉络一致的文学史”，但是他这种认识和主观努力，预示着中国文学史写作已发展到了自觉追求述史体例变革的阶段。

本书是胡云翼继《中国文学概论》之后重写的一部文学史。全书分十编，始自先秦，迄于“当代文学”(20 世纪 20 年代末 30 年代初)，按代分文体叙述，共二十八章。书末附录“中国文学书目举要及其说明”，分为工具书、总集、专集、研究四类，共附书目 140 多种，并予以简略说明。作者声明，这只是“最低限度的中国文学书目”。

目次：

① 胡云翼：《新著中国文学史·自序》，上海，北新书局，1932，第 1～4 页。

② 胡云翼：《新著中国文学史·自序》，上海，北新书局，1932，第 6、7 页。

十八、宋代的诗歌；十九、宋代的小说。

第七编 元代文学：二十、元代的戏曲(上)；二十一、元代的戏曲(下)。

第八编 明代文学：二十二、明代的文学运动；二十三、明代的戏曲；二十四、明代的小说。

第九编 清代文学：二十五、清代的正统文学；二十六、清代的戏曲；二十七、清代的小说。

第十编 当代文学：二十八、最近十余年的中国文坛①。

5月

1. 王易《词曲史》再版。

王易(1889～1956)，原名朝综，字晓湘，号简庵，江西南昌人。《词曲史》，(上海)神州国光社发行，1932年5月再版，出版者曾献声，24开本，有精装、平装两种，530页，约29余万字。朱孝臧、叶恭绰分别题签，书内署名“南昌王易晓湘述”，周岸登作“序”。1944年12月，(上海)中国联合出版公司以32开本重印；1948年11月，由中国文化服务社出版沪版；中国台北广文书局1960年4月初版(上下册，平装32开，530页)，1988年再版；1989年12月，由上海书店收入“民国丛书”第一编第62种(与薛砺若《宋词通论》合为一册)影印出版；1996年，东方出版社将本书收入“民国学术经典文库”，出版简体横排本，2012年6月再版；2005年江苏教育出版社本；2008年凤凰出版社传媒集团、江苏文艺出版社版(“北斗丛书”之一)。另有2011年岳麓书社简体横排版。

本书原为作者1926年在心远大学任教时所编写的教材，1930年6月在南京中央大学撰写本书“后序”。初版时间不详，估计在1930年秋至1932年春之间。

作者开篇先明“词”、“曲”之概念，然后指出二者区别有三：“一、结构之不同也，二、音律之互歧也，三、命意之各别也。”所谓“命意之各别”指“词意宜雅；曲则宜通俗”②。作者既指出词与曲之区别，却将二者合为一书讲述，主要因为它们最初源自汉魏乐府，而此后虽有区别，却关系极其密切，以至宋人曾视二者为一体。这种见识不凡。从体例上看，把词曲合二为一讲述，兼顾其区别与联系，由此开辟了一种新的文学史

① 陈玉堂《中国文学史书目提要》将“文坛”误录为“文学”(第56页)。

② 王易：《词曲史》，上海，神州国光社发行，1932年5月，第19～20页。以下王易之言均出自此书，故仅在文中标出页码。

类型——词曲专史。

书中对词家及其作品的遴选、排序和评议，可谓用心良苦。作者王易仔细地控制每个词家微妙的等次，使他们的作品选录、评述褒贬程度与之相应。词人中首推辛弃疾，所谓“南宋词人大声独发，高格首标者，厥推辛弃疾”①。王易给了辛词至高的评价：“东坡有其胸襟，无其才学；清真有其情韵，无其风骨。效之者或得其粗豪，而遗其精密；步其潇洒，而忘其胎息焉。”②向来多被人推为词人大家的苏东坡与周邦彦在王易看来都不足以与辛弃疾相比。对于苏东坡，王易指出“东坡词，实兼具豪放、婉约二格者”，其婉约词“得诗中渊明之清，太白之逸，老杜之浑”③，比起柳永周邦彦之婉约派代表作家，更胜在“俊爽之气”上。所以在苏词的选录与评述上，王易一改历来词史作者只注重苏词的“豪放”，转而强调苏轼婉约词的成就。全书选录苏词 9 首，只有 2 首属于豪放风格，还放在最后。入选的苏词可能并不是为苏东坡带来盛誉、世人耳熟能详的那几首，却是王易认为最能全面展示苏轼词作风格的作品。仅这一点，即可见王易的词史没有流于俗套，而是融合了自家阅读体会和研究心得。

与苏轼并列第二大词人的是吴文英，他的词也选录了 9 首。王易对吴文英的评价很高：“宗姜夔而能自开一境……集诸家之长，而无诸家之弊。”④列举前人对吴文英的评述。针对后人关于吴文英“专重隶事修辞，而不注意词之脉络”、“词至梦窗（吴文英号梦窗——引者注）为一大歹运”的指摘，王易批评道：“真武断皮相之论矣！”嘲讽说：“浅人不能为，不能识，夫何害哉？”⑤在王易的眼中，“比事属辞，为辞赋家正当本领。惟梦窗善于隶事，故其词蕴藉而不刻露；惟其工于修辞，故其词隽洁而不粗率。且梦窗固长于行气者，特其潜气内转，不似苏辛之显，安得遂谓其无脉络邪？”⑥一般人眼中吴词的缺点，在王易眼中反而是吴词的优点。如此一反前人所论，除了王易对吴词的品读别具一格，还与民国时期学术界对吴文英的研究效仿和作品整理成为一时热点有关。王易显然吸纳了当时学术界对吴文英的最新研究成果。若是因此认定他是个追逐潮流的新派人物，却是错了。在向来被学者看重的《测运第十》里，王易将新

① 王易：《词曲史》，上海，神州国光社发行，1932 年 5 月，第 195 页。

② 王易：《词曲史》，上海，神州国光社发行，1932 年 5 月，第 195 页。

③ 王易：《词曲史》，上海，神州国光社发行，1932 年 5 月，第 173～174 页。

④ 王易：《词曲史》，上海，神州国光社发行，1932 年 5 月，第 208～209 页。

⑤ 王易：《词曲史》，上海，神州国光社发行，1932 年 5 月，第 208～209 页。

⑥ 王易：《词曲史》，上海，神州国光社发行，1932 年 5 月，第 209 页。

文化运动视为词曲衰落的不利环境：

> 重以好怪之士，稗贩异邦，苟为新说。斥优美为贵族，则揭举平凡；目声韵为羁鞅，则破除律格。贱其所无有，而屏其所不知；讳其所自经，而张其所臆造。使浮薄者歆动而景附，后进者临歧而狐疑，孱苶者惮势而噤声，深知者洞观而悯笑。于是或耗心思于无当，或避繁难而弗为，词曲前途，安望有豸？①

如此辛辣地批指和讽刺新文学，可见他没有对中国文学的这一次变革持公允与历史唯物主义的态度。在当时的文人中，王易算得上保守派。他指出占据统治地位的新文学对词曲的生存空间造成挤压，表示对词曲的前途命运担忧，这使得他的这部《词曲史》"是抱着忧患意识发愤而作的"②。

本书体例与一般史书有所不同。"是篇叙述往迹，时参目论；篇首引端，义同序赞。""篇章之区，各以时代篇题浑括，用摄其纲；章题显明，以张其目。"鉴于"词盛于宋；曲盛于元"，在篇幅安排上，"叙词详宋；叙曲详元。明曲胜词，曲详词略。清词胜曲，曲略词详"。(《例言》)

使用的语言也与一般史书不同。全书用雅致的文言文写成，绝大部分为骈体文，对照工整，合仄押韵，阅读时颇有美感。在白话文广为推广的"五四"之后，如此文言文已很少见。

王易还设置了很多具有新意的小专题来概括词曲作家群体的特征，如"宗室能词者"、"显达能词者"、"勋戚能词者"、"将帅能词者"、"理学能词者"、"佞幸能词者"、"布衣能词者"、"方外能词者"、"女子能词者"。这也是他不同于一般文学史家之处，即对作家的叙述大多依照群体的形式，同一时期且风格相近的作家被类聚在一起记述，只有像辛弃疾、姜夔那样出众的作家才单独列出。这种做法，实际上是对历史进行横向角度的切分，在叙述历史的连续性的同时，展现各个时期内部的差异性。

综上，人们很可能会得出结论，以为本书是一部标榜个性的史著。关于这一点，似乎还可以在本书"析派第五"中找到佐证，作者提出："不姝姝于陈言，不斤斤于琐事，不震于世誉而致美，不惑于时论而为言，

① 王易：《词曲史》，上海，神州国光社发行，1932年5月，第516～517页。

② 胡迎建：《王易的诗学观与词曲史研究》，《江西社会科学》2004年第9期，第210页。

庶条贯朗于列眉，定论同乎立鹄。”即主张述史要独立于世事，坚持个性，不追逐一个时期的“风潮”。应该承认，他这种观念对于文学史写作风格的形成，是极其有利的，在今天仍有借鉴意义。但必须指出，本书并非一部标榜个性的史著，自我标榜也不符合王易的性格。他是一个埋头做学问的学者，这使得他和他的《词曲史》几乎完全独立于时代风潮。我们从王易对新文学的态度的批评和讽刺，可以看出这点。《词曲史》之所以在20世纪30年代初期的文学史写作语境中显得独立特行，根本原因在于王易编写本书的动机是，他要在西学成为强势话语的背景下，发扬国学。周岸登在为此书所作的“序”中明确指出了这一点：“盖感于废学新潮，群言淆乱，深愍晚学无所折衷，将以祈向国学之光大，牖启来者，导之优美高尚纯洁要眇之域焉。”即便王易的另一部史书《乐府通论》(1946年)也是如此。

《词曲史》共分“明义”、“溯源”、“具体”、“衍流”、“析牌”、“构律”、“启变”、“入病”、“振衰”、“测运”十个部分。其中“明义”一章较为详细地论述了词曲之别，“启变”一章着重考察曲之渊源。关于元曲之起源，历来说法不一。明清时期，一般认为曲源于词，之后王国维、吴梅均持此说。王易力驳“曲乃词之变”的说法，认为词与曲均发源于汉魏以来的乐府。他说：“词之源，固出自古乐府。乐府之流，实不仅为词。有法曲，有蕃曲，有队舞，皆自北宋时有之，悉词之昆弟行，而金元戏曲之所由生也。”①。“明义”和“启变”这两章可谓全书精华。可惜书中大多综述大要，对于雅俗词、南北曲、散剧曲、乐府曲与俗曲之间未曾分辨。对词曲体的具体特征的概括也有不准确之处。

尽管本书实际上只为后人研究词曲体之变提供了基本框架，叙述上也存在一些缺漏，却是中国第一部通史性质的词曲史。在王易编写此书的20世纪初，用现代学术方法研究词曲史，如王易所言有三难：“一，昔人言词曲者，率重家数而鲜明其体制之源流也；二，词曲宫调律格，至为复杂，言之不能详尽也；三，词曲之界混，后人不能通古乐，无以直捣其奥窔也②。”王易的贡献在于从词曲的起源与体制的变化上作研究与评述，关于这一点，诚如周岸登在“序”中评说：“能以科学之成规，本史家之观察，具系统，明分数，整齐而剖解之，牢笼万有，兼师众长，为精密之研究，忠实之讨论，平正之判断，俾学者读此一编，靡不宣究，

① 王易：《词曲史·启变》，上海，神州国光社，1932年5月，第293页。

② 王易：《词曲史·异言》，上海，神话国光社，1932年5月，第5页。

为谈艺家别开生面者。”此书出版十年后才有蒋伯潜、蒋祖怡《词曲》(1941)。

朱自清曾对王易《词曲史》予以高度评价，认为此书在文学史著方面，可与王国维《宋元戏曲史》、鲁迅《中国小说史略》、刘毓盘《词史》相比并。①

目次：

2. 郭德浩写成《中国新文学运动史》。

郭德浩(1909～1987)，笔名高兰、郭琦、黑纱，黑龙江瑷珲人。《中国新文学运动史》，北京大学国文系毕业论文，约5万字。其封面署名“郭德浩”，并标明学号“二八零六零”，另标明时间“民国二十一年五月”；封面还标有评阅人两名：郭绍虞、周学章。

在郭德浩这本毕业论文之前，新文学已在胡适《五十年来中国之文学》、陈子展《最近三十年中国文学史》等著作中入史，但尚未出现直接以“新文学”为标题的史著(周作人《中国新文学的源流》作于1932年春，9月才整理出版)，而郭氏以新文学运动史为论文选题，既显示了他敏锐的学术触觉，也表明这篇论文有一定的开创价值。

① 朱自清：《诗言志辨·序》，上海，开明书店，1947，第iii页。

据研究者考察，郭德浩这篇论文具有“对于前沿理论的热衷”的特点。文中表现出对“唯物史观”以及“阶级论”非常强烈的兴趣，并将二者作为基本的文学史写作标准。① “绪论”首先表示出了以唯物史观重构“五四”以后新文学史的欲望。尽管在引唯物史观进入新文学史写作时，作者在操作上显得生硬、幼稚，明显有“以论代史”的倾向，但有时也显示出比当时及后来许多唯物史观写作者稳健的地方。比如，20 世纪 20 年代后期由于革命文学兴起，出现了抬高革命文学而贬低五四文学革命的倾向。郭德浩却保持较清醒的认识，认为“五四”文学革命与 20 年代后期的革命文学都具有非常重要的价值，但各自存在严重的问题，需要进行“调和”。研究者猜测，郭德浩这种“调和”思想，很可能来自朱自清在燕京大学讲授的《中国新文学研究》课程。应该说，这种猜测是有道理的。

郭德浩这篇论文，在体例上却并不如研究者所称具有“严谨的论文体式与规整的论文架构”。应该承认，这篇论文确实有相对完整的外在形式，包括“绪论”、内容、“结论”，但是从内容上来看，它的目次安排很紊乱。“绪论”部分同时论述“历史文学进化观念”和“唯物史观的文学论”，而且作者明确承认这两种文学史观对论文写作的重要影响。作为喜欢追逐前沿理论的青年学生，希望在论文写作中同时纳入最新的理论，这情有可原，但毕竟“历史文学进化观念”和“唯物史观的文学论”是有较大区别的，很难同时运用于文学史研究。又如，文中的“新月”指新月派，即使以《新月》月刊的创刊计算新月派出现在文坛的时间，也在 1928 年 3 月，因而应该在第二章“总论”部分叙述新月派，事实上，却在“结论”部分提及，这种安排与史实不符。退一步说，即使就所谓完整的论文形式而言，也并非具有“严谨的论文体式”，文中只有“绪论”“总论”，然后就是“结论”，以现代论文写作体式看，缺少必不可缺的正文部分。

学生写作的文学史，是历来比较受忽视的部分。郭德浩这篇毕业论文，说明学生写作的文学史，其优点与缺陷同样突出。但即便如此，它们也是中国文学史写作的组成部分。

目次：

第一章　绪论

一、引言；一、历史文学进化观念；二、唯物史观的文学论。

① 国家玮：《二三十年代新文学的教学、研究生态——从燕京大学毕业论文郭德浩〈中国新文学运动史〉的发现谈起》，《中国现代文学新史料的发掘与研究国际学术研讨会论文集》，北京，中国现代文学馆、中国现代文学研究会，2009 年 11 月。本条关于郭德浩《中国新文学运动史》的内容与目次，受益于国家玮此文。

二、社会的背景

三、历史的意义

第二章　总论

一、五四时代的新文学运动

1. 新青年；2. 国语运动；3. 文白之争。

二、人道主义与自然主义的文学运动：一、人道主义的文学运动；二、自然主义的文学运动。

三、浪漫主义与感伤主义的文学运动

a. 浪漫主义的文学运动；b. 感伤主义的文学运动。

四、革命文学运动与无产阶级文学运动

一、革命文学运动

二、无产阶级文学运动

a. 普罗文学运动；b. 反对者之论辩；c. 普罗文学的新期待；d. 中国“左翼”作家联盟。

五、结论

一、新月；二、民族主义文学运动。

6月

1. 胡行之《中国文学史讲话》初版。

胡行之《中国文学史讲话》，光华书局1932年6月初版，32开本，386页，约10万字。

本书初稿成于1930年春，系作者任教春辉中学时的讲义，可见是一本文学普及读物。虽然只是给中学生上课的讲义，作者的编写态度却是严谨的，从“太古文学”到20世纪20年代文学革命，期间重要的文学现象、流派、作家等基本上都有谈到。书分上下卷，以“过去传统的文学”为上卷、以“中国民众文学之发展”为下卷，实际上是把中国文学史分成新旧两部分来论述，这种分期方法在此之前没有出现过。本书还有两个值得注意的地方：一是上、下卷的最后一章为小结，并对未来的文学发展趋势作出展望；二是下卷专辟一节谈“人情小说”(第八章)，“人情小说”即艳情小说，书中对《金瓶梅》等明代艳情小说作了学理性的讨论，第十一章以一章的篇幅谈“最近革命文学之趋势”，这些都体现了作者拥有不同寻常的史家眼光。

目次：

上卷（过去传统文学的评价）

第一章　序论：一、过去的文学观念；二、传统文学的特征；

三、传统文学与民众文学。

第二章　最初时期的民众文学：一、太古文学的概况；二、诗经底雅颂；三、屈原与楚辞；四、春秋战国的散文。

第三章　两汉之诗赋及散文：一、两汉传统文学底总述；二、古典的赋家；三、诗人及女作家；四、史及散文家。

第四章　汉末魏晋的文学：一、建安文学与曹植；二、老庄思想的文学；三、骈文之盛行；四、文学批评与文选；五、声韵说底成立及律诗的起源。

第五章　传统文学极盛的唐朝：一、隋及初唐之文学；二、古今体诗格底成立；三、李白与杜甫；四、韩柳的散文；五、词学底发展。

第六章　宋之传统文学：一、词学底极盛；二、诗派的大别；三、古文运动的成熟；四、文学批评及编纂。

第七章　元明传统文学底中衰：一、戏曲小说之勃兴；二、元及明初的传统文学；三、前后七子；四、归有光及其他。

第八章　古文复兴的清：一、清之各派诗说及作家；二、桐城派的古文；三、阳湖派与魏晋派；四、曾国藩及其他；五、词及笔记小说。

第九章　古文的末运：一、传统文学的死期；二、宋诗运动及其旧派诗人；三、古文学的余辉；四、笔记小说的末流；五、古文的末运。

第十章　结论：一、总论各时代的传统文学；二、传统文学之值得我们纪念的；三、所谓“国学”。

下卷（中国民众文学之史的发展）

第一章　序论：一、文学的起源；二、文学与音乐及表演；三、民众文学底对象及其界限；四、民众文学总究是压不住的。

第二章　上古时期的民众文学：一、上古的歌谣；二、三百篇中底国风；四、神话文学。

第三章　汉朝的民歌与散文：一、汉朝的民歌；二、所谓乐府；三、白话散文底起源；四、王充底通俗文学的主张。

第四章　魏晋六朝的文学：一、故事诗的流传；二、文人文学底民众化；三、田园诗人陶潜；四、南北新民族的抒情歌；五、佛经的翻译文学。

第五章　唐代民众的文学：一、乐府新词；二、歌唱自然的诗人；三、社会问题诗的诗家；四、晚唐五代的词；五、传奇文学。

第六章　宋代的民众文学：一、白话化的词；二、田园诗人的语录；三、平话及其他。

第七章　元之戏曲与讲史：一、北曲与南曲；二、作品及作家；三、讲史。

第八章　明之通俗文学：一、神魔小说——西游记及其他；二、人情小说——金瓶梅及其他；三、传奇之盛行；四、杂剧与弹词。

第九章　小说特盛的清朝：一、小说特盛的一斑；二、戏剧之杰出；三、宝卷与弹词；四、民众文学的势力与金圣叹。

第十章　民国以来的国语文学：一、国语文学运动；二、国语文学底成绩；三、民间文学之整理；四、翻译文学。

第十一章　最近革命文学之趋势：一、革命文学之本质；二、革命文学底作者于技巧；三、最近革命文学之趋势。

第十二章　结论：一、过去民众文学发展之总结；二、民众文学之特质与价值；三、今后的民众文学。

2. 刘麟生《中国文学史》初版。

刘麟生的《中国文学史》，上海世界书局1932年6月初版，次年2月再版，1934年11月第三版，1935年10月第四版，32开道林纸精装本，444页(正文440页)，约18万字。

本书的主要观点，酝酿于作者在金陵女子文理学院任教时，而第一章写成于1929年冬天，此后作者辗转流离于北平、杭州、广州等地，编写工作断断续续，直到1932年4月，才完成全书。书中提出的“研究文学应取之态度”值得注意，它们分别是“时代精神”、“客观的欣赏”、“忠实的批评”、“科学的整理”①。

全书由上古迄清代，共十编，四十一章。“以时代为经，以文学的种类为纬。”侧重于“每一时代之重要作品”，“其他文学，便叙述从简了。”②

目次：

第一编　概说：第一章　研究文学的途径；第二章　文体概观；第三章　中国文学的特质；第四章　文学书简目。

第二编　上古文学：第一章　诗经；第二章　楚辞；第三章　古代散文。

第三编　两汉文学：第一章　汉赋；第二章　汉代散文；第三章　五古诗与乐府诗。

---

① 刘麟生：《中国文学史·第一章概说》，上海，世界书局，1932，第5、6页。

② 刘麟生：《中国文学史·叙言》，上海，世界书局，1932。

第四编 魏晋文学：第一章 魏诗；第二章 晋诗；第三章 魏晋文；第四章 小说及文学批评。

第五编 南北朝文学：第一章 古诗的嬗变；第二章 乐府诗；第三章 文与笔；第四章 总集与文学批评。

第六编 唐五代文学：第一章 初唐诗；第二章 盛唐诗；第三章 中唐诗；第四章 晚唐诗；第五章 韩柳的古文运动；第六章 唐人小说；第七章 唐五代词。

第七编 宋代文学：第一章 北宋词；第二章 南宋词；第三章 散文与四六文；第四章 宋诗之派别；第五章 笔记与诨词小说。

第八编 元代文学：第一章 杂剧；第二章 传奇；第三章 长篇小说之演进；第四章 诗词及散文。

第九编 明代文学：第一章 戏曲；第二章 小说；第三章 复古派之诗文。

第十编 清代文学：第一章 小说；第二章 戏曲；第三章 散文与骈文；第四章 诗与词。

7月

许啸天《中国文学史解题》初版。

许啸天(1886～1946)，名家恩，字泽端，浙江上虞人。《中国文学史解题》，上海群学社 1932 年 7 月初版，24 开精装本，582 页，约 20 万字。

本书是作者在他创办的“啸天讲学社”讲学时的题解，因而并非文学史书，而是一本侧重文学史的文学概论。它不按文学史的编年或纪传体例编写，只是讲述了四十七个基本上互不关联的文学议题。所议范围很广，既有文学理论方面的阐述，如文学的地域、时代、流派，也有文学史，古代、近代、现代的都有，大致从第二十六个议题开始，所议内容都是文学史方面的。

目次：

文学是情感的产物、文学的公律、文学与哲学科学的比较、文学在学术界与艺术界之地位、几个条件、几个方式、几种范围、怎样分类、文学是时代的反映、地域关系、时代关系、个性关系、文学的五期、古典派、浪漫派、自然派、写实派、颓废派、象征派、新浪漫派、无产阶级派、文学上的小派别、文学上的国民性、为艺术为人生的一个先决问题、为艺术同时也可以为人生、谈中国文学史的三种标准、中国的国民性、中国地理历史的大观、旧式的中国文学史观、中国文人地理的分配、我对于中国文学史的见解、中国从来的文学界说、文以载道的话是不对的、中国人对于文学史界说的错误、文学是不能讲形式的、中国文学史上的两条路、古代文学、文艺复兴时期、唐诗时代、宋词、元曲、小说、十九世纪中国的散文与韵文、近代的诗人、近代的词曲家、文学革命时代、中国文学的前途。

8 月

1. 陆永恒《中国新文学概论》初版。

陆永恒《中国新文学概论》，(广州)克文印务局承印，1932 年 8 月初版，32 开平装本，258 页，约 9 万字。

作者在"自序"中说，他编写本书，是因为 1928 年 4 月在广州岭南大学学术研究会听了中山大学教授杨振声的演讲《新文学的由来》，"得到一些反感，就想动笔尝试"。后来学术研究会要讨论"新文化运动"，他便选了"十年来的中国新文学"来研究。当时研究会会员何格恩与作者一道研究这个题目。作为研究结果，作者写成《新文学运动后的戏剧概况》和《十年来的中国新文学》，前者在岭南大学学生会主办的《南风》第三卷第一号发表过，后者也在广州《民国日报》发表过。此后，作者在中学讲授新文学课程，遂应学生要求，将之前的研究成果编辑成书出版。

虽然本书开篇就谈"文学的定义"，却只是简单列举中国历代、西洋和中国现时的文学观念，并未给出一个属于作者的对"文学"的定义。此后的第二至四编，基本上与新文学史无关，但第五至九编，却可视为新文学史。尤其第六编"十年来的新文学作品"，梳理 1917 年至 1932 年间新文学，并把它们按照文体、分期、作家性别等划分为不同类别。如果说，第五、六编分别叙述新文学产生的背景和成就，第七编叙述新文学存在缺陷和隐藏的危机，则第八编就是总结经验教训、提出改进措施。在作者这种叙述中，可以看出"历史"意识的流动。

目次：

第三编 新文学的价值

(一)容易发表思想；(二)容易灌输智识；(三)容易促进文化。

第四编 新文学的分类

(一)旧文学的文体分类；(二)新文学的文体分类。

第五编 新文学产生的背景

(一)国民教育渐渐发达的影响；(二)新文化运动的影响；(三)感受西洋语体文学的影响；(四)新文学运动。

第六编 十年来的新文学作品

(一)十年来的新诗：(1)尝试时期，(2)兴盛时期，(3)变化时期；(二)十年来的新剧：(1)讨论时期，(2)尝试时期，(3)兴盛时期(A. 社会问题剧作家，B. 教训剧作家，C. 伤感剧作家，D. 诙谐剧作家)；(三)十年来的小说：(1)女作家，(2)男作家，(3)新兴的普罗文学派；(四)十年来的散文：(1)小品文，(2)文学评论。

第七编 新文学的危机

(一)新思潮衰落的影响；(二)文学革命家"开倒车"的流弊；(三)新文学自身的缺点：(1)新诗的危机，(2)新剧的歧路，(3)小说的缺点，(4)散文的迷途。

第八编 怎样改进新文学

第九编 附录新文学杂论

(一)文学杂论；(二)新诗杂论；(三)戏剧杂论；(四)小说杂论；(五)散文杂论。

2. 刘半农、周明泰《五十年来北平戏剧史材》初版。

刘半农(1891～1934)，名复，字半农，近现代中国著名文学家、语言学家和教育家，江苏江阴人。周明泰(1896～1994)，字志辅，别号几里居主人，安徽至德县人。两人合著的《五十年来北平戏剧史材》①，1932年8月初版，为"几礼居丛书第二种"(第一种是"都门纪略中之戏曲史料")，北平商务印书馆、直隶书局代售，石印和铅印混合，32开本连史纸线装六册，约1100页，第一二册为彩色影印。1977年12月，台北的广文书局有限公司将其作为"笔记六篇"之《五十年来北平戏剧史料》影印出版②，精装本上下册，大32开，共1114页。

---

① 陈玉堂《中国文学史书目提要》第264页将该书名写为"五十年来北平戏剧史料"。

② 台北版的版权页上印着"辑者 佚名"。

本书版权页未标作者，学界一般视为周明泰所辑。实际上，此书前二册为刘半农访得的旧书《戏簿》之珂罗版印本，并且刘氏曾把自己"整理未竟之纸片"一起交给周明泰，因而虽然后四册为周所辑，但多少有刘的参与。关于这些情况，刘半农为本书作的"序"和周明泰写的"引言"中都有明确提到。因此，本书实为刘半农、周明泰所合辑。

书中主要辑集了五十年来各戏班和演员逐年演出的剧目，是十分珍贵的戏曲史料。全书分前后两编，各三册，前后编有刘半农题内封"五十年来北平戏剧史料前(后)编"，前编卷首有刘半农1932年7月所写的"序"的影印件。此"序"似乎未被刘氏文集收录，又因刘氏在序文中叙述本书成书经过甚详，兹录全文如下：

> 数年前偶于厂肆得旧时戏目一册，不知何人所录，目起光绪初迄于清末，前后三十年，都一千余事。复生长南中，未睹往日北地梨园之盛；又禀性拙朴，不娴艺事，时闻友人品论当世伶人工夫技巧，往往不解，独以此册足为北平社会旧史之一叶，意颇珍之，便于课业之余，稍稍整理，人事多忙，未能毕业。适友人周志辅君，抄摘民元以后报端戏目，意在汇订成篇，为近二十年来北平剧事荣衰之铁证。复念两目年代恰相衔接，合之则双美，离之则两偏，便以所藏假付周君，并举整理未竟之纸片归之。周君便名书曰《五十年来北平戏剧史材》，仍别为前后两编，不以分划时期，且以示两目来处之不同也。周君深明音律，熟悉梨园掌故，偶有评述，都精微中肯，顾不以此自炫，独孳孳于文史考订之学，今编此书，即以其治学之手腕为之，取径既殊，斯其书所有异于时下谈艺捧角诸贤之所作也。
>
> 民国廿一年七月二十日，同社弟刘复半农谨序

"序"中的"同社"，系1920年代末刘半农与周志辅等在北平城成立的摄影社团"光社"，该社每年举行摄影展览，出版《光社年鉴》，故刘氏有"同社弟"之谦称。"五四时期，新文学骁将包括刘半农在内，对'国粹'之一的京剧大都持否定态度。但刘半农此序对京剧的看法已有所改变，趋于平和客观，对蒐集整理京剧史料表现了很大的热情，因此值得注意。"①

① 陈子善：《刘半农的〈五十年来北平戏剧史材序〉》，《鲁迅研究月刊》2002年第6期，第50页。

目次：

第一册，珂罗版石印。从光绪八年的庆班的剧目开始辑录。

第二册，珂罗版石印。内容史玉成班至小德顺和班等戏班的戏目单。

第三册，铅印。内容是戏名班数统计表和戏名通检。

第四册，铅印。从光绪三十三年腊月初十日起，至民国十年的演出剧目。

第五册，铅印。从民国十一年至十七年的演出剧目。

第六册，铅印。从民国十八年至二十一年的演出剧目。后为人名通检，此外还列有梅兰芳、尚小云、程艳秋等“名角初演戏名日期表”。

9月

1. 周作人《中国新文学的源流》初版。

周作人(1885～1967)，原名櫆寿，又名奎绶，字星杓，自号启孟、启明、岂明、知堂等，笔名仲密、药堂、周遐寿等，浙江绍兴人。《中国新文学的源流》，(北平)人文书店1932年9月初版。32开毛边本，140页。1934年3月订正再版，32开，有洋宣纸、新闻纸两种本，145页；1934年10月第三版，为32开145页毛边本，也有洋宣纸、新闻纸两种。

本书影响很大，是中国现代最有代表性的新文学史著作之一。此书原是1932年3月至4月间周作人应沈谦士之邀在辅仁大学所作的演讲稿。周作人事先没有写提纲和讲稿，事后根据邓恭三(邓广铭)的听讲记录整理成本书。

周作人在本书中把中国文学史视为“言志”和“载道”两派互相起伏的运动，其实际是主张循环论文学史观。这种文学史观固然有合理之处，但也有可斟酌的地方。“诗以言志”和“文以载道”在传统的文学批评上，是两个犹如水火不能相容的命题。在传统文学批评中，“文”或“文学”所指的只是“诗”、“文”、“词”、“曲”这些部门。因此，“文以载道”中的“文”，从来没有包括小说、戏曲等长期受轻视的文类。既然如此，传统意义的“文以载道”如何能承载“现代”小说戏曲？此外，周作人在本书中，讲公安派颇详，竟陵派则少，并且极其推许公安派，认为晚明小品文不但是“中国文学史”里值得肯定的“文学”作品，而且还是现代“新文学”的重要源流。甚至认为，在一些观点上，公安派要比民国时期的文学革命家如胡适，“高明得多”。

目次：

围——研究的对象—— 研究文学的预备知识——文学的起源——文学的用处。

第二讲 中国文学的变迁：两种潮流的起伏——历代文学的变迁——明末的新文学运动——公安派及其文学主张——竟陵派之继起——公安竟陵两派的结合。

第三讲 清代文学的反动(上)——八股文 清代文学总览——八股文的来源——八股文的作法及各种限制——试帖诗和诗钟——八股文所激起的反动。

第四讲 清代文学的反动(下)——桐城派古文、桐城派的统系——桐城派的思想和桐城义法——桐城派的演变——桐城派和新文学运动的关系——死去的公安派精神的苏醒——桐城派所激起的反动。

第五讲 文学革命运动：清末政治的变动所给予文学的影响——梁任公和文、学改革的关系——白话作品的出现——新青年杂志的刊行和文学革命问题的提出——旧势力的恐怖和挣扎—— 文学革命运动和明末新文学运动根本精神之所以相同—— 用白话的理由。

附录一：论八股文。

附录二：沈启无选辑近代散文钞目录。

2. 孙俍工《唐代底劳动文艺》初版。

孙俍工(1894～1962)，原名孙光策，又号孙僚光，湖南隆回县人。《唐代底劳动文艺》，(上海)亚东图书馆，1932 年 9 月初版，32 开本，241 页，约 7 万字。

本书是作者在劳动大学讲课时的讲义。作者认为，诗歌既具有艺术性也有革命性，艺术性的变革中隐含着革命性。本书叙述的就是唐代劳动诗歌中的革命与艺术性。

目次：

第一章 唐代劳动文艺底背景(唐代社会变乱年表——五代附)；第二章 唐代劳动文艺底分期；第三章 唐代劳动文艺底第一期；第四章 唐代劳动文艺底第二期；第三章 唐代劳动文艺底第三期。

3. 梁乙真《中国妇女文学史纲》初版。

梁乙真《中国妇女文学史纲》，(上海)开明书店 1932 年 9 月初版，大 32 开本，430 页，约 18 万字。1990 年 12 月，上海书店将本书收入“民国丛书”第二编文学类第 63 种影印出版。

本书为“妇女问题研究会丛书”之一。在叙述时，先述各时代社会背景，再叙述作家历史与作品；所述侧重于平民作家和无名作家，而对于贵族的及宫廷文学，则从简略。编次方面，基本按照时代先后叙述。

全书分七章，自上古起，止于清末，共四十余节，是一部具有通史意义的妇女文学史。每章后附有参考书目。

目次：

第一章　古代妇女文学之渊源。

第一节　邃古妇女文学之传说：一、皇娥清歌之依托，二、北音南音之起；第二节　西王母之传说：一、所传西王母之诗文，二、西王母故事之转变；第三节　诗经与妇女文学：一、二南中之妇女文学，二、邶风中之妇女文学，三、卫风中之妇女文学，四、王风与其他国风中之妇女文学；第四节　春秋战国时代之平民诗歌。

第二章　汉代妇女作家之盛。

第一节　安世房中歌与汉乐府：一、唐山夫人及其房中歌，二、房中歌与相和歌辞之关系，三、陌上桑与箜篌引；第二节　妇女与五言诗之起源：一、班婕妤之怨诗，二、卓文君之白头吟；第三节　王昭君在中国文学史上之价值：一、昭君出塞故事之纪载，二、昭君之诗文，三、王昭君与乌孙公主；第四节　班昭与中国妇女：一、蔡琰家世及其诗，二、胡笳十八拍与胡歌之关系。

第三章　魏晋六朝平民文学之勃兴。

第一节　魏晋之妇女文学：一、甄后之塘上行，二、阳春歌及其他，三、魏晋妇女之短笺，四、左芬与贵族文学；第二节　子夜歌及其他吴声歌曲：一、子夜歌之研究，二、子夜歌中之度词，三、绿珠与翔凤，四、团扇郎及其他杂歌，五、回文诗之起源；第三节　六朝之歌曲(一)：一、宋鲍令晖之近代歌，二、神话中之青溪小姑，三、乐府中之华山畿，四、苏小小歌；第四节　六朝之歌曲(二)：一、刘令琊姊妹，二、吴歌十曲，三、满源之歌，四、石城女子之莫愁乐，五、陈后主与妇女文学；第五节　六朝之歌曲(三)：一、胡后之杨白花歌，二、北朝杂歌；第六节　木兰诗之研究：一、木兰及其诗，二、木兰从军之起因及后人之评论，三、木兰诗与民间歌曲，四、北歌(木兰诗)在中国文学史上之地位；第七节　嬗递中之隋代妇女文学：一、十索曲与其他杂诗，二、侯夫人与大义公主。

第四章　唐代妇女文学之转变。

第一节　女中怪杰武则天：一、武则天之家世及其诗文，二、武则

天与唐代文化之关系，三、武则天与妇女文学；第二节　杨贵妃在中国艺术史上之地位：一、杨妃之诗，二、艺术之母杨贵妃，三、杨贵妃与梅妃；第三节　宋氏姊妹与鲍君徽：一、宋氏姊妹，二、宋若华之女论语，三、鲍君徽之诗；第四节　元稹与妇女文学：一、会真记中之崔莺莺，二、刘采春母女；第五节　李鱼与女冠文学：一、李冶，二、鱼玄机；第六节　薛涛与娼妓文学：一、诗妓薛涛，二、燕子楼之关盼盼；第七节　唐代妇女之非战文学。

第五章　五代宋辽妇女文学之中衰。

第一节　五代之妇女文学：一、花蕊夫人之宫词，二、蜀宫人诗，三、周仲美与其他；第二节　两宋宫人：一、朱后之哀歌，二、杨后及其妹，三、遗民诗歌；第三节　李清照在文学史上之地位：一、李清照家世，二、李清照之词，三、李清照之诗，四、李清照之文，五、李清照之影响；第四节　朱淑贞之诗词；第五节　魏夫人与朱希真：一、魏夫人之诗词，二、朱希真之词；第六节　辽金之妇女文学：一、道宗萧后，二、天祚萧妃。

第六章　元明妇女文学之复兴。

第一节　元宫人诗：一、骆妃之舞月歌，二、程一宁之惜春词，三、凝香儿之弄月曲；第二节　管氏姊妹：一、管道杲，二、管道昇；第三节　郑允端与孙惠兰：一、郑允端，二、孙惠兰；第四节　杨维桢与妇女文学：一、曹妙清与张妙静，二、薛氏二女；第五节　明初三秀与铁铉二女：一、孟淑卿、朱妙端、陈德懿，二、铁铉二女及其他；第六节　明中世以后文学：一、陆徐之唱和，二、姑苏徐小淑，三、王凤娴母女；第七节　明末吴江三沈玉叶氏诸女：一、吴江三沈，二、沈婉君之鹂吹集，三、叶昭齐之愁言，四、叶小纨之存余草，五、叶小鸾之返生香。

第七章　清代妇女文学之极盛。

第一节　明清过渡期之妇女文学家：一、黄媛介姊妹，二、吴岩子母女，三、桐城方维仪姊妹；第二节　顾之琼与蕉园诸子：一、徐灿与清词，二、凝香室诗，三、凤箫楼与其他；第三节　闽南文学：一、黄淑窕姊妹，二、荔乡九女，三、福州梁氏；第四节　钱塘妇女文学之盛：一、随园诸妹，二、随园女弟子；第五节　松陵之妇女文学：一、松陵之随园女弟子，二、清溪吟社；第六节　汪端之自然好学斋诗；第七节　清代妇女文学之尾声。

10 月

陆侃如、冯沅君合著《中国文学史简编》初版。

陆侃如、冯沅君合著《中国文学史简编》，1932 年 10 月 15 日由上海大江书铺初版，32 开本，283 页，约 10 万字。1934 年 10 月改由开明书店再版，1938 年 7 月第三版，1939 年 10 月第五版，1947 年 3 月第七版，1949 年 1 月第八版。1957 年 10 月，台北开明书店据初版本影印。

这是陆侃如、冯沅君夫妇继《中国诗史》(1931)之后合著出版的又部文学史。原系两位作者在中法大学、中国公学、安徽大学、北京大学任教时的讲义，后应大江书铺“百科文库”之约撰写成书，由大江书铺1932 年 10 月出版，列为“大江百科文库”之一。20 世纪 50 年代，夫妇俩就本书进行改写，以《中国文学史稿》为题，在《文史哲》月刊上连载。1957 年 4 月，由中国青年出版社出版了修订本的压缩本，书名为《中国古典文学简史》；这年 7 月，作家出版社重新出版，32 开，326 页，24 万字；1973 年 5 月，开明书店出版第三版，署名台湾开明书店编译部编著，32 开，185 页。此次修订，“政治标准先放在第一位，以艺术标准放在第二位”，对原书中的“错误”尽量予以“纠正”，并补写部分内容，突出了“进步文学”在文学史上的地位，因此，与其说修订，不如说是重写。顺便一提，近年坊间出现陆、冯合著的《中国文学史二十讲》(山东画报出版社，2007 年 5 月版)，被一些人误以为是佚作，其实是 1932 年大江书铺版的简体横排版。

陆侃如在写于 1932 年 8 月 28 日的“例序”中说：

> 因为是讲义稿，所以本书同一般著述略有不同：一、为讲授便利计，各讲分量须相等，故同一题材有分为两讲或三讲的。二、为节省篇幅计，全书举例仅书某文某诗的标题而不引其原文。三、为初学明了计，对各问题只说各可靠的结论，而不去详加考证(讲授时可另加说明)。①

通过这四点，民国时期讲义型文学史写作之不同于研究型，可见一斑。

全书分上下两编，每编十讲，由文学的起源，至 1930 年的无产文学运动，以文学类别为主。下编从宋代开始讲起，而第十一讲所谓“中国文学的新局面”，指的是“诗的新局面”和“散文的新局面”，“所谓诗的新局

① 陆侃如：《例序》，见陆侃如、冯沅君：《中国文学史简编》，上海，大江书铺，1932。

面便是词的起来”①，而“所谓散文的新局面便是韩柳等人的古文运动”②。这两章中，作者不时有概括精辟的见解，有时甚至上下纵横千年，深索近代词和散文的历史渊源，如：“直到韩愈，柳宗元出，而所谓古文方几成立，自是而后，历宋元明清，虽代有革易，而韩柳倡导的古文始终保持着雄厚的势力，为近代散文的一大宗派。”③但是从体例上看，把散文分开在两编讲述，割裂了其自身的连贯性。类似这样的现象，在第十二讲论述戏剧和小说“新局面”时也存在。

目次：

上编

下编

1957年7月作家出版社出版的修订本，其内容从文学的起源到“五四”运动的文学，改分六篇，二十章，字数增至24万。现详列目次如下：

---

① 陆侃如、冯沅君：《中国文学史简编》，上海，大江书铺，1932，第147页。
② 陆侃如、冯沅君：《中国文学史简编》，上海，大江书铺，1932，第157页。
③ 陆侃如、冯沅君：《中国文学史简编》，上海，大江书铺，1932，第157页。

西汉的文学，司马迁，班固与王充，东汉的文学，乐府及其他）；三、魏晋南北朝文学（建安及三国的文学，晋代的文学，陶渊明，南朝的文学，北朝的文学）。

第四篇　隋唐宋元的文学：一、概说；二、隋及唐前期的文学（隋及唐初的文学，王孟与高岑，李白，杜甫）；三、唐后期及五代的文学（韩愈与柳宗元，白居易。附元稹等，李公佐、牛僧孺及其他，杜牧、李商隐等，温庭筠、李煜等，话本与戏剧）；四、北宋的文学（北宋前期的文学，苏轼，北宋后期的文学）；五、南宋及金文学（陆游，辛弃疾附陈亮等，南宋其他作家附金作家，宋金戏剧，宋元南戏，宋元话本）；六、元代的文学（杂剧的繁荣，关汉卿，王实甫附白朴等，马致远，张可久及其他）。

第五篇　明清的文学：一、概说；二、明前期的文学（琵琶记及其他，三国演义，水浒传，前后七子与归唐，王磐与冯惟敏）；三、明后期的文学（西游记，金瓶梅词话，梁辰鱼与徐渭，汤显祖附沈璟，李玉及其他，公安、竟陵作家，小曲与鼓词，明清间的话本）；四、清代的文学（清初的文学，蒲松龄，洪升与孔尚任，吴敬梓，曹雪芹附高鹗，清中叶的文学，地方戏及其他）。

第六篇　鸦片战争到"五四"运动的文学：（鸦片战争与太平天国前后的文学，戊戌变法与辛亥革命前后的文学）。

结语：（过去的回顾，今后的展望）。

附录：（关于编写中国文学史的一些问题，关于中国文学史分期问题的商榷）。

12 月

1. 郑振铎《插图本中国文学史》初版。

郑振铎《插图本中国文学史》，北平朴社 1932 年 12 月初版，32 开，道林纸本，四册①，共 1248 页，约 70 万字。此书出版前，郑振铎曾在《小说月报》上发表过中世卷的五篇及近代卷中的一篇半。1949 以后，经郑氏适当修改了个别字句，续撰了第六十一章至第六十四章，删去了附录"新文坛的鸟瞰"，又更换、增加了一些插图（174 幅），于 1957 年 12 月

① 据《翕居读书录》（北京，石油工业出版社，2009）的作者白撞雨先生称他收藏有北平朴社出版的《插图本中国文学史》上下两册精装本，可惜笔者无缘相见。

由作家出版社重印出版[①]，仍分四册。1969 年台北明伦出版社据 1932 年版影印出版。2005 年，上海人民出版社将 1957 年版改为两册出版，16 开平装本，1190 页。

作者早在成书的十年前，就“发愿要写一部比较的足以表现出中国文学整个真实的面目与进展的历史”，因此本书比同时代其他同类文学史著作要完整。中国古代诗歌、辞赋、词曲、散文、小说，乃至重要文学流派等，都有述及。

全书分为古代、中世、近代三卷，自古代文学鸟瞰至近代阮大铖与李玉，共六十四章，每章分若干小节。书中所收材料有三分之一以上是同时期其他书所未论及的，如变文、戏文、诸宫调、散曲、民歌以及宝卷、弹词、鼓词等。另外，本书还首次在中国文学史著作中附加插图，不仅精美，能在一定程度上与正文构成互文，还有不少图片采自宋代孤本或国外，是难得一见的珍品，有较高的史料价值。本书在论述中，既能着重于第一个文学运动或某一种文体以及能代表那一时代的重要作家，又对各时代文体状况有鸟瞰。

朱星元对本书推崇有加，认为“它确是目前文学史中最好的一部”。并且，总结出本书的四个特点：一是定义确定，范围确定；二是态度忠实；三是有系统；四是多所发现。朱星元认为，本书在编法(即著述体例)方面也有四个其他史书没有的体制：参考书目、年表、索引、插图。[②] 这四个“体制”，尽管并非全是郑振铎在本书中首创，但在此后的中国文学史写作中逐渐常见，对于文学史写作的规范化所起到的作用，是显而易见的。

当然，即便在 20 世纪 30 年代也有人对本书提出严厉指责。1932 年 8 月 15 日鲁迅对郑振铎以及此书的评议，1949 年后一直受到人们注意[③]：

郑君治学，盖用胡适之法，往往恃孤本秘笈，为惊人之具，

① 陈玉堂在《中国文学史书目提要》中说，郑氏此书，1957 年“由作家出版社重印出版”(第 62 页)，而吉平平、黄晓静在其编著之《中国文学史著版本概览》中认为，1957 年郑氏此书“由作家出版社和人民文学出版社重印出版”。经笔者核查 1957 年版本的版权页，应为作家出版社出版。1982 年 3 月，人民文学出版社曾发行 1957 年版本的第 5 次印刷本。

② 朱星元：《中国文学史通论》，天津，利华书局，1939，第 71～74 页。

③ 鲁迅这个评议出现在写给台静农的一封信中，所以 1949 年以前没有产生什么影响。1958 年郑振铎受到批判时，鲁迅的这个评议被引以为据，此后经常被人们引用。

> 此实足以炫耀人目，其为学子所珍赏，宜也。我法稍不同，凡所泛览，皆通行之本，易得之书，故遂孑然于学林之外，……郑君所作《中国文学史》，顷已在上海豫约出版，我曾于《小说月报》上见其关于小说者数章，诚哉滔滔不已，然此乃文学史资料长编，非"史"也。但倘有具史识老。咨以为中。亦可用耳。①

鲁迅这段话，并非对郑振铎《插图本中国文学史》的书评，而只是出现在鲁迅写给台静农的一封信中。已有论者证实："用胡适之法"仅指"往往恃孤本秘笈"一点，鲁迅的意思不是指郑振铎的整个治学方法都和胡适相同。事实上，郑振铎在治学中也没有"往往恃孤本秘笈，为惊人之具"。相反，鲁迅对郑氏搜集"孤本秘笈"是十分赞赏与支持的。② 退一步说，当时郑著尚未出版入市，鲁迅见到的只是郑氏发表在杂志上的几篇资料性质的文章，而不是鲁迅自己说的"数章"。鲁迅仅凭几篇郑氏的文章，就断言"此乃文学史资料长编，非'史'也"，确实轻率、武断了。

目次：

上卷　古代文学：一、古代文学鸟瞰；二、文字的起源；三、最古的记载；四、诗经与楚辞；五、先秦的散文；六、秦与汉初文学；七、辞赋时代；八、五言诗的产生；九、汉代的历史家与哲学家；一〇、建安时代；一一、魏与西晋的诗人；一二、玄谈与其反响。

中卷　中世文学：一三、中世文学鸟瞰；一四、南渡及宋的诗人们；一五、佛教文学的输入；一六、新乐府辞；一七、齐梁诗人；一八、批评文学的发端；一九、故事集与笑谈集；二〇、六朝的辞赋；二一、六朝的散文；二二、北朝的文学；二三、隋及唐初文学；二四、律诗的起来；二五、开元天宝时代；二六、杜甫；二七、韩愈与白居易；二八、古文运动；二九、传奇文的兴起；三〇、李商隐与温庭筠；三一、词的起来；三二、五代文学；三三、变文的出现；三四、西昆体及其反动；三五、北宋词人；三六、江西诗派；三七、古文运动的第二幕；三八、鼓子词与诸宫调；三九、话本的产生；四〇、戏文的起来；四一、南宋词人；四二、南宋诗人；四三、批评文学的复活；四四、南宋散文与语录；四五、辽金文学；四六、杂剧的鼎盛；四七、戏文的进展；四八、

---

① 《鲁迅致台静农信(1932年8月15日)》，见《鲁迅书信集》上册，北京，人民文学出版社，1976，第319页。

② 参见载思：《谈鲁迅对插图本中国文学史的看法》，《鲁迅研究动态》1987年第9期，第19～20页。

讲史与英雄传奇；四九、散曲作家们；五〇、元及明初的诗词；五一、元及明初的散文；五二、明初的戏曲作家们；五三、散曲的进展；五四、批评文学的进展；五五、拟古运动的发生。

下卷　近代文学：五六、近代文学鸟瞰；五七、昆腔的起来；五八、沈璟与汤显祖；五九、南杂剧的出现；六〇、长篇小说的进展；六一、拟古运动第二期；六二、公安派与竟陵派；六三、嘉隆后的散曲作家们；六四、阮大铖与李玉。

2. 钱基博《现代中国文学史长编》出无锡国专排印本。

钱基博(1887～1957)，字子泉，别号潜庐，江苏无锡人。《现代中国文学史长编》，1932年12月无锡国专学生会油墨排印(自印，非卖品)，16开线装本，302页，约30万字。

本书动笔于1917年，至1930年11月定稿。此时钱基博执教于无锡国学专修学校，学生向他索取此稿集资排印(共印200本)。后经钱氏增订，逾40万字，1933年8月由世界书局出版，这便是影响很大的《现代中国文学史》。

目次(详见1933年版《现代中国文学史》)。

3. 周明泰《道咸以来梨园系年小录》初版。

周明泰《五十年来北平戏剧史料》，1932年12月初版，(北平)商务印书馆、(天津)直隶书局代售，线装铅印一册，104页，约7万字，为“几礼居丛书第三种”。胡适题写内封。

本书中的系年，名为“道咸以来”，实自嘉庆十八年黄三熊出生之年开始记述，直到本书问世的农历九月止，前后达130年。书中材料，大多录自见诸各报的梨园掌故杂著，编者辑录后按年编排而成本书。

全书所记，以演员生平略传及其演出活动为主，述及之人有数百名，其中相当一部分早已失传，因此，对研究各演员颇有参考价值。

以上部分转引自陈玉堂《中国文学史书目提要》(第265页)。

本年

1. 徐扬《中国文学史纲》初版。

徐扬，北京人，《中国文学史纲》，神州国光社1932年初版，版权页佚。分上(第一、二编，69页)、中(第三编，53页)、下三册(第四、五编，58页)，24开本，约4.5万字。

陈玉堂《中国文学史书目提要》著录："《中国文学史纲》，徐扬著，神州国光社出版，共三册。原书现尚未找到，故出版年月及其他情况暂阙。"（第98页）而实际上，中国国家图书馆收藏有此书缩微胶卷。

据徐扬自述，本书"概括地叙述中国文学之变迁……就一时代的主要作风、主要作家、作品稍加叙述"。此外，"将一时代主要文学作风之外的文学，也略加梗概的叙述"。又说："本书在匆卒中草成，许多地方是根据先辈的材料，很多重要意见，则都是友人胡秋原先生供给的。"

本书分中国文学史为五个时期：自太古迄于周末为第一期；两汉至六朝为第二期；唐宋为第三期；元明清为第四期；清末到现在（作者编书时）为第五期。作者认为："中国的变迁，这样划开来看，也许比较能够显明地看出其转变之迹。"而"秦隋两代在年代上很短，在文学上亦无所建树，然而，这两个朝代的意义上很重大的"。因此"在本书有限的篇幅中，不能为他们多开一点纸面。"①书中几乎对秦和隋朝的文学不予提及。

目次：

2. 味农园主《中国文学史述要》出油印本。

味农园主《中国文学史述要》，民国年间线装油印本。本书述迄于民国21年（1932），卷端又题"湖北省立女子师范学校国文讲义"。其他不详。

① 徐扬：《中国文学史纲·例言》，神州国光出版社，1932，第1、2页。所引作者之言，均出自此处。

3. 游国恩《中国文学史讲义》大体编成。

游国恩(1899～1978)，字泽承，江西临川县人。《中国文学史讲义》，天津古籍出版社 2005 年整理出版。

据游国恩之子游宝琼说：

> 天津古籍出版社准备出版先父游国恩公生前授课的讲稿。先父在大学任教凡50年，所开设的中国古典文学课程不下二十多门，撰写了大量的讲稿，但很多都已丢失。特别是中国文学史，是先父在大学自始至终开设的一门课程，但新中国成立之前的文学史讲稿现存的仅有在武汉大学时期(1929～1931)编写的《中国文学史纲要》卷一、卷二(先秦至两汉，铅印本)，以及在青岛大学时期(1931～1932)续写的卷三、卷四(三国文学、两晋文学、宋文学，前二者为油印本，后者为手写稿)。在西南联合大学时讲授的《中国文学史概要》只剩提纲，复员后在北大讲授的文学史讲稿也只字无存，所以这里出版的只是先父在大学任教时最早的一部文学史讲稿。①

天津古籍出版社 2005 年整理出版的游氏《中国文学史讲义》，有助于整体呈现其文学史观，尤其书中部分章节属于首次出版。

目次：

卷一

第一篇　导言；第一章　文学之界说；第二章　文学之起源；第三章　文学之流变；第四章　周以前之文学。

第二篇　周文学：第一章　《诗经》史略；第二章　《诗经》之时代背景；第三章　论周南召南；第四章　论十三国风上；第五章　论十三国风下；第六章　论小雅大雅上；第七章　论小雅大雅下；第八章　论三颂；第九章　《诗经》之文艺。

第三篇　晚周文学：第一章　《楚辞》之起源；第二章　屈原；第三章　宋玉及其他；第四章　论《楚辞》之文艺；第五章　荀卿。

第四篇　秦文学。

卷二

第五篇　西汉文学：第一章　楚声与汉初文学；第二章　贾谊与辞

---

① 游宝琼：《游国恩的中国文学史讲义》，《中华读书报》2006 年 11 月 15 日。

赋之渐变；第三章　文景间诸王宾客之文学；第四章　武帝及诸臣之文学；第五章　司马相如；第六章　新声乐府及五言诗之成立；第七章　武宣以来民歌之发达；第八章　宣成间之作者；第九章　扬雄。

第六篇　东汉文学：第一章　东汉初期之文学；第二章　明章间之赋家；第三章　和顺间之辞赋及其诗；第四章　桓灵以来之作者；第五章　建安七子；第六章　七子以外诸家之文学；第七章　东汉之乐府歌辞。

卷三

第七篇　三国文学：第一章　魏武帝及魏文帝之文学；第二章　陈思王；第三章　明帝及其他乐府；第四章　正始玄风与嵇阮。

第八篇　两晋文学：第一章　武帝时之文学；第二章　太康永嘉之际文学之极盛；第三章　左思及其他；第四章　东渡以后之作家；第五章　陶潜；第六章　回文诗及乐府歌辞。

卷四

第九篇　宋文学：第一章　宋初文学与南朝风尚之转捩；第二章　颜延与谢灵运。

4. 黄穆如《乐府源流》刊印。

黄穆如(1891～1965)，字少岩，谱名增荣，湖南吉首人，土家族。《乐府源流》，1932年河北省立一师刊印。

仅见本书第一、二章。

目次：

第一章　总论：一、乐府渊源；二、乐府产生之历史背景；三、何谓乐府；四、乐府之成分；五、乐府分类；六、乐府为诸体之源。

第二章　两汉乐府：一、两汉乐府概论；二、雅乐；三、俗乐；四、外乐；五、古辞辨伪；六、古辞歌法。

5. 苏雪林《中国文学史》编成、排印。

苏雪林(1897～1999)，乳名瑞奴、小妹，学名小梅，字雪林，早期笔名瑞奴、瑞庐、小妹、绿漪、灵芬、老梅等，后因升入北京高等女子师范，改为苏梅；由法国回国后，又以字为名，即苏雪林，笔名有绿漪、灵芬、老梅、天婴等，原籍安徽太平县，出生于浙江瑞安。《中国文学史》，笔者所见之书，版权页已失，也无目录，首页右上角印着黑体大字“中国文学史”，右下角以小字印着“苏雪林述”，1932年排印，32开毛边铅印本，455页，约22万字。

首先须考订本书排印时间。从本书章节分布、语言等情况，可辨认出，这是苏雪林为教学编写的讲义。苏雪林讲授中国文学史课程，主要在国立武汉大学，1931年夏至1949年一直任教于武大中文系①。据苏雪林《我的教书生活》载：

> 时为民国二十年。学校叫我承担的功课，是中国文学史。每周三小时，一年级基本国文每周五小时。文学史我从来没有教过，现在不但教，还须编讲义发给学生。发讲义比口授笔记难得多，只好常跑图书馆，搜寻参考材料，一章一章撰写下去。开始一年，讲义只编到六朝，第二年，编到唐宋。一直教到第六年止，我才将已编成的讲义，加以浓缩，每章限六七千字左右，自商代至五四，一共二十章，成为一部《中国文学史略》。②

按照苏雪林的自述，她编写《中国文学史》讲义开始于1931年，年底编到六朝，1932年编到唐宋，1937年编到"五四"时期，经"加以浓缩"后，共得二十一章，命名为《中国文学史略》(大约在20世纪40年代出排印本，1980年中国台湾光启出版社正式出版)。这部浓缩版的《中国文学史略》，为世人所知，但显然此书并非《中国文学史》，理由有二：一、《中国文学史》始自先秦迄于南宋，而《中国文学史略》"自商代至五四"；二、《中国文学史》共二十章(原书章次有误，实际为十九章)，而《中国文学史略》"一共二十章"。经核对两书内容，《中国文学史》大致是《中国文学史略》的商至宋代部分。据此种种，可判断，《中国文学史》即为苏雪林1932年编成的那部分讲义，稿成后，由国立武汉大学排印，排印时间在1932年。

书中常见引用玲木虎雄、王国维、胡适等国内外学者的言论，可见作者的学术视野比较开阔。亦不乏创见。然而，全书虽以时段为编、文体为纬，在编之内的体例却较为松散、杂乱。如第二编述汉魏六朝文学，一时述两汉、南北朝乐府，一时述两汉五言诗、辞赋和魏晋辞赋，紧接着又述两汉散文。令人眼花缭乱，几乎无所适从。此外，全书不标页码，也有碍阅读。

---

① 石楠：《苏雪林年表》，《安庆师范学院学报》2006年第5期。

② 苏雪林：《我的教书生活》，《传记文学》(台北)第10卷第2期。

目次：

导论 一、文学定义；二、文学的界限（A. 学术与文学，B. 史学与文学）；三、文学与时代环境之关系（A. 文学与时代，B. 文学与环境）；四、文学与进化。

第一编 先秦文学：

第一章 文学的起源（一、关于情感者，以中国古人提倡最力；二、关于本能冲动者，这也有几种不同的说法；三、关于实际需要）。

第二章 中国古代难以凭信的文学（一、黄帝前作品；二、黄帝作品；三、尧时作品；四、舜时作品；五、夏禹时作品；六、商代作品；七、周代作品）。

第三章 商代甲骨文及金文。

第四章 周民族前期文学（A. 前期韵文：一、周颂，二、小大雅；B. 前期散文：一、周书，二、易卦卜辞）。

第五章 周民族后期文学（A. 后期韵文：一、十国风，二、二南，三、鲁颂；B. 后期散文：一、春秋，二、左传，三、国语，四、论语，五、孟子，六、墨子，七、韩非子）。

第六章 楚民族前期文学（一、楚人歌谣，二、九歌）。

第七章 楚民族后期文学（一、屈原，二、屈原的作品，三、宋玉及其同时词人）。

第八章 秦民族文学。

第二编 汉魏六朝文学：

第九章 两汉的乐府（一、郊庙乐府；二、外国乐府）。

第十一章[①] 南北朝之乐府（一、舞曲；二、清商曲；三、杂曲）。

第十二章 汉以后的五言诗（A. 曹氏父子，B. 建安七子）。

第十三章 两汉的辞赋。

第十四章 魏晋六朝的辞赋。

第十五章 两汉的散文。

第十六章 魏晋六朝的散文。

第三编 唐宋文学：总论。

第十七章 初唐及开天时代的诗歌。

第十八章 天宝后至唐末的诗歌。

第十九章 两宋的诗歌。

---

① 原书缺第十章。

第二十章　两宋的词（A. 宋词在文学上的价值，B. 宋词发达之原因）。

6. 朱自清《中国新文学研究纲要》出铅印本。

朱自清（1898～1948），字佩弦，原名自华，号秋实，笔名余捷、柏香、白水、知白等，原籍浙江绍兴，出生于江苏扬州。

《中国新文学研究纲要》系朱自清1919～1932年期间在清华大学国文系讲授中国新文学时的讲义，后来还曾在北平师范大学和燕京大学讲授。但1933年后，便不再讲，后来也一直没有出版或收入朱自清的文集。1982年，上海文艺出版社请王瑶（指导）和赵园整理这份讲义，并在《文艺丛刊》发表。

曾打算把讲义收入《朱自清全集》的李广田于1949年说，讲义"保留下来的稿本共有三种：一种铅印，两种油印"。赵园先生的说法较细致，即一种铅印，一种油印，"第三种虽有部分油印，但以手写为主"。经赵园考辨，这三种讲义稿本的时间先后为：第三种（即既有油印部分也有手写部分者）"当为初稿"，"铅印本最为后出，但油印本上'剪贴补正'之处颇多，其补正时间，多在铅印本之后"。[①]

这份讲义虽然只是一个纲目性的章节提纲，并未写成完整的文字，但章节内容提要非常详细、完整，能够看出朱自清对中国新文学发展的观点和评价。它不仅可代表早期新文学作家对新文学及其发展的一般性观点，在作家作品选择方面基本确立了中国新文学史写作的范式，而且其中一些观点，到今天仍有影响，对当代中国的现代文学史写作具有重要的启发作用。

朱自清开始讲授这门课程时，新文学的正统地位已经基本确立，产生了广泛的社会影响，而且，新文学入史也因为胡适《五十年来中国之文学》等史著的出现获得越来越多的认同。但当时尚未有人对新文学的历史做系统的总结、回顾。胡适的《五十年来中国之文学》（1922）、赵景深的《中国文学小史》（1926）、陈子展的《中国近代文学之变迁》（1929）甚至周作人的《中国新文学的源流》（1932），虽然都辟专章谈新文学，却都是"附

---

① 赵园：《整理工作说明》，《文艺论丛》第14辑，上海，上海文艺出版社，1982，第46、47页。

骥式”的文学史[1]。“因此朱先生的《纲要》可以说是最早用历史总结的态度来系统研究新文学的成果。”[2]

这份讲义分为“总论”、“各论”两部分，共八章，纲要性地叙述从戊戌政变到1932年的新文学发生、发展历史。“总论”三章，分别讲述新文学发生的“背景”、“经过”和“外国的影响与现在的分野”。同陈子展《中国近代文学之变迁》(编写于1928年春)一样，朱自清也把戊戌政变到“五四”以前的文学视为新文学的背景。与众不同的是，朱先生对晚清桐城派一字不提，而主要关注晚清小说创作。叙述新文学的“经过”时，对于早期新文学运动，突出胡适、陈独秀、周作人的言论及其影响，对于“五四”以后的新文学，则分别讲述文学研究会、创造社、新月派等文学社团流派，对于20年代末至30年代初的文学，则抓住文艺运动。这都是对新文学史的非常准确地把握。他这种把握，被后来的新文学史写作广泛采用。第三章突出美国、俄国、日本、北欧东欧、德国等“外国的影响”，还特别谈到美国“影像派”的影响，估计说的是胡适受到庞德等意象派影响。不过，朱自清既讲美国、俄国、德国文学的影响，又专列“北欧东欧文学的影响”，这明显重复了。把“外国的影响”与“现在的分野”并列为一章，也看不出两者有什么联系。这两点，“则表现《纲要》的体例编排尚未臻圆满”[3]。

“各论”共分诗歌、小说、戏剧、散文、文学批评五章。其中，诗歌这一章介绍最为详尽，这恐怕与朱自清擅长新诗研究不无关系。“各论”部分对中国文学史写作的重要贡献在于：第一，开新文学文体史写作之先河；第二，所选择的各文体代表作家和作品，后来多数成为新文学史的经典；第三，在叙述各文体时，既有理论、具体作品，还有文学批评(包括反对者的言论，如胡先骕、朱湘对《尝试集》的批评)，更有文学社团流派、文学运动、翻译等，内容详尽，尤其是对文学理论的重视，尽管后来多数新文学史写作没有采用这点，却反而证明了它的价值。

这份讲义在编著体例上的特色或者最大贡献有二：一是章节体，有学者认为，“朱自清是中国新文学史编纂的开创者之一，他将章节体的现代型文学史体例，结合实事求是的汉学治学作风、方法，创立了现代文

① “附骥式”文学史指的是那些把新文学史作为中国古代文学史、近代文学史尾巴的史著。(参见黄修己：《中国新文学史编纂史(第二版)》，北京，北京大学出版社，2007年10月，第7～14页。)

② 王瑶：《先驱者的足迹——读朱自清先生遗稿〈中国新文学研究纲要〉》，《文艺论丛》第14辑，上海，上海文艺出版社，1982，第49页。

③ 黄修己：《中国新文学史编纂史(第二版)》，北京，北京大学出版社，2007，第26页。

学史编纂的新传统"[1]；二是文体分类。按照文体来讲述文学史，有利于突出各种文体的整体发展脉络和特征，不过，也有不足，即那些跨文体写作的作家，被分置在几个不同文体里讲述，割裂了对作家的整体观照。例如，徐志摩在诗歌、小说、散文、戏剧方面都有不俗的成绩，朱先生只好在这几种文体里分开讲徐氏。

目次[2]：

总论

第一章　背景

一、"戊戌政变"与"辛亥革命"：1. 消极的意义；2. 积极的意义。

二、梁启超的"新文体"：1. 新文体；2. 小说的提倡；3."诗界革命"——黄遵宪。

三、吴沃尧等的小说：1. 李宝嘉、吴沃尧、曾朴等的谴责小说；2.《恨海》与《九命奇冤》。

四、林纾的翻译小说：1."替古人开辟一个新殖民地"[3]；2. 滑稽的风味

五、舒曼殊等的小说。

1. 舒曼殊的小说：a. 礼教与个性的冲突；b. 悲剧的意味；c. 诗人的清调；d. 谈话的口吻。

2. 章士钊的《双枰记》：a. 政治的意味；b. 真切的描写。

六、"礼拜六派"：1. 包天笑与周瘦鹃的翻译小说；2.《欧美名家短篇小说丛刊》(周瘦鹃，1916)

七、白话文运动：1. 字母运动；2. 白话书报运动。

第二章　经过

一、《新青年》时期

1. 胡适

a.《文学改良刍议》[4]：(一)"历史进化的眼光"，(二)"八不主义"，

---

① 黄修己：《中国新文学史的编纂传统》，见胡星亮主编：《中国新文学史的编纂传统》，上海，上海人民出版社，2008。引文出自该书"内容简介"。

② 据赵园整理的朱自清遗稿《中国新文学研究纲要》(载《文艺丛刊》第14辑，上海，上海文艺出版社，1982年2月，第1～46页)录入。有删节。笔者予校注。

③ 此语出自胡适《五十年来中国之文学》(可见于胡适：《五十年来中国之文学》，见姜义华主编：《胡适学术文集·新文学运动》，北京，中华书局，1993，第108页)。

④ 本文作于1916年11月，用复写纸抄了两份，一份给《留美学生季报》，一份寄给陈独秀。原载1917年1月1日《新青年》第二卷第五号；又载1917年3月《留美学生季报》春季第1号。

(三)美国影像派[①](或译形象主义幻像派)的影响。

b.《建设的文学革命论》[②]：(一)“国语的文学”与“文学的国语”，(二)“真文学”“假文学”与“活文学”“死文学”。

2. 陈独秀

a.《文学革命论》中的“三大主义”；b.“必不容反对者有讨论之余地”[③]的精神。

3. 周作人

a.《人的文学》[④]：(一)人的界说——从动物进化的，(二)人道主义——“个人主义的人间本为主义”，(三)人道主义的文学——正面的、侧面的，(四)普遍与真挚——平民的(周作人：《平民的文学》，1918年12月20日)，(五)感情与理性的调剂。

b. 欧化的文体——“直译的文体”(周作人：《新文学的要求》，1920年1月)

4.《新青年》以外的刊物：a.《每周评论》(1918年)；b.《新潮》(同时)。

二、国语运动及其他[⑤]

1. 国语运动

a. 民国元年，读音统一会议定三十九个“注音字母”；b. 七年十一月，教育部正式颁布“注音字母”；c. 八年四月，教育部重新颁布“注音字母”的新秩序，白话渐渐公然叫作国语；d. 九年，教育部令，国民学校一二年的国文，从这年秋季起一律改用国语。

2. 歌谣征集运动(1918年)[⑥]

3. 民间文学征集运动

4. 儿童文学运动(1921年)

三、第一次反响

1.《国故》杂志：《国故》月刊第一期张煊《言文合一平议》主以言从文，谓国语无标准。

---

① 目前通译为意象派。胡适在1916年的日记中多处提到美国意象派诗人庞德。《文学改良刍议》与意象派1915年的宣言有多处相同。

② 胡适：《建设的文学革命论》，《新青年》第四卷第四号(1918年12月15日)。

③ 参见《新青年》第三卷第三号(1917年5月1日)“通信栏”。

④ 周作人：《人的文学》，《新青年》第五卷第六号(1918年4月15日)。

⑤ 此语出自胡适《五十年来中国之文学》(可见于胡适：《五十年来中国之文学》，见姜义华主编：《胡适学术文集·新文学运动》，北京，中华书局，1993，第108页)。

⑥ 参见1918年3月《新青年》第四卷第三号《北京大学征集全国近世歌谣简章》。

2. 林纾蔡元培之争(1919 年)

a.《新申报》上的影射小说

b. 林蔡往来的信[①]：(一)林信要旨：①勿毁弃五常，②勿废古书行用土语；(二)蔡信要旨：大学“循‘思想自由’原则，取‘兼容并包’主义”，教员校外言行，悉听自由，不代负责。

c. 蔡的主张[②]：(一)“白话派一定占优胜”，(二)“将来应用文一定全用白话，但美术文，或者有一部分仍用文言”。

3. 胡先骕罗家伦的辩论[③]

a. 胡《中国文学改良论》：(一)言文不能合一(白话不能代文言)，(二)文学改良，(三)凡是自有投胎——自动的适合。

b. 罗《驳胡先骕君的〈中国文学改良论〉》：(一)“人生的价值”，(二)“时代的价值”，(三)“分析研究的价值”。

四、五四运动时期[④]

1. 各地学生团体的小报纸——形式略仿《每周评论》；2 新出的白话的新杂志——如《解放与改造》、《少年中国》等；3. 日报的附张——北京《晨报副刊》，上海《民国日报》、《觉悟》，《时事新报》、《学灯》。

五、文学研究会时期

1. 宣言与简章[⑤]；2. 基本的态度[⑥]；3.《小说月报》的改革[⑦]；4.《文学旬刊》(1921 年 5 月创刊)；5.“文学研究会丛书”。

六、第二次反响——学衡社的复古运动

1.“揭橥”的“四义”[⑧]；2. 梅光迪《评提倡新文化者》[⑨]；3. 胡先骕《评

---

① 林纾之信载 1919 年 3 月 18 日北京《公言报》，蔡元培之信载 1919 年 3 月 21 日《北京大学日刊》。

② 蔡元培：《国语之将来(在北京女子师范学校演说)》，1919 年 11 月 19 日《北京大学日刊》第 490 号。

③ 参见胡先骕：《中国文学改良论》，南京《高等师范日刊》，后收入《中国新文学大系·文学论争集》；罗家伦：《驳胡先骕君的〈中国文学改良论〉》，《新潮》第一卷第五期(1919 年 5 月)。

④ 此语出自胡适《五十年来中国之文学》(可见于胡适：《五十年来中国之文学》，见姜义华主编：《胡适学术文集·新文学运动》，北京，中华书局，1993，第 108 页)。

⑤ 参见《文学研究会宣言》、《文学研究会简章》，《小说月报》第 12 卷第 1 号(1921 年 1 月 10 日)。

⑥ 参见《文学研究会宣言》，《小说月报》第 12 卷第 1 号(1921 年 1 月 10 日)。

⑦ 参见《小说月报改革宣言》，《小说月报》第 12 卷第 1 号(1921 年 1 月 10 日)。

⑧ 参见《学衡弁言》，《学衡》第 1 期(1922 年 1 月)。

⑨ 梅光迪：《评提倡新文化者》，《学衡》第 1 期(1922 年 1 月)。

尝试集》①。

七、创造社时期②

1.“创作方面的努力”——独创精神；2. 作家“反抗的精神”；3.“内心的要求”、“自我的表现”、“自由的组织”；4.“浪漫主义与感伤主义”；5.“新鲜的作风”；6.“批判的态度”；7.“努力完成的语体”。

八、语丝社时期③

1.“提倡自由思想，独立判断和美的生活”；2.“以简短的感想和批评为主，但也兼采文艺创作以及关于文学和美术和一般思想的介绍与研究”。

九、革命文学与无产阶级文学时期

1. 革命文学的理论(郭沫若：《革命与文学》④，1926 年 4 月；成仿吾：《革命文学与它的永远性》⑤，1926 年 5 月)

a. 革命文学—(时代精神) 文学=(革命)，b.(真挚的人性)+审美的形式+热情=永远的革命文学

2. 无产阶级文学

a. 创造社，b. 太阳社，c. 中国“左”翼作家联盟(附茅盾的理论)。

十、新月派⑥

1. 对于现在文坛的各派的非难；2.“两大原则——健康与尊严”；3.“创造的理想主义”。

十一、民族主义文艺运动(1930 年 6 月)

十二、大众文艺的讨论(1932 年)

1. 问题的历史(1929 年)；2. 问题的提出；3.《北斗》征文(1932 年 7 月《北斗》第二卷第三、四期合刊)。

十三、“文艺自由”的论辩

文艺创作自由的原则是一般地被承认了(指较进步的文学)，“左翼”方面的狭窄的排斥异己的观点是被纠正了，“武器文学”的理论是被修正到正确的方面了(广义的非狭义的)。“第三种人”是被“左倾”宗派主义的铁门评出来的名词，本没有成立的必然和可能，不如取消。“左翼”文坛

---

① 胡先骕：《评尝试集》，《学衡》第 2 期(1922 年 1 月)。

② 参见郭沫若：《编辑余谈》，《创造季刊》第 1 卷第 2 期；成仿吾：《从文学革命到革命文学》，《创造月刊》第 1 卷第 9 期。

③ 参见《〈语丝〉发刊词》，《语丝》第 1 期(1924 年 11 月 17 日)。

④ 郭沫若：《革命与文学》，《创造月刊》第 1 卷第 3 期(1926 年 5 月 16 日)。

⑤ 成仿吾：《革命文学与它的永远性》，《创造月刊》第 1 卷第 4 期(1926 年 6 月 1 日)。

⑥ 参见徐志摩：《“新月”的态度》，《新月》第一卷第一号(1928 年 3 月 10 日)。

的态度和理论的重□定①。

十四、幽默文学

林语堂《与陶亢德书》(1933年11月《论语》第二十八期)

1.“以提倡幽默为目标，杂以诙谐”；2.“幽默含有假痴假呆之意，作语隐谑，令人静中寻味”；3.“中国之言滑稽者，每先示人荒唐，少能庄谐并出者，在艺术上，殊为幼稚”；4.“遽而不虐”。

第三章　“外国的影响”与现在的分野

一、外国的影响

1. 美国的影响——影像派的理论，辛克莱的理论与作品；2. 俄国与日本的影响——理论；3. 北欧东欧文学的影响；4. 德国文学的影响；5. 英美文学的影响。

二、现代的分野

1. 无产阶级文学；2. 语丝派；3. 新月派；4. 郁达夫及其追随者；5. 民族主义的文艺。

各论

第四章　诗

一、初期的诗论

1. 胡适的诗论②

a.“历史的文学进化观念”；b.“乐观”、“进取”的精神：(一)攻击“‘无病而呻’的恶习惯”，(二)以诗说理；c.“文学的实验主义”(“诗的经验主义”)；d.“音节上的试验”；e.“自然的音节”：(一)音节的要素，(二)用韵；f. 具体的做法。

2. 刘复的诗论(《我之文学改良观》，载1917年5月《新青年》第三卷第三号)

a.“破坏旧韵，重造新韵”；b.“增多诗体”。

3.《少年中国诗歌研究专号》中的诗论③

a. 宗白华说；b. 康白情说。

---

① 原稿如此，“□”字系模糊不清。

② 此节“胡适的诗论”，主要依据胡适《〈尝试集〉自序》、《谈新诗》、《〈尝试集〉再版自序》等篇章。如“历史的文学进化观念”出自《历史的文学进化观念》，“攻击‘无病而呻’的恶习惯”出自《〈尝试集〉自序》，“以诗说理”出自《〈白话诗的三大条件〉跋》，“文学的实验主义”亦出自《〈尝试集〉自序》，而“自然的音节”等主要出自《谈新诗》、《〈尝试集〉再版自序》。

③ 参见《少年中国》第1卷第8、9期(1920年)。

4. 俞平伯《诗底进化的还原论》①

5. 郭沫若的诗论②

附　“丑的字句”讨论：a 梁实秋说(1922 年 5 月 27、28 日《晨报副刊》)，b 周作人说(1922 年 6 月 2 日《晨报副刊》)。

二、初期的创作

1. 胡适的《尝试集》(1920 年)

a. 胡先骕的批评，b. 朱湘的批评(1926 年 4 月 1 日《晨报副刊》)。

2. 初期的名作

a. 以写景的：(一)以“朴素真实”胜的：①傅斯年《深秋永定门晚景》，②俞平伯《春水船》；(二)以设色胜的——康白情《江南》。

b. 以写情著的：①胡适《应该》，②康白情《窗外》。

c. 以音节谐美著的：①沈尹默《三弦》，②康白情《送客黄浦》。

d. 著名的象征的长诗——周作人《小河》

3. 郭沫若《女神》(1921 年)

a. 诗剧，b. 诗。附《女神》以后的诗。

4. 康白情《草儿》

5. 俞平伯《冬夜》(1922 年 3 月)

三、胡先骕的旧诗拥护论③

1.“声调、格律、音韵与诗之关系”；2.“文言、白话、用典与诗之关系”；3.“诗之模仿与创造”；4.“古典派浪漫派之艺术观与其优劣”；5.“中国诗之进化的程序及其精神”。

四、小诗与哲理诗

1. 小诗渊源；2. 小诗的三派；3. 小诗的影响；4. 哲理诗。

五、长诗

1. 周作人、郭沫若、俞平伯；2. 白采的诗——《瀛疾者的爱》。

六、李金发的诗(《微雨》、《为幸福而歌》、《食客与凶年》)

七、新韵律运动

八、徐志摩与闻一多的诗

1.《志摩的诗》；2.《死水》。

九、冯乃超等的诗

十、读诗与唱诗

---

① 俞平伯：《诗底进化的还原论》，《诗》第 1 卷第 1 号(1922 年 1 月 15 日)。

② 参见郭沫若：《论诗三札》，见《沫若文集》第 10 卷，北京，人民文学出版社，1959。

③ 参见胡先骕：《评尝试集》，《学衡》第 1、2 期(1922 年 1 月)。

十一、其他的诗

第五章　小说

一、短篇小说

1. 初期的翻译、理论与创作；2.《小说月报》的作品与作家；3. 创造社的作家及其追随者；4. 鲁迅及其追随者；5. 冯文炳与沈从文；6. 茅盾；7. 女作家。

二、长篇小说

1. 初期的创作；2. 张资平；3.《玉君与兰生弟日记》；4.《迷羊》与《结局》；5. 老舍与沈从文的作品；6. 陈诠的作品；7. 巴金的作品；8. 蒋光慈；9. 茅盾；10. 叶绍钧《倪焕之》。

三、其他

1. 普罗文学第一期的倾向；2. 施蛰存；3. 徐志摩《轮盘》；4. 刘呐鸥《都市风景线》；5. 穆时英《南北极》；6. 张天翼《鬼土日记》等。

第六章　戏剧

一、戏剧改良运动；二、爱美的戏剧运动；三、田汉、洪深、欧阳予倩；四、几个剧作家(郭沫若、丁西林、白薇、徐志摩)；五、“国剧运动”——《晨报剧刊》——国立艺术大学的戏剧系余上沅等论剧①；六、熊佛西等的戏剧运动；七、近年各地的戏剧运动；八、历史剧与儿童歌剧；九、各家剧论；十、其他。

第七章　散文

一、“随感录”与“杂感”；二、小品文与纪游文；三、《语丝》；四、几个作家；五、梁实秋《论散文》。

第八章　文学批评

一、初期的理论；二、文学研究会的文学论；三、创造社的文学论与批评；四、“读后感”；五、周作人印象的批评论；六、梁实秋的古典主义的批评论；七、革命文学论；八、梁实秋对于现代文学的批评；九、书评。

7. 李笠《文学概论讲义》刊印。

李笠《文学概论讲义》，商务印书馆函授学社约于1932年刊印，32开本，39页。

---

① 20世纪20年代后期，余上沅、赵太侔、熊佛西等一批留美学生发起“国剧运动”，其言论主要发表在徐志摩主编的《晨报副刊·剧刊》上(该刊实际上主要由余上沅负责编办)。后来，余上沅把这些戏剧论文编成《国剧运动》一书(1926年9月新月书店出版)。

李笠此书知者甚少。无版权页，封面印“商务印书馆函授学社国文科”，可知是商务印书馆函授学社的教材。由于书中不标注出版时间，而关于李笠生平的资料缺乏，今已无法确定《文学概论讲义》的准确出版时间。兹据相关史实试作大致推断：商务印书馆函授学社的前身是1910年成立的商务印书馆师范讲习社，1915年改名为函授学社，1932年10月更名为私立商务印书馆函授学校，1941年12月停办，故李笠此书刊印时间当在1915～1932年间。而李笠是在1924年年底受聘广东大学中文系教授并开始讲授“文学概论”，1925年暑假后，转任于中州大学，1928年流转于厦门大学，1930年赴武汉大学任教，1932年赴杭州的之江大学(浙江大学前身)任教。考虑到广东大学、中州大学、厦门大学、武汉大学离在上海商务印书馆函授学社较远，而杭州的之江大学较近，故暂定《文学概论讲义》刊印于1932年李笠任教之江大学期间。

李笠曾把广东大学时期的“文学概论”讲义改名《中国文学述评》刊印出版(1928年8月，上海雅宬学社)。对比《中国文学述评》、《文学概论讲义》两书的目录和内容，可发现，《文学概论讲义》部分章节与《中国文学述评》基本一致。《文学概论讲义》可能是李笠抽出《中国文学述评》部分章节删改而成。

《文学概论讲义》分为“文学观念之嬗变”、“文体之孳乳”、“文学分类之商榷”三大章，每一章各有小节，图表甚丰。

目次：

文学观念之嬗变第一：一、文学之命名及广义观；二、文学独立之经过；三、传统派之蒙蔽；四、反传统派之动机；五、文学之要素及研究文学之方针。

文体之孳乳第二：一、诗与散文发生之先后；二、诗之流变；三、杂文之流变。

文学分类之商榷第三：一、篇章归纳之新旧成绩；二、诗的各种分类法。

1933年(民国二十二年)

1月

刘大白《中国文学史》初版。

刘大白(1880～1932)，原名金庆棪，字伯桢，辛亥后改名刘靖裔，字清斋，号大白，别号白屋，浙江绍兴人。《中国文学史》，1933年1月由大江书铺初版，1934年10月，开明书店再版。32开本，500页，约

17万字。

本书的叙述由上古至唐，共六篇，分为四个时期。但据作者在“引论”中自述，全书划分为七个时期，尚有第五期“五代至元”、第六期“明至清”和第七期“民国纪元以后”，这三期述语体文之演变颇详。直到本书出版后，后面这三期始终未见问世。

刘大白是“五四”时期重要的新诗人，出版过新诗集《旧梦》、《邮吻》等，并著有《旧诗新话》、《白屋诗话》，对新旧诗歌既有创作体会也有研究心得，因而在本书“引论”部分，对诗歌尤其是诗的音韵、节奏有独到见解。

目次：

3月

1. 陈子展《中国文学史讲话》上册初版。

陈子展《中国文学史讲话》，北新书局印行，上中下三册，上册1933年3月初版，中册1933年9月初版，下册1937年6月初版。24开平装本，共1014页(上册368页，中册224页，下册422页)，约40万字。

全书(上中下三册)叙述每时期成就最高的文体及其发展，即春秋时期讲述“诗三百”，汉代讲述辞赋，魏晋讲述乐府，如此类推，由《诗经》至“五四”文学革命前夜。这种述史方式突出了每时期文学发展的主要特征，因而相对于按照王朝分期的方法，有其优越性，但缺陷也比较明显：(1)人为地把各种文体的发生发展置于不同时期，以至文体流变的脉络不清晰，比如全书仅第六讲介绍杂剧，对元以前及后的戏剧不予提及；(2)容易导致对中国文学史的理解简单化、片面化，忽略非主流文学，如唐文学在书中仅见唐诗及其重要诗人，而没有一字提到韩愈、柳宗元及其散文。

目次：

三、南北朝诗人与乐府(上)；四、南北朝诗人与乐府(下)；五、文笔之辨。

第四讲　第二诗人时代：一、第二诗人时代鸟瞰——唐诗鸟瞰；二、初唐诗人；三、李杜及其同时诗人；四、韩白及其同时诗人；五、晚唐诗人。

(以上为上册)

第五讲　诗人与词人：一、由诗到词发展的径路；二、五代词人；三、北宋诗人与词人；四、南宋诗人与词人；五、古文运动之复兴；六、宋人平话。

第六讲　杂剧：一、诸宫调大曲官本杂剧院本质类；二、蒙古民族与杂剧；三、金元之际杂剧家；四、元明之际杂剧家；五、散曲及其他。

(以上为中册)

第七讲　传奇与章回小说：一、南戏传奇之起源及其发展；二、元明之际传奇家；三、盛明传奇家；四、明清之际传奇家；五、章回小说；六、诗古文之不振。

第八讲　从旧文学到新文学：一、所谓中国文艺复兴；二、第三次古文运动；三、诗人之竞讲宗派；四、词曲余响；五、小说之继续发展；六、文学革命之前夜。

(以上为下册)

2.〔日〕青木正儿著、郑震编译《中国近代戏曲史》初版。

〔日〕青木正儿著、郑震编译《中国近代戏曲史》，北新书局印行，1933年3月初版，24开本，458页，约23万字。

本书系节译青木正儿的《支那近世戏曲史》一书，并参以译者郑震本人的意见，故与原著大有出入。原著中颇多考据及文辞评语，译者大都予以删略，而偏重于内容。原著本来为四篇：一、南戏北剧的由来；二、南戏复兴期；三、昆曲昌盛期；四、花部勃兴期。郑震将之改作“元明之间的南北曲”等三篇，分十一章，十七节，末为“余论”及“附录”。卷首有陈子展所作序言。

青木正儿的《支那近世戏曲史》，后来有王古鲁的全译本，名为《中国近世戏曲史》(详后)。此外，1943年10月，北京伪华北商工社的《华北商工》第一卷第四期上，载有景孤血的《正〈中国近代戏曲史〉中的花部戏曲之误》一文，可供参考。

目次：

第一章　古代戏曲发展的鸟瞰；第二章　南北曲的起源；第三章　南北曲的分派：一、改进的元代杂剧，二、南曲发达的径路，三、杂剧和戏文的体例，四、元代北剧的盛行和南曲的消沉；第四章　南北曲的消长：一、南曲后兴的始末，二、保有元曲余势的杂剧。

第二篇　明清之间的昆曲

第一章　昆曲的勃兴和北曲的衰亡：一、昆曲的勃兴，二、北曲之衰微及其没落；第二章　初期的昆曲；第三章　极盛时期的昆曲：一、先进诸作家，二、吴江一派，三、汤显祖，四、其他戏曲作家；第四章　后期的昆曲：一、吴江派的余流，二、玉茗堂派，三、无派别的诸作家；第五章　衰落期的昆曲。

第三篇　清之花部——皮黄

第一章　花部诸腔的初兴和昆曲的没落；第二章　昆曲没落时期的戏曲：一、雅部之末世的微音，二、花部诸腔的戏曲。

余论：南北曲的异同。

附录：明清戏曲作者地方分布表、曲学书目举要。

(原著目次见王古鲁译本)

4月

1. 童行白《中国文学史纲》初版。

童行白(1898～?)，上海崇明人。《中国文学史纲》，(上海)大东书局1933年4月初版，1935年第九版，24开本，308页，约10万字。另有大东书局1948年2月版，32开本，258页。

作者在“自序”中表示，本书是参照笹川种郎《支那历朝文学史》而成的教学讲义，原稿有14万字，嫌太繁杂，删为本书所存的10万字。“自序”末附注：“十九年八月一日江都童行白记于吴门寄芜”，可见此书完成时间是1930年8月。

书中“凡例”云：

> 二、本书……务在提纲挈领，于中国各时代之文学，作概括之叙述，要以明源流，辨派别，俾初学之士，得其门而入焉已尔。三、本书采用浅明文言文，其目的在使读者循此而养成文言文阅读上之习惯，而获得鉴赏中国古代文学名著之能力，非故意违时复古也。四、文学为社会上精神产物之一，不知各时代社会上政治之背景，则不能明晓各时代文学之底蕴；本书

> 有鉴于此，于各时代政治之兴替略叙述焉。五、中国文学，向混于学术之中，纵有文笔之辨，诗文之分，而其迹暗昧难寻；故讲中国文学史必兼述各时代之学术思想，方为得体，本书以此为编纂主旨。六、中国之学术、思想、风尚、习俗，在由南北之异殊；文学为社会之产物，自亦不能例外。而足以代表南北两思潮之典型者，即儒教（孔子）与道教（老子），本书寻根究底，依此而求文学之源流，亦且明地域与文学之关系也。[①]

自胡适《白话文学史》之后，白话文写作、“纯文学”观已成为中国文学史写作的流行范式。童行白此书却“采用浅明文言文”，不但把早已剔除出文学史的“儒教（孔子）与道教（老子）”重新写进文学史，还辟专章。如此举措，“非故意违时复古也”，而是童氏对中国古代文学作深入研究后得出的学术判决。

正因为对中国古代文学有精深的研究，童行白在文学史分期问题上，也有与众不同的见解。他认为：“以上古、中古、近代、近世之分划，则不能显各时代之特征；故以此为文学史之分期，殊属含混。”因此，“本书之分期，乃斟酌各时代之政教思潮学术之可为段落者段落之”。[②] 这种对文学史分期方法的探讨，是中国文学史写作进入自创阶段的表现。

从本书来看，童行白能够深入中国古代文学，获得与众不同的见解，很大程度上得益于他常用比较研究方法。事实上，多用、擅用比较研究方法，是本书的一大特色。如“绪论”中的“南北两思潮异殊”、第四章的“两汉文学之比较”等。论述各时期重要作家时，童氏把多位处于同一时期、文学史地位相当的作家并置，如“贾谊与扬雄”、“李白与杜甫”、“韩与柳”，等等。如此，可方便对二者作比较。

作者的学术视野也是很开阔的。书中触及或揭示了不少中国文学研究难题，有时还吸纳了学术界的新成果。比如，“中国所以不能产生叙事诗之故”，其实就是至今困扰学界的“史诗问题”。梁启超、王国维、胡适、茅盾、钟敬文乃至当代学者饶宗颐、张松如等，都就“史诗问题”作过探讨。[③] 童行白虽未能解决这个问题，但即便如此也可见本书有一定的学术深度。

---

① 童行白：《中国文学史纲·凡例》，上海，大东书局，1933。

② 童行白：《中国文学史纲》，上海，大东书局，1933，第6～7页。

③ 百年来中国学术界对“史诗问题”的探讨，详见林岗《口述与案头》（北京，北京大学出版社，2011，第2～11页）。

全书共十章，三十八节，由春秋以前至清代止。由于既重视梳理中国文学与政治、思想、风尚、习俗等之间的关系，又致力于“求文学之源流”，本书学术味较浓，是一部自觉创新的学术型文学史(尽管脱胎于大学讲义)。

目次：

凡例、自序

第一章 绪论：中国文学之界义、中国文学与功利主义、中国文学与南北两思潮、南北两思潮之异殊、中国文字之特征、中国文学史之分期问题、本书之分期。

第二章 春秋以前文学：一、总论(三皇五帝之传说、古代文化之序幕、三部最古之文献)；二、书(书之由来、今文尚书、古文尚书、尚书之历史意义、尚书之文辞、夏殷周文辞之异同)；三、诗(中国诗之起源、三百篇之变迁、何谓六义、孔子删诗之说、三百篇中之功利与道德、中国所以不能产生伟大叙事诗之故、三百篇中字句之研究、评语)；四、易(易之时代、何谓连山归藏周易、易之性质及其文辞)。

第三章 春秋战国时代之文学：一、总说(周之衰微、春秋战国时代竞争之剧烈、南北思潮之冲突、文学之反映)；二、孔子与老子(孔子传略、其思想、其事业、论语，老子传略、其思想、其著作、其文辞)；三、孟子与庄子(孟子传略、其思想、其著述、其文辞，庄子传略、其思想、其著述、其文辞)；四、屈原(赋之起源、赋为南方人种之产物、屈原传略、屈原之赋、太史公之评语、绍其统者、景差宋玉之徒)；五、韩非子(荀卿、韩非李斯同事荀卿、韩非传略、其思想、其遭遇、其著述、其文辞)。

第四章 两汉之文学：一、总论(秦始皇之武力统一与文化统一、秦文学之特点、西汉文学、东汉文学、两汉文学之比较、东汉末年至文运)；二、贾谊与扬雄(贾谊传略、其遭遇、其思想、其文章，扬雄传略、其思想、其文章、其著述)；三、司马迁与班固(中国历史之起源于变迁、儒家史观之谬误、司马迁传略、其为人、其思想、其遭遇、其著述、其史观、史记、史记在历史上之价值、在文学上之价值，班固传略、迁固之比较、固不如迁、史记和汉书)；四、司马相如(汉代辞赋之概况、相如传略、其佚事、其文辞、屈原与相如之比较、方孝孺对于相如之评语、汉代至其他作赋家)；五、诗与乐府(汉诗为南北文学之混合、韦孟四言诗、苏李赠答诗、古诗十九首、柏梁体、乐府与诗之异同、武帝时乐府之盛、古乐府、中国第一长篇叙事诗“为焦仲卿作”)。

第五章　魏晋南北朝之文学：一、总论(何谓六朝、魏晋六朝文运之概观、常时影响于思想界之三种现象、南方文学之胜利)；二、建安时代之文学(魏武帝之诗、文帝之诗、陈思王之诗、曹氏父子之比较、邺下七子之诗、建安之风骨)；三、陶渊明(阮籍嵇康、太康体、三张二陆两潘一左，陶渊明传略、其境遇、其性格、其诗、其文、昭明之评语)；四、南北朝(谢灵运、颜延之、鲍照、谢朓、宋之文学、齐之文学、梁之文学、陈之文学、北朝之文学、当时之乐府、隋之文学)。

第六章　唐代文学：一、总论(唐代学术之盛、文学之概观、唐代文学于诗独盛之原因)；二、初唐之诗(魏征之诗、初唐四杰之优劣、陈子昂、沈宋体、吴中四士、张若虚之诗)；三、李白与杜甫(李白传略、其境遇、其思想、其诗章、其才器，杜甫传略、其流浪生活之悲惨、其诗之沉郁，李杜之优劣，环绕诗坛双星之诸小星宿，所谓盛唐)；四、韩与柳(韩愈传略、其遭遇、其思想、其文章、其诗，韩诗与杜诗，柳宗元传略、其颠沛忧郁，韩柳之比较，柳之文，柳之诗，孟郊之诗)；五、白乐天(乐天传略、乐天之诗以通俗称、长恨歌与琵琶行、元微之、中唐诸诗人)；六、晚唐之诗(晚唐诗之风、晚唐诸诗人)。

第七章　宋代文学：一、总论(学术界之新气象、性理学之盛况、文学之概观)；二、苏东坡与其前后(欧阳修之诗文，苏老泉，苏东坡传略、其遭遇、其思想、其诗文，苏辙，三苏之盛名，曾王二家，所谓唐宋八大家，黄庭坚)；三、陆放翁(南宋文学之概观，放翁之传略、其际遇、其诗章，其他作家)；四、两宋之词(词非诗余、词之源流、词之发达、柳耆乡、苏东坡、李易安、辛弃疾、南北之别、词之诸作家)。

第八章　金元时代之文学：一、总论(辽金元之兴替、辽金元之文学概观)；二、元遗山(金代之文士、遗山传略、遗山以后之元诗人)；三、小说与戏曲之发达(中国小说戏曲之发达迟迟之原因、前代小说戏曲之特质、水浒传、三国志、杂剧、西厢记、琵琶记)。

第九章　明代文学：一、总论(八股文之束缚、明儒皆宗宋而无新创、明代诗文之复古倾向)；二、高青邱(刘伯温之诗，青邱之传略、青邱之性格、薄命诗人、青邱之诗评，其他诸诗家)；三、李何七子与李王七子(永乐以后之文运，李东阳之诗，李何七子之诗、其风骨，李王七子之诗、其风骨，其他诸诗人，明末之文运)；四、小说与戏曲(西游记、金瓶梅、汤显祖与戏曲、显祖传略、所谓玉茗堂四梦、牡丹亭)。

第十章　清代之文学：一、总论(清代学风之丕变、考证学之盛况、文学之影响、开海禁以后中国文化之瞠乎列国之后)；二、诗人与文学家

(清初三大家、侯方域、魏禧、汪琬、廖柴丹、钱牧齐、吴梅村、南施北宋、王渔洋、其他诸士)；三、小说与戏曲及批语(红楼梦、李渔十种曲、孔云亭桃花扇、洪昉思长生殿、蒋藏园九种曲、批语家金圣叹)。

2. 古层冰《汉诗研究》再版。

古层冰，广东梅县人。《汉诗研究》，(上海)启智书局印行，1933 年 4 月再版，1934 年 4 月第三版①，32 开本，155 页，约 4 万字。

本书系汉代诗文辨证专集，共分四卷，无章节，仅以辨证分次。全书不加标点，仅有断句，采用古雅的文言文。

目次：

卷之一　古诗十九首辨证

文选古诗十九首原文：辨证一　古诗十九首前之五言诗，辨证二　古诗十九首为两汉之作，辨证三　魏晋以前只称古诗，辨证四　晋宋之际仍称古诗，辨证五　齐梁之际古诗之外始有或说，辨证六　选楼诸子未尝改窃古诗，辨证七　触讳说。

古诗十九首评林。

卷之二　苏李辨证

文选苏子卿古诗四首原文。

文选李少卿与苏武诗三首原文：辨证一　苏李能诗乎？辨证二　苏李之诗不能伪，辨证三　本传布载艺文志不录，辨证四　奉使不得言行役在战场，辨证五　长安赠利不当有江汉语，辨证六　苏武诗解题，辨证七　李陵众作总杂不类，辨证八　触犯汉讳，辨证九　不切当日情事，辨证十　不合本传岁月，辨证十一　汉初五言靡闻，辨证十二　李陵之歌初非五言，辨证十三　六朝人苏李诗评及引用，辨证十四　文选外之苏李诗。

隋后苏李诗评辑。

卷之三　焦仲卿妻诗辨证

辨证一　证以用韵知此诗必为建安黄初间作，辨证二　证以风格知此诗必为建安黄初间作，辨证三　交广之名不足以破序说，辨证四　徐陵写定说之无据，辨证五　扎(应为“孔”字——引者注)雀东南飞出自曹丕临高台，辨证六　青崖不始六朝龙子幡亦为汉制，辨证七　下官名词之起源，辨证八　足下蹑丝履为汉时装束。

卷之四　古诗十九首辨证余录　苏李诗辨证余录　附录李陵苏武传。

---

① 陈玉堂《中国文学史书目提要》录为“1933 年 10 月三版”(第 196 页)，实误(参见古层冰《汉诗研究》第三版之版权页)。

3. 陶秋英《中国妇女与文学》初版。

陶秋英，原籍江苏苏州，出生于上海。《中国妇女与文学》，（上海）北新书局 1933 年 4 月初版，32 开本，308 页，约 13 万字。姜亮夫题签、校勘、作序。

作者陶秋英相信，妇女文学能够真实地反映妇女的生活。基于此，贯穿全书的不是中国妇女文学的演进规律的勾画和历史的叙述，而是中国文学所反映的妇女生活。为此，“在讨论中国妇女的文学之前，我们先要知道中国妇女是究竟怎样的情形，她们所受的社会影响是什么？因着那种社会影响而受的教训——教育——是什么？以及她们对于文学的兴趣怎样？然后我们看她们的作品怎样？然后我们怎样希望今后的妇女文学？”①本书便依循这些问题，依次展开。

作者先以一章的篇幅论中国宗法社会及儒家伦理思想对中国妇女的影响，然后又以一章的篇幅论中国妇女教育。如此谋篇布局，乍看似乎喧宾夺主、主次不分；其实，如此安排，体现了作者确实如姜亮夫在序中所称赞的，“秋英这部书的写法，她不仅了解中国妇女生活的整个，并且了解它的基质，并且了解它的前因后果，并且了解文学的真价值！”②因为，只有了解中国妇女在宗法社会和儒家伦理思想下的真实的地位，了解她们受到的教育及受教育的过程，才能真正了解中国妇女文学、深入中国妇女文学。

第四章引录、简析《诗经》和其他书籍以及传说当中的妇女文学作品。第五章按文体分类叙述代表作家及其作品，这是全书主体部分。尽管只是极其简略地介绍作家生平和代表作，却也用只言片语对作品作了点评。这些点评，大都体现了女性的敏锐、感性，相对于泛滥的男性视角而言，倒是别有一番风味。作者有时也会有一些令人惊奇的发现，比如她指出唐代女冠诗人薛涛的诗作存在风格不一致的问题，认为“她的诗，或经过当时人士的修改是很可能的”③。

目次：

---

① 陶秋英：《中国妇女与文学》，上海，北新书局，1933，第 3 页。

② 姜亮夫：《中国妇女文学序》，见陶秋英：《中国妇女文学》，上海，北新书局，1933，第 4 页。

③ 陶秋英：《中国妇女与文学》，上海，北新书局，1933，第 164 页。

第一节 中国宗法社会组织与妇女：一、礼教的维系人心，二、重男轻女，三、一夫多妻制，四、嗣续问题，五、女子无承继遗产权，六、妾、官人、弃妇、寡妇：几个特殊阶级。

第二节 中国儒家伦理思想与妇女：一、夫为妻纲，二、贞节观念，三、柔顺卑弱，四、三从四德，五、无才是德。

第三章 中国妇女教育及妇女在文学上的兴趣

第一节 可怜的中国妇女教育：一、闺中的教育，二、将嫁的教育，三、嫁后的教育，四、其他，五、几个女教育家及其关于女教的著作。

第二节 因种种影响的中国妇女在文学上的兴趣。

第四章 中国妇女与文学关系的启始

第五章 各种文体的几个代表作家

第一节 赋。第二节 书牍。第三节 诗词。第四节 散文：一、弹词小说，二、现存的光荣。

第六章 结论

5 月

康璧城《中国文学史大纲》初版。

康璧城《中国文学史大纲》，(上海)广益书局 1933 年 5 月初版，24 开，190 页，约 10 万字。

本书卷首有“编者例言”，声称：“本书叙述至清代止，盖近代自五四运动以后，文学上开拓了一条新途径，与前代的文学面目显然各异，没有详密细致的检讨不容易得出一个结论。”又说：“此书所用参考书实不少……惟以日人笹川种郎的《中国文学史》给我借材的地方最多。”作者认为其他文学史著只是自己所著《中国文学史大纲》的“参考书”，他只不过比较多“借材”笹川种郎的《中国文学史》而已。实际上，本书抄录其他文学史书颇多，很少有自己的见解。

目次：

第一章 概论；第二章 古代文学；第三章 春秋战国时代文学；第四章 两汉文学；第五章 魏晋及南北朝文学；第六章 唐代文学；第七章 宋代文学；第八章 金元文学；第九章 明代文学；第十章 清代文学。

6 月

1.《读书杂志》出版“社会学观中国文学史专号”。

1933 年 6 月 10 日出版的《读书杂志》3 卷 6 期发表“社会学观中国文

学史专号"[①]，刊载了李华卿《中国文学史轮廓引论》、丁迪豪《中国古代文学史论》、胡秋原《秦汉六朝思想文艺发展草书》、张玉林《魏晋南北朝的文学》共四篇运用普列汉诺夫的社会学史观研究中国文学史的文章，另外还刊发了陆侃如译的《恩格斯两封未发表的信》(致哈克纳斯和特里尔的信)。胡秋源在《发刊言》中说，这是"以集团研究的方式，以历史的一元论来解释中国文学的发展"。"专号"虽为《读书杂志》掀起的"中国社会史论战"波及文学研究领域的结果，但反映了当时部分学人开始运用唯物史观理论研究中国古代文学史，这在 20 世纪上半叶的中国文学研究史上还是第一次。

以《读者杂志》为中心的"中国社会史论战"是 20 世纪 30 年代影响很大的事件。相应地，这个"专号"从理论上奠定了中国文学史写作中社会学述史模式形成的基础。

2. 刘宇光《中国文学史表解》初版。

刘宇光《中国文学史表解》，(上海)光华书局 1933 年 6 月初版，1935 年 9 月第二版，32 开本，164 页(正文 114 页，附录 50 页)，约 6 万字。1936 年 6 月，大光书局印行第五版，增补了书末附录的表解，页码增至 176 页。谢无量校阅。

此书很可能是最早的表解体中国文学史。表解体以图表的形式把中国文学史的基本框架勾勒出来，形象生动，易懂易记。刘宇光这部"文学史表解"，分上下编，上编为"通论"，下编为"分论"。虽然当时已有的中国文学史书，多数采用了先总后分的叙述体例，但大都是每一章先总论后分论，而刘宇光在这部书中，先通论从上古至民国十八年的文学史，然后下编按朝代分别表解各时期文学的发展趋势、代表和特点。尽管这种先通论后分论的体例，没有被后来的表解体文学史继承，却在客观上拓展了中国文学史写作的叙述体例，并且至今仍有沿用。

目次：

① 《读书杂志》1931 年 4 月 1 日在上海创刊，起先由王锡礼、陆晶清编辑，从第 3 卷第 5 期开始由胡秋原编辑。

之大势，(乙)周秦文学之特点，(丙)周秦文学之代表；三、两汉文学——(甲)两汉文学变迁之大势，(乙)两汉文学之特点，(丙)两汉文学之代表；四、魏晋文学：(甲)魏晋文学变迁之大势，(乙)魏晋文学之特点，(丙)魏晋文学之代表；五、南北朝及隋文学：(甲)南北朝隋文学变迁之大势，(乙)南北朝隋文学之特点，(丙)南北朝隋文学之代表；六、唐及五代文学：(甲)唐五代文学变迁之大势，(乙)唐五代文学之特点，(丙)唐五代文学之代表；七、宋代文学：(甲)宋代文学变迁之大势，(乙)宋代文学之特点，(丙)宋代文学之代表；八、辽金元文学：(甲)辽金元文学变迁之大势，(乙)辽金元文学之特点，(丙)辽金元文学之代表；九、明代文学：(甲)明代文学变迁之大势，(乙)明代文学之特点，(丙)明代文学之代表；十、清代文学：(甲)清代文学变迁之大势，(乙)清代文学之特点，(丙)清代文学之代表。

附录：中国文学史表解参考

3. 胡云翼《中国词史略》初版。

胡云翼《中国词史略》，(上海)大陆书局 1933 年 6 月初版，32 开本，238 页，约 10 万字。

全书共六章，二十节，著述体例与作者《中国词史大纲》相同。

目次：

第一章　词的起源。

第二章　晚唐五代词：一、晚唐；二、西蜀；三、南唐词；四、五代词人补志。

第三章　宋词(上)：一、北宋词的第一期；二、北宋词的第二期；三、北宋词的第三期；四、北宋词的第四期。

第四章　宋词(下)：一、南渡词坛；二、南宋的白话词；三、南宋的乐府词；四、晚宋词坛；五、宋代词人补志。

第五章　金元明词：一、金词；二、元词；三、明词。

第六章　清词：一、清初；二、浙派；三、常州派；四、清末词。

8 月

1. 谭丕模《中国文学史纲》初版。

谭丕模(1899～1958)，号披朦，湖南祁阳人，著名中国文学史、思想史研究专家。《中国文学史纲》，1933 年 8 月初版，和济印书局印刷，北新书局发行，32 开，349 页，约 15 万字。1949 年后，本书经作者修改，1952 年 5 月由人民文学出版社出版，32 开，正文 332 页，约 24 万字；1954 年 11 月，经删改后交商务印书馆出版，32 开，234 页，约 19 万字。

本书是谭丕模在北平师范大学讲授中国文学史的讲义。在那个时候，谭丕模深信社会经济指导、支配文学的发展，以至于他几乎把社会经济视为决定文学发展的唯一原因。在“绪论”中，他指出以往的文学史著作存在几个通病：一是“断代的错误”，即“以朝代为单位，把每个时代都找出几个文学家或文学作品来记述一下，就算是文学史的唯一任务。”二是“相信作家和作品是文学史的文艺创造者”。三是“强分语文的错误”，谭氏指出，胡适《白话文学史》只认白话语体作品、割弃文言作品是错误的。四是“超越文学的范围”，认为“过去所出版的文学史，大致是各种学问的混合史”。[①] 鉴于此，他提出必须“用新兴社会科学的方法——唯物论辩证法”去编写文学史。因此，本书与以往多数文学史著作不同，不是以时代为经、文学为纬来编写，而是以唯物论辩证法论述文学的各方面，不仅把中国文学史分成“原始封建制度时代”、“封建制度时代”、“民族资产阶级时代”、“劳苦大众觉醒时期”等 11 个时期，还特别注重社会经济对文学的影响，注重反映农民阶级等劳苦大众的作品。毫无疑问，这是中国较早以唯物史观研究中国文学史的著作。由于作者对唯物辩证法的理解还很肤浅，他只能机械套用这一科学方法，由此显示了早期政治式文学史写作的某些特征。

目次：

第一章　绪论：一、中国文学史是甚么；二、为甚么要研究中国文学史；三、怎样去研究中国文学史；四、中国文学史开展的阶段。

第二章　原始封建制度时代的文学：一、封建制度的确立；二、贵族生活的反映；三、农民生活的反映。

第三章　原始封建制度崩溃时代的文学（一）：一、原始封建制度崩溃时代的社会现象；二、没落贵族生活的反映；三、农民阶级觉醒的反映。

第四章　原始封建制度崩溃时代的文学（二）：一、小封建领主互相兼并；二、没落封建贵族的挽歌。

第五章　封建制度复兴时代的文学：一、封建制度复兴时代的社会现象；二、封建制度复兴时代的文学倾向；三、封建制度复兴时代的词

① 参见谭丕模：《中国文学史纲》，上海，北新书局，1933，第 2～5 页。

赋家；四、农民痛苦生活的反映。

第六章 封建制度破坏时代的文学：一、封建制度破坏时代的社会现象；二、封建制度破坏时代的文学倾向；三、封建制度破坏时代的作品；四、批评文学的产生。

第七章 封建制度稳定时代的文学：一、封建制度稳定时代的社会背景；二、封建制度稳定时代的文学倾向；三、封建制度稳定时代的文学家。

第八章 封建制度危机时代的文学：一、封建制度危机时代的社会现象；二、表示个人主义感伤的作品；三、表示旷达意识的作品；四、表现社会散乱和人民苦痛的作品；五、表示内心苦闷和生活暇裕的作品；六、古文运动之产生；七、传奇小说的产生。

第九章 封建制度表层稳定时代的文学：一、封建制度表层稳定时代的汴京繁华；二、词的黄金时代；三、古文运动的再起。

第十章 畜牧民族侵略下的文学：一、中原陷落；二、表示激昂慷慨的作品；三、表示疏淡意识的作品；四、附金代文学。

第十一章 畜牧民族统治下的文学：一、畜牧民族统治下的社会现象；二、戏曲发达；三、畜牧民族统治下的戏曲家。

第十二章 新封建化时代的文学：一、新封建化时代的社会现象；二、表示拥护封建政权的意识；三、表现封建社会的遗壳。

第十三章 封建制度回光返照时代的文学：一、封建制度回光返照时代的社会现象；二、表示吟风弄月和拥护封建社会的意识；三、显示封建的矛盾。

第十四章 民族资产阶级意识萌芽时期的文学：一、国际资本主义的伸入和封建经济的动摇；二、显现封建社会的残形；三、表现对封建社会的留恋。

第十五章 封建残余与民族资本主义混合统治时代的文学：一、封建残余与民族资本主义混合统治时代的社会现象；二、封建残余与民族资本主义混合统治时代的文学运动。

第十六章 劳苦大众觉醒时期的文学：一、中国现象与国际形势；二、新兴文艺运动概况。

1947年，谭丕模在桂林师院讲授中国文学史时，把讲稿交桂林文化供应社出版，书名为《中国文学史纲》(上册)。此讲稿据1933年版修改而成。这次出版经谭氏修改，拟分上、下两册。上册分六个大问题，每一大问题之下又分若干个小问题，概括论述殷商至唐五代文学发展的历史。

1947年版《中国文学史》只有上册，下册未见出版。为了显示1947年版与1933年版的区别，抄录其目次如下：

一、绪论（学习中国文学史的目的、作用和方法）。二、奴隶制时代（殷商）的文学（中国文学的起源和神话的产生，中国文学史从殷商起，殷商时代的社会背景，尚未成形的甲骨文学，快要成形的易经卦爻辞文学，小结）。三、地方分权的封建制时代（西周、东周、春秋、战国）的文学（社会背景，诗经的降生，楚辞的出现，历史文学的产生，散文的发展）。四、中央集权的封建制创造时代（两汉）的文学（社会背景，辞赋的产生、发展与分化，乐府诗歌的发展与蜕变，历史文学的发达与衰落，散文的发展，文学批评的受胎）。五、中央集权的封建制衰弱时代（三国南北朝）的文学（社会背景，五言诗的发展，民歌的发达，翻译文学的盛行，小说的发达，散文的发达，文学批评的生长）。六、中央集权封建制再建立与再衰落时代（隋唐五代）的文学（社会背景，诗高度的发展，诗的新形式——词的兴起，变文的产生，传奇小说的发达，古文运动的兴起，文学批评的进展）。后记。

2. 杨荫深《先秦文学大纲》初版。

杨荫深（1908～1989），原名杨德恩，字泽夫，浙江鄞县人。《先秦文学大纲》，（上海）华通书局发行，中行印刷所印刷，1933年8月初版，24开本，285页，约17万字。

作者在卷首“编辑大意”中声称，本书是一部“用史的叙述，但不用史的方法”编写的著作，在著述体例方面，“不怕宰割似的用朝代来分卷”、“用各归各的派别来叙述”。此外，作者还强调说，本书注重作品，并且注意介绍与作品直接相关的背景，尤为注重社会环境，“这一步工作我们是最不敢忽略的”。

据本书末“出版预告”，杨荫深原计划出“中国文学史大纲”共八卷，本书为第一卷（叙述唐虞至秦代文学），其余七卷分别为：《汉魏文学大纲》、《六朝文学大纲》、《唐代文学大纲》、《两宋文学大纲》、《金元文学大纲》、《明代文学大纲》、《清代文学大纲》。其中，第四卷即《唐代文学大纲》已编成、即将出版，第一卷书末附有第四卷“出版预告”：

> 本书……与先秦文学大纲为姊妹篇。全书编排格式，与先秦文学大纲相同，分三编十八章，对于唐代诗人、小说家、散

> 文家，均有详细介绍；并附名贵插图百余幅，年表索引甚详……现已编辑完竣，即可付印出版。

后来未见《唐代文学大纲》及其余六卷出版，但1938年6月杨荫深另外出版有《中国文学史大纲》一书(详后)。

本书分三编，十一章，若干节，内附插图六十三幅，书末附有年表、索引、参考书目。

3. 钱基博《现代中国文学史》初版。

钱基博《现代中国文学史》，(上海)世界书局1933年8月初版，1934年9月再版，1935年2月第三版，有32开、24开两种本，均为精装，32开本449页，约40余万字。1936年9月增订出版；1974年收入台湾《近代中国史料丛刊·续刊》出版；1986年5月，湖南岳麓书社据1936年增订版改版印行。此外，还有中国人民大学出版社版、上海书店影印版、东方出版社版、江苏文艺出版社版、华中师范大学出版社版，等等。[①]

本书系钱基博在1932年12月无锡国专排印本基础上增订而成(增订情况详见目次)，在1949年前多次印刷，“万本流传，三版书罄”[②]，1949年后，在中国大陆多次重版。但本书之所以流传甚广，除了编著水平较高，还应该与作者所持文化保守主义立场有关。钱基博在书中对“鹜外”的“新文学”的指责比“执古”的“旧文学”要严苛得多。在新文学作家如日中天的五四新文化运动后期，《现代中国文学史》如此处理当时的白话文学和评价“新文学”作家，引起新文学家及其追随者不满，当时就招来激烈的批评。戚施说：“顷见钱基博氏所著《现代中国文学史》，长至三十万言，其论白话文学，不过一万余字，仅以胡适入选，而以鲁迅徐志摩附焉。于此诸人，大肆訾支。迩来旧作文家，品藻文字，裁量人物，未有若钱氏之大胆者，而新人未尝注意及之”，“既不满意于郭沫若、蒋光慈之‘左’倾，又不满意于鲁迅徐志摩之‘右’倾，而惟倾慕于所谓‘让清’遗老之流风余韵，低徊感喟而不能自已，钱先生之志，皎然可睹矣”[③]。穆士达认为，“在正文里面，他却专致力于焦氏所谓‘余气游魂’之叙述，只费二十四页，而引《尝试集·自序》之文，竟占一十四页。这样地不明时代之所胜，当然是没有资格写作文学史的”。又说，《现代中国文学史》叙述方法错误，“本书的内容，多叙琐事末节，大部分与文学的本身，没有关联；而其性质便与旧式的‘文谈’‘诗话’绝无差别”，即便语言文字也拙劣，“本书是用古文写的，尤应力避‘陈言’，免得使人讨厌”[④]。而马玉铭批评说：“本书名不副实，充其量，只可算是一部‘近代中国文学作家列传”，“论‘白话文’一章，真要不得！著者之无能力欣赏白话文章，已如上述，而又压根不知道那几位作家才是活动于新文坛上的重要角色’”[⑤]。王旬根本否定这是一部文学史，批评此书“偏见太多，有的地方

---

① 2004年10月，中国人民大学出版社翻排岳麓书社1986年5月版，遗漏第503页；上海书店出版社2004年8月、2007年4月影印的是1933年8月的初版本；东方出版社2008年1月版，依据的底本是上海书店出版社影印版，实际也就是1933年8月的初版本；江苏文艺出版社2008年1月版的底本，是岳麓书社1986年5月版；1996年刘梦溪主编的《中国现代学术经典·钱基博卷》收入岳麓书社版，其实收入的是1936年增订本；1997年曹旒英将之收入华中师范大学出版社出版的《钱基博学术论著选》中；2004年的上海书店版，系根据1935年版即第三版改版印行。

② 钱基博：《现代中国文学史四版增订识语》，见刘梦溪主编：《中国现代学术经典钱基博卷》，石家庄，河北教育出版社，1996，第561页。

③ 戚施：《钱基博之鲁迅论》，《大晚报》1933年12月29日。

④ 穆士达：《钱基博著〈现代中国文学史〉的批评(一)》，《图书评论》1934年第2卷第10号。

⑤ 马玉铭：《钱基博著〈现代中国文学史〉的批评(二)》，《图书评论》1934年第2卷第10号。

作史料读，也不太合适呢。至于著者头脑的冬烘，见解的不清，在每篇中触目皆是，在篇首中尤为显然，因为有的是离去了文学史的范围"①，甚至连做"文学史料书"的资格都没有。鲁迅也对此书不以为然②。直到20世纪90年代，文学史家黄修己评价说，钱著"作为一部现代中国文学史，则从根本上歪曲了这一段文学发展的历史"，指责钱著没有反映"五四"文学革命和新文学的诞生、发展。③ 当然，也有人对此书持肯定态度。如胡先骕指出钱基博《现代中国文学史》"可商榷之处尚夥"，"然终为今日著述界有价值之著作，可断其必能风行于一时，即在百世之下亦不至于覆酱瓶也"④。陈灨一评断钱著："取材宏富，评断精审，史料史识，丰富卓越，盖非率尔操觚者之比"⑤。胡、陈二人更多地站在旧文学维护者的立场上评议钱著。这与近年一些学者从反思中国文学史写作出发对钱著作出赞誉，明显不同。比如近年有研究者认为钱著"对于那个时代的整个的文学面貌，各个作家的创作实践，都从宏观和微观方面进行巨细靡遗的论述，是一部以史料取胜的文学史"⑥。有论者从宏观的视野考察钱著，认为此书"虽以介绍、分析这一时期的代表作家、代表作品为主，但也广泛涉及了与此相关的这一时期的学术文化以及政制民俗，是一部广义性质的文学史著作，甚至不妨同时将其当作这一时期的学术史、文化史来读"⑦。

中国文学研究界对钱著的接受史，比较突出地反映了文学史写作与时代思潮之间耐人寻味的张力。然而，不管人们对钱著如何褒贬，都不能否定这是一部奇特的文学史。其"奇特"有三：

一、用语奇特。通篇采用古雅的文言文。奇怪的是，此书不但20世纪三四十年代几乎连年再版，直到21世纪初还不断有出版社重版，可见受不同时代读者的欢迎。究其原因，大约在于钱氏的文言文写得"实在清粹漂亮"，既保留了古代文言文的简洁、雅致，又吸收了白话文多用连词

---

① 王旬：《评钱基博〈现代中国文学史〉》，《众志》1934年第10期。

② 鲁迅以他惯用的杂文风格回应钱著对他的评价说："这篇大文，除用戚施先生的话，赞为'独具只眼'之外，是不能有第二句的。真'评'得连我自己也不想再说什么话，'颓废'了。然而我觉得它很有趣，所以特别的保存起来，也是以备'鲁迅论'之一格。"（鲁迅：《准风月谈·后记》，北京，人民文学出版社，1973，第191页。）

③ 钱基博：《现代中国文学史》，长沙，岳麓书社，1986，第24页。

④ 胡先骕：《评钱基博〈现代中国文学史〉》，《大公报·文学副刊》1933年11月27日。

⑤ 陈灨一：《评钱基博〈现代中国文学史〉》，《浙江省立图书馆馆刊》1933年第2卷第5期。

⑥ 孔庆茂：《丹桂堂前——钱锺书家族文化史》，武汉，长江文艺出版社，2000，第38页。

⑦ 刘桂秋：《无锡时期的钱基博与钱锺书》，上海，上海社会科学院出版社，2004，第126页。

的长处。例如，书中最常见的连词“而”，有时连接两个并列的单句，有时表递进，有时表转折。如，“治文学史，不可不知何谓文学；而欲知何谓文学，不可不知何谓文”。[①] 此处“而”字表递进，使全句读起来流畅、朗朗上口，并无一般文言文那种晦涩、拗口。

本书以论说体写成，叙事少而评论多。尤其令人惊讶的是，作者的评论之辞饱含个人感情，有时甚至嬉笑怒骂。如论梁启超：胡适倡白话文，风靡一时，“启超大喜，乐引其说以自张，加润泽焉。诸少年噪曰：‘梁任公跟着我们跑也’”。[②] 在生动的语言背后，是作者对梁启超的嘲讽，难怪后来钱氏和梁启超谈及本书，“惟任公晤谈时，若有不愉色”[③]。

二、持论奇特。钱基博不用当时已成为时尚的白话文而用文言文，多少反映了他的文化保守立场。事实上，他对胡适等白话文提倡者乃至新文学颇有异议。本书名为《现代中国文学史》，其实偏重“古文学”，能够入书的新文学作家，仅胡适、周树人、徐志摩等寥寥几人，而且涉及胡适的论述，基本上都是驳斥。这在当时普遍认同新文学的语境下，无疑是“奇特”的。但更令人讶异的是作者并非故步自封的旧派学者，书中不乏作者与时俱进的观点和言论。例如钱氏自述他编撰本书的宗旨，乃在立足当代，“通古今之变”。钱氏草创此书的目的，并非仅在于为“现代文学”张目，他感于当时“厚今薄古”之时代风气，希望借著史阐发“中国四千年文学之演变”以及近代以来“文章得失升降之故”，以矫时弊。这种动机决定了他在本书中的言论不可能四平八稳。他必须发出新奇之论来吸引读者，用感愤之言激发情绪。因此，书中对白话文运动和新文学颇有偏激之言。当然，偏激之言太多只会惹人厌烦。要有振聋发聩的言论，还须持论公允、平正而有永久之价值。本书不乏此类议论。譬如，“绪论”主要阐述文学观和文学史观，其中有一些见解，在今天看来仍不过时。钱氏指出：“文学史者，则所以见历代文学之动，而通其变，观其会通者也。此文学史之所谓取义也。”[④]这显然是用动态的、发展的眼光来看待古文学和今文学之间的关系。

对于“文学”的定义，钱氏也像其他文学史家那样辨析其广义和狭义，却认为“持狭义以绳文学，则所谓文学者，殆韵文之专利品耳！倘求文学

---

① 钱基博：《现代中国文学史·绪论》，上海，世界书局，1933，第1页。

② 钱基博：《现代中国文学史》，上海，世界书局，1933，第425页。

③ 钱基博：《现代中国文学史·跋》，上海，世界书局，1933，第1页。

④ 钱基博：《现代中国文学史》，上海，世界书局，1933，第7页。

史平民化，则不得不舍狭义而取广义”。[①] 自近代以来，中国“文学”由广义至狭义、由“泛文学”至“纯文学”，是大势所趋。在本书成书时，狭义的“纯文学”观已占主流地位。可以想象，在此情境下，钱氏“舍狭义而取广义”，怎能不让人跌破眼镜、惊诧莫名？

三、编排奇特。在写于1930年11月10日的“序”中，钱基博自述编撰体例：

> 是编以网罗现代文学家，尝显闻民国纪元以后者，略仿《儒林》（指《汉书·儒林传》——引者注）分经叙次之意，分为两派：曰古文学，曰新文学。每派之中，又昭其流别，如古文学之分文、诗、词、曲，新文学之分新民体、逻辑文、白话文。而古文学之中，文有魏晋文与骈文、散文之别，诗有魏晋、中晚唐与宋诗之别，各著一大师以明显学，而其弟子朋从之有闻者，附著于篇。[②]

这种纲目明确、以类相从的章节布局，体现了钱氏“会通古今”的文学史著述体例。钱氏既仿传统的“列传”编法，又据实情把“现代中国文学史”划为“古文学”和“新文学”两大部分，古文学中又分述文、诗、词、曲，新文学中则分述新民体、逻辑文、白话文，这显然是融会“新知”的独特发明，既能方便读者总揽全局，又能把握新文学和旧文学之间源流走向、势力消长直至艰难转型的复杂样态。与当时及后来那些把文学革命或革命文学定于一尊以至“遮蔽”其他的现代文学史写作相比较，钱基博如此文学史视角和著述体例，既显得奇特也更加圆通而接近史实。近年有论者因此称赞本书为“专家之学，通人之书”[③]，虽有些过誉，却基本符合事实。至于又有论者说：“先生的两部文学史（《中国文学史》、《现代中国文学史》——引者按），义不拘虚，或‘衷诸古’，或衷诸现实，表现了传统史学家的‘实录’精神”[④]，笔者却不敢苟同。因为，无论钱氏编纂本书的直接目的，还是他的叙述语言、态度，都明显流露出贬低新文学、为旧文学张目的意识，既然如此，“表现了传统史学家的‘实录’精神”，从

---

① 钱基博：《现代中国文学史》，上海，世界书局，1933，第2页。

② 钱基博：《现代中国文学史·序》，上海，世界书局，1933。

③ 留白：《专家之学，通人之书——评钱基博〈现代中国文学史〉》，《文景》2008年1、2期合刊。

④ 周远斌：《钱基博的文学史建构理论及其实践》，《文学评论》2008年第3期。

何而来？

《现代中国文学史》采用“以文体为纲、作家为目”的体例。[①] 相对于20世纪二三十年代普遍采用的“以朝代为纲目、文体（作家）为目”的体例，钱氏这种体例是文学史写作进步的表现。它更能体现文学的本体。但《现代中国文学史》并非依时序叙述各文体重要作家，而是主要按照作品风格取向确定各文体重要作家，以便凸显文体衍变的历史轨迹。例如，上编第一章“文”，按风格之不同，分作“魏晋文”、“骈文”、“散文”，近人章炳麟、黄侃因文风直追魏晋而入“魏晋文”，刘师培入“骈文”，吴闿运、林纾则入“散文”，晚清宋诗派大家陈三立、张之洞入第二章“诗”之“宋诗”一节。如此编排，实属前所未有。

目次：（以下“增订本”指1936年增订版）

绪论：一、文学；二、文学史；三、现代中国文学史。

编首：一、总论；二、上古；三、中古；四、近古；五、近代。

上编　古文学

一、文

魏晋文：王闿运（增订本增附廖平、吴虞），章炳麟附黄侃、苏玄瑛。

骈文：刘师培，李详附王式通，孙德谦附孙雄，黄孝纾（增订本增入者）。

散文：王树枬，贺涛附张宗瑛、李刚己、赵衡、吴闿运（这几人均为增订本增入者）、林纾（增订本列于姚永概之后）、马其昶（增订本增附叶玉麟），姚永概附兄永朴。

二、诗

中晚唐诗：易顺鼎附僧寄禅（增订本增附三多、李希圣、曹元忠），杨圻附汪宝，杨无恙（后三人均为增订本所增）。

宋诗：陈三立附张之洞、范当世及子衡恪、方恪，陈衍附陈澹然（增订本删去陈澹然，另增沈增植），郑孝胥附陈宝琛及弟孝柽，胡朝梁，李宣龚附夏敬观、诸宗元、罗惇曧、黄濬、梁鸿志（增订本增附偰侗、何振岱、龚乾义、曾克耑）。

三、词

朱祖谋附王鹏运，冯煦，况周颐附徐珂、邵瑞彭、王蕴章（增订本增附龙沐勋）。

---

① 北京大学的陈平原教授近年谈到，钱基博《现代中国文学史》的体例，以文体为纲，注重文章源流，此深受无锡国专授课方式和桐城派经典《古文辞类纂》的影响，不讲通论，以品味见长，与西方的文学史著体例（以时代为中心）显著不同。

四、曲

王国维，吴梅附童斐、王季烈、刘富梁、魏械、姚华、任讷(增订本增附卢前)。

下编　新文学

一、新民体：康有为附简明亮、廖平(增订本廖平移附于王闿运)、徐勤，梁启超附陈千秋、谭嗣同。

二、逻辑文：严复，章士钊。

三、白话文：胡适附黄远庸、周树人、徐志摩等。

跋

4. 刘麟生《中国诗词概论》初版。

刘麟生《中国诗词概论》，(上海)世界书局1933年8月初版，32开本，196页，约9万字。另有1936年版；1944年10月，经排印后出版新一版，90页；1981年9月中国台湾庄严出版社版，32开本，194页。

本书为刘麟生编辑的“中国文学丛书”之五，据其在“中国文学丛书编辑旨趣”中所言，“关于文学的分类，我们注重体裁、渊源和演变各方面。至于作家和作品的批评，我们注重整个的作风和个别的作风。一切批评都采用客观的态度，不涉成见。”

全书共二十章、五十节，实为诗史与词史的合集，分述由《诗经》至清末白话诗之诗史、由温庭筠至清代词人之词史，颇简略。1944年10月新一版目录仅列章，不列节题。

目次：

第一章　中国诗的鸟瞰：一、中国诗的地位；二、诗体；三、诗韵及词韵；四、诗词的选本。

第二章　论诗经：一、诗经的起源；二、诗经的史地；三、诗经的组织；四、说诗的派别；五、作家与作风；六、诗经的影响。

第三章　五古诗的演进：一、西汉诗的辨伪；二、建安文学与五古诗的告成；三、陶渊明及其影响；四、南北朝的五言诗与近体诗胚胎。

第四章　乐府诗的盛时：一、名称与体裁；二、作风的嬗变；三、代表的作品。

第五章　七古诗与近体诗的完成：一、四杰沈宋与陈子昂；二、王维及其派别；三、李白；四、杜甫；五、高岑边塞诗与王昌龄；六、奇险派韩愈；七、元白与平易派的诗；八、温李与典丽派。

第六章　诗的散文化时代：一、西昆体及其反动；二、东坡体与荆公体；三、江西诗派；四、放翁体石湖体与诚斋体。

第七章　诗的模仿时代：一、元好问和虞集；二、前后七子。

第八章　诗的变化时代：一、江左三大家；二、主张神韵派之王士祯；三、主张性灵派之袁枚；四、清末宋诗运动；五、黄遵宪与诗界革命；六、白话诗。

第九章　词的萌芽时代：一、词的起源与温庭筠；二、韦庄与冯延巳；三、李煜。

第十章　词的极盛时代：一、宋词的鸟瞰；二、北宋婉约派词；三、南宋婉约派词；四、苏辛与豪放派；五、朱陆与闲适派词。

第十一章　词的衰落与复兴：一、金元人词；二、明人词；三、清人词。

第十二章　诗话与词话：一、诗话；二、词话。

5. 张长弓《中国僧伽之诗生活》初版。

张长弓(1905～1954)，原名聪致，字英才，文学笔名常工，学术笔名长弓，河南新野人。《中国僧伽之诗生活》，出版者为作者本人，发行者北平著者书店，1933 年 8 月初版，32 开本，224 页，约 10 万字。

作者在“弁言”中自称，“我作这部稿子的动机，是僧伽诗的特质，在中国诗史上显然为一大流派，研究前代文学的人都有标扬出来的必要”。在编著方面，共选取中国历代僧伽中能诗者 160 人，考察其诗作并阐明僧诗的特质，材料大多来自诗总集、别集以及高僧传、地方志、笔记、诗话评语等，每人取诗三四首或一首。

鉴于僧诗几乎被所有人忽略，本书的特别价值显而易见，即填补中国文学史写作的一处空白。全书述多论少，摘录诗作的篇幅约占二分之一，故其主要价值在于整理、保存了历代僧诗。

全书六章，由南北朝至晚清止，共四十余节。

目次：

第一章　绪论：第一节　诗与禅；第二节　僧诗之特质；第三节　诗僧与隐士；第四节　诗僧与词客；第五节　僧诗总集之考察。

第二章　南北朝时代：第一节　晋支道林为中国最早的诗僧；第二节　慧远；第三节　僧度史宗与帛道猷；第四节　汤惠休与宝月；第五节　梁陈诸诗僧与北周二法师。

第三章　隋唐时代：第一节　王梵志；第二节　隋唐之间的诸诗僧；第三节　唐代僧诗小论；第四节　寒山子；第五节　皎然；第六节　灵

澈与灵一；第七节　盛唐以后诸僧。

第四章　五代宋时代：第一节　贯休；第二节　齐已；第三节　五代诸诗僧；第四节　圣宋九僧诗(一)；第五节　圣宋九僧诗(二)；第六节　惠洪；第七节　道潜；第八节　仲殊；第九节　北宋末季诸诗僧；第十节　入江西派之三僧诗；第十一节　南宋诸诗僧。

第五章　元明时代：第一节　三隐之诗僧；第二节　释英与明本；第三节　元代之诗僧；第四节　明初三大诗僧；第五节　道衍与德祥；第六节　明初诗僧之地位；第七节　成化嘉靖间诸诗僧；第八节　长干三诗僧；第九节　晚明诸诗僧。

第六章　清代：第一节　正嵒；第二节　顺治康雍间诗僧；第三节　明中与野蚕；第四节　乾隆朝诗僧(一)；第五节　乾隆朝诗僧(二)；第六节　嘉庆咸丰间诗僧(一)；第七节　嘉庆咸丰间诗僧(二)；第八节　晚清诸诗僧；第九节　一个殿后的诗僧曼殊。

9月

1. 金受申《中国纯文学史(上册)》初版。

金受申(1906～1968)，原名金文佩，又作金文霈，字泽生，北京人，满族。《中国纯文学史(上册)》，(北平)文化学社印行，1933年9月出版。

作者自认他这本书是“为我作讲义而编的”，具有两个特点：一是讲纯文学；二是求文学系统，即文学变化、文学史演进。他在该书“绪言”中说：

> 现在我们研究中国纯文学史，应该先知道什么是纯文学，纯文学就是有情感的文学——活的文学，力的文学——中国文学的分类家，把讲哲理的文字、载道的文字——死文学，硬性文学，知的文学，杂文学——都拉入文学范围之内，这是一件极大的错误。纯文学是挚情流露，毫不文饰，毫不虚伪的。掷地有金声的孟荀论性，韩愈原道，那只是哲理妙论，道统文章，是杂文学，不是纯文学。那“宫徵靡曼，情灵摇荡”的《楚辞》、《孔雀东南飞》才是真正的纯文学呢！我们为廓清界限，明察中国真正文学，所以来讲纯文学史。

日本学者曾把“文学”区分为“纯文学”与“杂文学”，并对应于“活的文学”、“力的文学”。金受申的“文学”观显然受此影响，把先秦诸子散文和《史记》、《汉书》一类都视为“杂文学”，弃之不论。

本书虽采用当时常见的“以时代为经、文体为纬”的著述体例，章节的标题设置却比较混乱。如第六章“汉魏六朝文学史”、第四篇的“宋诗研究”“宋词研究”等，与其他章节的标题未能和谐、统一。此外，书中的文学史分期也值得商榷。但专辟数章阐述古文改革的历程，是他书中少见的。

全书分五编，共二十六章，由先秦迄于近代新文学运动。

目次：

2. 王哲甫《中国新文学运动史》初版。

王哲甫《中国新文学运动史》，(北平)杰成印书局印刷，(北平)景山书社、(太原)光华书社、觉民书社发行，1933 年 9 月初版，24 开本，496 页，约 28 万字。胡适题签。1978 年，香港神州图书公司出版本书，32 开平装本，493 页；1986 年，上海书店据 1933 年版影印出版。

本书是作者 1932 年在山西省立教育学院讲授新文学课程时编写。完稿后，曾得到郑振铎、郭绍虞等学者的建议。胡适还为本书题签。这说明，胡适、郑振铎等文学史家对本书有一定程度的认同。事实上，它是20世纪三四十年代流传较广、影响较大的文学史著作，近年学术界的评价也比较高。邢铁华称之为“第一本真正为中国新文学述‘史’的书籍”①。陈思和说它“奠定了新文学史研究的基础，成为中国第一部新文学史的研究著作”②。黄修己认为，这“是第一部具有系统规模的中国新文学史专著”③。

王哲甫这部文学史最突出、给人印象最深的，是内容详尽，也就是黄修己说的“内容比较丰富，凡是有一些影响的作家、作品，都给予一定篇幅，凡是认为应该记叙之事，也都收入书中。”④以书中对新文学革命运动原因的讲述为例。“第二章　新文学革命运动之原因”，分远因和近因，而远因居然溯及“佛教之传入”、“海禁开放后外来之刺激”、“废科举”；近因包括“西洋文化之输入”、“国语统一运动”、“留学生的派遣”、“外国书籍之翻译”，虽然并不完备，但已是当时对新文学革命原因概括比较全面的史著了。再如，比较重视翻译文学，不仅勾勒出晚清至20世纪30年代初期的翻译文学的历史轮廓，还列出详细的翻译书目；不单是介绍翻译的文学作品，而且还介绍翻译家、重要的翻译机构(如1867年设立的同文馆)和翻译团体(共学社、中华学艺社、少年中国学会、文学研究会、创造社等)。在文学史中以一定篇幅讲儿童文学，也是本书的一个亮点。第八章把“整理国故”与“儿童文学”放在一起讲，显示了“整理国故”对儿童文学发展的重要影响。中国的儿童文学是在民间文学的母体中孕育出来的。作者把“儿童文学”放在“民间文学之整理”一节来讲，体现了他对这一事实的尊重。

本书对中国现代文学的分期，也值得一提。陈思和指出，王哲甫的《中国新文学运动史》“把一九一七至一九三三年的新文学运动分作前后两期，以五卅为界，开了以政治事件为文学史分期的先河”。⑤ 此后出现的现代文学史著作受其影响，大都以历史政治事件划分时期。

本书力求内容详尽、丰富，固然比较全面展现了中国新文学史的面貌，但同时给人详略主次不分的印象。书中出现不少细枝末节、琐谈轶

---

① 邢铁华：《中国现代文学史研究述评》，《文学评论》1983年第6期。

② 陈思和：《一本文学史的构想——〈插图本20世纪中国文学史〉总序》，见陈国球：《中国文学史的省思》，香港，三联书店，1993。

③ 黄修己：《中国新文学史编纂史(第二版)》，北京，北京大学出版社，2007，第32页。

④ 黄修己：《中国新文学史编纂史(第二版)》，北京，北京大学出版社，2007，第32页。

⑤ 陈思和：《一本文学史的构想——〈插图本20世纪中国文学史〉总序》，见陈国球：《中国文学史的省思》，香港，三联书店，1993。

事，这种对文学历史的细节的关注，大都以未经处理的史料形式保留在书中，以致冲淡了全书的历史脉络感。有人评论说："他以'史料'为中心，分类排比，反而湮灭了文坛潮流的趋向。"①

全书十章。第一章"什么是新文学"，引述了胡适、陈独秀、沈雁冰、周作人、胡行之、成仿吾、郭沫若等七家看法，从不同侧面介绍新文学先驱者心目中的新文学目标和性质。作者提出自家对"新文学"的两点看法：一是"文学本无新旧之别，所谓'新文学'的'新'字，乃是重新估定价值的'新'，不是通常所谓新旧的'新'。新文学在时间性上说，它是时代的先驱，超越于普通社会的思想的而有永久性的"。二是"新文学在空间上说，它是为大多数人所能享受的很普遍的作品"。② 因此，新文学研究既要重估中国传统的文学，又要关注外国文学的翻译介绍。这些构成了王哲甫写作本书时遴选材料的基本原则和评论新文学运动的出发点。第二至六章叙述新文学的原因、经过、表现、分期等，是全书的主要内容。第七章介绍翻译文学，显然是因为作者考虑到外国文学的影响是新文学发生发展的重要方面，必须在文学史上有所交代。最后两章为"新文学作家略传"和"附录"。列入略传的作家有 36 人，卷首附鲁迅等现代作家肖像 20 帧。书末附录新文学团体、作家笔名、文艺刊物、创作书目。其中，文艺刊物目录 200 余种、创作书目 600 余种，有一定的史料保存价值。

目次：

第一章　甚么是新文学：一、新文学与旧文学的区别；二、胡适的历史观念论③及国语文学说；三、陈独秀的国民的写实的及社会文学说；四、沈雁冰的社会工具及平民文学说；五、周作人的人的文学及平民文学说；六、胡适之的死文学与活文学说；七、成仿吾的新文学使命说；八、郭沫若等的革命文学说；九、我们心目中的新文学。

第二章　新文学革命运动之原因：一、远因：民间文学的演进、佛教之传入、海禁开放后外来之刺激、废除科举；二、近因：西洋文化之输入、国语统一运动、留学生的派遣、外国书籍之翻译。

第三章　新文学革命运动之经过：一、新文学运动与欧洲文艺复兴之比较；二、新文学运动前的国内局势；三、新文学运动的前前后后：

① 邢铁华：《中国现代文学史研究述评》，《文学评论》1983 年第 6 期。

② 王哲甫：《中国新文学运动史》，北平，杰成印书局印刷、景山书社等发行，1933 年 9 月版，第 13～14 页。

③ 陈玉堂《中国文学史书目提要》漏录"论"字(第 169 页)。

新青年、胡适、陈独秀、反对派之论调、林琴南、五四运动；四、新文学运动之影响：会社团体之成立、出版物之盛行、外国名流之来华讲学、学生参加实际运动。

第四章　十五年来之中国文坛：一、绪言；二、新文学提倡时期；三、五四运动与新文学运动；四、文学研究会与创造社；五、五卅以前的中国文坛；六、五卅以后的中国文坛；七、语丝派与现代批评派的笔战；八、革命文学的提倡；九、北平文坛的消沉；十、创造社与语丝派等的论战；十一、上海的狂飙时代；十二、"左翼"作家联盟之成立；十三、民族主义文学派的反对；十四、大众文艺；十五、第三种人；十六、反帝文学的产生。

第五章　新文学创作第一期：一、新诗：新诗的讨论、尝试时期、新诗的作家(胡适、郭沫若、谢冰心、徐志摩、朱自清、汪静之、俞平伯、周作人、刘大白、康白情、刘半农、徐玉诺、梁宗岱、王统照)；二、小说：小说的讨论、小说的作家(鲁迅、冰心、叶绍钧、王统照、落华生、庐隐、张闻天、孙俍工、王任叔、顾仲起、徐稚、郭沫若、郁达夫、张资平、周全平、倪贻德、冯沅君、刘大杰、蹇先艾、许钦文、冯文炳、王鲁彦、黎锦明、胡也频、杨振声、王以仁)；三、戏剧：新剧的讨论、新剧的作家(田汉、侯曜、熊佛西、洪深、欧阳予倩、陈大悲、丁西林、蒲伯英、宋春舫、汪仲贤、谷剑尘、郭沫若)；四、散文：散文的含义、散文的作家(鲁迅、周作人、俞平伯、朱自清)。

第六章　新文学创作第二期：一、新诗：新诗的演进——晨报副刊派的诗人(徐志摩、闻一多、刘梦苇、朱湘、于赓虞、蹇先艾、王希仁、饶孟侃、于成泽)、创造社诗人(王独清、穆木天)、其他诗人(谢采江、白采、庐翼野、李金发、焦菊隐、戴望舒、邵冠华、高长虹)；二、小说：小说的盛行、小说的作家(茅盾、老舍、巴金、丁玲、陈衡哲、绿漪、凌叔华、谢冰莹、穆时英、张天翼)、新兴文学作家(蒋光慈、钱杏村、洪灵菲、杨邨人、魏金枝、戴平万)、恋爱小说作家(叶灵凤、罗西、施蛰存)；三、戏剧：戏剧作家(余上沅、徐公美、向培良、胡春冰、杨荫深、徐保炎、白薇、袁昌英、濮舜卿)；四、散文：散文的发达(陈西滢、徐志摩、徐霞村、郑振铎)。

第七章　翻译文学：一、翻译之沿革(严复、林纾、包天笑、共学社、尚志学会、中华学艺社、少年中国学会、文学研究会、创造社、鲁迅、周作人、李青崖、赵景深、鲁彦、郑振铎、郭沫若、穆木天)；二、各国文学书中译本一览。

第八章 整理国故与儿童文学：一、旧文学之整理（考证、胡适、校勘标点、汪原放、作家及作品的研究、文学史）；二、民间文学之整理（歌谣、民间故事、佛曲弹词、儿童文学）。

第九章 新文学作家略传：鲁迅、郭沫若、郁达夫、周作人、沈从文、冰心、张资平、沈雁冰、徐志摩、陈望道、孙席珍、谢六逸、伍光建、田汉、傅东华、朱湘、闻一多、许地山、曾孟朴、曾虚白、汪静之、王独清、穆木天、白采、赵景深、蒋光慈、巴金、熊佛西、侯曜、孙俍工、濮舜卿、丰子恺、林纾、胡适、郑振铎、叶绍钧。

第十章 附录：文学研究会的始末、创造社的始末、少年中国学会的始末、中国学艺社的始末、上海戏剧协社的始末、笔会成立的经过、作家笔名一览、文艺刊物调查一览、新文学创作书目一览。

3. 胡云翼《中国词史大纲》初版。

胡云翼《中国词史大纲》，（上海）北新书局发行，1933年9月初版，24开本，212页，约10万字。

本书与作者的《中国词史略》一书有颇多相同之处，但比后者要详细。全书分两编专述"唐五代词"（九章）和"北宋词"（十四章），依次讲述词的起源、从晚唐词到五代词、北宋词的发展等内容。因元明清三代的词成就不高，作者不予述及。

目次：

第一编 唐五代词

第一章 词的起源；第二章 最初的词人温庭筠；第三章 从晚唐词到五代词；第四章 西蜀词（上）韦庄；第五章 西蜀词（下）；第六章 南唐词人冯延巳；第七章 词圣李煜；第八章 五代末年三词人；第九章 唐五代词人补志。

第二编 北宋词

第十章 北宋词的发展；第十一章 北宋初期的词坛；第十二章 晏殊；第十三章 欧阳修；第十四章 张先；第十五章 晏几道等；第十六章 慢词的起来与柳永；第十七章 秦观；第十八章 歌词的革命者苏轼；第十九章 黄庭坚；第二十章 元祐前后的词人；第二十一章 乐府词的复兴与周邦彦；第二十二章 女词人李清照；第二十三章 北宋词人补志。

10月

钱锺书发表《中国文学小史序论》。

年仅23岁的清华大学外文系本科学生钱锺书(1910～1998)，原名仰先，字哲良，字默存，号槐聚，曾用笔名中书君，江苏无锡人，在《国风》第三卷第八期(1933年10月出版)发表《中国文学小史序论》一文。

钱锺书在文中指出，任何“文学”定义都有其片面性和局限性，都不可能真正完整、准确地涵盖“文学”的所有性质。而且，他发现，尽管人们对“文学是什么”存在较大争议，但在实际阅读时，对于什么样的作品可视为文学，却是“固有指定”(definite without being definable)的。因此，他主张不给“文学”下定义。

钱锺书还发现，中国文学史上的文体虽然纷繁复杂，但彼此之间界律精细严明，“诗文词曲，壁垒森然”，而文学史写作都遵循着“文各有体，不能相杂，分之双美，合之两伤；苟欲行兼并之实，则童牛角马，非此非彼”的规则。钱锺书认为，文学史中各种文体“分茅设蕝，各自为政”其实不利于文类的发展。指出：

> 文章之革故鼎新，道无它，日以不文为文，以文为诗而已。向所谓不入文之事物，今则取为文料；向所谓不雅之字句，今则组织而斐然成章。谓为诗文境域之扩充，可也；谓为不入诗文名物之侵入，亦可也。

他特别指出，在文体变革问题上，中国借鉴西方文学理论是必要的，但不可盲目地全盘照搬。比如西方的poetry，并不等同于中国的“诗”；所谓drama，也并非就是“曲”；所谓prose，同样不与“文”完全对等。所以，应该尊重中西文体观念的差异，“还其本来面目”，不能为了“求统定于一尊”，而削足适履，以为中西文体可以一一对应，将中西方文学史上的文体“强为比附”。

当时，文学史写作按朝代分期是普遍现象，人们也习以为常。钱锺书却指出，文学史不应按朝代分期，“因世以求文”，而应该“以能文为本”。他批评当时的文学史家“因世以求文”，将“‘时代精神’、‘地域影响’等语，念念有词，如同禁咒”。他认为，文学史写作的重点应该放在“考论行文之美，与夫立言之妙”，也就是说，文学史分期必须以作家作品本身的审美特征为依据，而不是其所处的社会环境。

钱锺书此文对当时的文学史写作起到了纠正某些偏差的积极作用。

11 月

1. 马仲殊《中国文学体系》初版。

马仲殊(1900～1958)，江苏灌云人。《中国文学体系》，(上海)乐华图书公司印行，1933 年 11 月初版，32 开平装本，277 页，约 11 万字。

本书分"古诗一瞥"、"乐府"、"入乐绝句"、"绝妙好词"、"南北曲"五章，论述多过考镜诗词乐曲的源流及发展演变情况，可视为一部简要的诗词曲专史。

目次：

第一章　古诗一瞥：一、现存的古诗；二、离别情绪；三、恋歌；四、两汉五言诗；五、节引诗品。

第二章　乐府：一、乐府的名义；二、相和歌辞；三、鼓吹曲；四、横吹曲；五、清商曲。

第三章　入乐绝句：一、故事的证明；二、竹枝及其他。

第四章　绝妙好辞：一、词的起源；二、亡国之音；三、女作家。

第五章　南北曲：一、曲的起源；二、元曲作家。

2. 王念中《古代词学史》初版。

王念中，湖北黄冈人。《古代词学史》，(武昌)益善书局印行，1933 年 11 月初版，32 开，270 页，约 10 万字。

本书系益善书局出版的"古斋丛书之五"。作者以"数十年之所得，穷寒暑之力"而成本书。意在"叙论古之圣贤君子豪杰之士，能文者厘为祖宗支派。俾学者知其源流正变与夫得失优劣"①。作者这样解释本书得名："近世分述历朝之诗文小说词曲杂剧者共名之曰文学史，今专叙论历朝之古文词学，故别名之曰古文词学史。"又叙述古文词学之流派："古文词学之倡始于韩愈，绍而光明之者欧阳修，翼而增大之者曾巩，遥接之而具备其体者归有光，承接之而义法益严者方苞姚鼐六子者，皆能传二祖之学为古词之正统，故敬之曰宗。"而"自荀卿至曾国藩十六子者……皆原于三祖而多分其体于六宗，亦可谓法于后世，故曰小宗。"②

全书分六卷，概述自春秋至清代的古文、词学之发生、发展状况。以古拙的文言文写成，不标点断句，也不采用当时已流行的章节体例，

---

① 王念中：《自叙》，见《古文词学史》，武昌，益善书局，1933，第 2 页。引文中的标点系引者所加，下同。

② 王念中：《凡例》，见《古文词学史》，武昌，益善书局，1933，第 1 页。

而是按照自己的理解，把古代词学史分为若干分支流派，依次叙述。正文中时常以“念中按”的方式穿插作者的注解，这显然是把古今注的方式移植到了文学史写作中。

目次：

12 月

1. 苏雪林《唐诗概论》初版。

苏雪林《唐诗概论》，（上海）商务印书馆印行，1933 年 12 月初版，32 开本，190 页，约 9 万字。本书另有几种版本：1934 年 2 月作为“国学小丛书”之一由商务印书馆印行，同年 6 月再版；1947 年 2 月列入“新中学文库”之一出版第三版；1992 年，上海书店将本书收入“民国丛书”第三编第 55 种（与胡云翼《唐诗研究》、杨启高编著《唐代诗学》合为一册）影印出版；1997 年 3 月辽宁教育出版社出版简体横排本。

作者运用现代文艺理论与历史进化观念，首次系统、全面勾勒出唐代诗歌发展演变的历史进程①。这种新鲜的研究视角和文学观念，使本书呈现出若干特色。比如，本书冲破传统观念束缚，提出了不少有价值的观点。第十八章论李商隐及其诗歌，作者一反历代学者在李商隐爱情诗、无题诗中穿凿索隐、寻找政治寄托的敝习，“取李商隐诗集细加研究，始将千余年来百十人探索不可得之秘密一朝发现，盖其《无题》、《艳情》诸作篇篇都是恋爱的本事诗，真真实实的记录，并无寄托的踪影。他作品之隐僻难解，则为恋史在事实上不能直陈，故用各种典故制成巧妙诗谜，并安上线索，使后人自去猜索”②。苏雪林引李商隐爱情诗、无题诗，考证出李商隐的恋情。她这些考证，似嫌证据不足。但这种研究视域的转换，审美心理的变化，无疑对以后的读者与研究者有启发，从诗学解释学与接受美学的角度来看，其创新意义是不容忽视的。③

① 此前出版的费有容的《唐诗研究》（大东书局 1926 年版）、许文玉的《唐诗综论》（北京大学出版部 1929 年版）、胡云翼的《唐诗研究》（商务印书馆 1930 年版）乃至此后出版的杨启高《唐代诗学》（中正书局 1935 年版），都不及苏雪林《唐诗概论》全面系统。

② 苏雪林：《唐诗概论》，上海，商务印书馆，1933。下引之言，均出自此书。

③ 参见刘学锴：《李商隐诗歌接受史》，合肥，安徽大学出版社，2004，第 191～193 页。

注重唐诗流派，是本书的重要特色。作者把唐代诗人划分为“浪漫派”、“写实派”、“险怪派”、“韩派”、“白派”、“功利派”、“唯美文学启示者”、“诗谜专家”，颇有新意，有的名称至今沿用。尤为难得的，是对某一流派或诗人的概括、分析时有精到之笔。如第三章“初唐四杰”，指出四杰作品喜用隔句押韵，多用钩句、骈句，且字句秀媚，并进一步指出其钩句又分作单钩、双钩、单钩变例、双钩变例四种体式，这种概括是十分准确的，且发前人所未发。对某些诗人的分析也时有己见。如第十三章指出韩愈的诗歌险怪，具体表现在四个方面，即以散文的方法作诗、以字数入诗、以作赋的方法作诗、以丑为美。

作者以作家的才情、女性的敏锐审读唐诗，语言活泼、流畅，因此全书文辞俱佳、清新可读。如论李白在唐代诗史中的地位时说：“他与开、天那群诗人相比，好像是突出万山间的高峰，容纳百川的大海，灿烂列宿间的一片寒光皎洁的明月，云蒸霞蔚东方的一轮金芒四射的太阳。”

在研究方法上，作者对西方文艺学概念既有借用，又能清醒意识到其与中国古代文学之间的裂缝。比如，书中曾以西洋文学论李商隐，认为“大约李商隐一派的作品，表面则声调铿锵，颜色华美，结构精密，对偶工切，近于西洋一八六〇年间继浪漫而起之高蹈派。”但苏雪林并没有生搬硬套西方文艺学概念，她说：“如古典、浪漫、写实、唯美等名目，虽取之西洋而与原来意义亦未必尽合，不过为分别便利起见，借用而已”。

作者还擅长运用比较研究的方法，既作同类比较，也作中外作品比较。如，将杜甫的时事诗与元、白的诗作比较，认为杜甫那些诗“是客观的描写”，而元、白的“是主观的讽喻”，结论是“杜甫仅是个写实艺术家，元、白则为功利主义的艺术家”。又将李贺的诗与李商隐、温庭筠相比较，指出：“李贺多用矿物性质的形容词，如‘金’、‘银’、‘玉’、‘瑶’”，李商隐“大部分作品多用工艺品性质的形容词，如‘锦’、‘绣’、‘雕’、‘镂’”，“温庭筠好用植物性质及自然界性质的形容词，如‘花’、‘草’、‘风’、‘月’”。这些，确实是作者苏雪林的慧见，可惜未曾深究。

本书最初作为王云五主编“万有文库”第一集一千种之一出版。全书共二十章。

目次：

开天文学之先驱；第七章　开天间诗人与乐府新词；第八章　战争与边塞诗人；第九章　隐逸风气与自然的歌唱；第十章　浪漫文学主力作家李白；第十一章　写实主义开山大师杜甫；第十二章　大历间的诗人；第十三章　险怪派领袖诗人韩愈；第十四章　韩派诗人；第十五章　功利派首倡者白居易；第十六章　白派诗人；第十七章　唯美文学启示者李贺；第十八章　诗谜专家李商隐；第十九章　李商隐同时诗人；第二十章　唐末诗坛。

2.〔日〕青木正儿著、王俊瑜译《中国古代文艺思潮论》初版。

王俊瑜译《中国古代文艺思潮论》，(北平)人文书店初版，1933年12月初版，32开本，160页，约6万字。

本书系日本青木正儿《支那文艺思潮论》的中译本，因其所述只及于唐代以前，故译者王俊瑜加上"古代"二字，译成现名。

全书分四章，十三节。周作人为本书校阅并作序。

目次：

第一章　文艺思潮的概观：一、地方式，二、时代色。

第二章　原始的文艺思潮：一、在古代文字的构成上表出的文艺观，二、通观诗经书中的文艺思潮(文学、音乐、美术思想)。

第三章　儒家的文艺思潮：一、诗教，二、乐教(音乐的起原、效用、大乐与侈乐、音乐与政治、古乐与新乐、乐律与阴阳家的思想、五代及八音说)。

第四章　道家的文艺思想：一、虚无的文艺思想，二、神仙思想与文艺，三、道家对于儒家文艺思想的排击，四、出世主义与自然爱。

3. 金秬香《骈文概论》初版。

金秬香《骈文概论》，(上海)商务印书馆印行1933年12月初版，32开本，141页，约6.5万字。此书另有一个初版本，即1934年1月初版，也是32开本，141页，作为王云五主编"万有文库"第一集第一千种出版；1948年4月第四版。

本书为王云五主编"国学小丛书"之一。采用"以时代为经、作家为纬"的体例，对作家的介绍以其骈文代表作为主，故本书并非"录鬼簿"，尚可辨别骈文发展的历史脉络。

目次：

叙言

第一章　上古至周骈体之起源(一、唐虞之骈文；二、夏后氏之骈文；三、夏小正之骈文；四、山海经之骈文；五、殷商氏之骈文归藏遗书之骈文；七、周初之骈文；八、逸周书之骈文；九、周髀之骈文；十、鬻子子牙子之骈文；十一、左传之骈文；十二、国语之骈文；十三、战国策之骈文；十四、孔子之骈文；十五、孟子荀子之骈文；十六、老庄列诸子之骈文；十七、管子晏子之骈文；十八、孙子吴子之骈文；十九、杨子墨子之骈文；二十、韩非子之骈文；二十一、屈宋骚赋之骈文；二十二、吕氏春秋之骈文；二十三、李斯之骈文）。

第二章　两汉曹魏之骈文（一、陆贾之骈文；二、贾谊之骈文；三、孔藏之骈文；四、枚乘之骈文；五、董仲舒之骈文；六、淮南子之骈文；七、东方曼倩之骈文；八、焦氏易林之骈文；九、司马相如之骈文；十、扬雄之骈文；十一、班固之骈文；十二、张衡之骈文；十三、杜笃之骈文；十四、王延寿马融之骈文；十五、黄香边让之骈文；十六、蔡邕之骈文；十七、曹魏父子建安七子之骈文；十八、潘勖册魏公九锡纸骈文；十九、魏曹植之骈文；二十、诸葛亮之骈文；二十一、孙吴之骈文）。

第三章　晋至陈之骈文（一、陆机陆云之骈文；二、潘岳之骈文；三、向秀成公绥之骈文；四、晋陶潜之骈文；五、南朝宋室颜延年之骈文；六、谢氏之骈文；七、鲍明远之骈文；八、南齐永明之骈文；九、萧梁诸帝之骈文；十、萧梁诸文士之骈文；十一、徐陵庾信之骈文；十二、北魏之骈文；十三、北齐之骈文；十四、北周之骈文；十五、昭明文选之骈文；十六、文心雕龙之骈文；十七、抱朴子之骈文；十八、三国志注之骈文；十九、山经图赞与江赋之骈文；二十、水经注之骈文）。

第四章　隋唐五季之骈文（一、李谔之骈文；二、李播萧吉之骈文；三、唐诸帝之骈文；四、唐初四杰之骈文；五、燕许大手笔之骈文；六、元结及诸家之骈文；七、姚宋之骈文；八、韩昌黎之骈文；九、柳子厚之骈文；十、李青莲之骈文；十一、杜子美之骈文；十二、刘知几之骈文；十三、陆宣公之骈文；十四、裴晋公之骈文；十五、李程王起之骈文；十六、元白之骈文；十七、温李之骈文；十八、五代之骈文；十九、钱武萧王之骈文；二十、杜光庭黄滔之骈文；二十一、王朴之骈文）。

第五章　宋辽金元之骈文（一、杨亿等之骈文；二、二宋之骈文；三、梁氏之骈文；四、二郑之骈文；五、欧苏之骈文；六、南宋汪洪及李刘之骈文；七、宗岳之骈文；八、朱吕志骈文；九、真文之骈文；十、元好问之骈文；十一、赫经之骈文；十二、柳贯之骈文）。

第六章　明清之骈文（一、宋濂之骈文；二、李梦阳等之骈文；

三、王世贞之骈文；四、袁枚之骈文；五、吴锡麟之骈文；六、洪亮吉之骈文；七、孔广森之骈文；八、曾燠之骈文；九、刘星炜之骈文；十、邵齐焘之骈文；十一、孙星衍之骈文）。

结论

本年

1. 许啸天《中国文学发源史》初版。

许啸天《中国文学发源史》，（上海）新华书局印行，1933 年初版，1935 年 6 月再版。32 开本，59 页，约 2 万余字。

本书封面题“文学小史”，内页为“中国文学发源史”，其实全书由作者《中国文学发源史》、《文学介绍及批评》两篇长文组成，不分章节。版权页标注“中学适用”，系作者所编“红皮文选”之一。

2. 叶鋆生《中国历代文学变迁的鸟瞰》初版。

叶鋆生《中国历代文学变迁的鸟瞰》，（上海）大夏大学 1933 年油印本。

本书后来收入作者《中国人文小史》（上海华通书局 1934 年 1 月出版）。《中国人文小史》分文字、书籍、书道、绘画、文学、小说与戏曲、史学、经学的变迁等章节。

目次：

一、文学创始的时代；二、词藻流行的时代；三、理论文流行的时代；四、词藻与理论文并行的时代。

3. 朱东润《中国文学批评史讲义》出排印本。

朱东润（1896～1988），江苏泰兴人。《中国文学批评史讲义》，1933 年国立武汉大学排印，现收藏于上海图书馆。

朱氏在开明书店版《中国文学批评史大纲》（1944）“自序”中说：“1931 年，我在国立武汉大学授中国文学批评史，此年夏间写成《中国文学批评史讲义》初稿。1932 年秋间，重加以订补，1933 年完成第二稿。1936 年再行删正，经过一年的时间完成第三稿。1937 年的秋天开始排印。”可见，《中国文学批评史讲义》即为“第二稿”。后来，经叶圣陶资助，朱氏把“第三稿的上半部和第二稿的下半部合并”，于 1944 年出版，这就是《中国文学批评史大纲》。

本讲义“目录”下有一段题记：

二十年度，授中国文学批评史，编次讲稿，上起先秦，下迄明代。次年续编至清末止。略举诸家，率以时次，或有派别相属、论题独殊者，亦间加排比，不尽亦时代限也。凡七十五篇。

从这段题记可以看出，最初编撰的讲稿"上起先秦，下迄明代"，这就是《中国文学批评史讲义》的初稿，第二年又继续编撰至清末为止，这是第二稿。上海图书馆收藏的这部《讲义》是第二稿，虽然没有出版时间，但据"自序"所言，应该是1933年出版的。①

目次详见"1944年1月 朱东润《中国文学批评史大纲》初版"。

4. 陈君宪《中国古代文艺思想史略》完稿。

陈君宪《中国古代文艺思想史略》，1933年完稿。出版情况不详。

作者说："文艺史的研究，并不同于历史的或社会史的文艺部门的研究，为了文艺史是以文艺为主体，除了历史或社会史所给予的关系外，仍有它'自我'的一个史的过程……文艺的史的过程，根据是文艺史上的各种文艺形态"。

与同时期其他文学史著比较，本书有三点值得注意：一，专述古代文艺思想流变；二，当时章节编次的著述体例已流行，但本书仍采用传统体例；三，按朝代叙述文学史，这是20世纪30年代文学史编写的时髦，但本书按照中国古代文艺思想历史演进情况，将之划为三个时代（"歌谣时代"、"文艺时代"、"新文艺时代"）依次叙述。

目次：

① 周兴陆：《从〈讲义〉到〈大纲〉——朱东润早年研究文学批评史的一段经历》，《古典文学知识》2006年第6期，第3～4页。

附：九世纪以后的语言文艺、小说；

第二阶段：音乐文艺(十世纪一十二世纪)词的时代；

第三阶段：戏曲文艺(十三世纪一十九世纪)戏曲时代。

新文艺时代（二十世纪）：

现代文艺。

5. 王易《乐府通论》初版。

王易(1889～1956)，原名朝综，字晓湘，号简庵，江西南昌人。《乐府通论》[①]，(上海)神州国光社印行，1933年初版，24开本，216页，约9万字，陈散原(陈三立)题写封签。此后，本书多次重版：1944年12月，(上海)中国联合出版公司重版，改为32开本；1946年10月，由(上海)中国文化服务社印行沪出版；1979年台北广文书局影印版；1992年上海书店影印版。

“五四”以前，乐府不受研究者重视。20世纪20年代出版的胡适《白话文学史》等史著开始关注乐府，到20世纪30年代，陆续出现了论述乐府的专著。这些专著，述乐府之流变，阐其意义，可以据其主张之不同，分成两派：一是乐府主声论，认为乐府随音乐演进，应以音乐演进叙乐府流变，旨在阐述乐府在乐教美育上的意义；二是舍声求义论，认为乐府的音乐早已亡佚，留传下来的歌辞可作为民歌看待，因而应考镜乐府作为歌辞的背景和本事，以便“观一时代乐府之得失，而知其有以关乎一时代政教之隆污，民族之兴替。”前一派主张由王易的《乐府通论》倡导，后一派则为萧涤非的《汉魏六朝乐府文学史》论说最详。由此可见，本书实为民国时期研究乐府史的重要著作。

王易在本书中把乐府史划分为四期：自汉迄西晋，国乐为主，夷乐为辅，一期也；自东晋迄陈，国乐夷乐，相长并行，二期也；自隋迄唐，夷乐为主，国乐为辅，三期也；五代以下，夷夏混流，习久不辨，四期也”[②]。但他并未按照四期分述乐府历史，而是以乐府自身特征，分五部分论述(详见目次)。故，本书体例与王易《词曲史》(1932)基本相同，其重心在“述原”、“明流”和“辨体”。

目次：

---

① 陈玉堂《中国文学史书目提要》将此书名录为“乐府通史”，实误。

② 王易：《乐府通论·明流第二》，上海，神州国光社，1933，第19页。

6. 高丕基《中国文学史》初版。

高丕基，生平不详，曾任北洋政府教育部官员。所著《中国文学史》，1933年初版，24开，179页，约10万字。无版权页，封面无出版和发行机构名称，疑为自费刊印。

此书叙述从太古至清末的中国文学史，采用文言文写作，不标点，仅断句。书中几乎每章都叙述各代之史学、文字学，与20世纪二三十年代普遍认可的"纯文学"有差别，但高丕基并不像谢无量、曾毅等早期文学史写作者那样让文学包罗万象，可见他的"文学"观，介于"大文学"与"纯文学"之间。又，第四编第六节"新闻学之轫作"，简述康有为、梁启超和章炳麟于清末时期写作政论文章，而没有提及民国时期。综合这些情况，初步断定成书时间在20世纪20年代初期。

书中将中国文学史分作四个时期，即"上古"、"中古"、"近古"、"近世"，名称虽非首创，这四个时期的断限却有借鉴意义。

目次：

第四章　南北朝之文学：第一节　总述；第二节　南朝各家之文学；第三节　北朝各家之文学；第四节　南北朝之史学；第五节　南北朝之诗学及乐府。

第五章　隋代文学

第三篇　近古期

第一章　唐代文学：第一节　总述；第二节　唐代各家之文学；第三节　唐之史学；第四节　唐之诗学；第五节　唐代词学之兴起；第六节　唐之小说。

第二章　五代文学

第三章　两宋文学：第一节　总述；第二节　北宋各家之文学；第三节　南宋各家之文学；第四节　宋之史学；第五节　宋之诗学及词学。

第四章　元代文学：第一节　总述；第二节　元代各家之文学；第三节　元之诗学；第四节　曲之兴起；第五节　小说之改进。

第五章　明代文学：第一节　总述；第二节　明代各家之文学；第三节　明之史学；第四节　明之诗学及词学；第五节　曲之兴盛；第六节　小说及游记。

第四编　近世期

第一章　清代文学：第一节　总述；第二节　清代各家之文学；第三节　清之史学；第四节　清之诗学及词学；第五节　曲及小说；第六节　新闻学之轫作。

1934年(民国二十三年)

1月

1. 游国恩《先秦文学》初版。

游国恩(1899～1978)，字泽承，江西临川人。《先秦文学》，(上海)商务印书馆印行，1934年1月初版，32开本，187页，约8万字。

本书系作者应商务印书馆征稿而写，从动笔到完稿仅四十天，列为王云五主编“百科小丛书”之一。全书十八章，不分节。

目次：

一、文学之范围及文学史；二、文学导源之两大要素；三、未有文学时之初民文学；四、种族战胜与文学之开幕；五、唐虞时代之文学；六、夏禹之功烈及夏代文学；七、商之文明渐进及其文学；八、周初文治之宏谋及其文学；九、诗之来源及南风雅颂；十、诗之时代背景及其文艺；十一、春秋战国时之杂歌诗；十二、周之历史文学及晚周诸子；

十三、楚辞之起源；十四、屈原；十五、宋玉及其他作者；十六、糅合南北之赋家荀卿；十七、先秦之小说；十八、秦之变古及其文学。

2. 苏雪林《辽金元文学史》初版。

苏雪林《辽金元文学史》，(上海)商务印书馆印行，1934 年 1 月初版，32 开本，56 页，约 2 万字。

本书原为作者在国立武汉大学任教时的讲义，编入“国学小丛书”之一出版，言辞简洁，内容通俗易懂。全书分七章。

目次：

第一章　辽文学；第二章　金之初中叶作家；第三章　金之末叶作家；第四章　元曲之种类与构造；第五章　北曲作家与作品；第六章　南曲作家与作品；第七章　元人小说。

3. 钱基博《明代文学》初版。

钱基博《明代文学》，(上海)商务印书馆印行，1934 年 1 月初版，次年 4 月再版，32 开本，123 页，约 6 万字。1973 年中国台湾商务印书馆重版。

本书为王云五主编的“百科小丛书”之一。作者认为“中国文学之有明，其如欧洲中世纪之有文艺复兴”①，明代作家在文、诗、词曲和八股文等方面都有复古和超越之处，故作者以文、诗(附词)、曲和八股文为纲，作家为纬，叙述自杨维桢、宋濂至陈际泰、艾南等止的明代文学，述及作家近 90 人。

目次：

第一章　文：第一节　总论；第二节　杨维桢、宋濂(附张孟兼)、刘基(附王祎、徐一夔、胡翰、苏平仲等)；第三节　方孝孺(附解缙)；第四节　杨士奇(附杨荣、黄淮、金幼孜)、杨溥；第五节　李东阳(附邵宝)；第六节　李梦阳、何景明(附康海、王九思、王廷相等)；第七节　王守仁、杨慎；第八节　王世贞(附李攀龙)、宗臣(附吴国伦等)；第九节　王慎中、茅坤、唐顺之、归有光；第十节　袁宏道(附徐渭、袁宗道)、钟惺、谭元春；第十一节　钱谦益、艾南英(附罗玘)；第十二节　张溥、陈子龙。

第二章　诗(附词)：第一节　总论；第二节　杨维桢(附贝琼)、刘基、高启(附杨基、张羽等)；第三节　李东阳、李梦阳、何景明、徐祯

---

① 钱基博：《明代文学·自序》，上海，商务印书馆印行，1934，第 1 页。

卿(附祝允明、唐寅、文征明、边贡等)、杨慎(附高叔嗣、华察、皇甫冲等)；第四节　李攀龙、王世贞、宗臣、谢榛(附徐中行、吴国伦等)；第五节　袁宏道(附袁中道)、高攀龙；第六节　钟惺、谭元春(附程嘉燧、陈继儒)、陈子龙(附词)。

第三章　曲。

第四章　八股文：第一节　总论；第二节　黄子澄、姚广孝(附于谦)；第三节　唐顺之(附王鏊)、归有光(附胡友信)；第四节　陈际泰、艾南英(附章世纯、罗万藻、丘义等)。

3 月

1. 吴梅《辽金元文学史》初版。

吴梅《辽金元文学史》，(上海)商务印书馆印行，1934 年 3 月初版，32 开本，168 页，约 8 万字。

本书原为作者在北京大学等高校任教时的讲义，编入“国学小丛书”之一出版，叙述辽金元三代诸家文、诗、词、曲，脉络清晰。

此书体例采用传统的作家评传方式，按朝代和作家主要活动的时间先后秩序，依次评介。无明显章节体例特征，仅以相同的数字标注目和子目。由此可见，直到 20 世纪 30 年代初期，从西方传入的章节体例仍然不被吴梅等传统学者接受。

目次：

一、辽：一 文家，二 诗家。

二、金：一 文家，二 诗家，三 词家，四 曲家。

三、元：一 文家，二 诗家，三 词家，四 曲家。

2. 丘琼荪《诗赋词曲概论》初版。

丘琼荪(1897～1964)，又名琪，别号疆斋，上海嘉定人。《诗赋词曲概论》，(上海)中华书局印行，1934 年 3 月初版，24 开本，361 页，约 20 余万字。1985 年中国书店影印出版，24 开，362 页。

作者认为，中国文学中的韵文，以诗赋词曲为最重要，故本书按照这四种文类分四编叙述。每编四章，若干节；每编的体例也相同，先述起源，再述体制、体裁及其声律音韵等，接着是演进情况，最后附录若干名篇。其中，对诗的叙述，上自皇古及三代歌谣，下迄唐代古近体诗；词的叙述，上自南朝杂言乐府，下迄两宋之词；曲的叙述，上自宋代大曲，下迄明清传奇及小令散套等。

全书脉络清晰，讲述清楚，内容简略，是一部优良的普及型文学史读物。

目次：

绪论

第一编　诗之部

第一章　诗的起源：第一节　古歌谣；第二节　诗经；第三节　楚辞。

第二章　诗的体制。

第三章　诗的声律：第一节　诗的声韵；第二节　诗的格律；第三节　五律诗式；第四节　七律诗式；第五节　五绝诗式；第六节　七绝诗式；第七节　五七言古诗平仄论；第八节　五七言古诗式。

第四章　诗的演进：第一节　两汉的诗；第二节　魏晋南北朝的诗；第三节　汉魏晋南北朝的乐府；第四节　唐代的诗。

第二编　赋之部

第一章　赋的起源。

第二章　赋的体制。

第三章　赋的声律。

第四章　赋的演进：第一节　战国两汉的赋(古赋时期)；第二节　魏晋南北朝的赋(俳赋时期)。

第三编　词之部

第一章　词的起源。

第二章　词的体制：第一节　均拍上的分类；第二节　字数上的分类；第三节　风格上的分类。

第三章　词的声律：第一节　四声；第二节　音律；第三节　词调；第四节　词韵；第五节　句法。

第四章　词的演进．第一节　词的发生期；第二节　词的分期与演进。

第四编　曲之部

第一章　曲的起源。

第二章　曲的体制：第一节　曲的类别；第二节　曲的搬演；第三节　曲的结构。

第三章　曲的声律：第一节　曲的声韵；第二节　曲的牌调；第三节　曲的宫调。

第四章　曲的演进：第一节　元代概述(杂剧为主)；第二节　明清

概述(传奇为主)。

3. 卢翼野《中国戏剧概论》初版。

卢翼野(即卢前)《中国戏剧概论》，(上海)世界书局印行，1934 年 3 月初版，32 开本，300 页，约 13 万字，列为刘麟生主编的“中国文学丛书”之六。1944 年 4 月新一版，另行排印，160 页。20 世纪 90 年代初期，由上海书店列为“民国丛书”第三类第 64 种影印出版。

据作者所作之“序”，本书是他根据在金陵大学、河南大学讲授“戏剧史”课程编写的《中国戏剧史大纲》讲义整理而成。

全书共十二章，若干节，叙述由戏曲起源至西洋话剧输入期间的戏剧史。

目次：

第一章　戏曲之起源；第二章　戏曲之萌芽；第三章　宋戏之繁盛；第四章　金代的院本；第五章　元代的杂剧；第六章　元代的传奇；第七章　明代的杂剧；第八章　明代的传奇；第九章　清代的杂剧；第十章　清代的传奇；第十一章　乱弹之纷起；第十二章　话剧之输入。

4. 伍启元《中国新文学运动概观》初版。

伍启元(1912～?)，现代著名经济学家，广东台山人。《中国新文学运动概观》，现代书局，1934 年 3 月初版。黄山书社于 2008 年 5 月重版此书。

伍启元 1932 年毕业于上海沪江大学，入清华研究所。当时伍启元已开始观察和研究中国社会思想动向，由此编写了本书。

这是一部“五四”后的文化史、学术思想史，但有相当多的篇幅叙及新文学。上篇主要介绍新文化思潮，下篇介绍文化论争。上篇第三章专讲文学革命，下篇第十一章专讲文艺论战，这种把新文学与文化史、思想史并置的做法，可给文学史写作一个新鲜的视角，因此严格说，尽管这部书并非文学史，却可资文学史写作者参考。

本书值得注意的地方，是从世界文化思潮变动的高度来看“五四”后中国文化和思想。伍启元认为：“中国在这 90 年来，学术思想有一个很大的剧变，就是从中国旧有文化转到西洋近代的文化的蜕变。”他把“五四”以后中国学术思想的变化分为“西洋文化运动”和“东方文化之重新提倡”两大变革。由于“西洋文化的中心，不外‘赛恩斯’和‘德谟克拉西’两大怪物。新文化运动所要提倡的，就是这两大怪物了。‘德谟克拉西’的精神，是注重人的自由发展。要人人有发展的机会，当然先要有教育上的平等”。于是新文化人“第一步就起来改革文学，使文学通俗化，使文学民众化。这就是文学革命运动”。他还这样解释“革命文学”的产生：“中国的学术思想，既是跟着西洋的思想而转移，自然也受这种转变的影响。在文艺方面，所受的影响更深；于是‘革命文学’运动，就依着时代底需求而产生了。”①

目次：

上篇

第一章 绪论；第二章 社会的变革和思想的转变；第三章 文学革命运动和新文化运动；第四章 实验主义及其他；第五章 疑古思潮的澎湃；第六章 国故整理与其批评；第七章 唯物的辩证法。

下篇

第八章 引言；第九章 人生观的论战；第十章 东西文化的讨论；第十一章 文艺的论战；第十二章 政治问题的讨论；第十三章 社会史的论战；第十四章 结论。

5 月

1. 郑作民《中国文学史纲要》初版。

郑作民《中国文学史纲要》，(上海)合众书店 1934 年 4 月初版，1935 年再版，24 开本，240 页，约 9 万多字。

本书原为作者执教于北平、上海等中学时，讲授中国文学史及文学常识使用的讲义。在取材方面，本书“特别注意中国历代文人之个性轶事，及其作品评价”，但其材料“大多参集各书而成，并非编者创作”；体例方面，“各章具连续性，亦具独立性”。②

全书脱稿于 1933 年 12 月 26 日，共十二章，若干节，叙述从《诗经》到成书时的当代文学。对“当代文学”的叙述极其简略，无论文学社团流派还是代表作家，都点到为止。作者对 1929 年、1930 年后文坛状况的概观，与后世学者的一般认识有较大差异。他说：“一九二九年是中国文学最盛兴的一期，当时关于世界新兴文学的著作，及文艺理论上的译作，真是盛极一时。”又说：“一九三〇年之后，中国的新兴文学被外界的恶势力摧残完了。同时，非革命的作家，亦因了社会的不安，以致搁笔。”③作者站在同情“左翼”文学的立场上，故有如此看法。

---

① 伍启元：《中国新文学运动概观》，上海，现代书局，1934，第 3、10、57 页。

② 郑作民：《中国文学史纲要·编者例话》，上海，合众书店，1934。

③ 郑作民：《中国文学史纲要》，上海，合众书店，1934，第 238、239 页。

目次：

第一章　绪言：一、开端；二、什么叫作文学；三、中国文字与中国文学；四、划分中国文学史的几个时期。

第二章　诗经及楚辞：一、上古文学的追溯；二、诗经的内容；三、诗经的评价；四、楚辞的内容；五、楚辞的评价。

第三章　两汉的文学：一、司马迁与司马相如；二、贾谊；三、汉诗及古诗十九首；四、两汉的歌谣与乐府。

第四章　建安文学及太康文学：一、曹氏父子；二、建安七子；三、竹林七贤；四、太康文学。

第五章　东晋及六朝文学：一、诗人陶潜；二、元嘉文学；三、永明文学之兴起；四、萧氏父子与刘勰钟嵘；五、徐陵庾信与浪漫文学。

第六章　初唐的文学：一、唐代文学兴盛的主因；二、魏征及初唐四杰；三、沈宋二家与珠英学士；四、陈子昂与吴中四士。

第七章　唐代文学上：一、诗仙李白；二、诗圣杜甫；三、自然诗人王孟；四、几个边塞诗人。

第八章　唐代文学下：一、韩柳的散文及其他；二、大历十才子；三、元白及其他；四、晚唐诗人；五、唐人小说。

第九章　宋代文学：一、宋词源流；二、北宋词人；三、南宋词人；四、宋代散文；五、宋代诗作。

第十章　辽金元文学：一、辽金元文学之梗概；二、曲学梗概；三、曲之作品及作家；四、元人讲史。

第十一章　明清文学：一、明代之诗文变迁；二、明代小说及戏曲；三、清代的诗文；四、清代的小说及传奇。

第十二章　当代文学：一、从文学革命说起；二、创造社及革命文学；三、新兴文学及其他；四、结论。

2. 张若英《中国新文学运动史资料》初版。

张若英(1900～1977)，原名钱德赋，笔名钱谦吾、阿英、阮无名等，安徽芜湖人。《中国新文学运动史资料》，(上海)光明书局发行，蔚文印刷局印刷，1934年4月初版，大25开本，16万字。

本书仅收集了从五四运动到五卅运动期间的新文学史资料，共分八编，除“绪论”外，每一编都说明运动的一个过程，“在这些过程之间的，有创造社与文学研究会的论争……然后就是五卅运动的发生，中国的新文学运动开始走向革命文学之路”。但在史料搜集上，“只选其最主要的”。编者相信，“中国的新文学运动，是经过怎样艰难的途程，于此可见”。[①] 谭正璧《文学概论讲话》(光明书局，1934 年版)附录的“光明书局出版新书”所作广告声称：“《中国新文学运动史资料》可作为一部系统的现代中国文学史读。”

目次：

第一编　绪论：新文化运动是什么(陈仲甫)、文学革命运动(胡适)。

第二编　新文学建设运动：文学改良刍议(胡适)、文学革命论(陈仲甫)、历史的文学观念论(胡适)、关于文学革命的两封信(钱玄同)、我的文学改良观(刘半农)、建设的文学革命论(胡适)。

第三编　对旧作家的论争：论古文白话之相消长(林纾)、致蔡元培书(林纾)、复林琴南书(蔡元培)、书札六十四(严复)、致新青年编者书(王敬轩)、复王敬轩书(严复)、国文之将来(蔡元培)。

第四编　对学衡派的论争：评提倡新文化者(梅光迪)、评今人提倡学术之方法(梅光迪)、论新文化运动(吴宓)、驳胡先骕君的中国文学改良论(罗家伦)。

第五编　整理国故问题：国学季刊宣言(胡适)、新文学之建设与国故之新研究(郑振铎)、我们对于国故应取的态度(顾颉刚)、国学运动的我见(成仿吾)、整理国故的评价(郭沫若)、古文学(周作人)。

第六编　对甲寅派的论争：评新文化运动(章行严)、新文化运动的批评(高一涵)、守旧与玩旧(徐志摩)、章士钊—陈独秀—梁启超(吴稚晖)、读章氏“评新文学运动”(成仿吾)、文言文的优势(唐擎黄)、告恐怖白话文的人们(唐擎黄)。

第七编　文学研究会与创造社：新文学的要求(周作人)、新文学研究者的努力(沈雁冰)、文学与人生(沈雁冰)、什么是文学(沈雁冰)、新文学观的建设(郑振铎)、新文学之使命(成仿吾)、我们的文学新运动(郭沫若)、艺术之社会的意义(成仿吾)、文艺之社会的使命(郭沫若)、写实主义与庸俗主义(成仿吾)。

第八编　革命文学运动：文艺家的觉悟(郭沫若)、革命与文学(郭沫若)、革命文学与它的久远性(成仿吾)、从文学革命到革命文学(成仿吾)。

3. 柯敦伯《宋文学史》初版。

柯敦伯《宋文学史》，(上海)商务印书馆印行，1934 年 4 月初版，次

① 张若英：《中国新文学运动史资料・序记》，上海，光明书局，1934，第 2 页。

年2月再版，32开本，256页，约12万字。1980年代，上海书店将之影印，收入“民国丛书”第五编第49种出版。

作者在“绪论”中对“文学”作如此定义：“文学者，人类抒情适性之具。”本此“文学”观，作者认为，“赵宋三百年间之文学，语其大别，无问新旧”，可分作六种，即“散体文”、“四六文”、“诗”、“词”、“戏曲”、“小说”，故本书“以文学之体裁举其纲，以作者之承袭繁之目”，依次铺章展述。①

本书的主要学术创获有两点：

第一，在民国时期多种宋代文学史中，内容最丰富、全面，初步勾画了宋代文学的基本框架与历史轮廓。民国间出版的宋代文学史共有四部，即吕思勉的《宋代文学》(商务印书馆1931年版)、柯敦伯的《宋文学史》(商务印书馆1934年版)、陈安仁的《宋代的抗战文学》(长沙商务印书馆1939年版)、陈子展的《宋代文学史》(作家书屋1945年版)。四种书都述及宋代古文、诗、词、曲及小说，但各书详尽不同。从字数看，吕思勉《宋代文学》约6万字，陈安仁《宋代的抗战文学》仅1.5万字，陈子展《宋代文学史》约7万字，柯敦伯《宋文学史》最多，12万字。柯著不仅涉及宋代各种文体，而且每一种文体的重要流派、代表作家都有简要论述，如散文中的“道学派与功利派”，四六文中的“因袭派”“改革派”，诗中的“西昆派”、“江西派”、“永嘉四灵”、“江湖派与遗民诗”，词中的“辛派词人”“姜派词人”，等等。尤其是，作者不但把历来被忽视的四六文与宋代诗词戏曲并列，而且简要地论述了宋代四六文的源流、应用与修辞、流派及其代表作家。这一做法，直接影响了后世学者的宋代文学史写作。例如20世纪90年代，程千帆、吴新雷在合著的《两宋文学史》中，设置专章介绍和论述宋四六文的渊源、体式、艺术特色等。②

第二，既勾画每一文体发展演变线索、概括每一文体的流派特征，也注意各相近派别之间的关系。如，散体文“上承唐旧，而发挥光大，渐入道学派文以载道之囿者也”，四六文“上承唐旧，而渐脱恒蹊，大抵适用于告语者也”，词“上承唐旧，而体制加繁，附庸蔚为大国，独占一代文坛，允为一代之文学，后世莫能继者也”，戏曲“协于音律之文学，由词进而为曲”，“北宋东都之盛，渐已具其端倪，下逮元明，乃大备耳”，小说“李唐以前，大都以纪怪述事为宗，入宋而杂取史实，行以诨词，于

① 柯敦伯：《宋文学史》，上海，商务印书馆，1934，第2～4、13页。

② 详见程千帆、吴新雷：《两宋文学史》，上海，上海古籍出版社，1991。

是平话兴焉；盖不以组绘为尚，惟计描写之工，遂于近代文学史上别树一帜，而赵宋一代，实肇其端”。[1] 这些概括，纵横捭阖，在今天看来仍是基本正确的。

本书比较明显的缺憾，在于述两宋文学，竟然未涉及两宋与辽金元西夏的关系，遑论辽金元西夏的文学。受“汉族中心”观影响，中国文学研究长期忽略少数民族文学，以至已有的众多文学史几乎都是“汉民族文学史”，极少提及辽金元文学。这种情况在 20 世纪 30 年代开始改观，1932 年出版的郑振铎《插图本中国文学史》有“辽金文学”一章，1934 年甚至出版了两种专史，即吴梅《辽金元文学史》、苏雪林《辽金文学》。柯著未及辽金元及其文学，透露出作者的学术视域比较狭窄。

目次：

第一章　绪论。

第二章　宋之散体文（第一节　文体之复古；第二节　宋初古文家；第三节　庆历以后古文家；第四节　欧阳修；第五节　曾巩、王安石；第六节　三苏及苏门文士；第七节　道学派与功利派；第八节　晚宋之文风）。

第三章　宋之四六文（第一节　宋四六文之源流；第二节　宋四六文之应用与修辞；第三节　因袭派四六作家；第四节　改革派四六作家；第五节　南宋四六作家）。

第四章　宋之诗（第一节　宋诗之总评；第二节　宋初诗人；第三节　西昆派；第四节　苏、梅、欧阳；第五节　苏轼及其门下士；第六节　黄庭坚；第七节　江西派；第八节　南渡后四大家——陆、尤、范、杨；第九节　南渡后别派诗人——朱熹、姜夔等；第十节　永嘉四灵与严羽；第十一节　江湖派与遗民诗）。

第五章　宋之词（第一节　词之由来；第二节　宋词之概观；第三节　宋初词人；第四节　苏轼及其门下词人；第五节　周邦彦与宋徽宗；第六节　女词人李清照；第七节　辛弃疾及辛派词人；第八节　姜夔及姜派词人；第九节　吴文英、王沂孙、张炎；第十节　南宋词人补遗）。

第六章　宋之戏曲（第一节　词与曲之递嬗；第二节　乐曲之种类；第三节　滑稽戏及其他；第四节　曲本；第五节　脚色）。

第七章　宋之小说（第一节　诨词小说之由来；第二节　说话人之家数；第三节　传世之话本四种；第四节　话本作者之时代；第五节　各

[1] 柯敦伯：《宋文学史》，上海，商务印书馆印行，1934，第 3～4 页。

种话本之艺术观)。

第八章　宋文学作者小传(第一节　宋散体文作者;第二节　宋四六文作者;第三节　宋诗作者;第四节　宋词作者)。

4. 谭正璧《女性词话》印行。

谭正璧《女性词话》,1934年4月上海中央书店印行,32开,120页,约6万字。时希圣校订。1935年2月再版。1978年台北河洛图书出版社影印出版。

本书系"文学指导"丛书之一。全书采用传统的"文苑传"式体例,以女词人为单位,讲述了李清照、朱淑真、吴藻、沈善宝等59位自宋至清的女性词人的生平、创作情况。该书对女词人的介绍极其简略,对其作品不作深入分析讨论,更不曾对不同时期作家作品作出"史"的梳理,因此不是严格意义上的文学史著作。但本书注重从女词人的身世、婚姻、社会经历等来分析她们的创作风格,不失为20世纪第一部介绍女词人的著作。

目次:

5月

1. 郭绍虞《中国文学批评史》上卷初版。

郭绍虞(1893～1984),原名希汾,字绍虞,江苏苏州人。《中国文学批评史》上卷，(上海)商务印书馆印行，1934 年 5 月初版，1935 年 7 月再版，1947 年第四版，同年 2 月下卷分一、二两册出版。全书分三册，24 开本，共 1082 页(上卷 430 页，下卷 652 页)，总计约 68 万字。1949 年以后，经作者改写，全书由新文艺出版社于 1955 年 8 月出版，1979 年上海古籍出版社重印此版本，1999 年百花文艺出版社予以修订出版，分上下卷；1994 年台北五南图书公司据初版本重印。

本书(上下卷，下同)是胡适等学界名流担任编委的"大学丛书"之一，胡适曾审阅并提出修改意见。作者在"自序"中说，他之所以编写这部《中国文学批评史》，是因为"我只想从文学批评史以印证文学史，以解决文学史上的许多问题"。"在书中，固然重在材料的论述，然亦时多加以论断的地方。""对于古人的文学理论，重在说明而不重在批评。"①

1934 年，朱自清感于当时中国文学批评史写作状况，指出："现在写中国文学批评史有两大困难。第一，这完全是件新工作，差不多要白手起家，得自己向那浩如烟海的书籍里披沙拣金去。第二，得让大家相信文学批评是一门独立的学问，并非无根的游谈。换句话说，得建立起一个新的系统来。这比第一件实在还困难。"②郭绍虞《中国文学批评史》上卷，正是围绕着这"两大困难"展开。首先，资料方面，郭绍虞广罗史书中的"文苑传"、"艺文志"、选集别集中的序跋评注、诗话词话、书牍传志等，甚至笔记、评点、论诗诗也尽力网罗。以至后来朱自清在《诗文评的发展》中说："第一个人规模搜集材料来写中国文学批评史的，得推郭绍虞先生。"其次，是"得建立起一个新的系统来"，具体说，就是必须确立自己的文学观。郭氏以一编的篇幅("第一编　总论")讲述文学观念的演进，由此辨析"纯文学"与"杂文学"，确立起"纯文学"的合理性。

本书编写体例与众不同，有的以流派分，有的以单个文论家分，有的以时代分，有的以文体分，更有的以文体分，这种编写体例看似凌乱，其实"可以看出当时各种派别各种主张之异同"③。此外，某些小节之下，还进一步细分为目，有小标题，并且在目录显示出来，查阅比较方便。

本书并非中国第一部文学批评史，但许多方面有开创性，被视为 20 世纪最重要的中国文学批评史之一。书中令人印象深刻之处有三点：一是始终紧扣文学观念的演变，并以之作为各编分期的标准。这是从文学

---

① 郭绍虞：《中国文学批评史·自序》，上海，商务印书馆，1934，第 2、3 页。

② 朱自清：《郭绍虞〈中国文学批评史〉上卷》，《清华学报》第九卷第四期(1934 年 10 月出版)，第 1011 页。

③ 郭绍虞：《中国文学批评史·自序》，上海，商务印书馆，1934，第 3 页。

本质出发追溯中国文学批评发展历程。二是内容十分周详，材料丰富。郭氏编写本书时，广泛搜罗材料，他追求全面的意识很明确。各时期的文论思想、代表作家及其主张等都有写到。三是比例失调。南宋到清代有那么长时间，在下卷中只有三编，而清代几乎占去下卷的三分之一，即使就全书来看，对清代的叙述也是最详细的。

全书分上、下两卷，上卷六编，二十章，三十九节，由周秦至宋代；下卷分为一、二册，共五编，二十一章，四十节，由南宋至清代。

目次：

（上卷）

评之风景；第二节　颜之推）。

第五编　隋唐五代——文学观念复古期之一：第一章　复古运动的酝酿时期（第一节　李谔与王通；第二节　唐初史家；第三节　刘知几之史通）；第二章　复古运动的高潮时期（第一节　诗国的复古说：第一目　陈子昂与李白，第二目　杜甫，第三目　就于皎然之所著，第四目　白居易与元稹；第二节　文坛的复古说：第一目　文与文化，第二目　柳冕，第三目　韩愈，第四目　柳宗元，第五目　韩门二派，第六目　韩柳以外之文论；第三节　批评风气之流行：第一目　标榜的批评，第二目　象征的批评）；第三章　复古运动的销沉时期（第一节　批评风气之转移：第一目　论格论例之著，第二节　论诗本事之著，第三目　摘句品选之著；第二节　古文运动之尾声：第一目　皮日休，第二目　孙樵；第三节　司空图之诗品；第四节　刘昫）。

第六编　北宋——文学观念复古期之二：第一章　北宋之文论（第一节　宋初之文与道德运动：第一目　总的观念，第二目　柳开与赵湘，第三目　石介与孙復，第四目　宋祈；第二节　文与道之偏胜与三派之分歧；第三节　古文家之文论：第一目　欧阳修，第二目　曾巩与刘弇，第三目　三苏；第四节　道学家之文论：第一目　道学家文论之衡价，第二目　周敦颐，第三目　二程，第四目　程门弟子；第五节　政治家之文论；第六节　释子之文论）；第二章　北宋之诗论（第一节　诗坛批评之风气：第一目　论诗风气之流行，第二目　诗话，第三目　笔记与语录，第四日　诗话之丛书类书与辑本，第五目　其他论诗之著，第六目　论诗诗；第二节　诗人之诗论：第一目　欧阳修与梅尧臣，第二目　苏轼，第三目　黄庭坚，第四目　魏泰与叶梦得，第五目　韩驹与吴可，第六目　江西诗人；第三节　道学家之论诗：第一目　张载，第二目　邵雍，第三目　二程及其门人）。

（下卷）

第一编　总论：第一章　文学批评完成与发展之三阶段；第二章　南宋金元文学批评概述；第三章　明代文学批评概述（第一节　与文学之关系；第二节　与学术之关系）；第四章　清代文学批评概述。

第二编　宋金元：第一章　南宋之文论［第一节　道的问题：第一目　胡铨（楼钥附），第二目　朱熹，第三目　真德秀与魏了翁；第二节　法的问题：第一目　古文之法，第二目　四六之法］；第二章　南宋之诗论［第一节　道学家：第一目　张栻（家铉翁附），第二目　朱熹，第三目　包恢；第二节　诗人：第一目　张戒，第二目　杨万里（朱弁附），第三

目 陆游(戴复古附)，第四目 姜夔，第五目 四灵派，第六目 严羽，第七目 刘克庄]；第三章 金代文学批评[第一节 赵秉文与李之纯(雷希颜附)；第二节 王若虚；第三节 元好问)；第四章 元代文学批评(第一节 赫经；第二节 方回；第三节 戴表元与袁桷；第四节 刘将孙(欧阳守道刘辰翁赵文附)：第一目 文论，第二目 诗论；第五节 杨维桢]。

第三编 明代：第一章 明初之文论(第一节 宋濂，第二节 方孝孺)；第二章 明初之诗论(第一节 学者之论诗：第一目 宋濂与方孝孺，第二目 薛瑄与陈献章；第二节 诗人之诗论)；第三章 前后七子与其流派[第一节 七子先声之茶陵派：第一目 李东阳，第二目 邵宝与何孟春(崔铣附)；第二节 前七子之诗论：第一目 李梦阳，第二目 何景明(王廷相附)；第三节 后七子派之诗论：第一目 王世贞，第二目 谢榛与屠隆，第三目 王世懋与胡应麟，第四目 李维桢；第四节 七子派之文论]；第四章 与前后七子不同之诸家(第一节 唐宋派之论文：第一目 唐顺治，第二目 王慎中与归有光；第二节 公安派：第一目 公安之前驱，第二目 袁宏道；第三节 竟陵派)；第五章 明末之文学批评[第一节 孙矿评经(茅坤附)；第二节 艾南英伦时文：第一目 时文化的古文法，第二目 古文家的时文论；第三节 鹿善继黄淳耀论学]。

第四编 清代(上)——文论：第一章 清初之风气(第一节 钱谦益；第二节 顾炎武与黄宗羲：第一目 时代的刺激，第二目 三位一体之文学观)；第二章 古文学家之文论[第一节 桐城派之前驱：第一目 侯方域，第二目 魏禧与魏际瑞；第二节 桐城文派：第一目 桐城派成立之因素，第二目 桐城文论之建立，第三目 方苞古文义法，第四目 刘大櫆义法说之具体化，第五目 姚鼐义法说之抽象化，第六目 姚门诸人之阐说桐城之学，第七目 各家对于桐城文之批评；第三节 桐城派之羽翼：第一目 袁枚(程廷祚附)，第二目 朱仕琇(鲁九皋附)，第三目 尚镕，第四目 张士元与吴敏树；第四节 桐城派之旁支：第一目 恽敬与阳湖派；第二目 曾国藩与湖乡派]；第三章 学者之文论[第一节 经学家：第一目 戴震段玉裁之考据义理词章合一说，第二目 钱大昕焦循之义法说(孙星衍罗汝怀附)，第三目 蒋湘南论古文；第二节 史学家：第一目 万斯同，第二目 章学诚，第三目 崔述]。

第五编 清代(下)——诗论：第一章 庐山诗派[第一节 钱谦益：第一目 对于批评态度的攻击，第二目 牧斋的态度，第三目 对于诗之性质之分析，第四目 牧斋之杜诗学；第二节 冯班(冯舒附)：第一目 所谓庐山诗派，第二目 温柔敦厚与文体论]；第二章 神韵说(第一节 王夫之：第一目 兴观群怨，第二目 法与格，第三目 意与势，第四目 情与景；第二节 王士祯：第一目 渔洋诗与神韵说，第二目 从格调派的转变，第三目 对宋诗的态度，第四目 所谓神韵)；第三章 格调说[第一节 申涵光与毛先舒：第一目 性情与风教，第二目 性灵与格调；第二节 叶燮：第一目 诗的演变，第二目 不变之质，第三目 所谓本，第四目 论诗境，第五目 论诗质；第三节 沈德潜(宋大樽咸熙与潘德兴附)：第一目 温柔敦厚与格调，第二目 温柔敦厚与神韵，第三目 言志无邪与质实]；第四章 性灵说[第一节 性灵说之前驱：第一目 黄宗羲，第二目 赵执信(吴乔附)，第三目 尤侗；第二节 袁枚：第一目 与当时诗坛之关系，第二目 性灵与神韵，第三目 怎样建立他的性灵说，第四目 性灵说的意义，第五目 修正的性灵说]；第五章 肌理说(第一节 翁方纲；第二节 肌理说只余波：第一目 方东树与文人之诗论，第二目 何绍基与同光体诗人，第三目 常州派之词论)。

2. 方孝岳《中国文学批评》初版。

方孝岳(1897～1973)，名时乔，别名乘，安徽桐城人。《中国文学批评》，(上海)世界书局印行，1934 年 5 月初版，32 开本，301 页，约 14 万字。1944 年 4 月由世界书局出版新一版，24 开，160 页。1986 年，作为中国书店“中国文学八大论”之一出版；2007 年北京生活·读书·新知三联书店将之与作者《中国散文概论》结为一册出版。

本书为刘麟生主编的“中国文学丛书”之一，系中国文学批评类通史著作，分为三卷四十五篇，论及历代文学批评家凡六十余家。作者自称本书著述体例，是“以史的线索为经，以横推各家的义蕴为纬”，实际也如此。全书以时代为序勾勒批评原理的历史发展，探讨从先秦到清代的中国文学思想。

方孝岳在出版本书后，几乎停止了中国文学批评方面的研究，转向经学和音韵学等研究。近年有论者认为，“方孝岳在中国文学批评史方面的建树，在二十世纪中国文学批评学术史上并没有得到足够的重视”，而“这本看上去薄薄而似乎并不起眼的著作，带上了厚实而凝重的色彩，并透示出独特的才胆识力的气息”。①

① 彭玉平：《方孝岳的中国文学批评研究》，《文艺理论研究》2008 年第 6 期。

目次：

导言

卷上

一、《尚书》中最早的诗的欣赏谈；二、《周礼》分别诗的品类；三、吴季札的诗史观；四、《左传》的诗本事；五、古时对于理论文和“行人”辞令的批评；六、孔门的诗教。

卷中

七、“三百篇”后骚赋代兴的时候的批评；八、司马相如论赋家之心；九、扬雄与文章法度；十、扬雄、桓谭的文章不朽观；十一、王充论创作的文学；十二、魏文帝《典论》里的文气说；十三陆机《文赋》注重文心的修养；十四、挚虞的流别论；十五、昭明《文选》发挥文学的“时义”；十六、沈约的声律和文章三易；十七、发挥“文德”之伟大是刘勰的大功；十八、单刀直入开唐宋以后论诗的风气的《诗品》。

卷下

十九、从治世之音说到王通删诗；二十、别裁伪体的杜甫；二十一、蓄道德而后能文章是韩愈眼中的根本标准；二十二、白居易的讽谕观和张为的《诗人主客图》；二十三、可以略见晚唐人的才调观的《本事诗》和《才调集》。二十四、标举味外之味的司空图；二十五、西昆家所欣赏的是“寓意深妙清峭感怆”；二十六、晏殊对于富贵风趣的批评；二十七、欧阳修文外求文的论调；二十八、欧阳修和梅圣俞同心爱赏“深远闲淡”的作风；二十九、邵康节的忘情论；三十、宋人眼中老杜的诗律和《江西宗派图》；三十一、宋朝几部代表古文家的文学论的总集；三十二、针对江西派的《沧浪诗话》；三十三、《瀛奎律髓》里所说的“高格”；三十四、元遗山以北人悲歌慷慨之风救南人之失；三十五、宋濂论“摹仿”和高棅的“别体制审音律”；三十六、李东阳所谈的“格调”和前后七子所醉心的“才”；三十七、唐顺之的“本色”论和归有光的《史记评点》；三十八、竟陵派所求的“幽情单绪”和陈眉公的“品外”观；三十九、钱谦益宗奉杜甫的“排比铺陈”；四十王、船山推求“兴观群怨”的名理；四十一、王渔洋“取性情归之神韵”；四十二、清初“清真雅正”的标准和方望溪的“义法论”；四十三、金圣叹论“才子”、李笠翁说明小说、戏曲家的“赋家之心”；四十四、随园风月中的“性灵”；四十五、眼力和眼界的相对论。

6月

1. 刘麟生《中国文学概论》初版。

刘麟生《中国文学概论》，（上海）世界书局印行，1934 年 6 月初版，

32开本，102页，约5万字。1944年另行排印出版，24开本，54页。

本书系作者主编的“中国文学丛书”之一。全书分三编，共十三章。

目次：

2. 洪亮《中国民俗文学史略》初版。

洪亮《中国民俗文学史略》，(上海)群众图书公司发行，1934年6月初版，156页。

本书所述之民俗文学，大致分为古代之民俗文学[南方(楚吴越)之民俗文学]；汉至唐代(小说、戏曲、敦煌石室之民俗文学)；宋代(语录、平话小说)；元代(戏曲、小说)；明代(讲史、小说、传奇)；清代(小说、戏曲、清末至昆腔徽调弹词宝卷)；民国(歌谣、故事、谜语)等几类，按代叙述。

目次(略)。

7月

梁乙真《中国文学史话》初版。

梁乙真《中国文学史话》，上海元新书局1934年7月初版，32开道林纸本，二册，分布面精装、纸面平装两种；1936年、1937年、1938年均有重版，分四册装订。初版本由钱玄同题封面，隋育楠(树森)作序，共763页，约30万字。

本书是普及读物，以讲述中国文学故事为主，侧重作家的生活和文学成就，同时也摘录部分作家作品；在叙述中，略依时代的先后，同时也顾及到文学运动、文体演进情形；取材仅限于作者认为的“纯文学”，即歌谣、辞赋、乐府、五七言古近体诗和词、曲、小说、散文。书中每章之末，对于所提到的重要作家及其作品，都标注材料的来源及其书的版本，并附有参考书目，以供参考。

本书的叙述由《诗经》至清代，对于《诗经》以前的文学不曾涉及；隋育楠所作长篇序文，叙述《诗经》以前文学较详，可补本书之缺。

目次：隋序、自序、例言

代的乐府；第五章　魏晋诗人；第六章　南北朝的诗歌；第七章　唐诗的第一期；第八章　唐诗的第二期；第九章　唐诗的第三期；第十章　晚唐的诗人与词人；第十一章　唐代古文运动；第十二章　唐人小说；第十三章　五代的歌词；第十四章　北宋的词人；第十五章　南宋的词人；第十六章　北宋的诗；第十七章　南宋的诗；第十八章　两宋的散文；第十九章　宋人话本；第二十章　元代杂剧；第二十一章　明代传奇；第二十二章　元明散曲；第二十三章　元明的诗歌；第二十四章　明散文家；第二十五章　明代的平话集；第二十六章　元明章回小说；第二十七章　清代的小说；第二十八章　清代的传奇；第二十九章　清代的诗词；第三十章　清代的散文。

跋

8 月

1. 罗根泽《中国文学批评史》(第一分册)初版。

罗根泽(1900～1960)，字雨亭，河北深县人。《中国文学批评史》，北平人文书店印行，1934 年 8 月初版[①]，32 开本，349 页，约 14 万字。钱玄同题封面，黎锦熙为书名注音。

此书有多个版本，而这个 1934 年版，鲜为人知，就连作者本人也误以为这个版本早已“付之一炬”。

1932 年春，经郭绍虞推荐，罗根泽到清华大学代替郭氏讲授中国文学批评史课程。为满足教学需要，罗氏编写了这部讲义。他后来自述：“始以讲授清华大学，策蹇疾书，草成一至三篇；秋间增删复讲，翌年笔削付印(北平人文书店出版，事变后书店停业，印出之书，付之一炬)。”[②]其实，1934 年版尚有少量幸免于战火。

罗根泽以为 1934 年版已全毁于战火，因而修订原稿，以《周秦两汉文学批评史》为书名，于 1944 年 1 月由商务印书馆(重庆)出版(详后)，1947 年 2 月又在上海初版。1949 年以后，作为《中国文学批评史》第一册多次重版：古典文学出版社 1957 年版；中华书局 1962 年版；上海古籍出版社 1984 年版；等等。

将 1944 年版与 1934 年版对校，可发现二者目次有所不同，其中第

① 此书版权页标明“民国二十三年八月初版”，而书中罗振泽的“自序”作于“二十三年九月十五日”。据此推断，此书初版时间应在九月十五日之后，即 1934 年 9 月下旬或 10 月。虽如此，笔者仍以版权页为准。

② 罗根泽：《周秦两汉文学批评史・自序》，重庆，商务印书馆，1944，第 3 页。

一篇“周秦的文学批评”差异最大，20 世纪 40 年代的版本几乎完全重写。例如，1934 年版的“绪论”在篇章之前(卷首)，第一篇第一章为“周秦诸子的诗”，而 1944 年版把“绪论”(“文学界说”“文学批评界说”等)放在第一篇第一章。这种差异，体现了中国文学史体例在十年间发生了微妙变化。

由于此前作者早有编写“中国文学史类编”的计划，并收集了一些资料，尽管本书为大学讲义，却并非普及读物，而是学术著作。全书“侧重批评，不侧重批评家”。乍看之下，侧重批评容易导致批评家“因了他所批评或研究的对象不同，而散见各处”，以致“文学批评家则不免惨遭‘凌迟’”①。细观之，都可发现，作者此举可谓大有深义。即使同一批评家，在不同时期的文学观、批评理念也未必相同，乃至相反。如汉代的扬雄，先是好赋，后来卑赋。假如不侧重文学批评而侧重批评家，则这种前后矛盾的现象及其原因，无法解释。

据作者说，全书拟分四册，第一分册仅叙至六朝，第二分册是唐宋，第三分册是元明，第四分册是清至现代，并且打算在第一册出版后，其余各分册在一年内相继出版。但，直到 1940 年代才写至隋唐(作为“中央大学文学丛书”之一由商务印书馆出版，详后)。

目次：

① 罗根泽：《中国文学批评史·自序》，重庆，商务印书馆，1944，第 2 页。

第二章 “文”与“文学”及其批评：一、文学的兴起；二、所谓“文”；三、所谓“文章”；四、扬雄的批评；五、王符及荀悦的批评。

第三章 对于词赋及词赋作家的批评：一、词赋的起来；二、词人的自述；三、刘安及司马迁的批评；四、司马相如的“赋心”与扬雄的“赋神”；五、“载道”说与“言情”说的冲突。

第四章 王充的文学批评：一、王充在中国文学批评史上的地位；二、王充的精神及背景；三、王充所崇拜的桓谭；四、“尚用”与“尚文”；五、“作”与“述”；六、“实诚”与“虚妄”；七、“言文一致”与“文无古今”。

第四篇 魏晋六朝的文学批评

第一章 文体论：一、曹丕所谓“四科”；二、桓范各体文学方法；三、陆机的十分法；四、挚虞的文章流别论；五、李充的翰林论；六、左思及皇甫谧的两“三都赋序”；七、萧统文学的分类；八、旧题任昉的文章缘起。

第二章 文气与音律：一、曹丕的文气说与刘桢的气势说；二、音律与文气的关系；三、范晔的自然音律说；四、四声的起来及文学与音律的关系；五、甄琛沈约的讨论四声；六、陆厥沈约的讨论音律；七、一班的声韵研究；八、刘善经的四声指归；九、沈约八病说蠡测；十、文镜秘府所列文二十八病及文笔十病；十一、沈约的病犯说；十二、刘滔的病犯说；十三、王斌的病犯说；十四、刘氏的病犯说；十五、王氏王元竞的病犯说；十六、崔氏的病犯说。

第三章 文笔之辨：一、文笔分别的历史；二、文笔分别的三说；三、辞笔之分；四、诗笔之分。

第四章 何谓文学及文学的价值：一、文学含义的确定；二、曹丕之提出的文学价值；三、曹植与杨德祖之讨论辞赋之价值；四、葛洪之对于道德的抗议；五、萧纲之文学高于一切说。

第五章 文学观的变迁：一、魏晋六朝文学观与周秦两汉文学观的差别；二、曹丕陆机的过渡学说；三、葛洪之反古典提倡富丽艰深的文学；四、徐陵之提倡缘情的文学；五、萧统与刘孝绰之修正当时的文学观；六、萧子显之“雕虫论”与梁元帝之提倡礼仪道德的文学；七、苏绰魏收及邢邵之提倡质实的文学；杨遵彦与颜之推之排斥文人无行与提倡宗经载道的文学。

第六章 创作论：一、自庄子以至曹丕的天才说；二、陆机的文学方法与文学应感说；三、葛洪的天才与方法并重说；四、颜延年及其他雕章琢句的学说；五、萧子显的变化说。

第七章 鉴赏论：一、魏晋以前的鉴赏论；二、曹丕所言鉴赏之蔽与曹植所言之难；三、葛洪鉴赏论。

第八章 论文专家之刘勰：一、刘勰以前的一般之批评家；二、刘勰及其作文心雕龙的原因；三、几个主要的文学观；四、文体论；五、创作论；六、文学与时代；七、批评的肴蔽行批评的标准。

第九章 论诗专家之钟嵘：一、钟嵘及其诗品；二、文学上的自然主义；三、诗之理论的起源与历史的起源；四、诗的滋味；五、诗人的品第及流派。

2. 金琇莹《唯物史观中国文学史》部分完稿。

金琇莹《唯物史观中国文学史》，未出版。近年有人在网络上拍卖，两本(1～7卷)，于1934年7月至8月编著，未编完。稿本用毛笔小楷誊写，字体俊秀。从拍卖者提供的几张书稿照片来看，“绪论”共五章，“第一章 什么是文学”。其他不详。

3. 龙沐勋《中国韵文史》初版。

龙沐勋(1902～1966)，字榆生，别号忍寒居士，江西万载人。《中国韵文史》，(上海)商务印书馆印行，1934年8月初版，1935年5月再版，32开道林纸精装本，初版本封面为橙黄色，255页，约11万字。目录署“风雨龙吟室丛稿之一”。

本书为“国立音乐专科学校丛书”之一，分上、下篇，以《诗经》、《楚辞》、乐府诗、五七言古近体诗为一系，宋元以来的词曲为一系；全书仅录那些发生之初与音乐相关者，而对于其他史著已详细叙述的诗歌、杂剧、传奇等从略，但详于词曲；侧重词曲等体裁之发展与流变，略及作家事迹、作品述评。

全书共四十九章，书末所附《中国韵文简要书目》，有较高史料价值。

目次：

上篇 诗歌

第一章 四言诗之发展与《三百篇》之结集；第二章 《楚辞》之兴起；第三章 伟大诗人之出现；第四章 乐府诗之发展；第五章 五七言诗之发展；第六章 五言诗之极盛；第七章 律诗之进展；第八章 唐诗之复古运动；第九章 诗歌之黄金时代；第十章 诗圣杜甫；第十一章 唐音之剧变；第十二章 新乐府之发展；第十三章 新乐府之极盛；第十四章 律诗之极盛；第十五章 晚唐诗；第十六章 西昆体及其反动；

第十七章　元祐体与江西宗派；第十八章　宋诗之转变；第十九章　金元诗；第二十章　明诗之衰敝；第二十一章　清诗之复盛；第二十二章　清诗之转变。

下篇　词曲

第一章　词曲与音乐之关系；第二章　燕乐杂曲词之兴起；第三章　杂曲子词在民间之发展；第四章　唐诗人对于令词之尝试；第五章　令词在西蜀之发展；第六章　令词在南唐之发展；第七章　令词之极盛；第八章　慢词之发展；第九章　词体之解放；第十章　正宗词派之建立；第十一章　民族词人之兴起；第十二章　南宋词之典雅化；第十三章　南宋咏物词之特盛；第十四章　豪放词派在金朝之发展；第十五章　南北小令套曲之兴起；第十六章　元人散曲之豪放派；第十七章　元人散曲之清丽派；第十八章　元代散曲作家之盛；第十九章　元明词之就衰；第二十章　明散曲之北调作家；第二十一章　明散曲之南调之作家；第二十二章　昆腔盛行后之散曲；第二十三章　清词之复盛；第二十四章　浙西词派之构成及其流变；第二十五章　散曲之衰敝；第二十六章　常州派之兴起与道咸以来词风；第二十七章　清词之结局。

附录：中国韵文简要书目(分诗歌、词曲两部分)。

4. 胡怀琛《中国小说的起源及其演变》初版。

胡怀琛《中国小说的起源及其演变》，(南京)正中书局印行，1934年8月初版，32开本，132页，约4.4万字。

作者在第一章指出“本书所说的范围”只有两个：一是小说的起源和“小说”二字涵义的变迁；二是中国小说的演变和现代小说的标准。全书共六章，书末附录“今人搜辑民间故事的专书目录”，列有68种书目，其中有些今已稀见。

目次：

第一章　本书所说到的范围。

第二章　小说的起源及小说二字在中国文学上涵义之变迁。

第三章　中国小说“形”的方面的演变。

第四章　中国小说“质”的方面的演变。

第五章　现代小说。

第六章　研究中国小说参考的书目：一、研究中国小说的专书(共18种)；二、散见报纸或杂志上的论文(共80余种)。

5. 陈仁安《中国文学史略》初版。

陈仁安《中国文学史略》，上海仁安书局印行，1934 年 8 月初版，大 32 开平装本。其他待访。

9 月

1. 谭正璧《文学概论讲话》初版。

谭正璧《文学概论讲话》，(上海)光明书局印行，1934 年 9 月 1 日初版。蔡元培题签。32 开本，213 页，约 6 万字。

本书供高中或大学作教材及参考书之用，按照中国文学的体制分别作横向叙述，这与多数史书作纵向叙述不同。作者声称："凡属中国文学的基本知识，均已搜辑靡遗本书"，且"专从文学本体作客观的研究，不杂丝毫主观的成见"①。

全书以述中国文学为主，分八讲：第一讲为总论，其余为诗论、赋论、乐府论、词论、曲论、小说论、弹词论。除总论叙述"文学"之定义、起源等问题外，其余各讲分述每种文体之起源、定义、分类、体制、演变。

目次(略)。

2. 林之棠《新著中国文学史》初版。

林之棠(1896～1964)，字召伯，又字乐民，福建福安人。《新著中国文学史》，北平华盛书局发行、中华印书局印刷，1934 年 9 月初版，分上中下三卷，24 开平装本，758 页(另有 28 页附录)，约 55 万字。

据卷首《叙例》："本篇大纲，草于民国十四年，在国立北京大学读书时，补充材料，始于民国二十年任国立北平大学讲席时，总纂则始于民国二十二年……民国二十二年八月二十九日 福安林之棠识于旧都。"

本书经作者校对修改后，排字工人未曾照改就付印，致使错误甚多，故作者在书末附录《中国文学史刊误表》。虽然如此，书中印刷错误仍然很多。

此书体例值得注意。(1)由于章节体不足以进一步细分目次，书中由粗到细，依次设立卷、编、章、节共四级目录；(2)每时代之文学，先述其背景，再总述，接着论述重要作家，最后分文体叙述，这样，既能知历代文学发展之背景，又能了解其整体概况，同时还兼采作家专体史、

① 谭正璧：《文学概论讲话·编辑凡例》，上海，光明书局，1934，第 1～3 页。

文体史之长。因而，本书著述体例，可谓对以往文学史著作体例的集大成，表明中国文学史写作在体例方面已经成熟。

全书分上、中、下三卷，八编，共五十三章，若干节。始自先秦，迄于清代，按时代分编叙述。

目次：

卷上

第一编　文学概论

第一章　文学与人生；第二章　文学之起源；第三章　中国叙述诗不发达之原因；第四章　文学定义。

第二编　先秦文学

第五章　周代文学之背景；第六章　诗经(第一节　原诗，第二节　诗经时代，第三节“删诗”疑，第四节　关于旧说四始六义及今古文之解释，第五节　诗经之特点，第六节　诗经之内容及诗经以外之诗歌)，第七章　楚辞(第一节　屈原，第二节　楚辞之名称，第三节　楚辞发生之原因，第四节　离骚之内容，第五节　屈赋之形式上之特点与兮字之用法，第六节　屈原之作品，第七节　宋玉及其作品)，第八章　散文(第一节　论语，第二节　孟子，第三节　荀子，第四节　李斯及其他)。

第三编　两汉文学

第九章　汉代文学背景；第十章　汉代文学之派别；第十一章　汉赋发达之原因；第十二章　汉代赋家(第一节　贾谊，第二节　淮南王安，第三节　庄忌，第四节　东方朔，第五节　枚乘，第六节　司马相如，第七节　王褒，第八节　扬雄，第九节　班固，第十节　张衡，第十一节　王逸，第十二节　马融，第十三节　祢衡，第十四节　王粲及其他)；第十三章　乐之意义与乐府名称；第十四章　乐府产生之原因；第十五章　乐府分类；第十六章　乐府诗内容①；第十七章　汉诗；第十八章　汉代散文及其他。

第四编　建安三国文学

第十九章　建安三国文学之背景；第二十章　建安三国志文艺作家(第一节　王粲，第二节　曹植)；第二十一章　建安三国诗歌——魏武帝、魏文帝、曹植、孔融、王粲；第二十二章　建安三国之散文——孔融、曹丕、诸葛亮。

---

① 原书目录中误印为“第十四章　乐府诗内容”(实应为“第十六章”)，导致从此章开始，之后的目录编次错误。此处按照实际编次。

卷中

第五编　两晋南北朝文学

第二十三章　两晋南北朝之文学背景；第二十四章　两晋南北朝之思潮与文学总述；第二十五章　两晋南北朝之文艺作家(第一节　晋阮籍，第二节　陆机；第三节　潘岳，第四节　左思，第五节　嵇康，第六节　张华，第七节　郭璞，第八节　潘尼，第九节　陆云，第十节　张协，第十一节　张载及其他，第十二节　宋颜延之，第十三节　陶渊明，第十四节　谢灵运，第十五节　鲍照及其他，第十六节①南齐谢朓及其他，第十七节　梁江淹，第十八节　任昉，第十九节　沈约，第二十节　萧统，第二十一节　钟嵘，第二十二节　刘勰及其他，第二十三节　陈徐陵，第二十四节　后魏郦道元及其他，第二十五节　北齐邢邵魏收，第二十六节　后周王褒，第二十七节　庾信)；第二十六章　两晋南北朝之乐府；第二十七章②两晋南北朝文学总述。

第六编　唐代文学

第二十八章　唐代文学之背景；第二十九章　唐代文学之总述；第三十章　唐代文艺作家(第一节　王绩，第二节　卢照邻，第三节　王勃，第四节　杨炯，第五节　骆宾王，第六节　沈佺期，第七节　宋之问，第八节　陈子昂，第九节　刘希夷，第十节　李白，第十一节　杜甫，第十二节　王维，第十三节　孟浩然，第十四节　高适，第十五节　王昌龄，第十六节　韦应物，第十七节　韩愈，第十八节　柳宗元，第十九节　张籍，第二十节　元稹，第二十一节　白居易，第二十二节　温庭筠，第二十三节　杜牧，第二十四节　韦庄及其他)；第三十章　唐诗发达之原因。

第七编　五代文学

第三十一章　五代文学背景；第三十二章　五代词学发达之原因；第三十三章　五代词家(第一节　冯延巳，第二节　李后主)。

卷下

第八编　宋文学

第三十四章　宋代文学之背景；第三十五章　宋代词学家(第一节　晏殊，第二节　欧阳修，第三节　晏几道，第四节　柳永，第五节　秦观，第六节　苏轼，第七节　周邦彦，第八节　辛弃疾，第九节　李清

---

①　原书目录印作“第十五节”，故此后节次都比实际的少一节。此处按照实际情况编次。

②　原书印成“第二十四章”，导致此后章次比实际的又少一章。

照，第十节　姜夔）；第三十六章　宋词总述；第三十七章　宋代散文作家（第一节　欧阳修，第二节　苏洵，第三节　苏轼，第四节　苏辙，第五节　曾巩，第六节　王安石）；第三十八章　宋诗（第一节　苏轼，第二节　陆游）；第三十九章　元代文学背景（与戏曲发达之原因）；第四十章　戏曲之原流；第四十一章　元曲之分类；第四十二章　元曲之结构与内容名目；第四十三章　元曲之作家（第一节　关汉卿，第二节　王实甫，第三节　白仁甫，第四节　马致远）；第四十四章　元代之诗、小说、话本、散文；第四十五章　明代文学背景；第四十六章　明代文学总述；第四十七章　明代散文作家（第一节　宋濂，第二节　王祎，第三节　方孝孺，第四节　高启，第五节　杨基，第六节　张羽，第七节　徐债，第八节　刘基，第九节　李东阳，第十节　唐顺之，第十一节　王世贞，第十二节　归有光，第十三节　艾南英，第十四节　张浦）；第四十八章　明代之传奇；第四十九章　清代文学之背景；第五十章　清代文学之总述；第五十一章　清代文艺作家（第一节　侯方域，第二节　魏禧，第三节　汪琬，第四节　姜宸英，第五节　邵长衡，第六节　方苞，第七节①刘大櫆，第八节　姚鼐，第九节　曾国藩）；第五十二章　清诗（第一节　钱谦益，第二节　吴伟杰，第三节　宋琬施闰章，第四节　王士祯，第五节　朱彝尊，第六节　沈德潜，第七节　袁枚，第八节　蒋士铨，第九节　赵翼及其他）；第五十三章　清代之词曲小说。

3. 宋佩韦《明文学史》初版。

宋佩韦（1897～1979），原名宋云彬，笔名无我，浙江海宁人。《明文学史》，（上海）商务印书馆印行，1934年9月初版，32开本，244页，11万余字。

本书为王云五主编“国学小丛书”之一，虽名“明文学史”，所叙述的却只是明代散文、韵文，以及诗家之诗体和八股文，至于明代传奇、小说和戏曲，作者特别声明说：“本书把在中国文学史上占极重要地位的传奇和小说，置之不理，是因为本丛书中另有郑振铎先生的专篇叙述，为避免重复，就将这一部分删去了。”②

全书可分为三个相对独立的部分：

第一部分为“引言”，在勾勒明代文学发展的五个历史阶段基础上，

---

① 原书印成“第六节”，导致后面两节的节次比实际的少一节。

② 宋佩韦：《明文学史·引言》，上海，商务印书馆，1934，第6页。

深刻揭示八股文对明代文学广泛而深入的影响，并提示这是明代文学最重要的特征，也是作者设置专章讨论八股文的缘由。

第二部分包括第二至五章，是全书的核心与主体部分。作者采用传统的"朝代为纲，作家为目"的体例，依时序分章介绍、论述"永乐以后的文学"、"嘉靖、万历间的文学"和"明末文学"，主要描述明代诗文发展衍变的历史过程。作者重视阐析诗文派别之间的因革传承。但他不是像一般学者那样辨析派别之间文风特征的沿承与革新，而是从代表作家的交游入手。以受到作者极其推崇的高启为例。"作者不仅重点分析了高启的艺术特征与诗坛地位，还以其为中心，考察高启同乡诗人的创作状况及所处的诗坛面貌。""作者由点到线再到面，思路清晰，充分展现了明初诗坛的概貌，又彰显了高启的诗坛盟主地位。"①

第三部分即第六章，是作者针对明代文学总体特征而设置的专论，也是本书重要特色所在。八股文在晚清受到相当激烈的批判，直到清末民初仍被排除在文学之外。此后，仅胡适《五十年来之中国文学》(1922 年)等几部史书提及八股文。宋佩韦不但在《明文学史》中对八股文作出相对客观的评价，更为它设置专章，阐述起源及演变、作用及影响以及明代重要的八股文作家。毫无疑问，这在中国文学史写作史中是第一次，其开创之功不可没。当然，宋氏能做到这点，除了自身旨趣，也是 20 世纪 30 年代中国文学研究气氛使然。与宋氏《明文学史》同年出版的瞿兑之的《中国骈文概论》有"律赋与八股"、"八股与骈文"两节，稍后出版的刘麟生《中国骈文史》有"律赋与八股"一节，钱基博《中国文学史》有"明八股文"一章。这其中，可见八股文入文学史已俨然成为一时风气。

此外，书中凡引用之语，都在每章之后注明文献出处，关于这一点，对促进现代学术规范的意义是显而易见的。

目次：

引言

第一章　明初文学：第一节　明初的散文作家；第二节　明初的韵文作家。

第二章　永乐以后的文学：第一节　台阁体；第二节　台阁体以外的诗人。

第三章　弘治、正德间的文学：第一节　茶陵诗派；第二节　文学

---

① 王友胜、李鸿渊、林彬晖等：《民国间古代文学研究名著导读》，长沙，岳麓书社，2010，第 117 页。

4. 金秬香《汉代词赋之发达》初版。

金秬香《汉代词赋之发达》，(上海)商务印书馆印行，1934 年 9 月初版，1935 年 2 月再版，32 开本，111 页，约 4 万余字。

本书为王云五主编"国学小丛书"之一，共十章，以文言文叙述词赋之定义、起源、作用及汉代词赋流变等。

目次：

10 月

张振镛《中国文学史分论》初版。

张振镛(1897～?)，字真用，江苏宜兴人。《中国文学史分论》，商务印书馆印行，1934 年 10 月初版，1939 年 2 月再版，32 开本，四册，共 1046 页(第一册 266 页，第二册 266 页，第三册 231 页，第四册 283 页)，约 50 万字。

作者没有解释书名中为何有"分论"二字，但结合"弁言"和全书目录，可断定其意有二：一是书中各种文体独立成篇，每一文体都从起源叙述至当代(脉络清晰，查阅颇易)，故书名中的"分论"即"分类论述"之意；二是叙述不拘一格，叙诗叙文以时代为断，而叙述词、曲、小说、戏剧却以流派为主。作者自称持论中正，"评论主众说，不矜己见"，故书中评论大都是前人的认识或学界共识，基本上没有作者一己之见，此既可谓不足，也可为一大优点。因为，持论中正，则"无古无今无我"，避免了个人成见，使书中言论相对客观、公允。

本书完成于作者1930年代在上海光华大学任教时，是时白话文已在文白之争中取得绝对优势并普及，作者却用文言文写作，且不标点，仅用传统方法断句，阅读不大方便。

据陈玉堂说，本书原名《中国文学史纲要》，1931年12月至次年1月由商务印书馆出版了三册，篇目与本书相同。现仅见第一册和第三册。本书作者在"后序"中未曾提及此事，但他提到将书稿交给商务印书馆后，第四册焚于"一·二八"上海事变时日本人的炮火，后来依据资料重写。

目次：

剧；（五）清之戏剧；（六）当代戏剧之趋势。

（以上为第四册）

11月

胡怀琛《中国小说概论》初版。

胡怀琛《中国小说概论》，（上海）世界书局印行，1934年11月初版，32开本，133页，约5万字；1944年4月经修订后新一版，54页。

本书列为刘麟生主编的"中国文学丛书"之四。作者胡怀琛鉴于现代小说是从西方移植过来的新东西，与中国传统的"小说"仅仅是"同名异实"，试图"把自周秦到现代的所谓'小说'的同名异实之处，作一个有系统的说明"①。因此，本书是一部以历史意识辨别古代小说文体及其流变的专著。

目次：

第一章　绪论。

第二章　中国古代对于小说二字的解释。

第三章　古代所谓小说：第一节　总论古代所谓小说；第二节　存在经史子中的小说②；第三节　汉书艺文志中的小说目录；第四节　刘向所辑的古小说；第五节　山海经与穆天子传；第六节　西京杂记及其他；第七节　搜神记神仙传及其他；第八节　世说新语及其他；第九节　总结古代所谓小说。

第四章　唐人的传奇：第一节　传奇二字的由来；第二节　传奇的体制；第三节　传奇产生的时代；第四节　传奇的传播和保存；第五节　传奇的名著；第六节　宋及宋以后人拟作的传奇；第七节　唐人传奇与后世戏曲的关系。

第五章　宋人的平话：第一节　平话二字的由来；第二节　平话的起原③；第三节　最早的话本(?)；第四节　宋代平话的名称及种类；第五节　现存的宋人话本(?)；第六节　也是园及宝文堂所藏话本目录；第七节　宋以后的话本选集；第八节　宋元间讲史及说公案的两大名著(三国与水浒)；第九节　宋人话本与后世小说的关系。

第六章　清人传奇平话以外的创作：第一节　何谓清人的创作；第

---

① 胡怀琛：《中国小说概论》，上海，世界书局，1934，第1、3页。

② 陈玉堂《中国文学史书目提要》此处为"存在经史子集中的小说"（第239页），多出一个"集"字。

③ 陈玉堂《中国文学史书目提要》此处为"平话的起源"（第239页），实为"平话的起原"。

二节　红楼梦与儒林外史。

第七章　西洋小说输入后的中国小说：第一节　总论西洋小说输入的情形；第二节　清末盛行的假扮的小说；第三节　意译与林琴南；第四节　五四运动以后的直译；第五节　受了西洋小说影响后的创作。

第八章　总结。

12 月

1. 世界书局编印《中国文学讲座》初版。

此书为世界书局编印，于 1934 年 12 月初版，32 开精装本，550 页，约 23 万字。1935 年 6 月再版。

本书系选辑几位专家研究中国文学的成果，加以编次而成，收入《中国文学泛论》(刘麟生)、《中国诗论》(胡怀琛)、《诗经学新论》(金公亮)、《词学概论》(胡云翼)、《元剧研究》(吴瞿安)、《文体论》(顾荩丞)等六部专论以及《中国历代文选》(周于候编)。这些著作，从标题看，似乎与文学史没有多大关系，其实不然。譬如，《中国文学泛论》一书，即兼有文学史与文学概论的内容，侧重史的发展，而《中国诗论》着眼于中国诗歌的一般的演化进程，《词学概论》也阐明了词在文学史上留下的痕迹。以下概述其大体情况：

《中国文学泛论》，以文学类别为经，以作家时代为纬，可作文学史的补充材料。共六章，十八节，约 3.5 万字。

《中国诗论》，涉及诗、词、散曲、民歌、新诗剧曲等各种诗歌类别，不单是注意到诗歌形式的演变，还关注不同时代诗歌实质的变化。共三编，六章，约 3.5 万字。

《诗经学新论》，以新的理解和综合的方法研究《诗经》，观点近似朱熹、郑樵、崔述，大胆疑古，虽其观点多数可商榷，但也有独到处。共十二章，4.8 万字。本书为作者在天津任教时的讲稿。

《词学概论》，对词的出现和演变作历史的考察，说明从诗到词嬗变的原因及其过程，共十章，约 3.5 万字。

《元剧研究》，主要说明元剧的来历、作者的历史、曲文的格式、剧情的结构等，共四章，约 5 万字。书中考证了《正音谱》中 187 名元剧家生平，并作了小传。本书与 1929 年世界书局出版的吴梅《元剧研究ABC》实为同一书。

《文体论》，详论各种文章的体例，推溯其来源，论述其体要，辨别其异同，主要取材于姚姬传的《古文藻类纂》，其次是陈师曾编的《京师优级师范国文讲义》等。共十四章，约4.5万字。

《中国历代文选》，以时代为经，以文学种类为纬，历代各种文体作品代表作都有选入，并且每一时期选文之前，先叙述其概况，每选一篇作品前，先叙述其梗概，以明中国历代文学变迁的原因和过程。共十三章，每章分两节，约8万字。书末附录“中国历代文学概况一览表”。

目次：（原书无总目次，每部书单独编目次和页码）

《中国文学泛论》

导言：一、文字与文学；二、如何研究中国文学。

散文与韵文：一、古文与非古文；二、辞赋；三、骈体文。

诗：一、诗经；二、汉魏六朝诗；三、唐诗；四、宋诗。

词：一、唐五代词；二、宋词。

戏曲：一、戏曲之渊源；二、元之北曲；三、明清之南曲。

小说：一、晋唐小说；二、宋元小说；三、明清小说。

《中国诗论》

第一编　何谓诗歌：全一章　从诗歌产生的年代及产生的原因说明何谓诗歌。

第二编　中国诗歌形式上的变化：第一章　从口诀到诗词散曲新诗；第二章　诗歌的旁枝(戏曲)。

第三编　中国诗歌实质上的变化：第一章　因民族关系而发生的变化；第二章因哲学关系而发生的变化；第三章　因政治关系而发生的变化。

《诗经学新论》

第一章　诗经的来历；第二章　诗经的年代；第三章　孔子与诗经；第四章　诗与乐；第五章　诗经内容的分析和其作者；第六章　六义；第七章　诗经的正变与大小雅；第八章　四始；第九章　诗序；第十章　篇目次第；第十一章　诗经的流派；第十二章　诗经的价值与读法。

附录　参考书举要。

《词学概论》

本书的主旨

第一章　从诗的时代到词的时代；第二章　词的起源；第三章　何谓词；第四章　晚唐五代词的发展；第五章　北宋词的四期；第六章　南宋的白话词；第七章　一群珍贵的女词人；第八章　南宋的乐府词；第九章　五百年来词的末运；第十章　论词体之弊。

词的参考书举要。

《元剧研究》

绪论；第一章　元剧的来历；第二章　元剧现存数目；第三章　元剧作者考略(上)；第四章　元剧作者考略(下)。

《文体论》

第一章绪论；第二章　类辨类；第三章　序跋类；第四章　奏议类；第五章　书说类；第六章　诏令类；第七章　传状类；第八章　碑志类；第九章　杂记类；第十章　箴名类；第十一章　颂赞类；第十二章　哀祭类；第十三章　辞赋类；第十四章　结论。

《中国历代文选》(选入从唐虞到现代之文学作品，因与文学史关系不大，不录其目次。)

2. 卢翼野《词曲研究》初版。

卢翼野(1905--1951)，名卢前，字翼野，号饮虹，江苏南京人。《词曲研究》，(上海)中华书局印行，1934 年 12 月初版，1940 年 5 月再版，32 开本，207 页(正文 164 页，附录 43 页)，约 8 万字(书末“名词索引”约占 1.3 万字)。

本书为舒新城主编的“中华百科丛书”之一，这套丛书“原为供中等学生课外阅读，或失学青年自修研究之用”，故本书为普及读物。书中虽用“史”的进展叙述词曲并比较二者异同，但以散曲为主。

全书共八章，书末附录“一个最低度研究词曲的书目”(列举 200 余种书目)和“名词索引”。卷首有舒新城的“总序”和卢翼野的“自序”。

目次：

第一章　词的启源和创始；第二章　词各方面的观察；第三章　几个重要的词家(上)；第四章　几个重要的词家(下)；第四章　从词到曲底转变；第六章　曲各方面的观察；第七章　几个重要的曲家(上)；第八章　几个重要的曲家(下)。附录：一个最低度研究词曲的书目、名词索引。

3. 崔兑之《中国骈文概论》初版。

崔兑之(1894～?)，字宣颖，别号蜕园，湖南长沙人。《中国骈文概论》，(上海)世界书局印行，1934 年 12 月初版，32 开本，128 页，约 6 万字。1944 年 4 月新一版，24 开本，56 页。

本书为刘麟生主编的“中国文学丛书”之三，刘麟生作序。

目次：

一、总论；二、从三百篇到楚辞；三、赋；四、魏晋文与陆机；五、骈文之论；六、写景文与齐梁文；七、书札文与徐陵；八、哀江南赋；九、滕王阁序；十、文心雕龙与史通；十一、唐代之骈文与古文；十二、陆贽；十三、李商隐；十四、宋四六；十五、清骈文；十六、律赋与八股；十七、八股与骈文。

4. 梁乙真《元明散曲小史》初版。

梁乙真《元明散曲小史》，(上海)商务印书馆印行，1934 年 12 月初版，32 开精装本，470 页，约 20 万字，吴梅题签；1935 年 6 月再版，布面精装；1998 年 10 月，北京商务印书馆影印出版(删去了吴梅的题签)。

如本书“序例”所言，全书共分十章，前四章叙述元代，分作两个时期：第一、二章，从散曲的开场到大德年间，以关汉卿、马致远为主；第二期从大德年间到元末，以张可久、杨朝英为主。后六章叙述明代，分作三期：第一期从洪武年间到成化，以汪元亨、朱有燉为主；第二期从弘正道嘉靖年间，以康海、冯惟敏及王磐、沈仕为主；第三期从嘉靖隆庆到明朝灭亡，以梁辰鱼、沈璟和施绍莘为主。卷首有“导论”，详述散曲的起源、体制和本书的分期等问题。书末附论《散曲的支流——小曲作家》，以及《研究散曲重要参考书目》。

全书述及元明四百余年散曲史，列入作家 80 余人。

目次：

导论；第一章　散曲的开场及清丽派第一期；第二章　豪放派的第一期；第三章　清丽派的黄金时代；第四章　后期的豪放派；第五章　过渡时期的几位曲家；第六章　昆曲未流行前的豪放派；第七章　昆曲未流行前的清丽派；第八章　昆腔起来后的白苧；第九章　嘉靖后的吴江派；第十章　梁沈以外的曲派；(附录)研究散曲重要参考书。

本年

1. 高鸣剑《中国文学史表解附说》初版。

高鸣剑(济南人)《中国文学史表解附说》，广州私立后觉国文学校 1934 年初版(油印本)。

目次：

上编　三代迄两汉；中编　魏晋迄唐代；下编　宋代迄近世。

2. 林分《中国文学丛谭》刊印。

林分《中国文学丛谭》，1934 年刊本，版权页佚失；由几篇讨论文学及文学史的论文组成，不分章节。

目次：

引论，文学的界说，文学批评上"神"、"气"之探讨，文学史上的一个通律，文学作家与作品。

3. 孙德谦《中国文学通志》刊印。

孙德谦(1896～1935)，字受之，一字寿芝，晚号隘堪居士，江苏苏州吴县人。《中国文学通志》，1934年刊印。

目次：

总论、体制之变迁、撰著之方法、作家之派别、闻人之传略、汇评。

1935年(民国二十四年)

1月

刘经庵《中国纯文学史纲》初版。

刘经庵《中国纯文学史纲》，北平著者书店1935年1月初版，24开本，484页，约20万字。陈介白作"序"。上海书店据初版本影印，列为"民国丛书"第三编第54种(与罗根泽《乐府文学史》合为一辑)于1991年出版。1996年东方出版社将初版本列为"民国学术经典"丛书之一编校再版。2008年凤凰出版集团出版简体本，16开平装，285页。

作者鉴于当时的文学史"不是失于驳杂，便是失于简略"而作本书。"注重的是中国的纯文学，除诗歌，词，曲，及小说外，其他概付阙如。"至于辞赋，"除了汉朝和六朝的几篇，有文学价值者很少"；而散文"有传统的载道的思想，多失去文学的真面目"，所以都略而不谈。① 之所以如此，是因为作者认为"一般治文学的人，当舍广义的(文学定义——引者注)而取狭义的"，主张"纯文学"观，即认定"文学是人生的写照，是思想和艺术的结晶"。②

本书是一部分别叙述诗歌、词、戏曲、小说的文学专史，由先秦至清代，分为四编，共二十五章，每种文类一编，均由始至终而述。这使得叙述体例比较特别，即"每编都用纵的叙述法，如诗歌，自先秦的诗歌起，一直叙到有清末季"。作者相信，这种体例"能帮助一般读者得到系统的概念，可将各时代的诗歌，分别比较之，不致散漫无头绪"。③ 此外，书中的章节体已非常成熟、完备。开卷有序、编者例言，正文有绪

---

① 刘经庵：《中国纯文学史纲·编者例言》，北平，著者书店，1935。

② 刘经庵：《中国纯文学史纲·绪论》，北平，著者书店，1935，第2页。

③ 刘经庵：《中国纯文学史纲·编者例言》，北平，著者书店，1935。

论、编、章、节、结论，书末有附录。这在20世纪二三十年代的文学史写作中不多见。

作者注重历代文学家生平及其代表作，全书述及诗人150余名，代表作品280余首；词人60余名，作品100多首；戏曲家和小说家，各有30名，作品各有20余篇。“结论”中附有“中国文学家的地理分布表”，书后附录“中国历代文学家籍贯生卒年表”和“中国纯文学书目”，可供参考。

目次：

2月

曾迺敦《中国女词人》印行。

曾迺敦《中国女词人》，1935年2月上海女子书店印行，32开，314页，约12万字。

本书系“文艺指导丛书”之一，收入“女子文库”[①]。据作者“自序”，“女子文库”主编姚名达邀请作者编写《中国女诗人及其代表作》、《中国女

① “女子文库”是姚名达主编、上海女子书店印行的大型丛书，内容涉及女子健康教育、家庭教育、文化教育等若干方面，由胡适题“女子文库”四字。

词人及其代表作》二书，故作者“当即着手编著，伏案数月，本书遂先告成”。从“本书之草著，正当‘闽变’事起”以及作者作序的时间推断，此书编写于1933年下半年，除夕前完稿。

本书取材范围自唐至清，探讨词的起源、本质以及女词的发展脉络及其代表作家作品，对女词人心理的把握较为细腻。

此书采用现代学术著作的基本框架。书前有“导言”，详述该书体例、选材范围等，书末为“结论”并附有参考书目。就编著体例而言，堪称完整的学术著作。

目次：

3月

邓作民《中国文学史纲要》再版。

邓作民《中国文学史纲要》，(上海)合众书店发行，1935年3月再版，32开平装，240页。

笔者仅从孔夫子旧书网上见到该书最后一页(第240页)和版权页。没有查阅到邓作民生平事迹和这部文学史的相关资料。从所见第240页标注的“脱稿于一九三三，十二，二十六，午夜”可断定成书于1933年12月。

春

陈子展《中国文学批评讲义》油印发行。

陈子展《中国文学批评讲义》，此为编者在复旦大学讲授中国文学批评史时的讲义，油印本，署年为“廿四年春季”(1935年春)[①]。现收藏于复旦大学图书馆。

此讲义内容非常简略，以辑录资料并加案语的方式，对隋以前的文学批评发展作了系统梳理，简明扼要地概括所论文学批评家的文论要旨，其中，特别突出了东汉批评家王充，这与当时以及此后的其他文学批评史有很大不同。虽然这份讲义从上古有诗之始讲起，至隋代《李谔上隋文帝革文华书》即止，但从中我们大致可以看出，当时刚刚发轫的中国文学批评史的学科状况，以及陈子展先生对于这一阶段中国文学批评史的理解。

目次：

一、有诗之始；二、诗经之来源；三、诗人自述作诗本意；四、孔孟诗说；五、司马迁之创作动机论；六、扬雄之文学批评；七、班固之文学批评；八、伟大之批评家王充；九、曹丕论文；十、陆机文赋；十一、皇甫谧与左思之赋论；十二、挚虞诗赋；十三、葛洪之文论；十四、沈约陆厥之论声律；十五、裴子野雕虫论；十六、萧统萧纲萧绎之文学观；十七、钟嵘诗品；十八、刘勰文心雕龙；十九、颜之推文章论；二十、李谔上隋文帝革文华书。

5月

1. 朱子陵《中国历朝文学史纲要》初版。

朱子陵《中国历朝文学史纲要》，1935年5月初版，24开本，188页，约9万字。

本书成书于1935年4月，无出版者，系北平炳林印书馆印刷，发行者张伯英，总发售处为北平中华中学，分售处为文化学社、师大号房、佩文斋、立达书局等处。国立北京师范大学国文系主任钱玄同为本书题签，文学院院长黎锦熙为书名注法国语读音。

作者认为：“中国的文学，与政治有密切的关系；各种文体的盛衰变迁，政治为其主要背景。……所以，中国文学史的分期，则以政治时代的分期法，较为妥当。”[②]故本书以各政治朝代为单位，分别叙述由西周至清代的诗赋、词曲、小说，共十三篇，四十六章，末尾有“附录”，列《文学大纲》等参考书目十八种。

---

① 徐志啸在《陈子展先生及其治学》一文中首次介绍该油印稿(参见张世林主编：《学术往事》，北京，朝华出版社，2003)。

② 朱子陵：《中国历朝文学史纲要》，北平，炳林印室1935年印刷，第4页。

全书脉络清晰，语言流畅、通俗易懂，但内容简略，很少有作者自己的创见。

目次：

第一篇 绪论：一、文学的范围；二、文学史的分期。

第二篇 周朝的文学：一、诗经；二、楚辞。

第三篇 秦朝的文学：一、统一文学；二、焚书坑儒。

第四篇 汉朝：一、汉朝文学的特色——辞赋最盛；二、乐府与诗歌；三、司马相如与贾谊；四、扬雄与张衡；五、王充与许慎；六、汉武帝尊儒与王莽复古；七、曹氏父子与建安七子。

第五篇 魏朝的文学：一、竹林七贤；二、出师表文情并茂。

第六篇 晋朝的文学：一、太康文学——三张二陆二潘一左；二、郭璞与刘琨；三、超然诗人陶潜；四、搜神记及子夜歌。

第七篇 南北朝及隋朝的文学：一、元嘉文学——谢、颜、鲍；二、竟陵八友；三、文选与文心雕龙；四、玉台新咏及北朝三才子；五、隋炀帝创新声；六、南北朝的民歌及小说；七、六朝文学总说。

第八篇 唐朝的文学：一、唐朝的文学特色——诗、古文；二、初唐四杰与沈宋；三、诗仙李白与诗圣杜甫；四、"文起八代之衰"的两大健将——韩、柳；五、白居易与元稹；六、孟浩然与王维——自然派诗人；七、温庭筠与李商隐；八、唐朝的小说。

第九篇 五代的文学：一、五代以前的作词者；二、韦庄——西蜀的重要词人；三、李煜与冯延巳——南唐的重要词人。

第十篇 宋朝的文学：一、宋朝文学的特色——词最盛、文近通俗；二、北宋的词人；三、南宋的词人；四、宋朝的诗人；五、宋朝的小说。

第十一篇 元朝的文学：元朝的戏曲。

第十二篇 明朝的文学：一、明朝的古文；二、传奇；三、小说。

第十三篇 清朝的文学：一、清朝的骈文及散文；二、诗及词；三、戏曲；四、小说。

2. 李华卿《中国文学发展史大纲引论》初版。

李华卿《中国文学发展史大纲引论》，（上海）神州国光社印行，1935年5月初版，24开本，80页，约4万字。

本书由两篇论文构成。这两篇论文，是作者计划编写的《中国文学发展史大纲》的"引论"部分，几年前，作者已将其发表于杂志。这两篇论文不是文学史，但可作为资料参考。其目录为：《中国文学发展史大纲引论——对中国文学之唯物史观的尝试》,《为朴列寒诺夫而辩护——驳宋阳论佛理契之谬误》。

3. 朱星元《中国文学史外论》初版。

朱星元(1897～1972),字行,山东平度人。《中国文学史外论》,(上海)东方学术社发行,1935年5月初版。

本书系作者在海门锡中讲授文学史时,为方便学生学习该课程,把有关文学史常识编成讲义,以供参考。因为书中许多内容不是文学史内部的,所以取书名为"中国文学史外论"。无论从编目还是正文内容看,作者1939年5月出版的《中国文学史通论》,显然是在本书基础上删改、补充而成(两书编目基本相同,书中多数行文一字不差)。

本书基本上涉及了文学史研究的各方面,既有总结归纳,也有个人独到的看法,对于初学者,确实是一部难得的教材。更应引起注意的,是本书很可能是中国第一部专章讨论中国文学史写作及其方法的著作。可视本书为"中国文学史研究概论"。

目次:

1. 文学定义:(1)中国往古之说;(2)西人之说。

2. 文学史界说:(1)文学史与文学;(2)文学史与历史;(3)文学与哲学史学术史。

3. 文学史目的:(1)文学史目的;(2)中国文学史目的。

4. 文学史范围:(1)一般人差误;(2)应有之确定。

5. 文学史方法论:(1)文学史的任务和一般历史学一样;(2)文学史方法。

6. 文学史写法:(1)叙述的写法;(2)研究的写法;(3)评论的写法;(4)考证的写法;(5)引录的写法。

7. 写文学史所用的文字:(1)骈文的;(2)古文的;(3)普通文言的;(4)语体的。

8. 中国文学史分类:(1)正史;(2)杂史。

9. 中国文学史编法:(1)外部的;(2)内部的。

10. 中国文学史的起源与其进展:(1)起源;(2)进展;(3)郑振铎《中国文学史》。

11. 中国文学史论读法:(1)读文学史之益;(2)读法。

12. 中国文学史上的几个普通概念:(1)文学史上的四个关系;(2)文学史上的四个区别;(3)中国文学进化的两大特点;(4)中国文学的弊病与其原因;(5)中国文学变迁之大势。

13. 中国文学史的特采。

4. 杨启高《唐代诗学》初版。

杨启高《唐代诗学》，(南京)正中书局印行，1935 年 5 月初版，24 开本，418 页，约 15 万字；1947 年 1 月沪一版，416 页；1992 年上海书店据初版本影印出版，列为“民国丛书”第三编第 55 种(与胡云翼《唐诗研究》、苏雪林《唐诗概论》合为一册)。

书中第六部分论述唐诗对宋、金元、明、清和现代的影响，可谓本书特色，其中不乏精彩之论，尽管有的稍嫌牵强。

本书按初唐、盛唐、中唐、晚唐四个时期分述。卷首有叶楚伧、黄季刚、王晓湘的署端，陈之佛绘眉，胡筱石、谢无量、汪辟疆的题辞，唐宋清书画共六幅。

目次：

壹　纲领：唐诗背影(总叙、经济背影、政治背影、文化背影)、唐诗渊薮(总叙、正始派、太康派)、唐诗流派(总叙)、唐诗特质(作家甚多、诗体完备、风格显著、思想丰富)、唐诗体例(古体、律体、杂体)。

贰　初唐：贞观诗学(太宗提倡风雅、上官仪六对说)、武后诗学(保守派、革新派)。

叁　盛唐：盛唐特色(律体大盛、各极所长、体裁繁富、学古途广)、开元诗人(明皇帝诗、燕许二公、吴中四士、开元宫人、开元道士)、李杜比较(总叙、李白、杜甫)、天宝诗人(岑参、高适、二包、张谓、沈千运、陶翰、天宝宫人、天宝名媛、仙家诗、释子诗)。

肆　中唐：大历诗风(韦刘、十子)、元和诗学(孟郊、韩愈、柳宗元、卢仝与刘乂、张籍与贾岛、李贺与李枣强、王建、释无可)、长庆诗学(白居易、元稹、刘禹锡、鱼玄机)、韩白综述(渊源、个性、思想、艺术、文体、影响)。

伍　晚唐：大中诗风(格律派、词华派)、咸通后诗(元白派、王建派)。

陆　影响：影响宋代(北宋、南宋、元代)、影响金元(金代、元代)、影响明代(杜甫拗体诗与李梦阳空同子集、李攀龙、王世贞)、影响清代(钱牧斋与李杜韩白、元白与吴伟业、李白与赵秋谷、白香山与袁枚、王建宫词之影响、白居易诗之影响)、影响现代(唐诗影响现代个人诗派、唐诗影响现代民族诗派)。

6 月

1. 卢前《明清戏曲史》初版。

卢前，即卢翼野，本书由(上海)商务印书馆印行，1935 年 6 月初版，32 开本，108 页，约 5 万字。此书 1933 年曾由钟山书局出版。1961 年，中国香港商务印书馆重印 1935 年版。

本书系作者 1930 年在四川讲授曲史课程时所撰。

全书七章，按每时期重要的戏曲门类、代表作家依次叙述。

目次：

第一章　明清剧作之时代(此章共分四个时期，分籍贯叙述，分别是：第一时期　由徐臣至汪道昆，共 44 人；第二时期　由张凤翼至叶小纨，共 57 人；第三时期　由冯梦龙至丁耀亢，共 36 人；第四时期　由洪昇至俞樾，共 35 人。分籍贯叙述：江苏 105 人，浙江 81 人，安徽 15 人，江西 5 人，湖南 4 人，湖北 1 人，四川 1 人，福建 2 人，广东 2 人，贵州 1 人，陕西 3 人，河南 1 人，山西 1 人，河北 6 人，山东 6 人)。

第二章　传奇之结构。

第三章　杂剧之余绪。

第四章　沈璟与汤显祖。

第五章　短剧之流行。

第六章　南洪北孔。

第七章　花部之纷起。

2. 许之衡《曲史(戏曲史)》印行。

许之衡，字守白，广东番禺人。《曲史(戏曲史)》，北平师大讲义，约于 1935 年 6 月印行。原书待访。

7 月

谭正璧《中国女性文学史》初版。

谭正璧《中国女性文学史》，(上海)光明书局 1935 年 7 月初版，32 开本，二册，598 页(其中补编 82 页)，约 20 万字。

作者在“序”中说，本书是其《中国女性的文学生活》(1930 年 11 月出版)一书的重编本，并认为“名曰重编，不啻新作”。其实，本书只不过是作者以《中国女性的文学生活》一书稍加增删而成。由于本书是在前书基础上增删、修改而成，故比前书精致、详细，影响也大过前书。

目次(略)。

8 月

1. 张希之《中国文学流变史论》初版。

张希之《中国文学流变史论》，北平文化学社 1935 年 8 月初版，24 开，396 页，约 21 万字。

据作者自述，本书是以新兴科学方法编写的一部文学史。所谓“新兴科学方法”，指社会史观，也就是重视社会背景对文学的影响。因此，作者在书中叙述每时代文学之前，先要交代社会背景。

本书正式出版前，已有讲义本印行，当时作者在国立北平大学附属高级中学任教。

目次：

第一章　文学史方法论：一、“科学”与“历史科学”的基本任务；二、文学史的人物及方法。

第二章　文学史范围论：一、“文字”与“文章”的诠释；二、“文学”一词在中国的史的演进；三、究竟什么是文学；四、中国文字与文学的特质。

第三章　中国文学的史的关系：一、社会的发展与历史的演进；二、历史的连续与阶段的划分；二、中国经济发展的阶段；四、中国文学演变的历程。

第四章　史前社会及文学：一、商代以前社会的臆测；二、商代社会及文学的推断。

第五章　诗经．一、诗经的社会背景；二、诗经的历史来源；三、从毛诗六义说诗经；四、诗经的评价。

第六章　楚辞：一、楚辞的社会背景；二、楚辞的汇集与命名；三、楚辞篇目的考订；四、从诗经说到楚辞；五、楚辞的重要作家——屈原与宋玉；六、楚辞的文学价值。

第七章　汉代文学的发生及发展：一、汉代文学的社会背景；二、汉代文学的主流——赋；三、汉代的诗歌。

2. 柳村任《中国文学史发凡》初版。

柳村任《中国文学史发凡》，（苏州）文怡书局发行，1935 年 8 月初版，32 开本，468 页，16 万字。书前有吴经熊题签，陈致道和魏金枝题词，予且和范烟桥所作“序一”、“序二”及作者“自序”。

据“自序”，作者编写本书是感于当时还没有“一部中国文学史是能够正确地指示出中国数千年文学的主潮和作品的流变”。而本书至迟完成于

1934年9月(作“自序”之日)，是时作者还在光华大学任教。

作者在“例言”中说：“(一)本书的体例希望能最适合中学教本和大学不是专科的参考书。故说明解释力求浅显而容易明白，举例和介绍却想特别多一点。”这种对读者对象的定位，似乎有一些作用，因为本书出版后，被苏州的东吴大学附中等多家学校采为教材①。作者又说：“(四)本书各篇所叙述的只限于纯粹底文学范围以内的作品(参看本书《引言》)，像诗歌、戏曲、小说等是。其他的文学作品，只在讲各时代的文学思潮时稍微谈及一点，并不占重要的地位。”之所以如此，是因为柳村任主张现代“纯文学”观，他在“引言”中辨析“文学”定义时强调“诉诸情感的美妙的作品，是近代最正确最进化的文学观念”，“我们主张的文学，便是这种狭义的，纯粹的文学”。②

本书专述诗歌、词曲、小说等文学，按朝代分为八编，自《诗经》开始，迄于清末小说，共二十章，书末附录“中国文学名人生卒考”。

目次：

3. 谭正璧《新编中国文学史》初版。

谭正璧《新编中国文学史》，(上海)光明书局1935年8月初版，1936

① 参见《〈中国文学发凡〉业已出版》，《申报》1936年7月26日，第14版。

② 柳村任：《中国文学发凡》，苏州，文怡书局，1935，第8、9页。

年2月再版，24开本，480页，约28万字。1948年5月的“新一版”删去“第七编　现代文学”。日本立仙宪一郎曾将本书译成日文，书名《中国文学史》，列入“中国文化丛书”之一，于1941年由东京人文阁出版。

本书叙述由周秦至1934年年底的中国文学，全书分七编，二十四章，按文类分章叙述。

目次：

4. 谭正璧《中国小说发达史》初版。

谭正璧《中国小说发达史》，上海光明书局印行，1935年8月初版，32开本，472页，约20万字。另有台北启业书局1937年版，香港波文书局影印本。

本书系作者“将十年来浏览所获，尽加网罗，参之周氏原作(鲁迅《中国小说史略》——引者按)”[①]而成。书中尤为注意社会环境对每一时代小说的影响。书稿成于1934年10月。

全书共七章，四十二节，所引材料丰富，语言简洁。

目次：

---

① 谭正璧：《中国小说发达史·自序》，上海，光明书局，1935，第2页。

第二章　汉代神仙故事：一、历史所载秦皇汉武的求仙故事；二、汉武故事的起来；三、东方朔；四、西王母故事的演化与东王公；五、几部著名神仙故事书的作者；六、汉书所录汉人小说及其他。

第三章　六朝鬼神志怪小说：一、产生鬼神志怪书的时代背景；二、鬼神志怪书的作者(一)；三、鬼神志怪书的作者(二)；四、佛教徒怎样利用鬼神志怪书；五、笑话集与清言集的起来；六、由语林道三说——世说俗说与小说。

第四章　唐代传奇：一、一个新环境的产生；二、传奇小说三大派(一)；三、传奇小说三大派(二)；四、传奇小说三大派(三)；五、几部著名的传奇集；六、变文的起来与俗文的遗留。

第五章　宋元话本：一、由太平广记到夷坚志；二、宋人所作传奇；三、说话发达的社会背景及其家数；四、说话的话本——小说(一)；五、说话的话本——小说(二)；六、所诶讲史书。

第六章　明清通俗小说(一)：一、正统文学没落时代的社会状况；二、四大传奇书(一)；三、四大传奇书(二)；四、四大传奇书(三)；五、四大传奇书(四)；六、通俗短篇小说的五大宝库①。

第七章　明清通俗小说(二)：一、异族统治下的文学环境；二、醒世姻缘传红楼梦及冶游之作；三、野叟曝言与镜花缘；四、由讽刺小说到谴责小说；五、侠义小说的起来；六、传奇与志怪书的复兴。

结论

9月

1. 孟聿犷《中国文学史文体述要》初版。

孟聿犷《中国文学史文体述要》，(保定)协生印书局印行，1935年9月初版，156页，24开平装本，高叟署题封。

作者在“序”中自称，因为“学科复杂”、“时间短促”(授课需要)、“卷册浩繁”等原因，本书“偷自”当时已经出版的数十种文学史，其实为多种中国文学史书的综合。“序”末标注“二十四年五月十九日于保定”，可见书稿完成于1935年5月。

目次：

总论、唐虞文学、三代文学、春秋战国文学、秦文学、两汉文学、三国文学、晋文学、六朝文学、隋朝文学、唐文学、宋文学、辽金文学、

---

① 陈玉堂《中国文学史书目提要》漏录此节(第241页)。

元文学、明文学、清文学、民国文学。

2. 张长弓《中国文学史新编》初版。

张长弓《中国文学史新编》，开明书店印行，1935年9月初版，1947年3月第四版，1949年3月第六版，32开本，256页，约14万字。郭绍虞作“弁序”。

本书原为作者任教安阳高中及开封师范等学校时的授课讲义。全书以时代为纲，以文体作风派别为目，共二十八章，七十二节。书末附录“中国文学史书目表”，收入中国文学史书目共七十二种。

目次：

十八、唐五代的俗文学：俗文学的发现、内容及其影响。

十九、两宋的诗：西昆体派及其反响、江西诗派及其反响。

二十、两宋的词：婉约派、豪放派与闲适派。

二十一、宋代的话本：话本的产生、流传及其内容。

二十二、元代的杂剧：渊源与兴盛、作品与作者、余韵。

二十三、宋元明的戏文：印度戏与戏文、戏文的繁兴。

二十四、明代的小说：讲史派、神魔派、人情派。

二十五、明清的诗：格调派、神韵派与性灵派。

二十六、明清的昆曲与地方剧：昆曲的勃兴、作品与作者、地方剧。

二十七、清代的小说：讽刺派与人情派、狭义派与谴责派。

二十八、文学革命的前夜：新体诗与西洋文学。

3. 容肇祖《中国文学史大纲》初版。

容肇祖(1899～1994)，字元始，广东东莞人，著名中国哲学史研究专家、民俗学家和民间文艺学家。《中国文学史大纲》，(北平)朴社1935年9月初版，景山书社发行，1937年再版，24开本，342页，约15万字。1939年3月开明书店重新出版，1948年4月第四版，32开本，270页。

本书原是容肇祖1930年到1933年期间任教岭南大学时的讲义，1934年在北平辅仁大学任教时曾油印过部分内容。顾颉刚看过后油印的内容后，建议正式出版全书。

容肇祖在“绪论”中总结了中国文学史著述的几个进步倾向：

> 一、对于文学的意义与范围之限定，由泛说中国学术，而到一定范围。
>
> 二、对于旧材料的考核与新材料的发现，由无辨别的而到谨严的，由偏畸的而到普遍的。前者如先秦两汉的伪文伪书，后者如敦煌的写本与流出海外的戏曲小说，在初期著述的文学史中是不注意的。
>
> 三、对于研究方法的进步，由宽泛的而到实证的，由主观的而到客观的。
>
> 四、对于说明方法的进步，由散漫的而到系统的，以成演变的活的历史。

这四点都很准确，可以说是20世纪20年代中国文学史写作取得的重要成绩。他还指出，这四点是“现今著述文学史的要求”。也就是说，这四点应该成为文学史写作的规则。

容肇祖又指出，研究中国文学史“不是尊古，不是为要模仿古人的作品而用的”。此言明显针对当时文学界出现的“厚古薄今”、复古倾向。他强调说，对于古人的作品，“我们可以解释，赏玩，与批评，但是不容我们反时代的精神去模仿”。“我们研究中国文学史的态度，只有和一般历史家的态度一样，我们是客观的，叙述的，或者是批评的。”①看得出来，容氏对于中国文学史的整体看法，深受胡适影响，他甚至引用胡适在《词选自序》中把词史分作三个大时期（词的本身时期、替身时期、鬼影时期），以此证明中国文学史上的每种文体，都遵循“产生，长大，僵化，以至老死，或者生身，再世，以至鬼影复现”的规律。“而中国文学史遂成为一部不断的演变的活历史。”②

全书从文字起源叙述至民国的文学及新文学运动，按时代、文体分章叙述，共四十七章，若干节。作者在书中特别注重每一个时代新兴的文学，因而虽为一本文学史大纲，却有自家特色。

目次：

① 容肇祖：《中国文学史大纲》，北平，北平朴社，1935，第1～4页。

② 容肇祖：《中国文学史大纲》，北平，北平朴社，1935，第4～5页。

六、宋代的诗；三十七、宋代的词；三十八、宋代的骈文散文白话文及其他的著作；三十九、宋元戏曲的产生及其发展；四十、明代的戏曲；四十一、明代的小说；四十二、元明的诗散文及其他著作；四十三、清代的诗词；四十四、清代的骈文与散文；四十五、清代的戏曲；四十六、清代的小说；四十七、民国的文学及新文学运动。

4. 王丰园《中国新文学运动述评》初版。

王丰园《中国新文学运动述评》，（北平）新新学社发行，和平印书局印刷，华盛书局、人文书店经售，1935 年 9 月初版，24 开本，188 页，约 10 万字。

作者在写于 1935 年 8 月 11 日的"前言"中说，感于"十数年来之中国文坛""演变之速"，觉得"时至今日，实有整理新文学运动之必要"。于是编著本书。原稿有 20 余万字，本书系从中择要刊出。

此书与当时已出版的新文学史著相比，独到之处就是贯彻了唯物史观，有着鲜明的阶级论色彩。不论是对作家作品的评价，还是对文学运动的阐述，都试图进行阶级分析。如作者在书中指出，戊戌维新之后中国社会进入"资产阶级觉醒的时代"，所以这一历史阶段的所有文学变革都属于"资产阶级性质"。又说："《新青年》是新兴资产阶级反封建的急先锋，它是要……在思想上文艺上，及一切观念体系上，建立起资产阶级的巩固的宝塔。陈独秀胡适两位先生，便是新兴资产阶级的代言人。"① 他们所倡导的文学革命是"立在资产阶级意识观点，对封建社会文学加以抨击"②。王丰园受 20 世纪 30 年代左翼思潮影响，对五四新文化运动和文学革命的评价偏低。

第一章"戊戌政变与文章的新趋势"的写作，明显受到胡适《五十年来之中国文学》的影响，尤其是对章炳麟、王国维、章士钊、林纾的见解，与胡适基本一致。有时甚至直接引证胡适之言作为定论。比如以胡适论林纾翻译之功绩，作为评述林纾的结论，认为"此为林氏在古文史上最大之贡献"③。

王丰园在书中套用唯物史观研究方法，机械和肤浅在所难免。但，本书虽立场偏激，与 1935 年以前出版的几部新文学史相比较，立论的政治色彩浓厚，却不乏比较客观、公允的评述。例如对于自家偏爱的左翼

① 王丰园：《中国新文学运动述评》，北平，新新学社，1935，第 56 页。
② 王丰园：《中国新文学运动述评》，北平，新新学社，1935，第 58 页。
③ 王丰园：《中国新文学运动述评》，北平，新新学社，1935，第 31 页。

文学，同时也指出它脱离大众的概念化弊病，认为有不少左翼文学作品不过是“坐在洋楼上想象出来的”。

全书共六章，三十一节，按照作家、文学思潮、文学社团流派分而述之。

目次：

10 月

1. 杨荫深《五代文学》初版。

杨荫深《五代文学》，（上海）商务印书馆印行，1935 年 10 月初版，32 开本，123 页，约 5.4 万字。

本书为王云五主编的“百科小丛书”之一，通俗易懂，采用口语化的白话写成，按五代十国分述，共十七章。

目次：

十国分述各国文学)；第十七章　民间词曲。

2. 朱谦之《中国音乐文学史》初版。

朱谦之《中国音乐文学史》，(上海)商务印书馆印行，1935年10月初版，24开道林纸本，有精、平装两种，238页，约12万字。1936年由日本学者横利一川译成日文在日本出版。后又有1989年北京大学出版社铅排本，同年上海书店"民国丛书"(第一编)影印本；2002年福建教育出版社收入《朱谦之文集》出版；2006年上海世纪出版集团将之收入世纪人文系列丛书"世纪文库"出版；2006年8月上海人民出版社以《朱谦之文集》本为底本，并参照其他版本，勘正了部分文字后出版。

陈钟凡为本书作"序"时说，本书脱稿于1931年，这年冬天，陈氏应邀校读并作序。陈钟凡在长达万言的"序"中，将中国音乐文学史分作三个时期，叙述颇详：第一期为古乐时期，包括周代的三言四言诗、战国的《楚辞》等；第二期为变乐时期，包括汉代古诗乐府、六代隋唐的律绝诗、宋代的歌词；第三期为今乐时期，包括元代北曲、明代昆曲、清代花部诸腔等。此"序"可视为一部简要的中国音乐文学史。

本书是朱谦之《音乐的文学小史》(1925年8月出版)的深化之作。前书由作者在长沙第一师范、长沙平民大学的演讲稿构成，不具备文学史书的基本框架，而后书是一部体例成熟的文学史。更大的区别，在于后书对中国音乐文学的论述要深刻、周密，也更有理论性。比如说，两部书的第一章都是讲音乐与文学的关系。前书仅从古诗中挑出一些，以证实"诗者乐章也"。后书依次从文学与音乐在情感表达、心理刻画、思想意蕴等方面共通来分析二者关系，还时常引用西方学者言论作支撑。

中国自古就有"乐教"的传统，历来研究者对音乐与文学的关系多有关注，但大都以"乐"为本；将音乐文学视为文学史主流，并加以系统论述，始自朱谦之。陈钟凡在"序"中评价说："谦之兄穷源溯委，著成这部有系统的著作，其有功于中国学术界。"近年有论者评述说："本书是近代中国音乐文学史研究的开山之作，出入古今，引证中西，理论与史实并重。首论音乐与文学的关系，次论中国音乐与文学的关系，继而分论中国历代音乐与文学相结合之具体形态。"①平心而论，在史书中注意到音乐与文学之关系者，民国时期决非朱谦之一人。1924年出版的徐嘉瑞《中古文学概论》，曾论及音乐与文学之关系，中国音乐与西域文化之关

① 见"编辑推荐"，http://baike.baidu.com/view/5736881.htm，2011年5月14日。

系，平民文学之舞曲等，但该书以平民文学为主，毕竟不是音乐文学史专著。因此，朱谦之《中国音乐文学史》填补该领域研究空白的学术价值，是毋庸置疑的。

由于本书从音乐与文学之关系切入文学史，所持研究视角与众不同，常有不凡的见识。譬如，关于中国文学的主流是什么，民国学者从不同侧面给出了不同的回答。比较有代表性的，胡适在《文学改良刍议》中以不容置疑的语气认定“白话文学之为中国文学之正宗”，并撰《白话文学史》来证明“白话文学史就是中国文学史的中心部分”；郑振铎在《中国俗文学史》中理直气壮地说：“‘俗文学’不仅成了中国文学史主要的成分，且也成了中国文学史的中心。”朱谦之则在本书中肯定地说：“中国文学是以‘音乐文学’为正宗”，并指出“中国从古以来的诗，音乐的含有性是很大的，差不多中国文学的定义，就成了中国音乐的定义，因此中国的文学的特征，就是所谓‘音乐文学’”①。关于中国文学的起源，作者也发现，“诗歌”、“音乐”、“舞蹈”合而为一，这“实在是中国文学的特别美质，实在是中国文学上的三位一体”②。也就是说，中国文学起源于这种“三位一体”的混合艺术。关于中国文学的进化观念，作者不同意胡适在《文学进化观念与戏剧改良》中提出“废曲用白”的主张，因为“中国文学的进化，彻始彻终都是和音乐不相离的，所以有一种新音乐发生，即有一种新文学发生”③。再如，关于唐宋音乐的差别，朱谦之认为，唐起乐以丝声为主，而宋代以管声起乐。“词之变曲，正当‘词’体渐不入歌的时候”，“‘音乐文学’古今递传，宋词到了金元时代，也不得不变而为曲。”④这些观点，初步解决了中国古代音乐文学发展过程中诸多重要问题，不仅在民国学术界可谓自成一家，在后世也不断有回响，常被论者引用。

作者的研究方法也是本书的一个亮点。比如，第七章“将历代文学作品放诸音乐背景下加以考察，详细阐述了古乐、变乐以致今乐的嬗替，以及这种嬗替中文体学的相应变迁。这种文学发展史的重构，可谓导夫先路，开启了崭新的研究视域，具有方法论意义”。⑤

当然，本书也有一些不足。主要的不足，是作者过分强调、人为拔

① 朱谦之：《中国音乐文学史》，上海，上海人民出版社，2006，第32页。

② 朱谦之：《中国音乐文学史》，上海，上海人民出版社，2006，第45～46页。

③ 朱谦之：《中国音乐文学史》，上海，上海人民出版社，2006，第54页。

④ 朱谦之：《中国音乐文学史》，上海，上海人民出版社，2006，第205页。

⑤ 赵兴勤、赵韡：《朱谦之戏曲研究的音乐文学方法及学术史意义——民国时期戏曲研究学谱之八》，《社会科学论坛》2001年第10期，第188页。

高音乐的作用。他在对艺术各门类作分类分析之后，说："我索性大胆地说罢，现在无论哪一种艺术，都和音乐有契合之处。"①像这样轻率武断、人为拔高音乐的言论，在书中很常见。

长期以来，朱谦之及其《中国音乐文学史》没有引起文学界重视，直到近年才有论者注意到"朱谦之戏曲研究的音乐文学方法及学术史意义"，指出：

> 综括《中国音乐文学史》在戏曲研究史上的意义，最主要的乃是作者在考究音乐与文学共生关系的同时，着意在民族音乐形态的嬗变中找寻古代戏曲潜伏于历史表象之下"草蛇灰线"般的发展印辙与演进规律。这一革新思路，在一定程度上还原了戏曲的音乐属性，具有特定的认识价值。

并指出此书的创新处有三："其一，从实证的角度阐释文学的起源、进化与音乐的关系。""其二，梳理戏曲的发生与中外音乐交流背景之关系。""其三，考察戏曲的进化与音乐史变迁之关系。"②

书中附录的《凌廷堪燕乐考源跋》，首发于《民铎杂志》第8卷第4号(1925年出版)，后载于《现代史学》第1卷第2期(1933年2月)。此文重新估定了清代学者凌廷堪在音乐文学史上的位置，将凌定位为中国近代音乐文学史第三期的代表人物，中肯评价了其观点的得失，更指出燕乐唐宋之不同(琵琶为唐乐之首，管为宋乐之首)。

全书共八章，若干节，由文学起源至宋代止。

目次：

---

① 朱谦之：《中国音乐文学史》，上海，上海人民出版社，2006，第21页。

② 赵兴勤、赵韡：《朱谦之戏曲研究的音乐文学方法及学术史意义——民国时期戏曲研究学谱之八》，《社会科学论坛》2001年第10期，第189～193页。

第五章　论乐府：一、所谓“乐府”；二、乐府在音乐上的位置；三、五古诗与乐府；四、乐府节解谱考。

第六章　唐代诗歌。

第七章　宋代的歌词：一、音乐起源说；二、词的唱法；三、词谱考。

第八章　论剧曲。

附录：凌廷堪燕乐考原跋。

12 月

1. 方孝岳《中国散文概论》初版。

方孝岳《中国散文概论》，（上海）世界书局印行，1935 年 12 月初版，32 开本，封面封底均为朱红色，78 页，约 3 万字。1944 年 4 月另行排印出版，24 开本，42 页。2007 年北京三联书店校订出版。

本书为刘麟生主编的“中国文学丛书”之一，分为“本体论”和“方法论”两部分，共十五章。

目次：

本体论：一、散文的含义；二、散文学的演进。

方法论：三、字句的格律（上）；四、字句的格律（下）；五、篇章的体裁；六、议论文之体裁；七、儒家的论（上）；八、儒家的论（中）；九、儒家的论（下）；十、纵横家的论；十一、名家的论；十二、魏晋名家的论；十三、叙事文的体裁（上）；十四、叙事文的体裁（中）；十五、叙事文的体裁（下）。

2.〔日〕儿岛献吉郎著、孙俍工译《中国文学通论》初版。

孙俍工译《中国文学通论》，（上海）商务印书馆 1935 年 12 月初版，24 开，三册，共 862 页，约 55 万字。

本书主要据日本儿岛献吉郎《支那文学考》译成。原著分三篇：“散文考”一卷，“韵文考”一卷，“支那诸子百家考”一卷。孙俍工起先以这三篇作为上中下三卷，上、中两卷印行后，发现原著下卷的“诸子百家考”已被陈清泉译出，书名同原题，也由商务印书馆印行。于是，孙俍工另译儿岛献吉郎的《支那文学杂考》以替代“诸子百家考”。故本书实由儿岛献吉郎的两部书拼凑而成。

本书上、中两卷，各三十三章，若干节段。下卷分作毛诗等八编，凡八十余节，原作《支那文学杂考》尚有“伦理观”和“文章观”，孙俍工翻译时予以节删。

目次：

上卷　第一、二章（以下从简），序论。三，体制。四，流别。五，达意与修辞。六，学古与拟古。七，文底品致。八，文之法度。九，文之病癖。十、十一，篇法。十二、十三，章法。十四至十七，句法。十八至二十，字法。二十一，虚字与实字。二十二、二十三，品词底分类。二十四，我与汝。二十五，无不未非。二十六，於于乎。二十七，前置词。二十八，后置词。二十九，也与矣。三十，乎与邪。三十一，歇尾词。三十二、三十三，结论。

中卷　一至三，概说。四、五，谣谚。六，箴铭。七，颂赞。八，哀吊。九，祝祭。十，诗歌。十一，诗底体制。十二，诗底法度。十三，古体。十四、十五，乐。十六，四声五音。十七，八病。十八，双声叠韵。十九、二十，近体。二十一，对偶法。二十二，联句集句。二十三，赋略。二十四，骚底体式。二十五，赋底体色。二十六，连珠。二十七至三十，诗余。三十一、三十二，结论。

下卷　第一篇　毛诗：毛诗与鲁齐韩诗、大序小序、诗底六义、诗底删定、诗底功用、三百篇底修辞法、构成法、押韵法。

第二篇　楚辞考：楚辞底真价、屈原底性格、离骚特质与真价、段落与脉络、造句与押韵法、九歌、九章。

第三篇　诗仙李白：他底乡里、天才、任侠、仙风道骨、酒中、诗中之仙、他底交友、家庭、诗集。

第四篇　诗圣杜甫：李杜之比较、杜诗底特长、性格、他底游历、儒教思想、非战主义、人生观、诗集。

第五篇　诗佛王维：王维底传记、他底诗之特征、佛教趣味。

第六篇　唐宋文学概观：唐之文化制度、初唐文学、十八学士、上官体、初唐四杰、北门学士与珠英学士、律诗底发生、陈子昂底感遇三十八章、盛唐文学、李白、杜甫、中唐文学、韩愈与白居易、与柳宗元、缁徒文学、晚唐文学、五代文学、宋代文学政治、宋初底诗体、文体、庆历文学、欧阳修与古文复兴、熙宁元丰底文学、王安石与司马光、元祐文学与苏轼、与程颐、苏门四学士六君子、程门四先生、江西诗派、绍兴文学、词之发达、道学底提倡、朱陆鹅湖之会、佛教文学、辽金文学、宋末文学。

第七篇　乐府中所表现的军事思想：序说、武德与文学、征战文学、非战主义底宣传。

第八篇　乐府中所表现的恋爱思想：文学与恋爱、儒教与女性、以女性为诗题的人物、以恋爱为诗的内容的作品、恋爱、失恋、闺怨、追慕文学。

本年

徐芳完成《中国新诗史》。

徐芳(1912～?)，笔名舟生，江苏无锡人，1931年考入北京大学中文系。徐芳在北大读书时，余上沅教戏剧、唐兰教甲骨文、孙大雨教新诗、傅斯年教中国古代史。教员中还有钱玄同、刘半农、魏建功、罗常培等，都是一代名师。1935年毕业留校，任北大文学研究所助理员，协助胡适整理文稿，后又主编复刊后的《歌谣周刊》，潜心于民歌民谣的搜集整理，成就斐然。1949年后赴台湾定居。晚年整理出版《徐芳文集》和《中国新诗史》(台北秀威资讯科技股份有限公司2006年4月出版，平装，32开，170页)①。

《中国新诗史》是徐芳1935年在北大中国文学系的毕业论文，原名《中国新诗略史》。导师就是时任北大文学院院长兼中文系主任的胡适。徐芳得到了胡适的悉心指导，胡适审定了论文的写作提纲，对论文结构作了若干调整，推荐了一些篇目，订正了个别笔误，论文完成之后，又作了多处批改。用徐芳自己的话说，论文初稿完成后，“我订成一本书，送呈胡先生阅览，他好高兴，在稿子上用红笔批改了多处，真是为我的文章也费尽了心”。② 胡适很器重这位热爱诗歌、有才气的学生③，近年甚至流传胡、徐有恋情④。胡适曾将徐芳的这篇毕业论文交给赵景深，

① 徐芳的《中国新诗史》在2006年出版时，“中国新诗史”部分共170页，书后附录歌谣论文数篇，应该是作者20世纪30年代后期在北大主编《歌谣周刊》时所发表，故全书247页。

② 徐芳：《〈中国新诗史〉序》，台北，秀威资讯科技股份有限公司，2006。

③ 2006年出版的《中国新诗史》一书提供了几页扫描的手稿，上面有胡适所作红字批阅，胡适对目录中新诗人的排序做了若干提示，比如梁宗岱、白薇、孙席珍、何植三等人，胡适批上了“似在后?”的意见。徐芳说胡适为这篇论文“费尽了心”并非虚言。此外，因为胡适推荐，徐芳曾在叶公超主编的《学文》第三期发表独幕剧《李莉莉》，1935年毕业后留校帮助胡适整理文稿，后经胡适推荐，1937年1月至8月编《中央日报·诗歌副刊》，其刊名“诗刊”亦为胡适所题。

④ 2002年，研究胡适的知名学者、中国社会科学院学术咨询委员耿云志，研究中国社科院近史所收藏的胡适往来书信，发表了一篇《恋情与理性——读徐芳给胡适的信》文章，推论徐芳与胡适很可能有超乎师生的情谊，引起一片哗然。胡、徐有过恋情的说法遂广为流传。直到2006年，学者陈子善仍相信这种说法。(参见陈子善：《我所知道的女诗人徐芳》，《书城》2006年第4期)

拟出版。后来因为抗战逃难，出版之事不了了之。于是，一部甚早完成的“新诗史”，就此尘封了七十年！2006年出版面世后，立即引起海峡两岸新闻媒体和学术界注意。人们一般把《中国新诗史》出版面世后引起广泛关注的原因，归于胡、徐之间“莫须有”的恋情。其实，这部文学史虽然显得稚嫩，却不失为一颗遗落的明珠。

全书分四章，三个时期：第一章“引论”；第二章“新诗的第一期（1917～1924）”；第三章“新诗的第二期（1925～1931）”；第四章“现在状况（1932～现在）”。就现在来看，这个新诗分期是基本符合新诗发展史的。虽然以1917年作为新诗开端遮蔽了黄遵宪、梁启超“诗界革命”的历史功绩，但考虑到20世纪前期人们一般把胡适1917年发表《两个蝴蝶》作为白话新诗的滥觞，徐芳的新诗史从1917年讲起未尝不可。又以1925年闻一多、饶孟侃等探讨新诗的音节和形式作为第二期的开端，这也是符合实情的。第二期以新月派代表诗人徐志摩遇难身亡的1931年作为结束，虽有些夸大徐氏遇难对中国新诗的影响，但如果单就新月诗派而言，1931年之后卞之琳、何其芳等开始向“现代”派转变。尤其1932年《现代》杂志创刊。这些情况，倒是能证明以1931年作为第二期结束的界线、1932年作为第三期的开端不无道理。

书中每个时期选择的主要诗人，基本上都是1930年以后公认的某个时期的代表。对每个时期新诗所作整体评价，也大多客观、公正。如：“新诗的第一期”分别叙述胡适、刘半农、周作人、俞平伯、朱自清、宗白华、郭沫若、谢冰心、康白情、徐玉诺、刘大白、汪静之、王独清、穆木天等14位诗人，徐芳认为在此时期新诗人们“确已把旧的推倒，又给重新建立了一个新的雏形”。胡适虽是这篇论文的指导老师，却没有把个人的观感灌输给学生。书中对许多胡适未必欣赏的诗人评价很高。如胡适曾说康白情“在中国文学史上的最大贡献，在于他的纪游诗”；他的诗是“用新体诗来纪游的第一次大试验，这个试验可以算是大成功了”。而徐芳却明言康白情的纪游诗并不成功，“一点没有诗意”。在她看来，“诗不一定要押韵，可是没有音节[的]句子，只是散文不是诗”。在评价胡适时，她公正地指出胡适的白话诗虽“未能尽脱文言窠臼”，“很像一个缠过脚后来放大了的妇人”，但“头一个提倡放脚人的功劳，对于后来是深而且大的”。考虑到她和胡适的特殊关系，这个评价是令人敬佩的。第二期以徐志摩、闻一多、朱湘、孙大雨、梁宗岱、陈梦家、曹葆华、林徽因、饶孟侃、于赓虞、孙毓棠、焦菊隐、邵洵美等人作为讨论中心，其中对于新月诗人的新格律诗运动作了相当全面的介绍。作者对新月诗派的偏重，应该与她在北大读书期间与闻一多、孙大雨、卞之琳、沈从文、叶公超等新月派多有接触有关。当然，也不能排除胡适的影响。她对此期的评判是："第二期的诗显见得是比第一期进步了。这由两方面可以看出来：第一是形式方面，即是第二期的有了一个完整的形式，不像第一期那种随笔挥来就是诗了。第二是内容方面，即第二期的诗歌内容不像第一期那么幼稚了。那里面所包括的比第一期进步得多。"第三期诗人代表则涉及李金发、戴望舒、卞之琳、臧克家、林庚、何其芳、冯废名、李广田等8人，他们被归纳为"现代诗人"。作者注意到此期诗歌显著特点是象征诗的兴起，"象征诗来自西洋，现在已经流行全国。象征诗的起来，一方面，是由于第二期的诗的内容太平俗、格律太严紧，不足以发挥性灵与表现思想。另一方面，是西洋象征诗的介绍与翻译。戴望舒、梁宗岱、施蛰存、卞之琳等人，都是对于这部工作，贡献较多的人。象征诗的根，早在李金发的诗中埋下。而当时的人们对他不是不了解，便是不注意。直到一九三二年《现代杂志》按期登载戴望舒、施蛰存、何其芳等人的诗，象征诗才被人重视而兴起。这时新诗又开了一个新方向"。在今天来看，她对象征主义新诗兴起过程的描述仍是大体准确的。归纳的两个原因也有道理。但忽略了中国文学思潮的影响。"象征主义在中国的被引入、影响及嬗变，绝不是偶然的，是纷繁多样而又错综复杂的中西文学思潮相互碰撞与整合的结果。"①

作者从自身写作新诗的经验出发，在书末提出了一些对新诗发展和新诗创作的看法。譬如，认为新诗应该有一个自由的形式和自然的韵律，也就是通过内容去选择合适的形式，不必追求外在的整齐和格律；诗人应该有丰富的生活经验、独立伟大的人格；等等。

本书于2006年出版面世后，海峡两岸学术界颇有赞誉之辞，有的甚至推崇有加②。倒是陈子善先生的一段评价还算公允、如实："《中国新诗史》把中国新诗自一九一七年至一九三五年间的发展历程划分为三个时期，即起步期、格律诗时期和意象诗时期进行讨论，自有见地。在此期间涌现的几乎所有重要的新诗人，徐芳都论及了。……虽然就总体而言，

① 冯俊峰：《象征主义对中国的影响及嬗变》，《西南师范大学学报》(哲学社科版)2000年第2期。

② 参见罗志田：《历史的不完全：新诗的历史和几成历史的新诗》，《万象》第8卷第9期(2006年12月出版)；蔡登山：《遗落的明珠：寻访三十年代女诗人徐芳》，《新京报》2008年1月18日。台湾秀威公司出版的徐芳《中国新诗史》一书封底介绍说："一部尘封七十年的最早'新诗史'论著！……该书虽为作者少作，但从中却可见其早慧的才华与高卓的悟力。论诗叙史，融于一炉，洵为不可多得的论著。"

《中国新诗史》的论述还嫌粗略，但作为继草川未雨(张秀中)的《中国新诗坛的昨日今日和明日》之后第二部系统研究中国新诗的专著，徐芳这本《中国新诗史》的学术价值是不容置疑的。”①

目次：

第一章　引论

第一节　什么是新诗

第二节　新诗起来的原因：一、历史的演进；二、新文化运动的影响；三、西洋文化的输入；四、应社会之需要。

第二章　新诗的第一期(一九一七～一九二四)

第一节　一、关于新诗的讨论：二、胡适之的见解；三、刘半农的见解；四、俞平伯的见解；五、康白情的见解；六、宗白华的意见。

第二节　第一期的诗人：一、胡适；二、刘半农；三、周作人；四、俞平伯；五、朱自清；六、宗白华；七、郭沫若；八、谢冰心；九、康白情；十、徐玉诺；十一、刘大白；十二、汪静之；十三、王独清；十四、穆木天。

第三节　第一期新诗略论。

第三章　新诗的第二期(一九二五～一九三一)

第一节　诗坛概况：

第二节　第二期的诗人：一、徐志摩；二、闻一多；三、朱湘；四、孙大雨；五、梁宗岱；六、陈梦家；七、曹葆华；八、林徽因；九、饶孟侃；十、于赓虞；十一、孙毓棠；十二、焦菊隐；十三、邵洵美。

第三节　第二期新诗略论。

第四章　现在状况(一九三二～现在)

第一节　新诗的演变。

第二节　现代诗人；一、李金发；二、戴望舒；三、卞之琳；四、臧克家；五、林庚；六、何其芳；七、冯废名；八、李广田。

第三节　中国新诗的展望。

1936年(民国二十五年)

1月

1. 赵景深《中国文学史新编》初版。

赵景深《中国文学史新编》，北新书局印行，1936年1月初版，分布

① 陈子善：《我所知道的女诗人徐芳》，《书城》2006年第4期。

面精装、纸面精装本，24开，352页，约15万字。同年8月再版，1947年8月重新出版(无删改)。

本书是作者于1933年秋至1934年冬编成，体例上与作者的《文学概论讲话》一样，都分十六讲，但内容却是在1928出版的《中国文学小史》基础上扩充而成。

全书分古代、宋元、明清三编，每编十六讲，每讲约三千字，按文类分别叙述。第一编由《诗经》开始，迄于唐代小说与散文；第二编自词的起源至元代小说；第三编由明代杂剧至现代小说。每编末附有"参考近人著作要目"，以及便于理解、记忆的相应图表。

目次：

第一编　古代编：诗经、楚辞、汉代乐府、汉代诗赋、魏代文学、晋代文学、南朝文学(一)、南朝文学(二)、北朝文学、汉魏六朝小说、隋与初唐文学、盛唐诗(一)、盛唐诗(二)、中唐诗、晚唐诗、唐代小说与散文。

第二编　词的起源、晚唐五代、十国词(一)、十国词(二)、宋初词、苏派词与周派词、辛派词、姜派词、宋代诗文小说、戏剧的起源、诸宫调、元杂剧(一)、元杂剧(二)、元散曲、宋元戏文、元代小说。

第三编　明代杂剧、明代传奇(一)、明代传奇(二)、明代传奇(三)、明代散曲、明代小说、明代散文、明代诗词、清代杂剧、清代传奇、清代散曲、清代小说、清代词、清代诗文、清代花部戏、现代文学。

2. 朱右白《中国诗的新途径》初版。

朱右白《中国诗的新途径》，(上海)商务印书馆印行，1936年1月初版，32开本，131页，约6万余字。

作者在"序"中声称，鉴于"一派新文艺家牢持过去数千百年的旧风格，一成不变"，或者"新文学家之以整个别样的东西来代替固有的一切"，因此提出要以"明因"、"明变"为本书宗旨。"把定固有文化，向前建设去；在这建设中，无论经过多少变更损益，总不能离开它的本题，此之谓因也"；"一时代的礼乐政制，必求适应那时代人民的生活"，此即"变"。"变"与"因"是长相踪随的，它们一个把握"时间"，一个把握"空间"，互相为用。作者试图通过"明因"、"明变"，"找着新文学的途径来"。

目次：

一、过去诗界的一斑：唐宋元明清。

二、现在的诗坛：江西派、白话诗派。

三、诗词曲的连锁。

四、唐诗复兴的理由：直觉主义、通俗主义、民族主义、文学的美妙。

五、唐诗的改革：(一)形式的修正；(二)思想的补充。

六、修词学的讨论。

七、结论：(一)新诗的标准；(二)复兴后的两个派别；(三)论国乐复兴；(四)余论。

2月

1. 陈汝衡《说书小史》初版。

陈汝衡(1900～1989)，江苏扬州人。《说书小史》，(上海)中华书局印行，1936年2月初版，32开本，112页，约4万字。1958年更名《说书史话》由作家出版社出版。另有台北环宇出版社版。20世纪90年代初，上海书店据出版本影印，列为“民国丛书”第三编第56种出版。

本书叙述说书的源流与发展，是当时唯一的此类专著。更为难得的是书中所收材料，不少今已佚失，故本书还具有曲艺史料方面的价值。

目次：

第一章　说书源流；第二章　宋代说书概况；第三章　话本；第四章　大说书家柳敬亭；第五章　说书两大派别；第六章　评话；第七章　弹词；第八章　苏州说书；第九章　上海说书；第十章　扬州说书；第十一章　开篇；第十二章　说书之艺术。

2.〔日〕青木正儿著、王古鲁译《中国近世戏曲史》印行。

王古鲁(1901～1958)，名钟麟，字咏仁、仲廉，江苏常熟人。青木正儿著、王古鲁译的《中国近世戏曲史》，商务印书馆印行，1936年2月初版，24开精装本，正文738页，序目22页，索引24页，约51万字。卷首有“原序”、“吴序”、“译者叙言”、“专门用语略说”。

本书据青木正儿《南北曲源流考》、《自昆曲至皮黄调之推移》这两篇论文扩大而成(第一篇论文后来被江侠庵译成单行本，1938年10月长沙商务印书馆出版，详后)。据书中“原序”，青木正儿仰慕王国维，曾先后在东京、上海和北京面谒王氏。青木氏先后于大正十五年、昭和二年写成《自昆曲至皮黄调之推移》、《南北戏曲源流考》二文，“言王先生(王国维——引者注)所未言者”。事后，其师狩野直喜“频劝完成《明清戏曲史》”，于是从昭和二年二月开始动笔，至昭和三年正月完稿付印。《南北曲源流考》、《自昆曲至皮黄调之推移》经删改、分拆后，插入书中各章。原想取书名为“明清戏曲史”以表示续王国维《宋元戏曲史》之意，为了使人醒目，改为“中国近世戏曲史”。

又据译者王古鲁说，原著只有二十七八万余言，在翻译时，译者将自己所觅得的资料，增补了原著的不足之处，并订正了原著所引用之文误解处。所增补的资料，曾得到吴瞿安(吴梅)慨借秘籍，并由吴撰序。北平图书馆副馆长袁守和，及图书馆学家李小缘也提供了有关资料。章太炎则题签。

本书所称之“近世”，据青木氏本人解释：“称之为近世者，以戏曲在唐以前，殆无足论，至宋稍见发达，至元勃兴，至明清益盛。而元明之间，显然可划为一期之差异存在。即元代以北曲杂剧为盛；明以后则南曲传奇，极形全盛。且王先生(王国维——引者注)编戏曲史也，划宋以前为古剧，以与元剧区别，余从而欲以元代当戏曲史上之中世，而以明以后当近世也。”(《原序》)由此可见，本书侧重点在明清。

全书分“南戏北剧之由来”等五编，共十六章，若干小节，叙述甚详。书末附有“索引”，分为“作者”、“戏曲”、“事项”三类。

本书原著出版后，另有郑震的《中国近代戏曲史》节译本(1933 年北新书局)，可对照查阅。

目次：

第一篇　南戏北剧之由来。

第一章　宋以前戏剧发达之概略：一、先秦时代；二、汉代；三、六朝及唐代；四、宋代。

第二章　南北曲之起源：一、用于宋代杂剧中之乐曲；二、南宋杂剧与金院本。

第三章　南北曲之分歧：一、元代杂剧之改进；二、南戏发达之径路；三、杂剧及戏文之体例；四；元代北剧之盛行与南戏之下沉。

第二篇　南戏复兴期(自元中叶至明正德)。

第四章　南戏之复兴。

第五章　复兴期内之南戏：一、永乐大典本戏文三种；二、琵琶记与拜月亭；三、其他之元末明初之南戏(荆钗记、白兔记、杀狗记、金印记、赵氏孤儿及牧羊记)；四、成化弘治正德间之南戏(五伦全备、香囊记、精忠记附金丸记、连环记、千金记附四节记、绣襦记、三元记)。

第六章　保元曲余势之杂剧：一、明初之杂剧(王子一、谷子敬、贾仲名、杨文奎、刘东生)；二、周宪王之杂剧(道释剧、妓女剧、牡丹剧、节义剧、水浒剧、其他之剧)；三、王九思与康海。

第三篇　昆曲昌盛期(自明嘉靖与清乾隆)。

第七章　昆曲之兴隆与北曲之衰亡：一、昆曲之兴隆；二、北曲之就衰与其末路。

第八章　昆曲勃兴时代之戏曲(自嘉靖至万历初年)：李开先、郑若庸、徐渭、陆采附李日华、冯惟敏、王世贞、汪道昆。

第九章　昆曲极盛时代(前期)之戏曲(万历间)：一、先进之作家(张凤翼、梁辰鱼、屠隆附郑之文)；二、吴江一派(沈璟、顾大典、叶宪祖、卜世臣、吕天成、王骥德)；三、汤显祖(紫箫记及紫钗记、还魂记、邯郸记及南柯记)；四、其余诸家(梅鼎祚、汪廷讷、徐复祚、许自昌、陈与郊、王衡、许潮、其他著名之戏曲)。

第十章　昆曲极盛时代(后期)之戏曲(自明天启至清康熙初年)：一、吴江派之余流(冯梦龙、范文若、袁于令、沈自晋)；二、玉茗堂派(阮大铖、吴炳、李玉)；三、其他诸家(吴伟业、李渔、尤侗、嵇永仁、朱佐潮及朱素臣、其他之传奇名著、杂剧作家)。

第十一章　昆曲余势时代之戏曲(自康熙中叶至乾隆末叶)：一、康熙期之诸家(洪昇之长生殿、孔尚任之桃花扇小忽雷、万树之拥双艳三种、周稺廉)；二、乾隆期诸家(内廷七种、张坚之玉燕堂四种、唐英之古柏堂传奇及董榕之芝龛记、夏纶之新曲六种、蒋士铨之藏园九种、杨潮观之吟风阁及桂馥之后四声猿、沈起凤之沈氏四种、黄振之石榴记、无名氏作)。

第四篇，花部勃兴期(自乾隆末至清末)。

第十二章　花部之勃兴与昆曲之衰颓：一、花部诸腔；二、蜀伶之跳梁；三、徽班之勃兴。

第十三章　昆曲衰落时代之戏曲：一、雅部之戏曲(自嘉庆至清末)(舒位之瓶笙馆修箫谱、红楼梦传奇三种、周乐清之补天石传奇、黄燮清之倚晴楼七种、其他诸家)；二、花部之戏曲(自乾隆至清末)(附录明清戏曲作者地方分布表)。

第五篇，余论。

第十四章　南北曲之比较。

第十五章　剧场之构造及南戏之脚色：一、剧场之构造；二、南戏之脚色。

第十六章　沈璟之南九宫十三调曲谱与蒋孝之九宫十三调二谱。

附录一　国立北平的图书馆所藏之蒋孝旧南九宫谱(古鲁)。

附录二　蒋孝旧编南九宫谱与沈璟九宫十三调曲谱。

附录三　曲学书目举要。

(包括“丛刊”、“戏曲翻译及解题”、“曲谱及曲韵”、“曲目及解题”、“评论及研究”、“演剧及俳优”等六大类，所举近二百种，甚详备。)

3 月

1. 徐嘉瑞《近古文学概论》初版。

徐嘉瑞(1895～1977)，字梦麟，云南邓川人。《近古文学概论》，(上海)北新书局发行，1936 年 3 月初版，24 开本，388 页，约 20 万字。

本书偏重于音乐与文学的关系，实际上是一部乐曲舞蹈史。书中所谓“近古”即南北朝至金代。

全书共分五编，十八章，若干节。其中“音乐史”编详细介绍印度、西域、蒙古高丽、云南的“新乐”；“队舞”编介绍队舞(相当于集体舞)的分类、组织等，这些内容都是其他史书很少述及的。

目次：

第一编　总论

第一节　开卷语；第二节　最高生命之文学；第三节　中国文学之向上运动与向下运动；第四节　中国文学史上的异姓结婚；第五节　中国诗歌分类；第六节　民众文学的特点；第七节　民众文学之口耳相传的特质；第八节　平民文学之出幕式，第九节　音乐文学与女性赞美。

第二编　音乐史

第一章　概论：第一节　旋律之世界；第二节　平民音乐与贵族音乐；第三节　外国音乐输入中国的时代；第四节　燕乐宫调；第五节　燕乐之乐器；第六节　古今音调高下；第七节　龟兹乐输入中国后之分裂状况；第八节　外国乐曲输入中国的译音变化；第九节　隋南方音乐，第十节　唐之旧乐；第十一节　唐代音乐总表；第十二节　唐代外国音乐输入中国的导管。

第二章　外国新乐：第一节　印度系统；第二节　西域系统；第三节　蒙古高丽系统；第四节　云南系统。

第三章　印度系统：第一节　佛乐：第二节　唐乐署供奉之印度；第三节　羯鼓录所载之印度；第四节　文叙子；第五节　霓裳羽衣曲；第六节　天竺乐；第七节　骠国乐。

第四章　西域系统：第一节　龟兹乐；第二节　安国乐；第三节

疏勒乐；第四节　康国乐；第五节　高昌乐；第六节　西凉乐；第七节　波斯乐；第八节　拂菻乐。

第五章　蒙古高丽系统：第一节　吐谷浑部落乐；第二节　高丽乐百济乐。

第六章　云南系统：第一节　南诏乐；第二节　林乐；第三节　羊可乐。

第七章　敦煌佛曲。

第八章　唐代民间七字唱本：第一节　文殊问疾；第二节　佛曲之起源；第三节　佛曲和中国民间文学的关系；第四节　季布歌；第五节　季布歌之文章；第六节　董永传；第七节　孝子董永传之文章；第八节　印度佛曲输入中国以后的变化；第九节　印度文学大要。

第三编　词史

第一章　大曲：第一节　大曲和词和戏剧之关系；第二节　大曲之特点；第三节　大曲之乐器；第四节　原始大曲；第五节　大曲与慢词；第六节　大曲为独立音乐；第七节　杂剧与大曲之起源的分析；第八节　杂剧大曲脚色之分别；第九节　大曲与队舞及杂剧之分别；第十节　大曲遍数；第十一节　大曲之文章；第十二节　最初之大曲；第十三节　大曲一变而为词；第十四节　大曲一变而为杂剧。

第二章　词：第一节　词之分类；第二节　七绝体民谣的起源；第三节　民众之词与文人之词；第四节　平民化之词；第五节　词之衰老；第六节　词调之来源；第七节　慢词；第八节　调笑转踏；第九节　宋代歌法。

第四编　戏曲史

第一章　概论：第一节　民众戏曲之特质；第二节　民众戏曲与文人戏曲；第三节　平民化之戏曲与古典戏曲；第四节　唐代的散乐；第五节　唐代的滑稽剧。

第二章　南北曲起源总论：第一节　南北曲起源于宋；第二节　汴京陷落与南北曲；第三节　文学起源之注意点；第四节　北曲起源及北宋社会文化；第五节　北曲中心之汴京风俗概说；第六节　汴京的一般技艺；第七节　汴京时代杂剧之推测；第八节　歌舞表演剧化合之由来；第九节　南曲起源；第十节　南宋歌舞之时代背景；第十一节　杂剧院本与元曲之关系；第十二节　杂剧院本北曲源流表；第十三节　南宋的一般技艺。

第三章　宋代杂剧总论：第一节　南北曲未产生以前之民间杂剧；

第二节　宋代杂剧之起源及性质；第三节　宋代杂剧之组织；第四节　宋代杂剧之内容。

第四章　宋代杂剧各论：第一节　以脚色命名者；第二节　以音调命名者；第三节　以历史故事命名不知其宫调脚色者；第四节　近于说书者。

第五章　金院本总论：第一节　概论；第二节　院本分论。

第六章　金院本各论：第一节　以脚色命名者；第二节　以音调命名者；第三节　以历史故事命名不知其宫调脚色者；第四节　近于说书者。

第七章　结论：第一节　致语口号起源；第二节　脚色考(附表)；第三节　都城纪胜梦梁录校读表；第四节　丁仙现。

第五编　队舞

全一章　队舞之分类及组织：第一节　概论；第二节　队曲指乐曲；第三节　宋代宫调队舞概况；第四节　队舞之性质；第五节　队舞之组织；第六节　队舞之文章。

2. 梁启超《中国之美文及其历史》初版。

梁启超(1873～1929)，字卓如，号任公，号饮冰室主人、饮冰子、哀时客、中国之新民、自由斋主人等，广东新会人。《中国之美文及其历史》，(上海)中华书局印行，1936 年 3 月出版，32 开，181 页，约 12 万字。1936 年 3 月，收入中华书局出版的《饮冰室合集》(林志钧整理)之专集七十四，1941 年 1 月再版；1996 年 3 月，东方出版社据中华书局 1936 年出版本编校再版，24 开，203 页。

本书为梁启超生前的未完之作，初稿写于 1924 年，梁启超逝世后由人整理出版。由于是未完稿，主要述古代歌谣和乐府史，共分五编若干章。卷首有作者撰写的“序论”，指明：“本卷所叙录，以汉乐府为中坚，而上溯古歌谣以穷其源，下附南北朝短调杂曲以竟其委，魏晋后用乐府调名标题诸作，则各以归诸时代之诗，不复在此论列。”

书末附梁启超门人葛天民所辑“全汉诗种类篇数及其作者年代真伪表”一文。

目次：

古歌谣及乐府

序论

第一章　秦以前歌谣及其真伪；第二章　两汉歌谣；第三章　汉魏

乐府(一、郊庙乐章;二、郊庙乐章以外之汉乐府在魏晋间辞谱流传;三、建安黄初间有作者主名之乐府)。

周秦时代之美文

第一章 《诗经》的篇数及其结集(附:释“四诗”名义);第二章 《诗经》的时代。

汉魏时代之美文

第一章 建安以前汉诗(附:全汉诗种类篇数及其作者年代真伪表)

汉魏乐府及其类似之作品:乐府之先驱

唐宋时代之美文:词之起源

近年有学者发现,1936年初版本及后各种版本,均存在章节编排矛盾之处,并考证还原了梁氏原稿的结构。兹录还原后的卷章结构①如下,以供参考:

第一卷 周秦时代之美文

第一章 诗经的篇数及其结集(附:释“四诗”名义);第二章 诗经的时代。

第二卷 赋(辞赋)及其历史(按:缺)

第三卷 古歌谣及乐府

序论

第一章 秦以前歌谣及其真伪;第二章 两汉歌谣(附:汉魏乐府及其类似之作品)、乐府之先驱。

第三章 汉魏乐府(一、郊庙乐章,二、郊庙乐章以外之汉乐府在魏晋间辞谱流传;三、建安黄初间由作者主名之乐府)。

第四卷 汉魏时代之美文

第一章 建安以前汉诗(附:全汉诗种类篇数及其作者年代真伪表)

第五卷 唐宋时代之美文

词之起源。

4月

1. 吴文琪《新文学概要》初版。

吴文琪(1902～?),又名吴敬铭,浙江海宁人。《新文学概要》,(上海)中国文化服务社印行,亚细亚书局发行,1936年4月初版,32开本,162页,约9万字。1989年上海书店将之收入“民国丛书”第一编文学类

① 转引自彭树欣:《梁启超〈中国之美文及其历史〉的整理问题》,《古籍整理》2008年第4期。

第58辑影印出版。

本书为“基本知识丛书”之一。

作者认为“文学的进化，也和社会的进化一样，是由渐变而至突变的。”“文学的变迁，往往和政治经济有连带的关系，因此，我们要研究五四以来的新文学，一方面要知道五四以前的演变，一方面还要从政治经济的变迁中，去探究近代文学的所以变迁之故。”①本书关于文学思潮和运动的概述，明显贯穿了“政治经济决定文学”这一思路。这使得本书和同时期其他史著相比，庸俗社会学的弊病相当严重。从该书多处引述来看，作者信奉苏联早期文艺理论家弗里契的文学批评观念。弗里契把文艺风格与社会风格等同起来，并认为形成这统一风格的因素是“经济”、“生产方式”，于是陷入庸俗社会学的观点。吴文琪在书中直接套用弗里契的言论，认定“现实主义是资产阶级的艺术”、“浪漫主义是资产阶级文学发展中的一个阶段”，而象征主义完全是“没落的个人主义的产物”。他按照这种硬性的划分，分别给“五四”以后的主要文学思潮、流派和作家一一贴上阶级标签。

作者编写本书的思维是二元对立式的。他在叙述不同时期文学思潮、文学现象和作家时，大多设置了新与旧、先进与落后、支持与反对这样“一黑一白”的斗争模式。最后的结果，自然是符合进化论的，即新取代旧、先进战胜落后。书中认为五四运动对文学革命的影响巨大，这时期主要是白话文和文言文的对立，而五四运动对白话文学战胜文言文文学起到了至关重要的作用，吴氏因此感叹：“五四运动实在是中国文学史上一块划时期的界石。”②与此类似，他认为五卅运动对新文学也影响巨大，这时期主要有革命文学和民族文学两个对立的思潮，至于语丝派、新月派、象征派等作家都躲到象牙塔里创作，对文学发展的影响可谓微不足道。因此，吴文琪极其赞赏无产阶级文学运动，而对其他文学思潮评价极低。

综上可以认为，本书可作为中国文学史写作受弗里契影响，陷入庸俗社会学泥潭的一个标本。

当然，本书并非一无是处。当作者暂时抛开理论框架，依照时序铺叙文学革命、五四运动、五卅运动发生发展的经过时，叙事清晰，语言生动形象，而且得出的一些评断，也不无见识。如“新文学的胎，早孕育

---

① 吴文琪：《新文学概要》，上海，中国文化服务社，1936，第1页。

② 吴文琪：《新文学概要》，上海，中国文化服务社，1936，第29页。

于戊戌变法以后，逐渐发展，逐渐生长，至五四时期而呱呱坠地。胡适之陈独秀等只不过是接产的医生罢了”。[①]

全书分六章，每章末附有参考文献目录。

目次：

2. 郭伯恭《魏晋诗歌概论》初版。

郭伯恭《魏晋诗歌概论》，(上海)商务印书馆印行，1936 年 4 月初版[③]，32 开本，190 页，约 9 万字。

本书为王云五主编“国学小丛书”之一。全书分六章，若干节，内容简略，叙述清楚，此外无特色。

目次：

5 月

朱庆堂、冼得霖合编《文学要览》初版。

朱庆堂、冼得霖合编《文学要览》，南中图书供应社 1936 年夏初版[④]，32 开本，126 页(上编 84 页)，约 40 万字(上编约 27 万字)。分别由曾镜涵、潘镜芙作“叙”。

本书为中学生准备会考而编写，故内容简单明了。分上、下编，上编叙述上古至现代之文学，下编为国学常识。本书为曾镜涵主编“国文模仿读本”丛书之一。

目次：

---

① 吴文琪：《新文学概要》，上海，中国文化服务社，1936，第 13 页。

② 原书目录刊为“五州运动”，应为“五卅运动”。

③ 陈玉堂《中国文学史书目提要》录为“1948 年 8 月出版”(第 201 页)，笔者未见此 1948 年 8 月版，倘若陈先生所记属实，则应为重版本。

④ 笔者所见原书无版权页，仅从曾镜涵之“叙”、潘镜芙之“叙”均作于“二十五年五月”推断，本书出版于 1936 年 5 月。

文学(第一节　上古文学；第二节　三代文学；第三节　春秋战国文学；第四节　秦代文学；第五节　两汉文学；第六节　三国文学；第七节　两晋文学；第八节　南北朝文学；第九节　唐代文学附隋代；第十节　宋代文学附五代；第十一节　明代文学附金元；第十二节　清代文学；第十三节　现代文学)；第四章　诗学；第五章　词学；第六章　文学要义；第七章　附录诗词名句。

下编　国学常识(略)。

6月

1. 刘麟生主编《中国文学八论》初版。

刘麟生主编《中国文学八论》，世界书局1936年6月初版，32开精装本，664页，约53万字。

本书实为刘麟生主编的八种"中国文学丛书"的合订本，这八种书是：刘麟生《中国文学概论》、方孝岳《中国散文概论》、崔兑之《中国骈文概论》、胡怀琛《中国小说概论》、刘麟生《中国诗词概论》、卢翼野《中国戏曲概论》(这几种书的目次分别见于其他条目)、方孝岳《中国文学批评》、蔡正华《中国文艺思潮》。

方孝岳《中国文学批评》，1943年5月出版，约11万字，主要评论历代代表作家的作品和风格，共45题。因其内容与文学史关系不大，目次略去。

《中国文艺思潮》，1934年出版，约4万字，分"民族特性"、"宗教与哲学"、"对于自然界"、"恋爱"、"民族思想"、"非战"、"社会经济"、"新文学运动"共八章，其中仅第八章"新文学运动"比较具有文学史性质。

2. 赵景深《中国文学史纲要》初版。

赵景深《中国文学史纲要》，中华书局1936年6月初版，1937年10月再版，32开本，102页，约5万字。

本书为"初中学生文库"之一，是作者以讲演形式按朝代叙述的通俗读物。全书共十章，叙述由周秦至现代的文学。

目次：

3. 张任政《历代平民诗集》初版。

张任政(1898～1960)，字惠衣，号苇伊，浙江海宁县硖石人。《历代平民诗集》，(上海)商务印书馆1936年6月初版，32开线装铅印本，60页，约3万余字。

本书所辑之作者都是"平民"，即那些被指为"工艺负贩隶下之流"的劳动者，而对于"凡曾补生员而沦为杂流者；布衣之以文术知名者；或虽处贱役而近于隐逸者"之作品一概不录。

全书分四卷，由唐代至清末，入选作者101人，作品包括律诗、绝句等；各人被介绍的作品篇数不等，但均附作者略传。

目次(略)。

7月

唐兰《卜辞时代的文学和卜辞文学》出单行本。

唐兰(1901～1979)，字立庵，浙江嘉兴人。《卜辞时代的文学和卜辞文学》，国立清华大学1936年7月初版，16开本，46页，约2.7万字。

本书原载《清华学报》，此为单行本。从卜辞角度述殷商文学甚详，可谓一部商代文学史，填补了此类文学史写作空白。

目次：

一、卜辞时代的社会和文化；二、卜辞时代的一般文学(甲、商代有没有文学的问题，乙、商代文学和文学的起源)；三、铭识的起源和卜辞时代的铭识；四、卜辞文学(甲、卜辞的起源，乙、卜辞的组成，丙、卜辞文学的研究)；五、结论。

8月

霍衣仙《最近二十年中国文学史纲》初版。

霍衣仙(又名霍乙仙)，北京人。《最近二十年中国文学史纲》[①]，(广州)北新书局发行，作者兼出版人，1936年8月初版，24开本，120页，约6.7万字。序先作序。

作者在岭南大学附中任教时，曾与同事合编《中国文学重要问题及名著提要》，以便学生准备会考之用，作者负责编写小说及新文学两部分，

---

① 原书封面标题和目录标题均为"最近二十年中国文学史纲"，但书眉标出的书名却是"新文学史纲"。笔者认为，应以封面上的书名为准，况且，书中叙述的也确实是"最近二十年中国史"。

后又编成《中国文坛现状及其代表作》，1936 年夏，在这两本书稿基础上编成本书。书稿即将完成时，曾请老舍看过，老舍催他早日完成。

目次：

9 月

1. 龚启昌《中国文学史读本》初版。

龚启昌《中国文学史读本》，（上海）乐华图书公司印行，1936 年 9 月初版（发行 1000 册，发行人陈淡如），255 页（正文 253 页，附录 2 页），32 开平装本。

作者在《编者例言》中说："本书可为初高中国文选修读本，或国文课补充读本之用，编者曾在中学'国学常识'课程中，两度作为文学之部讲义教材。”“书中选录各作家代表作品甚多，几占全书之一半”，“本书编辑体例，大致以时代为经，以作家为纬”。

本书附录有《中国文学史参考目录》，是作者选编本书时所参考的书目。作者声称再版时将增加全书作者索引，未见。《编者例言》末标注“编者于南京二十四年十二月”，说明成书时间是1935年12月。

全书叙述上古至近代之文学，偏重诗歌词曲，几乎巨细无遗，而所述简略，大都点到为止。

目次：

第十一章　南北朝文学：南北朝略史、元嘉文学（一、谢灵运：1. 学识品性，2. 诗风，3. 诗选；颜延之；鲍照）、永明文学（沈约：1. 八病说，2. 四声，3. 诗）、竟陵八友、王融、谢朓、梁代文学（一、三萧；二、何逊；三、刘勰；四、钟嵘；五、萧统）、陈文学（一、概论；二、后主；三、徐陵、庾信）、南北朝文学（一、概论；二、杨衍之洛阳珈蓝记；三、郦道元水经注；四、南北朝文学结论）、隋代文学。

第十二章　初唐文学——四杰及沈、宋、陈三家：唐代文学总论、初唐文学、四杰（一）、沈、宋创始律诗、陈子昂、复古运动。

第十三章　盛唐文学（一）——李白、杜甫：绪论、李白（一、传略；二、诗风之豪放；三、与陶渊明之比较；四、复古作风；五、诗选）、杜甫（一、传略；二、诗风；三、诗选）、李、杜之比较。

第十四章　盛唐文学（二）——王维、孟浩然、储光羲、岑参、高适诸家（一、王维；二、孟浩然；三、储光羲；四、岑参；五、高适；六、李颀、王昌龄、王翰、王涣之）。

第十五章　中唐文学（一）——韦、刘、韩、孟、柳、诸家（一、绪论；二、大历诗人；三、韦应物；四、刘长卿；五、大历十子；六、元和诗文之剧变；七、韩愈：1. 传略，2. 散文诗体；八、古文运动：1. 孟郊，2. 柳宗元，3. 庐工与刘义，4. 张籍与贾岛，5. 李贺）。

第十六章　中唐文学（二）——元稹、白居易（一、长庆文学；二、元白作风革命；三、元稹；四、白居易；五、1. 传略，2. 作风及文学见解，3. 诗选；六、元白纪事诗之渊源与影响；七、元白与小说。

第十七章　晚唐及五代文学——杜牧、李商隐、温庭筠及李煜诸家（一、绪论；二、杜牧；三、李商隐；四、温庭筠；五、其他诸家；六、词之起源：1. 词体之由来，2. 词之形式，3. 唐词，4. 五代词；七、冯延巳；八、李璟；九、李煜）。

第十八章　宋代文学（一）——词之极盛（一、绪论；二、北宋：1. 司马光，2. 欧阳修，3. 柳永，4. 晏殊，5. 苏轼，6. 秦观，7. 周邦彦，8. 李清照；三、南宋：1. 辛弃疾，2. 刘过，3. 刘克庄，4. 陆游，5. 姜夔，6. 吴文英）。

第十九章　宋代文学（二）——诗文之流变（一、诗之流变；二、北宋：1. 九僧，2. 杨钇与西昆体，3. 梅尧臣，4. 欧阳修，5. 苏轼，6. 黄庭坚：传略、诗风；三、南宋：1. 曾几，2. 陆游：传略、诗风，3. 范成大，5. 杨万里；四、文体之变迁：1. 西昆体，2. 复古派：（1）柳开等，（2）欧阳修，（3）王安石，（4）曾巩，（5）三苏；3. 四六及忠愤派）。

第二十章 元明文学(一)——戏曲繁兴(一、绪论；二、戏曲之起源及其流派；三、金元代表作家：1. 董解元，2. 王实甫，3. 关汉卿，4. 马致远，5. 白朴，6. 郑光祖，7. 高明；三、明传奇：1. 释名，2. 勃兴之原因，3. 明初四大传奇，4. 四梦，5. 其他；四、结论)。

第二十一章 元明文学(二)——小说之盛(一、绪论；二、唐人小说与戏曲；三、宋之平话；四、元明章回小说：1. 水浒传，2. 三国志演义，3. 西游记；五、弹词之起源)。

第二十二章 元明文学(三)——诗、词、散文(一、绪论；二、元之诗文；三、元好问；四、虞集等四杰；五、杨维桢；六、明文学概论；七、诗文趋势起伏鸟瞰；八、刘基；九、宋濂；十、方孝孺；十一、高启；十二、袁凯；十三、李梦阳；十四、王慎中；十五、唐顺之；十六、李攀龙；十七、张溥；十八、归有光；十九、茅坤；二十、公安体与竟陵派；二十一、词人)。

第二十三章 清代文学(一)——诗文之盛(一、绪论；二、诗之流变；三、文之流变；四、诗；五、钱谦益；六、吴伟业；七、魏禧；八、王士祯；九、赵执信；十、袁枚；十一、蒋士铨；十二、赵翼；十三、沈德潜；十四、黄景仁；十五、邓变；十六、王关运；十七、词；十八、文；十九、侯方域；二十、方苞；二十一、刘大櫆；二十二、姚鼐；二十三、阳湖诸子)。

第二十四章 清代文学(二)——小说与传奇(一、绪论；二、小说：1. 吴敬梓与儒林外史，2. 曹雪芹与红楼梦，3. 李汝珍与镜花缘，4. 刘鹗与老残游记；三、传奇：1. 李渔，2. 洪昇，3. 孔尚任，4. 蒋士铨)。

第二十五章 近代文学及革命(一、绪论；二、诗歌；三、小说；四、戏剧；五、散文)。

附录 中国文学史参考书目

2. 周贻白《中国剧场史》初版。

周贻白(1900～1977)，曾名一介，又名周慕颐，笔名六郎、剑庐、云谷等，湖南长沙人。《中国剧场史》，(上海)商务印书馆 1936 年 9 月初版，32 开本，120 页，约 10 万字。2007 年，“湖湘文库编辑委员会”将该书与作者的《中国戏剧史》合刊，编入《湖湘文库》甲编，由湖南教育出版社出版。

本书为向培良、徐公美主编“戏剧小丛书”之一种。周贻白“他少年流浪，文化程度只有初中一年。他以戏子作为生涯的开端，翻过跟斗，唱过湘剧、京剧，演过文明戏、话剧……写过小说、诗词、曲艺、京剧、话剧、电影和各种考证文章"①，是著名戏曲史家、戏剧理论家、戏剧和电影作家。

全书共三章，十四节，是作者《中国戏剧史略》一书的补充。书中附有插图32幅，其中剧场平面图9幅、立体图7幅、朱人鹤绘制的脸谱彩图16幅。书中的叙述从汉代至现代皮黄剧止，基本上不包括话剧。这是因为，"本书所述，纯就中国戏剧固有的事物立言。故截至今代的皮黄剧而止，话剧虽为后起之秀，但因别具渊源，自当另文详述，不涉本书范围"②。

《中国剧场史》史论结合，图文并茂，既简练勾画中国演剧艺术的轮廓，又清晰地呈现了中国剧场演进的路线，是中国剧场史研究方面的第一部专著③，其开拓之功主要有④：

一、首次简略而清晰地勾画了中国剧场演进的线索。他从汉代平乐馆讲起，至三国广望观、隋朝东都洛阳端午门到建国门内横亘八里的大戏剧场，认为剧场由最初专门为皇帝、贵戚专设的"观"(台)，演变为隋朝大戏场里"起棚夹座"的客座，"后世的剧场，实亦于此具有端倪了"⑤。唐代因歌舞的故事情节比较明显，"剧场或已初具轮廓"。宋元时杂剧流行，适应于此而出现了勾栏式剧场和神庙式剧场；明清茶楼戏园，发展为戏馆，剧场设施日益完善。而民国时期的上海一带，"今则参合欧美剧场建筑，电影场与剧场已无明显的分别了"。⑥

二、提出并强调"场上戏剧"观念。周贻白早年演过湘剧、京剧、话剧等，这种对戏剧的亲身实践和体验，使他易于接受西方的戏剧观念。在《中国剧场史》中，周贻白开宗明义地说道：

---

① 周华斌：《周贻白传略》，周贻白《中国戏剧史长编》，上海，上海书店，2007，第680页。周华斌系周贻白之子。

② 周贻白：《中国剧场史·凡例》，上海，商务印书馆，1936，第1页。

③ 周华斌：《中国剧场史论·序》，见周华斌、朱联群主编：《中国剧场史论》，北京，北京广播学院出版社，2003，第3页。冯俊杰亦认为："在广大农村和城镇剧场资料尚未健全之时，作为中国第一部剧场史著作，它(《中国剧场史》)的体制和规模已经相当可观，首创之功是四方认同、不可磨灭的。"(冯俊杰：《读周贻白先生的〈中国剧场史〉——纪念先生华诞一百周年》，《山西师范大学学报》(社科版)，2007年第3期，第44页。)

④ 此处对《中国剧场史》开拓之功的概括，参考了冯俊杰《读周贻白先生的〈中国剧场史〉——纪念先生华诞一百周年》，《山西师范大学学报》(社科版)，2007年第3期。

⑤ 周贻白：《中国剧场史》，北京，中华书局，1953，第4页。

⑥ 周贻白：《中国剧场史》，北京，中华书局，1953，第11页。

> 剧场，原文为 Theatre。其语源出于希腊的 Theathai，原意是“看”。沿用至今日，便成为一个含义颇为广泛的名词，所包括者有戏剧、剧团、舞台、客座，以及其他关于戏剧的各方面。换言之，便是戏剧的全部。[①]

后来，他把这一观念概括为：“戏剧本为上演而设，非奏之场上不为功。”[②]这种“非奏之场上不为功”的观念，有利于纠正自王国维以来中国戏剧研究重文轻艺，忽视戏剧的演剧性的学术路向。自周贻白之后，董每戡将重视演剧性的戏剧观作了进一步发扬[③]。

三、对宋元神庙剧场、明清茶楼戏园剧场、现代剧场作了深入的考述和分析，既填补了这方面的空白，也为后人的持续研究奠定了基础。尤其是，《中国剧场史》借助舞台平面图、立体图归纳分析剧场特点及其演进轨迹，这对于后人的研究具有方法论意义。

四、重视上下场门。周贻白认为上下场门是戏曲研究者所必须钻研的一项技巧。从编剧工作开始，上下场的安排便操纵着剧本中的时空交替、排场更动、脚色劳逸以及关目疏密等等。到了舞台上，还要使音乐、对白、开场散场等与之配合。因此，周贻白肯定地说：“中国戏剧舞台上的上下场门，在戏剧的演出上，所具的作用很大”[④]。后来，戏剧理论家阿甲曾著专文对周贻白提出的上下场问题做过细致的剖析。阿甲在周贻白的基础上，肯定了“上下场的分场方法，是戏曲舞台表现方法的重要环节”[⑤]。

五、重视后台。以往的戏剧研究一般忽视后台，周贻白却专门设一节谈“后台”。他指出：“后台在戏剧的意义上，虽不能和戏剧演出的舞台相提并论，但因为其仍属舞台的一部，事实上却是分不开的。而且，后台的准备，便是舞台面的演出，在戏剧里往往用一种极简略的方式，表示一两个所谓‘暗场’，在剧情的进展上，实具有莫大的帮助。”[⑥]他不但看到了后台为演出作准备方面的作用，还指出，即便正面的舞台上有时

---

① 周贻白：《中国剧场史》，北京，中华书局，1953，第1页。
② 周贻白：《中国戏剧史·自序》，北京，中华书局，1953，第1页。
③ 董每戡提出戏剧史研究的“两重性”研究路向（详见付祥喜：《浙籍文学史家群体研究（1909～1949）》，浙江大学博士后出站报告，2011年5月，第99～103页）。
④ 周贻白：《中国剧场史》，北京，中华书局，1953，第25页。
⑤ 阿甲：《生活的真实和戏曲表演艺术的真实——谈舞台程式中关于分场，时间空间的特殊处理等问题》，见《戏曲美学论文集》，北京，中国戏剧出版社，1984，第47页。
⑥ 周贻白：《中国剧场史》，北京，中华书局，1953，第31～32页。

也需要设置“暗场”以便推进剧情发展。周贻白对后台的重视，事实上对他认为中国剧场由“舞台和客座两部分”组成的观点构成修补。

当然，作为中国第一部剧场史著，本书只不过对中国剧场的演进历史作了粗线条的勾画，而且不少观点也尚需商榷。比如，作者把神庙剧场及其戏房(后台)的形式，分之为四式，第一式左右开上下场门。而实际上，资料显示，第一式的上下场门有多种变式(如前后开口、三面开口戏台)。作者很可能没见过北方的山门舞楼，因此也不知神庙剧场里的客座还有漂亮的献殿与看楼。

目次：

10 月

〔日〕青木正儿著、郭虚中译《中国文学发凡》印行。

郭虚中(1912～1971)，字展怀，号砚池、剑池，福建福安人。青木正儿著、郭虚中译的《中国文学发凡》，1936 年 10 月(上海)商务印书馆印行，32 开本，192 页，近 9 万字。本书为王云五主编的“国学小丛书”之一。

1935 年秋日本汉学家青木正儿出版《支那文学概说》，后以《支那文学思想史》、《支那文学概说》两书赠给赵景深。赵景深之友汪馥泉的学生郭虚中从赵景深处见到这两本书，遂决定将《支那文学概说》译为中文。1936 年 1 月，郭虚中译完此书后，请青木正儿作“序”一篇。

青木氏《支那文学概说》另有隋树森译本(《中国文学概说》，1938 年 11 月开明书店出版)。

全书分七章叙述，凡十七节。

目次：

第二章　文学序说：一、文学思想的发展(文之字义—儒家的文学观—文学思想的觉醒—所谓文为贯道之器—文章的经世底习气—小说的轻蔑—戏曲的尊重—道家系的文学思想—古拙趣味—高蹈生活与文学—对于文学的儒家思想的善导)；二、文学诸体的发达(诗文的渊源—楚辞与汉之诗赋—六朝的骈体文—唐之律诗—宋词—戏曲—说唱—小说—诸体沿革)。

第三章　诗学：一、诗经(诗之字义及分类—国风—小雅—大雅—颂—诗的年代—诗形—赋与兴)；二、古体诗(前汉楚辞系的诗与乐府—五言七言及长短句诗形的发达—鼓吹铙歌与相和歌及其他—六朝及唐的乐府—古诗的押韵法及作例)；三、今体诗(沈约八病之说与律诗的平仄—律诗的诗形—唐宋诗风的差异)；四、词曲(词的源流—长短句形的发展—词体—词趣—散曲—北曲—南曲—词曲作例)。

第四章　文章学：一、文章流别(文体分类法的沿革概要—古文辞类纂与文选之分类对照—文体渊源与六经之说)；二、辞赋(辞赋的别—辞赋是读式诗—楚辞的诗形—屈原—汉赋之四派—赋底性质—赋底形体—从赋派生出的文体)；三、骈文(名称及发达的途径—对偶法—四六句调—典故的繁用—骈文的流弊)；四、古文(唐宋的古文家—明代古文辞派与唐宋八家派的抗争—清之桐城派)。

第五章　戏曲学：一、杂剧(宋之杂剧与金之院本—元代杂剧的改进—杂剧的组织—杂剧隆盛的原因—杂剧家的派别—本色文采二派曲文的比较—杂剧十二科—现存的曲本—曲文读法指南)；二、戏文(戏文的源流—元之戏文—戏文的组织—明清戏文的概况—乐曲的消长)。

第六章　小说学：一、文言小说(汉魏六朝的神怪小说—唐之传奇小说—余波)；二、白话小说(宋之说话四家—话本及评话的体例—话本系的短篇小说—话本系的演义小说—章回体的神怪小说—人情小说—社会小说及其他)。(隋译本将原著第五六章合并为第五章)

第七章　评论学(评论之种类及其发达的途径—六朝的评论书—唐的评论书—北宋的诗论—南宋的诗论—元明清的诗论—宋以后的文章论—词论—曲论—小说批评)。(隋译本为第六章)

11月

〔日〕林谦三著、郭沫若译《隋唐燕乐调研究》初版。

林谦三(1899～1976)，原姓长屋，日本大阪人。郭沫若(1892～1978，原名开贞，号尚武，别号鼎堂，笔名有麦克昂、易坎人等，四川乐山人。林谦三著、郭沫若译的《隋唐燕乐调研究》，中法文化出版委员会编辑，商务印书馆发行，1936 年 11 月初版，24 开道林纸精装本，208 页，约 9 万字。1955 年再版。

本书是郭沫若在日本时所译，出版时书上未署译者名，只在序中说明。作者林谦三对日本音乐和中国音乐素有研究，著有《敦煌琵琶谱的解读研究》(1957)、《明乐八调研究》(1957)、《东亚乐器考》(1962，1973)以及《正仓院乐器研究》(1967)、《雅乐(古乐谱的解读)》(1969)等。1928 年郭沫若东渡日本时已与之相识，且成至交。

全书共九章，若干节。卷首刊图五帧：隋唐前后诸律尺黄钟表、辽东陵壁画之一部分、唐制螺钿紫檀阮咸、正仓院藏紫檀琵琶、正仓院藏木画紫檀琵琶头部。

目次：

附录：印度古乐用谱(梵语)解。

12 月

1. 刘麟生《中国骈文史》初版。

刘麟生《中国骈文史》，(上海)商务印书馆1936年12月初版，1937年5月第五版，32开道林纸精装本，165页，约7.5万字。1984年1月，上海书店影印出版；1996年3月，收入“民国学术丛书”由东方出版社出版，32开本，228页；1998年4月，商务印书馆影印出版，32开本，165页。

本书列为王云五、傅纬平主编的“中国文学史丛书”(第一辑)之一，崔兑之作序。全书用文言文写成，提纲挈领，为中国骈文的发展脉络勾勒出一个简明的轮廓。

目次：

第一章　别裁文学史与骈文①；第二章　古代文学中所表现之骈行语气；第三章　赋家奏疏家论说家暨碑板文字②；第四章　所谓六朝文；第五章　庾信与徐陵；第六章　唐代骈文概观；第七章　陆贽；第八章　宋四六及其影响；第九章　骈文之中衰——律赋与八股文；第十章　清代骈文之复兴；第十一章　骈文之支流余裔——联语；第十二章　今后骈文之展望。

2.〔日〕青木正儿著、汪馥泉译《中国文学思想史纲》初版。

汪馥泉(1898～1959)，曾化名汪正禾，浙江余杭人。青木正儿著、汪馥泉译的《中国文学思想史纲》，1936年12月商务印书馆初版，32开平装本，150页，近6万字。

本书为“百科小丛书”之一，系日本青木正儿著的《支那文艺思潮》(又译为《中国思想——文学思想》)的中译本。汪译本比原著少了“第一章第一节　文学之地方色彩”、“第二章第一节　原始的审美意识及古代文学观”。

青木正儿此书有另一种中译本，即郑樑生、张仁青译《中国文学思想史》(台湾开明书店1977年10月初版)。

全书七章，二十七节，起周代，迄清代，叙述以文风和派别为主。

① 陈玉堂《中国文学史书目提要》此处录为“别裁文学与骈文”(第232页)，漏“史”字。

② 陈玉堂《中国文学史书目提要》此处录为“暨板文字”(第232页)，漏“碑”字。

目次：

第一章　绪论：一、儒道两大思潮与文学思想；二、创造主义与仿古主义；三、达意主义及气格主义与修辞主义；四、“文学”这名称及其观念。

第二章　周汉底文学思想：一、表现在诗经中的诗歌的观念；二、孔门底诗教；三、汉儒底道义的文学思想；四、赋家底贵族的游戏的风气；五、王充论衡底儒学文学调和说。

第三章　魏晋南北朝底文学思想：一、魏晋时代纯文学评论底兴起；二、南北朝底修辞主义。

第四章　唐代底文学思想：一、初唐时代修辞主义底余波；二、盛唐中唐底复古思想；三、晚唐时代底回到修辞主义去。

第五章　宋代底文学思想：一、仁宗朝达意主义气格主义底确立；二、南渡前后元祐绍述党争底反映；三、南宋底诗论；四、文论；五、词论。

第六章　元明底文学思想：一、到拟古主义去的过程；二、拟古派的兴盛；三、创造派底抗争；四、白话文学底尊重。

第七章　清代底文学思想：一、明诗底攻击与神韵，宋元两派底兴起；二、格调说与性灵说底复燃；三、古文与骈文底并行；四、欧化文学思想底兴起。

本年

1. 赵家璧主编《中国新文学大系(1917～1927)》出齐。

《中国新文学大系(1917～1927))》(以下简称《大系》)是1935年至1936年年初由赵家璧(1908～1997，上海松江人)主编、上海良友图书印刷公司出版发行的一套丛书。《大系》共十卷，包括理论、作品、史料三大部分。理论两卷为：《建设理论集》(胡适编)，收文51篇；《文学论争集》(郑振铎编)，收文107篇。创作依次有：《小说一集》(茅盾编)，主收文学研究会作家作品29家58篇；《小说二集》(鲁迅编)，收文学研究会和创造社以外的社团作家作品33家62篇；《小说三集》(郑伯奇编)，主收创造社作家作品19家37篇。《散文一集》(周作人编)，收17家71篇；《散文二集》(郁达夫编)，收16家148篇。《诗集》(朱自清编)，收59家390首诗作。《戏剧集》(洪深编)，收18家18部话剧。最后一集为阿英编的《史料・索引集》。《大系》每卷前有编选者为所编一集写作的“导言”，全卷前有蔡元培的“总序”一篇。

在《大系·前言》中，主编赵家璧十分明确地指出其组织编选《大系》的初衷。他说，《大系》编选，是要对"第一个十年间，关于新文学理论的发生，宣传，争执，以及小说，散文，诗，戏剧诸方面所尝试得来的成绩，替他做整理，保存，评价"。赵家璧用简洁凝练的语言，将编辑出这套丛书的目的概括为三：第一，筛选、编辑第一个十年(1917～1927)间的重要文学资料，予以系统的整理；第二，编辑整理的目的是为了保存资料，以"供给十年百年后研究初期新文学运动史者一点系统的参考资料"；第三，通过对新文学作家作品的批评，确立新文学的历史地位。

《大系》的编者队伍几乎网罗了新文学各种文体作家的佼佼者，其权威性显而易见。《大系》出版之初，就产生了很大的影响，受到当时学界好评。在此后七八十年里，《大系》仍是文学界、出版界影响巨大的书籍，始终吸引众多读者、研究者。

《大系》每位编者还专门为自己编辑的集子写"导论"，述评第一个十年的文体创作得失，有着相当高的学术价值。比如，鲁迅在为小说集二写的"导论"中，不仅对其他小说家作品有十分精彩的论述，而且还对他自己的小说《狂人日记》、《孔乙己》、《药》等进行评价，指出这些小说"因那时的认为'表现的深切和格式的特别'，颇激动了一部分青年读者的心"。他还指出这些小说在技巧上借鉴了欧洲文学作品。这些言论虽为新文学作家"自我评述"，却客观、公允，而且深刻、到位，因而鲁迅在"导言"中对自己作品的评价，后来成为鲁迅研究的权威性论断。

《大系》对新文学史写作有着十分深远的影响。最须提及的有二：一是塑造了新文学的历史形象，并成为影响至今的新文学史写作摹本；二是不但为新文学史写作提供了丰富的材料，而且规定了各种文体的选编原则。① 《大系》不是文学史，却有"文学史的性质"②。

2. 陈柱《四十年来吾国之文学略谈》初版。

陈柱(1890～1944)，字柱尊，号守玄，广西北流人。《四十年来吾国

---

① 关于《中国新文学大系(1917～1927)》的详细研究，可参阅徐鹏《中国新文学大系研究》(北京，社科文献出版社，2007年6月)。书中第五编专论"《中国新文学大系》的影响"，其中第一章为"《中国新文学大系》对中国现代文学史写作的影响"。关于《中国新文学大系(1917～1927)》的学科史价值，可参见温儒敏《论〈中国新文学大系〉的学科史价值》(《文学评论》2001年第3期)。

② 1935年发表的一篇书评说："《大系》虽是一种选集的形式，可是它的计划要每一册都有一篇长序(两万字左右的长序)，那就兼有文学史的性质了。"(姚琪：《最近的两大工程》，《文学》1935年1卷5号。)

之文学略谈》，交通大学出版社 1936 年初版，16 开本，约 6 万字。

作者原为交通大学学生，为了纪念该校成立四十周年编写并出版本书，专述清光绪二十三年(1897)至民国二十五年(1936)之间的古文、骈文、诗词，以及书法。

全书共五章，按作家分述，述及 60 多人，其中多数是《五十年来中国之文学》(胡适)、《现代中国文学史》(钱基博)两书所无，故可视为两书的补充资料。

目次：

第五章　中国文学史写作之分蘖期

第一节　概　论

1937年到1949年10月中华人民共和国成立为中国文学史写作的分蘖期。这一时期发生了中国现代史上两次影响十分深远的战争：抗日战争和解放战争。这两次战争尤其八年抗战不但严重影响了文学史著作的出版，更加剧了文学史写作环境的恶劣。著名戏剧史家周贻白回忆抗战期间撰写《中国戏剧史长编》的情景时说："本书脱稿之后，已与某书局有成约，将付排矣，而太平洋战争起，遂遭搁置。"[①]该书直到1949年以后的和平岁月里才获得出版。1983年萧涤非回忆抗战时期编写《汉魏六朝乐府文学史》的情景说，"那时我在昆明西南联大，为避日机轰炸，住在城南二十里的跑马山，没有电，没有煤油，真是一灯如豆。"[②]受战争影响，这一时期的中国文学史写作出现了持续低迷，共有文学史著作大约115种，数量最多的1943年也只有12种，最少的(1942年、1949年)仅4种。

这一时期文学史写作的显著特征，就是"政治式写作"倾向。

"政治式写作"这一术语源自罗兰·巴特(Roland Barthes)[③]《写作的零度》(*Writing Degree Zero*)[④]。他在阐述政治式写作时特别论证了两种基本类型：一种是法国革命式写作；一种是马克思主义式写作，即斯大林式写作。刘再复、林岗据之指出，"中国型的政治式写作，在开始阶段，是一种纯粹的马克思主义的政治式写作。这是茅盾的《春蚕》和许多'左翼'文学作品的写作方式。但是，发展到一九四二年之后，特别是抗日战争胜利之后，情况就有很大的变化。这个时期的政治式写作，则是

① 周贻白：《中国戏剧史长编·自序》，上海，上海书店出版社，2004。

② 萧涤非：《汉魏六朝乐府文学史·后记》，北京，人民文学出版社，1984，第332页。

③ 近年翻译出版的美国卡弗鲁克俭的《政治性写作：后现代视野中的马克思形象》(北京，北京师范大学出版社，2009)一书，将马克思的经典写作视为政治性写作。需要指出，本书中所谓"政治式写作"并非卡弗鲁克俭的"政治性写作"，尽管二者仅一字之差。

④ 参见〔法〕罗兰·巴特：《写作的零度》，李幼蒸译，北京，中国人民大学出版社，2008年1月版。

斯大林式的写作与法国革命式写作的混合，或者说，根本无法划清这两种政治式写作的界线。这是一种中国特有的也许可称作中国型的政治式写作。”①他们并未对“中国型的政治式写作”作出定义，但透过他们的论析，可以看出，所谓“中国型的政治式写作”，指的是以某种政治意识形态对社会政治的分析作为写作前提，把文学作为对政治意识形态的译解和转述的写作模式。

既然我们把文学史写作视为类似于文学创作的一种文学实践活动，那么也就有理由认为，文学史写作符合或至少在一定程度上符合罗兰·巴特对写作理论的分析。换言之，文学史写作也有可能属于政治式写作。

中国文学史的“政治式写作”，指的是以某种政治意识形态对社会政治的分析作为写作的前提，把文学史视为对政治意识形态的译解和转述的写作模式。依据这个定义，其初始阶段的典型作品，是谭丕模的《中国文学史纲》(1933 年)。谭氏在“自序”中说他“用新兴社会科学的方法编这部讲义”。所谓“新兴社会科学的方法”，指“唯物论辩证法”。由于谭氏当时对唯物史观和辩证法的理解还很肤浅，他只能机械套用这种科学观念和方法。谭氏的《中国文学史纲》，总体上是对“唯物论辩证法”的机械译解，显示了早期政治式文学史写作的某些特征。在此以前出版的文学史著，虽然有些也具有政治倾向性，如陈子展的《最近三十年中国文学史》(1930)，却不像谭著这样用某种政治意识形态贯穿全书，因而不能算是政治式写作。

我们没有把谭著的出版时间(1933)作为中国文学史写作第四个时期的开端，是因为此后几年内很少出现政治式写作的文学史著作(1936 年 4 月出版的吴文琪《新文学概要》是政治式写作，但在当时属于个别现象)。直到 1937 年抗日战争全面爆发，空前膨胀的民族热情为政治式写作打了强心针，政治式文学史写作才开始成为群体现象。这些史著，以某种政治意识形态对社会政治的分析作为写作的前提，或多或少表露出把文学史视为对政治意识形态的译解和转述的意图，文学史著作中的作家和作品，多数不再是个人的存在物，而是成为了政治意识形态的存在物。但政治式文学史写作在 20 世纪三四十年代出现并蔚然成风，绝非偶然，抗战爆发只起到了导火线的作用。因为，现代中国的文学史写作从一开始就不是单纯的学术行为，而是承载了民族国家复兴的使命。现代中国的

① 刘再复、林岗：《中国现代小说的政治式写作——从〈春蚕〉到〈太阳照在桑乾河上〉》，见《传统与中国人》，北京，中信出版社，2010。

文学史写作，一方面，不能不是民族国家的产物；另一方面，又不能不是替民族国家生产、宣扬主导意识形态的重要基地。抗日战争放大了文学史写作承担的使命，致使知识分子纷纷走出“象牙塔”，发愤著史。文学史家陈柱可谓典型的书斋型学者，可他在后来被誉为中国散文史开山之作的《中国散文史》(1937)“第五编　以八股文化时代之散文”中，论及桐城派陈三立的《杂说三》时，很有感触地说：“其文寓意深刻，吾每读之，不知泣之无从也。有国者不知所戒乎?”①为国难伤怀、警醒世人保家卫国之意，显矣。当时多数文学史作者接受并相信“文学史写作应该为抗战服务”的观念，因而集中反映文学论战的文艺思潮史写作成为这一时期的“热门”课题——仅通史性质的文艺思潮史就有6部；直接为抗战服务的，也出现了好几部，如阿英的《抗战期间的文学》(1939)、陈安仁的《宋代的抗战文学》(1939)。

政治式文学史写作是30年代以来社会学观文学史研究的继续和扩大。它在40年代的普及，与毛泽东的《新民主主义论》、《在延安文艺座谈会上的讲话》(一般简称为《讲话》)有密切关系。在毛泽东这几篇论著的指导、规范下，40年代的文学史写作摆脱了弗里契的机械唯物史观的负面影响，那些持唯物史观立场的文学史作者比二三十年代要冷静、成熟得多。周扬的《新文学运动史讲义提纲》虽然在毛泽东《新民主主义论》正式发表前完成，却“能纯熟地运用社会学批评方法，从社会结构系统的复杂关系和变化中宏观而简洁地勾勒出‘五四’运动前后文学运动的概况与发展线索，反映了当时马克思主义的文学研究所能达到的思想水平”②。1945年秋，冯雪峰在重庆进步文艺界组织的几次“漫谈会”上，作了长篇发言，会后修改成文，即《论民主革命的文艺运动》。该文根据延安文艺座谈会《讲话》精神，结合国统区文艺状况，对“五四”以来，主要是20世纪30年代以来的新文艺运动的经验教训以及发展的总趋向进行了广泛深入的理论探讨。周、冯的政治式文学史写作实践，是中国文学史写作在分蘖期走向成熟的表现。

李何林的《近二十年中国文艺思潮论》(1940)在毛泽东发表《讲话》等著名文章之前就已经出版。这一部采用“资料长编”方式编成的文学思潮史，以集中反映文艺思潮的论战资料为主，却也能体现出这一时期政治式文学史写作的某些特征。作者显然信奉“把文学史视为对政治意识形态

① 陈柱：《中国散文史》，上海，商务印书馆，1937，第309页。

② 温儒敏、李宪瑜、贺桂梅、姜涛等著：《中国现当代文学学科概要》，北京，北京大学出版社，2005，第68页。

的译解和转述的写作模式”，因此很重视时代背景，以 20 年间(1917～1937)三个较重大的历史事件作为划分文学思潮发展三个段落的标界，即“五四”(1919)、“五卅”(1925)和“九·一八”(1931)，每一段起止时间约六七年，全书也就依三段分为三编。每编的分期，都以这一时期“左”翼文学思潮中的重大事件为标界。比如，第三编“从‘九·一八’到‘八·一三’的文艺思潮”，从 1932 年“文艺创作自由论辩”和“文艺大众化”问题的提出开始讨论，中间经历 1934 年的语文改革运动，到 1936 年的“国防文学”和“民族革命战争的大众文学”的论争为止(即“八·一三”发生前夕)。政治式文学史写作特征更明显的，是作者用阶级分析眼光考察文学现象，把新文学以后近 20 年间风起云涌的文学思潮，简单地认定为资产阶级文艺思想和无产阶级文艺思想的支配物，或者说，视为二者此起彼伏的斗争史。书中认为，以文学研究会和创造社为代表的“为人生”与“为艺术”两派，究其性质，都属于“中国贫弱的资本主义的资产阶级”。

上文提到李何林格外关注文艺思潮和论战，其实，“关注文艺思潮和论战”也是初期政治式文学史写作的一个共同点。由于文艺思潮和文艺论战都在一定的社会背景下发生，因而用阶级分析法考察社会背景对文学的影响，便成为这一时期常见的文学史写作的重要特征。注重作家作品社会背景这一点延伸到史料的剪裁上，体现为对作家生平事迹的重视。于是，这一时期的文学史写作又多了一个具体的特征，即重视作家生平的介绍。施慎之在编写《中国文学史讲话》时，为了避免写成一本“中国文学家传记”，声称要“略于作家生平”，“对不重要的作家，不过一提姓名”，但他立即表示，对“少数可为代表的作家，也述其生平事迹和时代背景”，并指出“这其间的弃取，编者认为煞费苦心的”①。

当然，这一时期的文学史著作并非都是政治式写作。事实上，政治式文学史写作在 40 年代只是一种述史趋向，它占据中国文学史写作的主导地位要等到 1949 年以后②。在 40 年代，各种文学史写作的主张都在相对沉寂中反省、探索。经历 30 年代的众声喧哗、文学史写作的繁荣之后，追求个性化的文学史写作开始成为一种“潜在”的观念。这是中国文学史写作摆脱早期对日本和英美的模仿之后，进入自觉创作阶段的表现。40 年代不仅有符合政治式写作规范的刘大杰《中国文学发展史》(1941

① 施慎之：《中国文学史讲话·小引》，上海，世界书局，1941，第 1～2 页。

② 由于众所周知的历史原因，1949 年以后，不论中国大陆、中国台湾，还是英美、日本的中国文学史写作，都带有比较明显的政治式写作痕迹。如夏志清完成于 1956 年左右的《中国现代小说史》对鲁迅、茅盾等“左翼”作家有明显的偏见。

年)，出现了及时记录“当代”文学感受的蓝海《中国抗战文艺史》(1947年)，甚至还出现了像林庚《中国文学史》(1947年)那样侧重个人审美批评的文学史写作。林庚这种写作方式，自胡适《五十年来中国之文学》、《白话文学史》已初见端倪，在30年代不少文学史著中也可觅踪迹。但把它发展到极致的，却是林庚。林庚这部文学史的文辞华美动人，强调对作品的个人审美感受。应该说，这种文学史写作方式，对于纠正当时文学史写作普遍言辞枯燥、充满说教的风气，是非常有利的。与林庚同为朱自清学生的王瑶，1947年在《评林庚〈中国文学史〉》一文中，一开始就对林庚的《中国文学史》下了这样一个结论：

> 这一部《中国文学史》不仅是著作，同时也可以说是创作；这不仅因为作者的文辞写得华美动人，和那一些充满了文艺气味的各章的题目。这些固然也是原因，但更重要的是贯彻在这本书的整个的精神和观点，都可以说是“诗”的，而不是“史”的。①

王瑶对这部文学史的写法、风格并不赞同，因为他认为文学史写作必须客观，“写一部历史性的著作，史识也许更重于史料”②。他完成于1948年的《中古文学史》，“坚持‘以史证文’，重视从大量复杂的历史现象中抽出带有规律性的科学的论断”③。而林庚之书“可以说是‘诗’的，而不是‘史’的”。朱自清曾为林庚这部书作“序”，但他也不赞同林庚的写法。1947年12月11日，朱自清在给王瑶的一封信中说：“书评(王瑶评林庚《中国文学史》的述评——引者注)已读过了，写得很好。意见正确，文章也好。虽然长些，我想不必删。”④朱自清赞同王瑶对林庚之书的评价。

有意思的是，1950年王瑶的《中国新文学史稿》上册出版后，1952年8月30日下午，国家出版总署召开了《中国新文学史稿》上册座谈会。林庚在座谈会上发言说：

---

① 王瑶：《评林庚〈中国文学史〉》，见《王瑶全集》第2卷，石家庄，河北教育出版社，2000，第545页。

② 王瑶：《评林庚〈中国文学史〉》，见《王瑶全集》第2卷，石家庄，河北教育出版社，2000，第545页。

③ 孙玉石：《王瑶的中国文学史研究方法论断想——以〈中古文学史论〉为中心》，《中国文化研究》1995年冬之卷(总第10期)，第73页。

④ 《朱自清全集》第11卷，南京，江苏教育出版社，1998，第183页。

> 作者依靠史料的地方较多，表现自己看法的时候较少，书中大半是引用别人的意见，因此从整个文学史上，就显示不出一个一贯而有力的主流来。作品的介绍很少直接分析作品本身，多是间接地引用别人的评语，介绍的作品又多，我们一篇篇读过去，很难得到具体的印象。例如九十四页叙述王鲁彦等的作品时，我们看不出某一作家与某一作家的区别。
>
> 关于社团的活动，也是这样。他并没有分析它们的背景是怎样的，所起的作用到底如何。如四十三页谈创造社，看不出它的特点是什么，因此，可以说这部文学史所表现的是罗列了很多的材料。我以为如果把它作为新文学史史料来出版，可能更妥当些。①

王瑶认为林庚《中国文学史》“是‘诗’的，而不是‘史’的”，而林庚则认为王瑶《中国新文学史稿》上册“作为新文学史史料来出版，可能更妥当些”。可以说，王瑶和林庚分别代表了20世纪中国文学史写作的两种路向：注重史识和看重个人审美批评。他们采取不同写作路向，其本质可归结到两人对文学史本体的认识有差异。对文学与历史关系的不同认识决定了他们之间的分歧。

王瑶和林庚的上述分歧，当时几乎没有人注意。在20世纪50年代初期，中国文学史写作热衷于对毛泽东《讲话》精神作文学史式图解。到50年代末以及“文化大革命”时期，随着“集体写作”成为主流，文学史的政治式写作进入高潮。王、林所代表的文学史写作路向重新进入学者视野，已经到了80年代，那时以检讨政治式写作为重要内容的“重写文学史”呼声很高。当然，这已超出本书叙述范围。

第二节　编　年

1937年(民国二十六年)

1月

任访秋完成《中国小品文发展史》上册。

这部著作在任访秋(1909～2000)，原名维焜，字仿樵，河南南召人。

① 《文艺报》1952年第20号，北京，人民文学出版社，1952，第25、26页。

生前没有出版过，留下的手稿封面题“《中国小品文发展史》(上册)附中郎以后的散文，三四，十一月十一日订于陈仓”，手稿共101页，最后一页有“二六，一，十九日于洛阳”的字样。据此推断，大部分手稿写于1936年，到1937年1月19日完成了上册，而下册至今未见。经任访秋的学生解志熙整理，上册以《中国小品文发展史》为题刊发在河南大学主办的《汉语言文学研究》2011年第2、3期。

书分两部分。第一部分“绪论”，分作甲(释名)、乙(小品文与辞赋)、丙(小品文与古文)、丁(小品文的特质)、戊(小品文与时代)共五节。甲部乃界定“小品文”，认为“我国之小品文，实与Essay相同”，指出“简短实不过小品之形式，而其内容，也实有异于其他散文者在”。乙部辨小品文与辞赋之关系，谓：“小品文者，实代赋而兴之新文体也”。丙部指出：“古文实为写小品最适宜之工具”，而“晚明实为吾国小品文之全盛时期，彼以古文之形式，而实以辞赋之内容，故融为纯文艺之散文”。丁部阐述作者对小品文的观感，最后说：“所谓小品文的特质，很简单，从内容上说，不过是要说自己的话，从形式上说，不过是用自己的话来说而已。”戊部通过考察小品文与时代的关系，作者发现，“同诗歌还不一样，它(小品文——引者注)与思想有着极密切关系，越是思想解放的时代，它们就越发荣，但一到思想统一的时候，它就跟着枯萎了”。作者在20世纪30年代中期能对小品文有这些认识，是难能可贵的。

第二部分“源流”是全书的重心，占去四分之三的篇幅，把中国小品文史分作五个时期，即1. 萌蘖期——由魏至隋(二二〇～六一七)；2. 中衰期——由唐至明中叶(六一八～一五六六)；3. 大成期——由明末叶至清中叶(一五六七～一七九四)；4. 凋悴期——由清中叶至民国初(一七九五～一九一九)；5. 复兴期——现代(一九二〇～一九四〇)。作者以时期为经，以作家为纬。在介绍每时期小品文代表作家时注重作品分析，故多有原文引征，有的甚至抄录全文。

按照作者的计划，第二部分应该写到1940年，事实是只写到大成时期，即使大成时期也略过最重要的公安派，只写出了“袁中郎以后晚明的散文”。

本书很可能是第一部中国古代小品文史，筚路蓝缕之功不可没。但缺点也明显。问题出在作者“拔高小品、贬抑古文乃至骈文的态度”。如认为，“小品文乃散文进展到极高度时之产物”。作者之所以有如此态度，乃“受‘五四’以来反对文道正统、标榜异端思想的新观念之影响，尤其是受二周对非骈文的魏晋文章、非正经的唐末杂文、非古文的明清小品之推崇的影响，任先生将这些旁枝斜出的文章都纳入到小品文的范畴，并将之确立为中国文章进化之顶端，以与传统上居于正宗地位的骈文，尤其是古文相抗衡。这确实是新的文学史观主导下的新发现，但这种反转过来的'正宗'、'异端'观念，在彰显了一些东西的同时，也同样遮蔽了一些东西"①。

此外，本书的编著体例也有缺陷。在作者著书的20世纪30年代，章节体述史已很成熟，作者却弃之不用，采用中国传统的分类述史方式，以致第二部分篇幅过重、脉络不清，而且以甲、乙、丙、丁、戊标序也不大符合时人阅读习惯。写作的语体前后文不统一，"绪论"的甲乙部以文言文写作，此后以白话文为主但夹杂文言。

综上，本书与任访秋日后出版的《中国现代文学史（上卷）》等相比，尚显得幼稚，应属于任先生早年开始中国文学史写作的试笔之作。

目次（略）。

2月

陆敏车《最新中国文学流变史》初版。

陆敏车《最新中国文学流变史》，（汉口）汉光印书馆印刷，李纪于发行，1937年2月初版，32开本，148页，约4万余字。刘寿卯题签书名。

本书供高中及大学教学参考之用，叙述力求明了，故用通俗文体。上起唐虞，下迄现代，"各就其时代家数择优而叙次之"，"各项文体之变迁"都予以"详加说明"，"各期文学之流转，亦每论其因果"（《编辑大意》）。封面和书内标注的书名都是"最新中国文学流变史"，"最新"二字应该是有意与郑宾于的《中国文学流变史》（1930年10月初版）相区别。版权页标注的书名为"中国文学流变史"。

目次：

① 解志熙：《中国小品文发展史（续）·校订后记》，《汉文学语言研究》2011年第3期，第108页。

第一章 两汉文学；第二章 魏晋及南北朝文学；第三章 隋唐五代文学；第四章 本期文学之小结。

第四编 近古文学——从宋至明：第一章 宋代文学；第二章 辽金元文学；第三章 明代文学；第四章 本期文学之小结。

第五编 近世文学——清：第一章 清代文学；本期文学之小结。

第六编 现代文学——从辛亥革命至民国二十五年：第一章 文学革命运动；第二章 文学建设运动；第三章 革命文学运动；第四章 本期文学之小结。

3月

薛建吾《中国文学常识》初版。

薛建吾《中国文学常识》，1937年3月(上海)大华书局出版发行，新国民印书馆印刷，24开本，141页，约5.8万字。

作者自1925年开始任教于东南大学附中。当时高三学生须学“文学常识”课程以应付大学入学考试，作者正担任该科教师，故编写了本书。此后，经四次修改，才付梓出版。因此，作者在卷首“编辑大意”中声称，该书供学生阅读之用，尤其适合初中升高中的学生，以使其“明中国文学变迁大势及文学作家各体优劣”。

本书共分两部分：第一编泛论文学定义、本质、价值等，以明文学之界说及内容；第二编分别论述散文、骈文、诗词、小说、戏曲等发生原因、演进状况、作家派别、作品优劣等，以明文学发展及趋势。显然，第一编属于文学理论；第二编才是文学史。

全书叙述自上古迄于1927年南京国民政府成立，各章后均附录参考书目，书末附研究书目。

目次：

第一编 绪论：第一章 文学之定义；第二章 文学之起源；第三章 文学之特质；第四章 文学之要素；第五章 文学之标准；第六章 文学之分类；第七章 文学常识之范围。

第二编 历代文学之变迁：第一章 各体文学之滥觞；第二章 散文 第一节 散文之由来，第二节 散文之沿革(叙述从上古至近代之散文，略)，第三节 散文作家概论，第四节 散文各体之缘起；第三章 骈文 第一节 骈文之由来，第二节 骈文之沿革(叙述骈文之历史，略)，第三节 骈文作家略论，第四节 骈文各体之缘起；第四章 诗 第一节 诗之由来，第二节 诗之沿革(叙述诗的沿革历史，略)，第三节诗作家略论，第四节　诗体之缘起；第五章　词　第一节　词之由来，第二节　词之沿革(叙述词之沿革历史，略)，第三节　词作家略论，第四节　词调之缘起；第六章　戏曲　第一节　戏曲之由来，第二节　戏曲之沿革(叙述戏曲之沿革历史，略)，第三节　戏曲作家略论，第四节　戏曲各体之缘起；第七章　小说　第一节　小说之由来，第二节　小说之沿革(叙述小说之沿革历史，略)，第三节　小说作家略论，第四节　小说各体之缘起。

附录　研究文学最重要的书目。

4 月

1. 陆树枬《昆曲简史》初版。

陆树枬(曼炎)《昆曲简史》，江苏研究社发行，1937 年 4 月初版，32 开本，264 页，5.6 万字。

本书为陆曼炎所编“吴越文献丛书”之一，封面署名陆曼炎，问世于抗战前，收有《近代江浙人文论》、《道咸以来江浙的词风》等 9 篇文章，《昆曲简史》是其中之一。

作者认为：“昆曲的兴起，在中国戏曲史、音乐史上是应该大书特笔的一件事。”

《昆曲简史》虽非单行本，但材料丰富，在曲史研究中颇有参考价值。

目次：

一、绪言；二、昆曲的创始者及发展的过程；三、昆曲初期的戏曲；四、昆曲黄金时代的戏曲(上)；五、昆曲黄金时代的戏曲(下)；六、昆曲衰微时期的戏曲；七、皮黄与昆曲的推移。

2.〔日〕泽田总清著、王鹤仪编译《中国韵文史》印行。

〔日〕泽田总清著、王鹤仪编译《中国韵文史》，(上海)商务印书馆印行，1937 年 4 月初版，32 开本精装两册，共 544 页，约 22 万字。1965 年，台湾商务印书馆重印出版。1984 年 3 月，上海书店以 1937 年初版本为底本影印出版。

本书为“中国文化史丛书”(第二辑)之一，自先秦的韵文叙述至民国时期的白话诗，依次按代、以人、分类叙述，分八个时期，共五十九章。

作者认为，“从修辞上，文学(Literature)可分为韵文(Prose)和散文(Verse)两种”。二者的区别在于：“韵文有韵律(Rhythm)，散文没有；韵文有形式的限制，散文也没有。”可是，中国的韵文固然可以此为根本的标准，而日本和西洋的韵文却不能单靠这标准来区别。“因为用形式的限制还可以，说到韵律，则散文也有，只是这韵律在韵文是急促而明显的，在散文是弛缓而不露的。”总之，“中国韵文，无论如何要依韵律和格式来和散文相区别。虽然不可忘却还有两者相混，而位于中间的文章”①。

全书按历史朝代分期。作者注意到“韵文史的区划与政治史的区划全不一致”。考虑到“时代的概念却以依兴亡的政治史，最能使读者容易理解，所以本书也姑且采取这区划来说明韵文发达的概况”②。也就是说，作者承认，他对中国韵文史的分期不以韵文自身的发展为标准，而是以政治时代。

目次：

---

① 〔日〕泽田总清著、王鹤仪编译：《中国韵文史·序论》，上海，商务印书馆，1937，第1、2页。

② 〔日〕泽田总清著、王鹤仪编译：《中国韵文史·序论》，上海，商务印书馆，1937，第21页。

第六期　金元的韵文：第一章　概说；第二章　金的诗；第三章　元的诗；第四章　金元的词曲。

第七期　明的韵文：第一章　概说；第二章　明初的诗；第三章　盛明的诗；第四章　明末的诗；第五章　闺秀诗人和明的词曲。

第八期　清及现代的韵文：第一章　概说；第二章　康熙前后的诗；第三章　乾隆嘉庆的诗；第四章　道光以后的诗；第五章　清末及现代的诗；第六章　清代闺秀韵文家；第七章　清及现代的词曲；第八章　白话诗。

5 月

1. 羊达之《中国文学史提要》初版。

羊达之《中国文学史提要》，（南京）正中书局印行，1937 年 5 月初版，1947 年 12 月再版，24 开本，166 页，约 8 万余字。1950 年台北正中书局重印。

本书为“国学丛刊”之一。本书编写体例稍微有些与众不同，按每一时代，以作者琐事为主，提纲挈领，逐条写就提要而成，因而是一部条目式的历代作家史。书中除上古歌谣部分引录了原作外，其余几乎全出自作者的撰述。

目次：

总论；唐虞以前之文学；唐虞文学；夏商文学；周文学（六经与孔子、孔门弟子与群经）；战国文学（诸子文学、词赋家）；秦文学；两汉文学（高祖与儒家、诸侯王渔辞赋家、武帝时代之文学、昭宣以后之文学、东汉之经学、史学与诗赋、评论文学）；魏晋文学（曹氏父子与建安七子、谈玄文学与竹林七贤、魏晋之诗赋与骈文、魏晋之古文史籍与小说）；南北朝文学（宋、陈、梁、齐、北朝、隋）；唐代文学（诗、古文与经史、初唐文学、盛唐文学、中唐文学、晚唐文学、史学与小说、五代文学与印刷术）；两宋文学（理学政治与文学之影响、西昆体与反西昆体、欧阳修与古文、三苏与诗古文、苏门四学士与江西诗派、南宋古文、南宋之江西诗派、永嘉四灵与江湖派诗人、北宋、南宋词人、两宋史学、宋代平话小说与戏曲、宋代官修志典籍）；辽金文学（弦索西厢）；元文学（诗古文、杂剧、章回小说）；明文学（明初诗古文、台阁体、前七子之复古、后七子之复古、归有光之古文、公安体与竟陵体、传奇、章回小说与平话、永乐大典与八股文）；清文学（明朝遗老、康熙之文学与经学、乾嘉文学、道咸以后之文学、晚清文学、清代骈文与词、小说、传奇、史学与官修典籍)；现代文学。

2. 陈柱《中国散文史》初版。

陈柱(1890～1944)，字柱尊，号守玄，广西北流人。《中国散文史》，(上海)商务印书馆1937年5月初版，32开道林纸精装本，315页，约15万字。1991年台湾商务印书馆印行至第八版；上海书店1994年、商务印书馆1998年4月影印出版；1996年东方出版社将其列为"民国学术经典文库"重刊；2008年9月，凤凰出版传媒集团、江苏文艺出版社将本书收入"北斗丛书"出版。

本书为王云五、傅纬平主编的"中国文化史丛书"(第二辑)之一。成书时作者陈柱为无锡国学专修学校教授。此书脱胎于他在该校的讲义。除了顾及讲义的特殊需要之外，作者还注重"阐明源流"，他的具体方法，既有"因源以及流者"，也有"因流而溯源者"。

此书被视为中国散文史开山之作，影响很大，直到近年仍有重版。有论者指出，此书具有以下几个方面的特点：一是从散文发展的实际出发，涵盖面广泛，体现了史家求实、求真的科学精神；二是以骈散分合为主线来结构全书，章节设置眉目清晰，论次井然；三是注重梳理散文发展的源流，不失史家本色；四是征引文献、作品丰富；五是时见真知灼见，显示出史家的见识和眼光。① 笔者认为，这几点评价有些过誉。作者陈柱只是以骈散文分合为主线，串连全书，并没有多少独到的见解。而且书中第一编倚重林传甲的《中国文学史》，主体部分大量引述"吾师陈石遗先生"之作②，最后一编多处借用钱基博的《中国文学史》。

全书分五编，始自夏商，迄于清末，共十一章，每章分若干节。

目次：

① 李鸿渊：《陈柱〈中国散文史〉的学术特点与局限性》，《文学界》2008年第8期。

② 陈石遗即陈衍(1856～1937)，字叔伊，号石遗，近代诗人，福建侯官人，著有《石遗室丛书》，收书18种，116卷，其中包括《史汉文学研究法》、《石遗室论文》等。陈柱《中国散文史》一书的观点，大多采自陈衍《石遗室论文》，有时甚至大段摘抄。

散文。

第四章　为学术而文学时代之散文——战国：第一节　总论，第二节　阴阳家之散文，第三节　墨家墨子之散文，第四节　儒家孟荀之散文，第五节　道家庄周之散文，第六节　法家韩非之散文，第七节　名家公孙龙子之散文，第八节　杂家之散文，第九节　纵横家苏张之散文，第十节　钟鼎文学家之散文。

第五章　反文化时代之散文——秦：第一节　总论，第二节　反文学者李斯散文。

第二编　骈文渐成时代之散文——两汉三国

第一章　总论。

第二章　由学术时代而渐变为文学时代之散文——两汉：第一节　总论，第二节　辞赋家之散文，第三节　经世家之散文，第四节　史学家之散文，第五节　经学家之散文，第六节　训诂派之散文，第七节　碑文家之散文。

第三章　为文学而文学时代之散文——汉魏之际：第一节　总论，第二节　三曹之散文，第三节　建安七子之散文，第四节　吴蜀之散文。

第三编　骈文极盛时代之散文——晋及南北朝

第一章　总论：第一节　藻丽派之散文，第二节　帖学家之散文，第三节　自然派之散文，第四节　论难派之散文，第五节　写景派之散文。

第四编　古文极盛时代之散文——唐宋

第一章　总论：第一节　古文家先锋元结之散文，第二节　古文大家韩柳之散文，第三节　韩门难易两派之散文(附孙樵)，第四节　矫枉派之散文，第五节　艰涩派之散文，第六节　浅易派之散文，第七节　晚唐五代之散文，第八节　宋古文六家之散文，第九节　道学家之散文，第十节　民族主义派之散文。

第五编　以八股为文化时代之散文——明清

第一章　总论：第一节　明清复古派前后七子之散文，第二节　反七子派之散文，第三节　明独立派之散文，第四节　清代桐城派之散文，第五节　清维新以后之散文。

3. 卢前《八股文小史》初版。

卢前(即卢冀野)的《八股文小史》，(上海)商务印书馆 1937 年 5 月初版，32 开本，106 页，约 5 万字。1996 年东方出版社将该书附在《中国骈文史》后，收入《民国学术经典文库》印行。

本书原为作者 1932 年在暨南大学讲授明清文学时的讲题之一，自 1937 年 5 月印行后，是民国时期唯一研究八股文的专题著作。作者在“弁言”中指出八股文的文学史地位：“八股文有五百余年之历史，在文学史上自应占有相当之地位；治文学史者，固不能以一时之好恶而抹杀之也。”①在第一章中，又进一步指出八股文的学术史价值：“是以治八股文者，不独须谙其体制；因其内容，且可知当时之学术，非特为文学史料已也。”②这在 20 世纪前期的学者中，可谓独具慧眼的发现。

自 1905 年清廷废除科举，八股文屡遭抨击，作为一种在中国文学史上存在了五百多年的文类，所受之鄙弃实为罕见。但卢前并非民国时期最早从历史的角度研究八股文的人。1932 年 4 月，周作人在《中国新文学的源流》第三讲，较为系统地阐述了八股文的来源、做法等。然而，周作人的阐述，介绍多过论述，而且也不是像卢前这样以专著形式，全面系统叙述八股的来源、结构、演进、衰落以及研究文献等。

目次：

第一章　帖括经义之变体；第二章　八股文章之结构；第三章　正嘉以前之演进；第四章　隆万以后之作风；第五章　清初八股名作家；第六章　八股文体之就衰；第七章　关于八股之文献。

4. 阿英《晚清小说史》初版。

阿英(1900～1977)，原名钱杏村、钱德赋，笔名钱谦吾、张若英、阮无名等，安徽芜湖人。《晚清小说史》，(上海)商务印书馆 1937 年 5 月初版，32 开狭长本，287 页，约 14 万字。

本书自从 1937 年由商务印书馆印行后，至 1949 年已售罄。经作者略加删节，1955 年 8 月由作家出版社出版，32 开本，190 页；1966 年，香港据 1955 年版影印，1973 年 6 月中华书局香港分局亦出版，同年 11 月重印；1968 年台湾据 1937 年出版本影印出版；1979 年 6 月日本饭冢郎、中野美代子将之译成日文由东京平凡社出版。此后，吴泰昌据作者生前嘱修的材料加以校勘，1980 年 8 月由人民出版社出版新一版。2009 年 1 月，江苏文艺出版社将之列为“北斗丛书”之一出版简体横排版。

1955 年和 1960 年前后，作者曾两度着手修改并已改出书中《官场现

---

① 卢前：《八股文小史·弁言》，上海，商务印书馆，1937，第 1 页。

② 卢前：《八股文小史》，上海，商务印书馆，1937，第 151 页。

形记》、《二十年目睹之怪现状》、《老残游记》三节，曾在报刊上发表，后收入作者的《小说三谈》，此外有阿尔夫雷·霍夫曼德译第1、2章(载1939年汉堡《亚洲周报》)。①

本书是中国小说史研究的重要著作，更是晚清小说史专著的开山之作。书中对晚清小说的发生、发展进行了较全面深入的论述。紧密结合晚清社会政治背景，对重要作家、作品作了比较中肯的介绍和评论。特别着重论述了谴责小说和资产阶级革命派的小说，以及历来很少为文学史家谈及的清末翻译小说。

目次：

① 此处版本情况，详见1980年版吴泰昌的“校勘后记”。

《女子权》静观、自得斋主人《中国之女铜像》、《惨女界》与《闺中剑》、关于妇女的谴责小说。

第十章 反迷信运动：《绣像小说》与反迷信运动、壮者《扫迷帚》、嘿生《玉佛缘》、吴趼人《瞎骗奇闻》、李伯元《醒世缘》、遁庐《当头棒》、《天足引》与《黑籍冤魂》。

第十一章 官僚生活的暴露：李伯元《官场现形记》、黄小配《宦海升沉录》、张春帆《宦海》、李伯元《活地狱》、新中国之废物《刺客谈》。

第十二章 讲史与公案：晚清的讲史、吴趼人历史小说论、吴趼人的《痛史》、《两晋演义》、《云南野乘》与《九命奇冤》、李亮丞《热血痕》、沁梅子《精禽填海记》、痛哭生第二《仇史》、观我斋主人《罂粟花》及其他讲史公案小说。

第十三章 晚清小说之末流：吴语小说、李伯元《海天鸿雪记》、嫖界指南书、写情小说、吴趼人《恨海》、《劫余灰》、鸳鸯蝴蝶小说的初生、拟旧小说、吴趼人《新石头记》。

第十四章 翻译小说：翻译小说与晚清创作、翻译的理论与方法、林纾及其译作、吴梼与俄罗斯名著、其他各国文学的翻译、译作的几种主要倾向、翻译小说与黑幕小说、直译小说之始。

跋

春夏

刘厚滋《中国文学史钞》(上)初版。

刘厚滋(1909～?)，字惠荪，又字佩韦，江苏镇江人。《中国文学史钞》(上)，无出版者，无出版年月，北京琉璃厂西门澄云阁代售。仅出上册。25开本，360页。

书中辑录郑振铎、容肇祖、陆侃如等所著文学史的部分章节，其中出版时间最晚的是容肇祖《中国文学史大纲》，1935年9月出版，据此可断定，本书成书时间在1935年9月之后。又，本书上册出版后，因抗日战争爆发，下册未及印成。于是可断定，本书成书时间在1935年9月至1937年7月间。考虑到从编辑、成书到上册印刷出版需要一年左右时间，兹将本书出版时间断为1937年春夏。

本书有两个别具一格之处：一是全书辑集而成，除编者自撰部分章节外，其余从胡适、郑振铎、陆侃如、冯沅君、容肇祖所著文学史著作中，择录有关章节，分别按朝代、类别编入；二是编者把中国文学史分期为“古代文学(殷商至战国)”、“中古文学(西汉至南北朝)”、“中世文学

(隋唐至宋代)”、“近世文学(元明至清)”，这在当时普遍以朝代分期的文学史编著风气中令人瞩目。此外，第二讲中引用了当时新发现的甲骨文研究成果，并专节探讨“近世考古学之发生与文学之关系”，这是有远见的，也显示了当时中国文学史研究的新动向。

据上册中的目录，全书分六讲，四十八节，分上、下册。上册四讲，由殷商至南北朝，下册两讲，全系他人著述，由隋唐至清。

目次：

第一讲　引论：一、文学与文学史之定义(刘厚滋撰)，二、中国文学史与文体(刘厚滋撰)，三、文学史与其他科学之关系(刘厚滋撰)，四、文学史之研究法(刘厚滋撰)。

第二讲　文字与文学：一、文字之起源(刘厚滋撰)，二、甲骨文字之发现(刘厚滋撰)，三、钟鼎款识学之发生与金文(刘厚滋撰)，四、近世考古学之发生与文学的关系(刘厚滋撰)。

第三讲　古代文学：一、殷契卜辞与易(刘厚滋撰)，二、古器物铭辞与书(一)(刘厚滋撰)，三、古器物铭辞与书(二)(刘厚滋撰)，四、诗三百篇(刘厚滋撰)，五、楚辞(刘厚滋撰)，六、春秋战国时代之纪事文(刘厚滋撰)，七、战国诸子文学(刘厚滋撰)，八、纵横家言与赋体(刘厚滋撰)。

第四讲　中古文学：一、西汉及庙堂文学(刘厚滋撰)，二、乐府古辞(陆侃如)，三、五七言诗的起源及其发展(容肇祖)，四、史学之成立与司马迁班固及荀悦(容肇祖)，五、曹氏父子与建安文学(刘厚滋撰)，六、魏晋的文人(刘厚滋撰)，七、晋宋鼎革与陶渊明(刘厚滋撰)，八、谢灵运与颜延之(刘厚滋撰)，九、南北新民族之文学(刘厚滋撰)，十、齐梁诗人(郑振铎)，十一、批评文学的发端(郑振铎)，十二、佛教文学的输入(胡适)，十三、六朝的辞赋(郑振铎)，十四、南北朝的散文(郑振铎)，十五、传世石刻中的北朝文学(刘厚滋撰)。

据上册中的目录，转述下册目次：

第五讲　中世文学：一、隋及唐的文学(郑振铎)，二、唐代的诗(陆侃如)，三、古文运动(郑振铎)，四、唐及五代的词(容肇祖)，五、唐代的传奇或小说(容肇祖)，六、唐及五代的民间文学(容肇祖)，七、宋代的词(冯沅君)，八、宋代的诗(容肇祖)，九、宋代的骈文、散文、白话文及其他的著作(容肇祖)。

第六讲　近世文学：一、元明散曲(冯沅君)，二、元明杂剧(冯沅君)，三、元明的诗散文(容肇祖)，四、明代的小说(容肇祖)，五、明清传奇(冯沅君)，六、清代的诗词(容肇祖)，七、清代的骈文与散文(容肇祖)，八、清代的小说(容肇祖)。

6月

薛砺若《宋词通论》初版。

薛砺若《宋词通论》，开明书店1937年7月初版，1949年4月第三版，32开本，350页，约20万字。1985年6月上海书店影印出版；20世纪90年代初期，收入上海书店出版的"民国丛书"第一编文学类第62种(与王易《词曲史》合为一册)影印出版；2008年9月，凤凰出版集团、江苏文艺出版社收入"北斗丛书"出版简体横排本，16开平装，315页。

本书以论述宋词的发展轨迹、评述宋代各名家得失为主要内容，重视大词人的作用，并以此划分宋词的分期。作者认定的宋词"大作家"为柳永、苏东坡、姜白石、辛弃疾，而将其他词人作为"一般作家"论述。本书笔调优美，颇有不凡见识。

全书分七编，将宋词划分为六个时期，按照分期分编叙述，首编为总论，共二十七章，若干节。

目次：

第一编　总论

第一章　作家及其词集；第二章　宋词中所表现的一个宋代社会素描(一、承平时代的享乐，二、故宫春梦，三、乱离时代的哀鸣，四、故国河山之恸，五、噤若寒蝉的悲吟，六、一般社会的意识与心理的结晶)；第三章　宋词作风的时间分剖(一、打破北宋词南宋词割裂与笼统之弊—六个时期的划分—每期的伸缩性)；第四章　北宋与南宋词风的一般比较和观察(一、时代的背景不同，二、文学上的自然趋变，三、"应歌"与"应社"两大主流)；第五章　宋代乐曲概论：北宋乐曲概况—北宋乐舞构成的部分—慢词的创制—大晟乐府南渡以后的乐部—中末期的文人制作—歌法失传与北曲的代起。

第二编　宋词第一期

第一章　晏欧以前的作家：徐昌图—苏易简—潘阆—钱惟演—王禹偁—寇准—陈尧佐—陈亚—林逋；第二章　北宋初期四大开祖：晏殊—晏几道—欧阳修—张先；第三章　一般作家：韩琦—范仲淹—宋祁—王琪—刘敞—张舁—梅尧臣—谢绛—郑獬—李冠—叶清臣—略去的作家。

第三编　宋词第二期

第一章　柳永时期的意义与五大词派的并起(第一节　引言，第二节浅斟低唱的柳三变，第三节　横放杰出的苏轼，第四节　集婉约之成的秦观，第五节　艳冶派的贺铸，第六节　潇洒派的毛滂)；第二章　一般作家：王安石—黄庭坚与黄大临—司马光—王观—舒亶—章楶—王诜—赵令畤—朱服—张宋—陈师道—李之仪—晁补之—晁冲之—张舜民—王安国、安礼与王男—刘弇—葛胜仲—秦觏与秦湛—谢逸—苏过—米芾—魏夫人—李清臣—僧仲殊等—几首无名作家词—略去的作家。

第四编　宋词第三期

第一章　集大成的周邦彦(一、集大成的意义和其究竟，二、周词特长之处，三、他的影响和流弊)；第二章　天才的徽宗赵佶与最大女诗人李清照(一、宋徽宗，二、李清照)；第三章　一般作家：晁端礼—万俟咏—田为—杜安世—王之道—曹组—王安中—赵企—李持正—何大圭—赵长卿—蔡伸—吕渭老—鲁逸仲—阮阅—刘一止—向镐—吴则礼—李吕—曾纡—曹勋—李祁—蒋子云—宋齐俞—沈会宗—林少瞻—王庭珪—略去的作家。

第五编　宋词第四期

引言　政治环境的两大反映

第一章　颓废的诗人：李邴—向子諲—陈与义—苏庠—杨无咎—朱敦儒—范成大—杨万里—朱熹—史浩—几个方外的作家；第二章　愤世的诗人(第一节　稼轩以前及并时的此派作家——赵鼎—岳飞—张元干—张孝祥—洪皓—叶梦得—黄公度—胡铨—韩元吉—陆游—陈亮—袁去华—杨炎正—高登—吕本中—刘子翬—刘仙伦，第二节　天才横溢的辛弃疾)；第三章　柳永期的余波：陈克—周紫芝—程垓—汪藻—徐俯—朱翌—康与之—李弥逊—颜博文—葛立方—张镃—曾觌—张抡—吴琚—赵彦端—赵师侠—石孝友—洪适—洪迈—王千秋—侯寘—韩玉—丘密—王蜗—谢懋—蔡榕—俞国宝—陆淞—曹冠—几首无名之作—略去的作家。

第六编　宋词第五期

引言

第一章　风雅派(或古典派)的三大导师：姜夔—史达祖—吴文英；第二章　一般附庸作家：卢祖皋—高观国—孙惟信—张辑—周晋—张榘—洪咨夔—洪瑹—杨冠卿—韩漉—王炎—管鉴—刘光祖—严仁—汪莘—刘翰—郑域—赵以夫—杨伯岩—魏了翁—蔡戡—冯取洽—杨缵—翁孟寅—赵汝芜—冯去非—萧泰来—吴礼之—卢炳—李肩吾—黄升；第三章　辛派词人：刘过—程秘—黄机—岳珂—方岳—陈经国—文及翁—王燮—李昂英—李好古—李泳—刘克庄—吴潜—附录：本期几个女作家—

略去的作家。

第七编　宋词第六期

引言　本期词风的特征

第一章　南宋末期三大作家：王沂孙—张炎—周密；第二章　一般附庸作家：蒋捷—施岳—陈允平—罗椅—赵闻礼—薛梦桂—黄孝迈—赵孟坚—李彭老—李莱老—黄公绍—何梦桂—谭宣子—利登—奚溅—陈逢辰—柴望—莫苍—杨恢—王易简—吴大有—赵与仁—赵淇；第三章　哀时的诗人：刘辰翁—李演—文天祥—邓剡—徐一初—陈德武—汪元量—汪梦斗—附录略去的作家。

7月

7日，日本驻华北军队发动了蓄谋已久的“卢沟桥事变”(史称“七七事变”)，中日战争全面爆发。中国人民开始进入全面抗日战争时期。

抗日战争对中国现代文学的影响是根本性的，最显著的莫过于文学的工具性价值获得广泛认可。“五四”以来，尽管文学工具性的倾向一直存在，但毕竟属于支流。在民族危亡的“非常时期”，一切为了抗战、一切服务抗战成为绝大多数中国作家的观念。这不仅反映在1937年后创刊的刊物大多以“抗战”或与抗战相关的名词命名，更体现在作家的言论中。1938年3月，张庚提出戏剧的“新概念”：“戏剧的确是一种极重要的宣传工具。”①蓬子甚至提出，要以对抗战的帮助的“功利性”大小，作为“评定一篇作品艺术价值的高低”的标准，“作品的艺术价值与‘功利性’正成了一个正比例”。② 扩大和保证文学的工具性效果，势必要求抗战的正面宣传。茅盾说：“文艺，尤其是今天的抗战文艺，应该以全力来发扬来歌颂那有前途的，……今天来择摘丑恶，实非必要。”③在这种文艺思潮下，张天翼的《华威先生》和梁实秋的“与抗战无关”论，受到批判。

以上简略指出抗战对中国文学的巨大影响，是为了说明，这些影响由文学创作波及到文学史写作。此后直到抗战胜利，中国的文学史写作都笼罩在民族战争影响之下。1937年后涌现的抗战文学史、民族文学史写作即为明显体现。

---

① 张庚：《戏剧的旧概念和新概念》，《抗战戏剧》第一卷第八号(1938年3月16日)。

② 蓬子：《文艺的：“功利性”与抗战文艺的大众化》，《抗战文艺》第一卷第八期(1938年6月1日)。

③ 茅盾：《八月的感想——抗战文艺一年的回顾》，《文艺阵地》第一卷第九期(1938年8月16日)。

8月

陈介白《中国文学史》排印。

陈介白(1902～1978)，河南西平人。《中国文学史》，北平聚魁堂1937年8月排印，贝满女子中学发行，北京书局印刷①。此书分上、下卷，上卷现收藏于浙江大学图书馆古籍部(不见下卷)，扉页印着“聚魁堂排印”，正文左下角印着“国立北京师范大学”字样，32开，毛边线装铅印本，108页，约5万字。

浙江大学图书馆古籍部将本书登记为“民国初年印”，实误。陈介白1926年才由燕京大学毕业，是时24岁，即便他在毕业前后几年排印本书，也不是“民国初年印”。兹据以下三点考订本书成书时间：

一、“聚魁堂”即北平聚魁堂装订讲义书局的简称，该书局在1930年代为北平各校教师排印了许多讲义；二、1931年7月，北平师范大学与北平女子师范大学合并，定名国立北平师范大学，1937年7月，该校转移西部并与其他高校合并，直到1949年才恢复；三、1939年秋，周作人组建伪北京大学文学院，“当时中文系教授有陈介白、赵荫棠、张弓、朱肇洛、郑骞”②。

由于陈介白《中国文学史》中有“国立北京师范大学”字样，据上述史实可断定，此书只可能成书于1931年7月～1937年7月期间。

陈介白另著有《中国文学史概要》(国立北京大学文学院国一讲义，1940年代出版)，就该书前半部分内容看，与1937年版《中国文学史》上卷基本一致，说明《中国文学史概要》系前者的修订本。

目次：

第一章　诗经：篇目编辑、删订、应用、体制、地域、艺术、影响。第二章　楚辞：名称起源、篇目、艺术、影响。第三章　散文的兴起：书经、左传、国语、老子、孔子、墨子、孟子、荀子、韩非子。第四章　秦李斯与文学。第五章　汉武：汉赋与楚辞的关系、汉赋与楚辞的比较、汉赋的完成及其影响、汉赋及其作者、贾谊、枚乘、司马相如、东方朔、扬雄、班固、张衡、蔡邕。第六章　汉代乐府与五言诗：乐府的来源、乐府的歌辞。第七章　汉代散文：史记、汉书、论衡、昌言。第八章　汉魏间的五言诗：汉魏之际的时代与文学、曹操、曹丕、曹植。第九章　魏晋间的五言诗：魏晋之际的时代与文学、阮籍、嵇康、傅玄、张华、

① 陈玉堂《中国文学史书目提要》说：“《中国文学史》，陈介白著，1937年北京书店出版，其他情况待查原书。”(第96页)

② 黄开发整理：《沈启无自述》，《新文学史料》2006年第1期。

潘岳、陆机、左思、刘琨、郭璞。第十章　陶潜：生平、诗文。第十一章　宋齐的韵文：谢灵运、谢惠运、颜延之、鲍照、谢瞻、谢庄、谢朓、王俭、王融、孔稚珪。第十二章　梁陈的韵文：江淹、任昉、丘迟、沈约、何逊、刘孝倬、吴均、萧衍、萧纲、萧绎、萧统、徐陵、江总、陈叔宝。第十三章　北朝及隋的韵文：庾信、炀帝、薛道衡。第十四章　六朝的民间乐府：(甲)南朝平民文学(一)吴声歌曲，(二)西曲，(乙)北朝平民文学(一)北歌。第十五章　南北朝的骈文及散文。第十六章　魏晋南北朝小说。第十七章　魏晋南北朝文集及文评。第十八章　唐诗的兴起：唐诗的兴起与分期、唐诗发达的原因、唐诗兴盛的状况。第十九章　唐代的律诗与绝句：律诗的渊源、绝句的渊源、律诗风格的变迁。第二十章　初唐诗：王绩、王勃、杨炯、卢照邻、骆宾王、沈佺期、宋之问、杜审言、张若虚。第二十一章　盛唐诗：孟浩然、王维、王之涣、李颀、贾至。第二十二章　李白。第二十三章　杜甫。第二十四章　中唐诗：韦应物、刘长卿、皎然、钱起、卢纶、李益、韩愈、柳宗元、李贺、孟郊、贾岛、白居易、元稹、刘禹锡。第二十五章　晚唐诗：杜牧、温庭筠、李商隐、韩偓、罗隐、徐蕙、江采苹、李怡、鱼玄机、晁采、薛涛。第二十六章　唐代古文运动：陈子昂、柳宗元。第二十七章　唐代小说：(一)神怪类 王度、沈既济、沈亚之、李公佐；(二)恋爱类陈鸿、白行简、元稹、蒋防；(三)豪侠类 薛调、李公佐、杜光庭。第二十八章　唐代民间文学：民间故事赋的来源、变文的来源、变文的种类。第二十九章　唐及五代词：词的起源、五代词人、李存勖、和凝、韦庄、冯延巳。第三十章　宋代的古文复兴：古文复兴与运动、欧阳修、曾巩、苏轼、王安石、朱熹、陈亮、陆游。第三十一章　宋代诗：宋诗的导源。

9月

〔日〕青木正儿《元杂剧序说》初版。

青木正儿《元杂剧序说》，(东京)弘文堂书房1937年9月初版。此书由隋树森译成中文，于1941年7月由开明书店出版。

目次：

第一章　杂剧沿革；第二章　杂剧组织；第三章　曲本及作家；第四章　初期的本色派；第五章　初期的文采派；第六章　中期末期的名家及无名氏杰作；第七章　元人杂剧现存书目。

本年

1. 齐燕铭《中国文学史略》(上册)油印授课。

齐燕铭(1907～1978)，曾用名齐振勋、齐震、田在东，笔名齐鲁、叶之余等，北京人，1933 年任中国大学讲师，曾在中国大学、中法大学、东北大学讲授中国文学史、戏曲史、文字学；1937 年编印了《中国文学史略》(上册)、《中国戏剧源流》等讲义，1940 年任延安中央研究院研究员，编写中国文学史，并在鲁迅艺术学院兼课。

目次待访。

2. 梁启勋《中国韵文概论》初版。

梁启勋(1879～1965)，字仲策，广东新会人，梁启超之大弟。《中国韵文概论》，商务印书馆 1937 年初版，32 开本，195 页，约 9 万字。

本书动笔于 1932 年 4 月 24 日，成 1937 年 1 月 7 日。编著体例以文体为纲、作品为纬，并简明标举朝代；内容上，偏重于一定时代的代表性文体或作品，如汉代的赋、唐代的诗、宋代的词、元代的曲等。林宰平在卷首“序”中认为，本书具有普通文学史之长处，同时指出本书论诗时叙金元，不举刘静修、袁清容、杨铁崖等，是以“太略”。作者解释说，本书并非文学史，所以注重“每一时代之结晶品”，而不需详尽。

目次(不分编次章节)：

骚、赋、七、骈文、律赋、诗、乐府、词、曲。

1938 年(民国二十七年)

6 月

杨荫深《中国文学史大纲》初版。

杨荫深《中国文学史大纲》，(长沙)商务印书馆 1938 年 6 月初版，1939 年 6 月第三版，1947 年 3 月作为“新中学生文库”之一出版第五版，32 开本，594 页，约 27 万字。台北华正书局股份有限公司于 1976 年 10 月重印出版，大 32 开精装本，570 页。

本书是适合中学生阅读的文学史普及读物，着重叙述文体的起源、作家的生平，以及某些名著的内容。全书三十章，若干节，以文体为目，依时代先后论述，起自“最早的韵文作品”，迄于“新文学运动的起来”。书末所附录“历代作家纪数表”、“历代作家并称表”，颇有参考价值。

目次：

一、最早的韵文作品：诗经、楚辞。二、最早的散文作品：几部史书、子书。三、乐府的产生：汉代朝廷、外来、民间乐府。四、辞赋的发达：西汉、东汉作家。五、散文的进展：汉代的论文家、史作家、魏晋南北朝的散文作家。六、五言诗的盛行：最早的作家、无名氏的五言诗、建安作家、曹植、正始、太康、东晋作家、陶潜、元嘉、永明作家、宫体作家。七、新乐府的起来：清商曲、鼓角横吹曲、乐府中的两大杰作。八、骈俪文的兴盛：六朝作家、徐陵与庾信、初唐作家。九、小说的萌芽：神话与传说、所谓汉人小说、六朝的小说。十、批评文学的开端：钟嵘与刘勰、刘知几。十一、诗的黄金时代：初唐、盛唐作家、李杜、中唐作家、晚唐作家。十二、传奇文的兴起：唐人神怪、艳情、剑侠传奇。十三、古文运动的起来：韩、柳、韩门弟子。十四、词的草创时期：晚唐、五代、十国作家、李煜。十五、词的黄金时代：北宋作家、苏轼、南宋作家、两宋诗人。十六、古文运动再起：欧阳曾王、苏氏父子与司马光。十七、四六文的演成：唐代、北宋、南宋作家。十八、宋人小说、讲史。十九、散曲的起来：鼓子词与诸宫调、初期清丽派作家。二十、杂剧的繁兴：关汉卿、作家、明代杂剧。二十一、讲史的发达：全相平话、罗贯中、施耐庵。二十二、散曲的进展：张可久、元代、明代作家、元明的诗人。二十三、散文的廖落时期：明代散文作家、晚明作家、元明的诗人。二十四、传奇的繁兴：明初的戏文、明代传奇的作家、汤显祖、清代的传奇家。二十五、章回小说的进展：明代章回小说、红楼梦、清代的章回小说。二十六、平话传奇的再盛：明代平话集、清代传奇集。二十七、诗词的复盛时代：清代的诗人、词人。二十八、散骈文的继兴：清代的散文、骈文作家。二十九、近代通俗文学的兴盛：宝卷、弹词、鼓词、大鼓、皮黄滩簧。三十、新文学运动的起来：诗歌、小说、戏剧、散文、整理与翻译。

7月

1. 张雪蕾《中国文学史表解》初版。

张雪蕾《中国文学史表解》，(长沙)商务印书馆1938年7月初版，32开本，250页，约12万字。孙俍工作“序”。

1931年初，张雪蕾因参加革命军被捕入狱。此书是他从这年夏天开始，花费三个月时间在狱中编成。应狱警要求，全书以文言文写成。作者自谓，编写出版本书的动机，是鉴于抗日战争形势，“举此相助，愿吾人以拯救全民族脱于牢囚自任”。而“今试披是编，当知吾古先民之所遗，允宜继续发扬而光大之，使为全民族精神上之甲胄，然后能与世界各民族并存而不替”。“有夏一族……葆有悠久之文化，岂可长甘囚虏，不思乘时奋起耶。”[1]此言可表明，1937 年中日战争全面爆发后，中国文学史写作被赋予“救亡图存”的使命，成为文化抗战的一种方式。

作者张雪蕾在“自序”和“例言”中，并未提及刘宇光《中国文学史表解》(1933 年 6 月版)，他开出的参考书目中，也无刘著，事实上，这是两部同名却具体内容不同的书。与刘著不同的是，张雪蕾在编写这部书时，除了为每时期绘制表解，还有“明按”，以按语的方式表明自己的见解。尤为不同的，是本书“立意脱离原著之束缚，仅取其可征信者，自为表解述评，而使成为另一独立之体制。”[2]孙俍工因此说该书“含有多量的文艺批评的功用，极为显著”。可以“作一部文艺批评史读”(见“孙序”)。张雪蕾以按语方式点评或注释表解，实际上把评注式的文学批评引进了表解体，拓展了表解体的容量和功用。

本书是对曾毅《中国文学史》的表解，同时参考了谢无量、孙俍工、陈钟凡、顾实、郑振铎等人的文学史著作。每章之末有说明，有按语，“略陈其要”，每篇末附录“读后记”一篇。书分五篇，共一百四十八表，按文体、作家依次编排，共七十七章，书末附录“跋语”、各篇“参考各书”(书目)。

目次：

[1] 张雪蕾：《中国文学史表解·自序》，长沙，商务印书馆，1938。

[2] 张雪蕾：《中国文学史表解·例言》，长沙，商务印书馆，1938，第 3 页。

三、声律之完成；四、初唐之文学；五、开元天宝间之极盛；六、李白杜甫；七、大历元和间之风气；八、晚唐之诗学；九、唐初文章凡三变；十、韩愈柳宗元；十一、词学之发展；十二、唐代小说之盛兴；十三、宋之学术与文学之影响；十四、宋之政治与文学之影响；十五、西昆体；十六、欧阳修与文运扩新；十七、洛党与川党；十八、江西诗派；十九、南渡后之文；二十、南渡后之诗；二十一、宋代词学之极盛；二十二、文史与文料；二十三、辽金文学；二十四、元之建国文学；二十五、小说戏曲之盛兴；二十六、明之国势与文运；二十七、明初作者；二十八、台阁体及复古派；二十九、嘉靖文学(上)；三十、嘉靖文学(下)；三十一、公安派与竟陵派；三十二、明末文学。

近世文学：一、前清文学之概观(上)；二、前清文学之概观(下)；三、明季遗老；四、清初之文学；五、王渔洋与朱竹垞；六、方苞刘大櫆；七、神韵派之反动者；八、骈体文之兴盛；九、桐城派与阳湖派；十、折衷派与曾国藩；十一、词学之复盛；十二、清之戏曲小说；十三、结论。

2. 梁昆《宋诗派别论》初版。

梁昆《宋诗派别论》，(长沙)商务印书馆 1938 年 7 月初版，32 开本，176 页，约 8 万余字。无凡例和序跋。1939 年 5 月再版。另有 1980 年 5 月台北东升出版公司版，精装大 32 开，184 页。

《宋诗派别论》初版时列入王云五主编的"国学小丛书"。作者梁昆鉴于"元明以来，论宋诗者，多失于不论派别"而作是书。

本书是民国时期影响最大的宋诗研究著作之一。它在当时众多文学史著作中引起学者们关注，是因为采用了与众不同的研究视角和著述体例。

首先，该书打破此前文学史、诗史通过罗列代表作家来叙述宋诗的路子，尤其是不顾长期来学术界对宋诗流派评价很低的状况，毅然从诗歌流派产生、发展和演变过程的视角来讲述宋诗的发展。作者开篇即指出宋诗流派研究的重要性：

> 诗之有派别始于宋。欲论宋诗，不可不知其派别：盖一派有一派之方法，一派有一派之习尚，一派有一派之长短，一派有一派之宗主。凡是派别同者，其诗之方法同，习尚同，长短同，宗主同；苟不知其派别之异，徒执其一，以概其余，曰宋诗云云，宋诗云乎哉？……欲研究宋诗，而不先明其派别者，

未可也。①

自南宋开始就陆续有论者对宋诗派别进行研究，如严羽、方回、戴表元、全祖望等，作者一一指出其病，然后在前人基础上，将宋诗分作九体。因为“道学诗体非诗家正统，晚宋诗家非纯宋时人”②，故将道学派（理学派）、晚宋派附于九体之后。作者把宋诗分为十一个流派，抓住了宋代诗史的一个纲，虽有泛流派的倾向，流派划分的标准也不统一，甚至有些名目失当，但宋诗的主要流派首次得到了全景式的展现，故此举至今仍有借鉴意义。

其次，该书在著述体例上也有独到之处。除首尾两章外，作者依时序分别叙述了十一个重要派别，每一派按“小传”、“宗主”、“习尚”和“批评”分别予以描述和品评。“小传”即派中主要作家简介；“宗主”指宗尚此派诗歌风格的作家，作者梁昆侧重于对宗主尚不明确者予以梳理辨析；“习尚”即此派诗歌的突出特色，一般来说，宗主的诗作特色就是该派的特色，如香山派以白居易诗歌为特色，具有通俗易懂的特点；“批评”主要针对诗派习尚，分析其利弊。这些体例设置，在篇幅安排上考虑到了作家地位的主次、叙述的详略，在内容上既有作家“小传”、流派归属辨析，也有作品评价，使得各派源流、嬗变，一目了然。

本书主要不足，在于明显有泛流派倾向，且流派的标准不一致，有些名称也失当。如作者因《江湖》诸集影响颇大而将书中所载 109 位诗人统统列为江湖诗派成员，这一做法明显不妥。又如，书中说“东坡之主诗盟，不专宗某一古人，乃兼重才气，任人个性自由发展，绝不加以限制，又绝不以体裁不同而相互攻驳，故苏派诸人各具面目”③。既然苏门文人“不专宗某一古人”、“各具面目”，他们又怎么可能成为“东坡派”呢？

全书十三章，按不同派别，叙及诗人近 130 人。书末“各派之源流表”，直观体现宋代各诗派之关系，可资参考。

目次：

一、分派法之商榷；二、香山派；三、晚唐派；四、西昆派；五、昌黎派；六、荆公派；七、东坡派；八、江西派；九、四灵派；十、江湖派；十一、理学派；十二、晚宋派；十三、各派之源流表。

---

① 梁昆：《宋诗派别论》，长沙，商务印书馆，1938，第 1～2 页。

② 梁昆：《宋诗派别论》，长沙，商务印书馆，1938，第 6 页。

③ 梁昆：《宋诗派别论》，长沙，商务印书馆，1938，第 65 页。

8月

1. 鲁迅《汉文学史纲要》初版。

鲁迅《汉文学史纲要》，(上海)复社印行，1938年8月初版。

陈玉堂认为，鲁迅此书作为“鲁迅先生纪念委员会”编《鲁迅三十年集》本第二十种，于1941年8月初版①。其实，早在1938年8月，此书已被收入《鲁迅全集》第十卷。1938年版的《鲁迅全集》是由鲁迅先生纪念委员会编辑，上海复社出版，蔡元培作“序”，许广平题“跋”。全集共600万字，20卷，分为纪念本和普通本两种：纪念本32开本，真金滚顶口，深蓝线绒封面，外套为柚木双层书箱，阴文镌刻“鲁迅全集纪念本”，系蔡元培题字，编号印制200套(如今其价值已同宋版书)；普通本为黑色真皮包装32开本，普通纸。

除了陈玉堂所录1941年8月版之外，《汉文学史纲要》还有几种版本：1947年10月大连光华书店重印《鲁迅三十年集》版；1958年4月，人民文学出版社版；1973年9月，人民文学出版社横排本第一版(60页)；再有，就是1949年后，《鲁迅全集》在大陆数次重新整理出版的版本，如1981年版。

本书系鲁迅先生1926年9月至1927年1月在厦门大学讲授中国文学史课程时编写的讲义。鲁迅在《两地书·四一》中说得很清楚：“我们的功课，大约每周当有六小时”，“其中……两点是中国文学史，须编讲义。看看这里旧存的讲义，则我随便讲讲就很够了，但我还想认真一点，编成一本较好的文学史”②。在《两地书·四四》中又说：“只有文学史续编讲义，大约每星期四五千字即可，我想不管旧有的讲义，而自己好好的来编一编，功罪在所不计。”③鲁迅对当时已有的中国文学史讲义不满意，所以趁着这次讲课需要，“自己好好的来编一编”，争取“编成一本较好的文学史”，命名为《中国文学史略》。由于厦门大学这边“书籍不多”，“编起来很不方便”。1927年2月起，鲁迅转任广州中山大学中文系主任，仍讲授中国文学史。由于在厦门大学所编《中国文学史略》讲义，只编到汉代，索性改名为《古代汉文学史纲要》。鲁迅对这部讲义不大满意，1926年12月19日致沈谦士的信中说：“文学史稿编制太草率”，“挂漏滋多，可否免其献丑，稍积岁月，倘得修正，当奉览也。”④后来，一直到

① 陈玉堂：《中国文学史书目提要》，合肥，黄山书社，1986，第142页。

② 《鲁迅全集》第11卷，北京，人民文学出版社，1981，第117页。

③ 《鲁迅全集》第11卷，北京，人民文学出版社，1981，第123页。

④ 《致沈谦士》，见《鲁迅全集》第11卷，北京，人民文学出版社，1981，第517页。

鲁迅逝世后两年(1938 年)，这部讲义才被收入郑振铎等编《鲁迅全集》第十卷，首次得到出版，出版时题名删去“古代”二字，改为《汉文学史纲要》。

鲁迅在广州中山大学授课时曾油印此讲义。分篇陆续刻印，书名刻于每页中缝，前三篇为“中国文学史略”(或简称“文学史”)，第四至第十篇均为“汉文学史纲要”。凡 3.4 万字，分十篇。

本书具有一般教学型文学史常见的特点，如章节体，长段引录诗文作品，介绍文学史常识，以及除篇首外，每篇文末都列有参考书目。可以说，本书在体例上不但没有创新，甚至不如当时坊间的一些同类书籍。本书的不同凡响之处，主要在对先秦、秦汉作家及其作品的精到阐释与分析。鲁迅评文素来看重文采，喜爱繁辞丽句。他以文采为标准，逐一评定先秦诸子散文。认为，《论语》、《墨子》两书“其文辞皆略无华饰，取足达意而已”，《孟子》“渐有繁辞，而叙述则时特精妙”，至于《庄子》一书，“其文则汪洋辟阖，仪态万方，晚周诸子之作，莫能先也”。[①] 从这里，能看出鲁迅辨析作家作品时经常使用比较的方法。他通过类比，来辨析作家、作品在思想和艺术风格方面的异同。

本书的学术价值和影响固然不及鲁迅的另一部文学史(《中国小说史略》)，却也受到一些学者推崇。1958 年郑振铎在《中国文学史的分期问题》一文中说：“鲁迅先生编的《汉文学史纲要》虽然只写了古代到两汉的一部分，却是杰出的。”

目次：

2. 孙俍工《中国民族文艺史》初版。

孙俍工《中国民族文艺史》，(成都)诚达印书馆印刷，统一出版社代售，1938 年 8 月 1 日初版。仅见出第一册，线装铅印。

据书前“自序”，本书系作者在成都军分校主编《党军导报》之“民族文艺”栏目时编辑，拟分四册，依次为：汉魏六朝期、唐宋期、元明清期、近代期。第一册叙述汉魏六朝时期民族文学史。“绪论”由《民族文艺底质

① 鲁迅：《汉文学史纲要》，上海，复社，1938，第 261～262 页。

素》、《民族文艺与民族主义》、《民族文艺的题材》三篇论文组成。

目次(不详)。

3. 郑振铎《中国俗文学史》初版。

郑振铎《中国俗文学史》，(长沙)商务印书馆 1938 年 8 月初版，32 开道林纸精装本，二册，730 页，约 37 万字。

本书由长沙商务印书馆出版于抗战初期，印数较少，到抗战胜利后，几乎已绝版；1954 年 7 月作家出版社予以修订出版，以初版本原纸型重印出版，分精装本(一册)和平装本(二册)两种。重印本除纠正个别明显的刊误外，未作其他修订。此后还有近十种版本，如：1959 年 11 月文学古籍刊行社版、1984 年上海书店据 1938 年出版本影印版、1998 年 11 月花山文艺出版社据 1938 年版重排版(收入《郑振铎全集》第七卷)、2009 年 1 月中国社会科学出版社版、2009 年 7 月中国文联出版社版等。近年还有些出版社为本书加配了若干幅插图，如 2006 年 5 月上海人民出版社版、2009 年 6 月北京工业大学出版社版。这些出版社为《中国俗文学史》加配插图，很可能是受了郑振铎《插图本中国文学史》的启发。上海人民出版社 2006 年版的《出版前言》中说："本版由金良年先生加配插图，共 238 幅"，实际上只有 46 幅，其中有不少插图与插图的释文以及插图与正文的内容明显不符。有读者对这种加配插图的行为提出质疑："很不严肃地出个插图本，很不严肃地弄一些插图，这是对郑振铎先生这部经典名著的不尊重，不但起不到弘扬的作用，反而是糟践了这部名著。"①

本书是中国民间文学研究的先声，与王国维《宋元戏曲史》、鲁迅《中国小说史略》互为补充，三足鼎立，珠联璧合，均为研究中国文学史必读典籍。郑振铎在本书中将"俗文学"定义为"通俗的文学，就是民间的文学，也就是大众的文学"。并大胆断言："俗文学不仅成了中国文学的主要的成分，也成了中国文学史的中心。"据此，他将俗文学分为五大类：一是诗歌，包括民歌、民谣、初期的词曲等；二是小说，专指"话本"，包括短篇的说话与长篇的讲史等；三是戏曲，包括初期戏文(传奇)、杂剧、地方戏等；四是"讲唱文学"，包括变文、诸宫调、宝卷、弹词、鼓词等；五是游戏文章。并据五大分类，按朝代分章论述上自先秦，下迄清末，历朝历代俗文学(小说、戏曲除外)的发展情况。作者认为俗文学

---

① 徐大军：《如此插图与如何插图——〈中国俗文学史·插图本〉的遗憾》，《博览群书》2006 年第 8 期。

有六大特质：一是大众的，生于民间，为民众而写作，为民众所喜欢，故亦谓之平民文学；二是无名的集体创作，不时被许多人发挥与润改，很难知道原作者与确凿的产生年月；三是口传的，流动性的，随时可能改样，到被写下来时方有定形；四是新鲜的，但又常是粗鄙的，有的地方描述很深刻，有的地方便不免粗糙；五是想象力往往很奔放，气魄往往很伟大；六是勇于引进新的东西，包括外来的事物，外来的文体。这六大特质，有些与本书所选的俗文学作品存在较大裂缝，比如第十二章“弹词”，在介绍完早期无名作品之余，又一并介绍《再生缘》、《天雨花》这些有明确作者的作品，仅此就不符合第一、二、三条特质。因而令人觉得这六大特质不够精确。裂缝的产生，应该归因于郑振铎在选取中国俗文学材料时，过于浓烈的文体意识和“人弃我取”的态度。他介绍《再生缘》、《天雨花》，就是因为它们还没有进入“正统文学”的行列，从来没有人专门研究过。

本书的价值不仅在于提出许多独到而有意义的理论见解，填补了中国文学史研究的一些空白，而且在于它以简练扼要的语言，论述了民间口传文学在中国文学史上的地位和作用。该著也是一部关于中国民间文学史的资料件重要著作，它的出版，标志着中国民间文学史研究进入成熟期。

全书共十四章，第一至第六章为上册，第七至第十四章为下册。

目次：

10 月

1. 袁厚之《中国文学概要》初版。

袁厚之，湖南湘潭人。《中国文学概要》，（上海）海云艺文社发行，1938 年 10 月初版，1941 年 5 月再版，线装铅印本，68 页，18.7 万字。章士钊封面题字。

本书其实是一部包括文字、经史子集的国学杂编，并非“中国文学史”，但书中亦有部分文学史内容，尤其第四章“诸子”中列有“农家”一节，为其他书所少见。全书共五章，四十八节。

目次：

第一章　文字：一、文字之原始；二、文与字之别；三、文字之要义(字形、字声、字义)；四、六书；五、训诂；六、甲骨文；七、金石文字；八、别字；九、书法。

第二章　群经：一、经之名称；二、易经；三、书经；四、诗经；五、三礼；六、春秋；七、经之致用与其失；八、论语；九、尔雅；十、孝经。

第三章　史部：一、史之源流；二、史体之变迁；三、史部分类；四、四史与二十五史；五、二十五史概略；六、三通与九通；七、通鉴；八、历代史学著述；九、地理。

第四章　诸子：一、诸子之起源；二、诸子之分类；三、儒家；四、道家；五、阴阳家；六、法家；七、名家；八、墨家；九、纵横家；十、杂家；十一、农家；十二、小说家；十三、诸子与后世文章取经；十四、子书之存佚与伪托。

第五章　文章：一、记序文；二、议论文；三、辞令文；四、小说；五、剧曲；六、诗文派别。

2.〔日〕青木正儿著、江侠庵译《南北戏曲源流考》印行。

江侠庵(1875～1951)，原名楚洋，广东广州花都人。青木正儿著、江侠庵译的《南北戏曲源流考》，(长沙)商务印书馆印行，1938年10月初版，32开本，106页，约5万字。

本书原是青木氏1927年所写的一篇论文，后来与另一篇论文《从昆曲到皮黄调之推移》合并，扩大篇幅撰成《支那近世戏曲史》(即1936年2月商务印书馆出版的王古鲁所译《中国近世戏曲史》)。

本书分“南北戏曲的起源”和“南北戏曲的消长”两篇，共八章。

目次：

上篇　南北戏曲的起源。

一，宋代剧杂所用的乐曲；二，南宋杂剧和金的院本；三，元代杂剧的改进；四，南戏发达的径路。

下篇　南北戏曲的消长。

五，元代北曲的盛行和南曲的下沉；六，南曲的兴隆和其余势；七，北曲的就衰和其末路；八，南北曲的音乐差异。

11 月

〔日〕青木正儿著、隋树森译《中国文学概说》印行。

隋树森译《中国文学概说》，(上海)开明书店印行，1938 年 11 月初版，1947 年 3 月再版，24 开，199 页，约 9 万字。黎锦熙题签书名。

本书是青木正儿《支那文学概说》的第二种中译本，第一种是郭虚中译《中国文学发凡》(1936 年 10 月商务印书馆出版)。隋译本将原著第五六章合为一章，作为“第五章　戏曲小说学”，此外均与郭译本相同。

全书 11 万字，共六章、十七节，书末附人名和书名索引。

目次(参见郭译本目次)。

12 月

徐慕云等编《中国戏剧史》初版。

徐慕云(1900～1974)，原名徐长，江苏徐州人。《中国戏剧史》，(上海)世界书局 1938 年 12 月初版，24 开道林纸精装本，385 页，约 24 万字。

本书由徐慕云与褚民谊以及世界书局的陆高谊等合力编就，由徐慕云总其成。

全书共五卷，三十四章，若干节。其中，卷一“古今优伶剧曲史”的第一至八章，为郑过宜编撰；卷二“昆曲简史”以及第十一章的“话剧简史”，为罗艺光编撰。

书中附有大量演员剧照和便装小影，以及脸谱图，且多数为彩印。卷前刊有褚民谊、姬觉弥和郑过宜写的“序”；书末两章为戏曲学校简史。全书除“话剧”一章采用白话文书写外，其他都用文言文。

目次：

卷一　古今优伶剧曲史：一、周秦时代之优伶，二、汉魏之优人，三、六朝之戏曲(南朝、北朝)，四、唐代之戏曲，五、五代时之戏剧，六、宋代之戏剧(南北曲、杂剧、滑稽戏、说书、影戏、傀儡戏)，七、元代之戏剧(元之南北曲、元剧之编制、元代之传奇、南北戏之脚色)，八、明代之戏剧(南北剧之消长、明代之传奇)，九、清代及民国以来戏剧，十、清代之南府。

卷二　各地各类剧曲史：一、秦腔，二、昆曲，三、高弋，四、汉剧，五、粤剧，六、川剧，七、越剧，八、山西梆子，九、河南梆子，十、皮黄剧，十一、话剧。

卷三　戏曲之组合：一、角色之分类(生、旦、净、丑之类别、坤伶、武行），二、场面之组合（文、武场、皮黄剧文场至繁难及其历史沿革、皮黄各种板别致命名），三、后台制组织（管事、管箱、彩头、烟火、后台规则、后台忌讳、后台所供纸祖师），四、戏装、盔头靶子等名称（大衣箱中服装、二衣箱中服装、盔头箱中各物、靶子箱中各物、胡须靴鞋、梳妆台上各物、砌末物件、各之名称）。

卷四 脸谱服装在剧中之特殊功用：一、脸谱如何表明忠奸善恶（脸谱之历史及其功用、脸谱之颜色及勾法、脸谱之眉眼嘴鼻脑门五部、附彩色脸谱五十三种），二、服装如何判别文武尊卑（笔者按——属于男者：自帝王文臣以迄士庶；自王侯帅将以迄侠士盗魁，共31类。属于女者：自妃嫔以迄婢妾；女将及女侠；共16类。属于神仙精怪者：共6类。以上共有彩色剧照50帧。）

卷五 戏剧之评价与其艺术之研究：一、中西剧之评价与比较，二、中国戏剧之调查与整理，三、六十年来故都名伶概述，四、对于戏剧唱、念、音韵、行腔等艺术之研究，五、国家戏院之创建及中央文化会对于剧运之推动，六、国立戏剧学校之创立，七、北平戏曲学校史略。

本年

任访秋完成《中国文学史讲义》。

任访秋（1909～2003），原名维焜，字仿樵，河南南召人。《中国文学史讲义》，未出版，大约在1938年完成，共30万字。

据任访秋的弟子关爱和说："1933年起，先生出于教学的需要，着手编写《中国文学史》讲义。"[①]任访秋的另一弟子解志熙讲得要详细："任访秋先生1929年夏从河南一师毕业后，随即考入北平师范大学国文系，1933年毕业后即赴洛阳师范任教，开始文学史的撰著；……"解志熙断定"《中国文学史讲义》撰写于1934～1938年间"[②]。

在本书第一篇"绪论"中，任访秋总结了1934年以前中国文学史研究方面的既有成果的得失，除了肯定"专体的研究颇有几部杰出的，如王国维的《宋元戏曲史》、鲁迅的《小说史略》、刘毓盘的《词史》，陆侃如、冯沅君所合著的《诗史》，都是精心结撰"之作外，认为"就近年来所出版的中国文学通史来看，几乎连一部令人满意的作品都没有"。他作出如此判

① 关爱和：《从同适斋到不舍斋——任访秋先生的学术道路及其贡献》，《文学遗产》2010年第6期，第150页。

② 解志熙：《古典文学现代研究的重要收获——任访秋先生文学史遗著二种校读记》，《中国文学研究》2012年第1期，第29页。

断，是因为自家有一套写作文学史的“科学的方法”：

> 我们现在来从事于这样烦难的工作，只要能用科学的方法，小心审慎地去研讨，虽不能说能发前人所未发，至少“可以无大过矣”。所谓科学的方法，不外是客观的，以证据为依归，我们研究作家的身世，有可信的史料我们来引用，否则宁可阙疑，绝不以讹传讹。对作品的真伪，应依辨伪的通则，去考证它的产生时代。其次是注意文体演变的说明，与时代背景的解释，对作家绝不存崇拜英雄的心理，去夸大的推尊，应着实的解释作品所以产生的必然性。①

虽然这种“科学的方法”在后世学者眼中已成老生常谈，在“以论带史”风气渐浓的1930年代中后期，却如同苦口的良药。

他又针对文学史研究者有意或无意美化研究对象的现象，强调文学史写作“必须持一种客观的态度，能实事求是，既不阿附此，更无须攻击彼”②。此论有利于维护文学史著作的客观性、防止文学史写作主观化，可谓真知灼见。

第二编“周至秦的文学”，分为“周民族的文学”、“楚民族的文学”、“秦民族的文学”三章。作者综合地域和民族因素对文学的影响，将西周至秦朝的文学分为三大民族文学，虽嫌笼统，却不失为一家之言。第四编“唐诗”，力破初、盛、中、晚分期的琐碎与矛盾，而采纳胡适之说，以“安史之乱”为界，把唐朝分为前后期，于是此篇分别以李、杜作为前后期的枢要诗人，纵论唐诗前后期之变迁大势。此举更能反映唐诗实际，显示了作者的研究功力。

至于本书的特点，解志熙做过精确的归纳，兹摘录如下：

> 任先生对中国文学史的大见识，特别表现于一些专章的“余

① 转引自关爱和：《从同适斋到不舍斋——任访秋先生的学术道路及其贡献》，《文学遗产》2010年第6期，第150页。

② 原文如此：“大概过去研究文学的总免不了门户之见，常常是入主出奴，尊骈俪的必菲薄古文，尊唐诗的必菲薄宋诗。至于尊唐宋古文同尊宋诗的，其訾议骈俪同唐诗，自不必说了。我们要极力避免这种习气，要具有独特的精神，不依附古人，同时又必须持一种客观的态度，能实事求是，既不阿附此，更无须攻击彼，能够这样，才可以达到我们所希望的‘真’与‘信’的目的。”（转引自关爱和：《从同适斋到不舍斋——任访秋先生的学术道路及其贡献》，第150页。）

论”一节。“所论往往是承前启后的文学史演进之大势”，“和文学流变之关键，所以特别地精警透辟而启人思索。

……

在三四十年代的文学史著中，任先生的这部文学史讲稿还有两个与众不同的特点。一是特别注意从学术思想史的角度来看文学问题。二是运用辩证的思想方法来看待文学的流变及其与社会的关系。[①]

大凡中国文学通史写作，很难做到面面俱到，遗漏在所难免。但若是遗漏某时期或某文体公认的代表作家，则令读者难以接受。任访秋此书中有一些遗漏，对全书价值有消极影响。如叙述宋词，竟然对李清照不置一词。此外，作者在“绪论”中声称要以“客观的态度”实事求是述史，但从本书来看，他没有做到这点。比如，第四篇讲唐代文学却只限于唐诗，对韩柳主导的唐代古文运动，弃置不论。这并非作者无意中疏漏了，而是因为他受周作人“狠批韩愈”的影响，有意不提韩愈及唐代古文运动。[②]

目次(待访)。

1939年(民国二十八年)

2月

陈安仁《宋代的抗战文学》初版。

陈安仁(1889～1964)，字任甫，广东东莞人。《宋代的抗战文学》，(长沙)商务印书馆1939年2月初版[③]，32开本，48页，约1.5万字。

本书为王云五主编的“国学小丛书”之一，普及读物。据“第一章　宋代政治社会的背景”，可知作者编纂此书，是为了展示宋代长期战争环境下，“诗人才人所描写的主题，所形成的倾向，所闪烁的星芒”。显然，这个编书动机，与当时“中华民族史上遭逢着国家兴亡交替的剧变，遭逢

① 解志熙：《古典文学现代研究的重要收获——任访秋先生文学史遗著二种校读记》，《中国文学研究》2012年第1期，第31页。

② 1930年代以来，周作人写了一批声讨“载道”的古文之首领韩愈的文章，如《中国新文学的源流》(1932年)、《谈韩退之与桐城派》(1935年)、《关于家训》(1936年)、《宋人的文章思想》(1936年)、《谈方姚文》(1936年)、《〈瓜豆记〉题记》(1936年)、《读书随笔》(1936年)、《谈孟子的骂人》(1937年)。周作人是任访秋在北大读研究生时的导师，对任氏影响很深。

③ 陈玉堂《中国文学史书目提要》录为“1939年3月出版”(第156页)，实际上应为2月。

着社会政治、时代的暗影”密切相关。作者通过写史来激励国人抵抗日本侵略的用心，是很明显的。

目次：

3月

杨荫深《中国文学家列传》初版。

杨荫深《中国文学家列传》，(上海)中华书局1939年3月初版，24开本，正文498页，附录44页，约33万字。

本书中的文学家，包括诗人、词人、戏曲家、小说家、辞赋家、散文家、批评家、翻译家。对于哲学家、历史学家等与文学无关者，都排除在外。旧称苏武、李陵为五言诗之鼻祖，而作者认为，这都是后人托伪，因此书中没有录入。

本书上起周代，下讫民国，涉及作家五百多人。书中还刊登了一些作家图像，书末另附作家生卒年、著作表及本书索引。

目次(略)。

4月

陶秋英《汉赋之史的研究》初版。

陶秋英，姜亮夫夫人，原籍苏州，出生于上海。《汉赋之史的研究》，(上海)中华书局1939年4月初版，32开本，192页，约8万字。1970年2月台北新文丰出版公司影印出版。郭绍虞作“序一”、姜亮夫作“序二”，舒新城校阅审订。

本书原为作者在燕京大学时的硕士毕业论文《赋史》的缩写本。与他书不同，本书从赋与其他文类之间的关系来体现赋的历史渊源及其演进。体例方面，作者仍以时代为经、体格为纬。

本书为“中国文艺社丛书”之一。

全书分三篇，共十章，二十九节，述及赋的源流、产生、演变、沿革及汉赋的生成、派别源流、作者等。

目次：

赋的名称的成立，第二节　赋的实体的产生，第三节　赋的衍变，第四节　赋的沿革）。

第二篇　骚赋：第一章　骚赋的由来（第一节　名称的由来，第二节　实体的由来）；第二章　骚赋时期的作着（第一节　屈原，第二节　宋玉，第三节　其他，第四节　骚赋时期的一个非骚赋作者——荀卿）；第三章　骚赋在赋史上的地位（第一节　历史的，第二节　文学的）。

第三篇　汉赋：第一章　汉赋的生成（第一节　政治影响概观，第二节　贵族的提倡，第三节　道家思想的影响，第四节　与其他学问的关系，第五节　著作之风已著）；第二章　汉赋的派别源流；第三章　汉赋时期的作者（第一节　贾谊，第二节　枚乘，第三节　司马相如，第四节　王褒，第五节　扬雄，第六节　班固，第七节　张衡，第八节　蔡邕，第九节　其他诸名家略述）；第四章　汉赋在赋上的地位（第一节　统一南北文学的功绩，第二节　汉赋是自骚赋滋生各文体的关键，第三节　赋体备于汉）；第五章　结论。

5 月

1. 郭缄一《中国小说史》初版。

郭缄一，湖北黄陂人。[①]《中国小说史》，（长沙）商务印书馆 1939 年 5 月初版，32 开，道林纸精装本两册，711 页，约 33 万字。1981 年台北商务印书馆影印，1984 年 3 月上海书店影印（上、下册），1998 年北京商务印书馆出版简体字版。2010 年 1 月，中国社会科学出版社将其列为“民国学术经典丛书”之一，改为简体字、横排印行。

本书是中国较早的小说史之一，从刊印版次及在学界的影响来看，仅次于鲁迅的《中国小说史略》，1984 年上海书店把本书和鲁迅的《中国小说史略》合为“民国丛书 · 第二编 · 文学类”第 61 种影印出版。实际上，郭缄一在本书“序言”中承认：“在取材方面除根据鲁迅先生的《小说史略》外，尚参考看其他书籍及各学者对于个别小说的意见和批评。”“本书参考书目”有王哲甫《中国新文学运动史》、郑振铎《中国文学史大纲》、鲁迅《中国小说史略》、赵景深《中国文学史新编》、谭正璧《中国小说发达史》，以及《复旦学报》、《作家》等 28 种报纸杂志。事实上，本书并非如郭缄一承认只是“参考”。早在该书出版的翌年，《图书季刊》（新 2 卷第 3 期）就

① 郭箴一，生卒年不详，关于她的一些生平事迹，可参见李鸿渊《郭箴一中国小说史略述评》（《古典文学知识》2011 年第 5 期）。

发表书评说："实无当于小说史乘之资助也。"1944 年顾梁发表的一篇书评(《华声》半月刊第一卷第 5～6 期)，以表格的形式列举了郭著有一百处与鲁迅《中国小说史略》相同，最长的占郭著的四、五页篇幅。评者认为，商务印书馆出版此书是"教育的大失败"。20 世纪 70 年代，小说史学者马幼垣先生鉴于郭著仍在港台地区不断翻印，特作《郭箴一〈中国小说史〉的来源》，刊于 1978 年 7 月 1 日《中国时报·人间》，以"指出其荒谬绝伦"。马幼垣主要列举了郭著对赵景深《小说闲话》中所收的几篇文章，几乎照单全收，一字不漏，以证其"狠抄乱抄"、"闭着眼睛乱抄一顿"①。2006 年学者齐裕焜指出："郭箴一的《中国小说史》初版于 1939 年，是当时篇幅最大的小说史著作。这部小说史由于曾多次翻印，因而影响较大，但这部著作并没有多大的学术意义，基本上是抄袭鲁迅和其他一些研究者如胡话、郑振铎等人的东西，全书并没有多少自己的创见。"②这个说法比较客观、公允，基本上代表了 21 世纪以来学术界对郭著的评价。需要指出，鲁迅《中国小说史略》叙述至清末，郭著则还包含了对此后二十多年的小说创作，篇幅也不算小，第八章"民国"约 3.5 万字。尽管郭著的这部分内容受王哲甫的《中国新文学运动史》的影响很大，但仅从时间上看，郭著贯通古今，不失为第一部完整的中国小说通史。

本书之叙述从东周以前至 1930 年代的"国防文学"，时间跨度之大在同类史著中罕见。按朝代叙述，共八章，三十九节。

目次：

① 马幼垣此文收入《中国小说史集稿》，台北，时报文化出版公司，1980。

② 齐裕焜：《中国古代小说史研究概述》，《长江大学学报》2006 年第 6 期。

潜搜神后记，(六)刘敬叔异苑，(七)刘义庆幽明记，(八)吴均续齐谐记；第五节 佛教徒怎样利用鬼神志怪书：(一)宣验记，(二)冥祥记，(三)冤魂志，(四)旌异记；第六节 笑话集与清言集：(一)笑林，(二)解颐，(三)启颜录；第七节 由语林到世说俗说与小说。

第四章 隋唐 第一节 唐始有意为小说；第二节 唐代产生小说的新环境；第三节 传奇小说三大类：(一)神怪(神仙道释妖怪谈)——《古镜记》、《白猿传》、《柳毅传》、《枕中记》、《李章武传》、《南柯太守传》、《秦梦记》……，(二)恋爱(佳人才子的艳情故事)——《游仙窟》、《离魂记》、《章台柳传》、《李娃传》、《霍小玉传》、《东城老父传》、《长恨歌传》、《会真记》、《非因传》……，(三)豪侠(侠男侠女底武勇谈)——《上清传》、《谢小俄传》、《红线传》、《剑侠传》、《昆仑奴传》、《明珠记》、《红拂记》……。

第五章 宋元 第一节 诨词小说所由起概述；第二节 太平广记及志怪书；第三节 宋之传奇：(一)太真外传及绿珠传，(二)赵飞燕外传，(三)谭意歌传，(四)大业拾遗记，(五)开河记，(六)迷楼记，(七)海山记下，(八)柳妃传，(九)李师师传；第四节 说话发达的社会背景及其家数；第五节话本——小说：(一)京本通俗小说，(二)古今小说，(三)大唐三藏取经记，(四)西游记；第六节讲史书：(一)梁公九谏，(二)武王伐纣书，(三)七国春秋后集，(四)秦併六国平话，(五)前汉书续集，(六)三国志平话，(七)五代史平话，(八)宣和遗事；第七节 南宋话本已打好活文学的基础。

第六章 明代 第一节明代的四大奇书：(一)三国志演义(a)胡适三国志演义序(b)残唐五代史演传(c)附录隋唐志传及其他，(二)水浒传——忠义水浒全书(a)百二十回本忠义水浒传序(b)水浒传中的社会思想，(三)西游记全传(a)吴承恩的西游记的地位(b)西游记作者吴承恩年谱，(四)金瓶梅词话(a)金瓶梅所表现的社会(b)金瓶梅为什么成为一部"秽书"(c)金瓶梅词话作者及时代的推测；第二节 明代的神魔小说：(一)四游记，(二)三宝太监下西游记，第三节 明代的拟宋人小说及其后来选本：(一)三言，(二)喻世明言，(三)警世通言，(四)醒世恒言，(五)拍案惊奇二刻，(六)今古奇观及西湖二集等。

第七章 清朝 第一节 清代的拟晋唐小说及共支流；第二节 清代的讽刺小说：(一)儒林外史；第三节 清代的人情小说：(一)红楼梦(a)重印乾隆王子本红楼梦序；第四节 以小说见才学者：(一)野叟曝言，(二)燕山外史，(三)镜花缘；第五节 清之狭邪小说：(一)品花宝鉴，

(二)花月痕，(三)青楼梦，(四)海上花(a)海上花列传的作者(b)海上花是吴语文学的第一部杰作；第六节　清代的侠义小说及公案：(一)儿女英雄传(a)儿女英雄传与儒林外史的异同，(二)三侠五义七侠五义及小五义正续(a)胡适三侠五义及七侠五义意见，(三)施公案及彭公案；第七节　清末之谴责小说：(一)官场现形记(a)节录官场现形记序，(二)二十年目睹之怪现状，(三)老残游记(a)老残游记及其二集，(四)孽海花(a)赵景深：曾朴的孽海花。

第八章　民国 第一节　新文学的前驱与发展；第二节　新文学运动的几大团体：(一)新青年——语丝——未名社，(二)文学研究会——现代评论，(三)创造社——洪水；第三节　新文学运动期间的翻译文学；第四节　新文学运动期间的创作小说：(一)新文学创作第一期，(二)新文学创作第二期；第五节　新文学运动的变迁和演进：(一)"五卅"以后的文坛，(二)革命文学的论战，(三)左翼作家联盟的成立；第六节　现代新文学运动的动向：(一)最新的文艺论战的意义，(二)新文学发展的新趋向，(三)国防文学运动的三原则。

本书参考书目

2. 朱星元《中国文学史通论》初版。

朱星元(1911～1982)，又名朱星，江苏宜兴人。《中国文学史通论》，(天津)利华印务局 1939 年 5 月初版，32 开本，分洋装、平装两种，156 页，约 5.8 万字。刘迺仁题签书名。

本书原是作者 1930 年代初期讲授文学史课程的补充材料。以"中国文学史通论"为书名，是因为本书是作者阅读近百种文学史著作之后的随感录。1939 年作者任教天津工商学院时，修改"中国文学史通论"并付印出版而成本书。全书主要内容，与作者 1935 年 5 月出版的《中国文学史外论》大体一致，应该是在《中国文学史外论》一书基础上修改、补充而成。

全书共五章，十六节，内容简略。就书中内容来看，第一、二、三、五章实际上属于"文学史研究史"，第三、四章属于"文学史学概论"。前面几章对中国文学史写作诸多问题的总结回顾，颇有价值。如第二章总结了五种文学史写法，即叙述的、研究的、评论的、考证的、引录的。作者指出了这五种写法须把握某些原则。这些都非常准确。直到今天，我们使用的文学史写法仍不外乎这五种。作者朱星元还提出了"一部理想的文学史的编法"：

> 以政治上的时代为经。但时代的划分，亦不当过紧，如把晚唐五代两宋完全分开，而把整个的文学潮流生生地腰斩了。这未免过于割裂。在每个时代中，应当把代表文学(或一种或几种以上)着重叙述，其他的亦不能不顾到。在说明一种文学潮流时，又不可不先阐明它的来源及其影响，尤其对于社会的经济的政治的背景，不可不澈(应为'彻'——引者注)底说明。①

看得出来，朱星元看重“社会的经济的政治的背景”对文学的决定作用，他的“理想的文学史”带有明显的唯物史观色彩。从朱星元在书中多处引用谭丕模之言来看，他和谭氏在文学史写作上有很多相同或相近的看法。比如，朱星元赞同谭氏提出的文学史分期“应当以经济的变动为标准”。可以推断，朱星元心目中的“理想的文学史的编法”，是倾向于政治式写作的。

书中还总结出四种文学史写作的语言体式，即骈文、古文、普通文言、语体(白话)。针对“现在差不多一般的著述，统用语体了”，有人乃至认为“文言是不合的”，朱星元说：“用骈文古文写文学史，对于事实的记叙，固是不便，至于用普通文言，实在是没有什么不合的。”因为，“文言比白话简约，简约利于记叙，而文学史恰是记叙之事”。何况，“往昔的文学，都偏重文言”。所以，“能用文言写述，尤觉事文一致”。鉴于白话和文言各有利弊、各有适用之处，朱星元总结说：“文言和白话是并立的了。不差。不过还要有一个界限，就是要写详博的文学史，可以用文言；浅显的文学史，则最好用白话。因为白话到底是比较浅显一些，普遍些。”②

书中对文学史著作的批评不少很有见地。譬如指出谢无量的《中国大文学史》除了存在文学定义混乱的毛病，还有“写法的杂乱，简直像一部抄录”③；批评胡适的《白话文学史》、《五十年来中国之文学》“妄加论断，竟视史为私人的论述；甚而一意攻讦，其视史有若攻击之利器”④。作者对郑振铎的《插图本中国文学史》(1932年)推崇有加，认为“它确是目前文学史中最好的一部”。总其特点，约略有四：一是定义确定，范围确

---

① 朱星元：《中国文学史通论》，天津，利华印务局，1939，第58页。

② 朱星元：《中国文学史通论》，天津，利华印务局，1939，第61、62页。

③ 朱星元：《中国文学史通论》，天津，利华印务局，1939，第69页。

④ 朱星元：《中国文学史通论》，天津，利华印务局，1939，第67页。

定；二是态度忠实；三是有系统；四是多所发现。此外，郑著在编法(即著述体例)方面也有四个其他史书没有的体制：参考书目、年表、索引、插图。①

总体说，本书是一部优秀的罕见的总结中国文学史写作之作。

目次：

第一章 文学史的界说目的及其他：一、文学定义；二、文学史界说；三、文学史目的；四、文学史范围。

第二章 文学史写作的方法及其他：一、文学史作法；二、文学史写法；三、文学史编法；四、文学史所用的文字。

第三章 中国文学史的沿革及其分类：一、中国文学史的起源与其进展；二、中国文学史分类。

第四章 中国文学史上的几个普通概念：一、中国文学的序幕；二、中国的特征(A. 南方文学与北方文学，B. 平民文学与贵族文学，C. 男性文学与女性文学，D. 白话文学与文言文，E. 写实文学与浪漫文学)；三、中国文学变迁的痕迹；四、中国文学进化的公例；五、中国文学的优越；六、中国文学的弊病。

第五章 中国文学史读法。

6 月

朱维之《中国文艺史略》初版。

朱维之(1905～1999)，浙江苍南人。《中国文艺史略》，合作出版社出版，上海长风书店发行，1939 年 6 月初版，同年 8 月再版，32 开本，174 页，约 9 万字。

1930 年秋，朱维之赴东京早稻田大学和中央大学的研究科进修。在早稻田大学山口刚教授的启发下，研究中国文艺思潮史。早在金陵神学院读书的时候，朱维之“因为羡慕西洋文艺思潮的眉目清楚，有条有理，使读者容易把握历代文艺的精神，很想编写一部中国文艺思潮史，使我们头绪纷繁，枯燥无味的文学史，也能成为眉目清楚，又简要又不枯燥的东西”。可是从浩如烟海的作品和零星的论文中找出一条线索来，谈何容易，而且也不是短时间内能办到。朱维之深感心有余而力不足。山口教授著有《支那文艺思潮》，正是这方面的专家，给了朱维之诸多指点，使他“心中的混沌逐渐有了模糊的轮廓”。又参考胡适《白话文学史》、高

① 朱星元：《中国文学史通论》，天津，利华印务局，1939，第 71～74 页。

须芳次郎《东洋文艺十六讲》、铃木虎雄《支那诗论史》等用新观点整理中国文艺的著作之后，完成了《中国文艺思潮史略》初稿。1934年，曾以此初稿在福建协和大学讲课，后来在沪江大学暑期学校也用过。① 1939年7月，《中国文艺思潮史略》由上海长风书店正式出版，一个月后再版。当正要出第三版的时候，太平洋战争爆发，长风书店内迁，不料途中此书的纸型毁于战火，准备在后方出版的意愿落空。② 抗日战争胜利后，改由开明书店出版，于1946年12月出版(即开明书店初版本)，24开本，160页；到1949年3月，出第三版。1978年9月，香港港青出版社未经作者授权私自印了一版。③ 1988年4月，《中国文艺思潮史略》经修改增补为《中国文艺思潮史稿》由南开大学出版社出版。1989年，上海书店据1946年12月出版的第三版影印出版，列为"民国丛书"第一编文学类第61辑。

另有一种版本，书名《中国文艺史略》，作者朱星元，由关东出版社在昭和十六年(1941)11月出版。此书目次、内容都与《中国文艺思潮史略》相同，但书名少了"思潮"两字，查朱维之著作目录，无此版本，疑是当时盗版。

本书是国内最早问世的一部完整的文艺思潮史，它在分期上以思潮的起伏和流变为原则，所以不是切瓜式的，而是波浪式的，表示出思潮起伏消长的本来式样。在著述体例方面，本书打破了以朝代更替作为主要线索的文学史写作格局，创建了以文学思潮的演变作为主要线索的文艺思潮史体例。

此书在全面描写中国文学发展历史的同时，附带论述了儒、道、佛思想对中国文艺思潮与文学创作的影响。尤其可贵的是，既充分论述了外国哲学、宗教、文艺对中国文艺的影响及所带来的变化和发展，又论述了中国文学对西方文学的影响。这种"双向影响"的研究，便于读者了解中国文学在世界文学史上的地位并正确认识其价值；而这种"双向影响"研究方法，开阔了中国文学史写作的视野，为中国文学史写作引进了中西比较文学的视域。

总之，本书从内容到结构，都为当时的学术界一新耳目。

① 参见朱维之：《中国文艺史略·自序》，上海，长风书店，1939。

② 参见朱维之：《中国文艺史略·三版自序》，上海，开明书店，1946。

③ 1986年，朱维之曾托人就《中国文艺思潮史略》被盗印事，向香港港青出版社交涉。出版社负责人表示，一定向朱先生赠送样书及支付稿酬。但，此后该出版社的承诺未兑现。

目次：

第一章　序论：一、文艺思潮史底意义；二、民族性——遗传与环境；三、中国民族性是消极的吗？四、中国文艺中所表现的女性都是病态的吗？五、奔进于中国文艺根底的两大主潮。

第二章　北方现实思潮底发达（西周至春秋）：一、黄河流域；二、诗经；三、儒家底诗教。

第三章　南方浪漫思潮底发达（春秋战国）：一、南方风物；二、楚民族；三、楚辞所表现的文艺思潮；四、老庄底文艺；五、老庄论艺术。

第三章　南北思潮底合流（秦汉魏晋）：一、合流底经过；二、神仙思潮底泛滥；三、汉赋和散文底思潮；四、乐府古辞底思潮；五、魏晋文艺思潮。

第四章　佛教思潮底勃兴（东汉至盛唐）：一、佛教底输入；二、佛教文学底翻译；三、佛教思潮底结合；四、对于自然的礼赞；五、技巧上的精练；六、六朝小说及其他艺术与佛道思潮；七、唐代文艺与佛道。

第五章　社会问题和复古运动（盛唐、中唐）：一、问题底发生；二、杜甫；三、边塞诗人；四、白居易和白派诗人；五、韩愈底复古运动；六、柳宗元。

第六章　唯美主义底高潮（中唐至北宋）：一、唯美文学底先驱；二、李商隐和温庭筠；三、花间派；四、南唐二主和冯延巳；五、词底黄金时代；六、北宋底正宗词派；七、宋诗底老境美。

第六章　民族意识底抬头（宋、元）：一、宋之国难与文艺；二、陆游；三、辛派词人；四、晚宋词人；五、异族统治下底思潮；六、小说戏曲。

第七章　古典主义（元、明）：一、旧文化底复兴；二、南戏底复兴；三、古典主义的诗文；四、拟古典主义。

第八章　浪漫主义（明、清）：一、浪漫思潮底兴起；二、浪漫的戏剧；三、浪漫的小说；四、公安派和竟陵派；五、纳兰性德和黄仲则。

第九章　写实主义（清以来）：一、科学精神和实践思潮；二、清代小说底写实倾向；三、古文和诗底写实倾向；四、“五四”以来新文学底主潮。

8月

章学诚《文学大纲》再版。

章学诚（1738～1801），字实斋，清代史学家、思想家、方志学家，浙江会稽(即今浙江绍兴)人。《文学大纲》,(上海)三友书社发行、各大书店代售,1939年8月再版。24开平装本,82页,约5万字。

章学诚一生精力都用于讲学、著述和编修方志。所著《文史通义》,与唐刘知几的《史通》并称史学理论名著,共9卷(内篇6卷,外篇3卷),是清中叶著名的学术理论著作。其中《文德》、《文理》和《史德》等篇中涉及文学史及其理论见解最多。由于,学界一般视之为史学理论著作,故不收入本编。《文学大纲》一书,虽无常见的章节体,只是数篇大致按时间顺序排列的专论的汇集,但能自成体系,因而实为一部优秀的断代专题文学史。书中对赋、词、曲之起源及其特质的叙述,多有超凡见解。

目次:

先秦诸子之文与六艺之关系;左传与战国策之比较;四史之特征;两汉文学与魏晋六朝文学之异同(附 古文异法);赋之定义与其种类;词之起源与其特质;曲之由来与其种类;书说文之特质;传记体之作法及其种类;议论文之要素。

9月

李何林《近二十年中国文艺思潮论》初版。

李何林(1904～1988),原名竹年,安徽霍丘人。《近二十年中国文艺思潮论》,(上海)生活书店印行,1939年9月初版,1945年10月抗战胜利后第一版,1946年5月抗战胜利后第二版,1947年5月抗战胜利后第三版,24开本,576页,约30万字,书前有鲁迅画像和宋阳(瞿秋白笔名)青年时代半身照片。另有香港版、上海版、桂林版、重庆版、东北版等,每种版本的发行量不算大,比如1948年10月大连光华书店发行的版本(版权页印1938年9月沪出版),仅发行1500册。近年流传较广的,是陕西人民出版社1981年4月重版本,改为横排,大32开,567页,因增加了写于1950年的“自评”和1979年写的“重印说明”,总字数达36.9万。

作者显然信服和运用“文学运动为政治和社会变革所决定”这一思维模式,因此很重视时代背景,二十年(1917～1937)来的中国社会文化思想及文学变化,被三个重大事件划为三个时段,即“五四”、“五卅”、“九·一八”,因此,全书相应地分作三编,即“‘五四’前后的文学革命运动”、“大革命时代前后的革命问题”、“从九·一八到八·一三的文艺思潮”。每一编开始都有“绪论”一章,略述该时段文艺思潮的社会背景。每一编的第二章都是“概论”,乃该时段文艺思潮的缩写或简史。这些“概论"连起来可以看作是一部文艺思潮略史。另有更详细的评述不时穿插在各章节引用的资料之间。就此来看，《近二十年中国文艺思潮论》比作者几年前出版的《中国文艺论战》(上海北新书局 1930 年出版)"规模更大，编法也有不同：不再采用论文选编归类的方法，而是采用'资料长编'法，即以原始资料为主，以潮流的本身表现为主，将近二十年文艺思潮的变迁分为不同的几个阶段，给每一阶段作简扼的评述，然后分章节将各种文学派系、社团所体现的不同文学倾向以及彼此间发生的各种争论加以勾勒，并将各种不同观点的文论多多摘引。"①

这部书的另一个特点，是用阶级分析眼光考察文学现象。作者认为，"实在只有二种主要的思想潮流支配着这二十年的文艺界"，认定 1917 年至 1927 年属于资产阶级文艺思想发展而无产阶级文艺思想萌芽的时期，而 1927 年至 1937 年，则是无产阶级文艺思想发展的时期。著者认为"五四"新文化运动是资产阶级性质的文化运动。这些认识，接近毛泽东《在延安文艺座谈会上的讲话》中指出"五四"新文化运动由无产阶级领导这一论断，但尚有差距。李何林这个关于"五四"新文学运动性质的论断在后来受到钱俊瑞、何干之、范文澜等学界名流的质疑和批评。李何林对学界的批评，表示心悦诚服，1950 年 5 月做了一篇"自评"，承认他这本书的缺点是把"五四"时代的领导思想说成是资产阶级思想，"没有看见无产阶级思想从开始就在领导着了"，以致模糊了新旧民主主义的界线。② 吊诡的是，1979 年李何林为陕西人民出版社重印《近二十年中国文艺思潮论》写了"重印说明"，其中谈到为何把 1950 年对《思潮论》的"自评"作为附录。他说："三十年前的自评，自然是很不够的，然亦可见当时思想水平的低下。"

全书主要是从世界各国近二三百年文艺思潮的影响和近二十年中国社会政治经济的发展变迁，来寻找新文学发生的原因，所引资料比较丰富，评述简明扼要，立场观点十分鲜明。

目次：

第一编："五四"前后的文学革命运动：绪论、由"五四"到"五卅"的文艺思潮之社会背景，一、概论——从一九一七年到"五卅"的中国文艺

① 温儒敏：《中国现代文学的阐释链与"新传统"的生成》，《学术月刊》2008 年第 11 期，第 105 页。

② 1950 年 5 月，李何林在"自评"中说："《思潮论》对于抗战前二十年中国新文学的性质，没有明确的指出从开始到末了都是统一战线的反帝反封建的新民主主义的文学。对于'五四'时代的领导思想问题，又认为是资产阶级思想占优势，没有看见无产阶级思想从开始就在领导着了。"(《李何林文论选》，北京，人民文学出版社，1986，第 251 页。)

思想界，二、文学革命运动的“思想和形式”的主张，三、与反对者的论争，四、文学研究会与创造社。

第二编：大革命时代前后的革命文学问题：绪论、由“五卅”到“九·一八”的文艺之社会背景，一、概论——从“五卅”前后到“九·一八”的中国文艺思想界，二、创造社的革命文学主张，三、鲁迅的态度和茅盾的意见，四、语丝派及其作者的意见，五、新月派及其他反对者的论调，六、进步的文艺理论及文学团体的建立。

第三编：从“九·一八”到“八·一三”的文艺思潮：绪论、由“九·一八”到“八·一三”的文艺思潮之社会背景，一、概论——从“九·一八”到“八·一三”的中国文艺思想界，二、文艺创作自由问题，三、大众文艺问题及语文改革运动，四、“国防文学”和“民族革命战争的大众文学”的口号之争与鲁迅逝世前后文艺界的大团结。

本年

不题撰人《文学大纲》再版。

不题撰人《文学大纲》，(上海)三友书社 1939 年再版，出版时间不详(上海图书馆收藏有初版本，惜版权页佚)。

本书系选编类书籍。

目次：

先秦诸子之文与六艺之关系；《左传》与《战国策》之比较；四史之特质；两汉文学与魏晋六朝文学之异同；桐城派与八大之源流；赋之定义与其种类；历代诗体之变迁；词之起源与其特质；曲之由来与其种类；书说文之特质；传记体之作法及其类例；议论文之要素。

1940 年(民国二十九年)

1 月

赵景深《民族文学小史》初版。

赵景深《民族文学小史》，(上海)世界书局 1940 年 1 月初版，24 开本，139 页，约 6 万字。

本书原名《近古民族文学小史》，因为叙述的只是宋元明清部分，并未论述宋代以前的部分，故得现在这个书名。此外，本书各篇原来是独立的文章，编成书后，各篇在内容上有一些重叠，全书的结构也显得错综复杂。

目次：

第一章　诗歌：第一节　辛弃疾的诗；第二节　晚宋的诗；第三节

一位将军的诗；第四节 明末的二张；第五节 晚明的词。

第二章 小说：第一节《水浒》和《西游》；第二节 李广和于谦；第三节 三大英雄传奇；第四节 光辉的女性；第五节 讲史五种。

第三章 戏剧：第一节 概说；第二节 元代杂剧和戏文；第三节 明代传奇；第四节 清代杂剧；第五节 清代传奇。

附录五篇

2 月

毛泽东发表《新民主主义论》。

这是毛泽东 1940 年 1 月 9 日在陕甘宁边区文化协会第一次代表大会上的讲演，原题为《新民主主义的政治与新民主主义的文化》，载于 1940 年 2 月 15 日延安出版的《中国文化》创刊号。同年 2 月 20 日在延安出版的《解放》第 98、99 期合刊登载时，题目改为《新民主主义论》。

1930 年前后，文化界曾有过“中国社会性质问题”的论争。当时比较普遍的观点认为，“五四”新文化运动是资产阶级性质的启蒙运动，是资产阶级思想领导和以资产阶级思想为主的运动。毛泽东在《新民主主义论》中对这种共识发出质疑，论定“五四”新文化运动具有新民主主义的统一战线性质，肯定了无产阶级思想对这一运动的主导作用，并从这个角度给新文学的性质定下调子。此后，许多文学史作者开始用这一观点说明“五四”新文学运动的性质，突出马克思主义所起过的思想领导作用。所以考察 20 世纪 40 年代以降的中国文学史写作，不能不特别关注《新民主主义论》的决定性影响，以及在这种影响之下的学术思想变迁。①

10 月

1.《中国新文学大系导论集》初版。

《中国新文学大系导论集》乃集中赵家璧主编《中国新文学大系(1917～1927)》(10 卷)中所载各篇“导论”而成，上海良友复兴图书印刷公司印行，1940 年 8 月付排、1940 年 10 月初版，32 开本，363 页。由于书中所收各篇“导论”的作者，既是部分新文学作品的创作者，也是对新文学的发展有突出贡献的参与者，这部《导论集》可以称作是中国现代史上第一部详尽介绍新文学发展状况的著作。曹聚仁在谈及《中国新文学大系》

---

① 此言套用了温儒敏先生之言，详见《中国现代文学的阐释链与“新传统”的生成》，《学术月刊》2008 年第 11 期，第 105 页。

(1917～1927)“编选人的导言(或序例)”时说：“这便是最好的那一部门的评价，假使把这几篇文学汇刊起来，也可以说是现代中国新文学的最好的综合史。”①又说：“郑振铎的《文学论争集导言》是一篇极好的现代新文学小史。”②

《导论集》对中国现代文学史写作的影响极其深远，约略体现在三个方面：

一是以进化论为理论支撑，确立新文学在中国文学发展中的历史地位；

二是确立了新文学史写作的三大板块，即文学理论、文学运动、文学作品；

三是在内容上基本确定了对重要文艺论争、文学社团流派、作家及其代表作的介绍评价标准。

2. 吴烈《中国韵文演变史》初版。

吴烈《中国韵文演变史》，(上海)世界书局1940年10月初版，32开本，192页，约10万字。何炳松题写封面书名。

本书所谓“韵文”包括《诗经》、《楚辞》、汉赋、乐府、唐诗、宋元词曲等，按其在文学史上出现的先后顺序，叙述各自起源、与时代之关系、盛衰、对后世之影响及其流派和代表作家。注重各文类与社会之关系、文类之间的关系。全书三十九章，不分节。

目次：

第一章　诗经的渊源；第二章　诗经与周代社会的关系；第三章　诗经对于后代文学的影响；第四章　楚辞的由来；第五章　楚辞与诗经的关系及其影响；第六章　忧国诗人屈原；第七章　诗赋的区别及其流源；第八章　汉赋发达的原因；第九章　汉代的赋家；第十章　汉赋的兴衰及其对于骈文的影响；第十一章　甚么叫乐府；第十二章　乐府的分类；第十三章　乐府的发达；第十四章　乐府与五言诗的关系；第十五章　建安文学与当时社会的关系；第十六章　建安文学与乐府诗的关系；第十七章　建安文学的领袖人物；第十八章　建安七子的关系；第十九章　建安文学的演变及其影响；第二十章　自然诗产生前夜的社会思潮；第二十一章　自然诗的产生；第二十二章　自然诗的流派；第二

① 曹聚仁：《文坛五十年·史料述评》，上海，东方出版中心，1997，第380～381页。
② 曹聚仁：《文坛五十年·史料述评》，上海，东方出版中心，1997，第382页。

十三章　近体诗发达的原因；第二十四章　初唐诗歌的趋势；第二十五章　诗的黄金时代；第二十六章　诗圣杜甫；第二十七章　诗歌的衰落时期；第二十八章　词的起源；第二十九章　令词的尝试及其发达；第三十章　令词的极盛时代；第三十一章　慢词的发达及其词体的解放；第三十二章　豪放词派的流行；第三十三章　婉约词派的流行；第三十四章　典雅词派的起兴；第三十五章　词的衰亡；第三十六章　散曲的兴起及其流行；第三十七章　散曲的豪放派；第三十八章　散曲的清丽派；第三十九章　散曲的典雅化及其就衰。

11 月

吴文祺开始在《学林》杂志连载《近百年中国的文艺思潮》。

从 1940 年 11 月开始，吴文祺的《近百年中国的文艺思潮》在开明书店主办的《学林》月刊第 1～3 期连载。此文于 1969 年 10 月由香港龙门书店印行单行本(16 开，平装)。

12 月

1. 李崇元《清代古文述传》初版。

李崇元，字续川，广东梅县人。《清代古文述传》，(长沙)商务印书馆 1940 年 12 月初版，32 开本，103 页，约 5 万字，张寿镛作序。

本书列为王云五主编的“国学小丛书”之一，编写于 1928 年至 1931 年间。1931 年完稿后交上海商务印书馆，因“一・二八”事变毁于战火。1932 年重新编写，至 1934 年重新编成，又经两年时间的删改，才定稿[①]。据作者说，初稿中没有涉及李文胤，后据章炳麟的建议加入，此外还增加了顾亭林；又据金松岑的建议将魏默深与龚定庵分开作传。[②]

本书实为清代作家传记，但其“重在传述文学，不与史传同”，故可视为文学史参考书。全书从侯方域开始，至王树枏止，多数各人一传，有些两人或数人合传，收入清代作家近百人。作者另外著有《清代散文述传》一书，未见。

目次：

① 张寿镛的序，作于 1934 年 8 月，可证明本书定稿时间是 1934 年。

② 李崇元：《清代古文述传・自序》，长沙，商务印书馆，1940。

卷二：朱彝尊，韩菼，姜宸英，戴名世，方苞，姚鼐，刘大櫆，汪中，朱仕琇附林明伦，彭绩附彭绍升，罗有高，姚鼐。

卷三：吴定，鲁仕骥，秦瀛，恽敬附陆继辂，王灼附钱伯坰，张惠言，陈用光附陈学受、陈溥，姚莹，邓显鹤附周树槐，吕璜，刘开附刘继。

卷四：姚椿附毛嶽生、吴德旋，管同附管嗣复，梅曾亮，方东树，张穆附冯志沂；魏源，朱琦附王拯、彭昱尧，曾国藩，吴嘉宾，龚自珍。

卷五：龙启瑞，邵懿辰，戴钧衡，鲁一同附潘德与高延第、段朝瑞、李镛，苏惇元，吴敏树，郑珍，杨彝珍附孙芝房，薛福成，张裕钊，王先谦，黎庶昌，方宗诚，徐宗亮附萧穆，孙衣言，李慈铭附王闿运。

卷六：吴汝纶，贺涛，范当世，方昌翰附姚永概，严复附康有为，马其昶，李详，王树枏附李刚己、赵衡。

2. 卢翼野《民族诗歌论集》初版。

卢翼野(即卢前)《民族诗歌论集》，(重庆)国民图书出版社印行，1940年12月初版，32开土纸本，112页，约5.5万字。

本书共五章，侧重民国以来之民族诗歌。

目次：

第一章　民国以来我国民族诗歌：一、选体诗派；二、新学诗派；三、南社诗派；四、词体之兴盛；五、散曲运动；六、新体诗歌之尝试；附：建立民国诗学刍议(易君左)。

第二章　边疆文学鸟瞰：一、西藏诗说；二、蒙古文字与诗；三、青海之花儿；四、苗胞歌谣。

第三章　中国文学史上之妇女：一、刚性文学与柔性文学；二、诗赋时代之蔡琰；三、词时代之李清照；四、曲时代之黄娥。

第四章　民族诗风之倡导者：一、民族诗雄丘逢甲；二、于右任先生及其诗；三、白屋诗人吴芳吉评传。

第五章　民族诗歌谈屑(共三十三则，略)。

本年

周扬《新文学运动史讲义提纲》基本完成。

1939年8月，延安鲁迅艺术文学院开学，增设文学系，设立“中国文艺运动史”课程。从1939年到1940年，由周扬讲授此课程。周扬因此编写了《新文学运动史讲义提纲》，不过仅用于讲课，不曾发表过。这份讲稿没有写完，只完成了引言、第一章、第二章，第三章只写成一部分。1986年年初，在周扬逝世前，《文学评论》杂志第一、二期连载了讲义原稿的已完成部分，即引言、第一章、第二章，约2.8万字。

由于原稿没有注明写作时间，也没有相关资料提及或能确证这个时间，如今只能大致推断。首先，讲稿写作于1939年到1940年周扬在鲁艺授课期间，这一点无疑义。其次，按照一般人编写授课讲义的习惯，都是边写边讲，因而可推断，编写第三章的时间是1940年。最后，这份讲稿的基本观点与毛泽东1940年2月正式发表的《新民民主主义论》保持一致。资料显示，周扬编写后面的章节时，已经看到了毛泽东的文章①，而且周扬还引用了毛泽东文中的话(参见"引言")。综合这三点，可断定周扬这份讲稿基本完成于1940年。

当时周扬已担负文化领导工作，经常要承担对中国共产党的文化政策的解释和宣传。因此，"他在延安鲁艺的这种授课，也是有示范性的，在相当程度上代表当时延安文艺界对新文学史的正统的看法"②。《文学评论》杂志在《编者按》里说："它反映了当时中国批评界所能达到的历史高度和思想水平，也反映了周扬同志本人的作为文学批评家的风格、批评观念和批评方法。"③

从《文学评论》发表的该文来看，这份讲稿叙述的是甲午战争至"五四"新文学的文学运动史。

"引言"对新文学运动正式形成时间、新文学运动的属性、新文学运动与无产阶级社会主义文学的关系、对鲁迅的高度评价，都体现了对毛泽东《新民主主义论》的融通。

"第一章　新文学运动之历史的准备"，就材料来看，很可能是从胡适《五十年来中国之文学》和陈子展《最近三十年中国文学史》中取得，尤其受陈子展以中日甲午战争作为新文学开端的影响，周扬讲新文学运动也从1894年开始。虽然没有新材料，但周扬的研究角度和结论是新的。他认为新学运动是旧民主主义的，是资产阶级文化运动的重要内容，因而"是软弱的，无力的"。由此凸显新文化运动的必然性。显然，在他看来，甲午之后的新学运动，只是"新文学运动之历史的准备"。

"第二章　新文学运动的形成"，是在新学运动所作"历史的准备"基

---

① 毛泽东起草《论新民主主义》期间，曾将草稿交给周扬看过，请他提意见。

② 温儒敏：《40年代文学史家如何塑造"新文学传统"》，《中国现代文学研究丛刊》2003年第4期，第30页。

③ 《周扬〈新文学运动史讲义提纲〉编者按》，《文学评论》1986年第1期，第20页。

础上，在“五四前后中国一般政治经济情况”和“新文化运动”下催生。由于遵循毛泽东关于新民主主义及其文化的理论，他把新文学运动视为无产阶级文学的内容，因而认为“‘五四’新文学运动是一个文学上的现实主义的运动”，而“文学革命是在谋文学和大众结合的目标之下实行的”。

有学者论及周扬这份讲稿时，强调毛泽东《新民主主义论》的影响①，另有学者却强调：“周扬这篇《提纲》，因为只是讲课用的提纲，可能就更多保留周扬自己文学思考的原生态的成分。”②其实，周扬作为出色的文学批评家，在讲稿中，一方面，基本观点与毛泽东《新民主主义论》保持一致；另一方面，在具体分析一些作家作品时，“更多保留周扬自己文学思考的原生态的成分”。例如，周扬对社会历史的批评方法，运用纯熟，很注意文学运动与“中国一般政治经济情况”的联系。这使他能够有新的发现。他说“‘五四’所提倡的‘人的文学’就是带资产阶级性质的”，但他也独到地指出，“所谓‘新精神新内容’就是‘人的自觉’的思想，在文学上就是所谓‘人的文学’，这正是民主革命精神在文学中的爆发”。

正如论者所指出：“《讲义》(周扬《新文学运动史讲义提纲》——引者按)与前此的所有新文学史著，最大的区别就在于强调了无产阶级在新文学运动中的作用，而且是最重要的领导作用。”③

目次：

① 黄修己：《中国新文学史编纂史(第二版)》，北京，北京大学出版社，2007，第62页。

② 温儒敏：《40年代文学史家如何塑造“新文学传统”》，《中国现代文学研究丛刊》2003年第4期，第32页。

③ 黄修己：《中国新文学史编纂史(第二版)》，北京，北京大学出版社，2007，第62页。

六、几点结论。[①]

1941年(民国三十年)

1月

刘大杰《中国文学发展史》(上卷)初版。

刘大杰(1904～1977),笔名大杰、雪容女士、绿蕉、夏绿蕉、修士、湘君、刘山等,室名春波楼,湖南岳阳人。《中国文学发展史》,分两卷,上卷完成于1939年,1941年1月由中华书局印行,24开布面精装本,408页,约20万字,下卷完成于1943年,1949年1月由中华书局初版(详后)。

1949年下卷出版以后,作者对全书作了三次删改,有1958年版(上海古典文学出版社,上下卷)、1963年版(中华书局)和1976年版(上海人民出版社)。[②]另有1972年香港古文书局版(上中下三册)、1982年7月上海古籍出版社新一版(上中下三册)、2006年复旦大学出版社出版全新版(上中下三卷)。各种版本中,最具代表性的是初版本和1962年的修订本,譬如复旦大学出版社印行的即据后一种。

本书上卷共十五章,始于殷商巫术文学,迄至唐代唯美诗的复活与唐诗的结束,分为六十余节;下卷从第十六章晚唐五代的词起,至第三十章清代的小说止,共七十余节,均以文体、作家按代叙述。

在本书"自序"中,刘大杰提到他对前人研究成果的汲取:"王国维的《人间词话》、《宋元戏曲史稿》,梁启超的《陶渊明》,胡适的小说论文等等,在我评论唐宋词、元人散曲、陶渊明、《老残游记》及其他作品的时候,所受影响是较为显著的。再如周作人的《中国新文学源流》一书,在评论明末散文和金圣叹的章节里,也可以看出它的影响。"但对他写作本书影响最大的,是朗松的《法国文学史》,甚至可以说他以朗松此书为蓝本。刘大杰像朗松一样,在编写时"以描述思潮和变迁为主务,从作家的身世、性格与社会背景的结合,发现并着重阐发作家作品的个性"。因而在《中国文学发展史》中,文体的兴衰与代变实为文学史成为"史"的重要内涵。

---

① 此目次依据《文学评论》1986年第1、2期刊登的周扬《新文学运动史讲义提纲》。

② 关于刘大杰先生修改这三个版本的详细过程,可参见林东海《文林廿八宿——师友风谊》(北京,人民文学出版社,2007);关于三个版本的异同,可参见马榕《谈谈〈中国文学发展史〉的版本变化》(《中华读书报》2011年1月26日第14版);研究这三个版本的学术论文,可参见贾毅君《文学史的写作类型与性质——论刘大杰〈中国文学发展史〉的三次修订》(《天津大学学报(社会科学版)》2001年第3期)。

作者对中西文学史理论的合理吸纳使本书的理论架构颇有特色。刘大杰采纳泰勒、郎松等西方学者的理论，强调以“物质基础”、“社会经济”以及“精神文化”等因素为文学的背景和条件，在此基础上追究每一时代的“文学思潮”，同时联系文学的“生物的机能”，通过分析作家各具个性的创作，最终描绘出作为“人类情感与思想发展的历史”的“文学发展史”①。

但本书最能显示个人学术风格和审美趣味的，是不仅有不少独到的见解，而且叙述生动、富于感染力，书中的评议体现出了作者卓越的艺术鉴赏眼光。可以说，本书是中国文学史叙事中“史传”传统与“诗史”传统的有机结合。

2007年8月百花文艺出版社据20世纪40年代的初版本重印出版，该书“内容介绍”称：“刘大杰先生的《中国文学发展史》是近世中国文学通史著作中最重要的一部巨著。”此言不虚。刘大杰的《中国文学发展史》是近世最重要的中国文学通史著作之一，亦可谓20世纪前期中国文学史写作的典范之作。此书为他在海内外赢得了巨大声誉，据说1949年以后毛泽东曾多次询问乃至亲自指导刘大杰修订《中国文学发展史》。

目次：

① 刘大杰：《自序》，见《中国文学发展史(上卷)》，上海，中华书局，1941年1月版。

学理论的建设；三、魏晋文学的浪漫性；四、魏晋的神怪小说。

第九章　魏晋诗人：一、建安诗人；二、正始到永嘉；三、田园诗人陶渊明。

第十章　南北朝与隋代的文学趋势：一、唯美文学的兴起；二、新体诗的制作；三、山水文学与色情文学；四、文学批评；五、小说。

第十一章　南北朝与隋代的民歌及诗人：（上篇）南北朝与隋代的民歌：（一）南方的民歌；（二）北方的民歌。（下篇）南北朝与隋代的诗人：（一）南朝诗人；（二）北朝诗人；（三）隋代的诗人。

第十二章　唐代文学的新发展：一、绪说；二、唐诗兴盛的原因；三、古文运动；四、短篇小说的进展；五、唐代的变文。

第十三章　初唐的诗歌：一、宫体诗的余波；二、王绩与王梵志；三、上官仪与四杰；四、沈宋与文章四友。

第十四章　浪漫诗的全盛与产生；一、绪说；二、陈子昂与吴中四杰；三、王孟诗派；四、岑高诗派；五、李白的生平及其作品。

第十五章　社会诗的兴衰与唯美诗的复活：一、绪说；二、杜甫的生平思想及其作品；三、杜诗的影响与张籍；四、元白的文学思想与作品；五、孟韩的诗风；六、唯美诗的复活与唐诗的结束。

7 月

〔日〕青木正儿著、隋树森译《元人杂剧序说》初版。

〔日〕青木正儿著、隋树森译、徐调孚校注《元人杂剧序说》，1941 年 7 月开明书店印行，32 开本，190 页，9 万余字。经译者修订增补后，改名《元人杂剧概说》，1957 年 7 月由中国戏剧出版社再版，32 开，166 页，9.9 万字。

本书系青木正儿将《支那戏曲史》一书叙述元代杂剧的部分，加以增补整理而成。此书亦为作者选编的《元人杂剧》一书日译本的弁言。书中第一、二章有些地方与青木氏《支那近世戏曲史》一书的第二、三、七、十五章重复，但前书中的错误，此次也得到订正，而且内容上有所增补。所以，本书可视为《支那近世戏曲史》的姊妹篇。

青木正儿在这部书中，叙述元人杂剧的起源与派别，浅显清楚，自成体系。据其自述："本书偏重于作品的介绍与批评，这是曲学先辈王国维、吴梅两家的著作中不大谈到的。"这确实是本书的一个特色。

原著印成于 1937 年秋天，之后中国发现了大批新的元剧作品，因而到 1941 年，书中部分内容有修补之必要，尤其最后一章《元人杂剧现存书目》，须补充的内容更多。译者在书中收入了徐调孚增补的相关内容，以弥补原著之遗憾。

译者在翻译时，删去了原著中的“凡例”和几处中日戏剧比较的内容。

目次：

第一章　杂剧之沿革：唐宋的戏曲，元代杂剧的勃兴，兴隆的原因，杂剧的南侵，戏文的下沈，杂剧的衰颓。

第二章　杂剧之组织：结构，歌曲，曲辞，宾白，题目正名，脚色，杂剧的分类，分类举例。

第三章　曲本及作家：现存的曲本，曲本的比较，作家，作风。

第四章　初期之本色派：(一)关汉卿；(二)杨显之；(三)郑廷玉张国宾武汉臣之悲欢离合剧(附)杨文奎之儿女团圆；(四)高文秀康进之李文蔚之水浒剧；(五)李行道王仲文孟汉卿之断狱剧；(六)吴昌龄戴善甫石君宝之风情剧；(七)纪君祥李直夫岳伯川。

第五章　初期之文采派：(一)王宝甫与白仁甫；(二)马致远(附)谷子敬之城南柳；(三)李寿卿；(四)张寿卿石子章之闺怨剧；(五)尚仲贤李好古之龙女剧。

第六章　中期末期之名家及无名氏杰作：(一)郑光祖；(二)乔吉；(三)其他中期作家宫天挺杨梓范康金仁杰；(四)末期之作家秦简夫萧德祥朱凯罗本；(五)元无名氏杰作；(六)明初之作家王子一谷子敬贾仲名杨文奎。

第七章　元人杂剧现存书目：(一)初期全本六十八种逸套十三种；(二)中期全本十三种逸套二种；(三)末期及明初全本十六种逸套一种；(四)无名氏全本三十五种逸套三种。

8月

施慎之《中国文学史讲话》初版。

施慎之《中国文学史讲话》，(上海)世界书局1941年8月初版，1947年再版，32开本，正文200页，约11万字。沈东士题签书名。1965年台湾文星分店影印出版，列为“文星集刊56”。

本书被列为世界书局的“学术讲话丛书”之一，以朝代为经，各种文学部门的发展为纬，每个时代具有代表性的文学，则分别述于首节，其他非代表性的述其后。共九章，二十八节，起于秦汉迄至清末，最后一章为“古文学的结束”。据作者说，清末以后的“现代文学”将有本书的姊妹篇《中国新文学史讲话》详述，但后来未见此书出版。

目次：

12 月

1. 谭正璧《文学源流》初版。

谭正璧《文学源流》，(上海)世界书局 1941 年 12 月初版，24 开狭长本，79 页，约 3 万字。

本书为“国文丛刊”之一，以适合现实生活及青年心理为主，专供中等学校学生及同等程度的校外青年课内或课外研究国文之用。

本书采用“以文类为经、时代为纬”的著述体例，依次叙述诗歌、文章、小说、唱本、戏曲的渊源和沿革。全书共五章，二十节，眉目清楚，语言平易、生动，内容详略有别。

目次：

类)；第二节 辞赋(诗辞的进化、楚辞作者、汉赋的西京时期、汉赋的东京时期、六朝骈赋)；第三节 古文(古文运动的前夜、韩愈及其同志、唐宋八大家、归有光、桐城派与曾国藩)；第四节 小品文(初期作品、魏晋南朝之作、水经注与洛阳伽蓝记、唐柳宋苏、晚明小品)。

第三章 小说源流：第一节 叙论(小说的起源、横的分类、纵的分类)；第二节 琐话集(古代琐话、六朝琐话三大派、后人仿作)；第三节 短篇小说(琐话的整篇化、唐人传奇三大派、现存宋元话本、传奇话本的仿作)；第四节 长篇小说(由讲史到长篇小说、明人四大奇书、清代三杰作、狭义与公案小说)。

第四章 唱本源流：第一节 叙论(唱本的起源、横的分类、纵的分类)；第二节 宝卷(佛教的宣传书、变文的拟作、宝卷三大类)；第三节 弹词(词与话本的河流、今存三种诸宫调、淘真与弹词、明代作品、清代女性之作、俗弹词)；第四节 鼓词(词与传奇的合流、今存两种鼓子词、两位鼓词作家、民间鼓词、大鼓书词)。

第五章 戏曲源流：第一节 叙论(戏曲的起源、横的分类、纵的分类)；第二节 戏文(最初的戏曲、宋戏文本事考、元人所作)；第三节 杂剧(杂剧的盛况、蒙古时代、一统时代与至正时代、朱权与朱有燉、短剧的起来)；第四节 传奇(戏文长篇化、汤显祖与沈璟、南洪北孔、附谈皮黄)。

习题(一、二、三、四、五)。

2. 蒋伯潜、蒋祖怡《骈文与散文》初版①。

蒋伯潜(1892～1956)，名起龙，又名尹耕，以字行，现代学者、教育家，浙江富阳人，蒋祖怡(1913～1992)，蒋伯潜之子，古代文学研究学者。《骈文与散文》，1941年12月由上海世界书局初版，32开，236页，15万余字。1947年2月，由世界书局再版。1997年5月，作为“古典文史知识丛书”之一由上海书店出版社出版横排简体字本，32开本，216页，15.1万字。

作者之一的蒋伯潜早年从钱玄同、马幼渔为师，又曾问学章太炎、梁启超门下。编写本书前，他曾在浙江省中等学校任教二十年。1938年春，担任大夏大学及迁沪的无锡国专中文系教授，并兼任世界书局特约

① 《骈文与散文》一书实际上由蒋祖怡撰写。因该书封面和版权页都标注“编著者 蒋伯潜、蒋祖怡”，而《骈文与散文》系二人合编的“国文自学辅导丛书”之一，故仍以二人为本书编者。

馆外编审。在此以前，他曾为世界书局编撰高初中国文课本12册，世界书局总编辑署曰“蒋氏国文”。这套书与当时一般中学课本不同，初中六册，以“记叙”、“论说”等四种文体分类；高中六册，前四册以中国文学史为纲，后两册以中国学术史为纲。这套书出版后颇受教育界欢迎。所以，世界书局又邀请他和儿子蒋祖怡合编“国文自学辅导丛书”。这套丛书分两辑，第一辑适合初中的六册，分三组，都用故事体编写：《字与词》、《章与句》、《体裁与风格》，均为上下册；适合高中的六册同样分三组，不用故事体编写：《骈文与散文》、《小说与戏剧》、《论诗》、《词曲》、《诸子与理学》、《经与经学》。适合高中的这一辑，“以文学与学术为经，文学史与学术史为纬，而文学概论、文学批评、群经诸子及理学及内容流变，皆融会其中”[①]。这六册书中，《字与词》、《章与句》、《小说与戏剧》、《骈文与散文》、《诗》、《词曲》均由蒋祖怡撰写。

《骈文与散文》由两编组成，第一编“骈散文历史上的演进”共十二章，约8万字，主要从纵向的角度梳理骈散文的兴衰变迁，以骈散文的分合作为论述框架，由汉代骈散文出现分歧叙述至清末白话文体由酝酿而成功止，可视为一部骈散文史；第二编“骈散文内容的分析”主要从横向的角度分析骈散文的内在结构特点及异同，属于骈散文概论。全书微观分析与宏观概括相结合，点线面相结合。作者从文化史的大背景来考察骈散文，视野更开阔，评判不偏不倚，没有崇骈崇散之囿。不过，可能拘囿于本书作为高中教学参考资料的定位，书中基本上是通俗性解说，很少有创见。倒是两位作者在“国文自学辅导丛书”第一辑的设计中，把骈文与散文、词与曲、小说与戏剧作为三组合论，以此探寻各组文体的联系和演进的特点。这种构思抓住了各组文体的共同点，可谓独具匠心。

目次：

① 蒋伯潜、蒋祖怡：《骈文与散文·自序》，上海，世界书局，1941。

字的安排；第四章　句子的形式和变化；第五章　整篇的结构；第六章　对偶；第七章　关于用典；第八章　声音的描写与文章的音节；第九章　体裁的分析及其作法；第十章　古人论学习文章的修养。

3. 蒋伯潜、蒋祖怡《词曲》初版[①]。

蒋伯潜、蒋祖怡《词曲》，1941年12月由上海世界书局初版，32开本，241页，约16万字。1948年12月第三版。1997年5月，作为"古典文史知识丛书"之一由上海书店出版社出版横排简体字本。

本书系"国文自学辅导丛书"第二辑之一。"这册书里面所述的，大致是词曲的分别及其背景。"[②]作者在第一章中依据文艺作品包含"思想"、"情感"、"想象"三个要素，一一判定词和曲属于文学。但作者的企图不是到此为止，而是据此指出曲和词具有一般文学的文艺价值。不仅于此，作者进而论述说：

> 就中国韵文史来讲，它们的演变由简单而趋复杂，由单纯而趋于综合，而其渊源都是起于民间歌曲。由诗歌而乐府而词而曲，篇什渐长，句法渐多变化，而合于音乐的需要，曲更和戏剧有了联系，复杂性也增加了。因此，我们可以说"词"、"曲"是韵文的成书作品，也是韵文最后的果实，其艺术性也随之而增加，内容也日见分化。虽我们可以说"词"、"曲"的文艺价值，超出一般的文艺作品。[③]

词和曲的文艺价值是否"超出一般的文艺作品"，尚须商榷。但作者通过中国韵文的演变来考察词曲的文艺价值，这个思路在当时是有创造性的。

书中多处引用王国维《宋元戏剧史》和日本学者盐谷温《支那文学概论》、青木正儿《支那近世戏曲史》等文学史著作中的论断。引证王国维之言最多，几乎时常可见。但作者并非对王氏之言深信不疑，而是有时有所修正。如第四章述南北曲的渊源时指出："南北曲是同时并起的戏曲，而它们与宋杂剧金院本有莫大的关系。"又说："王国维以为南曲出于南宋

---

① 《词曲》一书实际上由蒋祖怡撰写。因该书封面和版权页都标注"编著者 蒋伯潜、蒋祖怡"，而《词曲》系二人合编的"国文自学辅导丛书"之一，故仍以二人为本书编者。

② 蒋伯潜、蒋祖怡：《词曲》，上海，世界书局，1941，第14页。

③ 蒋伯潜、蒋祖怡：《词曲》，上海，世界书局，1941，第7页。

之戏文，与杂剧无涉。但此说据日本人青木正儿所反对。他以为，戏文一语，当为元人初呼南宋旧杂剧之语，决非与杂剧为别种之剧。”作者蒋祖怡对于这两家的意见，没有盲从任何一家，而是在分析南宋杂剧与南戏的差异的基础上，指出：“南北曲虽然由宋杂剧变来，已比前期的戏曲已进步更繁杂了。这也是戏曲演变中的自然趋势。”①

书末有两篇附录(“词话曲话与词曲集”和“双声叠韵与宫调”)。附录一罗列词话书目 27 种、曲话书目 18 种、词谱及词韵书目 15 种、词的总集 15 种、曲的总集 10 种、词的别集 29 种、曲的别集 24 种，所列书目，有些今已绝迹；附录二录入《上平声叠韵双声表》及吴梅《词学通论》所附《八十四宫的管色及杀声》。

目次：

本年

万迪鹤《魏晋六朝文学批评史》初版。

万迪鹤(？～1943)，“京派”作家，笔名迪鹤，四川人。《魏晋六朝文学批评史》，(上海)独立出版社 1941 年初版，其他情况不详。

万迪鹤出版过《火葬》、《达生篇》、《外滩公园之夜》、《中国大学生日记》等小说。

1942 年(民国三十一年)

5 月

朱东润《八代传叙文学述论》完稿。

朱东润《八代传叙文学述论》，完成于 1942 年，是时作者任教于国立

① 蒋伯潜、蒋祖怡：《词曲》，上海，世界书局，1941，第 50 页。

武汉大学。此书直到2006年才由复旦大学出版社首次出版。

书稿确切完稿日期不详。作者在完稿后曾撰一文，记述著书事宜，文末署“民国三十一年五月，朱东润自序于乐山寓庐”①。故可推知，本书稿大约完成于1942年5月。

“全书以文献辑佚为依据，用西方传叙文学眼光审视中国汉魏、六朝时期的作品，认为传叙文学的目标是人性真相的叙述，以此评述数百部作品，赞赏《曹瞒传》、《庞娥亲传》、《法显行传》、《高僧传》等作品的成就。本书视野开阔，功力遥深，融贯中西，见解独到，历经六十多年，仍具新锐气象。”②

目次：

第一　绪言；第二　传叙文学底名称和流别；第三　传叙文学底蒙昧时期；第四　传叙文学底产生；第五　传叙文学底自觉；第六　几个传叙家底风格；第七　传叙文学勃兴底幻象；第八　划时代的自叙；第九　思想混乱底反映；第十　南朝文士底动向；第十一　《高僧传》底完成；第十二　北方的摹本。

附录第一　《东方朔别传》；附录第二　《锺离意别传》；附录第三　《郭林宗别传》；附录第四　《赵云别传》；附录第五　《邴原别传》；附录第六　《孙资别传》；附录第七　《曹瞒传锣》；附录第八　锺会《张夫人传》；附录第九　何劭《荀粲传》；附录第十　何劭《王弼传》；附录第十一　夏侯湛《辛宪英传》；附录第十二　傅玄《马钧序》；附录第十三　郭冲《诸葛亮隐没五事》；附录第十四　皇甫谧《庞娥亲传》；附录第十五　释法显《法显行傅》；附录第十六　陶潜《晋故征西大将军长史孟府君传》；附录第十七　萧统《陶渊明传》；附录第十八　释慧皎《晋庐山释慧远传》。

6月

姚茫父《曲海一勺》初版。

姚茫父(1876～1930)，名芒，又名华，字一鄂，又字重光，号茫父、莲花龛主，室名猗室，贵州贵阳人。《曲海一勺》，(贵阳)文通书局印行，1942年6月初版，24开本土纸本，68页，约14.5万字。

据为本书作“序”的卢前说，姚茫父《曲海一勺》成书于“三十年前”，此后卢前在河南大学讲《曲学通论》时曾以此书为教材。可推断，本书约

① 朱东润：《〈八代传叙文学述论〉序》，上海，复旦大学出版社，2006。

② 摘录自2006年复旦大学版《八代传叙文学述论》“内容提要”。

成于民国元年(1912 年)左右。而此次系卢前整理后首次出版单行本。

姚茫父是清末民初曲学大家之一，著有《菉漪室曲话》四卷，在曲的校雠、辑佚方面素有成绩。而本书是姚氏"发扬曲体，论曲的发展期"的代表作。

全书分四篇，第四篇又分上下，所以实际有五篇。第一篇"述旨"，说明从诗到曲的变迁；第二篇"原乐"，根据先儒礼乐的用途，证明现在乐亡所以民苦的道理，其实是追溯古今音乐变革原因和经过；第三篇"明诗"，从诗五变而为南北曲，叙述诗到曲的变革甚详，但叙述古传诗时偏重辞而忽略声，又说明宋金元明南北剧消长分合的情形，指出"北曲宗乐而南曲宗词"；第四、五篇"骈史"，偏重戏曲的效用，认为曲又兼诗与小说之用，曲是有叙事内容的词章，有韵之说部，故以两篇的篇幅叙述骈文之发展源流。卢前对于作者在民初有如此见解，表示由衷钦佩。认为本书与王国维《人间词话》"有同等的价值"①。

目次： 姚茫父先生曲学——代序

述旨第一；原乐第二；明诗第三；骈史上第四；骈史下第五。

10 月

〔日〕铃木虎雄著、殷石臞译《赋史大要》印行。

铃木虎雄(1878～1963)，字子文，号豹轩，别号药房，日本新潟县人。铃木虎雄著、殷石臞译的《赋史大要》，(重庆)正中书局印行，1942 年 10 月初版，24 开土纸本，318 页，约 19 万字。1966 年 11 月台北正中书局第一版，1976 年 4 月第二版，1992 年 4 月第三版。

本书原著完成于 1935 年 10 月，1936 年初由东京富山房出版，6 月经东京帝国大学留学生殷石臞译成中文，1942 年 10 月列为"国学丛刊"之一在正中书局出版。

铃木虎雄在本书"原序"中表述写作动机，说是感于"史家、文家重散而轻骈，局于儒家文以载道之见者，轻重之特甚；是谬见耳"。鉴于骈文的重要，铃木虎雄特撰写了本书。

书中对"律赋"的看法值得注意："律赋本骈赋之狭义者"，而"骈赋者，偏于使平仄字之相对，谋音调之谐适，且主修辞之工整也"。又指出律赋与日本俳句的异同："律赋者，实尚音律谐协，对偶精切者也。故单

---

① 卢前：《姚茫父先生曲学——代序》，见姚茫父：《曲海一勺》，贵阳，文通书局，1942，第 7 页。

据此点，则与俳赋有同性质。而其更与律赋(应为俳赋——引者按)相区异者，以于押韵为设限制，而采用于官吏登用之试也。”[①]铃木氏提出，科举考试限韵是律赋得以形成的原因，此说被后世中国学者普遍接受。

铃木氏在书中将赋的历史依次划分为六个时期，即“骚赋时代”、“辞赋时代”、“骈赋时代”、“律赋时代”、“文赋时代”、“八股文赋时代”。后世辞赋研究，大多采用这种分期方式。然而，铃木氏此说并非首创。明代徐师曾在《文体明辨》中将赋分为“古赋、俳赋、律赋、文赋”；1927年郭绍虞发表《赋在中国文学史上的位置》一文，就将赋史分为“短赋”、“骚赋”、“古赋”、“俳赋”、“律赋”、“文赋”六个时期[②]。铃木氏的赋史分期法，颇有综合二者的痕迹。至于他以“八股文赋时代”指出称清代赋史，则不可取。理由是，所谓“八股文赋”始自唐初，此后历代均为科举考试内容之一。

《赋史大要》作为中国学术史上的第一部赋史，“其主要贡献有二：一是在讨论赋之定义、形成、分期后，着重探讨了韵文形式的赋兼有‘事物铺陈分口诵二义’，此为赋学研究家普遍接受；二是理出了一条由骚赋到散赋、骈赋、律赋、文赋、股赋的赋体之历史衍化线路，同样受到重视。”[③]“《赋史大要》在日本学界誉为名著”[④]，在中国也是赋史研究的经典著作。

全书分七篇，共二十一章，若干小节。取材于李调元《赋话》、彭元瑞《宋四六话》、孙梅《四六丛话》及何焯《文选评》等书者甚多。

目次：

---

① 〔日〕铃木虎雄著、殷石臞译：《赋史大要》，重庆，正中书局印行，1942，第113、163～164页。

② 郭绍虞：《赋在中国文学史上的位置》，见《照隅室古典文学论集》上册，上海，上海古籍出版社，1983，第82～85页。

③ 许结：《二十世纪赋学研究的回顾和展望》，《文学评论》1998年第6期。

④ 〔日〕爱甲宏志：《文心雕龙学者介绍·铃木虎雄》，见杨明照主编：《文心雕龙学综览》，上海，上海书店，1995。

第三篇　辞赋时代

第一章　汉赋材料及区分：汉书艺文志之记载、西京杂记及其他之记载。

第二章　汉之楚辞家：枚乘七发与其渊源。

第三章　前汉辞赋之隆盛期及其代表作家：梁园宾客、武帝登用文学之士、武帝之辞赋爱好、宣帝之辞赋爱好与王褒、宣帝之辞赋观、成帝时代辞赋之积聚。

第四章　赋之实质——目的：赋以铺陈事物为目的、赋与讽谕、赋与事典及类书、赋与六义之关系、赋颂通名、赋用一定形式铺陈事物、所铺陈者之内容。

第五章　赋之结构——形式：赋之首中尾、赋之结构实例、苏轼何焯论高唐赋、赋体句法及赋中随时押韵、随时押韵诸例、赋中句例、赋中骚句例、骚体句法变革、其他句法、七字句别种之效力、赋中长句、赋之叙法、赋中押韵法、赋与韵部、赋之对句、汉赋中隔对、汉赋诸例。

第四篇　骈赋时代

第一章　骈赋特性：骈赋特色、曹植洛神赋、何宴景福殿赋、晋文中单对及长隔对、三都赋长隔对、潘陆木孙诸赋、长短隔对之影响、南北朝唐宋诸家例。

第二章　赋中四六隔对：赋中四六隔对、音韵谐调及字句工丽、谢庄赤鹦鹉赋、吴均沈约简文庾信等诸赋、骈赋与律赋。

第三章　骈赋与五字七字句：魏晋南北朝五字句例、晋南北朝七字句例、赋中五七字句多用影响、诗赋句形混用先例、五七字句混用之唐初赋体、诗赋句形混用与七言诗长篇。

第四章　骈赋描写。

第五章　小赋：南北朝人小赋、骈赋诸例、小赋例。

第五篇　律赋时代

第一章　律赋性质及唐赋大概：徐师曾赋论——排斥律赋、律赋性质、官吏试验与赋、唐代最初之试赋、试赋限韵之始、制举试赋、唐律赋之大始。

第二章　律赋形式：律赋韵数、诗之韵数及试赋韵数、韵脚不用全数者、押韵顺序、韵脚平仄数比例、韵脚字句、试场惯例数事。

第三章　试赋隆昌时期：德宗考试与龙虎榜、贞元时代之试赋家、李程日五色赋、王起五色露赋、白居易与元稹及彼等试赋之特色、白居易性习相近远赋、动静交相养赋、白赋与八股文、李程王起与八股文、贾炼蒋防谢观。

第四章　晚唐期：文宗武宗及僖宗朝、咸通以后之趋势、主要作家、李调元王黄赋评、晚唐律赋特性及重隔句之繁用、王棨江南春赋、棨之其他诸作、重隔句用例、徐寅勾践进西施赋、黄滔律赋、五声字依次用韵与洪迈说、滔之代表作品、洪迈滔赋评、李调元评、滔作为晚唐一格、明皇回驾经马嵬赋。

第五章　宋之律赋：宋太宗赋试、孙何诗赋试验论、真宗赋试、赋之作品与人物、宋试赋之趋势、李调元唐宋试赋之比较及宋赋特质与其长短、宋初之赋——唐风、欧苏及其以后之风格、苏轼一派之风格、欧苏赋风长处、李鹿宋赋评、宋律赋作者一般、律赋诸例、赋之次韵到底、律赋逸事若干则。

第六章　宋以后试赋：金代试赋、元代试赋、明代试赋。

第六篇　文赋时代

第一章　文赋性质及文赋先驱：文赋性质、文赋先驱。

第二章　宋之文赋：宋律赋与文赋之关系、文赋开山欧阳修、苏轼前后赤壁、杨万里之赋、陈朱文赋评。

第三章　文赋对后代之影响：对后代之影响、股对及不拘句数押韵、赋之股对与八股文扇对之比较、股对及不拘句数押韵与骈律文赋之关系、王守仁思归轩赋与文赋及骚古赋。

第七篇　八股文赋（清赋）时代

清赋通观、一句字数及其构造、不押韵骈文之股法、清赋中八股文句法、由押韵观清赋、股法押韵之相互关系——隔股韵、清赋押韵与古代诗押韵法。

附载：清赋诸句例(有陈兆仑圣驾南巡赋等七例)。

本年

吕碧城《文学史纲》完稿。

吕碧城(1883～1943)，字圣因，别署兰清、遁天、清扬，晚年法号宝莲，安徽旌德人。《文学史纲》，1942年香港东莲觉苑讲义本。

据悉，吕碧城乃民国才女，曾被袁世凯聘为大总统秘书，著有《吕碧城集》、《信芳集》、《晓珠词》、《欧美纪事》、《文史纲要》、《美利坚建国史纲》等。

抗战期间，作者为避战火移居香港，并讲学于斯。据作者说："(《文学史纲》)于历代作家及文学典籍，皆择要志之，读者欲广其用，自可按图索骥，各适所需，不囿于是编也。"(《自序》)

目次(待访)。

1943年(民国三十二年)

1月

薄成名《中国文学源流》初版。

薄成名《中国文学源流》，(天水)世界书局1943年1月初版，24开铅印本，其他待查原书。

2月

陈遵统《中国民族文学讲话》增订再版。

陈遵统(1878～1969)，字易园，福建闽县(即今福州)人。《中国民族文学讲话》，(福建)建国出版社印行，1943年2月增订再版，32开土纸本，226页(正文222页)，约16万字。本书约初版于1938年。

作者在“绪论”中自言，编写本书是为了振奋抗战期间的民族精神，因而采用大众语撰写，并且全书具有三个特点：一是标本兼顾，即激励民族奋发的言论与文学作品兼顾；二是消积并采，即既有反映英勇抵抗并取得胜利的文章，也有反映抵抗失败但仍不屈不挠的作品；三是言行并重，既有名人嘉言，也有懿行。

全书分五章，由上古至现代止。卷首有郑贞文所作之“序”和作者“自序”，每章辑录作品目录；书末附“民族文学之研究法”，梁孝瀚所作之“跋”。全书辑录作品370余篇。

目次：

5月

梁乙真《中国民族文学史》初版。

梁乙真《中国民族文学史》，(重庆)三友书店印行，1943年5月初版，24开土纸本，496页，约30万字。

本书原名《近世中国民族文学发展史》，因书中仅述宋元明清之民族文学史，未及宋以前，又嫌书名过长，才改为现在的《中国民族文学史》。

卷首有蒋中正(介石)的题词"民族吼声"，沈尹默题签和沈薇所作"代序"。沈序长达万余言，补叙宋以前之民族文学，内容有"何谓民族文学"、"春秋以前至汉的有关民族文学"、"爱国的民族文学"、"主战文学和非战文学"、"应如何本着诗人的非战精神"等。另有作者"自序"。

全书分四篇，以宋、元、明、清四个部分叙述，共二十六章，若干节。

目次：

九、倭寇犯华的残暴实录。

第四章　丰臣秀吉犯朝鲜给与明文学上的影响。

第五章　汉满初期种族战争中的民族文学：一、熊廷弼；二、袁崇焕；三、孙承宗；四、被讴歌的秦良玉。

第三篇　明清剧烈的种族战争中民族文学运动的展开

第一章　民族革命运动中对敌的三个策略：一、革命的运动；二、秘密的结合；三、文字的鼓吹。

第二章　护发运动与民族文学：一、左懋第；二、袁继咸；三、戴重；四、罗宾王；五、麻三衡。

第三章　文字狱与民族文学：一、吕留良的文狱；二、吴炎与庄氏史狱；三、屈大均的衣冠冢案，金堡的偏行堂集案。

第四章　明裔恢复运动与民族文学的发展：一、南都破后民族文学家的崛起(陈子龙、夏元彝、夏完淳、黄淳耀、吴易)；二、鲁王监国时民族文学家之抗战运动(张国维、钱肃乐、刘宗周、黄宗炎、孙爽、阎尔梅、万泰、张煌言)；三、唐王左右的民族诗人(陈邦彦、张家玉、邝露)；四、桂王政府的双忠(瞿式耜、张同敞)。

第五章　学风转变中五位民族思想的领导者：一、黄宗羲；二、顾炎武；三、王夫之；四、颜元与李塨。

第六章　太平天国大反抗中三位实践的民族文学家：一、洪秀全；二、石达开；三、李秀成。

第四篇　由对外战争到最后的国内种族战争间之民族文学

第一章　鸦片战争中所反映的民族文学。

第二章　英法联军陷京后在文学上所留之耻辱的烙印。

第三章　中法战争中民族文学的蓬勃。

第四章　中日战争时代的民族文学。

第五章　维新运动中的爱国文学。

第六章　义和团事变在文学上的反映：一、义和团之史的发展；二、反帝运动展开后所反映的诗歌小说。

第七章　辛亥革命时代民族文学运动的展开：一、在国民党之实践的反满运动中所见到的民族文学；二、在秘密结社下所反映的民族文学；三、活跃于辛亥时代的民族文学运动。

7月

徐梦麟《云南农村戏曲史》初版。

徐梦麟(1895～1977)，名嘉瑞，梦麟为号，云南邓川人。《云南农村戏曲史》，国立云南大学西南文化研究室编写并发行，1943年7月初版，32开本，287页，约18万字(其中正文约6万字，书末“附录曲谱”约1.6万字，其余均为剧本，约占10万字。1958年云南人民出版社重印本书，作者仅对原书中个别章节作了删节。此外，增加李何林1944年4月15日写于昆明的《读〈云南农村戏曲史〉》，同时删去了姜寅清的西南研究丛书“缘起”一文，另增加“后记”。重印本32开本，304页，约21万字。

本书主要通过考订昆明花灯各种音调的来历，明其源流和发展，并采撷了大量民间剧本，是20世纪前期为数不多的区域文学史之一，当时被列为国立云南大学西南文化研究室编“西南研究丛书之三”(卷首有姜寅清的《西南研究丛书缘起》)。

全书正文七章，十五节，文后附刊剧本十五种，题为“云南农村戏曲集”。书末为李廷松所著“附录曲谱”，卷首有游国恩作的序。

目次：

第一章　导论：一、民谣的收集和研究；二、中国的民谣；三、民谣与音乐；四、民谣与谣谣。(1958年重印版中；第一章改为三节：一、中国的民谣；二、民谣与音乐；三、谣谣。)

第二章　云南农村戏曲第一部(旧灯剧)：一、打渔(又名渔家乐)、补缸、小放羊、打霸王鞭、包二接姐姐、瞎子观灯、劝赌、乡城亲家、贾老休妻、三怕老婆、赵匡胤打枣、姑娘算命、朱买臣休妻；二、旧灯剧音调；三、旧灯剧音调的来历(一)；四、旧灯剧音调的来历(二)；五、旧灯剧音调的来历(三)；六、灯剧和连厢；七、云南秧歌的歌法及其来源；八、各调的文章。

第三章　旧灯剧的内容：一、打渔(又名渔家乐)、补缸、小放羊、打霸王鞭、包二接姐姐、瞎子观灯、劝赌、乡城亲家、贾老休妻、三怕老婆、赵匡胤打枣、姑娘算命、朱买臣休妻；二、货郎卖线；三、存目。

第四章　云南农村戏曲第二部(新灯剧)：一、引论；二、旧灯剧衰落和新灯剧的勃兴；三、新灯剧音调的来历。

第五章　新灯剧的内容和来源：绣荷包、出门走厂、借亲配、大放羊、双接妹、割肝救母、大侃郎、柳阴记、牡丹卖菜、存目。

第六章　云南农村戏曲中的方言。

第七章　结论。

8月

罗根泽《魏晋六朝文学批评史》初版。

罗根泽《魏晋六朝文学批评史》，商务印书馆印行，1943年8月重庆版初版，1947 年 2 月上海版，24 开本，141 页，约 13 万字。

本书原为作者《中国文学批评史》第四编，经改写后列为“中央大学文学丛书”之一，书名副标题为“中国文学批评史第三篇”。

全书共十一章，七十九节。

目次：

第一章　文学概论（一、文学含义的净化；二、文学概念的转变；三、文学价值的提举；四、社会学术的因素；五、葛洪的反古与提倡深美博富的文学；六、萧统的摈除子史与提倡翰藻的文学；七、裴子野雕虫论；八、萧纲的鼓吹“郑邦”文学；九、徐陵的编辑“丽人”艳歌；十、萧绎的兼重华实）。

第二章　文笔之辨（一、文笔分别历史；二、文笔分别三说；三、辞笔之分；四、诗笔之分）。

第三章　文体类（一、文体二义；二、魏晋以前的文体论；三、桓范的各体文学方法论；四、傅玄的“七”论及连珠论；五、陆机的十分法；六、挚虞文章流别志论；七、李充翰林论；八、左思及皇甫谧的赋论；九、颜延之所谓“咏歌之书”与“褒贬之书”；十、萧统文选的分类；十一、旧题任昉文章缘起）。

第四章　音律说上（一、音律说的前驱——文气说；二、文气与音律的关系；三、范晔的自然音律说；四、四声的发明；五、音律在文学上的功用；六、甄琛沈约的讨论四声；七、陆厥沈约的讨论音律；八、一般的音律研究；九、刘善经四声指归）。

第五章　音律说下（一、沈约八病说蠡测；二、文镜秘府论所列文二十八病；三、王斌的病犯说；四、刘滔的病犯说；五、沈氏的病犯说；六、刘善经的病犯说；七、元兢的病犯说；八、崔融的病犯说；九、佚名的文笔式——文笔十病得失）。

第六章　创作论（一、自庄子至曹丕的天才说；二、陆机的文学方法论及文学应感说；三、葛洪的天才与方法并重说；四、颜延年及其他雕章琢句的学说；五、萧子显的变化说）。

第七章　鉴赏论（一、魏晋以前的鉴赏论；二、曹丕所言鉴赏之蔽与曹植所言鉴赏之难；三、葛洪的鉴赏论）。

第八章　论文专家之刘勰（一、刘勰以前的文学批评家；二、作文心雕龙的动机；三、几个主要的文学观；四、文体论；五、创作论；六、文学与时代；七、批评及其原理）。

第九章　论诗专家之锺嵘（一、作诗品的时代及动机；二、文学上的

自然主义；三、诗之理论的起源与历史的起源；四、诗的滋味；五、诗人的品第及流派）。

第十章　北朝的文学论（一、北朝的风土习性和历史发展；二、苏绰及魏收邢劭的尊古崇理文学观；三、颜之推的地位及其兼采古今的文学论；四、文人轻薄的指摘；五、各体文学的缓急；六、创作与评论）。

第十一章　佛经翻译论（一、支谦的指出翻译之难；二、道安的五失本三不易说；三、鸠摩罗什的"嚼饭"妙喻；四、慧远的折中说；五、僧叡的研究译字；六、僧叡的讨论汉梵异同；七、彦琮的八备说；八、玄奘的五种不翻说；十、赞甯的六例说）。

9月

钱基博《中国元代文学史》初版。

钱基博《中国元代文学史》，（湖南蓝田）新中国书局发行，1943年9月初版，线装本，47页，约6万余字。另有浙中书局铅印本，1943年出版。

本书著述体例如作者的《现代中国文学史》，也是以作家为纲论述，且用古雅的文言文。共分五节，自耶律楚材至王逢止，述及作家三十多人。

目次：

第一节　发凡；第二节　耶律楚材、赫经附阎复、刘秉忠、刘因附安熙、姚燧附张养浩、元明善附马祖常、苏天爵；第三节　方回、戴表元、谢翱附方凤、牟巘、赵孟頫附邓文原、袁桷；第四节　虞集、欧阳玄、揭傒斯附范椁、杨载、黄溍、柳贯附戴良；第五节　吴莱、杨维桢附吴复、李孝先、顾瑛、倪瓒、王逢。

10月

1. 毛泽东《在延安文艺座谈会上的讲话》正式刊发。

1942年5月28日，在延安文艺座谈会上，毛泽东发表了《在延安文艺座谈会上的讲话》。1943年10月19日，《讲话》在延安《解放日报》正式发表。当月，延安解放社即正式出版了单行本，铅印，40页，32开本；正文前附有《解放日报》编者按。这是《讲话》最早的一个版本，人们习惯称之为"解放社本"或"43年本"。1953年，《讲话》编入人民出版社出版的《毛泽东选集》第二卷。

《讲话》分为"引言"、"结论"两部分。总结了"五四"运动以来中国新文化运动的经验和教训，回答了中国革命文艺运动中长期争论的一系列带根本性的问题，阐明了马克思主义的文艺理论和党的文艺路线，指明了革命文艺为工农兵服务的根本方向。《讲话》对文学和文学史写作的影响极其深远。其中对于工农兵文艺的强调，对知识分子与工农结合的要求，取代了主要借鉴西方文艺和强调知识分子批判传统的"五四"新文艺观点，而成为文学史写作的唯一方向。① 1954 年周扬指出："一九四二年毛泽东同志的《在延安文艺座谈会上的讲话》及其在文艺上所引起的变革，是'五四'文学革命在新的历史条件下的继续和发展。毛泽东同志根据马克思、列宁主义的理论，概括地、批判地总结了'五四'以来新文学运动的历史经验，促成我们的文学艺术运动进入了一个新的阶段。"②周扬不仅明确了《讲话》及其在文学上的变革是中国现当代文学的直接传统，而且确认了"五四"以来的新文学应该被"超越"。到了 20 世纪 50 年代后期，山东大学中文系、华中师范学院中文系的教师依据《讲话》，把"五四"以后的新文学划分成了"现代文学"和"当代文学"，并据此撰写文学史③。

2.〔日〕长泽规矩也著、胡锡年译《中国学术文艺史讲话》初版。

长泽规矩也(1902～1980)，字士伦，号静庵，神奈川人，日本著名文献学家；胡锡年(1913～1996)，又名雪岩，浙江省海盐县人，著名中日关系史学者。长泽规矩也著、胡锡年译的《中国学术文艺史讲话》，(上海)世界书局 1943 年 10 月初版，32 开本，208 页，约 11 万余字。

据译者胡锡年在"译序"中说，本书属于指示中国学术文艺入门途径的书，告诉读者一些关于中国学术文艺的基本知识。而在诸多中国学术史入门书籍中，本书又属于讲述比较清晰、"取材最赅当"的一种。另外，"对于民间文学，特别详细，重要典籍(如《诗经》)的内容，能略予介绍，这都是一般学术史或文学史所没有的，不能不说是本书的特点"。

本书以中国学术史和文艺史为两条并行的主线，按照朝代分别展开叙述。这样有利于读者了解并比较不同时期的中国学术史和文艺史，尤其是有助于读者将文艺史置于学术史的大背景下予以理解。因此，本书

① 参见周扬：《新的人民的文艺》，见《中华全国文学艺术工作者代表大会纪念文集》，北京，新华书店，1950。

② 周扬：《发扬"五四"文学革命的战斗传统》，《人民文学》1954 年 5 月号。

③ 山东大学中文系中国当代文学史编写组编成《中国当代文学史(1949～1959)》(济南，山东人民出版社，1960)、华中师范学院中文系编成《中国当代文学史稿》(北京，科学出版社，1962)。这两部书，是中国内地以《讲话》精神为指导、最早以"当代文学"命名的文学史。

无疑是一部视野比较特别的文学史。但令人遗憾的是，作者以学术史和文艺史为两条并行的主线分别叙述，而不顾二者之间的联系，这样一来，实际上人为地割裂了二者，以至于书中未能体现文艺作为学术之一种与其他中国传统学术之间的关系。

目次：

11月

1. 田鸣歧《历代文学小史》初版。

田鸣歧《历代文学小史》，(奉天)惠迪吉书局1943年11月初版，32开本，139页，约6万字。

本书是伪满时期在奉天出版的一本给初学者读的文学史小书，出版年月印为“康德十年十一月”。分三十三编概述中国历代文学史，自“屈原和宋玉”、“贾谊”至“清代的诗人”、“最近的我国文学”（止于1930年代）。以作家和文体，按时代叙述。

目次：

2. 罗根泽《隋唐文学批评史》在重庆初版。

罗根泽《隋唐文学批评史》，商务印书馆1943年11月重庆初版，1947年2月上海再版，24开本，152页，约14万字。

本书为作者“中国文学批评史第三分册”，列为“中央大学文学丛书”之一。

全书共七章，六十五节。

目次：

今本诗格及诗中密旨；八、皎然诗议；九、皎然诗式；十、佚名的诗文作法。

第三章 诗与社会及政治：一、陈子昂的提倡风雅诗；二、李白的提倡古风；三、杜甫的兼取古律及倡导社会诗；四、元结的反对声律与提倡规讽诗；五、三位选家的意见；六、杨绾贾至梁肃及权德舆等的诗教论；七、刘晓的先德后艺说与尚衡的文章三等说。

第四章 元稹白居易的社会诗论：一、原因与动机；二、"补察时政"与"泄导人情"；三、历代诗的优劣；四、乐府论；五、通俗与次韵；六、触忌与退转；七、自我批评与自选诗集。

第五章 史学家的文论及史传文的批评：一、唐初史学之盛；二、文学为政治工具说；三、艳丽之毒；四、折中的文学论；五、天才与学力；六、文学史观；七、史与文；八、史传文的批评；九、刘知几的意见。

第六章 早期的古文论：一、古文的兴起；二、李谔王通的攻击六朝文；三、唐初四杰的反对淫巧文；四、陈子昂与卢藏用的提出载道说；五、萧颖士李华的宗经尚简说；六、独孤及元结的折中意见；七、梁肃的提出文气与李观的重视文辞；八、古文理论家之柳冕的文论；九、权德舆的二尚二有说；十、吕温独孤郁等的天文说及人文说。

第七章 韩柳及以后的古文论：一、韩愈的贡献；二、道与文的关系；三、古文方法；四、"不平则鸣"与"文穷益工"；五、柳宗元的地位及其所言道之二病；六、学文的步骤与作文的态度；七、"得之难"及"知之难"；八、诗与文；九、刘禹锡的诗文分论；十、时人的见解与李翱的批评；十一、裴度对李翱重文说的抗议；十二、皇甫谧孙樵的怪奇主义；十三、沈亚之的改创主义；十四、李德裕的自然灵气说。

3. 李一鸣《中国新文学史讲话》初版。

李一鸣《中国新文学史讲话》，(上海)世界书局印行，1943 年 11 月初版，1947 年 10 月再版，32 开本，194 页，约 6 万字。

本书是当时上海世界书局出版的十种"研究中西学术文化之基础读物之一"。既然作为"基础读物"，自然采用通俗易懂的白话文。在体系架构上，追求结构清晰、简约。在内容方面，既采纳成论、借鉴诸多研究成果，也有自己的特色。在体例上，前三章讲述新文学的发生、发展及其演进的轨迹，接下来的四章述说诗、小说、戏剧和散文的历史，第八章谈"翻译整理及其他"。这种先述新文学史的整体，勾勒其轮廓，然后述新文学文体史的著述体例，框架清晰，富有层次性，给后来的文学史写作以启示。

最后一章“小结”，相当于全书的结语。李一鸣在这里谈了几点对中国新文学的感想。既肯定新文学取得的巨大成绩，也指出其存在的一些遗憾和不足。例如，他发现，直到他撰写本书的40年代，诗歌的形式问题、语言问题还没有得到解决，而且很少有伟大的作家和作品，长篇巨著也较少，多的是小册子一样的出版物。①

书中的叙述，“起自晚清新文学的酝酿期，直到抗战为止”，对于重要作家都略述其生平，并引录作品。全书共九章，二十五节。

目次：

4. 张寿镛《诗史初稿》自费刊印。

张寿镛(1876～1945)，字咏霓，一字伯颂，别署约园，浙江鄞县人。《诗史初稿》，1943年自费刊印。其他待访。

1944年(民国三十二年)

1月

1. 杨之华编《文坛史料》初版。

杨之华《文坛史料》，(上海)中华日报社1943年6月1日排印、1944年1月1日初版，中华日报社发行，土纸本，24开本，442页，约35万字。1944年3月1日再版，4月1日第三版。另有1944年大连版，署名

① 李一鸣：《中国新文学史讲话》，上海，世界书局印行，1943，第192页。

“杨一鸣”，与中华日报版的内容完全相同，而且“序”的作者都是“杨之华”。

本书列为“中华副刊丛书之一”。杨之华在“序”中首先说明编辑此书的用意。他认为，新文学运动已经有二十多年了，“至今我们也无法找出一本能够概括新文学运动全体的史料，有的只是个别的编述或辑录”。对于过去已有的新文学运动的史料专著，他说，以李何林《近二十年中国文艺思潮论》和阿英编的《中国新文学大系·史料》“较佳”，“但是前者仅限于时代的检讨及文艺思潮的演进；后者则只是把有关新文学运动以来的第一个十年的辑录(其中遗缺的不少)而已”；王哲甫所编的《中国新文学运动史》以及张若英编的《中国新文学运动史料》，“也只能做到各时代文学论争的记录和清算”；阮无名(钱杏邨)编的《新文坛秘录》仅仅限于几位作家的“秘”事；至于文学社团的调查，作家评传及逸事的辑录，则“仍是没有”。杨之华说，他辑录的“不敢说是一本包罗万象的史料书”，“不过我们却抱有使它成为一本完善的史料的志愿”。① 可见，《文坛史料》的编辑者，既对当时新文学史料的整理出版状况有着清晰的认识，更有追求对史料的补充和完善的自觉。

本书辑录了1942年1月到1943年5月上海《中华日报》“文艺”和《中华副刊》上发表过的文章，分为“关于鲁迅”、“作家评传及印象”、“文坛逸话”、“文艺社团史料”等几部分。由于这些文章都摘自《中华日报》“文艺”和《中华副刊》，其作者既有名人，也有许多名不经传者。虽然文章的水准良莠不齐，但恰是如此，反而真实地反映了当时人们对新文学的回忆与印象。

这本新文学史料集，后来似乎没有引起人们注意。其实，书中收录的不少文章，还是有史料价值的。

“关于鲁迅”一辑，收录了内山、陶晶孙、姚克等人回忆鲁迅的文章。内山《我认识鲁迅的经过》、《怀鲁迅先生》、《尴尬的苦笑》，有助于了解鲁迅与内山完造的交往，而陶晶孙的《鲁迅，佐藤，内山》，则与内山之文形成互相补充、印证。姚克的《鲁迅先生的遗像》，回忆了1933年5月26日陪鲁迅照相的经过，这张相片，后来成为祭奠鲁迅的遗像。姚克撰写的这则史料，丰富了人们对鲁迅的认识。尤其是，文末引录鲁迅1933年6月18日写给姚克的信，诸多《鲁迅书信集》未收入。“附录”部分除收录鲁迅遗札三封，还有“鲁迅著译校辑年表”，后者可帮助人们了解鲁迅

---

① 杨之华编：《文坛史料·序》，上海，中华日报社出版，1944，第1、2页。

除文学创作之外的工作及成绩。

"作家评传及印象"涉及大小作家50多人。多数文章涉及作者与现代作家的交往，还有些简述作家生平、作品和文学创作的主要特点，虽属印象式的点评，但亦不乏独到的见解。

"文学社团史料"一辑介绍了自新青年社以后22家文学社团(均以编办的刊物命名者)的发起时间、地点、经过，以及成员的组成、流动，社刊的创办、变迁等情况。遗憾的是，没有收录"现代评论"、"新月"、"文学月报"、"北斗"等重要文学社团的史料。

目次：

关于鲁迅、作家评传及印象、文坛逸话、文艺社团史料、附录。

2. 朱东润《中国文学批评史大纲》初版。

朱东润(1896～1988)，原名世溱，字以行，江苏泰兴人。《中国文学批评史大纲》(以下简称《大纲》)，(桂林)开明书店印行，1944年1月出版，土纸本，1946年9月再版，1947年4月第三版，24开本，正文400页，约30万字。1957年12月古典文学出版社重版，增"后记"，全书340页。2001年7月，上海古籍出版社将之列为"蓬莱阁丛书"之一重印出版，正文392页，书前有章培恒所作"导读"。

1929年4月，朱东润担任国立武汉大学外文讲师，后应武汉大学文学院院长闻一多邀请，在中文系讲授中国文学批评史课程。当时朱东润"读过森茨伯里的英国文学批评史的，但是那时中国只出过陈钟凡教授的中国文学批评史，虽然筚路蓝缕，陈先生已经做出了最大的贡献，究竟只是尽了启蒙的责任，无法应用到大学的讲坛"。多年后，朱东润在《自传》中说："这就是我那本《中国文学批评史》的由来。"① 为了上好课，他必须认真备课编讲义。那时的武汉生活条件比较差，据朱东润后来的《自传》回忆，"那时的武昌最有名的是三不：道路不平、电话不灵、电灯不明。我们平时都给电灯搞苦了，要开新课，不能不读书，遇到这样的电灯，实在也只能对付着搞下去。""每周要写五六千字的讲义，查对资料不在其内，实在有苦难言。"为了准备讲稿，朱东润"常在武昌旧书店走动"。这样边讲边写，到1932年夏天，完成《中国文学批评史讲义》(以下简称《讲义》)初稿。1932年秋天，重加订补，1933年完成第二稿。1936年再行删正，1937年完成第三稿，秋天开始排印。但由于抗日战争爆发，

① 朱东润：《朱东润自传》，《文献》1981年第2期，第157页。

1938年春天武汉大学西迁，这时讲义只印了一半。下半部分文稿因此失散。1944年，将第三稿的上半部和第二稿的下半部合并，略加修订，在著名学者叶圣陶的赞助下，由开明书店出版，这就是《大纲》。

上海图书馆收藏有《讲义》，国立武汉大学排印本，系朱东润题赠“启东兄”，书的目录下有题记：

> 二十年度，授中国文学批评史，编次讲稿，上起先秦，下迄明代。次年续编至清末止。

对照朱东润的《自传》，可断定，最初编纂的讲义，“上起先秦，下迄明代”，这是《讲义》初稿，“次年续编至清末止”的是第二稿。而上海图书馆收藏的《讲义》，虽无排印时间，却可确定为1933年。也就是说，朱东润的“中国文学批评史”在1933年已有排印本。

由于《大纲》由第三稿的上半部和第二稿的下半部合并而成，从第42节“高棅”开始到清末，《大纲》的内容与《讲义》完全一致。不同的是从“绪言”到宋元这一时期的内容。经比较，“首先值得注意的是，《讲义》常引用西人理论，作中西比较；《大纲》予以删除，并强调民族精神”。周兴陆先生认为，这种修改不是随意的，而是有着朱东润自己的思考。“这种修改大约出于两方面的原因：一是随着研究的深入朱先生反思以西释中的学术模式，抛弃了过去那种引西方理论来阐释中国理论的学术思路，而注重于发掘中国自己的文学理论。二是在外患日趋严峻的形势下，朱先生爱国情绪更加激越，这种爱国情绪在学术上则表现为不愿意仰洋人之鼻息。”①《大纲》“第二 孔子孟子荀子及其他诸家”开篇表述自家的“文学”观：“文学者，民族精神之所寄也。凡一民族形成之时期，其哲人巨子之言论风采，往往影响于其民族精神，流风余韵，亘千百年。故于此时期中，能深求一代名哲之主张，于其民族文学之得失，思过半矣。此其人虽不必以文学批评家论，而其影响之大，往往过一般之批评家远甚。”②这种强调民族精神的“文学”观，在20世纪三四十年代的文学史家中比较常见，而且直接体现在他们的文学史写作实践中。抗战爆发后，不仅国内文艺界爱国情绪高涨，连素来“两耳不闻窗外事，一心只读圣贤书”的学者，也按捺不住，在著述中有意或无意地体现出这种强烈的情感。朱

---

① 周兴陆：《从〈讲义〉到〈大纲〉——朱东润早年研究文学批评史的一段经历》，《古典文学知识》2006年第6期，第4、5页。

② 朱东润：《中国文学批评史大纲》，桂林，开明书店，1944，第3～4页。

东润不例外，他在《大纲》增添了一些烛照现实的文字，如《大纲》补充了“第十九 初唐及盛唐时代之诗论”，将唐代诗论家分成“为艺术而艺术”（殷璠、高仲武、司空图等）、“为人生而艺术”（元结、白居易、元稹等）两派。并阐发说：

> 大抵主张为艺术而艺术者，其论或发于唐代声华文物最盛之时，如殷璠是；或发于战事初定、人心向治之时，如高仲武是；或发于乱离既久、忘怀现实之时，如司空图是。惟有在天下大乱之际，则感怀怅触，哀弦独奏而为人生而艺术之论起：元结于天宝之乱，故有《箧中集序》；元白在元和间，目睹藩镇割据，国事日非，故有论诗二书。①

“这一论断是《讲义》所没有的，是朱先生在1936年删正时撰写的。这一方面是用当时较为流行的文学理论来烛照和梳理唐代文论，另一方面从时代盛衰治乱来立论，也寄寓了朱先生对现实社会的关切。”②

在《大纲·自序》中，朱东润指出《大纲》与此前已出版的陈钟凡、郭绍虞、罗根泽的“中国文学批评史”相比，有三个不同点：一是注重个人而不见时代和宗派；二是把每个批评家对各种文体的批评集中在一起叙述，而不是分开，即强调整体批评；三是在叙述上特别注重近代批评家。③ 朱东润承认，关于第一点，自己“忘去了作者的时代或宗派，是一种不能辩护的疏忽”④。第二、三点，却是有意为之。朱东润发现，将同一批评家对不同文体的论述分置各处，固然论述方便，却颇有割裂之病。因此，他在书中采取了第二点所示的策略。至于采取第三种策略，则针对于当时学界“信而好古”的风气，一般文学史或文学批评史往往厚古薄今。为此，朱东润采取了远略近详的叙述原则。全书七十六节，论元明清文学批评有三十六节。

除以上三点，《大纲》体现的文学史观也与陈著、郭著、罗著有所不同。文学史写作，须以“史观”为根基。几乎所有文学史家都倾向于强调述史的客观性，对于文学批评史写作而言，也不例外。郭绍虞在文学批评史写作中，“极力避免主观的成分，减少武断的论调，重在说明，而不

① 朱东润：《中国文学批评史大纲》，桂林，开明书店，1944，第94页。

② 周兴陆：《从〈讲义〉到〈大纲〉——朱东润早年研究文学批评史的一段经历》，第6页。

③ 朱东润：《自序》，《中国文学批评史大纲》，桂林，开明书店，1944，第3、4页。

④ 朱东润：《自序》，《中国文学批评史大纲》，桂林，开明书店，1944，第3页。

重在批评”。罗根泽的做法大抵相同。这种力求客观中正的写作态度，自然是史家必备的。胡伦清称赞罗根泽有“较为清澈”的历史观，却批评朱东润的《大纲》缺乏清楚的史观。① 这个批评有失公允。正如朱东润所言：

> 一切史的叙述里，纵使我们尽力排除主观的判断，事实上还是不能排除尽。……我们的目标，不妨完全是史实的客观叙述，然而事实上不能办到，这是第一点。还有，既然是史，便有史观的问题。作史的人总有他自己的立场。他的立场所看到的，永远只是事态的片面，而不是事态的全面。固然，我们也说要从不同的角度，观察事态，但是一个事态许多片面的总和，仍旧不是事态的全面。这是又一点。还有，历史的记载当然是史，文学批评史也是史，但是和历史的史毕竟还有些许的不同。……在取材的时候，不能不有一个择别，择别便是判断，便不完全是史实的叙述。在叙述几个批评家的时候，不能不指出流变，甚至也不能不加以比较，这也是判断，更不是史实的叙述。文学批评史的本质，不免带有一些批评的气息。②

朱东润此言，容易让人想到长期困扰中国文学史写作的“史与论”之争。他一方面肯定了“一切史的叙述”都难免主观，不能做到“完全史实的客观叙述”；另一方面，基于文学批评史写作的品性，他指出，在批评史的选择、批判和叙述中，要蕴含作者的文学史观和审美趣味。这个发现，为中国文学批评史写作指明了一个方向。

《大纲》是中国第一部比较系统、完整的中国文学批评史，它奠定了中国文学批评学科的初步框架和体系，与陈钟凡、罗根泽、郭绍虞的中国文学批评史并称本学科的经典著作。朱自清在《诗文评的发展》一文中，盛赞《大纲》是中国“第一部简要的中国文学批评全史”。著名文学史家章培恒认为，可分浅层次和深层次两个角度来考察《大纲》的贡献：“从浅层次来看，此书的明显特色是初步确立了中国文学批评史的框架；这也可说是大家看得见的贡献。就其深层次而言，则是第一次用新的文学观念较系统地考察了中国从先秦到清末的文学批评发展过程，尽可能地挖掘了在这个过程中在不同程度上体现了文学本质特征的观点和主张，描述

① 胡伦清：《我所见到的几种中国文学批评史》，《浙江学报》第 2 卷第 1 期，1948。

② 朱东润：《自序》，《中国文学批评史大纲》，桂林，开明书店，1944，第 5 页。

了它们的演进历程，也适当地交代了与它们相矛盾的文学批评及其变迁。……这种深层次的贡献，大致又可分为两个方面，即新颖文学观念的贯彻和具有卓见的文学批评发展过程的描述。”①

全书以历代批评家为叙述主体，上起孔孟，下迄清末陈廷焯，共七十六章。虽采用传统的著述体例，却首次把小说、戏曲理论纳入中国文学批评史写作的范围并予以专题阐述，而其他三种文学批评史(陈、罗、郭)主要是诗、文的批评。如本书第四十八节、四十九节论明代中后期曲家的戏曲理论，第六十三节论金圣叹对《西厢记》、《水浒传》的点评，第六十四节论李渔的戏曲理论，等等。

目次：

① 章培恒：《中国文学批评史大纲导读》，见朱东润《中国文学史批评大纲》，上海，上海古籍出版社，2001，第2页。

侯方域、魏禧；第五十八 毛奇龄、朱彝尊；第五十九 王士禛；第六十 吴乔、赵执信；第六十一 叶燮；第六十二 清初论词诸家；第六十三 金仁瑞；第六十四 李渔；第六十五 方苞、刘大櫆；第六十六 姚鼐、刘开；第六十七 纪昀；第六十八 沈德潜；第六十九 袁枚；第七十 赵翼；第七十一 章学诚；第七十二 阮元；第七十三 恽敬；第七十四 张惠言、周济；第七十五 曾国藩；第七十六 陈廷焯。

3. 罗根泽《周秦两汉文学批评史》初版。

罗根泽《周秦两汉文学批评史》，商务印书馆1944年1月重庆初版，1949年2月上海再版，24开本，140页，约7.8万字。1966年8月台湾商务印书馆亦有出版，30开平装本，204页。

郭绍虞先生在评价本书时指出："以材料丰富著称。……他搜罗材料之勤，真是出人意外，诗词中的片言只语，笔记中的零楮碎札，无不仔细搜罗。"①那么，罗根泽先生怎样搜罗材料呢？他在本书"自序"中回忆自家搜集资料的过程，颇可代表那一代文学史家治学之勤勉，兹摘录数言如下：

> 故都多公私藏书，余亦量力购求，止诗话一类，已积得四五百种……最珍贵者，有明刊本宋人蔡传《吟窗杂录》，明人胡文焕《诗法统宗》。二书皆诗学丛书，收有晚唐五代以至宋初诗格诗句图甚多，得以分述五篇二、三、四各章……其有公私珍藏，不能割让，或割让而索价太昂，则佣人缮写，亦积得数十册。闻傅沅叔先生藏有《永乐大典》本诗话数种，未及借抄，变起仓皇，至今犹于邑于怀也。又以诗话盛于宋，而宋人诗话，泰半亡佚，与内子蔓漪，于《苕溪渔隐丛话》、《诗话总龟》、《诗林广记》及诸家笔记中，辑出数十种……闻中央大学自京移渝，载书颇富，遂于二十九年一月，由陕入川……②

历来著史者面临的首要同时也是最大难题，莫过于史料搜集困难。倘若仅用现成或易见史料，恐怕难发常人所不能之见识，故发掘新史料是提升史著价值的捷径。然而，新史料从何而来？罗先生上述之言，点

① 参见罗根泽：《中国文学批评史》第三册，上海，上海古籍出版社，1982，第1～2页。

② 罗根泽：《周秦两汉文学批评史·自序》，重庆，商务印书馆，1944，第2页。

明了几个途径：一、出资寻购；二、书主不卖或索价太高就抄录；三、自己动手从前人文章、文集等书籍中辑出；四、去各大图书馆或藏书单位查阅。毋需多言，这四个途径，也是罗根泽先生《周秦两汉文学批评史》一书的资料来源。

本书为“中央大学文学丛书”之一，也是罗根泽拟编写的《中国文学批评史》第一分册。《中国文学批评史》共分四册，由先秦至五代，其余三册分别是：《魏晋六朝文学批评史》、《隋唐文学批评史》、《晚唐五代文学批评史》，具体出版情况分别见其条目。

本书分“周秦”和“两汉”两编，共七章，五十七节。

目次：

讽谏说的作用及价值；八、讽谏说下的作家批评。

第四章　王充的文学批评：一、王充在中国文学批评史上的地位；二、王充的精神及其背景；三、王充所崇拜的桓谭；四、“尚文”与“尚用”；五、“作”与“述”；六、“实诚”与“虚妄”；七、“言文一致”与“文无古今”。

4月

1. 胡文楷《历代妇女著作考》成书。

胡文楷，浙江昆山人。《历代妇女著作考》，约成书于1944年4月①，64万字。1957年11月由上海商务印书馆出版，1973年台北鼎文书局影印出版，1987年上海古籍出版社出版增订本。

本书是中国目录学史上一部重要著作。作者以编著闺秀艺文目录的形式，运用丰富的材料展现了中国古代女性文学的发展。共著录四千多位女性作家的作品、略传，清晰地展示出女性文学发展的一些脉络与特质，其中也透露了作者的文学史观。

全书由汉魏迄清末，以朝代编次，每代中按姓名笔画多少为先后排列，以便检索。满蒙、方外或姓氏佚者，列于卷末。书中资料，多采自各省府州县志书，故史料价值较高。可作为中国妇女文学史资料参考。

目次：（因目录中历代女作家之名太多，兹略去）

卷一　汉魏六朝；卷二　唐代；卷三　宋代；卷四　元代；卷五　明代一；卷六　明代二；卷七　清代一；卷八　清代二；卷九　清代三；卷十　清代四；卷十一　清代五；卷十二　清代六；卷十三　清代七；卷十四　清代八；卷十五　清代九；卷十六　清代十；卷十七　清代十一；卷十八　清代十二；卷十九　清代十三；卷二十　清代十四；卷二十一　清代十五；补遗；附编　现代；附录二　合刻书目；附录三　期刊。

2.〔日〕竹田复著、隋树森译《中国文艺思想》印行。

竹田复著、隋树森译《中国文艺思想》，（贵阳）文通书局印行，1944年3月初版，32开土纸本，48页，约2万余字。

① 此书具体成书时间无明确记载，且中华人民共和国成立前部曾出版过。据1957年版“闽侯江畬经”所作之“序”，文末标注“甲申端午闽侯江畬经”，可知该序作于“甲申端午”。此外，卷首“题辞”亦标注“甲申四月 李宣龙”、“甲申初夏存晦老人”、“甲申冬中慧茂居士费师洪”，于是更可确定，“甲申四月”(1944年4月)时，本书稿已成。

本书为卢前、谢六逸主编的“文艺丛刊”之一，系竹田复所著《支那文艺思想》的中译本。

全书以儒、道两家的文学观分类叙述，共四章，可作文学史写作史料参考。

目次：

一，文艺之意义；二，儒家的文学观（诗及文章观、小说观、戏曲观）；三，道家的文学观（大巧若拙、人生如朝露、复归自然、人间解放）；四，结论。

5 月

任访秋《中国现代文学史》（上卷）初版。

任访秋（1909～2000），原名维焜，字仿樵，笔名访秋，河南南召县人。《中国现代文学史》（上卷），（南阳）河南南阳《前锋报》社印行，1944 年 5 月初版。

本书的编写始于 1942 年，是中国第一部以“中国现代文学史”命名的史著，但书中的“现代”不是后来通指的 1919 至 1949 年，而是始于清末。事实上，本书第一编对清末民初政治思想与文学的介绍，占了四分之一篇幅。“从思想史进入文学，关注文学发展的思想史背景，这是任著的另一个重要特色。”①

目次（待访）。

6 月

王季思《西厢五剧注》初版。

王季思（1906～1996），学名王起，字季思，以字行。笔名小米、之操、梦甘、在陈、齐人，室名玉轮轩，浙江温州人。《西厢五剧注》，（杭州）龙吟书屋 1944 年 6 月初版，32 开平装本，206 页，约 15 万字。

1948 年，经修订注释后，本书整理定名为《集评校注西厢记》，由上海开明书店出版。1954 年经第三次修订，由上海新文艺出版社出版，即《〈西厢记〉校注》第一版。由于 1958 年发现《西厢记》弘治等本，王季思再次重加校补，由中华书局出版新一版，即《〈西厢记〉校注》。1963 年又重印 6 次。1978 年发表《第四次〈西厢记〉校改本补记》。多次重印新版，各

① 刘涛：《任访秋〈中国现代文学史〉学术特色和价值初探》，《平顶山学院学报》2006 年第 4 期，第 28 页。

版都有所丰富、补充或改正。各版总印数达100多万册。

王季思自幼熟读经史子集，爱看戏曲、小说。1925年，考入东南大学中文系，曾参加词曲大师吴梅的潜社，开始词与散曲的创作；并与外文系陈楚淮等组织春泥社，在闻一多老师指导下，从事话剧与新诗创作。20世纪40年代初，任教浙江大学任教，潜心研究中国文学史及元人杂剧，完成《西厢五剧注》。

本书对《西厢记》的作者与曲文作了详尽的考证、校勘，对方言俗语也做了十分详尽的注释。尤其是西厢剧本中方言俗语众多，甚至有些蒙古语、汉蒙混合语、各地民间口语、歌谣。王季思通过大量金元杂剧、说唱散曲、笔记小说、歌谣，把方言俗语连同例句相互对读比照，得出令人信服的注释。

这部书一出版就受到广泛关注，风行一时，压倒了一向流行的金圣叹评本《西厢记》。至今仍是最通行、最权威的校注《西厢记》本子。曾有日本学者编成《王季思校注〈西厢记〉索引》，把它作为工具书备查。《西厢五剧注》是王季思从事学术的成名作和代表作，奠定了他一生的学术地位。

目次(略)。

8月

胡怀琛《中国小说的起源及其演变》初版。

胡怀琛《中国小说的起源及其演变》，(南京)正中书局印行，1944年8月初版，32开平装，132页，约4万字。

到1940年左右，已出现了好几种中国小说史，如1923年12月出版的鲁迅《中国小说史略》的成绩为他著所不及。故胡怀琛另辟蹊径，专谈当时研究比较薄弱的两个问题："(一)是中国小说的起源，并"小说"二字涵义的变迁；(二)是中国小说的演变，并现代小说的标准。"[①]论及第一个问题时，作者指出中国小说有五个来源：民间传说、神话、史话、时事、寓言。前四个来自民间，而寓言来自文人。这在当时是可贵的见解。

目次：

① 胡怀琛：《中国小说的起源及其演变》，南京，正中书局，1944，第1页。

10 月

萧涤非《汉魏六朝乐府文学史》初版。

萧涤非(1906～1991)，原名忠临，江西临川人。《汉魏六朝乐府文学史》，(重庆)中国文化服务社印行，1944 年 10 月初版，32 开土纸本，378 页，约 18 万字。1984 年 3 月由人民文学出版社修订重排出版，24 开本，321 页，启功题写书名。

本书原为作者在清华研究院的毕业论文，导师黄晦闻(即黄节)，动笔于 1931 年，脱稿于 1933 年。1934 年，作者执教山东大学时，曾着手把毕业论文修改成讲义，但因故中途停止。直到 1941 年在西南联大任教，才重新改写，于 1943 年改成，被列为“青年文库”(朱光潜、老舍、叶圣陶、罗根泽等任编委)之一出版。

“五四”以后，文学史写作大多着重民间文学，至 20 世纪 30 年代，汉代乐府研究及其文学史写作，吸引了不少学人。萧涤非此著的特点，主要在于具有强烈的史识，黄节在“审查报告”中评价说：“统观成绩全部，皆能从乐府本身研究。知变迁，有史识；知体制，有文学；知事实，有辨别；知大义，有慨叹，此非容易之才。”不论叙述哪朝哪代的乐府，萧氏都把它置于乐府文学发展的全局视阈下加以考量，这使他常有新奇之论。如在论“乐府变迁之大势”时说：“自汉武立乐府，下迄于唐，历时九代，无虑三变。寻其往迹，可得而言。两汉乐府，虽亦有文人诗赋，然大部皆采自民间，今所存《相和歌辞》是也，故其中多社会问题之写真，而其风格亦质朴自然，斯乐府正则也。”此论一反历代重视汉代文人乐府而轻视民间乐府的传统观念，高度评价民间乐府，认为民间乐府才是“乐府正则”。正是因为侧重民间文学，书中几乎一字不提班固《汉书》，直到沈约《宋书·乐志》才稍微提及，黄节先生赞其“真有识之言”。同理，对于南朝乐府，本书也作了比较全面、客观的评价，认为其理论价值在于：“今之言文学史者，率偏重南朝数大诗人，而略于其乐府，要知南朝乐府自是富有时代性与创作性之文学。虽其浪漫绮靡，不足拟于两足，然在文学史上实具有打开一新局面，鼓荡一新潮流之力量。”

很大程度上因为作者紧紧抓住民间乐府及其特质，因而给后人留下“一部成就卓越的分体文学史著作”①。

全书六编，由“乐之起源与前秦乐教”至“隋乐府”止，共二十七章，

① 王运熙：《读〈汉魏六朝乐府文学史〉》，见《乐计诗述论》，上海，上海古籍出版社，1996 年。

若干节。卷首以黄节在1933年为作者之毕业论文写的“审查报告”代序。

目次：

---

① 陈玉堂《中国文学史书目提要》此处录为“西汉乐府”(第200页)，实误，应为“两汉乐府”。

② 陈玉堂《中国文学史书目提要》此处录为“黄晦闻先生相和三调辨”(第200页)，此录与萧涤生该书1984年人民文学出版社版同，而初版本目录为“黄节先生说和相三调”。

二、羁旅，三、豪侠，四、闺情，五、贫苦）；第三章　北朝文人乐府（温子升、邢邵、魏收、萧悫、高昂、赵王招、萧伪、王褒、庾信）；第四章　南北朝乐府之比较观；第五章　隋乐府（一、文帝时之拟古乐府，二、炀帝时拟南朝乐府）。

11 月

田禽《中国戏剧运动》在重庆初版。

田禽《中国戏剧运动》，商务印书馆印行，1944 年 11 月重庆初版，1946 年 6 月上海初版，32 开本，143 页，约 9 万字。

本书主要论述了"五四"文学革命以来的新剧，共八章，其中有五章曾在《东方杂志》发表过。

目次：

一、论中国戏剧批评；二、中国战时戏剧创作之演变；三、论中国的戏剧理论建设；四、中国剧作家概论；五、中国女剧作家论；六、中国戏剧运动之路向；七、第六届戏剧节感言；八、三十年来戏剧翻译之比较。

12 月

1. 王秋萤编《满洲国新文学史料》初版。

王秋萤（1914～1995），原名王之平，辽宁抚顺县人，东北沦陷时期作家。曾担任沈阳中苏友好协会文化部部长，兼《文化导报》主编，《盛京时报》、《哈尔滨日报》编辑等职。著有短篇小说集《去故集》、《小工车》，长篇小说《河流的底层》，评论《东北沦陷期文学概况》等。① 编《满洲国新文学史料》，（长春）开明书店发行，1944 年 11 月印刷、12 月发行，32 开，157 页。

此书版权页标注的印行日期是伪满洲国的皇帝纪元（康德十一年），而且该书出版曾受满洲书籍配给株式会社资助。书中所选作家作品难免带有一些日本殖民特征。入选的有谷实的《满洲新文学年表》、《满洲文艺书提要》、山丁的《十年来的小说界》、李文湘的《新诗十年》、九日的《一九三三年里满洲文坛的社》、摩西的《一年来满洲文坛的没落及史的观察》、吴瑛的《满洲女性文坛》，等等。所选材料，从各个方面反映了东北沦陷区文坛的真实情况。

① 王晖：《又见萤火闪烁——纪念东北作家王秋萤》，《黑龙江日报》2007 年 12 月 5 日。

这部书是为数不多的东北沦陷区文学史料汇编，对于了解和研究东北沦陷区文学有较高的史料价值。

2. 陈子展《唐代文学史》初版。

陈子展《唐代文学史》，（重庆）作家书屋刊行，1944年12月初版，草纸印刷，32开本，157页，6.7万字。内封页题为“中国文学史丛编——唐代文学史”，为“丛编”之一卷。1948年商务印书馆再版。

本书为陈子展在作家书屋出版的“中国文学史丛编”之一。陈子展的“中国文学史丛编”，“源溯上古，迄于晚清，并附现代”[①]，据本书末所附广告，这套丛书分十册，即将出版的有《唐代文学史》、《宋代文学史》、《明代文学史》、《元代文学史》，而实际上后两种未见出版。1947年9月，由作家书屋将本书与作者的《宋代文学史》合为一册出版（即沪一版），书名为《唐宋文学史》。

在本书之前出版的胡云翼的《唐代的战争文学》（商务印书馆，1927）、陆晶清的《唐代女诗人》（神州国光社，1931）、胡朴安、胡怀琛兄弟合著的《唐代文学》（商务印书馆，1931）、孙俍工的《唐代底劳动文艺》（亚东图书馆，1932）等都从某些侧面叙述唐代文学，而本书比较全面地论述了唐代的诗歌、古文及唐代新出现的小说、词等文学样式的文体特征与嬗变轨迹。全书共分为八个部分：第一章“说到唐代文学”论述唐代文学兴盛的原因及唐代文学发展的分期；第二至五章分别为“初唐诗人”、“盛唐诗人”、“中唐诗人”、“晚唐诗人”，阐述唐代诗歌发展演变的历史进程；第六至八章分别为“古文运动”、“唐人小说”、“晚唐五代词人”，先后探讨唐代的散文、小说及晚唐五代的词。

这部书是作者中年时期撰写，此前已有写作《最近三十年中国文学史》等几部文学史的成功经验，因而本书不仅体例完整，内容丰富详细，将唐代文学变迁的态势与发展规律描述得十分清晰，而且时有精彩论述。比如，作者承继高棅《唐诗品汇》中对唐诗的四分法，将唐代文学细分为初、盛、中、晚四个阶段。认为这四个时期，以近体诗与古文为盛，因而作者主要讨论这两种文体在唐代的发展态势。书中说：“五言古诗相传自苏、李而成立，五言律诗则自沈、宋而成立”，“到了初唐四杰，沈、宋诸人，他们的这类诗，不但属对精密、平仄也精到了，五言律诗的体

① 参见该书卷前介绍。

制完成了。同时七言律诗也成立了，沈、宋就是兼工七言律诗的人。"[①]这一学术判断是符合近体诗发展实际的。关于唐代古文的发展，作者认为王勃起到了不可替代的作用，同时指出王勃"还是想在骈俪文范围内改革"，而不是从散文的内容、题材和风格上彻底地革新。这一任务要到陈子昂及其后来者才能最后完成，认为陈子昂是古文运动的先驱。[②] 关于唐人小说，作者将之与唐诗并举，认为二者堪称"一代之奇"。尤其令人敬佩的是，作者在40年代文学史写作重视文学创作外部环境的语境下，从文学内部各文体彼此之间的关联来探讨唐人小说繁盛的缘由。作者据白居易《长恨歌》、元稹《会真诗》中"顶有小说味"，陈鸿因《长恨歌》而作《长恨歌传》、元稹又作《莺莺传》，得出一个结论："当时诗歌与小说二者在发展的进程中彼此确乎有些联系。"[③]又说："小说发展最盛的时期正和古文运动最盛的时期相当。我想：要是文体不解放，那么，自由活泼、描写有生气的小说，未必会这样发达起来。"[④]此外，书中对于词的起源、诗与词之关系、魏晋南北朝民族融合对于唐文学的影响等，都有独到而中肯的见解。

另外，书中的语言也没有一般文学史的空谈理论，枯燥乏味。作者这样评价王维的山水诗："写来不费力，却是由静中妙悟得来的，言外暗示透出的。这是诗趣，也是禅趣。诗家三昧在此，禅家三昧也在此。"[⑤]又解释为何"王维的诗常用静字闲字"，说"唯其能闲能静，才能察物工画，审音精乐，独坐耽禅"[⑥]。如此论述，既切中肯綮，又清楚流畅，充满语言的张力。

本书与陈子展《最近三十年文学史》具有类似的缺陷，比如过于偏爱白话文，论述色彩较浓而史料引述不足。

目次(见1947年沪一版)。

1945年(民国三十四年)

1月

1. 龙榆生《词曲概论》完稿并油印。

龙榆生(1902～1966)，名沐勋，晚年以字行，号忍寒公，江西万载

---

① 陈子展:《唐代文学史》，重庆，作家书屋，1944，第13页。
② 陈子展:《唐代文学史》，重庆，作家书屋，1944，第103～104页。
③ 陈子展:《唐代文学史》，重庆，作家书屋，1944，第116页。
④ 陈子展:《唐代文学史》，重庆，作家书屋，1944，第122页。
⑤ 陈子展:《唐代文学史》，重庆，作家书屋，1944，第32页。
⑥ 陈子展:《唐代文学史》，重庆，作家书屋，1944，第30～31页。

人。《词曲概论》，1945年1月油印，约13.1万字。此稿在作者生前没有正式出版，直到1980年4月才由上海古籍出版社首次出版。

本书为作者授课讲义，因其20世纪三四十年代先后在暨南大学、广州中山大学、南京中央大学及上海音乐学院等校任教，此油印本讲义的完稿时间、油印时间不详。但是，书中常见“在封建社会里”、“劳动人民”、“统治阶级”等词语，很难想象这些词语会出现在30年代的大学课堂上，故可断其完稿于40年代中后期；作者曾在1945年出版的《东南风》创刊号发表《词曲概论》一文。据这两点断定，此时(1945年1月)《词曲概论》讲义已完稿并油印。

本书分上、下两编，上编主要探讨词的起源，论述词曲的发展和演变，介绍唐宋词、元曲、明清传奇等重要作家的艺术成就和作品的思想内容，并评价这些作家、作品在文学史上的地位和影响；下编是词学研究，与文学史基本无涉。

目次：

2. 龙榆生《宋词》油印。

龙榆生《宋词》，在南京中央大学任教时的油印讲义。一册，分《北宋词坛概况》、《晏殊晏几道》、《欧阳修》、《张先柳永》、《苏轼》五章，共33页，有批注。①

4月

陈子展《宋代文学史》初版。

陈子展《宋代文学史》，(重庆)作家书屋刊行，1945年4月初版，草纸印刷，32开本，184页，约7万字。

本书为陈子展在作家书屋出版的“中国文学史丛编”之一。1947年9月，由作家书屋把1944年12月出版的《唐代文学史》与本书合为一册出版(即沪一版)，书名为《唐宋文学史》。

目次(见1947年沪一版)。

① 张晖：《龙榆生年谱》，上海，学林出版社，2001，第254页。

5 月

1. 刘永济《十四朝文学要略》初版。

刘永济(1887～1966)，字宏度，号济生，别号诵帚，晚号知秋翁，室名云巢、易简斋、微睇室、诵帚庵等，湖南新宁人。《十四朝文学要略》，中国文化服务社印行，1945 年 5 月在渝初版，1946 年 12 月在沪二版，32 开本，正文 267 页，约 13 万字。书中多数内容曾以《中国文学史纲要》为题，1928～1929 年间刊载于《学衡》第 65、68、71 期。作者逝世后，其长女刘茂舒提供作者本人校订过的本子，1984 年 2 月黑龙江人民出版社出版；后刘茂新(刘茂舒之妹)整理刘永济遗作，将 1984 年版收入《刘永济集》，2007 年 10 月由中华书局出版①。

本书系朱云影、程希孟、赵纪彬主编(编委包括朱自清、叶圣陶、杨振声、罗根泽等)的中国文化服务社“青年文库”之一。原书稿是作者 1928 年在沈阳东北大学讲授中国文学史时的讲义，因编至隋代而罢手，故用此书名。但卷首“叙论”乃当初为编写“中国文学史”而设，并非专指十四朝，故这部分的篇幅很长，论述兼及隋以后的文学。

“叙论”对中国文学史研究中的一些基本问题，如四纲、经纬、三准、三训等理论范畴作了独到的分析和阐述。先辨“文”之涵义，后明“体”别类。关于文学的定义，作者指出“文之为训，本于交遣，故有经纬之义焉；文之为物，又涵华采，故有修饰之说焉。以道德为经纬，用辞章相修饰。在国则为文明，在政则为礼法，在人则为文德，在书则为书辞，在口则为词辨”②。文学于国、于政、于人、于书、于口表现各异，但本质相同，即必须能传达道德思想，有“文采”。

卷一“上古至秦”侧重阐述各时段文学创造的主要特点。如，第一节“古代茫昧难征”论文学的起源；第二节“孔子删述之影响”，侧重孔子删述六经对六经传播的伟大作用；第三节“诗经为后世感化文学之祖”，侧重《诗经》的道德感化作用；第九节“楚辞为赋家之祖”，重点论屈原、宋玉的辞赋的风格。

卷二“汉至隋”侧重于探寻文学现象、文学流派的成因、辨别其异同。如第十节“六朝诗学之流变”，作者对六朝诗体瞬间多变的现象予以详稽博考，又从政治背景、宗教影响及士人心态等因素总结出六个方面的原因。这在当时是可贵的。不过，令人遗憾的是，作者只考察了六朝诗学

① 刘茂新：《后记》，见《刘永济集》，北京，中华书局，2007。

② 刘永济：《十四朝文学述略》，哈尔滨，黑龙江人民出版社，1984，第 3 页。

流变的外部原因，未曾进入诗歌内部。

书中不仅使用文言文，而且多数是对仗工整的骈文句式，如论文学的起源，指出“初民讴歌吟呼之作，起于作乐之时，书契之前；世人述志箴谏之诗，兴于书契之后，制礼之始”①。这可能是因为，作者对刘勰《文心雕龙》颇有研究（曾著有《文心雕龙校释》），喜爱《文心雕龙》惯用的骈文句式。

全书叙述上古至隋之文学。凡行文中遇有疑难或需解释之处，随时以小字详加注明，横征博引，类同“笺注”。能对正文起到佐证、补充或延伸论证的作用。但有时夹注过长，给读者造成阅读不便，也削弱了正文的主旨。如卷二第五节“两京当诗体穷变之会”中“故李陵、婕妤，见拟前代”九字之下，其按语竟然长达六页共四千多字。

目次：

卷首　叙论

卷一　上古至秦：一、古代茫昧难征；二、孔子删述之影响；三、诗经为后世感化文学之祖；四、春秋时诗学之盛；五、纵横家为诗教之流变；六、论著文之肇兴；七、诸子文学之影响；八、战代文学有三大宗主；九、楚辞为赋家之祖嬴秦统一与文学。

卷二　汉至隋：一、辞赋蔚蒸之因缘；二、两京赋体之流变及其作家之比较；三、赋家之旁衍；四、汉乐府三声之消长；五、两京当诗体穷变之会；六、史体之大成及马班之异同；七、篇体变古之渐；八、建安文学之殊商；九、魏晋之际论著文之盛况；十、六朝诗学之流变；十一、南北朝风谣特盛及乐声流徙之影响。

2. 周贻白《中国戏剧小史》初版。

周贻白《中国戏剧小史》，上海永祥印书馆印行，1945 年 5 月初版，1946 年 2 月再版，32 开本，84 页，约 3 万多字。

本书列为范泉主编的“青年知识文库”文学类之一，是一部通俗读物，共八章。

目次：

第一章　中国戏剧的形成；第二章　唐宋间的戏剧；第三章　南戏与北剧；第四章　明代戏剧概况；第五章　昆曲与乱弹；第六章　皮黄剧的勃兴；第七章　文明戏与话剧；第八章　中国戏剧前途的展望。

---

① 刘永济：《十四朝文学述略》，哈尔滨，黑龙江人民出版社，1984，第 38 页。

7 月

罗根泽《晚唐五代文学批评史》在重庆初版。

罗根泽《晚唐五代文学批评史》，商务印书馆印行，1945 年 7 月重庆初版，1946 年 2 月上海初版，32 开本，69 页，约字。

本书系罗根泽"中国文学批评史"第四册，同时为"中央大学文学丛书"之一。

目次：

第一章　文学论：一、自唐代社会变迁说起；二、李商隐的反道缘情文学说；三、李牧的事功文学说；四、皮日休陆龟蒙的隐逸文学说；五、刘蜕罗隐的文章丧亡论；六、韩偓欧阳炯的香艳说；七、韦庄韦谷的清丽说；八、黄滔吴融等的反艳丽说；九、刘昫徐铉的折中说。

第二章　诗格(上)：一、诗格的两个时代；二、五代试士的注重诗格赋格；三、材料的获得；四、王壑炙谷子诗格；五、李洪宣缘情手鉴诗格；六、齐已风骚旨格；七、虚中流颓手鉴；八、徐衍风骚要式；九、徐寅雅道机要；十、王玄诗中旨格；十一、王梦简诗要格律；十二、桂林淳大师诗评；十三、文彧诗格；十四、保暹处囊诀。

第三章　诗格(下)：一、旧题魏文帝诗歌；二、旧题贾岛二南秘旨；三、旧题白居易金针诗格及梅尧臣续金针诗格；四、旧题白居易文苑诗格；五、旧题梅尧臣梅氏诗格；六、惠洪天厨禁肉及林越少陵诗格；七、已佚的诗格；八、诗格总集——李淑诗苑类格；九、诗格丛书——蔡传吟窗杂录；十、赋格及文格；十一、反诗格的言论。

第四章　诗句图：一、诗句图的渊源；二、李商隐梁词人丽句；三、张为诗人主客图；四、李洞集买贾岛诗句图；五、宋太宗真宗御选句图；六、惠崇句图；七、已佚的诗句图；八、蔡传句图、续句图及陈应行句图；九、高仪孙诗句图；十、诗句图的评价。

第五章　诗品及本事：一、司空图的救世与避世；二、诗境的建立；三、二十四诗品；四、比喻的品题及其来源；五、文字以外的风格；六、文人之诗与诗人之文；七、孟棨本事诗；八、续本事诗三种。

8 月

15 日，日本宣布无条件投降，历时八年的抗日战争以中国人民的胜利而告结束。

8 月 29 日至 10 月 10 日，国民党政府和中国共产党在重庆进行为期

43天的和平谈判，国共双方签订了《政府与中共代表会谈纪要》(即《双十协定》)。中国出现和平曙光。

本年

1. 李岳南《语体诗歌史话》初版。

李岳南(1917～?)，笔名丘山、金石，河北藁城人。《语体诗歌史话》，(成都)拔提书店1945年初版，108页，其他情况待访原书。据陈玉堂《中国文学史书目提要》录入。

2. 吴庆鹏《唐宋散文史》初版。

吴庆鹏《唐宋散文史》，1945年贵州熙民印书馆初版。其他情况待访原书。据陈玉堂《中国文学史书目提要》录入。

1946年(民国三十五年)

1月

傅庚生《中国文学批评通论》初版。

傅庚生(1910～1984)，字肖岩，祖籍山东蓬莱，辽宁辽阳人。《中国文学批评通论》，商务印书馆，1946年1月重庆初版，1947年8月上海初版，32开本，224页，约14万字。1975年3月台北华正书局重印出版。

1943年，傅庚生的第一本学术著作《中国文学欣赏举隅》由开明书店出版。本书为他的第二部学术著作。

鉴于当时批评史研究较为兴盛而“对于文学批评之原理与问题短于发抒；间有旁及之者，又不免格于体制，或则简阔其言辞，或则枘凿其篇目，不能予人以明确的概念与因依之准则”①，傅庚生独创新格，撰著《中国文学批评通论》，“诠证古今，沟通中外”，旨在横向性地阐释文学批评的一般理论。虽为横的理论性论著，但对于渊源所自、影响所及，也连带论述，可作为文学批评史书看待。例如，第四章“中国文学批评史略”，分为“先秦文评之规模”、“两汉批评学渐趋精密”、“魏晋南北朝文论之盛”、“隋唐复古主张之萌芽与确立”、“两宋文评语诗话”、“元明文评语公安派等”、“清之桐城派等”，以简洁的语言概述先秦至清的文学批评发展。

---

① 傅庚生：《中国文学批评通论·自序》，重庆，商务印书馆，1946。

在20世纪中国文学批评史研究中，傅庚生的《中国文学批评通论》不论从编写体例还是理论立场上看，都是一部较为独特的著作。下面试作分析。

一、编写体例

全书分为上中下三编。上编“绪论”四章，以为源头，系全书之滥觞；中编“本论”四章，是全书主体，从感情、想象、思想、形式共四个方面论述中国文学批评；下编“结论”三章，总结中国文学的特征。这种编写体例，具有两个特点：一是存“编”和“章”而去“节”，并未按照当时流行的章节体例编次，其缘由，据作者“自序”：“非囫囵吞枣，苟以成编；由通论之体，割裂多不适宜也。”二是以“绪论”、“本论”、“结论”这三大块来结构全书，具有逻辑严密、框架清晰的长处。

二、理论立场

此书较早注意用近现代西方文学理论来对中国古代文学批评作横向的理论研究，因而明显的理论色彩是它区别于其他文学批评史著作的标识。其中，又以较多引述西方心理学理论显得独特。如引述古代文论家对悲观文学的重视后，依据近代“文学为苦闷的象征”的原理给予解释。解释“比兴”说：“诗有比兴之义，比者藉联想作用以将彼喻此也，兴则系藉创造的想象以融物态而起人情者也。”并引古代之比兴论以实之。解释刘勰的“风骨论”说：“综览刘氏之论，以为抒摅者情思，而形之于文者风，犹今之云感情、思想咸为文学之元素，又须藉联想作用以形之也；以为铺陈者辞藻，而持其纲者骨，犹今之云形式亦为文学元素之一，又须藉分想作用以饬之也。”指出论创作可分为“直觉的”与“反省的”两种，并且分别举刘勰《文心雕龙》中《神思篇》和《通变篇》的构思论给以说明。再有，依据现代文论中思想和情感的关系论来评析古代文论中的相应论断，批评“载道”与“尚用”说，“皆遮蔽文学之翳障”。①

傅庚生认为，文学创作和文学批评都因人、因地、因时而各异，所以，不同作家的文章有不同的风格，南北文学有地域文化方面的差异，而文学批评理论，也是中外殊异。但切不可因此否认相通之处。他主张融通不同风格的作家、南北文学和中外文学理论，使之适应于现代。“夫生今之时，仍墨守古今文学相沿之成规，不旁察中外文化交融之反应，则止可以因袭与守阙，必不能为谋承先与启后，所谓闭户不可造车也；

---

① 这一自然段摘录自《郭绍虞、朱东润先生的早期研究与中国文学批评史的学科独立》一文，详见 http://jpkc.fudan.edu.cn/s/44/t/43/01/59/info345.htm，发布时间2008年5月18日。

然若必艳羡外族文化既成之果，蔑视本国文学已种之因，则只宜于介绍与摹仿，亦不足语于融会与创作，所谓抽刀不能断水也。”①他既主张融会中外，又强调发扬民族文学理论的传统。这在当时，是高出一般人的见识。

他还注意到文体互相渗透的现象，指出“戏剧可以参校诗歌而编排矣，小说可以易戏剧之衣冠为文学描写矣，散文可以脱小说之樊篱而自由抒其情思矣”②。

目次：

上编　绪论：一、文学之义界；二、文学批评之义界；三、创作与批评；四、中国文学批评史略。

中编　本论：五、中国文学批评之感情论；六、中国文学批评之想象论；七、中国文学批评之思想论；八、中国文学批评之形式论。

下编　结论：九、个性时地与文学创作；十、文学之表里与真善美；十一、中国文学之文质观。

2月

杨荫深《中国俗文学概论》初版。

杨荫深《中国俗文学概论》，（上海）世界书局印行，1946年2月初版，32开本，128页，约8万字。

本书中的俗文学，包括谣谚、歌曲、小说、戏剧和唱词、相声等十六类。全书采用“以文类为经、时代为纬”的注释体例，共十七章，四十九节。

目次：

第一章　绪论：一、俗文学是什么；二、俗文学的文类；三、研究俗文学的困难。

第二章　谣谚：一、谣谚的意义；二、谣谚的体例。

第三章　民歌：一、民歌的解说；二、民歌的列别；三、民歌的体例。

第四章　俗曲：一、俗曲的产生；二、旧调的俗曲；三、地名的俗曲；四、新创的俗曲。

第五章　话本：一、话本的由来；二、话本的体例。

第六章　章回小说：一、章回小说的渊源；二、章回小说的体例。

---

① 傅庚生：《中国文学批评通论》，重庆，商务印书馆，1946，第222页。

② 傅庚生：《中国文学批评通论》，重庆，商务印书馆，1946，第223～224页。

第七章　杂剧院本：一、杂剧与院本的相同；二、杂剧院本的由来；三、杂剧院本的演出。

第八章　戏文传奇昆曲：一、戏文的渊源；二、由戏文到昆曲；三、戏文的体例。

第九章　元杂剧与南杂剧：一、元杂剧的渊源；二、元杂剧的创始；三、杂剧的体例。

第十章　皮黄戏：一、皮黄戏的由来；二、皮黄戏的体例；三、皮黄戏的演出。

第十一章　地方戏：一、地方戏的两大系统；二、关于各地的大戏；三、秧歌与蹦蹦戏；四、滩簧与越剧；五、花鼓戏与楚剧；六、傀儡戏与影剧。

第十二章　变文：一、变文的发现；二、变文的由来；三、变文的体例。

第十三章　诸宫调：一、诸宫调的产生；二、诸宫调的体例。

第十四章　宝卷：一、宝卷的由来；二、宝卷的体例。

第十五章　弹词：一、弹词的异称；二、弹词的由来；三、弹词的体例。

第十六章　鼓词：一、鼓词的由来；二、鼓词的体例；三、子弟书及其他。

第十七章　相声：一、相声的渊源；二、相声滑稽与双簧。

4月

郭麟阁《魏晋风流及其文潮》初版。

郭麟阁(1904～1984)，河南西平人，《魏晋风流及其文潮》，1946年4月(重庆)红蓝出版社北平分社出版，32开本，104页，约8万字。

作者曾执教中法大学、辅仁大学等高校，著有《红楼梦研究》(法语)、《法国文艺论集》(法语)、《法国文学简史》(法语)。其中，《法国文学简史》(卷一、卷二)是第一部中国人用法语撰写的法国文学史。作者在书中批判地采用了法国著名文学批评家、文学史家如圣佩夫(Sainte Beuve)、泰纳(Taine)、布吕乃基耶(Brunetière)、朗松(Lanson)等的观点。本书是作者引入法国文学史观编纂而成。作者结合法国文学理论，把魏晋文学史视为一场浪漫主义的文学运动。

本书为“中华全国文艺作家协会北平分会”主编的丛书之一，共十章。

目次：

第一章　历史鸟瞰；第二章　社会背景；第三章　玄学清谈(一、玄学发达之原因，二、玄学，三、清谈)；第四章 风雅韵致(一、通达，二、服药，三、纵酒，四、山水风景园林台榭，五、音乐)；第五章 道教组织之完成(一、起源，二、张陵五斗米道，三、丹鼎派，四、符箓派)；第六章 佛教思想之勃兴(一、译经之起始，二、译经代表人物，三、重要教义)；第七章 建安时代文艺之主潮；第八章 正始时代文艺之主潮；第九章 太康时代文艺之主潮；第十章 永嘉以后文艺之主潮。

6月

6月26日，蒋介石调集20多万军队，向中原解放区发起大规模进攻，自此全面内战爆发，人民还来不及享受抗战胜利的喜悦，又重新笼罩在战争的阴云下。

冯雪峰《论民主革命的文艺运动》初版。

冯雪峰(1903～1976)，原名福春，笔名雪峰、画室、洛阳等；现代著名诗人、文艺理论家，浙江义乌人。《论民主革命的文艺运动》，1946年6月(上海)作家书屋发行，16开本，136页，约6万余字。著者署名"雪峰"，封面为古元的木刻"学习"。1947年7月第二版，1949年10月第三版。

1943年10月毛泽东《在延安文艺座谈会上的讲话》正式发表后，在延安等抗日根据地掀起了学习热潮。1944年4月，何其芳、刘白羽受中央委托去重庆，向大后方的进步文艺界人士传达延安文艺座谈会情况和《讲话》。同年8月，周恩来从延安回到重庆，给文艺工作者带来了《讲话》全文，亲自组织文艺界学习。1945年年底，根据中央决定，周恩来领导重庆进步文艺界进行整风，举行了三次文艺座谈会。这样，《讲话》的精神在国统区文艺界迅速传播开来，不少文艺工作者试图运用《讲话》精神来总结、分析"五四"以来的文艺运动，探讨新文艺运动发展过程中的问题及前进的方向。在重庆进步文艺界以"过去和现在的检查及今后的工作"为题组织的几次"漫谈会"上，冯雪峰作了长篇发言，后来应《中原》等杂志之约，把发言录音整理修改成文，即《论民主革命的文艺运动》，发表在重庆1945年11月号《中原》杂志上。1946年6月，该文以单行本方式由作家书屋出版发行。出版时，"除改正了在杂志上发表时即有的错字以外，并没有怎样的改动"①。

① 冯雪峰：《论民主革命的文艺运动·序》，上海，作家书屋，1946。

本书根据毛泽东《讲话》精神，结合国统区文艺状况，全面总结"五四"以来尤其是20世纪30年代以来新文艺运动的经验教训。冯雪峰开卷交代全书任务是："总结过去的经验，明白现在的基础，决定今后的方向和工作。"①在具体行文中，"总结过去的经验"分量最重，书中第一、二部分谈的就是这个问题，占去全书三分之二的篇幅。这两部分可以看作是一部简要的"民主革命文艺运动史"。

冯雪峰在"序"中表示，虽然本书"广泛地检查了过去"，"但我着重的并非是过去所有的问题"，而是"循着主要的路线"来检查。这条主要的路线，就是"民主革命的文艺运动"所经历的路线。依循这条路线，冯雪峰认为文艺运动特别是"左"翼十年中最大的错误倾向，就是"'左'倾机械论和主观教条主义"。他以见证人的身份，指出文艺的"左"倾错误的几种突出表现，并且从主观和客观、国际和国内等方面具体分析了文艺运动产生"左"倾错误的原因。鉴于抗战时期重庆进步文艺界曾出现过一次时间延续五年之久的关于现实主义问题的论争，冯雪峰在书中批判了虚假的现实主义创作倾向，提出了艺术对象世界具有复杂性、矛盾性以及艺术只有揭示大众生活矛盾才能达到艺术的真实性的观点。对于《讲话》发表后，当时不少文艺工作者很关心的革命现实主义是否能批判人民中的落后的问题，作了肯定的回答。这些，直到今天仍有重要的启迪意义。

此书不具备完整的文学史规格，作者本人也没有"述史"的主观意识。他说："在我这篇文字里，我其实是完全着重在现在和今后的工作的。"②但是本书用《讲话》精神为指导来广泛地检查"民主革命的文艺运动"，能给后来的新文学史研究许多重要的启示，可视为政治式文学史写作在20世纪40年代的一个范本。

目次：

---

① 冯雪峰：《论民主革命的文艺运动·序》，上海，作家书屋，1946，第2页。

② 冯雪峰：《论民主革命的文艺运动·序》，上海，作家书屋，1946。

五、大众化的创作实践。

六、批评及统一战线下的批评。

七、文艺团体。

9月

廖辅叔《中国文学欣赏初步》初版。

廖辅叔(1907～2002)，广东惠州人，《中国文学欣赏初步》，(上海、重庆、新加坡)生活书店发行，1946年9月初版，同年12月再版。窄32开本，65页，约17万字。另有生活书店1949年4月东北版出版本。

本书为生活书店"新知识初步丛刊"之一种。

目次：

一、中国文学的特色；二、中国文体的演变；三、从作品看作家；四、技巧；五、结语。

10月

1. 崔荣秀《中国文学史概略》印行。

崔荣秀《中国文学史概略》，李松伍校订，国民图书公司1946年10月印行，32开平装238页。

全书分绪论、说诗、说辞、说歌、说赋、说曲、戏剧、小说之史的研究、说文章、结论，共十章。

目次(略)。

2. 王易《乐府通论》初版。

王易《乐府通论》，(上海)中国文化服务社1946年10月初版，32开，117页，约5万字；1948年11月再版。另有北京大学出版社1982年版、上海书店1989年影印版(收入"民国丛书"第四编第57种)。

书中的"序"作于1932年11月，据此推断，大约书成于此时。

本书最大的特点就是结合音乐来论述乐府诗。全书对乐府诗的起源、建立、沿革等作了探讨，并结合音乐论及乐府诗，将中乐与西乐进行了比较，认为燕乐、西乐实出一源，同出印度。其体例与作者《词曲史》(1932年再版)类同。

目次：

述原第一、明流第二、辨体第三、征辞第四、构律第五、余论。

11 月

蒋祖怡《诗歌文学纂要》初版。

蒋祖怡《诗歌文学纂要》，1946 年 11 月重庆中正书局初版，32 开本，217 页，约 12.2 万字。

1940 年前后，蒋伯潜、蒋祖怡父子应重庆正中书局之约编撰“国学汇纂丛书”，其中的《经学纂要》、《诸子学纂要》、《文字学纂要》、《宋明理学纂要》、《校雠目录学纂要》等七种由蒋伯潜撰写，《文章学纂要》、《史学纂要》、《诗歌文学纂要》三种由蒋祖怡撰写。本书即为“国学汇纂丛书之五”。

作者把中国古代诗歌视为一种文学现象而非文体，据此观察古代诗歌，于是得到一些不同于一般文学史编者的发现。

作者先是总结中西方关于诗歌起源的各种说法，认为诗歌在文字出现以前就已经有，它源于先民的祭祀和劳动。他如此认为，也是因为他坚信音乐是诗歌的根本特质，而不像当时一般人那样相信诗歌的特质在于思想情感和外在的形式美。他按照音乐在诗歌中的基本功能的不同，把诗歌文学分为“歌唱文学”和“表演文学”两大主流，又按照不同时期诗歌所具有的音乐形式之不同，分作相应的系统，如先秦时期的歌唱文学分作“诗经系统”和“楚辞系统”，汉代至唐朝的乐府为“乐府系统”，等等。

由于特别关注音乐与诗歌文学的关系，作者发现了“诗歌文学演变的一个大原则”：

> 大凡一种诗歌文学的起来，最初一定盛行于民间的，后来播之于音乐，便成为它底全盛时代，于是一般人群起仿效；可是文人并不完全都了解音乐，于是文字与音乐渐渐地脱离了关系，而这诗歌文学亦渐趋于没落衰老的一条路。这时候另一种诗歌文学正在民间滋长起来，代替了才没落的那一种。①

这个概括，过于强调诗歌的音乐内涵而忽视思想情感，并不是很准确。但作者发现的“大原则”总体上还是没错的。

在“大原则”指引下，作者进一步发现了“中国诗歌文学流变中的一个奇迹”：

① 蒋祖怡：《诗歌文学纂要》，重庆，中正书局，1946，第 14 页。

> 歌唱文学与表演文学的合流始于唐代，而成于宋代。两条巨龙汇集，又融成另一种新型而伟大的文学形式。而这种文学是含有“歌唱”、“表演”两种特质的。[①]

平心而论，由于作者拘囿于中国诗歌的音乐、功能和形式而忽视内容，他“发现”的“大原则”和“奇迹”等，尚可商榷。但本书的主要特色并不在于作者新奇的见解，而是该书与众不同的编写体例。具体表现在三个方面：

一、以诗歌在各时期的演变系统为经，以各诗歌系统自身的流变为纬。如此，就与以时代(朝代)为经、作家作品(思潮、流派等)为纬的述史体例有很大不同。因而避免了流行的述史体例人为分割文学之病。

二、将文学概论引进文学史写作。对于每种诗歌系统，作者并非只梳理其演变轨迹，而是经常以夹叙夹议的手法作学理性的探讨。因而本书总体上是一部文学史，却又像一部文学概论。

三、注重诗歌文学的发展演变，对作家和作品多有省略。

然而需要指出的是，本书的编写体例，颇受龙沐勋《中国韵文史》(1934年)的影响。试举几个例子。首先，龙沐勋在《中国韵文史》中，“以诗经、楚辞、乐府、五七言古近体诗为一系，宋元以来词曲为一系”。本书则把宋代以前的诗歌称为“歌唱文学”，宋以后称为“表演文学”。其次，龙沐勋在“编辑凡例”中申明“本书以一种体制之初起与音乐发生密切关系者为主”[②]，本书的编写也视音乐为诗歌的根本特质，而且全书以音乐与文学的分合作为主线。

目次：

---

① 蒋祖怡：《诗歌文学纂要》，重庆，中正书局，1946，第22页。

② 龙沐勋：《中国韵文史·编辑凡例》，上海，商务印书馆，1934。

第三章　乐府系统：第一节　乐府之起源及其概说；第二节　六朝乐府之鸟瞰；第三节　乐府之没落与唐代的新乐府。

第四章　古诗系统：第一节　五言七言古诗的起源；第二节　魏晋的五言古诗；第三节　复古运动及其影响。

第五章　律绝系统：第一节　齐梁小诗与律绝之形成；第二节　唐代诗歌；第三节　宋诗与清诗。

第六章　俗曲系统：第一节　佛曲；第二节　大鼓与弹词。

第七章　词曲系统：第一节　词的起来；第二节　词的勃兴与衰老；第三节　元明散曲。

第八章　新诗系统：第一节　新诗的起来；第二节　新诗之动向。

第三篇　表演文学

第一章　诗歌文学与表演文学之合流：第一节　宋代乐曲；第二节　院本与诸宫调。

第二章　元人杂剧——北曲：第一节　北曲之来源；第二节　元杂剧之结构作风与作者。

第三章　明人传奇——南曲：第一节　明人传奇——南戏之来源；第二节　南曲之概说；第三节　南戏之流变与近代剧。

第四篇　余论

第一章　论音律；第二章　论文章；第三章　体制。

本年

〔比利时〕文宝峰《新文学运动史》初版。

文宝峰(Henry Van Boven. 1911～2003)，比利时人，天主教圣母圣心会(Congregatio Immaculati Cordis Mariae)会士。出生于比利时安特卫普，1936 年 8 月 11 日被派遣来华后，在北平学习语言一年。1937 年赴蒙古传教，先后任绥远教区绥远副本堂、绥远教区巴拉盖区教师。1943 年与其他传教士一同被日本宪兵队拘留于潍县和北京的集中营。日本战败后获释，重回蒙古传教，先后任绥远教区巴拉盖区教师与本堂。1949 年回比利时，任司各特和鲁汶的中文与传教学讲师。1952 年被派遣赴日，在仁丰野学习语言一年。1953 年起，先后任日本加古川本堂、笠冈副本堂，广岛堂口(副)本堂，直至 1996 退休于仁丰野。期间曾在冈山作中国研究一年(1981～1982)。2003 年 1 月 9 日在日本姬路城逝世。[①] 曾

① 《在华圣母圣心会士名录》，台北，南怀仁文化协会，2008，第 510 页。

参与编纂《文艺月旦》(甲集)，著有《中法对照新文学辞典》等。

所著《新文学运动史》，1946年作为"文艺批评丛书"之一种由北平普爱堂出版社出版，法文。2011年5月，作为"中国现代文学史稀见史料"之一由台北秀威信息科技股份有限公司译成中文出版(谢泳、蔡登山编)，32开本，208页。

1943年文宝峰写了一封英文信给周作人，希望能请周指导学习中国新文学。周作人将他介绍给常风，并去信请常风帮助文宝峰。文宝峰通过信件联系常风。后来，常风在《关于周作人》一文中回忆文宝峰。文中介绍文宝峰在绥远一带传教，会说绥远方言；喜欢中国文学，特别喜爱周氏兄弟的作品；被日本宪兵队关在集中营时，仍然继续阅读新文学作品。常风和文宝峰大概一个月谈一次，中英文并用，文宝峰向他提问、借书，并请求他找些参考书。三四个月后，大概是1943年年底，文宝峰开始着手用法文写作《新文学运动史》，1945年7月完成①(另一说于1944年7月②)。文宝峰在"序言"中，特别感谢常风先生帮助他完成了这部著作，在集中营漫长岁月里，常风先生审阅其稿并给他带来必要的信息和原始资料。③

目次：

序言、导论

第一章　桐城派对新文学的影响。

第二章　译文和最早的文言论文。

第三章　新文体的开始和白话小说的意义。

第四章　最早的转型小说——译作和原创作品。

第五章　新文学革命：(一)文字解放运动；(二)重要人物胡适和陈独秀；(三)反对和批评；(四)对胡适和陈独秀作品的评价；(五)新潮。

第六章　文学研究会。

第七章　创造社。

第八章　新月社。

① 常风：《关于周作人》，见刘绪源编：《苦雨斋主——名人笔下的周作人》，上海，东方出版中心，1998，第128页。

② 常风：《关于周作人》，见《逝水集》，沈阳，辽宁教育出版社，1995。常风《关于周作人》一文，收入刘绪源编《苦雨斋主——名人笔下的周作人》和常风《逝水集》时，部分文字有出入。鉴于文宝峰《新文学运动史》于1946年出版，则此书成书时间不可能在1947年7月。

③ 谢泳：《一部被遗忘六十多年的中国现代文学史著作重新进入研究者视野——比利时传教士文宝峰的〈新文学运动史〉将影印出版》，《中华读书报》2009年4月29日。

第九章　语丝社。

第十章　鲁迅：其人其作。

第十一章　未名社。

第十二章　中国“左”翼作家联盟和新写实主义。

第十三章　民族主义文学。

第十四章　自由运动大同盟。

第十五章　新戏剧。

结语、参考书目、作者索引

1947年(民国三十六年)

3月

宋云彬《中国文学史简编》初版。

宋云彬(1897～1979)，字佩韦，浙江海宁人。《中国文学史简编》，香港文化供应社初版，1947年3月初版，同月再版，1949年2月第三版，32开本，140页，约7万字。

1934年宋云彬和夏丏尊、叶圣陶、陈望道等合编《国文讲义》一书，其中《文学史话》部分，就由宋云彬负责，本书即由《文学史话》改写而成。

全书共十一章，按文类分章叙述。

目次：

第一章　诗经与楚辞；第二章　从汉赋到六朝骈文；第三章　汉魏晋南北朝的乐府；第四章　印度文化的输入与中世文艺思想；第五章　唐代的律诗古文；第六章　宋词与语录；第七章　北曲与南词；第八章　小说的起源与发展；第九章　八股文与小品文；第十章　西洋文学的传来；第十一章　文学革命与新文学的建设。

4月

朱志泰《元曲研究》初版。

朱志泰《元曲研究》，上海永祥印书馆1947年4月初版，32开本，90页，约3.5万字。

本书列为范泉主编的“青年知识文库”之一。全书共四章，内容大多取材于王国维《宋元戏曲史》和日人青木正儿《元人杂剧序说》二书。赵景深、顾仲彝分别为本书作序。

目次：

第一章　元曲的兴起；第二章　元曲的剖视；第三章　元曲的作家

及作品；第四章　元曲的衰落和南曲的复兴。

5月

林庚《中国文学史》初版。

林庚(1910～2006)，字静希，福建闽侯人。《中国文学史》，厦门大学1947年5月初版，24开本，408页，约27万字。朱自清作序。此书初版后，数次重版。目前最新的版本为清华大学2010年版。

作者为现代著名学者林宰平之子，1933年毕业于清华大学，1934年起留校任朱自清助教，并在北京大学等校兼课，讲授中国文学史；1937年至1947年任教于厦门大学；1947年回京，1952年起，任北大中文系教授，曾任古典文学教研室主任。1954年出版《中国文学简史(上卷)》(上海文艺联合出版社)。

本书原为林庚在厦门大学授课的教材，1941年曾由厦大出版组以油印本装订成书，但油印本只有《启蒙时代》、《黄金时代》、《白银时代》前三编。1946年，厦大出版委员会决定出版"厦门大学丛书"，将林庚先生的《中国文学史》列为丛书的第一种，并于1946年冬交厦门市大道印务公司承印出版，但因纸价不断飞涨，几经停滞，直至1947年5月才印成。

作者在"自序"中称，早在12年前已有编一部中国文学史的计划，其动机，除了为了满足授课需要，还有两点：一是当时大学的课程是旧的，为了沟通新旧文学的愿望而写；二是作者感到文坛上纠纷很多，就是因为没有一个文学的主潮，为了探寻这个文学的主潮，要回过头去看历史，参照过去文学主潮的消长兴亡来寻找今后的主潮。

此书是至今影响很大的文学史著作，也是林庚一生最重要的论著。当时有报刊评论说："全书计达四百余页，颇多独到见解，书前有作者及朱自清先生序文，极为名贵。"①后世对此书的评价甚多，但似乎很少有人注意到，作者在书中特别强调"少年精神"这个概念，并以之贯穿全书的写作。后来作者回忆说：

> 我在研究建安时代的文学时，感到建安时代对诗歌来说，是一个文艺复兴时代。代表人物曹子建是富于少年精神的，他的人物性格，他写的诗，比如《野田黄雀行》，他的方方面面，都是带着一种少年精神的。我讲少年精神，最初就是从建安时

① 《厦大校刊》第二卷第三期，1947年5月31日出版。

代讲起，到了唐朝就更充分地发挥了。少年精神的内涵，就是有朝气有创造性的、蓬勃向上的，即使是忧伤痛苦，也是少年的忧伤痛苦。

因为重视“少年精神”，作者在材料选取和对作家作品的评价方面，跟其他文学史著作者有很大的不同：

比如说对王维的肯定，一般人都欣赏王维后期的东西，就是《辋川》绝句那样的作品，都是很安静的东西。而我认为王维的真正价值是他的少年精神，是他早期的《少年行》，是“大漠孤烟直，长河落日圆”这样一类早期的作品。虽然他的边塞诗不多，但他年轻时的作品才是他的真正代表作，“唯有相思似春色，江南江北送君归”，这才是真正代表唐诗的。“晚来唯好静，万事不关心”，这不代表王维，那已经是他的末期了，人老了，当然比较安静了，已经不是创造的高潮了嘛。他创造的高潮还是那些在民间传唱的“红豆生南国，春来发几枝。劝君多采撷，此物最相思”，“清风明月苦相思，荡子从戎十载余”……①

最显著的不同，应该是林庚用诗人的锐眼写作中国文学史。朱自清在为本书作的“序”中说：

著者用诗人的锐眼看中国文学史，在许多节目上也有了新的发现，独到之见不少。这点点滴滴大足以启发研究文学史的人们，他们从这里出发也许可以解答些老问题，找到些新事实，找到些失掉的链环。著者更用诗人的笔写他的书，虽然也叙述史实，可是发挥的地方更多；他给每章一个新颖的题目，暗示问题的核心所在，要使每章同时是一篇独立的论文，并且要引人入胜。他写的是史，同时要是文学；要是著作也是创作。这在一般读者就也津津有味，不至于觉得干燥，琐碎，不能终篇了。这在普及中国文学史上是会见出功效来的，我相信。②

① 张鸣：《林庚先生谈文学史研究》，《文史知识》2000年第2期，第7页。

② 《朱佩弦先生序》，林庚《中国文学史》，厦门，厦门大学出版社，1947。

“用诗人的锐眼看中国文学史”可谓一语道出林庚《中国文学史》的特色所在，而林庚在20世纪90年代末期回忆当年写作《中国文学史》时也承认说：“我那时是在写新诗的基础上，作为一个作家去写文学史的。”①正因为作者“作为一个作家去写文学史”，所以他“在许多节目上也有了新的发现”，“更用诗人的笔写他的书”，“给每章一个新颖的题目”。例如“知道悲哀以后”、“文坛的夏季”、“旅人之思的北来”等，既“暗示了问题的核心所在”，也给人耳目一新之感。在评论历代作品时，作者以诗人的灵性去体验、去感悟。尽管同样是重视审美批评，却体现出与以往及同时代文学史著作不同的写作思路。再加上全书使用白话文，清新、素洁，充满感性的灵动。于是，此书可谓开辟了中国文学史写作的一种侧重个人审美批评的新风格(以往史著大多侧重史识)。不过，在此后出版的文学史写作中，这种新风格却不多见。其原因，应该在于多数文学史研究者并不支持这种风格。

目次：

朱佩弦先生序、自序

启蒙时代

第一章　蒙昧的传说；第二章　史诗时期；第三章　女性的歌唱；第四章　散文的发达；第五章　知道悲哀以后；第六章　理性的人性；第七章　文坛的夏季；第八章　苦闷的醒觉。

黄金时代

第九章　不平衡的节奏；第十章　人物的追求；第十一章　原野的认识；第十二章　旅人之思的北来；第十三章　主潮的形式；第十四章　诗国高潮；第十八章　散文的再起。

白银时代

第十九章　口语的接近；第廿章　凝静的刻画；第廿一章　抒情时期；第廿二章　晚唐余风；第廿三章　骈俪的再起；第廿四章　古典的衰歇；第廿五章　文艺清谈；第廿六章　第四乐府；第廿七章　理性的玄学。

黑暗时代

第廿八章　梦想的开始；第廿九章　讲唱的流行；第卅章　杂剧与院本；第卅一章　舞台重心；第卅二章　章回故事的出现；第卅三章　梦的结束；第卅四章　女性的演出；第卅五章　诗文的回溯；第卅六章

① 张鸣：《林庚先生谈文学史研究》，《文史知识》2000年第2期，第4页。

文艺曙光。

7 月

1. 陆侃如《中古文学系年》完成初稿。

陆侃如《中古文学系年》，1985 年 6 月由人民文学出版社出版，分上下两册，32 开精装本，938 页，约 82 万字。

据陆侃如在该书“序例”中自述，他认为文学史的工作要分三个步骤：一是朴学的工作（对于作者的生平，作品年月的考订，字句的校勘训诂等。这是初步的准备）；一是史学的工作（对于作者的环境，作品的背景，尤其是当时社会经济的情形，必须完全弄清楚。这是进一步的工作）；还有一个是美学的工作（对于作品的内容和形式加以分析，并说明作者的写作技巧及其影响，这是最后一步。三者具备，方能写成一部完美的文学史）。据此，陆侃如制订了一套系统的中古文学研究计划，即写成三部书：第一是《中古文学系年》，对作者的生平、作品写作年的考订和对作品的校勘、训诂等，按照年份考订排列；第二是《中古文学论丛》，就当时文学的社会经济背景方面加以探讨，分若干专题写成论文；第三是《中古文学史》，即在以上研究的基础上，编写断代文学史。遗憾的是，他的一整套计划仅着手开始了《中古文学系年》，而且只写到西晋就搁笔。

本书是陆侃如在 1937 年至 1947 年花费十年时间写成的。该书“序例”落款云：“一九四七年七月七日，序于沈阳东北大学西新村 109 号。”可确定初稿完成于 1947 年 7 月 7 日。1949 年以后，陆侃如对初稿不断进行修改、补充，直到 1978 年 12 月 1 日逝世为止。因而本书可以说是他一生的心血。

这部著作，上自公元前 53 年扬雄生，下迄公元 340 年卢湛死。以年为纲，以人为目，考证了这四百年内 152 位文学家的生平事迹、著作篇目及著作年代，辑录了大量的资料，考证精细，征引丰富。从这部著作中，可以看出陆先生朴学方面的功力，也可略见陆先生的治学方法。这一段的作家，大多传记简略或无传记，考论鲜据，不少问题难以搞清。陆先生对历史上遗留下来的疑难问题，做了大量的考评工作，不少地方突破了旧说。他在资料上钩沉辑佚，补充了史书的失载，也订正了史书上的误记，同时也订正了严可均《全汉文》、《全三国文》、《全晋文》和丁福保《全汉诗》、《全三国诗》、《全晋诗》的误收和失采。

《系年》引书达数百种之多，不仅翻遍了前五史及严可均、丁福保所辑全部诗文，又从《初学记》、《北堂书钞》、《艺文类聚》、《太平御览》等类书中，辑录了很多资料。同时还从《三国志》裴松之的注，《世说新语》并注，以及《水经注》、《职官表》及方志中，钩沉稽隐，搜集了许多有价值的资料。对作家的生平、著作史料，本传不足，则求之于别传；本传、别传不足，又求之于他人传记中的资料。……

对于近代学者的研究成果，如刘汝霖的《汉晋学术编年》，刘师培的《扬子法言技补》，唐兰的《马融的一生》，郑鹤声的《班固年谱》，等等，陆先生均间有所采。凡有不同看法者，皆一一指出。就连国外汉学家的著作，陆先生也不忽略。

这部书稿可以说是中古近四百年的文学年鉴，如把一个个作家的有关条目合起来，则是一个个作家的简单年谱和作品系年考。作者在最后的《索引》部分，做了这方面的梳理工作，前有详目，后有索引，正文部分是系年考证，很便于读者翻阅，可以作为一部工具书使用。书中辑录了不少作家的生活史料、佚闻轶事，对文学史的研究、作家作品的研究，对年谱和作家评传的撰写，均有较高的参考价值。①

目次：

序例，详目，卷首（公元前五三年至一年），卷一（公元一年至五零年），卷二（公元五一年至一零零年），卷三（公元一零一至一五零年），卷四（公元一五一年至二零零年），卷五（公元二零一年至二五零年），卷六（公元二五一年至三零零年），卷末（公元三零一年至三五一年），索引。

2. 刘锡五《中国文学史大纲》初版。

刘锡五（1914～1970），《中国文学史大纲》，1947年7月中国文化服务社河南分社初版，10月再版，32开本，80页。

本书内容只涉及文（含辞赋）与诗，不包括词、曲、小说和戏剧。

目次（略）。

9月

1. 陈子展《唐宋文学史》沪一版初版。

陈子展《唐宋文学史》，作家书屋印行，1947年9月沪一版，32开本，342页，约14.5万字。姚蓬子任发行人。

本书分唐、宋两部分，曾分别于1944年、1945年间在重庆初版，书名为《唐代文学史》、《宋代文学史》。

---

① 刘文忠：《读陆侃如先生的〈中古文学系年〉》，《文史哲》1983年第4期，第44、45页。

目次：

唐代(158 页)

一、说到唐代文学；二、初唐诗人；三、中唐诗人；四、盛唐诗人；五、晚唐诗人；六、古文运动；七、唐人小说；八、晚唐五代词人。

宋代(184 页)

一、说到宋代文学；二、古文运动之复兴；三、宋代诗人(上)；四、宋代诗人(下)；五、宋代词人(上)；六、宋代词人(下)；七、宋代平话。

2. 蓝海《中国抗战文艺史》初版沪一版。

蓝海(1907～2002)，原名田仲济，另有笔名野村、杨文等，山东潍县人。《中国抗战文艺史》，(上海)现代出版社发行，1947 年 9 月初版，32 开本，166 页，约 8 万字。1949 年被译成日文，由日本评论社出版。

作者在书中说："目前的时代是英雄的时代，所以我们要求的作品也是歌颂英雄的了。"但是"我们必须把敌人灭绝人道的地方暴露出来，汉奸活动也应作为文艺的重要题材"。"新文艺从生命的种子里带来的质素，即是反帝反封建的。"①作者以唯物史观、无产阶级立场叙述中国抗战文艺历史。但作者并没有采用阶级分析方法评析作家作品和文艺思潮、文艺现象，而是以抗战亲历者的眼光记录抗战文艺。这使书中保留下许多非抗战亲历者无法道明的文艺历史真相，而且行文方面，也随处可见激烈的抗战气氛，有助于增强读者对抗战文艺史的感性认识。这种设身处地的文学史写作，在抗战刚结束、抗战文艺尚未作为历史沉淀下来时进行，有较多缺憾，最突出的就是作者来不及对抗战文艺作出深思熟虑和冷静的思辨，以至这部书"史"的意识不明显。这么说并不意味着此书叙述主观，相反，作者在写作中很注意保持客观、让材料"说话"。他说："在写作时我力避发抒自己的主张，尽量引用了各家的意见。"②

作者在"后记"中陈述，鉴于抗战期间"文艺中心由集中而分散"，"抗战文艺史资料最容易失散，最难以保存"，"写这本小册子的目的，便是企图弥补一部分缺陷，保存一部分史料"③。因为有这种自觉为后人保存史料的意识，书中保留了不少罕见的直接史料和背景史料，尽管有缺漏，其价值却是可以肯定的。遗憾的是，作者引述资料不注明出处，有的虽

---

① 蓝海：《中国抗战文艺史》，上海，现代出版社，1947，第 10、14、17 页。

② 蓝海：《中国抗战文艺史・后记》，上海，现代出版社，1947，第 166 页。

③ 蓝海：《中国抗战文艺史・后记》，上海，现代出版社，1947，第 165 页。

用引号或小字体以示区别，却一般既无作者也不交代发表于何处，书末也没有列出参考书目。

本书是中国第一部抗战文艺史著作。1984年，在山东师大朱德发教授帮助下，本书得以重版(山东文艺出版社1984年3月出版，大32开，478页)。重版本基本上保持了原版的体例，但原版内容有所删改，又增添许多新内容，如解放区文艺，还附录了"抗战文艺大事记"，全书字数也增加到33万字。

1947年版被列为"现代文艺丛书"之一，共十部分，每部分之后有若干小标题。书中常引用苏联等外国作家、文艺理论家言论；书末为"后记"。

目次：

11月

1. 刘开荣《唐代小说研究》初版。

刘开荣(1909～1973)，湖南衡阳人。《唐代小说研究》，(上海)商务印书馆 1947 年 11 月初版，32 开本，220 页，约 14 万字。1950 年 7 月，上海由商务印书馆重版发行；1955 年 6 月，修订第一版，1956 年 11 月修订第二版；1966 年 7 月、1994 年 5 月、1997 年，台湾商务印书馆先后三次重版。

1935 年秋，刘开荣考入金陵女子文理学院中文系，是时陈中凡受聘该校中文系讲授中国文学史，刘开荣因此得以接受陈中凡指导。1943 年，刘开荣投陈寅恪门下，在成都燕京大学历史研究所攻读研究生。本书即脱胎于刘开荣的研究生毕业论文《唐代小说研究》。因而，本书的写作曾受陈寅恪、陈中凡两位先生的影响，尤其陈寅恪，是作者的指导教师。①

全书分上、下两篇，上篇为"传奇"，下篇为"俗文小说"，共八章，三十七节。所选小说，多数根据鲁迅的唐宋传奇小说研究著作；侧重社会背景对唐代小说的影响。书末附录《古镜记》、《李娃传》等十篇原文，并列有《太平广记》、《小说考证》等 82 种参考书目。

目次：

1955 年修订本，与 1947 年初版本相对比，改动较大：一、去掉了初版本分上、下篇，改为纯章节体；二、增加了社会背景对唐代小说影响的内容；三、删去初版本下篇"俗文小说"中有关变文的部分，以及一些被认为阶级立场反动的作品。

修订本目次：

---

① 此处刘开荣的生平等介绍，取自董宝光《学贯中西的湖南才女刘开荣》（《纵横》2006 年第 2 期）。董宝光是刘开荣的女婿。

第一章　序论——唐代传奇小说勃兴的社会基础：第一节　盛唐以前统治阶级的内部矛盾与斗争；第二节　新兴市民势力的成长；第三节　唐传奇小说是城市文学的表现形式之一。

第二章　传奇小说勃兴与古文运动、进士科举及佛教的关系：第一节　"古文运动"产生的原因及其与传奇小说勃兴的关系；第二节　进士科举与传奇小说的产生；第三节　传奇小说从佛教文学吸收了什么？

第三章　传奇小说的前期作品——王度古镜记及无名氏补江总白猿传：第一节　古镜记的两个特点与形式；第二节　"古镜"的意义溯源与作品所表现的作者的世界观；第三节　补江总白猿传产生的可能原因的分析；第四节　"白猿传"在唐小说史中的地位与写作时代的推测，附古镜记及补江总白猿传全文。

第四章　朋党之争与周秦行纪：第一节　周秦行纪的主题；第二节　周秦行纪的写作时代；第三节　周秦行纪的作者问题，附周秦行纪及周秦行纪论全文。

第五章　传奇小说中的恋爱主题所反映的阶级矛盾(上)(李娃传与莺莺传)：第一节　李娃传的主题与唐代的士族婚姻制度；第二节　作者白行简的身世和创作李娃传的立场与态度；第三节　莺莺传的主要矛盾在哪里；第四节　作者元稹的创作方法与其主观世界的矛盾，附李娃传及莺莺传全文。

第六章　传奇小说中的恋爱主题所反映的阶级矛盾(下)(霍小玉传)：第一节　进士与倡妓恋爱主题的社会背景；第二节　唐倡妓的一般生活状况和社会地位；第三节　霍小玉传中悲剧性的分析；第四节　霍小玉传的作者问题，附霍小玉传全文。

第七章　反映小有产者思想意识的枕中记与南柯太守传：第一节　枕中记与南柯太守传所透示的颓废的人生观；第二节　枕中记与南柯太守传所反映的不同的时代及社会背景；第三节　枕中记与南柯太守传的作者，附枕中记与南柯太守传全文。

第八章　晚唐的农民起义与豪侠小说(红线传及虬髯客传)：第一节　农民起义的原因；第二节　红线传的主题思想所表现的人民性；第三节　虬髯客传的主题所反映作者的立场观点及作品的创作时代问题，附红线传及虬髯客传全文。

后记、主要参考书目。

2.〔日〕盐谷温著、隋树森译《元曲概说》印行。

日本盐谷温著、隋树森译《元曲概说》.（上海）商务印书馆印行，

1947年11月初版，32开本，84页，约5万余字。1958年由商务印书馆重印出版。

本书原为盐谷温所译中国《元曲选》(1940年出版)一书的长"序"，此文叙述中国戏曲沿革甚详。次年春，译者隋树森便将其译成中文。

全书共九章，若干段落，末为结论。

目次：

第一章 歌曲之沿革：诗骚、乐府、绝句、词曲。

第二章 唐之歌舞戏：歌舞之起源、唐之梨园、大面、拨头、踏摇娘、苏中郎、窟垒子、参军戏。

第三章 宋之杂剧：北宋之杂剧、五花爨弄、南宋之杂剧、鼓子词、诸宫调、唱赚、傀儡、影戏。

第四章 金之院本：金之文化、院本、诸宫调、董西厢、刘知远、连厢词。

第五章 元曲之勃兴：科举说、其否定、杂剧十二科、元曲选、古今杂剧、西厢记、西游记、元曲之西译。

第六章 元曲之作家：录鬼簿、太和正音谱、六大家。

第七章 元曲之体例：一本四折、一折一调一韵、楔子、一人独唱、题名正名。

第八章 南北曲之比较：南曲之起源、南曲、体制上之比较、音韵上之比较、乐律上之比较、脚色上之比较、(附)昆曲、二黄与梆子。

第九章 元曲选之解题：史剧三十种、风俗剧三十一种、风情剧二十种、道释神怪剧十九种。

本年

赵图南《台湾诗史》自行刊印。

赵图南《台湾诗史》，1947年自行刊印。其他情况待访原书。

1948年(民国三十七年)

春

鲍文杰《中国文学史略》初版。

鲍文杰，浙江人。《中国文学史略》，(杭州)中流出版社发行，1948年春初版，32开本，72页，约4.5万字。

本书原是作者任教杭州市第十九中学时编写的讲义，因为是在战争时期编写，资料十分缺乏，仅参考了陆侃如、冯沅君《中国文学史简编》、朱东润《中国文学史大纲》和郑振铎《中国文学论集》等书。

全书共八章，若干节，由周前文学至清代，按代分述，内容极简略、叙述散乱。

目次(略)。

4月

1. 何剑熏《中国文学史(上)》初版。

何剑熏(1911～1988)，四川阆中市人。《中国文学史(上)》，(重庆)寒流社印行，联营书店代发行，1948年4月初版，32开精装方形本，324页，约17万字。仅印500册。

据作者说，本书于1942年12月开始动笔，1943年秋写至北宋；目前仅见写到商殷的上册，下册尚未发现。不过，就本书“绪论”内容看，作者之言非虚。“绪论”中述及不少文学史家和文学史理论观点，如刘大杰、胡适、郑宾于、胡风等。此外，还引用了马克思、列宁及蒲列汗诺夫(普列汉诺夫)等唯物史观言论。“绪论”长达9.8万字，共二十七节。可见，作者起先确实是打算作通史叙述的。

在中国文学史写作史中，直到20世纪30年代，引文注释虽已引起注意，但尚无规范可言。到了20世纪40年代，给引文加注释已成为约定俗成的写作规则，但人们仍未就具体如何注释形成统一意见。1942年，何剑熏即将开始写作本书时，特意给自己拟定引用他著的若干规则，如：“凡引用文字，概以作者及书名附后；如仅综述意见，非引全文者，则作者及书名即载注释中。如所引仅为一书，前面已注出者，后面即不注。”①

目次：

① 何剑熏：《中国文学史(上)·预序》，重庆，寒流社，1948，第2页。

2. 徐懋庸《文艺思潮小史》(生活书店版)初版。

徐懋庸(1911～1977)，原名徐茂荣，生于浙江上虞。所著《文艺思潮小史》，作为“青年自学丛书”之一，1948年4月由生活书店初版，平装32开本，154页，约6万多字，印数4千册。同年，由生活书店在哈尔滨印刷、光华书店发行，印数5千册。此书另有两个版本，一是作为“青年学习丛书”之一，1949年6月在长春由新中国书局印行，平装32开本，104页，印量1万册；一是作为“新中国青年文库”之一，1949年6月由三联书店在上海出版(1949年12月再版)，平装32开本，104页。

目次：

第一章　决定文艺思潮的力量；第二章　上古和中世纪的文艺思潮；第三章　文艺复兴；第四章　古典主义；第五章　从古典主义到浪漫主义；第六章　从浪漫主义到现实主义；第七章　所谓“世纪末的文艺思潮”；第八章　二十世纪的种种倾向；第九章　新现实主义；第十章　中国文艺思潮的演变。

5月

谭正璧《中国文学史》“新一版”初版。

谭正璧《中国文学史》，(上海)光明书局1948年5月新一版，24开本，424页。

本书的叙述以简明为主，但对于那些作品失传的作家，也依据前人相关材料，同样叙入。书中明清部分，以通俗文学为主，又以鼓词最详细，因为其他文学史著对鼓词基本涉及(郑振铎《插图本中国文学史》叙及鼓词，但当时尚未出版)。

本书是适用于中学以上教学的参考书，其实就是谭正璧1935年8月出版的《新编中国文学史》，所谓“新一版”，只是删去了最后的“现代文学”部分内容而已。

目次(详见1935年版)。

8月

柳存仁《上古秦汉文学史》初版。

柳存仁(1917～2009)，华裔澳大利亚学者，世界著名汉学家，祖籍山东临清。《上古秦汉文学史》，(上海)商务印书馆1948年8月出版，32开平装本，171页，约8万字。

本书为商务印书馆“国学小丛书”之一。书前有吕思勉的长篇序文。

此书原为油印讲义，1940年写成。

作者在“绪言”中，先辨“文学”与“历史”之义。经厘定中外“文学”之义后，认为文学必须具有四个要素，即“想象、思想、情绪、形式”。经辨析“历史”之义后，认为“文学史应为历史之一部分，而以叙述各时代文学之演变为其原则”。指出文学史的任务为：“第一，文学史宜特别注意各时代文学演变或交替之痕迹，原因及其影响；第二，文学史宜详叙作家之个性环境及生活全貌，与其作品成就之关系；第三，文学史宜研究文学作品之本身，并介绍优美作品，以供学者之欣赏与参考。”他这些认识，对此后乃至今日的中国文学史写作，都具有参考价值。

本书分章叙述，着重于文学的发生与发展，由上古迄于汉代。作者以进化论文学史观考察这段时期的中国文学，“特别注重各体文学自民间产生文人袭用以后，由长大扩张渐趋衰老之整个历史，而尤当说明其产生及演化之原因”①。

至20世纪40年代，已出现了好几种中国早期文学的断代史，柳存仁此书的特色，在于着重辨析中国文学萌生的过程和早期各种文体的主要特点时，广泛汲取了到那时为止国内各种专门研究的成果，对西方文艺学、文化人类学等领域的研究状况也非常关注，因而该书富于理论色彩，视野开阔。

目次：

12月

1. 葛存悆《中国文学史略》初版。

葛存悆，江苏人。《中国文学史略》，（北平）大同出版社出版发行，北大出版部印刷，1948年12月初版，32开本，177页，约11万字。

卷首有“钱自严太史题词”、“邢蛰人太史序”、“自序”。据“自序”，本书系作者在北平铁道管理学院负责中国文学史课程时编写。编写本书的目的，是感于中国古代文学之历史悠久，而民国以后“不患外国文学之不输入，惟患本国文学之日趋衰落”②。

---

① 柳存仁：《上古秦汉文学史·绪言》，上海，商务印书馆，1948，第7页。

② 葛存悆：《中国文学史略·自序》，北平，大同出版社，1948，第2页。

全书共十二章、三十二节，叙述由上古至清代之文学史，使用普通文言写作，内容庞杂而叙述简略。体例方面的特点，主要有：以朝代为经、历代文学变迁趋势与特点为纬，每章末专辟一节“文学家小传”。

本年

1. 王瑶《中古文学史论》完稿。

王瑶(1914～1989)，字昭深，山西平遥人。《中古文学史论》，完成于1942年至1948年期间。其中《隶事、声律、宫体》一章曾在《清华学报》刊载，《小说与方术》一章曾在商务印书馆出版的《学原》刊载，《拟古与作伪》及《论希企隐逸之风》两章曾在《文艺复兴》中国文学专号刊载。1946年至1948年王瑶在清华大学中国文学系讲授“中国文学史分期研究

(汉魏六朝)一课时曾以此为讲稿。1951年8月，此书分别编为《中古文学思想》、《中古文人生活》、《中古文学风貌》三书，由上海棠棣出版社出版。1956年作者将全书整理修改一次，删削几半，改题《中古文学史论集》，由上海古典文学出版社出版。70年代香港中流出版社据棠棣出版社本，重印过《中古文学思想》、《中古文人生活》、《中古文学风貌》三书；后来日本石川忠久教授主持，将《中古文学思想》及《中古文人生活》二书中多篇文字，予以移译，改名《中国之文人》，列为日本大修馆书店所出《中国丛书》之一，在日本出版。1981年上海古籍出版社据1956年纸型重印一次。1986年1月，北京大学出版社将棠棣版三册合为一书，经作者校读、稍作补正后，仍名《中古文学史论》，予以重版。

王瑶在中国文学史研究领域是承上启下的关键人物。

"承上"首先是指他在清华大学学习、教学与研究十余年，直接师承于朱自清、闻一多，其学术渊源也主要来自朱、闻。王瑶在1948年8月20日深夜写成的该书《后记》中，明确地说："我自己对于文学史的看法，和朱先生是完全一致的。"①文中具体地引述了朱自清先生对于文学史研究的看法，然后表示，"至于作者自己能遵行到如何程度，就不敢说了"②。直到将近四十年后，王瑶在这本书再版时所写的题记里，重申他写作此书过程中如何受到朱自清先生和闻一多先生的"亲承音旨"式的指导。其次，王瑶承认"研究中古文学的思路和方法，是深深受到鲁迅的《魏晋风度及文章与药及酒之关系》一文的影响的"。并且指出，鲁迅的研究工作，"对文学史研究工作者是具有方法论性质的启发意义的，至少作者是把它作为研究工作的指针的"③。

"启下"指的是王瑶的治史方法和原则，作为北大中文系传统之一④，基本上被他的学生陈平原、钱理群、温儒敏等继承，由此对中国现当代文学学科建设和发展产生了深刻的影响⑤。

王瑶尊重文学史的"历史性"，重视史料，但他在文学史写作中不像早期文学史作者那样大量罗列材料、摘录作品原文。他承认文学史具有客观历史性，却在文学史写作中强调"史识重于史料"。1948年，王瑶先

① 王瑶：《中古文学史论·初版后记》，北京，北京大学出版社，1998，第312页。

② 王瑶：《中古文学史论·后记》，北京，北京大学出版社，1998。

③ 王瑶：《中古文学史论·重版题记》，北京，北京大学出版社，1998，第3页。

④ 参见谢泳：《北大中文系的文学史传统——从刘景晨的〈中国文学变迁史〉说起》，《博览群书》2004年第6期。

⑤ 参见钱理群、温儒敏等回忆研究王瑶的文章，如温儒敏《王瑶的〈中国新文学史稿〉与现代文学学科的建立》(《文学评论》2003年第1期)。

生在一篇文章中曾经说过："写史要有所见，绝对的超然的客观，事实上是不可能的。写一部历史性的著作，史识也许更重于史料。"①后来，他进一步阐释这种"史识"：

> 文学史作为一门独立的学科，他既不同于以分析和评价作品的艺术成就为任务的文学批评，也不同于以探讨文艺的一般的普遍规律为目标的文艺理论；它的性质应该是研究能够体现一定历史时期文学特征的具体现象，并从中阐明文学发展的过程和它的规律性。②

基于这种认识，他在搜寻和运用史料时表现了清醒的觉识，能够做到既依循史料，"论从史出"，又不拘囿于史料。他的《中古文学史论》一书，"坚持'以史证文'，重视从大量复杂的历史现象中抽出带有规律性的科学的论断"③，是成功的实践。这里仅以该书中被朱自清先生"觉得非常精彩"④的"小说与方术"一章为例。

"小说与方术"一章共分六个部分。每个部分都围绕小说产生与道家方术兴盛之间关系，既有考证的成分，也有精彩的论述。第一节，论小说产生于方术之士。作者引《汉书·艺文志》以及班固注、《四库提要·小说类序》等材料考定，"知汉人所谓小说家者，即指的是方术之言"。接着，还列举十多条材料予以佐证。非常有说服力。第六节以《世说新语》为中心，论证了史传和小说的密切关系。作者以大量的史料作依据，同时引用当代其他学者考证材料，考证相关史实，其中也不乏自己精辟的分析和具有真知灼见的论断。

本书共十四章，大致分三部分论述。第一部分是"文学思想"，着重于文学思想本身以及它和当时一些社会思想的关系。第二部分是"文人生活"，主要在鲁迅《魏晋风度及文章与酒及药之关系》基础上予以研究阐发，着重于文学生活与文学作品的关系。第三部分是"文学风貌"，介绍主要作家生平、评价其作品。各章既可单独成篇，又颇具系统。

---

① 王瑶：《评林庚〈中国文学史〉》，《王瑶全集》第2卷，石家庄，河北教育出版社，2000，第545页。

② 王瑶：《中古文学史论·重版题记》，北京，北京大学出版社，1998，第2页。

③ 孙玉石：《王瑶的中国文学史研究方法论断想——以〈中古文学史论〉为中心》，《中国文化研究》1995年冬之卷(总第10期)，第73页。

④ 参见朱自清1947年12月11日致王瑶信。转引自《中古文学史·初版后记》，北京，北京大学出版社，1998，第313页。

目次：

2. 李耿《民国革命文学大纲》初版。

李耿《民国革命文学大纲》，广西省立西江文理学院1948年初版。

这是作者1948年在广西省立西江文理学院中文系任教时的讲义。这本讲义采用作品论和社团流派论相结合的体例，涉及鲁迅、郭沫若、茅盾、曹禺、叶圣陶、巴金、朱自清、张天翼、老舍、艾青、徐志摩、冯至、田汉、洪深、卞之琳、冰心、沈从文、新潮社、文学研究会、创造社、浅草—沉钟社、莽原社、晨报副刊和京报副刊等。①

3. 余锡森《中国文学发展纂要》初版。

余锡森《中国文学发展纂要》②，1948年由广州培正中学出版，32开本，230页。

本书作者的生平尚无资料可查考，估计是20世纪40年代的广州培正中学教师。全书叙述极其简略，多数文学事实和作家作品点到为止。在概述一时期文学时，明显露出作者归纳能力欠缺和对相关文学历史了解比较肤浅。例如，该书"中国文学的发展道路"一节中认为，"西周到春秋，是中国文学的定型时期；建安到盛唐，是中国韵文发展到最高峰的时期。……从西周至两宋的文学史，是以诗歌为主流的，宋以后便以喜剧和小说为主流了"③。这段话可商榷处颇多。而作者说两宋文学以诗歌为主流，"宋以后便以喜剧和小说为主流了"，则属于常识性错误。

书中的古代文学部分按照辞赋、诗歌、散文、小说、戏剧的秩序，以文体为纬、朝代为经展开叙述，可当做一部"中国古代文体流变史"。叙述时间从周代到1947年。对晚清以降的文学，仅介绍对文学发展影响

---

① 黄修己、刘卫国主编：《中国现代文学研究史》(上)，广州，广东人民出版社，2008，第475～476页。

② 该书封面书名为"中国文学源流纂要"，而目录和正文中都写作"中国文学发展纂要"。

③ 余锡森：《中国文学发展纂要》，广州，培正中学，1948，第3页。

重大的事件，不涉及作家作品。

目次：

绪言：一、从文字说起；二、中国文字和中国语言；三、中国文学发展的道路；四、中国文学与外来文化的影响。

第一章：古代的文学。一、文学的起源；二、最早的文学。

第二章：周代的文学。一、周代的民族；二、诗经；三、楚辞；四、周代的散文；五、周代文学的支流。

第三章：辞赋的发展。一、赋是什么；二、赋的源流；三、西汉的辞赋；四、东汉的辞赋；五、建安至南北朝的辞赋；六、初唐的骈丽文；七、四六文的演成；八、辞赋流变总论；九、辞赋流变与社会的关系。

第四章：乐府歌辞和五言诗。一、汉代的乐府；二、南北朝的乐府：1. 时代背景，2. 南朝的乐府歌辞，3. 北方的乐府歌辞；三、五言诗的盛行和七言诗的兴起。

第五章：五言诗和七言诗的并行时期。一、唐代诗歌的分期：A. 安史之乱以前，B. 安史之乱以后；二、唐代的格律诗；三、唐诗的发展与社会演变的关系；四、宋代的诗歌；五、元明的诗；六、清代的诗；七、总论。

第六章：汉代以后散文的演变。一、汉代以后的散文；二、语录体的流行；三、八股文；四、新文体的兴起和中国语文的改革运动。

第七章：词的发展。一、词的起源；二、唐及五代的词；三、宋代的词。

第八章：佛教文学的流行对中国文学的影响。

第九章：在佛曲影响下产生的民间歌唱文学。一、变文；二、宝卷；三、诸宫调；四、弹词；五、鼓词。

第十章：元明的散曲。

第十一章：戏剧的产生及其发展。一、宋以前的戏剧；二、宋代的戏剧；三、元代的戏剧：A. 元代的杂剧——北曲，B. 元代杂剧的作家；四、明代的戏剧：A. 明代的传奇——南曲，B. 明代传奇的作家；五、清代的传奇；六、南戏的流变——皮黄与滩簧；七、民国以后的戏剧运动：A. 文明戏，B. 话剧，C. 歌剧，D. 新戏剧运动中的几个重要人物。

第十二章：小说的产生及其发展。一、唐代以前的小说；二、唐代的传奇；三、宋人的话本；四、明代的小说：A. 章回小说，B. 明代小说；五、清代的小说；六、民国以来的小说。

第十三章：中国文学的新生。一、晚清社会的改变和文学的革新；二、“五四”以前的文学革命；三、“五四”运动与白话文的盛行；四、制造社和文学研究会的对立；五、“革命文学”的提出和“左联”的成立；六、从“九一八”到“八一三”。

附录：一、中国历朝年代表；二、近代有关文学发展大事年表。

1949年(民国三十八年)

1月

刘大杰《中国文学发展史》(下卷)初版。

刘大杰《中国文学发展史》，分两卷，上卷完成于1939年，1941年1月由中华书局印行；下卷完成于1943年，1949年1月由中华书局初版，504页，约38万字。1949年后，出现过多种合订本。①

本书上卷共十五章，始于殷商巫术文学，迄至唐代唯美诗的复活与唐诗的结束，分为六十余节；下卷从第十六章晚唐五代的词起，至第三十章清代的小说止，共七十余节，均以文体、作家按代叙述。

目次：

第十六章　晚唐五代的词：一、词的起源与成长；二、晚唐的代表词人温庭筠；三、民间的词；四、五代词的发展与花间词人；五、南唐词人。

第十七章　宋代的文学环境与文学思想：一、宋代的文学趋势与社会环境；二、宋代的古文运动。

第十八章　北宋的词：一、宋词兴盛的原因；二、宋初的词坛；三、词风的转变与都会生活的反映；四、苏轼的出现与词风的再变；五、格律诗派的形成；六、格律诗派的代表周邦彦；七、女词人李清照。

第十九章　南宋的词：一、时代的转变；二、朱敦儒及其他诗人；三、辛弃疾及其他词人；四、古典词派的形成与极盛——由姜夔到张炎。

第二十章　宋代的诗：一、宋诗的特色与流变；二、由西昆到欧苏；三、黄庭坚与江西诗派；四、南宋的代表诗人；五、江西诗派的反动；六、遗民诗；七、北国诗人元好问。

第二十一章　宋代的小说与戏曲：(上)宋代的小说(一、志怪传奇的文言小说；二、宋代白话小说的兴起；三、宋代的短篇小说；四、宋

① 关于各种版本的刘大杰《中国文学发展史》上下卷合订本，及对本书的述评，详见前文相关内容。

代的长篇小说）；（下）宋代的戏曲（一、中国戏曲的起源与演进；二、宋代的各种戏曲）。

第二十二章　元代的散曲：一、元代的新局势与新文学；二、散曲的产生与形体；三、词与散曲；四、元代前期的散曲作家；五、元代后期的散曲作家。

第二十三章　元代杂剧：一、杂剧的产生；二、杂剧的组织；三、杂剧兴盛的原因；四、元剧初期的王派作家；五、元剧初期的关派作家；六、杂剧的南移及其代表作。

第二十四章　明代的文学思想：一、正统文学的衰微；二、拟古主义的极盛；三、公安竟陵派的新文学运动；四、晚明的小品文。

第二十五章　明代的戏曲：一、南戏的源流与形式；二、元末明初的传奇；三、传奇的古典化；四、杂剧的衰落与短剧的产生；五、汤显祖与晚明的剧坛。

第二十六章　明代的小说：一、明代小说的特质；二、《三国演义》；三、《水浒传》；四、《西游记》与西游补；五、《金瓶梅》；六、才子佳人的恋爱小说；七、明代的短篇小说。

第二十七章　明代的散曲与民歌：一、绪言；二、北方的散曲作家；三、南方的散曲作家；四、明代的民歌。

第二十八章　清代文学在中国文学史上的地位：一、清代文学史中国旧体文学的总结束；二、晚明浪漫思潮的余波；三、清代散文与桐城派运动。

第二十九章　清代的诗歌与词曲：一、清代的诗；二、清代的词；三、清代的曲。

第三十章　清代的小说：一、蒲松龄与《醒世姻缘》；二、吴敬梓与《儒林外史》；三、曹雪芹与《红楼梦》；四、《镜花缘》及其他；五、平话小说；六、清末的小说。

3 月

〔日〕青木正儿《清代文学评论史》成书。

青木先生此书，于 1950 年 1 月由日本岩波书店印行（日文版），1969 年 12 月台湾开明书店出版由陈淑女翻译的中译本，32 开本，229 页；1988 年 1 月，中国社会科学出版社出版由杨铁婴翻译的中译本，32 开本，正文共 241 页，计 13.3 万字。

此书于 1949 年 3 月已成书。据书中“原序”介绍，青木正儿在东北大学讲授《宋元文艺评论史》(1929年)、《中国文学评论著作解说》(1934年、1935年)时，涉及六朝以至清初。1935年，在岩波"东洋思潮"讲座讲授"中国文学思想"时，便主要根据在东北大学的讲义，从上古一直讲到清末。1941年，在京都大学讲授"清代文学思想"时，修订、补充了原先关于清代文学思想的内容。同时，借着出版《中国文学思想史》(1943年，岩波书店)一书的机会，作者对清代的内容作了进一步修订，并于1949年3月完稿，交给岩波书店印行。

作者认为，中国文学的整体思潮动向，大都以评论形式出现，所以本书侧重于评论。作者希望读者"通过本书看清思潮动向，而不是单纯叙述评论的发展过程"①。

本书是青木正儿最后一本文学史著作。

目次：

① 〔日〕青木正儿著、杨铁婴译：《清代文学评论史·序》，北京，中国社会科学出版社，1988。

第十章　戏曲评论：一、金圣叹、毛声山、李笠翁；二、李调元、焦循、梁廷枏、杨恩寿。

译者后记。

7月

董每戡《中国戏剧简史》初版。

董每戡(1907～1980)，原名董国清，又名董华，笔名杨大元，浙江温州人。《中国戏剧简史》，(上海)商务印书馆1949年7月初版，1950年9月再版，32开本，162页，约7.5万字。

本书原为作者在国立东北大学及私立女子金陵文理学院讲授中国戏剧史的讲稿，后应商务印书馆之邀请改撰为本书，完稿于1948年春。

作者在"前言"中对戏曲起源的探讨值得注意。20世纪初，西方对艺术起源问题的关注意识开始传入中国，戏曲艺术起源问题引起国内戏曲研究者高度关注。刘师培的《原戏》首先运用"原"体追溯戏曲之源头，王国维在其戏曲史的开山之作《宋元戏曲史》中采用当时在西方颇具影响的巫术起源说追溯中国戏曲的起源。此后，戏曲研究者纷纷提出自己的戏曲起源说。在《中国戏剧简史》中，董每戡运用唯物史观，以原始社会、奴隶社会、封建社会、资本主义社会、社会主义社会的分段法和进化史观描述戏剧的发展轨迹。认为，戏曲不是起源于先秦的巫术，而是更早，起源于原始先民的劳作过程中。他在该书"前言"中说：

> 人们都说戏剧起源于祭祀时的巫歌巫舞，如严格点，不能说无语病。戏剧的源应该更加上溯，如果不愿意，就该更移下，直截了当地说中国戏曲源于唐宋大曲也可以。既然用源字，就不能不说得更远些，因为事实确很遥远，在这之前还有一段久长的历程。巫歌巫舞已是次一阶段，不是最原始的东西，同时巫是由舞而来，不是舞因巫而有。在初民社会里即已有歌舞，且有巫的前身——人民大众自己。在氏族制度的社会里，氏族的领袖——酋长率领氏族成员从事歌舞。到了奴隶制确立，奴隶作巫，而歌舞到这时候已变为娱人和娱神的乐歌乐舞，始用之于祭祀了。从生产方法方面说，以狩猎及掠夺为生产方法，过着茹毛饮血生活的原始人，他们每个人为了模仿欲所推动，为了生活攸关而有表达情意之需要，就以嗓声叫喊，以身体动作，那时的歌和舞都是极朴素的，连节奏也不会有。这一种原

始的艺术活动，就是后来的乐歌乐舞之基本的素材。

就此可看出两点：一是董氏以唯物史观来写作《中国戏剧简史》；二是提出戏曲起源于原始先民的劳动。尽管有可商榷之处，却不能否认他的观点对1949年以后中国戏曲史研究有一定的影响。

本书编写原则也值得注意。作者自谓："在原则上，是人详我略，人略我详，即使引旧材料，也想力避雷同。"比如说，元明两代的戏曲家、戏曲故事、版本等，已有学者详述，"用不着我再来啰唆"，"于是换个方向，说些和演剧有关的事"。所以，本书详于元代以前，而略于元代以后，这主要原因，就是王国维在《宋元戏曲史》中叙述宋元戏曲史颇详。

作者的剧史观，更值得注意。以往的戏曲史，重视词曲，"即贤明如王氏(指王国维——引者注)，也间或不免，所以他独看重元剧"。董每戡提出："戏剧本来就具备着两重性，它既具有文学性(Dramatic)，更有演剧性(Theatrical)，不能独夸这一面而抹杀那一面的，评价戏剧应两面兼重，万一不可能，不能不舍弃一方时，在剧史家与其重视其文学性，不如重视其演剧性，这是戏剧家的本分，也是剧史家与词曲家不相同的一点。"①董氏在此提出的戏剧的两重性，其依据来自美国学者韩德关于戏剧具有文学性和演剧性两重性的论述。董氏的意义，不在于他在国内首倡戏剧两重性，而在于他在尊重"两重性"的基础上，进一步指出，对于剧史家而言，演剧性比文学性重要。由此，他扭转了自王国维以来中国戏剧史注重词曲等文学性的研究路向，代表着百年中国戏剧研究的三种路向之一②。

全书共七章，分别叙述从史前是到民国年间的演剧活动，卷首有"前言"，书末有"后语"。第一章"考原"引用格罗塞《艺术的起源》外国名著，作为论据，如此行文既是当年的时尚，也出自作者趣味。清代仅述花部，并以一定篇幅提及田际云的"旧戏革新"和王钟声的新剧演编；到了民国时期，干脆以整章篇幅论述话剧。作为一位专研传统戏剧的学者，如此看重从西洋传入的话剧，实为罕见，而董氏所持文化立场，颇可玩味。

目次：

① 董每戡：《中国戏剧简史·前言》，上海，商务印书馆，1949。

② 2010年陈平原在一篇论文中说："回顾百年中国戏剧研究，王国维的文字之美与考证之功，吴梅的声韵之美与体味之深，齐如山、周贻白、董每戡的剧场之美与实践之力，典型地代表着戏剧研究的三种路向。"(陈平原：《中国戏剧研究的三种路向》，《中山大学学报》(社科版)2010年第3期，第1页。)

章　百戏(汉魏六朝时期)；第四章　杂剧(唐宋时期)；第五章　剧曲(元明时期)；第六章　花部(清朝时期)；第七章　话剧(民国时期)；后语。

10 月

1 日，中华人民共和国成立，中国文学史写作进入新的历史时期。

本年

〔法〕马古礼《中国文学史》(散文卷)初版。

马古礼(Georges Margouliès)，原籍俄国、移居巴黎。作为汉学家，马古礼著述颇丰，其中影响较大的有《〈文选〉辞赋译注》(*Le "Fou" dans le Wen-siuan. Etude et textes*)，1926 年由巴黎保尔·古特纳(Paul Geuthner)出版社初版；1948 年在巴黎印行的《中国文学选萃》诗文合集法译本，所选由屈原到林纾，凡二百余家，遴选富有代表性，书中的"序言"叙述中国文学发展史，轮廓清晰，叙述准确。

所著《中国文学史》(*Histoire de la Litterature Chinoise*)，散文卷于 1949 年初版(336 页)，诗歌卷 1951 年(417 页)初版。

中国文学史著分目检索

通史编

断代史编

分类史编

主要参考文献

一、文学史书目

1. 陈玉堂：《中国文学史书目提要》，合肥，黄山书社，1986。
2. 吉平平、黄晓静：《中国文学史著版本概览》，沈阳，辽宁大学出版社，1992。
3. 黄文吉主编：《中国文学史总书目(1880～1994)》，载《台湾出版中国文学史书目提要(1949～1994)》，台北，万卷楼图书有限公司，1996。
4. 陈飞主编：《中国文学专史书目提要》，郑州，大象出版社，2004。
5. 中国社会科学院历史研究所编：《八十年来史学书目(1900～1980)》，北京，中国社会科学出版社，1984。

二、文学史研究著作

1. 黄修己：《中国新文学编纂史(第二版)》，北京，北京大学出版社，2007。
2. 黄修己、刘卫国主编：《中国现代文学研究史》(上、下)，广州，广东人民出版社，2008。
3. 王友胜、李鸿源、林彬晖等全编：《民国间古代文学研究名著导读》，长沙，岳麓书社，2010。
4. 董乃斌、陈伯海、刘扬忠主编：《中国文学史学史》(1～3卷)，石家庄，河北人民出版社，2003。
5. 董乃斌主编：《文学史学原理研究》，石家庄，河北人民出版社，2008。
6. 戴燕：《文学史的权力》，北京，北京大学出版社，2002。
7. 王钟陵：《文学史新方法论》，苏州，苏州大学出版社，1994。
8. 李杨：《文学史写作中的现代性问题》，太原，山西教育出版社，2006。
9. 陈国球：《书写文学的过去——文学史的思考》，香港，麦田出版股份有限公司，1997。
10. 朱德发、贾振勇：《评判与建构：现代中国文学史学》，济南，山东大学出版社，2002。
11. 程光炜：《文学史研究的兴起》，福州，福建教育出版社，2008。

12. 葛红兵、温潘亚：《文学史形态学》，上海，上海大学出版社，2001。
13. 王瑶主编：《中国文学研究现代化进程》，北京，北京大学出版社，1996。
14. 陈平原主编：《中国文学研究现代化进程(二编)》，北京，北京大学出版社，2003。
15. 陈平原：《中国现代学术之建立——以章太炎、胡适之为中心》，北京，北京大学出版社，1998。
16. 陈平原、陈国球主编：《文学史》(1～3辑)，北京，北京大学出版社，1993～1996。
17. 陈平原：《文学史的形成与建构》，南宁，广西教育出版社，1999。
18. 陈平原：《陈平原小说史论集》(三卷)，石家庄，河北人民出版社，1997。
19. 邓敏文：《中国多民族文学史论》，北京，中国社会科学文献出版社，1995。
20. 陶东风：《文学史哲学》，郑州，河南人民出版社，1994。
21. 钟优民主编：《文学史方法论》，吉林，时代文艺出版社，1996。
22. 梁启超：《中国历史研究法》，上海，上海古籍出版社，1998。
23. 钱穆：《中国历史研究法》，北京，生活·读书·新知三联书店，2001。
24.〔日〕川合康三编：《中国的文学史观》，东京，创文社，2002。
25.〔美〕韦勒克、沃伦：《文学理论》，刘象愚等译，北京，生活·读书·新知三联书店，1984。
26.〔美〕海登·怀特：《元史学：十九世纪欧洲的历史想象》，南京，译林出版社，2004。
27.〔法〕福柯：《知识考古》，谢强、马月译，北京，生活·读书·新知三联书店，2004。

三、文学史研究论文

(1949年以来特别是近三十年来，关于文学史研究的论文已逾千篇，其中有些被收入前列“研究著作”。这里仅例举对本书起到参考作用的、1949年以前公开发表的部分论文)

1. 渭川：《怎样研究中国文学史》，《学生杂志》第10卷第7期，1923年版。
2. 邹同礽：《研究中国文学史的三个阶段》，《学风》第7卷第2期，1937年版。

3. 仲云：《一种研究文学史的新方法》，《学灯》1924年第6期。
4. 罗根泽：《研究中国文学史的计划》，《文史丛刊》(安徽大学)第1卷第1期，1935版。
5. 靳德峻：《中国文学史之历史观》，《新晨报副刊》1929年10月21日、22日。
6. 傅斯年：《中国文学史分期之研究》，《新潮》第1卷第2期，1919年2月版。
7. 既舒：《文学史的材料与方法》，《天津益世报·文学周刊》，1933年9月6日。
8. 郑振铎：《三十年来中国文学新资料的发现史略》，《文学》(上海)第2卷第6期，1934年6月版。
9. 胡小石：《中国文学史上的几个重要问题》，《新晨报副刊》1929年9月11日、12日。
10. 沛清：《编著中国文学史的改进问题》，《国闻周报》1934年4月版。
11. 刘永济：《中国文学史纲要》，《学衡》第7卷第1期，1929年9月版。
12. 胡怀琛：《中国文学史略》，《国学周刊》。
13. 心依：《中国文学史新编·绪论》，《文艺战线》第3期，1931年9月版。
14. 钱锺书：《中国文学小史序论》，《国风半月刊》第3卷第6期，1933年3月版。
15. 李华卿：《中国文学史轮廓引论》，《读书杂志》第3卷第6期，1933年6月版。
16. 杨殿珣：《中国文学史译著索引》，《读书月刊》(北平图书馆)第2卷第6期，1933年3月版。
17. 陈君宪：《中国古代文学史论的商榷》，《矛盾月刊》第2卷第3期，1933年11月版。
18. 张长弓：《中国古代文学史上之诸问题——兼质〈插图本中国文学史〉》，《文艺月报》(开封)第1卷第1期，1931年8月版。
19. 沅君：《不著名的文人作品》，《语丝》第10期，1924年版。
20. 阿英：《评明文学史两种》，《书报展望》第1卷第1期，1935年1月版。
21. 燕雏：《评梁乙真〈清代妇女文学史〉》，《大公报文学副刊》1928年6月18日第24版。
22. 甘蛰仙：《评五十年来中国文艺》，《晨光》第1卷第1期，1929年5

月版。
23. 胡先骕:《评胡适五十年来中国之文学》,《学衡》第18期,1923年6月版。
24. 梁叔仪:《胡适著〈白话文学史上卷〉》,《图书评论》第1卷第9期。
25. 杨次道:《读胡适之〈白话文学史〉》,《一般》第6卷第3期,1928年11月版。
26. 素痴:《评胡适〈白话文学史〉》,《大公报・文学副刊》1928年12月3日第48版。
27. 张大东:《评胡适之〈白话文学史〉》,《国闻周报》第6卷第22辑,1929年6月版。
28.《胡适〈白话文学史〉之批评》,《大公报・文学副刊》1929年5月27日。
29. 衣萍:《糟糕的〈国语文学史〉》,《晨报副刊》1924年8月7日第12版。
30. 王礼锡:《活文学史之死》,《读书杂志》第1卷第3期,1931年6月版。
31. 泽陵:《评顾实〈中国文学史大纲〉》,《大公报・文学副刊》1929年8月12日。
32.《评顾实〈中国文学史大纲〉》,《津逮季刊》第1期,1931年6月版。
33. 君练:《评〈中国文学史大纲〉(容肇祖著)》,《大公报・图书副刊》1936年12月17日版。
34. 心侬:《〈中国文学史新编〉绪论》,《文艺战线》第3期,1931年9月版。
35. 何鹏:《评〈中国文学史新编〉(赵景深著)》,《学风》第7卷第2期,1937年2月版。
36. 蠡舟:《评赵景深〈中国文学小史〉》,《大公报文学副刊》1928年9月3日第35版。
37. 品如:《评赵景深〈中国文学小史〉》,《津逮季刊》第2期,1932年6月版。
38. 李嘉言:《评胡适之〈中国文学史讲话〉》,《文哲月刊》第1卷第5期,1936年2月版。
39. 黄际遇:《中国文学概论序》,《励学》(河南大学)第3期。
40. 张若英编:《中国新文学运动史资料》,《武大文哲季刊》第3卷第4期,1934年12月版。

41. 傅红蓼:《〈中国新文学运动史〉(王哲甫著)》,《千秋半月刊》第 2 卷第 4 期,1934 年 9 月版。
42. 胡适之:《国语文学史大要》,《国语月刊》第 2 卷第 2 期,1924 年 9 月版。
43. 余慕陶:《七十年来的中国社会与中国文学》,《橄榄月刊》第 36、37 期,1933 年版。
44. 钱杏邨:《现代中国文学史论》,《拓荒者》第 1 卷第 2 期,1930 年版。
45. 《〈现代中国文学史〉(钱基博著)》,《武大文哲季刊》第 3 卷第 1 期,1933 年 11 月版。
46. 胡先骕:《评钱基博〈现代中国文学史〉》,《大公报文学副刊》1933 年 11 月 27 日。
47. 胡先骕:《评钱基博〈现代中国文学史〉》,《青鹤》第 2 卷第 4 期,1934 年 1 月版。
48. 穆士达:《钱基博著〈现代中国文学史〉》,《图书评论》第 2 卷第 10 期,1934 年 6 月版。
49. 马玉铭:《评钱基博之〈现代中国文学史〉》,《王旬众志》第 2 卷第 1 期,1934 年 10 月版。
50. 罗根泽:《郑宾于著〈中国文学流变史〉》,《图书评论》第 2 卷第 10 期,1934 年 6 月版。
51. 周阆风:《购来一部"中国文学沿革概论"》,《学灯》1924 年 8 月 8 日。
52.《儿童文学史话初稿》,《培德月刊》第 9 期,1935 年 10 月版。
53. 曹聚仁:《组织"中国文学史研究会"问题》,《觉悟》1922 年 11 月 13 日。
54. 默之:《铃木虎雄〈中国文学论集〉(孙俍工译)》,《当代文艺》第 1 卷第 3 期,1931 年 3 月版。
55. 赵真:《〈中国文学概论讲话〉之介绍(盐谷温著、孙俍工译)》,《中国新书月报》第 2 卷第 1 期,1932 年 1 月版。
56. 张泽甫:《〈中国文学发凡〉(青木正儿著、郭虚中译)》,《华年》第 6 卷第 12 期,1937 年 4 月版。

后 记

本书是我的博士后研究报告《浙籍文学史家群体研究(1905～1949)》的姊妹篇。原先只是为了做博士后课题，广泛搜集浙籍文学史家相关资料，不久后竟然喜欢上了收集珍稀中国文学史著版本。几年下来，我手里掌握了数百种中国文学史著。于是有了系统整理这批史著的想法，这便形成了一部书稿，也就是2012年初获得国家社科基金后期资助的《20世纪前期中国文学史写作编年研究》。

对于本书的体例，我是满意的，书中若干考索求证乃至论断，也差强人意。不满且遗憾的是限于精力和时间，不能收入所有中国文学史著，有的史著或版本，虽费尽周折，依然未能见到原本，只能在书中予以简略介绍。日后有机会，当补成全璧。

本书得以成书，应该感谢我的博士导师中山大学林岗教授、博士后导师浙江大学吴秀明教授，他们的谆谆教导给予了我莫大的鼓励与支持。感谢中山大学黄修己先生，多年前我们的一席长谈，使我受益匪浅。北师大出版社责任编辑王一涵女士为本书之编辑出版，尤付心力。该社曾忆梦女士的热情，给我留下了深刻的印象。在此一并致以衷心的谢意。

付祥喜

2013年6月